天下為公 孫文

王树增非虚构中国近代历史系列

1911 [纪念版]

王树增 著

人民文学出版社

图书在版编目（CIP）数据

1911：纪念版/王树增著. —北京：人民文学出版社，2016（2025.2重印）
ISBN 978-7-02-011428-3

Ⅰ.①1… Ⅱ.①王… Ⅲ.①纪实文学—中国—当代 Ⅳ.①I25

中国版本图书馆CIP数据核字（2016）第035427号

选题策划	脚　印
责任编辑	王　蔚
装帧设计	刘　静
责任校对	杨益民
责任印制	王重艺

出版发行　人民文学出版社
社　　址　北京市朝内大街166号
邮政编码　100705

印　　刷　三河市鑫金马印装有限公司
经　　销　全国新华书店等

字　　数　650千字
开　　本　680毫米×1000毫米　1/16
印　　张　42.75　插页3
印　　数　40001—43000
版　　次　2011年9月北京第1版
印　　次　2025年2月第7次印刷

书　　号　978-7-02-011428-3
定　　价　66.00元

如有印装质量问题，请与本社图书销售中心调换。电话:010-65233595

目 录

第一章　满腔心事 / 1

　　医生的叛逆 / 3
　　国民们！ / 25
　　迷梦渐醒 / 40
　　满腔心事 / 58
　　面目不清的资产阶级 / 75

第二章　众声喧哗的时代 / 101

　　当死胜于活着的时候 / 103
　　"开明专制"与"暴力革命" / 120
　　原动力 / 137
　　银票、喜翠与变革 / 158
　　众声喧哗的时代 / 187

第三章　巩金瓯 / 207

　　君上大权 / 209
　　绅士们 / 227
　　土崩之势 / 247
　　碧血横飞 / 263
　　巩金瓯 / 284

第四章　明孝陵前的倾诉 / 315

霞光如血 / 317
纷乱的序幕 / 336
"整个国家歇斯底里" / 359
项城何以蠢拙至此 / 380
历史的赌注 / 402
明孝陵前的倾诉 / 419

第五章　共和舞会 / 455

一个非常别扭的国家 / 457
春草怒生 / 476
人民全数安乐 / 490
民国国会万岁 / 510
共和舞会 / 531

第六章　革命尚未成功 / 555

鸳鸯蝴蝶新约法 / 557
第一次知道了恋爱的苦乐 / 574
"天命不可以久稽，人民不可以无主" / 597
怎样才配做他们的朋友 / 622
革命尚未成功 / 650

后　记　完美的国家是个幻想 / 675

第一章

满腔心事

医生的叛逆 ／ 国民们！ ／ 迷梦渐醒
满腔心事 ／ 面目不清的资产阶级

1911

医生的叛逆

在一个有着两千多年帝制历史的国度里,皇帝想要什么东西一般都能得到满足。特别是他想要某个臣民的脑袋的时候,这是一件顶容易的事——中国什么都缺,就是不缺脑袋。

一八九六年,大清皇帝想要的是一个身材矮小、操着广东口音、时年三十岁的臣民的脑袋。这个声称自己名叫陈载之的广东人,已经被囚禁在一间斗室里,剩下的事,就是把他押解到刑场上就行了。遍布于大清帝国国土上的刑场,一贯遵循弃尸于市以"杀一人儆万民"的古老成法。因此,刑场大都被设置在城市西南诸如菜市口一类的地方。而行刑的方式大多也是一样:将头后的辫子向前一拽,露出的脖颈又长又醒目,一刀将脑袋砍下去不算很麻烦。只不过,眼前这件事稍微麻烦了一点,因为这个就要掉脑袋的臣民被关押的地方,既不是大清政府刑部的大狱,也不是大清国土上某个衙门的黑牢,而是距离中国万里之遥的英国伦敦。

后来的历史证明,这是一颗著名的脑袋。

无论是冗繁虚饰的国体结构,还是阴鸷愚陋的生存处境,以及由这两个特征引发出来的充斥着政治阴谋与暴力角逐的历史进程,中国近代史都以极其鲜明的特色在世界史上独树一帜。仅就这一特色而言,在梳理一九一一年前后发生在中国的所有重要事件时,之所以必须与那个存在了两百多年、统治着广袤国土的皇族纠缠在一起,是因为近代以来,中国人在沉沦与觉醒、绝望与希冀中做的梦、淌的泪和流的血,都与那个有着复杂姓氏的大清皇室息息相关。

中国是个帝王制度相当悠久的国家，散落在这片国土上挖掘或未挖掘的数不清的帝王陵墓，修复或未修复的各朝各代的皇宫大殿，以及所有说不尽也说不清的皇室秘闻与宫廷传奇，造就了中国人对绝对皇权的由衷敬畏和绝对臣服的心理。千百年来，中国人习惯性地生活在这两者之间，异乎寻常地心安理得，并不以为世间怪象与人间苦痛。直至今天，绝对权力与绝对服从，依旧是中国社会文化中津津乐道的话题——帝都满城尽带黄金甲的恢宏气势，万民山呼海啸般高呼"万岁"的骇然场面，群臣匍匐在天子脚下三拜九叩以及由"君要臣死，臣不得不死"的铁律衍生出来的娱乐故事，连篇累牍地充斥在中国的各种公共媒介上，而中国人对上述情景所具有的观赏力和想象力持久而非凡。

二十世纪初的大清皇室，对于某种类型的脑袋的需求，突然间迫切起来。

朝廷派出的密探满世界转悠，跟踪这个矮个子广东人已经不是一两天了。尽管大清帝国驻英国公使馆报告说，租一条船绕行半个地球最便宜也要七千英镑，对于一颗脑袋来讲，这样的价格或许过于昂贵了。但是，朝廷还是责令公使馆以最快的速度将这个臣民押送回国。公使馆人员立即约见英国格莱轮船公司老板麦克格雷戈，双方商谈租船事宜的时候，公使馆特别声明，大清帝国将要装载的货物中包括一个"疯子"。

就在公使馆与轮船公司就船费讨价还价的时候，公使馆翻译邓廷铿与那个被囚禁的广东人进行了交谈。邓廷铿明确指出，密探之所以跟踪他，是因为他是被朝廷通缉的私藏武器的逃犯，且去年发生在广州的暴动也与他有关。至于"陈载之"这个名字，明明白白是伪造的，有密探手里的照片为证。可是，这个广东人一口咬定自己姓陈，并说之所以受到朝廷通缉，一是祸从口出："我素重西学，深谙洋习，欲将中国格外振兴，喜在广报上发议论，此我谋反之是非所由起也"；①二是自己与一个名叫李家焯的人有诉讼官司，这个人编造了他有造反嫌疑和私藏武器的谣言，完全是挟私报复误导朝廷。邓廷铿没有理会这番辩解，他接着表明：出于广东同乡的面子，开脱罪责的可能性是有的，前提是必须实话实说。思索了一会后，这个被囚禁的广东人说："我是孙文，非陈姓也。"

1911

孙文这样解释自己与广州暴乱的关系:暴动的领导人不是自己,而是一个富裕的广东商人;自己不但没有参与暴动,还曾阻止过这种不轨行为,原因是那个谋反的广东富商想当皇帝:

> 谋反之事,我实无之。前日说有人商之于我,意图谋反,此人系广东大绅,曾中进士,并且大富,姓某名某是也。我行医时,素与绅士来往,惟他尤为亲密。平时互发议论,以为即是国计民生之道,只知洋务亟宜讲求。所说之话,他甚为然,以我之才干,可当重任。故于中日相接莫解之时,专函请我回广东相商要事。我在香港得信即回见他,他曰:"我有密事告你,万勿宣扬。"乃述其梦云:"我身穿龙袍,位登九五,我弟叩头贺喜。故请你商量,何以助我?"我即问曰:"你有多少钱?"他答曰:"我本人有数百万两,且我承充闲姓,揭晓后始派彩红,现存我手将近千万,如立行谋事,此款可以动用,迟则失此机会。"我又问:"有人马多少?"他云:"我有法可招四万之众。"我答云:"凡谋事者必要先通在上位之人,方得有济,尔于政府能通声气否?"他不能应。况他之品行最低,无事不做,声名狼藉,我早尽知。他之所谋,只知私利,并无为民之意,我故却之,决其不能成事也。他寄我之函,的系亲笔。虽未将谋反之言说出,其暗指此事可以意会之词,亦可为证。是欲谋反者是他,而非我也。②

显然,孙文低估了大清帝国情报系统的效率。

此刻,从宫中的慈禧太后,到跟踪他的刑部密探,整个帝国都清楚他确是一年前发生在广东暴动事件的主谋。

这个广东人除"孙文"之外,还有很多名字:中山樵、高野长雄、陈载之、中山二郎、高达生、杜嘉诺、孙逸仙等等。

一九一一年辛亥革命后,中国人普遍称他为孙中山。

百年以来,孙中山的名字被载入中国乃至世界近代史。

对于世界来讲,他是东方一位著名的民主主义者,具有梦幻般思维的思想家和从不屈服命运的顽强斗士。他的人生所表现出来的将温文尔雅与暴力反叛两种截然相反的性格结合在一起的神奇,令世界始终对中华民族近代意识的艰难觉醒充满巨大好奇。而对于中国来讲,无论被尊为"国父"还是"革命的先行者",他所发动的一连串的暴动,连同他的家世、性格、举止、穿着,乃至爱情,都已成为中国近代史中的重要内容。他的画像至今仍会出现在中国各地重要的纪念日中,画像上的他上唇留有标志性的短须,穿着当年他亲自为国人设计的制服,坚定的目光穿越百年时光凝视着他的祖国的沧桑巨变。

中国近代史离开孙中山几乎无法叙述。但是,奇特的是,在近代中国天翻地覆的那段重要历史时期,他竟然远离自己的祖国长达十六年之久——十六年后,当他重新踏上自己的国土时,面对的已不再是掉脑袋的死亡之险,而是就任中华民国临时大总统。梳理出这样一个传奇人物的人生经历是困难的,因为众多的研究史料已将他独特的所作所为涂满了斑斓的油彩,历史的情节缘此在国人的追忆里被装点着,犹如充满写意性构想的中国戏曲文本。

一八六六年十一月十二日凌晨四时,即大清国同治五年农历丙寅年十月初六寅时,孙中山出生在中国广东香山县翠亨村。这个被潺潺溪流和青翠树木环绕的小村庄临近海岸线,距澳门和香港五六十里。孙中山后来说自己是"农家子也,生于畎亩,早知稼穑之艰难"。③的确,他六岁便"到金槟榔山打柴,拾取猪菜。每年还要替人牧牛几个月,换回牛主用牛给孙家犁翻二亩半地的工价"。④这个与众不同的孩子"喜为人打仗,见群儿被人欺凌,则大抱不平,必奋勇以打,即打不赢,亦不稍退"。⑤他对社会不公的憎恨在懵懂中生成:"当我达到独自能够思索的时候,在我的脑海中首先发生疑问,就是我自己的境遇问题,亦即我是否一辈子在此种境遇不可,以及怎样才能脱离这种境遇的问题"。⑥令人难以置信的是,他对自己苦难缘由的思考,竟然直指紫禁城中的满清皇帝——同治皇帝爱新觉罗·载淳病故,醇亲王之子爱新觉罗·载湉即位的那年,孙中山才九岁,有史料记载,那时他在听了老人们讲述的太平天国的故事后,说过这样一句话:"洪秀全灭了满清就好咯!"虽然与父辈一样,他的头上也有一条表示顺从皇室的辫子,尽管他的童发编成辫子如同一缕细麻,但是,顶着这样一条发辫却怀有如此清晰的叛逆念头,对于一个臣民的孩子,特别是偏居于国土一隅的农家孩子来讲,不能不说是一种惊人的早熟。

十三岁的时候,孙中山去檀香山投奔哥哥孙眉。孙眉十五岁时远渡重洋谋生,凭借着坚韧与勤劳成为一位富裕的牧场主。哥哥希望孙中山受到良好教育,资助他先后就读于火奴鲁鲁意奥兰尼学校(男子初中)和奥阿厚书院(高级中学)。出洋的经历对于这个农家孩子的成长影响巨大——"始见轮舟之奇,沧海之阔,自是有慕西学之心,穷天地之想。"⑦很快,孙眉发现弟弟确实"穷天地之想"了,孙中山竟然要加入基督教。出于对弟弟人生走向的隐约担忧,孙眉迅速将弟弟送回国。

后来,孙中山在回忆檀香山的读书时光时说:"就傅西校,其教法之善,远胜吾乡。故每课暇,辄与同国同学诸人,相谈衷曲,而改良祖国、拯救同群之愿,于是乎生。当时所怀,一若必使我国人人皆免苦难,皆享福乐而后快者。"⑧回到故乡的孙中山很快就惹了祸:他和儿时的伙伴把村里的神像砸了,并且拿着铜钱到处说上面的文字不是中国字而是满洲字,因此统治中国的皇帝不是中国人。由于不被乡俗接纳,他被迫去了香港,先后就读于拔萃书室和中央书院。这期间,他与一个名叫卢慕贞的同乡女子结婚,同时受洗加入了基督教——直到四十余年后的弥留之际,孙中山仍然自豪地说:"我是基督教徒,上帝派我为我国人民去同罪恶奋斗,耶稣是革命家,我也一样。"⑨

二十岁那年,孙中山转而学医,先入广州博济医院,再入香港西医书院。他是这样解释为什么选择医学的:"以学堂为鼓吹之地,借医术为入世之媒。"⑩此时的孙中山在同学中已属另类——"聪明过人,记忆力极强,无事不言不笑,有事则议论滔滔。九流三教,皆可共语;竹床瓦枕,安然就寝;珍馐藜藿,甘之如饴。"⑪在香港读书期间,他结识了一群志同道合的反叛者,"每遇休暇"便聚集在寝室,"畅谈革命,慕洪秀全之为人。又以成者为王,败者为寇,洪秀全未成而败,清人目之为寇"。孙中山认为自己的志向"犹洪秀全也",因此可谓清廷"大寇"。⑫

同学关景良的母亲曾问以"寇"自称的孙中山:

"你志高言大,想做什么官,广州制台吗?"

"不!"

"想做钦差?"

"不!"

"那么,你想做皇帝?"

"我只想推翻满清政府,还我汉族河山,那事业比做皇帝更高更大!"⑬

对于普通百姓来讲,皇帝是满族还是汉族,与他们的日子并无太大关系。孙中山的回答定会让那位母亲一头雾水,她担心的是这个满脑子古怪念头的孩子能否为自己的将来谋个饭碗。

然而,这个满脑子反叛念头的学生,诸学科成绩均名列前茅。一八九二年,在毕业典礼上,孙中山因医学、产科学和公共卫生学三门课成绩名列第一而受到特殊嘉奖——香港总督 W. Robinson 亲自为他颁奖,奖品是享誉西方医学界的三本实用医书:《婴孩与儿童之病症》、《外科肾症》和《神经之损伤与病症及其治疗》。

孙中山先后在澳门与广州行医,医术之精湛"一时无两"。经他治愈的士绅在报纸上登出广告:"大国手孙逸仙先生,我华人而业西医者,性情和厚,学识精明,向从英美名师游,洞窥秘奥,现在镜湖医院赠医数月,甚著功效。"⑭澳门《镜海丛报》这样描述了孙中山医治病例的神奇:"陈宇,香山人,六十一岁,患沙淋八年矣,辛楚殊常,顷在医院,为孙医生割治,旬日便痊,精健倍昔。又西洋妇某,胎产不下,延孙治之,母子皆全。又卖面食人某,肾囊大如斗,孙医用针刺去其水,行走如常。"⑮具名"濠镜榷舍主人前山军民府魏"的人,连续在报纸上发表署名文章,陈述自己二十多年的痔疮被孙医生治好的经过:

> 予久闻孙逸仙之名,亦知其医法,无论内外奇难杂症,莫不应手回春,奏效神速,且非以此谋利者。及经何瑞田力荐,予愈信之不疑,遂于去岁腊月封篆后延请孙逸仙诊视。据云,医有数法,或刀、或剪、或烧、或线扎、或药水激,愿用何法治之,听裁。予请以药水激。又云,此痔甚老,激一次恐不能除根,姑试治之。遂用水激之法,略与针刺相似,并无甚苦,约五六秒之久,离针便照常矣。次日又激,兼服药丸,每泻一次,其痔略枯,数次后枯缩过半,不过七日之功,其痔遂脱,毫无他害。念余年痼疾,一旦顿除,因之家内男女老幼上下人等,亦

皆信之不疑,请其医治。或十数年之肝风,或数十年之脑患,或六十余岁之咯血,均各奏效神速。⑯

孙医生还颇有经营头脑,开了药局自己配药卖药,药局登出的广告是:"本局拣选地道良药,各按中西制法,分配成方。中药则膏丹丸散,色色具备,并择上品药料,监工督制。每日所发汤剂,皆系鲜明饮片。参蓍术桂,不惜重资购储极品,以待士商惠顾,冀为传播。所制西药,早已功效昭昭,遍闻远近,无烦赘述焉,中西各药,取价从廉。"⑰

行医与卖药令孙中山"每年所得亦不止万余元"。

这是除了在朝廷的科举考试中金榜题名之外,一个出身贫苦的帝国青年实现人生梦想的绝佳奋斗范本。可以想见,用不了多久,这个身穿绸缎长衫的年轻医生就会成为声名和财产都显赫一方的绅士。

但是,孙中山并不认为悬壶济世是他人生的最高境界,他很想在帝国的官场中谋一个位置。他托人请求香港总督 W. Robinson 写信给北洋大臣李鸿章推荐自己。李鸿章竟然回信答应让孙中山到北京候缺,每月暂给五十元的生活费,先授予钦命五品军牌。然而,当孙中山和他的英国老师康德黎一起去两广总督府领取进京的牌照时,却受到总督府官吏们的百般刁难,其中一项是让他们各自"填写三代履历"。愤怒令孙中山反身离去,北上进京未能成行。

执著的孙中山决定另辟晋见李鸿章的门路,其经过可谓熟谙帝国官场的人情运作:先求被他治愈了二十多年的痔疮、曾经做过澳门海防同知、时已辞官在家赋闲的魏恒给广东候补知府盛宙怀写信,求盛宙怀出面求其堂兄即帝国当时最著名的官商盛宣怀,再让盛宣怀写信给对他倚信有加的李鸿章推荐自己。孙中山带着魏恒的信到达上海,果真得到了盛宙怀的推荐信。同时,他还拜见了曾在洋务派创办的上海织布局、轮船招商局等企业中担任过总办、帮办的同乡郑观应。郑观应不但介绍孙中山认识了在上海主持格致书院的王韬,求王韬写信给李鸿章的幕僚罗丰禄推荐孙中山,而且还亲自写信给时任津海关道的盛宣怀,求他介绍孙中山晋见李鸿章,信中对孙中山的介绍是:"其志不可谓不高,其说亦颇切近,而非若狂士之大言欺世者比。"⑱一八九四年六月,孙中山抵达天津,随即通过盛宣怀、罗丰禄等人将自己写的陈述书呈递给李鸿章。在陈述书中,孙中山主张中国应该全面西学,以实现人能尽其才、地能尽其利、物能尽其用、货能畅其流。然后,他等待着与这位大清帝国重臣的会面。

据说,李鸿章的回话是:等打完了仗再说。

李鸿章正被甲午战事弄得焦头烂额。

作为以推翻帝制为奋斗目标的著名革命者,孙中山的这段经历显然令他的形象有些模糊。后来,他说自己当年急于求见李鸿章,是因为筹备的武装暴动已"端倪略备",需要"北游京津,以窥清廷之虚实"。[19]且不说当时孙中山根本没有准备暴动,即使是已经准备了,也无须跑到距广州几千公里的北京和天津探听虚实;而即使真的需要探听虚实,也无须必见李鸿章才能有所收获,李鸿章怎么会与一介草民交谈国之大事？唯一可以解释的是,孙中山对李鸿章抱有某种幻想,企图通过他实现自己的政治理想。李鸿章在当时的汉族大吏中权势最盛,且被认为是唯一通晓洋务的朝中显贵。

被李鸿章拒绝的孙中山心情复杂,"李曾积累了怎样大量的财富是远近皆知的……"他转而揭露这位帝国重臣,"我在天津,有很好的机会看到他发财致富的方法之一,就是各级文武官员从整个国家各部分成群而来请求任命,但是就在他们的呈文到达李鸿章以前,他们必须支付大量的贿赂给李的随员。"[20]绝望令孙中山"怃然长叹":"知和平之法无可复施,然望治之心愈坚,要求之念愈切,积渐而知和平之手段不能不稍易以强迫。"[21]——将和平手段转变为"强迫",此种转变哪怕是"稍易",也只意味着使用暴力。

孙医生有使用暴力的准备和条件。在两广总督府遭到官吏刁难之后,他曾回翠亨村做过一次爆炸试验,生生地把一块写有"瑞接长庚"的石匾炸成了两半——能配治病之药,也必能配治世之炸药,两者皆得益于当年化学成绩的优异。

这一年的秋天,孙中山去了檀香山。

他去那里的目的十分明确:准备武装暴动。

孙医生的职业革命生涯由此开始。

檀香山是太平洋中由火山环岛组成的岛屿。在这座岛屿上一个政治组织的出现,被认为是中国近代史上具有开天辟地意义的大事。只是,无论从当时还是从现在的角度看,这个政治组织的创建过程都显得十分仓促简陋。

檀香山有华侨两万多人,问题是大多数华侨并不愿与孙中山一起造反,原因是怕"作乱谋反"会导致"破家灭族"。孙中山"多方游说,奔走逾月,仅得同志数十人"。[22]一八九四年十一月二十四日,人虽少但还是聚在了一起,开会地点是檀香山卑涉银行经理何宽的家。何宽也是广东香山人,富有而具政治激情,孙中山哥哥孙眉的商业存款都放在他的银行里。孙中山提议成立的组织取名为兴中会。从字义上理解显然是振兴中华的意思。会议宣布了组织章程,选举永和泰号司事刘祥为主席、何宽为副主席,永和泰号司账黄华恢为管库,程蔚南(商人)、许直臣(教育家)为正副文案,李昌(公务员)、郑金(公务员)、黄亮(商人)、李禄(商人)、李多马(商人)、邓荫南(农业家)、林鉴泉(报人)等为值理。虽然会后会员们多方奔走,但檀香山兴中会总人数穷尽考证仅有一百二十多人。冯自由《兴中会会员人名事迹考》记载:"其中有一人二名者,亦有不用本名者,以年代湮远,无从考查。"

檀香山兴中会的章程中,并没有推翻满清政府的言辞,明确申明其政治宗旨是"振兴中华,维持国体":

> 中国积弱,非一日矣!上则因循苟且,粉饰虚张;下则蒙昧无知,鲜能远虑。近之辱国丧师,剪藩压境,堂堂华夏,不齿于邻邦;文物冠裳,被轻于异族。有志之士,能无抚膺!夫以四百兆苍生之众,数万里土地之饶,固可奋发为雄,无敌于天下。乃以庸奴误国,荼毒苍生,一蹶不兴,如斯之极。方今强邻环列,虎视鹰瞵,久垂涎于中华五金之富、物产之饶。蚕食鲸吞,已效尤于接踵;瓜分豆剖,实堪虑于目前。有心人不禁大声疾呼,亟拯斯民于水火,切扶大厦于将倾。用特集会众以兴中,协贤豪而共济,抒此时艰,莫我中夏……[23]

兴中会会员入会必进行宣誓,虽然形式是"以左手置耶教圣经上,举右手向天依次读之",但誓词的内容却是"联盟人某省某县人某某,驱除鞑虏,恢复中国,创立合众政府,倘有贰心,神明鉴查"[24]——有史家说,这段誓词的内容当可存疑,因为十年前来到檀香山的那个学生虽已是体面的医生,但会员们应该明白谋反是要掉脑袋和抄家产的,他们不会跟着这位医生公开说出"驱除鞑虏"这样大逆不道的话,因此这段誓词很可能是后人加以完善的。以下情景便可印证这样的誓词是何等的令人不安:"在檀鼓吹数月,应者寥寥,仅得邓荫南与胞兄德彰二人愿倾家相助,及其他之亲友数十人赞同而已。"㉕

檀香山兴中会成立后,会员交纳会费二百二十八元。拥有一座农场和一间商店的邓荫南把农场卖了,将所得的万余元全部交给孙中山,哥哥孙眉也用低贱的价格卖了很多牛。孙中山发行了一种股票,规定每股十元,承诺革命成功后可得本利一百元,以筹集暴动资金——虽然利率很高,何时兑现尚不可知,但此举已为反政府行为赋予了商业投资色彩,可谓史无前例。孙中山还提议组织华侨兵操队,要求会员每周进行两次军事训练"以便回国起义"。但是,因兴中会会员都有各自的职业,来参加者只有二十来人,华侨兵操队终因"不能持久,宣告解体"。㉖

显然,孙中山在檀香山的活动不足以支持一次武装暴动。

于是他准备远去美洲筹款。

临行前,他接到了宋耀如的一封信,这封信令他改变了主意。

宋耀如,即宋嘉树,一八六三年生于海南文昌,九岁随兄赴东印度群岛,一八七八年前往美国华盛顿,两年后加入基督教会,一八八六年回到中国传教,一八九二年在上海创立中华基督教青年会,同时经营印刷、面粉、机器进口等商业。孙中山北上京津途经上海时,宋耀如与他相识相知,并由此开始倾尽一生的财力支持他。具有反叛思想的宋耀如在信中说,清军在与日军的作战中屡战屡败,现在应该是革命者乘虚而入、赶快行动的最佳时机——数年之后,因为那个名叫宋庆龄的女儿嫁给了孙中山,宋耀如随之成为孙中山的岳父,这是当时的宋耀如与孙中山都没有想到的——孙中山立即终止了去美洲的计划,与邓荫南等人从檀香山回国,准备武装暴动夺取广州城。

路经香港时,孙中山召集学医时结识的志同道合的密友陈少白、杨鹤龄等人,成立了香港兴中会,总部设在香港中环士丹顿街十三号,托名经营贸易的乾亨行为掩护。"乾亨",取《易经》"乾元奉行天命,其道乃亨"之意;而孙中山赋予的内涵是:"物极必反,汉族已有否极泰来之象。"檀香山兴中会宣言中直指皇室的"庸奴误国,荼毒苍生,一蹶不振,如斯之极"等词句,在香港兴中会的章程中被修改得愈加愤恨严厉:"政治不修,纲维败坏,朝廷则鬻爵卖官,公行贿赂,官府则剥民刮地,暴过虎狼。盗贼横行,饥馑交集,哀鸿遍野,民不聊生。呜呼惨哉!"㉗

此时,有姓名可考的兴中会员已有一百七十八人,其中百分之七十是海外华侨,包括商人九十六人,工人三十九人,公务员十人,秘密会党成员十二人,农场主六人,医生、教员、报界人士和传教士共九人,水师官兵四人,学生二人。㉘这些反叛者的社会成分,显然与中国历史上的那些被赤贫逼得铤而走险的起义农民有了本质的区别。

兴中会组织暴动的目的,是在两广地区建立一个独立的共和国。之所以选择广州,孙中山的理由有三:一是熟悉那里的情况;二是广州是南方大都会和重要港口,一旦占领影响巨大;三是那里的清军正因为待遇不佳闹事,此时煽动他们造反,也许会"欣然从命,愿效死力"。当然,曾任两广总督的李瀚章的贪腐行径,也是鼓动民心逆反的最好武器:

> 时为两广总督者曰李瀚章,即李鸿章之兄也,在粤桂两省之内创行一种新例:凡官场之在任或新补缺者,均领纳定费若干于督署。是又一间接剥民之法也。官吏既多此额外之费,势不得不取偿于百姓。且中国官界,每逢生日,其所属必集资以献。时两广官场以值李督生日,醵金至一百万两以充贺礼;此一百万两者,无非以诱吓兼施、笑啼并作之法,取资于部民之较富者。而同时督署中,又有出卖科第、私通关节之事,每名定费三千两。以是而富者怨,学者亦怨。凡兹所述,皆足以增兴中会之势力,而促吾党之起事者也。㉙

暴动准备迅速展开:建立行动指挥机关和制造炸药的机关,招募会党绿林好汉充当作战人员,制定出"分道攻城"的作战计划,其中最重要的是购买武器。孙中山首先求助于日本人。日本驻香港领事中川恒次郎在会见孙中山后写信给日本首相:

> 本月一日,经友人介绍,有清国人姓孙名文(西洋医师)来馆。其有乃企图颠覆政府人物之一。孙文来馆目的,意在向日本提出武器援助要求。云现在广州戒备森严,举事困难,

且又缺乏武器,望能为其筹措枪炮两万五千、短枪一千等。当中川问其起义的目的及方法时,孙文答:起义者乃兴中会,即振兴中国之会,其中亦有哥老会等。但未说明其党员人数。只云,一旦举事,必四方响应,"统领"为康有为、吴君(原驻神户领事,号汉涛)、曾纪泽之子等四人。中川又问:成功之后,谁为总统?孙文答:未及考虑。若能承诺前项武器要求,则立即四方募集党员。㉚

日本政府拒绝了孙中山的请求。

于是只能依靠香港兴中会会长杨衢云另想办法购置枪支。

杨衢云,香港湾仔国家书院教员,后任招商局船务书记。香港兴中会成立时,虽然孙中山"不欲",但杨衢云"坚欲取得会长"。

暴动即将举行,内部出了风波。

风波起自一个现实问题:如果暴动成功,谁来当两广总统?

杨衢云和他的支持者认为,孙中山是"一个轻率的莽汉","一言一行都显得奇奇怪怪","不能将领导运动的重大责任信托给他";他们认为杨衢云是总统的当然人选,不然不足以号召中外响应。孙中山的支持者极力反对,不但认为总统非孙中山莫属,而且扬言如果谁敢染指这一职位"非杀他不可"。最后,还是孙中山主动提出"把总统的名义让给杨衢云",㉛风波才得以平息。

一八九五年十月二十五日,即农历九月初八,这一天发生的事件在中国近代史上被称为"乙未广州起义"。

其实,起义连失败都算不上,因为它根本就没有开始。

约定起义的那一天,作为攻城主力的香港和汕头两个方向的作战人员始终未到,就连由杨衢云负责从香港秘密运往广州的枪支也迟迟没有消息。孙中山认为情况不妙,立即决定中止行动,并电告香港不要再运武器来广州。但香港方面回电说,运送武器的船只已经起航。实际上,大清朝廷早就得到了密报,运送武器的船只刚一靠岸,清军兵丁便蜂拥而上,连人带武器一并查获。紧接着,广州开始了全城大搜查,暴动指挥机关被捣毁,孙中山的密友陆皓东等人被捕。而那个声称总统非他莫属的杨衢云获悉后,立即取道越南、新加坡和印度,一直逃到了遥远的南非。

1911

尽管朝廷悬赏千元缉拿孙中山,孙中山还是逃脱了。他把起义名册烧掉,短枪扔到井里,在广州城藏匿了两天后,化装成商人租了一条小船,经顺德到香山之唐家湾,然后乘轿子到达澳门,再从澳门乘船去香港,由此开始了他长达十六年的流亡生活。

陆皓东,父亲是上海商人,父亲去世后随母亲回到故乡,是孙中山少年时的伙伴,两人同时受洗加入基督教。他曾陪孙中山由广州北上京津,后在香港加入兴中会,创建兴中会广州分会,组织暴动时"拟定青天白日"为旗帜。他再也没有机会陪伴孙中山浪迹天涯了。在被砍头之前,陆皓东在供词中痛斥大清朝廷的黑暗,说自己举事的目的就是要杀掉一两个"狗官"——"直认革命不讳,虽叠受非刑,亦不供出同党":

> 吾姓陆名中桂,号皓东,香山翠微乡人,年二十九岁。自居外处,今始返粤,与同乡孙文同愤异族政府之腐败专制,官吏之贪污庸懦,外人之阴谋窥伺,凭吊中原,荆榛满目,每一念及,真不知涕泪之何从也。居沪多年,碌碌无所就,乃由沪返粤,恰遇孙君,客寓过访,远别故人,风雨连床,畅谈竟夕。吾方以外患之日迫,欲治其标,孙则主满仇之必报,思治其本,连日辩驳,宗旨遂定。此为孙君与吾倡行排满之始。盖务求惊醒黄魂,光复汉族。无奈贪官污吏,劣绅腐儒,靦颜鲜耻,甘心事仇,不曰本朝深仁厚泽,即曰我辈践土食毛。讵知满洲以贼洲贼种,入主中国,夺我土地,杀我祖宗,据我子女玉帛,试思谁食谁之毛,谁践谁之土。扬州十日,嘉定三屠,与夫两王入粤,残杀我汉人之历史尤多,闻而知之,而谓此为恩泽乎?要知今日非废灭满清,决不足以光复汉族;非诛除汉奸,又不足以废灭满清。故吾等尤欲诛一二狗官,以为我汉人当头一棒。今事虽不成,此心甚慰,但我可杀,而继我而起者不可杀尽。公羊既殁,九世含冤;异人归楚,吾说自验。吾言尽矣,请速行刑。㉜

史书记载,陆皓东乃"兴中会员流血之第一人"。㉝

孙中山则称他为"中国有史以来为共和革命而牺牲者之第一

人"。㉞

孙中山在朝廷追捕下的流亡过程险象环生。

到达香港后,他的老师康德黎向律师咨询香港能否接纳政治犯。律师回答说此前还没遇到这种事,因而很难预料港督的态度,建议孙中山还是尽快离开为妙。孙中山立即去香港汇丰银行取款,准备再次逃亡。此时,他的身后已跟上了港方密探:"此次替叛党组织筹募经费的骨干人物,名叫孙文,或称孙逸仙……侦知他在十月三十一日,曾经香港汇丰银行提款三百元,然后转往皇后道一楼宇,之后便失其行踪,大概是从后门遁去。"㉟第二天,大清朝廷便向香港方面要求引渡孙中山。可是,香港方面拒绝逮捕孙中山:"孙文如来港,必驱逐出境,不准逗留。"——英国人的原则是:只要引渡回去的人会被砍头,就坚决不予引渡。毫无疑问,孙文只要落在大清朝廷的手里,必会即刻身首分离。

孙中山与陈少白、郑士良乘坐一条日本货船,经过十四天的颠簸抵达神户。刚一上岸,就看见了当地《神户又新日报》上的醒目标题:《广东暴徒巨魁之履历及计划》。文章描述了广东暴动的起始,其经过甚至比孙中山知道的还要详细。陈少白在《兴中会革命史要》中说:"我们从前的心理,以为要做皇帝才叫'革命',我们的行动只算造反而已。自从见了这张报纸以后,就有'革命党'三字的影像印在脑中了。"第二天,三个人转移到横滨。在这里他们打听到的消息是:日本政府允许引渡政治犯。于是,孙中山决定远逃美洲。为了摆脱密探的跟踪,他干脆剪掉辫子,把长袍马褂换成了西装——"即使是日本人,也常常把我看成是他们的同胞。"㊱孙中山走了,郑士良返回香港,陈少白因为无法办妥去美国的护照留在了横滨。

孙中山去了檀香山。

此刻,两广总督谭钟麟接到了朝廷的严厉上谕:

……该匪首孙文杨衢云纠合党类,竟至四五万人之多,在省城租定民房,潜谋不轨,该督等岂竟毫无见闻!著谭钟麟、成允严密访查,务将首犯迅速捕获,以期消患未萌……将此由四百里谕知谭钟麟,并传谕成允知之。㊲

孙中山决定逃往美国。

他在檀香山还没有动身,朝廷的公函已到达驻美公使杨儒的面前:"粤东要犯孙文谋乱发觉,潜逃赴美,希即确查密复"。㊳

一八九六年六月十八日,孙中山刚刚抵达旧金山,大清帝国驻旧金山领事冯咏薇便收到了密探的电报。密探不但把孙中山的行程探得一清二楚,连他随身携带的当年上书李鸿章的草稿和几本书都已偷来:

> 孙文,原字帝像,别号逸仙,改字载之,香山县蔡坑村人,现改成早埔头人,年约三十左右,身材短小,面黑微须,剪发洋装,由檀香山行抵金山。同伴有二洋人,一名卑涉,亦美国金山人,素系檀岛银行副买办;一名威路,亦美国人,向在檀岛服官。前此创议废主,因其未隶檀籍,所谋不逞,均挟厚资,居檀年久,是否孙同党,尚难臆断。惟见同船偕来,交情甚洽。孙文借寓金山沙加免度街第七百零六号门牌华商联胜杂货铺内,闻不日往施家谷转纽约,前赴英法,再到新加坡。并闻有沿途联合各会党、购买军火、欲图报复之说。该犯随身携带私刊书册两本,虽无悖逆实迹,检其上李傅相书,确有该犯之名,显系孙文无疑。现将原书设法觅取寄呈,俟访明该犯赴纽行期,再行电禀。㊴

当时,美国与大清国之间没有引渡条约,因此驻美公使馆无法直接逮捕孙中山。在密探的跟踪监视下,孙中山乘火车横穿美国国土,沿途在各城市短暂逗留时,仍竭力宣传中国何以要推翻满清政府,以争取华侨的支持。但是,"言者谆谆,听者藐藐,且以中山为谋反大逆,视同蛇蝎,其肯与往还者,仅耶稣教徒数人而已"。㊵

九月二十三日,孙中山决定前往英国。

他在大西洋东海岸刚一登船,驻美公使杨儒便致电帝国驻英公使龚照瑗:"现据纽约领事施肇曾探悉,孙文于九月二十三号礼拜三搭WHITE STAR LINE(白星轮船公司)'麦竭斯的'号轮船至英国黎花埠登岸。"㊶龚照瑗立即与英国外交部交涉,希望利用英国与香港和缅甸之间的引渡条款,将孙中山由英国引渡回国。但是,英国方面回答说,香港和缅甸的引渡条款不适合他处,尤其不适合英国本土。帝国公使馆在无权实施逮捕的情况下,只好雇用伦敦的侦探对孙中山实施严密监视。

孙中山到达伦敦后,投奔了他的老师康德黎,而跟在他身后的密探也是尽职尽责:

> 在二日星期五那天,他于上午十点三十分离开赫胥旅馆,雇了一个10850号四轮马车装行李,到葛兰旅店街八号,将行李运入,该人亦进去。他在该处到上午十一点三十分才出来,步行到牛津街,看看商店的玻璃窗子,于是走进上霍尔庞一一九号(文具店),再进加快食堂吃了午饭,于下午一点四十五分回到葛兰旅店街八号。下午六点四十五分他再出来,走到霍尔庞街的一个饭馆停留了三刻钟,再回到葛兰旅店街八号的时候,已经八点三十分,就不再看见他了。以后每天都有人监视他,但是没有什么重要的事情发生。此人常在主要街道散步,四周顾望。他不在家里吃饭,到各种饭馆去吃。㊷

从密探如此琐碎的报告上看,孙中山仅仅是在四处闲逛。

可是,十月十一日,还是出事了。上午十点半,孙中山再次拜访康德黎,途中遇见一位广东老乡,两人边谈边走,走到大清帝国驻英国公使馆门口的时候,他被"挟入馆中"——挟他的人就是那位广东同乡、公使馆翻译邓廷铿。

关于孙中山如何被关进帝国驻英国公使馆的,有两种相互矛盾的说法。公使馆始终不承认他们实施了绑架,说是孙中山自己走进公使馆的,陌生人闯进帝国公使馆当然要扣押盘问。而孙中山也曾说过是他自己走进去的,有陈少白的记述为证:"当时孙先生对我说,他早已知道公使馆,他故意改换姓名,天天跑到公使馆去宣传革命。后来,公使馆的人疑惑起来,因为当时广州起义之事,传闻还盛,以为这人,或者就是孙逸仙。公使随员邓廷铿因为是同乡,就试出他的确是孙逸仙。于是孙先生就被他们拘禁起来了。"㊸——逃亡了大半个地球之后,竟然自投罗网跑进大清帝国的公使馆"宣传革命",这无论如何都令人难以置信。孙中山后来在较为正式的记述中说他确实是被绑架的:"道遇公使馆随员邓廷铿,自言是香山同乡,他乡遇故,就拉到邓家内谈天。原来他的家,就是中国公使馆,以后……又遇到好几次,末了一回,即被

挟持登楼,禁诸室中。"㊹

有一个细节值得注意:邓廷铿曾给被囚禁的孙中山一个建议,建议他给公使馆二等参赞、英国人马格里写信,求马格里从中通融,前提是信中必须申明孙中山是"自动前来使馆"而不是被挟持的。孙中山即刻写了这封信,这封信由此成为公使馆对外辩解的有力物证——此时,与轮船公司谈判如何把孙中山秘密押送回国的人,正是马格里。据说马格里的计划是:先把孙中山捆起来,嘴里塞进棉花,戴上镣铐,趁着夜色将其拖进船舱,在煤堆里藏起来,然后直驶中国广州。

得知上当的孙中山十分绝望,他想到了清廷的酷刑:"首先他们将用老虎钳把我的踝骨夹紧,再用铁锤敲碎;接着是割掉我的眼皮;最后把我剁成碎块,使任何人都无法认出我的尸体。"㊺由此,他开始考虑如何在半路上跳船自杀,甚至还考虑了在自杀未果的情况下回到大清帝国遭受酷刑时如何供词:

> 我已完全决定采取任何行动,下决心尽一切努力跳下船去,葬身英吉利海峡、地中海、印度洋或中国海。如果这些试图不成功,不幸抵达目的地广州,我决定立即招认以免遭第一轮酷刑。即使如此,像我这样的案子仍然会受许多罪,因为他们会对我进行最残酷的严刑拷打,逼我出卖同志。我决心宁肯挨到死也决不这样做。㊻

如果真是这样,中国近代史将是另一种样子。

孙中山死里逃生的经过简单而迅速。他以"中国皇帝仇视中国的基督教徒"为由,说服了在公使馆内工作的英国工人柯尔,柯尔将他的信带出公使馆交给了康德黎:

> 予于前星期日,被二华人始则施以诱骗,继则复骤加强暴,将予幽禁于中国使馆中。一二日后,使馆将特雇一船,解予回国,回国后必被斩首,奈何?㊼

康德黎立即奔走于英国外交部和英国警察局,要求他们出面制止大清帝国公使馆在英国国土上公然绑架的行为。两天之后,英国外交部和警察局开始干预。勇敢的柯尔还策划了让孙中山从被关押的斗室的房顶逃脱的计划。但是英国警方不同意,说一两天后保证让这个被关押的基督徒从大清帝国公使馆堂而皇之地走出来。英国警方的强硬来自舆论的压力。《泰晤士报》刊登了英国学者的文章,说大清帝国在英国国土上随便抓人是对英国皇权的蔑视。而《地球报》特地出版了刊有《中国政府驻伦敦公使馆绑架和监禁一位中国名人》的号外,指出被绑架和监禁者曾"密谋攻占广州总督府,其最终目的是推翻满族或鞑靼王朝",因为"中国在它的统治下显然日益恶化,除非推翻这个王朝,否则不能指望国家事务得以改善"。㊽结果是伦敦全城轰动,记者们蜂拥前往公使馆,英国政府正式照会大清帝国公使,要求释放被绑架的人。十月二十三日下午,在英国外交部的强大压力下,公使馆终于承认关押着一个人,而且同意释放这个人,条件是英国政府确保这个人返回香港后,不再从事谋反朝廷的活动。英国外交部的回答是:释放时间不允许超过今日下午十四时。十四时半左右,在英国外交部官员、英国警方的一位探长和康德黎的陪同下,孙中山走出了大清帝国驻英国公使馆。

大批记者连日尾随采访,英国报纸连篇累牍地报道,采访报道刊登在美国、日本和新加坡等地的报纸上——孙中山不再以医术而是以"著名的谋反者"出名了。

他致函各大报刊主笔:"最近几天中所发生的实际行动,使我对充溢于英国的宽大的公德心和英国人民所崇尚的正义,确信无疑。""我对立宪政府和文明国民意义的认识和感受愈加坚定,促使我更积极地投身于我那可爱而受压迫之祖国的进步、教育和文明事业。"㊾

没有证据表明,英国政府与企图推翻大清王朝的谋反者立场一致。将这件事看成一个偶发的外交事件更为恰当。显然,英国舆论以帝国公使馆侵犯英国法权为名大加非难,确实起到了意想不到的效果。处于鼎盛时期的大英帝国认为,只要踏上这片国土的人都将受到保护,不允许别国特别是那个软弱无能、声名狼藉的大清朝廷在他们的地盘上任意妄为,这就是大国风范。

英国人绝对无法想到,他们的行为不仅保住了一颗脑袋,也成全了中国近代史。

龚照瑗立即给帝国总理衙门发去电报:"孙犯已在馆扣留十三日,有犯党在馆旁逻,馆中人出入亦必尾随,日夜无间,竟无法送出。外间亦有风声,船行亦不敢送,只得将购定之船退去。与外部商允,如孙回香港,必由港督严查,并请具文以凭饬港督照办等语。因将孙犯释放,仍派人密跟。"⑩

可以想见清廷收到这封电报后该是多么的恼怒。

那段时光里的中国皇帝,并不是一个真正意义上的帝王。他本是出生在亲王之家的一个普通孩子,他当上皇帝的唯一原因是驾崩的同治皇帝没有儿子。当皇太后宣布皇位由醇亲王之子继承的时候,这个名叫载湉的孩子年仅四岁。慈禧的决定十分突然,除了醇亲王的福晋是皇太后的亲妹妹这个原因之外,没人能说得出这个孩子被选中的其他理由。作为父亲,醇亲王在朝上听到懿旨后,"惊遽敬唯,碰头痛哭,昏迷伏地,掖之不能起"㊶——感到意外是肯定的,受宠若惊也可以理解,捣蒜般地磕头并且大哭不止,然后瘫倒在地扶都扶不起来,这样的情形令人疑窦丛生。不久之后,醇亲王辞去一切官职,以万分的小心试图躲避危险,可他还是死了,据说死于受到慈禧喝斥之后的精神崩溃。年号光绪的小皇帝载湉,其成长经历犹如一部深宫悲剧。从被人抱上龙椅时吓得大声啼哭时起,他始终处在严厉管教和饱受恫吓的日子里。即使熬到十九岁,可以登基理政了,慈禧依旧牢牢掌握着帝国的统治权,他除了对皇太后唯唯诺诺之外,行使不了应该属于皇帝的任何权力。他曾经试图利用激进文人的变革挽回地位,但是在皇太后的一系列压制手段下,包括在菜市口刑场砍掉了他的心腹们的脑袋,他再一次陷入囚徒般的孤寂中。年轻的光绪体弱多病,年老的慈禧硬朗结实。既然在寿命上都没有熬过皇太后的把握,这个可怜的皇帝很早就意识到,自己旷日持久的傀儡生活没有任何改变的可能。

皇太后慈禧是中国近代史上最强有力的女人。这个有着传奇人生和美丽容颜的女人经历了太多的危险时刻,每一次转危为安的过程都与她成功地砍掉了某些人的脑袋密不可分。二十七岁那年,她的丈夫咸丰皇帝死了,这个面容姣好的寡妇以惊人的胆识和手段,成功藏匿了咸丰皇帝留下的可以将她处死的密旨,随后策划了"辛酉政变",将那些威胁她生存的前朝重臣一一押解到菜市口刑场,其中咸丰皇帝最倚重的顾命大臣肃顺被割烂舌头,砍断双腿,然后斩首。慈禧开始了她对大清帝国长达数十年的垂帘听政。没有史料表明,她对自己的儿子同治皇帝的短命有过极度的悲伤,她迅速选定另一位幼帝的原因是,她需要继续掌握这个庞大帝国的最高统治权。可是,随着光绪皇帝长大成人,随着帝国在积贫积弱中沉沦,试图剥夺她的统治权的戊戌变法发生了,可结局依旧是滚落在菜市口刑场上的几颗脑袋让她渡过了政治危机。这个迷恋权力、京戏、化妆术、奢华的服饰以及南北风味兼具的美食的皇太后,自垂帘听政的那天起便无法回避一个令她寝食不安的现实:大清帝国如同她的容颜一样,正在无可挽救地走向衰败。强大的外国舰队沿帝国的海岸线林立,朝臣被迫不断地在各种屈辱的条约上签字,边疆的领土和沿海的岛屿在各种奇特的理由下被割让出去,各国的洋式楼房在帝国国土上的租界地里盖得堂皇而坚固……二十世纪第一年来临之际,北方田野中的近十万农民以杀洋鬼子为名冲入京城,她本想借义和团之手灭掉阻碍她废黜光绪皇帝的洋人,结果却是她和整个朝廷被打进京城的洋人逼出皇宫,开始了不堪回首的逃亡生活。一年之后,当得知需要付出巨额赔款的《辛丑各国和约》签订后,慈禧说出的一句话令人震惊:"量中华之物力,结与国之欢心。"——没人相信这句话出自她的肺腑,因为无论在皇族还是臣民心中,"量中华之物力,结皇家之欢心"才是人间正道。然而,这时候的大清帝国,其"物力"已接近崩溃的边缘,国际地位的屈辱、武装力量的脆弱、国家政治的腐败以及由普遍性赤贫构成的民不聊生的社会状态,所有这些都使得大清帝国面临着倾覆的危险。慈禧百思不得其解的苦闷有二:一是这个世界上的那些名称古怪的国家为什么突然间集体与她的大清国过不去,二是国内为什么总是"盗贼蜂起"——这个国家自古就不乏盗贼,但是,近来各省特别是南方各省呈递的奏折所描述的暴乱与以往似有很大差别。以往所有反对朝廷的武装暴乱都发生在乡村,带头举事者也大多是因为年景不好而闹饥荒的农民;现在的暴乱却发生在大城市里,带头起事者竟然是那些有学问的人。这些人把暴动的目标明目张胆地指向了皇室,他们提出的口号不再是"均田地"而是要"杀尽满夷"——臣民竟敢索要皇族的脑袋,这还是朗朗乾坤吗?

绝不能忽视这样一个事实,那就是经历了庚子巨祸的慈禧太后已经意识到必须顺应潮流,这个潮流就是:危机四伏的大清王朝必须进行体制变革。一九〇一年一月二十九日,尚流亡在西安城中的慈禧以光绪皇帝的名义发布《倡议直言》上谕,这个类似错误检讨书和变革宣言书的文件,不仅证明年老的皇太后依旧有着惊人的活跃思维和政治眼光,而且还显示出大清皇室试图挽救危亡命运的变革愿望。上谕表明确:"世有万祀不易之常经,无一成不变之治法","穷变通久"是中华典籍中早已阐明的道理,因为"大抵法积则弊,法弊则更",变与不变的唯一衡准是"强国利民"。且这种改变如"琴瑟之改弦",并不违反祖宗的规矩。过去康有为等人的行为,不是变法而是"潜谋不轨",砍掉他们中间首要分子的脑袋是"锄奸于一旦"。之前的洋务运动等变法主张,也仅仅是在语言文字和制造器械方面效法西方——"此西艺之皮毛而非西学之本源"。"舍其本源而不学,学其皮毛而又不精,天下安得富强耶"?那么,西学之"本源"是什么呢?是"居上宽,临下简,言必信,行必果"。[52]在这番矫情而含糊的措辞之后,除了帝制体制之外,慈禧要求在官制、财政、军事、外交、法律、教育和经济等方面进行全面变革。至于国家积弊,上谕中的这段话值得细读:

> 中国之弱在于习气太深,文法太密,庸俗之吏多,豪杰之士少。文法者庸人籍为藏身之固,而胥吏恃为牟利之符。公私以文牍相往来,而毫无实际;人才以资格相限制,而日见消磨。误国家者在一私字,祸天下者在一例字。[53]

贪官庸吏以文过饰非的往来文件当作遮丑之物和升官之道。

"私"足以误国。

"例"足以致祸。

在外国有权在中国国土上驻扎军队致使整个国家门户尽失的条约签订之后,在需要用三十九年时间还清九亿八千多万两赔款的条约签订之后,大清帝国的朝廷说出这番话可谓痛定思痛。

清廷的一系列变革行动史称"清末新政"。

一九〇一年以后,中国近代史上所有重大事件的起因,几乎都与大清朝廷主持下的新政变革有关。

慈禧在推动历史向前迈进的同时,也为大清王朝的灭亡挖掘了坟墓。她的影响至今留存在中国各种各样的史书中不是偶然的,至少在如何维持帝国政权方面,她堪称一位有胆有识的女人。

"对于一个坏政府来说,最危险的时刻,通常就是它开始改革的时候。"法国人托克维尔在分析法国大革命的起因时说,"人们耐心忍受着苦难,以为这是不可避免的,但一旦有人出主意想消除苦难时,它就变得无法忍受了。当时被消除的所有流弊似乎更容易使人觉察到尚有其他流弊存在,于是人们的情绪便更加激烈,痛苦的确已经减轻,但是感觉却更加敏锐。"㊱

"感觉更加敏锐"的国人最痛恨的,莫过于官吏无可救药的贪腐,孙中山将其归结为中国一切罪恶的根源:

> 中国所有一切的灾难只有一个原因,那就是普遍的又是有系统的贪污。这种贪污是产生饥荒、水灾、疾病的主要原因,同时也是武装盗匪长年猖獗的主要原因⋯⋯贪污行贿,任用私人,以及毫不知耻地对于权势地位的买卖,在中国并不是偶然的个人贪欲、环境和诱惑所产生的结果,而是普遍的,是在目前政权下取得或保持文武公职的唯一的可能条件。在中国要做一个公务人员,无论官阶高低如何,就意味着不可救药的贪污,并且意味着放弃实际贪污就是完全放弃公务人员的生活。㊲

归根结底的问题是:中国人到底愿不愿意生活在皇帝的统治之下?在这个帝制制度已经存在了上千年的国度里,这个问题的提出似乎显得有些荒谬。但是,深究中国人在文化和心理层面上对皇室和皇权所抱有的态度,却令人十分困惑。在中国人的皇权概念里,尊君思想不言而喻,如同凡事都盼望着清官一样,没有了皇帝的中国人不知道该向谁去跪拜,失去跪拜对象的中国人会因为没有了他人对自己的主宰而不知所措。但是,从古至今,罪君现象也存在于中国的传统文化中。每逢改朝换代,各种讨君檄文便会历数前朝皇帝罄竹难书的罪恶。中国人针对君王的词汇异常丰富,除了"东方旭日"、"天地通明"、"恩泽天下"的辉煌颂词之外,还有"愚暴冥顽"、"昏谬凶残"、"荼毒万民"的咬牙切齿。无论歌颂还是咒骂,中国人传统的皇权概念与"专制"或"民主"的政治理念无关。对皇权爱恨交加的中国人,就社会身份而言,似乎从来没有在乎过自己到底是臣民还是公民。因此,在伦敦的斗室内,绝望的孙中山曾对大清帝国公使馆的官员说:"我之为民,不过设议院、变政治,但中国百姓不灵,时尚未至,故现在未便即行。"㊺——"百姓不灵",中国的思想先行者得出这样的结论,足以印证中国近代民族觉醒的迟缓与艰难。

孙医生叛逆的理由或许是他学过解剖学——精通解剖学的医生不但比常人更明了人是一堆什么物质,而且还明白无论是皇帝还是臣民实际上都是一堆同样的物质。

在对人的认识上,科学与哲学殊途同源。

这就是大清皇室所有危机的根源。

虽然"百姓不灵",但是先觉的知识分子已经看清了帝制的五脏六腑,中国近代史的演变由此复杂起来。

国民们!

中国上千年历史中闻所未闻的事,在一九〇二年的初夏出现了,国内舆论突然间风行一种怪论,认为至高无上的皇帝可有可无。

《国民报》刊文,题为《说国民》:

> 今试问一国之中,可以无君乎?曰可。民主国之总统,不得谓之君,招之来则来,挥之去则去,是无所谓君也。又试问一国之中,可以无民乎?曰不可。民也者,纳其财以为国养,输其力以为国防,一国无民则一国为丘墟,天下无民则天下为丘墟。故国者民之国,天下之国即为天下之民之国。诚如是,则上可以绝独夫民贼之迹,下可以杜篡逆反叛之说也。以一国之民而治一国之事,则事无不治;以一国之民而享一国之权,则权无越限。乃吾国之称民者,贱之则曰小民,鄙之则曰穷民。呜呼,久假不归,妄自尊大,民安得不小;剥民之膏,以养一人,民安得不穷。吾则谓天下之至尊至贵不可侵犯者,固未有如民者也。㊼

一个国家可以没有君王,但是不能没有国民,没有国民的国家犹如一片废墟,因为国民的创造滋养着国家,国民的力量保卫着国家。所以,天下最尊贵和不可侵犯的不是君王而是国民。

什么是"国民"?

"所谓国民者,有参政权之谓也。"

中国有没有国民?有,那是在秦汉以前,秦汉之后就没有了——"秦汉以来,中国人之屈服于专制者,二千年于兹矣,故每唯三代以前有国民,而嬴秦以后无国民。"⑱

中国的农民是国民吗?

> 穷乡僻壤之间,有黧其面,塗其足,终日劳劳无时或息者,是亦所谓天下之穷民者矣。然虐之以田主,虐之以官长,虐之以吏胥,虐之以土棍,务使之鬻其妻典其子而后已,然若辈不敢动也。朝廷派设官吏,以某官剥某地之皮,以某官吸某民之血,若辈不与闻也。而遑论夫所谓参政权,而遑论夫所谓选举权!亦不过吞声饮泣,诿之于命而已矣。嘻,是率一国之农而为奴隶者,国民乎何有!⑲

中国的工人是国民吗?

> 今日各国殖民地所用之苦工,约有三种:一曰印度人,一曰卜里内雪人,一即为支那人,此三者与向之黑奴无异。某处有未辟之地,某处有未开之矿,则此三者驰驱奔走其间,未尝一日宁焉;不然,则驱逐之,窘迫之。凡文明之人所不忍施之禽兽者,莫不加之于我华工焉,然则地球上之人类,固未有贱于华工者矣,于国民乎何有!⑳

中国的商人是国民吗?

> 外国之富商大贾,皆为议员,执政权,而中国则贬之曰末务,贱之曰市井,不得与士大夫为伍。然一旦偿兵费赔教案,甚至供玩好养国蠹者,皆莫不取资于商人。若者有税,若者有捐,震之以报效国家之名,诱之以虚衔封典之荣,公其词则曰派,美其名则曰劝,实则敲其肤吸其髓,以供胡儿之用而已。

> 且也，所吸之髓未必尽出于富者，不过取懦弱无势者而虐之而已，彼富且贵者之一毛不拔自若也。已吸之髓，未必尽入朝廷，不过一二奸胥、一二酷吏，扬扬得意而已，彼司农之不名一钱自若者。然则中国之商人，不过一供给财用之奴隶而已，国民乎何有！㉛

这么说，难道只剩下官吏是国民了？

> 且夫官吏者，至贵之称，本无所谓奴隶者也；然中国之官，愈贵而愈贱。其出也，武夫前呵，从者塞途，非不赫赫乎可畏也；然其逢迎于上官之前则如妓女，奔走于上官之门则如仆隶，其畏之也如虎狼，其敬之也如鬼神，得上官一笑则作数日喜，遇上官一怒则作数日戚，甚至上官之皂隶、上官之鸡犬，亦见而起敬，不敢少拂焉。且也，上官之上更有上官，其受于人者莫不施之于人，即位至督抚、尚书，其卑污垢贱、屈膝奉迎者，曾不减少焉……故贵者之为奴隶，较之贱者之为奴隶，其品较下而其心较苦，国民乎何有！㉜

应该特别强调的是，这番惊世骇俗的言论，出现在大清国光绪二十八年。这时候，人类已经进入二十世纪。

汉语中的"世纪"一词，原本指记录帝王世系的典籍，并没有时间的含义。以"世纪"作为纪年单位始于西方。古希腊人为了用简洁的方式表述跨度较长的时间，借用希腊文中的centuria（一百）创造了century（世纪）这个词。明治维新后的日本人，在翻译西方著作时将century翻译成"世纪"。辛丑年后的中国人狂热地爱上了"世纪"一词。

新世纪来临，中国正逢这样的历史时刻：自甲午战争至义和团兴起，大清帝国经历了有史以来最屈辱与最混乱的时光，及至《辛丑各国和约》在北京签订，国人并没有特别在意外国有权驻军令帝国门户洞开以及近乎天文数字的赔款令帝国几乎破产这一严酷的现实，人们津津乐道的是太后用京剧名角招待各国来宾以及朝廷突然间改头换面颁布的新政。由此，大街小巷开始流传"二十世纪是中国的新世纪"这个令人精神抖擞的说法。中国人自古就相信"一元复始，万象更新"，总是希望一个新的时间起点能够带来好运。中国人的日子过得太压抑、太沉闷、太单调了,虽然年年贴出"喜把新桃换旧符"的对联,但岁岁鲜见世间新事物与人间新气象。所以,既然洋人说一个世纪是一百年,那么又一个一百年来临了,大清帝国也许能够时来运转?

朝廷希望新政给这个古老的国家带来新气象。

要让百姓知道什么是新气象,首先得普及白话。白话就是老百姓说的话——原来,无论官方语言还是书面语言,都是老百姓听不懂的——在世界上所有的语言中,具有两种完全不同的表达方式的汉语,实在是一个奇异的存在。据说,首先在官方文件中使用白话的是岑春煊。曾经二品衔的甘肃藩司,因清廷流亡西安时全力护驾升任山西巡抚,至一九〇三年岑春煊已官为四川总督。作为正式的官方文件,岑总督发布开启民智的布告,竟然是从女人缠足说起的——帝国的官吏不用白话便罢,一用便充满奇思怪想:

> 第一样关系国家众人的弊病,没得别的,皆因女子缠足,一国男子的身体都会慢慢软弱起来,国家也就会慢慢积弱起来。这个缘故,又没得别的,皆因人生体子强弱,全看父母体子如何。中国当父亲的,接亲太早,体气先就不足;当母亲的,又因少时缠足之故。方缠足时业已受过许多痛苦,你们晓得的。哪个女孩把足缠好,不弄得面黄皮瘦?……所以养的儿子,在胎里已先受单弱之气,生下地自然个个单弱。祖传父,父传子,子传孙,传一层单弱一层。传到今日,虽然中国丁口有四万万之多,无论士庶工商,举目一看,十之八九,都是弱薄可怜不堪的样子……所以如今要想把中国强起来,必先把百姓强起来;要想把将来的百姓强起来,必先把养将来百姓的母亲、现在的女儿强起来……㉓

封疆大吏带头,全国的官吏唯恐落后,以至于堂而皇之地张贴在繁华市井的告示变成了这个样子:

> 众位呀!现时又快到年底了,河北老铁桥、东药王庙两等官小学堂,又招考学生了。众位家里子弟,有愿意上学堂的,或八九岁,或十三四岁,念过几年书的,全都可以到我们学堂里报名……众位呀!快来报名罢!快来报名罢!别太晚了才

好呢！㊴

一九〇四年,大清帝国开始风靡阅报。不但文人和绅士忙着为普通民众开设各种阅报场所,官方也积极地开设招待周到的阅报场所——无论是官方还是民间,似乎达成了这样一个共识:百姓只要肯读报纸,民智就会随之开启,因为国人至少可以在报纸上读到一个前所未有的"新世纪":

有公开征婚的:

> 今有南清志士某君,北来游学。此君尚未娶妇,意欲访求天下有志女子,聘定为室。其主义如下:一要天足。二要通晓中西学术门径。三聘娶仪节悉照文明通例,尽除中国旧有之陋俗。如有能合以上诸格及自愿出嫁又有完全自主权者,毋论满汉新旧,贫富贵贱,长幼妍媸,均可。请即邮寄亲笔复函,若在外埠能附寄大著或玉照,更妙。㊶

还可以出国旅游:

> 有法商德木兰者,因华人欲游法国者,多不知用若干时日,用若干路费,乃在西安门内大街开设一行。凡有欲游法国者,伊可派人引导、照顾。其包办之价值,计去路一月,回路一月,在法居住一月,上等价银一千两,三等四百五十两。定于五月初六日早七点钟在前门外火车站开行。欲往游者,须于开行之前一月到该行订议。㊷

很快,朝廷就发现"气象"似乎新过头了。

一九〇三年一月十五日天津《大公报》刊登征文广告:

> 本社征文题目:剪辫易服说。卷交《大公报》馆代收。定于癸卯年正月十五日截卷。延请东西通儒评阅,正月底揭晓。第一名赠银十元,第二名赠银五元,第三名赠银三元,第四、五名各赠银一元。爱群社启。㊸

什么叫"剪辫易服"?
就是把中国男人头上的辫子剪掉,再把长袍马褂换掉。
自满清入关,中国男人都留起了象征臣服朝廷的辫子,两百多年来大清帝国的律例人人皆知:要不留辫子,要不掉脑袋。哪个中国男人的脑袋后面没有辫子,定是谋反者无疑。朝廷的新政几乎什么都试图改一改,可就是没说那根辫子可以动一动。

尽管事关脑袋,还是有不少人投稿,最后十三人获得奖励。第一名名叫朱志父,其获奖文章建议凡事应该由皇帝带头,说只要皇帝带头穿上西装,西装必将风靡全国;如果所有的臣民都穿上西装,大清国就能屹立于世界。朱志父郑重声明,不要认为他发狂了,现在是二十世纪,是"吾国眼帘初启光明一线之时代"了:

> 诸君,诸君,今当此二十世纪吾国眼帘初启光明一线之时代,吾遽欲为四万万同胞当头振一警钟,曰:必剪尔辫,易尔服,举亚洲数千年圣王之制作,吾祖宗二百数年之留遗,不惜芟剃之,毁除之,以尽从欧俗为快。吾四万万同胞,有笑我为梦魇,骇我为发狂者乎?⑱

不知朱某人是否发狂。

知此人必是不知深浅的知识分子无疑。

大清帝国原本没有真正的知识分子,只有在科举考试中获取功名得以进入官场的文人。但是,新政取消了延续千年之久的科举制度,文人们瞬间丧失了生存的前景。一九〇一年,朝廷颁旨大兴学堂,全国"莫不欢欣鼓舞"。一时间,各省封疆大吏纷纷带头创办学堂:直隶总督袁世凯创办直隶大学堂,湖广总督张之洞创办两湖大学堂,还在陕西巡抚任上的岑春煊创办陕西大学堂,西川总督奎俊创办四川大学堂……在他们的带领下,整个帝国除江苏之外,每省必有一个大学堂。新式大学堂设置的课程,是千百年来只知圣贤典籍的国人闻所未闻的:物理学、化学、力学、植物学、农学、工程学、数学、地理学等等。仅京师大学堂政治专业开设的课程就有:政治总义、大清会典要义、中国古今历代法制考、东西各国法制比较、各国人民财用学、国家财政学、各国理财史、各国理财学术史、各国土地民物统计学、各国行政机关学、警察监狱学、教育学、交涉法、各国近世外交史、各国海陆军政学、各国政治史、法律学原理、各国宪法民法商法刑法、各国刑法总论。⑲

民智确实史无前例地开化了,朝廷的大员们却发现新式学堂出来的学生不但没有成为"通儒",反而成了不尊重孔教、随意侮辱官吏、敢向衙门说三道四、动不动就联名发电抗议圣旨、对干预朝政有着不同寻常热情的一群祸害:

> 比年以来,士习颇见浇漓,每每不能专心力学,勉造通儒,动思逾越范围,干预外事或侮辱官师,或抗违教令,悖弃圣教、擅改课程、变易衣冠、武断乡里,甚至本省大吏拒而不纳,国家要政任意要求,动辄捏写学堂全体空名,电达枢部,不考事理,肆口诋谋,以致无知愚民,随声附和,奸徒游匪,藉端煽惑,大为世道人心之害,不独中国前史、本朝法制无此学风,即各国学堂亦无此等恶习。士为四民之首,士风如此,则民俗之敝随之。治理将不可问,欲挽颓风,非大加整饬不可。⑩

国内大学堂的学生如此,到外国读书的留学生更甚。

清廷首次向国外派遣留学生,是在一八七二年即同治十一年,主要是为应对洋务运动和帝国外交的急需。至十九世纪末,派出的留学生总数也不过百人。辛丑年后,朝廷"奖励游学",国内一时间形成留学热。一九〇三年,清廷著名大吏张之洞把自己的儿子送到美国,《纽约时报》刊出特别报道,称张之洞之子自费留学之举"引起当地舆论密切关注,并使当地那些达官贵人大为震惊。一般认为,这是国家有希望的进步迹象"。⑪中国留学生绝大多数去了日本。有资料显示,截至一九〇五年,留学日本的中国学生就有八千多人。明治维新后的日本,国家气象让中国留学生大开眼界,以致人人认为看见了新世纪。这种情绪的代表人物,是因戊戌变法失败逃亡到日本的梁启超:

> 戊戌亡命日本时,亲见一新邦之兴起,如呼吸凌晨之晓风,脑清身爽。亲见彼邦朝野卿士大夫以至百工,人人乐观活跃,勤奋励进之朝气,居然使千古无闻之小国,献身于新世纪文明之舞台。回视祖国满清政府之老大腐朽,疲癃残废,肮脏躐蹋,相形之下,愈觉得日人之可爱可敬。⑫

日本以皇室发动全面改革的明治维新著称于世界近代史。明治维新使日本摆脱封建桎梏,迅速崛起为东方近代化强国。然而,这却给辛丑前后的大清帝国带来了灭顶之灾。

一九〇三年一月三十日,大清国光绪二十九年癸卯春节大年初二,数百名中国学生聚集在日本东京神田区骏河台铃木町十八番地的留学生会馆,参加一年一度的新年恳亲会。所谓一年一度,是因为这样的恳亲会在日本已经举办过两届。第一届于一九〇一年一月一日举办,当时没有朝廷官员参加,是一个纯粹的民间聚会;第二届于一九〇二年二月十日举办,大清帝国驻日公使蔡钧和朝廷指派的留学生监督钱恂出席,蔡钧和钱恂还被推举为会馆的正、副会长——恳亲会由此变成了官方行为。第三届恳亲会,公使蔡钧和新任留学生监督汪大燮根据惯例再次出席,只是这两位朝廷命官此时的心情格外紧张。

这两年,清廷的大员们被一个新名词所困扰——学潮。

学潮伴随着教育新政的颁布和新式学堂的建立而开始,这是朝廷无论如何没有想到的。一九〇一年夏天,浙江大学堂的孙姓教习给学生出的作文题竟然是《罪辫文》,即要声讨男人的辫子,辫子问题涉及满清政府的统治。更严重的是,一个学生作文中的"本朝"一词,被阅卷的高年级学生改成了"贼清"二字,这不是明目张胆的造反是什么?接着,还是在浙江,一所中学的学生因不满校方的思想控制公然宣布全体退学。自那以后,全国的学潮一发不可收拾。一九〇二年,上海南洋公学数百名学生全体退学,而这一轰动事件的起因本是一桩小事:教习郭某禁止学生阅读报刊,学生恨之,在其教桌上放了一个空墨水瓶,郭某发现后大发脾气,找茬处分了一名学生。谁知,学生们的脾气比教习大得多,先是与校方谈判,然后是一个班宣布退学,进而演变到全校学生与校方对峙,最后导致学生全体退学。此事成为社会舆论争论的焦点是:当今的学生为什么"一饭之微则散学,一事之末则散学,一言之细则散学"?[73]

有识之士指出,学潮频起是因为六种观念的输入:自由,平等,革命,流血,团体,民权。[74]

一九〇二年四月二十六日,中国农历壬寅年三月十九日,一个名叫章太炎的留学生带头,决定在日本东京上野精养轩发起一个纪念会,纪念会的全称是:支那亡国二百四十二年纪念会。这个名字很奇怪,非看由章太炎亲笔写下的宣告书不能明白:"……维我皇祖,分北三苗,仍世四千九有九载,虽穷发异族,或时干纪,而孝慈干蛊,未坠厥宗。自永

历建元,穷于辛丑,明祚既移,则炎黄姬汉之邦族,亦因以澌灭。回望皋
溟,云物如故,维兹元首,不知谁氏。支那之亡,既二百四十二年矣
……"⑯——章太炎认为,中国从尧舜始,已有四千九百九十年,漫长的
历史一直是汉人的天下,然而这个天下到明末截止了,现在是异族统治
着中国,因此绝大部分中国人都是前朝的遗民和亡国奴。

纪念会为什么选择在农历三月十九日召开?

因为这天是明朝最后一位皇帝崇祯自杀的日子。

支那亡国二百四十二年纪念会最终没有开成,因为前一天日本警
视厅警告说,这件事将严重影响日本国与大清国的外交关系。

日本警方讯问了中国留学生章太炎:

"诸君是清国何省人?"

"余等皆支那人,非清国人。"

"士族,抑平民?"

"遗民。"⑯

章太炎,浙江余杭人,时年三十三岁。

距声称中国人不是大清国的臣民而是前朝大明遗民的事件发生不
久,江苏的几名自费留学生准备进入日本成城陆军学校,但是他们的申
请遭到大清帝国驻日公使蔡钧的拒绝,理由是为"防止革命排满"自费
生一律不准在国外学习军事。吴稚晖,先后任教于天津北洋学堂、上海
南洋公学,此时正带领二十六名广东赴日留学生在东京。听说此事后,
他带领学生们到帝国驻日公使馆前静坐请愿。请愿遭到日本警察驱
散,吴稚晖被勒令遣送回国。在去往火车站途中,吴稚晖试图跳入城壕
自杀,未果。当时他身上揣有绝命书一封:"信之以死,明不作贼,民权
自由,建邦天则。削发维新,片言可决。以尸为谏,怀忧曲突。唏嘘悲
哉,公使何与。孔曰成仁,孟曰取义。亡国之惨,将有如是,诸公努力,
仆终不死。"⑰正在日本游历的蔡元培听说后,决定亲自陪同吴稚晖回
国,而梁启超也赶到车站送行,之后他在《清议报》上撰文言:"吴君之
被捕也,以为士可杀不可辱,欲以一死唤醒群梦,引起国民权利思想。"

在日本的中国留学生立即成立了一个名为"少年中国"的团体,其
章程的第一章规定:"以民族主义为宗旨,以破坏主义为目的。"⑱

这就不仅仅是闹学潮了。

而恳亲会是宣扬主张的最佳场所。

果然,在留学生们的推举下,翻译过《法兰西今世史》等著作的马君武跳上讲台,其慷慨陈词令穿着长袍马褂的蔡钧和汪大燮目瞪口呆:

> 满人之饮食宫室何所取资,曰惟汉人是赖。满人之衣服男女何所取资,亦曰汉人是赖。汉人竭其出作入息、胼手胝足之勤劳,以供给此不耕而食、不织而衣之辈,于心已不能平,况又削汉膏腴以保彼晏游之地,割汉行省以赎彼根本之区,今又以三十九年摊还四百余兆之赔款,斫骨削肉,饮血啜脂,福则惟满独优,祸则惟汉独受,天下事不平者无过于此,盖欲不排乌得而不排!⑦⑨

满场的鼓掌声中响起了"恢复汉人主权"的口号。

场内的几十名满族留学生,会后给国内写去三百多封信——"飞告各省满族大员自爱其种。"然后,他们也成立了自己的团体,其宗旨是:一、要求政府禁止汉人学兵;二、削夺汉官之权;三、杀灭汉人。⑧⓪ 前两条建议尚有实施的可能,但把汉人"杀灭"如何做得到?如果做到了中国的土地上还剩下了什么?

无法得知蔡公使和汪监督是怎样走出会场的。

从两人的姓名上判断,他们应该是汉人。

要清晰地梳理出仇恨满人的言论从何时蜂起,是一件很困难的事情。反满情绪自大清帝国建立那天起就存在。经过严厉的镇压以及两百多年时光的平复,这种情绪在帝国的国土上似乎已经淡漠。但是,庚子事变发生的第二年,这种言论再次蜂起,且言辞愈加激烈。一九〇一年《国民报》刊文说,如今的大清朝廷无法代表中国:"夫云清国者,一家之私号也,一族之私名也,而以吾汉族冒之乎!……今试问之曰,中国之政府何在矣?曰满洲。夫既云中国,而政府乃满洲也,岂吾神明之胄乃与鞑靼浑乎,不然则汉种乃游牧水草者也,不然则奴隶也……"⑧① 同年,《开智录》刊出文章,公开宣称统治中国的皇帝连同皇室宗族皆来自一个原始种族:

> 满洲贼之盗我中华也,二百八十年于兹也。当明君失德、

> 烈皇继统、盗贼繁兴、凶灾迭见之时,满贼乘机而入,垄断独登,视吾神明汉种,曾胡虏奴隶之不若。考其种类,乃居我国之东北,种原靼子,国号满洲,地极苦寒,不利五谷,无以活命,则同猎野兽,取其皮而衣之,取其肉而食之,无狡猾、无礼义,如生理家所谓原人之起居食息,舍衣食男女之外无余思想者是也。其野蛮不仅惟此,无御风雨之官室,如上古之穴居野处;无通书札之文字,如老死不相往来;聚则如蚁如蜂,争衣夺食;散则鸟飞兽走,人各东西。将蓬蓬之头发,永不整理,惟四周剃去小许,使青丝一束,臭压其头,重拖其脑,分三股成一束,牵一发而痛全身。㊽

激进者必须找到推翻大清帝国的心理依据。他们极力否认满人是中国人的原因是:既然现在的皇族不是中国人,那么清朝替代明朝便不是一般意义上的改朝换代,而是中国人被异族统治了。只有这样的前提出现或是存在,挽救中国的首要任务才能是灭清。这种"造反有理"的谬论不合学理、不择手段,却是蛊惑人心、动员人力的最为简便有效的办法——在社会危机异常严重的历史时刻,煽动手段大于理性诉求是一种必然。

就连激进派的内部,也有人反复声明,他们推翻皇族的主张不等同于"杀灭"满族。这一点与满族皇室宗族一样,他们知道即使"杀灭汉人"也不能确保清廷统治的稳固。所以,激进的革命者不会真的认为驱逐了满人中国就能走向新世纪了——中国新型知识分子的政治理想不再是传统意义上的改朝换代,而是对当时绝大多数中国人十分陌生的一个政治名词的狂热追求——民主。

民主不是国粹。

帝制历史久远的中国不会产生民主思想。

中国古代的"重民"和"仁政"之说都是为帝王服务的。中国传统典籍中的"民主"一词的含义,自古以来就不是"人民做主"而是"为民做主",而"为民做主"与世界近代意义上的民主思想可谓南辕北辙。因此,中国传统文化的母腹不可能孕育出近代民主思想,中国的民主思想只能是舶来品。

从严复翻译《天演论》开始,中国兴起了介绍西方民主学说的热潮。究其原因之一，竟然是太后和皇帝颁布了新政，而新政令士大夫和官僚们唯恐落后失宠于朝廷。所以，尽管国人鲜有知道什么是新学的，但是人人言必称新学：

> 庚子重创之后，上下震动，于是朝廷下维新之诏，以图自强。士大夫惶恐奔走，欲附朝廷需才孔亟之意，莫不曰新学新学。虽然，甲以问诸乙，乙以问诸丙，丙还问诸甲，相顾错愕，皆不知新学之识，于意云何。于时联袂城市，徜徉以求其苟合，见夫大书特书曰"时务新书"者，即麕集蚁聚，争购如恐不及。而多财善贾之流，翻刻旧籍以立新名，编纂陈简以树诡号。学人昧然，得鱼目以为骊珠也，朝披夕哦，手指口述，喜相告语：新学在是矣，新学在是矣。㊃

瑞士人卢梭的《民约论》成为最抢手的书。这部在欧洲资产阶级革命中被称为"福音书"的著作宣称：自然状态下的人，都应享受自由和平等，国家主权属于人民，人民有权推翻破坏社会契约、蹂躏人权、违反自然的专制政体。臣民可以做国家的主人？无论贫富贵贱人与人是平等的？如果天下不是这样的还可以名正言顺地造反？——初次听到这种言论的中国人，无论是皇族还是平民均如五雷轰顶。

更令人惊奇的是，大清帝国里竟然还出现了介绍社会主义基本原理的潮流。一九〇三年三月三十一日，天津《大公报》刊文说，"社会主义者，思想最高尚之主义"，"其目的欲打破今日资本家与劳动者之阶级，举社会变为共和资本、共和营业，以造成一切平等之世界"：

> 于二十世纪之天地，欧罗巴之中心，忽发露一光明奇伟之新主义，则社会主义是也。其主义于现今世界，方如春花之含苞，嫣然欲吐。其将来为大地所欢迎而千红万紫团簇全球乎？抑为其反对者之所摧折而绿惨红愁飘零无迹乎？虽未可知，而要之其能腾一光焰，照耀众脑，万人一魂，万魂一心，以制成社会党，其党人复占环球各党之最大多数焉，则其主义之价值可知也……社会党人人之脑网中盖无一不有所谓极盛之世，人人平等之天国，如花如锦之生涯，心醉魂飞矣。即举其世界人人之脑网中，亦无不乐有此天国、此生涯，目想而神游矣。㊄

1911

尽管"社会主义"是"春花含苞"的理想政治,谁也无法预知能否在人类社会中实现,但是如此公开宣扬和心驰神往足以令人瞠目。因为,一九〇三年的大清帝国政体依旧稳固如山,紫禁城的晨钟暮鼓声中绣衣蟒带依旧匍匐在地山呼万岁万万岁,官宦商民依旧人人拖着一根辫子凡事必要叩谢皇恩浩荡,朝廷的捕快决不放过对皇家存有二心的人以致帝国的刑场上依旧刀起刀落。可是,大清帝国的国土上确实萌生了这样一群特殊者:他们吸纳西方的近代文明,崇尚民族精英主义,怀有激烈的忧患意识,深具彻底的变革愿望和革命抱负。他们平民化的社会角色定位,注定了他们的激进心态,也注定了他们将成为中国近代史中的精神主角。

说他们是新式知识分子,是为将他们与士大夫区别开来。其实,这种区别是困难的,因为他们大多从旧式文人脱胎而来,仍然无法摆脱中国传统文化的胎记。在身心负载着朝代兴衰的沧桑感和人生荣辱的使命感上,中国文人几乎没有"新"与"旧"之分。即使号称新式知识分子,他们的价值理念和道德取向与旧式文人相比,其差别之小甚至可以忽略不计——无论是关于平等与依附、自由与禁锢,还是关于忠诚与媚世、正直与屈从。但是,毕竟士大夫是扎根于传统文化中的乡土精英,与现有体制之间有着相互依赖的关系,他们具有的文人式的批判态度是建立在依附基础上的。而新式知识分子是一个游动的阶层,他们与生养他们的乡土产生了不可弥合的疏远与断裂,他们已经不愿意把自己放置在实际生活的世俗之中,他们的思想和行为充满激动、焦躁与自相矛盾。他们真感怀,真痛苦,剪不断理还乱的悲情残酷地消磨着他们并不强壮的躯体和并不坚强的灵魂。他们在张扬政治主张的时候,总是从或贬或褒民族精神开始,而他们对民族精神的审视与批判又是随心所欲的——新式知识分子由此成为中国近代史上变革和革命的代理人。尽管后人按照政治主张的不同,将他们分成维新与革命、保守与激进、拥护帝制与主张共和的各种派别,但无论什么派别,他们的社会理想是一致的,那就是中国需要政治进步,中国人应该不再是臣民而是新时代的国民。

问题似乎又回到了起点上:怎样才能让中国人知道什么是国民?

对于世纪初的中国来说,梁启超无疑是传播民主思想的领袖。他提出了"民权兴则国权立,民权灭则国权亡"的政治观点,并为此阐述了四个十分重要的概念:一是国民与奴隶的关系。他将享受立宪制度下的人民称之为国民,没有民主权力的人民称之为奴隶——"国民者,以国为人民公产之称也。"反过来,国家如果是皇帝和少数皇族的私产,在这种政治制度下人民只能是奴隶。二是朝廷与国家的关系。他认为一人或少数人说了算的社会,不能称之为国家,只能称之为朝廷——"国家者,全国人之公产也;朝廷者,一姓之私产也。国家之运祚甚长,而一姓之兴替甚短;国家之面积甚大,而一姓之位置甚微。而中国自有国家以来,所谓唐虞夏商周、秦汉魏晋、宋齐梁陈隋、唐宋元明清,则皆朝名而。"三是国民与国家的关系。他认为人民是国家的主人,君主是人民的公仆,而中国历史上皆是君主把国家变成私有财产——"有国者仅一家之人,其余则皆奴隶也。是故国中虽有四万万人,而实不过此数人也。"四是权力与义务的关系。他认为人民的权力如果被剥夺,那么就应该夺回来,人民放弃自己的权力就等于自杀——"国家譬犹树也,权利思想譬犹根也。其根既拔,虽复干植崔嵬,华叶蓊郁,而必归于槁亡,遇疾风暴雨则摧落更速焉。"梁启超将专制政治权术归纳为四个字:一是"驯",即统治者戕害人的本性,培养百姓的奴性,以使人民成为驯服的工具。二是"铦",即以"官阶诱惑,俸禄笼络",让官吏们迷蒙沉沦在物质贪欲之中。三是"役",即"用人限之以年,绳之以格",在极其严格的官场规则中使官吏们成为"无脑无骨无血无气之死物"。四是"监",即废除百家独尊一家之言,让人民变得愚昧无知;刑律严酷牢狱遍地,监视人民的一举一动,使人民成为思想的囚徒。总之,专制统治就是要把人民变成奴隶,把"豪杰变成木偶"。[85]

最大的问题是,现今的中国百姓素质很低,必须对其进行启蒙。

新式知识分子告诉百姓,人活在世上有畜牲、人、人民和国民不同的等级,国民才是人的顶级:"今要替我们中国四万万同胞汉种,定个名号,叫做'国民'……'人'比畜牲高一层的,'人民'比'人'又高一层的,直到'人民'再进做'国民',那真是太上老君,没有再高的了。"[86]

那么,怎样才是一个真正的国民?

一要取得自由的权力,凡是缴税的人,都应该享受思想、言论、出版的自由;

《天著春秋》

王树增战争系列,开启古代华章
十场大战为轴,书写古代战争峥嵘气象

二要废除以前的法律,制定出国家的新法律;

三要这地方的钱给这地方用,这地方的事由这地方公举出来的人管理,没有什么钦命不钦命;

四要把汉族的家谱考证详细,把异族撵出长城去;

五要不管科举不科举、学堂不学堂的,一方面考证中国的古学,一方面研究外国的新学;

六要改良农工商,保护铁路、矿产、银行,防止人家东一块西一块地割去;

七要鼓励尚武精神,养成军国民的资格;

八要结个党,最好名叫社会党;

九要好好考察一下,孔教、佛教、老教、耶教,到底哪一教更好,至于信什么以后再说。⑧

但是,中国的百姓还没有拼出性命成为国民的勇气。

被称为激进派第一人的刘师培写出《论激烈的好处》一文,指出"中国的人做事,是最迟缓不过的,这种人有三种心:一种是恐怖心,一种是罣碍心,一种是希恋心。所以一桩事情到面前,先想他能做不能做,又想他成功不成功,瞻前顾后,把心里乱得了不得,到了做事情的时候,便没有一桩能做了"。⑧而梁启超则写出《中国人之缺点》一文,认为国人的缺点有四:一是"有族民资格而无市民资格";二是"有村落思想而无国家思想";三是"只能受专制不能享自由";四是"没有高尚之目的"。关于第四点,梁启超以为是"中国人根本之缺点"。他说:"凡人处于空间,必于身衣食住之外,而有更大之目的;其在时间,必于现在安富尊荣之外,而有更大之目的。夫如是乃能日有进步,缉熙于光明,否则凝滞而已,堕落而已。"虽然人活着的"高尚之目的"不一,但梁启超纵观西方各国,认为最重要者有三:"好美心其一也","社会之名誉心其二也","宗教之未来观念其三也"。⑧

中国百姓的混沌让新式知识分子很是焦虑:"百姓应做的事情,应立的基业,大得很哩!多得很哩!你道那讨老婆、吃绍兴酒、吃大烟、吃饭、睡觉、买田产、开当铺、生儿子,算得事体吗?算得基业吗?我今且把那顶大的事体,顶大的基业,说给列位听听":

第一项是从满人手里把国土夺回来。"老婆若把人家硬占了,还要拼命去争,国土把人家硬占了,难道不该拼命去争吗"?

第二项是要讲政治。桀纣以前的皇帝还可以,到了桀纣就混账不堪了,所行政事都无益于民,因此才有武王伐纣。"汤武革命,顺天应人",这就是最大的政治。

第三项是争取种族尊严。"我们中国汉种人做了皇帝,我们百姓自然应该忠他,若是英吉利、法兰西的皇帝,我们就不必去忠他了,为什么呢?他并不是我们同种的,他与我们并没有什么关系"。

道理说到此处,爱极生恨,忍不住骂将起来:

> 女人家爱的是自己的丈夫,若去爱别人的丈夫,就是不干净的淫妇了。我们爱的是自己汉种的皇帝,倘然自己没有皇帝,把别种人来做强盗的当做皇帝看待,天天说什么我皇上深仁厚泽,这个贼种,比那不干净的淫妇,还要贱到十三倍哩。⑨⓪

学理混乱、情绪极端的民族主义,与近代意义上的民主意识混杂在一起,形成中国近代史上政治思想的空前活跃。而历史证明,即使到了革命爆发的时候,中国的普通百姓依然没有彻底明白什么是国民以及成为国民到底有什么意义。

知识分子们神思飞扬。

而在这片国土上,另有一些人并没有慷慨陈词,他们认为行动才是国民应干的事情。

颠覆大清帝国的乱子由此而来。

迷梦渐醒

大清帝国的乱子总是与西方思潮和势力的侵入纠缠在一起。

一九〇〇年,当清廷因深深地卷入义和团事变而对国内局势失去控制力的时候,西方各国立即意识到自己的在华利益将面临危险,于是除了武装干涉之外,都在寻求利益保护的办法,甚至包括肢解这个庞大帝国的政权。

1911

英国人的势力范围集中在长江中下游地区,他们认为在这样的时刻有一个人可以为英国利益着想,这就是他们曾经在本土上救过那个人命的中国人。英国人的设想是:策动南中国武装反叛领袖孙中山与权势熏天的封疆大吏李鸿章在政治和军事上达成合作,从而将面积几乎相当于两个英国的广东和广西两省从大清帝国中分离出去,建立一个政治和经济都独立于清廷之外的政权实体——当然,这个实体必须在英国人的控制之下——至于分离之后的大清帝国的版图将是什么样子,这个独立政权的首脑应该是孙中山还是李鸿章,在那段混乱的时光里似乎谁也没有仔细思考过。

尽管史家多有避讳,不可否认的是,一九〇〇年间孙中山与李鸿章的联合企图,是中国近代史上一个意味深长的事件。它不仅显示出西方各国对大清帝国主权的极端蔑视,从而令其在处理国际关系准则上已经无所顾忌;同时也表明在大清帝国的内部,封疆大吏对朝廷的离心离德已经到了何种程度;当然,这一点还表明,孙中山的兴中会在革命手段上存在着多种可能性。

英国人之所以选择孙中山,是因为他在伦敦脱险后迅速成名。

一个持不同政见的中国人在伦敦的死里逃生,被许多国家的报刊当作离奇新闻进行广泛传播,甚至还有人将孙中山的遭遇编成戏剧公演,这足以证明这一事件具有强烈的戏剧性和观赏性。孙中山自己写的《伦敦被难记》在英国出版后,立即被翻译成日、俄、汉文传遍世界。对英国心怀感激的孙中山有充足的理由逗留在那里,他在写给英国汉学家翟理斯(H. A. Giles)的信中这样表述了他留居伦敦的目的:"访求贵国士大夫之谙彼邦文献者,以资教益;并欲罗致贵国贤才奇杰,以助宏图。"[91]

在欧洲近两年的时间,被孙中山认为是他人生中的重要阶段之一:

> 伦敦脱险后,则暂留欧洲,以实行考察其政治风俗,并结交朝野贤豪。两年之中,所见所闻,殊多心得。始知徒致国家富强、民权发达如欧洲列强者,犹未能登斯民于极乐之乡也;是以欧洲志士,犹有社会革命之运动也。予欲为一劳永逸之计,乃采取民生主义,以与民族、民权问题同时解决。此三民

主义之主张所由完成也。②

如果从一八七九年初到夏威夷时算起,至一九一一年武昌首义爆发后归国,这个著名的漂泊者一生曾八次进入欧美地区,他在那里留居的时间加起来超过十年。除了在夏威夷受到"夏威夷共和国"成立的影响,从而形成了兴中会章程中"建立合众政府"的主张,以及他本人从此变成一名虔诚的基督教徒之外,孙中山主要的政治经验均来自留居英国的那段时光。这就是他后来强调的"欧洲经验"。毫无疑问,所谓"欧洲经验"对孙中山革命理论的建立、革命同盟的网罗、争取革命的外援以及把革命带向一条更为理性的道路,从而使他成为一位世界性的革命领袖,起到了决定性影响。

孙中山最重要的收获,是受美国经济学家亨利·乔治的影响,形成了他民生主义中"平均地权"的思想。亨利·乔治从工业进步后贫富不均的社会现象出发,基于土地私有制下存在的不公平和不合理,于一八七九年写出《进步与贫困》一书。书中认为资本主义社会愈进步,地租愈上升,地价愈高涨,从而反过来吞噬了物质进步的利益,造成社会贫富差别的拉大和社会矛盾的突出。只有废除土地私有制,实行土地国有制,征收地价税归于国家,废除其他一切税收,才能使社会财富的分配趋于平衡。亨利·乔治将工人贫困的根源归结于地价的上涨,这是资产阶级改良主义理论。孙中山之所以热情地接受了这一理论,源于他对英国这个发达的资本主义国家贫富巨大差别的考察——在破旧的贫民窟和华丽大厦错落交织的背景下,连绵不断地走过工人罢工的游行队伍——这让孙中山对他要创造的共和国感到了某种担忧。因此,他认为最可靠的革命"是定地价的法":

> 比方地主有价值一千元,可定价为一千,或多至二千;就算那地将来因交通发达价涨至一万,地主应得二千,已属有益无损;盈利八千,当归国家。这于国计民生,皆有大益。少数人把持垄断的弊窦自然象绝,这是最简便易行之法。③

在英国留居期间,孙中山流连最多之地,是大英博物馆的图书室。而世界上另一个人也曾在此苦读十多年,他就是德国人卡尔·马克思。马克思颠覆资本主义制度的经典著作《资本论》,早在一八九四年就在中国文人热捧的《万国公报》上开始刊载。坐在大英博物馆里的孙中山，不可能不接触《资本论》的思想体系，只不过英国的资产阶级理论家为抵消马克思的影响，制造了各种各样的社会主义学说，使"社会主义"成为当时最时髦的政治词汇。一八九二年恩格斯为《英国工人阶级状况》德文版所写的序言里有这样的描述：

> 不用说，现在的确"社会主义重新在英国出现了"，而且是大规模地出现了。各色各样的社会主义都有：自觉的社会主义和不自觉的社会主义，散文的社会主义和诗歌的社会主义，工人阶级的社会主义和资产阶级的社会主义。事实上，这个一切可怕的东西中最可怕的东西，这个社会主义，不仅变成了非常体面的东西，而且已经穿上了燕尾服，大模大样地躺在沙龙的沙发上了。[94]

孙中山接受的"社会主义"是什么模样不得而知。在大英博物馆的图书阅览大厅里，他曾与俄国革命党人讨论过革命成功的时间问题。孙中山认为中国革命的胜利大约需要三十年，这个说法令俄国革命党人觉得不可思议，他们认为要取得俄国革命的成功，从现在算起至少需要一百年。俄国革命党人的看法令孙中山很是吃惊，因为他正准备重新发动武装起义并一举成功。

一八九七年七月一日，孙中山乘坐"努美丁"号轮船从伦敦启程，经过一个半月的航行抵达日本横滨港。

孙中山在日本留居三年。此时，在距自己祖国最近的国家和地区中，除了日本他已没有别的地方可去，英国政府不允许他再涉足包括香港在内的南洋英属岛屿。因此，他刚一到达日本，就给香港总督秘书洛克哈写信提出抗议：

> 据可靠消息，由于我企图从满洲残酷的枷锁中解放我可怜的同胞，香港政府已有令将我放逐。在伦敦时，我曾询及几个英国朋友，问他们对这件事的看法如何，他们以为这不合英国的法律与惯例。但在香港的中国朋友却告诉我，这是千真万确的事。可否请你告诉我这件事是否属实？如果真有其事，我将诉之于英国大众和世界各文明国家。[95]

洛克哈的回信根本没有理会"诉之于英国大众和世界各文明国家"的威胁：

> 我奉命告诉你，英国政府无意使香港殖民地被阴谋颠覆友好邻邦者用为庇护所。鉴于你的行为有这种记录，即你在信中所曲意表达的，你要从满洲的枷锁中解放你可怜的同胞。如果你要在香港登陆，我们将依据一八九六年对你的放逐令，将你逮捕。[96]

孙中山留居日本的另一个原因，是地缘上的邻近和文化上的相通——"消息易通，便于筹划也。"即他有可能将日本当作策动中国革命的大本营，且得到日本朝野某些人士的认同和支持。

孙中山结交的日本人成分复杂，有民权主义左翼人士宫崎寅藏和梅屋庄吉；有政界人物民党领袖犬养毅；有财界人物民权主义右翼人士平冈浩太郎和大石正己；有军界将领儿玉源太郎和寺内正毅；有外务省官员中川恒次郎、小池章造和重光葵；有知识界人士南方熊楠、寺尾亨和秋山定辅；有妇女领袖下田歌子；有极端国权主义者内田良平和头山满，还有对华关系密切的东亚同文会、黑龙会的众多成员。

孙中山认为，日本明治维新的成功，不但是亚洲人的骄傲，也是中国革命成功的先导：

> 亚洲今日因为有了强盛的日本，故世界上的白种人不但是不敢轻视日本人，并且不敢轻视亚洲人。所以日本强盛之后，不但是大和民族可以享受头等民族的尊荣，就是其他亚洲人也可以抬高国际的地位。因为日本能够强盛，故亚洲各国便生出无穷的希望。[97]

在孙中山看来，中国与日本命运相关："日本维新是中国革命的第一步，中国革命是日本明治维新的第二步，中国革命同日本明治维新实在是一个意义。"[98]尽管这种将中国与日本的政治变革纠缠在一起的思路在逻辑上令人费解，但中日联合共谋亚洲复兴的思想几乎贯穿了孙中山的一生。

孙中山得到了日本人的推崇。

被孙中山称为"人生得一知己"的日本民党领袖犬养毅是他的崇

拜者之一。犬养毅不但佩服孙中山关于中国革命与日本革命关系的论述,而且认为孙中山亿万黄金也买不动的共和决心完全具备了革命领袖的风范。他曾问孙中山除了革命之外还喜欢什么,孙中山的回答是女人和书。犬养毅对这个回答佩服得五体投地,他认为一个把女人放在书之前的人,能够克制对女人的喜爱而忘我地读书,必定是绝世雄才。

与日本人士一起,孙中山实践着向亚洲其他国家输出革命的理想。当菲律宾独立军决定举行武装起义的时候,强烈地推崇亚洲黄种人联合起来的梅屋庄吉深入菲律宾与独立军首领建立了联系,而且还介绍独立军的联系人到日本拜会孙中山和宫崎寅藏。当即,孙中山允诺可以动员三万人从广东赴菲律宾参加武装起义。孙中山的激情除了来自大亚洲革命的理念之外,他还认为一旦菲律宾革命成功,就可以借助那里的起义力量杀回来攻陷广东。菲律宾独立军给了孙中山十万元,作为筹集人员和武器的经费,这是兴中会得到的第一笔巨款,立即被派上了大用场:在香港创办兴中会机关报,建立接待会党成员的机构,购买枪支策动新的武装起义等等。孙中山告诉密友宫崎寅藏:"菲岛再举的准备已经完成,惟因前事而受日本政府严格监视,所以不知何时始能运出武器,因此当地委员同意我们使用这些武器。大义没有先后,我们当唤起风云大兴义军,以实现宿昔的希望。我事若能成功,菲岛之独立,自属易如反掌。"⑨

酝酿国内的武装起义,这一行动在孙中山到达日本之前已经启动,组织者是陈少白。陈少白根据兴中会"联络会党,召集旧人"的指示,参加了广东嘉应和平县的三合会,被封为三个重要的首领之一——"白扇",即军师。在陈少白的联络下,一九〇〇年二月,哥老会堂主、三合会首领和兴中会领袖在香港齐聚一堂,这是兴中会与中国南方著名民间会党的前所未有的联合。会议宣布成立联合组织"兴汉会",推举孙中山为总会长——"在今日之世,如果不通外间情势而乱揭竿而起,可能贻不测之祸于百年之后,而我辈之中无一人能通外间情势者。因此尤其寄望于孙君。"⑩兴汉会定纲领为:驱除鞑虏,恢复中华,创立合众政府。歃血起誓后,陈少白被封为"龙头之龙头",意思是军事总指挥。

在日本的孙中山开始全力筹集军火,同时准备动身前往越南西贡指挥起义。就在这时,陈少白突然来信说,香港总督卜力和一位名叫何启的香港立法院议员表示,有意撮合孙中山与李鸿章合作,共同分割大清帝国南方两省的地盘。

据宫崎寅藏回忆,孙中山得知这一消息后心情复杂:

> 翌晨还没睡醒时,孙君来把我叫醒,并把我带到另外一室说:"现在有一个问题,我想听听你的意见。"他更小声地说:"前些日子,我友(何启)和香港太守密会商议一件事。太守之意要李鸿章以两广为根据地宣布独立(李鸿章时任两广总督),用我行新政,他(香港太守)将暗中为其保护者以策无事。他以此事说服李,李也为了年老后的纪念赞成此事,惟拳匪之乱渐盛,京廷促李急切北上。李不堪其情,将于今日北上。但太守欲扼此处,以阻其行,并约定于今日十一时与李密会。李若停止其行,太守将解除保安条例,拟令我登陆,与之密谈,昨日深夜派人来问,我是否有意上岸参加密谈,并问我对于此事的意见如何。"[101]

无法得知孙中山据何判断李鸿章会为"年老后的纪念"而拿自己的位尊权重与荣华富贵去冒险。有资料显示,此事绝不是李鸿章的主动,而是兴中会员陈少白和香港立法院议员何启的密谋。陈少白和何启的最初设想是:外国联军攻打北京,朝廷要求北上勤王,但南方的封疆大吏们均按兵不动。因此,有理由寻求革命党人与李鸿章的联合,由李鸿章向朝廷宣布两广独立,然后孙中山率革命党人进入两广地区。陈少白写信征询孙中山的意见,得到首肯。于是,陈少白致信香港总督,言"两广盗匪遍地,人心惶惶,若听李鸿章离开广州而北上,则两广必危,后患不堪设想。香港密迩两广,必受莫大之影响。体察大势,应请转劝李鸿章停止北上。际此中央无主,正宜讽其据两广,宜宣告独立以维治安"。[102]信的落款人是:孙逸仙、杨衢云、陈少白、谢缵泰、郑士良、邓荫南、史坚如等。陈少白还请求英国人帮助他们在两广地区建立新的政权,至于信中开列的新政权的样式和执政方针则十分简陋:成立中央政府、各省成立自治政府、权力属于全社会、增加文武官吏的俸禄、制定合理的宪法和律法,将科举变成"专门之学"。即便如此,香港总督也认为这一举动符合英国的利益。于是他写信给即将奉旨北上议和的李鸿章,承诺如果他能够毅然宣布两广独立,香港总督不但可以相机协助,而且还可以联合各国领事一致支持。

因为有过上书李鸿章失败的教训,孙中山对李鸿章能否合作将信将疑,他依旧在积极地筹备武装起义——无论与李鸿章的联合是否成功,分割大清帝国的一部分、建立一个共和国的目的在孙中山心里始终没有丝毫动摇。

一九○○年七月十六日,孙中山乘日轮"佐渡丸"号再次抵达香港附近海面,但被通知不准登岸。就在孙中山焦急地在海面上等待的时候,李鸿章的"平安"号轮船自广州抵达香港。他与香港总督卜力交谈甚欢,但谈话并没有一句涉及孙中山。又过了一天,李鸿章的豪华船队从香港启程,两广总督要为陷入巨祸中的朝廷和太后分忧解难去了。

孙中山立即召开军事会议,策划即将发动的武装起义。

难以置信的是,此时的孙中山没有一兵一卒,他的面前只有一张广东省地图和陈少白等起义策划者,当然还少不了那几位日本人:宫崎寅藏、清藤幸七郎、原桢、平山周和福本诚。

孙中山的部署是:郑士良负责在广东惠州归善县三洲田现场指挥;日本人福本诚在香港主持筹备工作;陈少白和杨衢云负责饷械接济;毕永年奔赴长江流域联络会党;自己则回日本然后南下台湾,待起义发动后设法潜入内地指挥。福本诚认为应该一不做二不休,大家秘密在香港上岸后,潜入内地直接发动起义,以迅雷不及掩耳之势一举拿下广州城。这个建议遭到孙中山的反对,他认为这样做无异飞蛾扑火。

孙中山策划的起义具体实施办法是:郑士良在三洲田率领起义军向西北方向前进,会合新安、虎门一带的三千多绿林好汉直趋广州;史坚如在广州接应并牵制清军;孙中山从台湾内渡,亲临现场指挥作战,军火则由台湾通过海运接济。

九月二十八日,孙中山抵达台湾。

此时的台湾在日本人的统治之下。孙中山抵达后,受到日本驻台总督儿玉源太郎的热情接待。儿玉源太郎表示全力支持武装起义,孙中山立即在台湾建立了军事指挥中心。

没有落入英国人圈套的孙中山,此时已经落入了日本人的圈套。

大清帝国岌岌可危,列强们都有瓜分中国的企图,其中以日本人的心情最为迫切,这是儿玉源太郎支持孙中山的根本原因。

这似乎是一个悖论:为推翻大清帝国的统治,孙中山必须使用最暴力的手段,使存在于他的祖国的现政权四分五裂;而围绕在他身边的那些外国人,同样盼望着大清帝国变成一个四分五裂的国家,然后分而据之——两者因为在推翻大清帝国现政权的目标上一致,于是此时颇为怪异地联合在了一起。

历史就是这样令人百感交集。

负责军事指挥的郑士良很快陷入两难的境地:惠州起义的武装人员,大多是绿林会党的乌合之众,谈不上任何纪律与约束。数百人聚集山林等待起义的命令,粮食供应首先成了问题。郑士良被迫让他们分散居住并注意保密,可大批绿林好汉聚集在一起,旗帜招展,刀枪挥舞,哪有密可保?很快,新任两广总督德寿得到了情报,他立即派遣水陆两军前往镇压阻截。郑士良急电请示,孙中山回电称,枪支弹药的筹备工作还没完成,建议暂时解散众人。郑士良知道,一旦宣布解散,再度集合起来的可能微乎其微。他又致电孙中山,建议由他率领起义军向沿海东岸靠近,以便尽快接收海运来的枪械物资,同时也便于与从台湾潜回内地的孙中山会合——这个建议,使原定起义开始后向西进发与新安、虎门一带的绿林好汉会合的计划,在起义还没开始的时候就改变了。

即便如此,起义已经成为事实,因为香港的《士蔑西报》刊登了归善县会党的起义宣言。这个宣言的有趣之处在于,会党们首先声明他们不是拳匪义和团,而是大政治家领导的大会党;他们在宗旨上也与义和团完全不同,义和团是"扶清灭洋"而他们则是"靠洋灭清";他们不是要一个新朝廷和一个新皇帝,而是要建立一个民权政府。至少从宣言的措辞上看,确与中国历史上的各种民间会党大有不同:

> 某等并非义和团党,乃大政治家大会党耳。即所谓义兴会、天地会、三合会也。我等在家在外之华人,俱欲发誓驱除满洲政府,独立民权政体。我等在美洲夏威夷澳洲实得力,暹罗越南荷属群岛等处之有材会友,专候号约期举事。我等本

1911

为欲兴中国之人,若将来成功设立更革之事,开通中国,与世界通商。我等不恤流血,因天命所在,凡有国政大变必须以贵重之代价博取之。古史所载之事,行将复见于今日。我等欲造成三百年前所未竟之志……[103]

孙中山的回复还没有到达,位于三洲田的起义军敢死队袭击了驻守沙湾的清军水师提督指挥的前哨部队。时间是一九〇〇年十月六日,史称"惠州起义"的武装暴动就这样仓促地开始了。

沙湾的清军不知来了多少造反者,在被打死四十多人、被捉三十多人后仓皇撤退。清军确实惊慌失措,因为他们从当地村民那里听说,这伙"红头贼"是一群对清军和官吏皆杀无赦的凶狠土匪。

村民廖毓秀那年十五岁,他看见的暴动首领郑士良是个"面庞方中带圆、双眉硬直"的青年,而另一个名叫黄远香的起义首领"面黑而麻"。起义军在闰八月十三那天晚上祭旗的时候,廖毓秀看见"岭冈顶上竖起了大旗,刀光剑影,闪闪夺目。黄远香红布包头,身上挂着大红绣球,威风凛凛,前后约有六七百人簇拥着他"。几乎所有的村民都记得,起义军官兵一律红布包头,首领无一例外地身挂一只大红绣球。村民杨衍秀看见的另一名起义首领天子祥,"头插雉鸡尾,胸挂绣球,很像做戏的打扮。红头军一律头缠红布,腰缠红带,裤头插着一支红旗子,裤脚一边卷高,一边放低,十分神气"。[104]红头军打起仗来气势很大。旗帜一摆,蜂拥冲下山坳,枪声砰砰地响着,捉到军官模样的清军,大刀一闪便砍下了脑袋。

归善县县丞护兵毛冬那年十九岁。他身边的营勇们穿的背心也是红色的,头上戴着竹夹帽,腰间插两把烂鬼单刀和鸦片烟枪。尽管毛冬穿的是蓝衫裤,头上包的是黑布,但在渡河逃跑时还是被红头军揪住辫子捉到了。被俘后的他看到了"方圆脸孔,身躯肥大,穿官纱长衫"的郑士良。红头军把俘虏集中在一起,说"梦的站右边,醒的站左边",结果多数俘虏稀里糊涂地站到了右边,毛冬也随了大伙。谁知,这两句话是会党黑话,"梦的"意思是"不服从",要即刻砍头。果然,有个彪形大汉走到毛冬跟前,揪住他的辫子抡起大刀,手起刀落,毛冬身上的绳索断了,大汉说:"你跟我走!"于是毛冬成了这个大个红头军的护兵。

"他们都很温和。"⑩⁵毛冬后来回忆说。

在起义军作战的时候,革命党人内部出了问题。

早在筹备广州起义的时候,一个名叫陈廷威的兴中会员被孙中山派到北江地区联系会党。他领了钱走了,可从来没有干过什么具体事,写给孙中山的汇报信也都是假的。就在惠州起义进行的时候,钱花光了的陈廷威出现了。他跑到广东南海县衙门,见到知县裴景福,说造反的革命党人他全认识,能劝其投降。裴景福立即派心腹跟随陈廷威到了香港。陈廷威找到陈少白,见面就说:"好了好了,这次清官受了我们教训,他们知道利害了,他们现在找我出来调停,我已有了好办法,你能够叫他们停战吗?"⑩⁶陈少白自然不同意。于是陈廷威又找到杨衢云,杨衢云赞成,开出了停战条件:一、起义主要领导人按道府职别任用;二、每人准许带兵五千人;三、赏银洋"若干万"。杨衢云找到陈少白说:"我们势力如此单薄,岂有能达目的的希望,不如趁此机会,接纳他们的条件,大家做了大官,带着大兵,手上又有钱,等到势力养足,再从他们里面反出来,成功自易。"⑩⁷陈少白说,孙先生不会答应的,因为孙先生"只知革命,不知其他"。随后,陈少白给孙中山写了信。

孙中山的回电只有四个字:"提防七指"。⑩⁸

杨衢云早年在工厂学徒的时候,右手被机器轧掉了三个指头。

郑士良接到孙中山的电报:起义军改道向东开赴厦门,并准备在厦门获得粮械接济。

计划攻击的目标是广州城,为何向相反的厦门开进?

这是日本人的阴谋。

儿玉源太郎劝说孙中山不要攻击广东,他说如果起义军攻击厦门就能得到日本方面的粮械支持。他甚至提出了这样一个离奇的方案:厦门有好几家台湾银行的分行,存款至少有几百万元,起义军可以抢这些银行,尽管银行里的钱涉及驻台日本人的利益,但他可以保证起义军在抢银行的时候不受阻拦,事后也绝不会被追究。

孙中山需要钱,他正为筹措起义经费发愁。在万般无奈的情况下,他曾写信给李鸿章的幕僚刘学询,说如果肯借一百万元,可以在起义成功后建立的新政权中让刘学询担任首脑,至于愿意当皇帝还是愿意当总统由刘学询自己定夺——孙中山居然妥协到让清廷大员的幕僚来组织未来的民主政府,这足以表明他在经费上已经陷于饥不择食的困境。

儿玉源太郎的圈套是:日本人对厦门比广东更感兴趣。倘若孙中山的起义军攻击厦门并且抢了台湾银行,日本人就能以"保护日本侨民"为借口出兵厦门,然后一举占领中国福建。

孙中山接受了儿玉源太郎的意见。

尽管他知道,即使起义军顺利地抢到钱,即使他能顺利地到达厦门亲自指挥,从三洲田到厦门,三百公里以上的路途全是难以穿越的山岳密林,走到厦门后再折返回来,能否与新安、虎门一带的三千绿林会合不可预知,接下来对广州城发动攻击更是不可设想。

郑士良率领的起义军开始执行孙中山的命令。

在向厦门的移动中,起义军战斗数次,偶有小胜,但在永湖遇到清军主力后,战斗开始艰难起来。二十二日,起义军正在等待枪弹接济,一个名叫山田良政的日本人出现了,他给郑士良带来一封孙中山的手令:情势突生变化,外援难期,即至厦门,亦恐徒劳。军中之事,由司令官自行决止。意思很清楚:起义终止了。

手令是真实的。

此时的孙中山已陷于更加困难的境遇中:首先是运来接济起义军的军火全是一堆废铜烂铁,日本的中间商用废品充当军火然后卷钱跑了。接着,日本内阁突然发生变动,山县有朋内阁倒台,伊藤博文组阁上台后,立即宣布了新的外交政策,其中包括禁止台湾总督协助中国的革命党。

起义军就地解散了。

那个为孙中山传递命令的日本人最终落入清军之手并被杀害。

孙中山为山田良政所写的悼词是:"君不以政府忻厌为意,衔命冒险,虽死不辱,以殉其主义,斯其难能可贵者。"[109]

起义领导人之一史坚如在广州被捕。

这是一个翩翩公子,祖籍浙江绍兴,生于广东番禺,他七岁丧父,母亲"端严静默,贤而知书",对其教育严格。他多才多艺,书法绘画无一不精,但别具新思想。甲午之后,每谈国事,愤怒不可自制,言"人有谓支那可以改良者,虽然,是可言而不可行也。所谓真改良者,惟血洗天下之人心而已。不然,则日日言改良,亦空谈耳"。[110]他因结识宫崎寅藏、陈少白等人加入兴中会，虽不满二十岁却深具忧患："朝廷之所为既有然，故人之欲为其官者，非愚良民而绞其膏血，则无以得上计。夫为官之道，在于科举，而支那之读书者，国家主义，岂曾梦见，其经营斗室之中，舍做官赚钱之外，别无思想。是读书者，适以养成贪欲不道之人也。源浊者未必清，以此辈鬼蜮之人士，而参与国家之枢要，而欲国家之不衰颓，其可得乎？"[11]因为"聪慧绝伦，尤擅决断"，他被孙中山认为是"命世之英才"。

惠州起义中，史坚如的任务是在广州联络会党，牵制清军，接应起义。因为经费拮据，他和哥哥史古愚变卖家产得款万余。但是，当他们与邓荫南到达广州后，却发现之前联络好的人"避面不见"。史坚如"人极坚决，且有毅力"，他以为"就此罢手，何以见人"？[12]遂决定自己行动，暗杀两广总督德寿，以挽回影响，唤醒民众。

德寿，满洲人，原为广东巡抚，升任总督后仍住在巡抚衙门。衙门后的巷子名叫后楼房，德寿的卧室就在巷子路南。史坚如租下了对面路北的民房，然后开始挖掘地道，一直挖到德寿卧室的下面。地道挖好后，"把买好的大磅炸药私运进去"。黎明时分，史坚如"把药线放在一支大香之尾，计算过大约一点钟后，药线就可以烧着了"。[13]然后他点燃香，离开民房向码头走去，准备乘船去香港。但是，及至"船要开行的时候"，都没有听见爆炸声，街头也没有任何异样。史坚如判定炸药没有爆炸，于是冒险返回那座民房。果然，药线已经熄灭。因为是白天，德寿不会在卧室，史坚如独自一人在房中等待。深夜已过，又一个黎明将至，他再次点燃药线。这一回，等他走到码头的时候，听见了爆炸的声音——"轰的一声，全城震动。"街头顿时混乱起来，史坚如听人说好几间房屋都被炸塌了，但是德寿仅仅被震落到床下，并没有死。史坚如不相信，上百斤的炸药，足够把德寿的卧室炸成一片瓦砾，怎么会是这个结果？他决定返回现场看个究竟——"居然乘着轿子，向巡抚衙门而来，以为总没有人知道的。"[14]回到现场，史坚如发现药线太短，炸药未能完全引爆。悔恨之后，决心再炸一次，可是他已被密探盯上了。

史坚如被押解到南海县衙门。

知县裴景福先是美言厚待，诱惑他说出实情，史坚如喜怒笑骂不供；裴景福又拿出一份四十人的名单让他指认同党，史坚如坚拒不从；

裴景福对其施以酷刑,百般摧残,史坚如始终怒目圆睁。

史坚如被斩首于广州天字码头,时年二十二岁。

这位兴中会最年轻的会员"风姿如天女"却至死含恨:"君主专制必不能治,即治亦不足训也。今日中国正如数千年来破屋,败不至不可收拾,非尽毁而更新之,不为功。"⑮

陈少白撰碑文铭云:

> 雄心脉脉,寒碑三尺。后死须眉,尔茔尔宅。国人欲复,哲人不归。吾族所悲,异族所期。玉已含山,海难为水。寒寒此躬,悠悠知己。天苍兮地黄,春露兮秋霜,胡虏兮未灭,何以慰吾之国殇!⑯

那个在睡梦中被震落在床下的两广总督德寿上奏朝廷:

> ……奴才伏查逆首孙文以漏网余凶,游魂海外,乃敢潜回香港,勾结惠州会匪,潜谋不轨,军火购自外洋,煽诱遍及各属,竖旗叛逆,先扰逼近租界之沙湾墟,意在挑启中外衅端,从中取事。其凶险诡谲,实与康梁逆党勾结长江两湖会匪同时作乱情形,遥遥相应。虽官军乘其未定,先以兜截,使两路之匪不能联合一气,归善之匪未能窜越一步,然犹豕突狼犇,横厉无比,戕杀弁勇,掳捉印官。各路会匪,仍敢同时并举,云集响应,罪大恶极,无以逾比。幸仰仗朝廷威福,将士用命,旬日之间,群凶授首,胁从逐渐解散,地方转危为安,城池租界,均未扰及,不致贻外人口实,尤为始料所不及。其伪军师伪元帅等,半以伏诛。而首逆之孙文,与谋之康梁各党,初则伏匿港澳,继闻窜迹外洋,前已照会港澳各洋官密拿惩办,即不能刻期就网,当亦不敢潜回……⑰

清廷大员将孙中山的武装起义视为与康有为、梁启超联合的反政府行动,这表明他们至此依旧没弄清楚孙中山到底为什么要造反。

在庚子事变后相当长的时间里,反叛者孙中山在舆论上无法与康梁相提并论。戊戌变法失败后,康梁之所以成功逃亡,毫无疑问与日本人插手有关——梁启超在日本人的保护下从天津乘船逃往日本,康有为同样是在日本人的保护下从香港转往日本。日本人保护康梁和支持孙中山虽出于同一目的,但日本政界似乎更重视康梁,试图通过康梁恢复光绪皇帝的统治权力。

孙中山与康有为的接触,最早可追溯到一八九四年。那时孙中山默默无闻,康有为已蜚声全国。一八九五年,孙中山在广州开办农学会,曾请康有为参加,遭到拒绝。在康有为眼里,孙中山不过是个海盗式的人物。一八九六年以后,兴中会领导人曾与康梁商议过合作问题,终因康有为的傲慢而无果。孙中山也曾几次求见康有为,康有为均以身上有光绪皇帝的衣带密诏(藏在衣带里的诏书)不便与革命党往来为由拒绝。一八九九年,在日本政客的撮合下,孙中山与梁启超在东京犬养毅的家里见面了——"康先生有事不能来。"尽管梁启超对孙中山的主张十分欣赏,但论及"彼此宜相助,勿相扼",梁启超表示需同康有为商量后"再来答复"。几天后,孙中山派陈少白去见康有为,陈少白回忆道:

> 我对康有为说,"满洲政府已不可救药,先生也要改弦易辙了。今日局面,非革命国家必无生机,况且先生以前对于清政府,不算不尽力,到现在他们倒要杀你,你又何苦死帮他忙呢?"康有为说:"无论如何,不能忘记'今上'的。"我说:"要是先生是个没出息的人,我倒可以不说;如果自命为一个当今之世舍我其谁的人物,那么你不能为了你今上待你的好,就把中国都不要了。所以请先生出来的意思,就是不以私而忘公,不以人而忘国。据你先生说,你'今上'亦是救国同志之一,那么革命的办法,并不是叛他的。我们想把中国弄好,革命若果成功,他亦应该赞成的,并没有什么对不起他的……"康有为没有什么好回答,只说了今上怎样好,差不多比尧舜汤武都要胜过几倍。⑱

康有为念念不忘的"今上"是光绪皇帝。

承认不承认"今上",是康有为与孙中山的根本区别。

很快,日本政客就发现康有为东山再起希望渺茫,他固执地拒绝与革命党人合作也不符合日本的利益,于是对他冷漠起来,康有为被迫于一八九九年三月去了加拿大。

当康有为远在加拿大的时候,梁启超与革命党人有过联合的意向,但立即遭到康有为的严厉批评,这使得梁启超转而成为一名坚定的保皇派。孙中山与康梁的合作至此彻底断绝。

改良派与革命派本不必水火不容。

如果能够求大同存小异,中国近代史也许会是另一种走势。

就在孙中山发动的惠州起义面临失败的时候,康梁也发动过一次武装起义,史称"唐才常汉口之役"。

改良派使用暴力的举动令人惊异,或许只有在"勤王"的意义上才可以理解——"勤王",就是保卫皇上,京城里的义和团扬言要杀光绪皇帝,当洋人的联军就要攻入京城时,康梁必须有所行动护卫"今上"。

唐才常,湖南浏阳人。戊戌变法失败后流亡日本等地。他主张中国应该效法日本,走君主立宪的道路。在康梁的同意下,他成立了自立会和正气会,标榜"忠君爱国,以济时艰"。庚子事变后,他在上海召集社会名流,竟然开了一次"国会"。与会者成分复杂,多数人根本弄不清楚怎么"忠君"又如何"爱国"。这次"国会"选举容闳为会长,严复为副会长,唐才常任总干事。"国会"发布的宣言由容闳用英文起草,再由严复翻译成中文:"不认满清政府有统治清国之权,将欲更始,以谋人民之乐利,因以伸张乐利于全世界,端在起复光绪帝,立二十世纪最文明之政治模范,以立宪自治之政治权与之人民,藉以驱除排外篡夺之妄举。"[119]这堆概念混乱的文字当场遭到章太炎的反对,他认为"一面排满一面勤王,既不承认满清政府,又称拥戴光绪皇帝,实属大相矛盾,决无成事之理",遂当即"割辫与绝"。[120]

热情饱满的唐才常准备在武汉举行起义。

起义还是依靠会党,可依靠会党需要钱,不发钱会党成员不干,且购置枪支弹药也要大量的钱。负责海外筹款的康有为和梁启超迟迟没有消息,有传言说,已筹集的六十万美金被康梁私吞了,康梁坚决否认,但现实情况是唐才常急需用钱。正当他一筹莫展的时候,一支会党突然自行发动起义,同时宣布了起义宗旨:一、保全中国自主之权;二、请光绪皇帝复辟——且不说武装造反是大逆不道,谁都知道现在是慈禧太后掌权,让光绪剥夺太后的权力还能有好?

两天后,清军消灭了这支莽撞的起义军。

唐才常等五十余人被逮捕。清军"搜出后膛枪数十支,军火数箱,以及印信、旗帜、信函、册籍等。其印文曰'中国国会分会住汉之印'。又于唐才常身边小箧内,搜出号令告示稿,上面写着:"焚毁各衙署,占夺枪炮厂,劫掠军库,占据口池,焚毁三日,封刀安民,派将固守,再筹征进。"㉑

清廷都没让这个连造反宗旨都不能自圆其说的人过夜,连同唐才常在内的二十多人于浏阳湖畔被就地正法。

湖广总督张之洞和湖北巡抚于荫霖上奏:

> 头品顶戴湖广总督臣张之洞、湖北巡抚臣于荫霖跪奏,为康党谋逆,创设自立会,勾结长江两湖会匪同时作乱,先期破获,擒诛渠魁,现派营四路剿捕,饬令缴票解散,恭折驰奏,仰祈圣鉴事……查此项自立会匪唐才常等,以康逆死党,窟穴上海,设立总会,自为总粮台,往来沿江沿海各处,广散银钱,购通会匪,计谋凶狡,党众纷繁……唐才常等到案,一一供认不讳。至其凭空造言,捏诬狂吠,诋毁两宫,悖逆凶悍,笔不忍书,令人发指。该会匪等以自立为名号,以焚戮劫掠为条规,以富有票为引诱,以哥老会红教会及各省各种会匪为羽翼,意欲使天下人心同时震动,天下民生同时糜烂,实为凶毒已极……惟目前时事虽棘,上下同心,力图振作,尚可勉筹补救之方。若该会匪各省蜂起,则中国真将有亡国之势矣。今该会匪既已自称为新造之国,公然自立,不认国家,是明言不为我皇上之臣子矣。乃尚敢托保国之名,以逞其乱国之谋,不独中国忠义臣民不受其欺,凡各国明理晓事之人恐也不受其欺也……惟湖北数月以来,自北方有警,长江人心惶惑,各匪四起,陆续增募勇营数十营,上游则界川之宜昌,下游则界江西之武穴,南则界湘之荆州,北则界豫之襄阳、随州、枣阳、应山、麻城,中路则沔阳、新堤、沙洋、嘉鱼、蒲圻、崇阳、监利,皆为会匪出没之所,皆须派营驻守,随时相机剿捕,并派营前赴湖南之岳州,河南之信阳州,越境剿捕巡防,以固藩篱。各属请兵请械,应接不暇,罗掘多方,增兵既多,增饷尤巨,种种艰难急迫,昼夜不遑。惟有竭力镇抚,相机筹办,随时与湖南抚臣、两

江江西安徽督抚臣互相知会,合力办理,以维上游大局……⑫

光绪帝朱批:

> 览奏殊堪痛恨。著即会商沿江沿海各督抚,将此项会匪,饬属一体查拿,尽法惩治,务绝根株。所有此次擒获首要及发奸弭乱各项出力员弁,准其从优请奖,以示鼓励。⑬

康有为从此不再言兵,他终于明白尽管"今上"待他不错,但真枪实弹地去"勤王"可不是他能干的事。

惠州起义失败后,孙中山留居日本一年多,然后前往越南,谋求法国殖民者对中国革命的支持。他在河内广泛联络志士,建立了兴中会分会,但试图得到法国人支持的工作毫无成效。半年后,他再次回到日本,着手创办军校,培养军事干部。随后,他动身前往欧美,目的是改变各地兴中会涣散的局面,成立新的革命团体以准备新的起义。

兴中会的武装行动暂时沉寂了。

关于惠州起义,孙中山认为虽败犹荣:

> 经此失败而后,回顾中国之人心,已觉与前有别矣。当初次之失败也,举国舆论莫不目予辈为乱臣贼子大逆不道,咒诅谩骂之声不绝于耳,吾人足迹所到,凡认识者,几视为毒蛇猛兽,而莫敢与吾人交游也。惟庚子失败以后,则鲜闻一般人之恶声相加,而有识之士,且多为吾人扼腕叹息,恨其事之不成矣。前后相较,差若天渊。吾人睹此情形,中心快慰,不可言状,知国人之迷梦已有渐醒之兆。⑭

就在孙中山再次漂洋过海之际,一个令人震惊的案件在"迷梦渐醒"的国内发生了。案件的威力并不亚于兴中会的武装起义,而且它使国人更加明晰了这样一个判断:孙中山不是乱臣贼子,武装暴动不是会匪作乱,推翻清王朝是大势所趋,是民心所向,是希望所在。

这样一个判断对于中国的未来命运至关重要。

满腔心事

很难想象下面的文字出自于一个十八岁青年之笔：

> 扫除数千年种种之专制政体,脱去数千年种种之奴隶性质,诛绝五百万有奇披毛戴角之满洲种,洗尽二百六十年残惨虐酷之大耻辱,使中国大陆成干净土,皇帝子孙皆华盛顿,则有起死回生还魂返魂,出十八层地狱,升三十三天堂,郁郁勃勃,莽莽苍苍,至尊极高,独一无二,伟大绝伦之一目的,曰革命。巍巍哉！革命也。皇皇哉！革命也。[125]

一九〇三年四月,上海。

屋檐梅雨淅沥,邹容奋笔疾书。

他无法得知,自己笔下的这些文字,将对中国近代史产生怎样的影响;更无法得知,正是这些文字使他的生命猝然终止在黑暗的牢房中。

邹容,字蔚丹,四川巴县人,生于一个富裕的商人家庭。十二岁时四书及《史记》、《汉书》均"已琅琅上口",[126]十五岁出蜀,十七岁考取官费留学日本,涉猎西方近代政治学说,思想日趋激进。一个富家子弟成为反叛者,邹容承受的压力可想而知。面对"大逆不道"的种种责难,之所以能够置之度外,是因为"以是报我四万万同胞之恩我,父母之恩我,朋友兄弟姊妹之爱我"。[127]

这个英姿勃发的青年刚到日本不久,就因为和同学剪掉了清廷驻日学生监督姚文甫的辫子而被迫中断留学。

邹容回到上海,开始了他短暂人生中满腔忧患的最后时光。

> 我中国今日不可不革命,我中国今日欲脱满洲人之羁缚,不可不革命,我中国欲独立,不可不革命,我中国欲与世界列强并雄,不可不革命,我中国欲长存于二十世纪新世界上,不可不革命,我中国欲为地球上名国,地球上之主人翁,不可不革命。革命哉！革命哉！我同胞中,老年、中年、少年、幼年、

1911

无量男女,其有言革命而实行革命者乎?[123]

邹容的《革命军》一蹴而就,由友人集资于上海大同书局出版。全书毫无隐讳地直抒推翻帝制的政治主张,文辞之华丽畅快,情感之坦诚激昂,史无前例。《革命军》描绘出一个名为"中华共和国"的理想蓝图。这个混杂着民族主义、天赋人权、自由宪政等思想的社会蓝图,足以让懵懵懂懂的中国民众思绪飞扬,令深宫王府里的皇族心惊肉跳:

中国为中国人之中国,我同胞皆须承认自己的汉种,中国人之中国。

不许异种人沾染我中国丝毫权利。

所有服从满洲人之义务,一律消灭。

先推倒满洲人所立北京之野蛮政府。

驱逐住居中国之满洲人,或杀以报仇。

诛杀满洲人所立之皇帝,以儆万世不复有专制之君王。

对敌干预我中国革命独立之外国人及本国人。

建立中央政府,为全国办事之总机关。

区分省份,于各省中投票公举一总议员,由各省总议员中投票公举一人为暂行大总统,为全国之代表人,又举一人为副总统,各州县府又举议员若干。

全国无论男女,皆为国民。

全国男子,有军国民之义务。

人人当致忠此所新建国家之义务。

人人有承担国税之义务。

凡为国人,男女一律平等,无上下贵贱之分。

各人不可夺之权利,皆有天授。

生命自由及一切利益之事,皆属天赋之权利。

不得侵人自由,如言论、思想、出版等事。

各人权利,必需保护,须经人民公许。建设政府,而各假以权,专掌保护人民权利之事。

无论何时,政府所为,有干犯人民权利之事,人民即可革命,推倒旧日之政府,而求遂其安全康乐之心。迨其即得安全

59

康乐之后,经承公议,整顿权利,更立新政府,亦为人民应有之权利。

　　定名中华共和国(清为一朝之名号,支那为外人呼我之词)。

　　中华共和国为自由独立之国。

　　自由独立国中,所有宣战、议和、订盟、通商及独立国一切应为之事,俱有十分权利与各大国平等。

　　立宪法,悉照美国宪法,参照中国性质立宪。

　　自治之法律,悉照美国自治法律。

　　凡关全体个人之事,及交涉之事,及设官分职,国家上之事,悉准美法办理。皇天后土,实共鉴之。[129]

一九〇三年后,资产阶级民主革命思想弥漫全国,描绘资产阶级民主共和国的蓝图,已成一股不可遏制的激情。关于建立资产阶级民主共和国,最早提出建国方案的是孙中山,即一八九四年《兴中会章程》中提出的"创立合众政府"。所谓"合众政府",就是以美国为模式的民主共和政府。但是,包括孙中山在内,此前还没有一个人像邹容这样详尽描绘出未来中国的民主政府是什么样子。邹容说他的民主思想来自卢梭的《民约论》、孟德斯鸠的法理、法国大革命史以及"美国独立檄文等书"。[130]他阐述人民"合法反对权"的第十九条,甚至是对美国独立檄文原封不动的照录——如果政府侵犯了人民的权利,人民就有权革命,这就是"天赋人权"。

在《革命军》的最后,邹容高呼:"中华共和国万岁!""中华共和国四万万同胞的自由万岁!"

在中国几千年的历史上,"万岁"是皇帝的专用词汇,而这个激情万丈的青年竟然把人民的自由称之为"万岁",此乃开天辟地。

《革命军》一经出版,"举世为之轰动",先后印刷二十多次,发行总数达一百一十万册。其鼓荡人心的力量犹如疾风劲雨,稍有社会良知的人读后便会"面赤耳热,心跳肺张,做拔剑砍地奋身入海之状"。于是,有志之士赞叹:"呜呼!此诚今日国民教育之一教科书也。"[131]

邹容立即成为清廷的抓捕对象。

他藏在了虹口区一个传教士的家里。

但是,在听说另一个人被抓走时,邹容从藏身之地走了出来,此时距《革命军》出版仅两个月有余。

邹容决心与其共同赴难的那个人是章太炎。

激情四溢的两大才子同时入狱,举国为之震惊——"全国视线莫不注集于松江一角之地,以为满汉宣战,今其嚆矢。"[132]嚆失,一种带响的箭,射出时箭未到而声先响,喻事之开端。

章太炎,浙江余杭人,名学乘,字枚叔,后改名炳麟,号太炎。少年从师著名经学家、文学家、书法家俞樾。一八九五年因钦佩康梁公车上书,寄会费十六元要求加入强学会。一八九七年到上海,任《时务报》撰述,极力主张国家变革。一八九八年戊戌变法失败后被通缉,先逃往台湾再转而流亡日本。一八九九年秋天回国,在上海任《亚东日报》笔政。一九〇〇年剪辫立志革命。史书对于这位性格特异、风骨卓然的人物记述颇多,但大多是他晚年的逸事,那时候他已是"国学大师"、"近代鸿儒"。[133]一九〇三年,三十二岁的章太炎意气风发,卓尔不群。他穿着怪异,裤带总是松松垮垮的:"夏季,裸上体而御浅绿纱半接衫,其裤带乃以两根缚腿带接而为之。缚带不得紧,乃时时以手提其裤,若恐堕然。"[134]他的行为和语言也常常令人意外:"上海爱国之士日聚张园,召号民众,以谋救止。太炎与蔡孑民、吴稚晖无会不与。稚晖演说,辄如演剧者东奔西走,为诸异状。而太炎则登台不自后循阶拾级而上,辄欲由前攀援而升,及演说不过数语,即曰:必须革命,不可不革命,不可不革命。言毕而下矣"。[135]章太炎最重要的著述是《訄书》和《驳康有为论革命书》。

訄者,逼迫也。

出版于一九〇〇年的《訄书》,原本具有浓重的改良主义倾向。出版几个月后,庚子事变爆发,章太炎意识到腐朽的清政府必须推倒,于是开始对《訄书》进行修订,删去其中主张变法改制的章节,增加了鼓吹彻底革命的文字。流亡日本时,章太炎见到孙中山,受其主张的影响,回国继续修订《訄书》时增加了大量的排满内容,同时对未来中国的政治样式和行政制度进行了探讨。正当章太炎细心"修订"自己的政治立场的时候,流亡海外的康有为掀起了保皇立宪的舆论宣传。对光绪皇帝依依不舍的康有为不赞成革命,理由是法国大革命通过流血换来的不过是拿破仑的独裁政权,中国如果发生革命就会出现很多的拿破仑。中国的变革只须等慈禧太后死了,那时光绪皇帝就可以真正掌权,新政便可以继续实施下去。从这一愿望出发,康有为对排满主张十分反感,他说现在是满汉共享政权,如果单纯责备满人专制,那就是汉人的不对了。

依靠专制的封建帝王来推动中国的政治进步,从而使得人民赢得民主和自由的权力,这无疑是天方夜谭。

一九○三年五月,章太炎写出《驳康有为论革命书》。文章逐条批驳了康有为的论点,指出革命需要流血,欧洲革命和日本革命都付出了鲜血的代价,就连康先生主导的戊戌变法,不是也以人头落地宣告结束的吗?章太炎以激愤的笔触,指摘康有为保护的光绪皇帝是个"不识菽麦"的"小丑",是绝对不可以寄予任何希望的。至于满汉同化,章太炎认为,满人非但没有归化汉人,相反始终在压迫汉人,康有为的满汉不分实际上就是一副奴隶相,因为当今中国根本没有民权可言,只有满族皇室独享的贵族权:

> 今以满洲五百万人,临制汉族四万万人而有余者,独以腐败之成法愚弄之,锢塞之耳!使汉人一日开通,则满人固不能晏处于域内,如奥之抚匈牙利、土之御东罗马也。人情谁不爱其种类而怀其利禄,夫所谓圣明之主者,亦非远于人情者也,果能敝屣其黄屋,而弃捐所有以利汉人耶?藉曰其出于至公,非有满、汉畛域之见,然而新法犹不可行也。何者?满人虽顽钝无计,而其怵惕于汉人,知不可以重器假之,亦人人有是心矣。顽钝愈甚,团体愈结,五百万人同德戮力,如生番之有社寮。是故汉人无民权,而满洲有民权,且有贵族之权者也。[130]

邹容、章太炎的被捕,酿成了中国近代史上著名的《苏报》案。

创刊于一八九六年的《苏报》,本是上海一家不知名的报纸,由一个名叫胡璋的人主持,由胡璋的日本妻子在日本驻上海总领事馆注册。出报之后,销路不好,直到一个偶然事件的发生:江西铅山知县陈范,因处理民教纠纷不力被朝廷革职,而他的哥哥则因戊戌年间的维新之事"被判永远监禁"。陈知县一怒之下把《苏报》买了下来,这张报纸从此由倾向保皇变法转而鼓吹革命。至一九〇二年,《苏报》几乎成为中国教育会与爱国学社的机关报,章士钊、章太炎、蔡元培是主要撰稿人。

一张报纸的舆论之所以演变成一桩朝廷过问的案子,始自《苏报》为愈演愈烈的学潮欢呼。《苏报》开设"学界风潮"专栏,供稿最多的是爱国学社。中国教育会成立爱国学社的最初目的是"培养合格的国民"。然而因为《苏报》连篇累牍的鼓动,爱国学社很快便成为一个反对清廷的舆论中心。学社散布各种布告,甚至成立了由学生组成的义勇队,义勇队早晚操练不止,大有揭竿而起的意思。更为严重的是,《苏报》连载了邹容的《革命军》和章太炎的《驳康有为论革命书》,二者反满措辞之激扬可谓史无前例:

> 乾隆之圆明园,已化灰烬,不可凭藉。如近日之崇楼杰阁,巍巍高大之颐和园,问其间一瓦一砖,何莫非刻括吾汉人之膏脂,以供一卖淫妇那拉氏之笑傲。夫暴秦无道,作阿房宫,天下后世,尚称其不仁,于圆明园如何?于颐和园如何?我同胞不敢道其恶者,是可知满洲政府专制之极点。开学堂,则曰无钱矣;派学生,则曰无钱矣;有丝毫利益于汉人之事,莫不曰无钱矣,无钱矣。乃无端而谒陵修陵,则有钱若干;无端而修宫园,则有钱若干;无端而做万寿,则有钱若干。同胞乎!盍思之!"量中华之物力,结友邦之欢心",是岂非煌煌上谕之言哉!中国者,中国人之中国也。割我同胞之土地,抢我同胞之财产,以买其一家一姓五百万家奴一日之安逸,此割台湾胶州之本心,所以感发五中矣!咄咄怪事!我同胞看者!我同胞听者!⑬

清廷电令沿江沿海各省督抚:"朝廷锐意兴学,方期造就通才,储为国用,乃近来各省学生,潜心肄业者固不乏人,而沾染习气肆行无忌者正复不免,似此猖狂悖谬,形同叛逆,将为风俗人心之害,著沿海沿江各省督抚,务将此等败类严密查拿,随时惩办。"⑭

《苏报》首当其冲。

由于《苏报》注册于租界内,清廷要抓人,必须得到租界领事和行使租界管理权的工部局的许可,即使获得许可也须由租界工部局巡捕房负责缉拿。Shanghai Municipal Council,英文字面上应是"上海市议会"之意,一个在中国国土上专门为洋人服务的机构。不知什么原因,这个由洋人自作主张成立的机构被翻译为类似工业制造部门的名称——工部局。慑于洋人的威严,两江总督魏光焘求助上海道袁树勋,决定以大清国政府的名义向租界公审会堂提出诉讼。一九〇三年六月二十九日,工部局派出巡捕到《苏报》报馆捉走账房程吉甫,第二天又到爱国学社挨个查问,章太炎见此情景说:"余人俱不在,要拿章炳麟,就是我。"巡捕"遂将他戴上手铐捉去"。⑬

邹容和章太炎被捕后,清廷立即与工部局交涉,企图将他们"引渡"到租界外,然后严刑逼供就地处死。但是,外国领事们迫于舆论的压力,以不能违反"治外法权"和"保护政治犯"为由,坚持要在租界内进行审理。清廷万般无奈,只有聘请律师控诉《苏报》:"故意诬蔑满清皇帝,挑衅政府,大逆不道,欲使国民仇视今上,痛恨政府,心怀叵测,谋为不轨。"⑭——大清朝廷在自己的国土上,向外国人享有专权的法庭起诉自己的子民,乃中国数千年历史上第一次。

七月十五日,邹容、章太炎等出庭受审。审判员是清廷官吏孙建臣、上海县汪瑶庭以及英国副领事迪比南。清政府聘请的两名外国律师宣读了起诉书,起诉书详细摘录了章太炎和邹容"大逆不道"的言论,特别指出章太炎竟然说光绪皇帝是个"小丑"实属罪大恶极。章太炎供述:"我只知清帝乃满人,不知所谓圣讳。'小丑'两字本作'类'字或作'小孩子'解。苏报论说,与我无涉,是实。"而邹容供述时仅说"革命军是我所作,别无他语"。⑭

开庭四次后,此案宣判:

> ……章炳麟作訄书并革命序,又有驳康有为之一书,污蔑朝廷,形同悖逆;邹容作革命军一书,谋为不轨,更为大逆不道;彼二人者,同恶相济,厥罪惟均,实为本国律法所不容,亦为各国公法所不恕。查律载:"不利于国,谋危社稷,为反;不利于君,谋危宗庙,为大逆,共谋者不分首从皆凌迟处死。"又律载:"谋背本国,潜从他国为叛共谋者,不分首从皆斩。"又律载:"妄布邪言,书写张贴,煽惑人心,为首者斩立决,为从者绞监候。"如邹容章炳麟按律治罪,皆当处决。今逢万寿开

科,广布皇仁,援照拟减,定为永远监禁,以杜乱萌,而靖人心……⑫

然而,这个并没有把政治犯千刀万剐的量刑,却没有得到租界领事团的认可,于是判决迟迟不能执行。清廷唯恐夜长梦多,节外生枝,最后改判章太炎监禁三年,邹容监禁两年。租界领事团这才认为可以接受。

震动全国的《苏报》案就此了结。

然而,就在此时,被监禁的章太炎和邹容听到了一个令他们痛不欲生的消息:一个名叫沈荩的文人,因为没有得到租界的庇护,在清廷的刑部大狱里异常惨烈地死去了。

沈荩,字愚溪,原名克诚,湖南人。天资甚高,但不屑进入科举取仕的考场,因此饱受乡里人冷眼。他能言善辩,颇具革命思想,曾与唐才常同是正气会的首领,参加汉口起义失败后侥幸逃脱。这个朝廷重犯之所以潜入北京,或许是出于越危险处越安全的考虑,或许是联络京城旧党之心未泯。久住之后,任日本在京报社的通信员,因披露清廷与沙俄签订"密约"之事被捕。

朝廷的缉拿是因为友人的出卖。

"才大而疏,性直而急,口辩而刻,此荩之所短也,而诸小卒得以持其短以陷荩。"⑬与沈荩无话不谈的挚友名叫吴式钊,曾任翰林院检讨,因为是基督徒,与外国人来往密切。庚子事变,翰林院大学士徐桐格外憎恨洋人,于是吴式钊被革职并判永远监禁。庚子事变后他被释放,先回原籍,后又到京城寻找官复原职的机会。此时,清廷正值欲杀《苏报》案主犯而不得的尴尬时刻,吴士钊揣摩朝廷恨革命党人已到咬牙切齿的程度,因此认为自己等待的机会终于到了,他向刑部大吏出卖了沈荩——"京中无数失官怨望之徒,及无聊不逞之子,思为衣食前途辟一新法,又适逢党祸之急,而刺探政府之意旨,有足为蔽罪斯人之地,故毅然协谋而为此。"⑭

沈荩被关入刑部大狱。他的被捕成为当时报纸记者追逐的新闻之一,因为与他同被关在刑部大狱里的,有在越南打了败仗的广西提督苏元春和首创注音字母的著名翰林王照,还有在庚子事变中因与德国人关系诡秘而声名赫赫的妓女赛金花。因此,小报称清廷刑部大狱中英雄、美人、文人、名将"四美俱全"。

慈禧得知沈荩是汉口造反的漏网分子,又得知他是泄露中俄密约主要内容的人,因此下旨:沈克诚即刻杖毙,吴式钊六品著用。

杖毙,乱棍打死。

刑部大狱的狱卒看了懿旨后十分错愕。

错愕有二:一是正值太后的万寿庆典期间,按照惯例不能够执行死刑,因为这样不吉利,会冲太后的喜;即使是平常时日,有犯人被判了死刑,也应在每年的秋季统一执行,一般情况下刑部大狱从来不在夏天杀人。二是置于死地的方式,用棍棒打人的背、腿和臀部,本是一种肉刑而不是死刑,采用这种方式将人活活打死,实际上是一种非刑。

可是,太后等不及了。

"卒以西太后之旨不敢违,乃拽荩,以竹鞭捶之,至四时之久。血肉横飞,惨酷万状,而未至死。最后以绳勒其颈,而始气绝……"⑭⑤在阴暗的刑部大狱中,八名壮汉用竹鞭连续抽打四个小时之久,沈荩"血肉横飞"之后还有气息,筋疲力尽的狱卒只有动用绳索将其勒至"气绝"。

无法想象,世界已经进入二十世纪,清廷依旧在实施野蛮残酷的刑法。留日中国学生创办的《浙江潮》刊文质问道:把一个国民用如此惨毒的方式残害于政府的监狱里,没有宣判书,甚至没有宣布任何罪名。如果不能说出该杀的罪名而动用非刑,那么"今日可以无故而杀一沈荩,则明日即可以无故杀吾四万万同胞"。这是一个什么政府!

国人评述道:"同胞视此,则直以为满清政府与吾国民宣战之端。"

而外国人以为:"沈荩之死,震动人心较之俄日开战尤甚。"⑭⑥

一介文人的悲惨呼号在中国近代史中缭绕不绝。

血与肉的飞溅足以证明清廷残暴的统治已经走入绝境。

尚在狱中的章太炎写诗悼念:

> 不见沈生久,江湖知隐沦。萧萧悲壮士,今在易京门。
> 魑魅羞争焰,文章总断魂。中阴当待我,南北几新坟。⑭⑦

邹容和诗:

> 中原久陆沉,英雄出隐沦。举世呼不应,抉眼悬京门。
> 一瞑负多疚,长歌召国魂。头颅当自抚,谁为墨新坟。⑭⑧

章太炎在狱中曾绝食七天,未死;曾与狱卒发生冲突被殴打,未死。一九〇六年六月二十九日刑满出狱。

邹容"年少性刚",不能忍受"狱卒侵凌","愤激内热致疾"。⑭⑨一九〇五年四月三日深夜病死于狱中。

这时候,《革命军》已成"清季革命群书畅销第一位",被誉为推翻满清帝制建立共和的中国之本。及至辛亥革命后,国人对以二十岁青春之躯献身中国进步的邹容评价道:"功不在孙(孙中山)、黄(黄兴)、章(章太炎)诸公之下。"⑮⓪

《苏报》案发生的一九〇三年,是清廷心烦意乱的一年。

报刊反满舆论铺天盖地之时,孙中山余党的暴乱又开始了。

一九〇三年一月,革命党人不但企图再次攻击广州城,而且还给他们将要建立的新政权起了个名字:大明顺天国。这是一个听起来颇有些古怪的名字。"大明"二字,既有明显的洪门色彩,也有反清复明的含义;而"顺天"显然与太平天国的历史有关。无论名字如何古怪,暴乱者宣称,中国未来的国家政体是:不要君王,只要民主。

这是自庚子事变以来令皇亲国戚、朝廷大员百思不得其解的一个苦闷心结:大清国的臣民两百多年都规规矩矩地过日子,怎么突然间宁可蹲大狱、受酷刑、掉脑袋也非要那个民主不可?民主到底有什么好处,怎么会有这么大的蛊惑力?

史称"洪全福广州举义"的暴动,其领导人是谢缵泰、洪全福和李纪堂。谢缵泰是兴中会员,惠州起义的重要领导人之一。他的父亲谢日昌是三合会元老,长期在澳洲经商,在海外有规模可观的商行。谢日昌最好的朋友是洪全福。洪全福曾是太平天国的干将之一,有人说他是洪秀全的三弟,也有人说他是洪秀全的侄子,他官至左天将,被封为"瑛王",人呼"三千岁",曾带领太平军转战湘鄂皖浙诸省。太平天国失败,他侥幸逃脱出走香港,在洋人的轮船上当了个厨师,年纪大了之后在香港挂牌行医。反抗满清政府的经历使他受到谢氏父子的崇敬,所以特别请他出山,称他为大明顺天国"南粤兴汉大将军"。李纪堂也是富家子弟,其父李陞是香港大富商。他热心革命,也是兴中会员,始终慷慨地资助孙中山。惠州起义时,他是管理起义款项的总账房。当时,孙中山交给他的两万元经费不够,他垫支了自己的很多钱。惠州起义失败后,他的富商父亲去世,分到手中的遗产价值百万,为了再次攻击广州城,他一次就拿出了五十万作为起义经费。

有史料显示,起义准备的时候,他们并没有让兴中会知道,而是在事后才报告给远在越南的孙中山。他们决定独自举事的原因尚无定论,但至少与惠州起义令他们万分失望有关。他们秘密地展开各项筹备工作,计划在春节大年初一那天,当广州城大小官吏带着家眷一起到万寿宫行礼的时候,以纵火为号,炸毁万寿宫,拿下军械局,焚烧火药库,占领各衙署,得手后宣布推翻大清政府,实行共和政体。起义的军事部署是:联络各会党武装及著名的绿林好汉刘大妌的队伍——刘大妌是个彪形大汉——然后兵分五路:一路坚守广州东北门抵御清军,一路夺取兵工厂并攻入西门,一路负责对付城里的清军,一路进攻万寿宫杀尽那些没被炸死的官吏,一路位于新城作为策应。

起义资金很丰厚,各项准备也周到,就连各式各样的文件也十分齐全:拟定的《大明顺天国元年南粤兴汉大将军檄》历数清廷的罪恶,声称"本将军应天顺人,代民伐罪,邀集豪杰之士,爰举义旗,务灭满清之政,重兴汉室"。[151]在《大明顺天国元年南粤兴汉大将军安民告示》中,阐明起义是因对满清政府的残暴统治"是可忍,孰不可忍",所以起义军所到各村各堡,如果能理解并归顺将得厚赏,如果反对和抵抗将"自取其祸"。他们还准备了一个《大明顺天国元年南粤兴汉大将军申明纪律告示》,详细开列了起义军必须遵守的各项纪律,包括不得抢劫、不得奸淫、不得扰民、不得勒索以及保护教堂财产和尊重教士和教徒的信仰。告示的头一条即阐明了他们的政治立场:"本将军宗旨,系专为新造世界,与往日之败坏世界迥乎不同,而脱我汉人于网罗之中,行欧洲君民共主之政体。天下平后,即立定年限,由民人公举贤能为总统,以理国事。"[152]

尽管准备充分,但与惠州起义一样,行动还没开始就失败了,原因是洋买办的背信弃义。

为起义准备的部分枪支弹药,采购于广州沙面的曹法洋行,事先付定金十多万元。但是,眼看起义临近,依旧未见交货,经过反复催促,洋老板和洋买办想出了一个既不用交货、事后还没人追问定金的办法:向政府告密。政府方面得知这一情报后,立即通知香港,香港警察连夜搜

查了准备起义的秘密据点——和记客栈,搜出的物品如下:

> 红缎衣一件,黄布大旗一杆,黑布旗十杆,号衣二千一百件,裤二千一百条,洋甂一千一百张,草鞋一千五百对。饼干八百一十五箱,每箱连皮约重一百一十斤。茶叶十八箱,每箱连皮约百斤。咸牛肉七八十箱,每箱连皮约三十七斤。六响洋枪四杆,红洋布二十尺,铁剪刀一百一十把,洋帽二千一百顶,帆布帐篷九架,火水灯绳十八扎,铁刀七十五把,帆布枪子袋一千七百五十条,铁斧头九把,响角三十八个,食盐约三百斤,白硝二缸约百斤,灯笼两个。⑬

得知起义消息泄露后,领导者立即命令停在澳门的两艘舢板装满枪械,上面盖上煤炭,迅速运往广州。但是,舢板行驶到香山县境内百口村时,驾驶舢板的船夫与村民联络后,两条舢板竟然被村民劫持。领导者决定再从沙面另一家洋行购置两百条快枪,用小船速运广州。但消息再次泄露,小船驶至半途被清军拦截。清军随后在广州城内进行大搜捕,所有的起义机关均被破坏。

三位起义领导者全部逃脱。昔日的太平天国大将军洪全福改名浮萍,留住新加坡,后因喉病离世,享年六十九岁,葬于香港跑马地英国坟场第六千七百八十一号墓。

被清廷处决的有姓名可查的起义参与者在十名以上。

在那个要革命必赴死的年代,青年能够选择的似乎只有一死,如果他们希望有尊严地活着的话。无论他们梦想的中国是什么样子,应该被叫做一个什么"国",他们为之赴死的理由简单而明确:现在的专制政府昏庸而残暴,在这样一个帝制国度里活着,本身就是人生的奇耻大辱。

一个名叫陈天华的青年不愿意耻辱地活着,决定以死警世。

他选择的死的方式是走向大海。

那是日本一段名为大森湾的海岸,时值冬日,寒风刺骨,白浪滔天。

陈天华,湖南新化人,一九〇三年留学日本,"时值俄兵入据东三省,瓜分之祸日迫,朝野皆束手无计"。年底,他与黄兴一起回国筹备武装暴动,拟"联络粤、鄂、皖、浙各省党人以倾覆政府"。⑭不幸起义计划暴露,他经江西、上海再度回到日本。这时,清廷已意识到日本将成为革命力量的大本营,于是不断要求日本政府"驱逐留日之革命党"。为了自身的在华利益,一九〇五年十一月,日本文部省颁布"取缔支那留学生规则"。所谓"取缔",在这里是管束的意思。按照《朝日新闻》的说法,中国留学生乃"乌合之众",且"放纵卑劣",他们需要代满清政府施行管束。当时,中国在日留学生达八千人以上,学生们纷纷用罢课表示抗议。其中激烈派主张全体回国,代表人物有秋瑾等;缓和派主张忍辱负重继续读书,代表人物有胡汉民等;而陈天华留下一封绝命书,独自离开了学校。

显然,陈天华对"放纵卑劣"四个字深感耻辱,但他同时表明自己并不是为羞辱而死,他留下的长长的绝命书,惊人地显现出他决心赴死时的沉静:

> ……夫使此四字,加诸我而不当也,斯亦不足与之计较。若或有万一之似焉,则真不可磨之玷也。近来每遇一问题发生,则群起哗之曰,此中国存亡问题也。顾问题有何存亡之分,我不自亡,人孰能亡我者。惟留学生皆放纵卑劣,则中国真亡矣。岂特亡国而已,二十世纪之后,有放纵卑劣之人种,能存于世乎。鄙人心痛此言,欲我同胞时时勿忘此语,力除此四字,而做此四字之反面,坚忍奉公,力学爱国,恐同胞之不见听而或忘之,故以身投东海,为诸君之纪念。诸君而念及鄙人也,则毋忘鄙人今日所言。但慎毋误会其意,谓鄙人为取缔规则而死,而更有意外之举动。须知鄙人原重自修,不重尤人,鄙人死后,取缔规则问题,可了则了,切勿固执,惟须急讲善后之策,力求振作之方,雪日本报章所言,举行救国之实,则鄙人虽死之日,犹生之年矣。[153]

陈天华之所以选择"尸谏",是对空谈救国已感厌倦:"夫空谈救国,人皆厌闻,能言如鄙人者,不知凡几,以生而多言,或不如死而少言之有效乎。"他断言满清帝制的灭亡无须十年,"与其死于十年之后",不如以今日之死"使诸君有所惊动"。[154]陈天华称自己不能大有所为,只能做到两件事:一是"作书报以警世",二是遇到可以死的机会概然赴之。两者他都做到了,他于短暂的生命时光中写出《警世钟》和《猛回头》,流传至百年后的中国。

陈天华出身在贫寒人家,十五岁入私塾,喜民间弹词小说,因此他的《警世钟》一开篇便似话本的定场诗:"长梦千年何日醒,睡乡谁遣警钟鸣?腥风血雨难为我,好个江山忍送人!万丈风潮大逼人,腥膻满地血如糜;一腔无限同舟痛,献与同胞侧耳听。"与邹容和章太炎的文章不同,陈天华不是从反满的种族主义出发,而是从民族危机和帝国主义威胁的角度阐述中国何以必须推翻封建帝制:

> 恨呀!恨呀!恨呀!恨的是满洲政府,不早变法。你看洋人这么样强,这么样富,难道生来就是这么样吗?他们都是从近二百年来做出来的。莫讲欧美各国,于今单说那日本国,三十年前,没有一事不和中国一样。自从明治变法以来,那国势就蒸蒸日上起来了,到了于今不但没有瓜分之祸,并且还要来瓜分我中国哩!论他的土地人口,不及中国十分之一,他因为能够变法,尚能如此强雄。倘若中国也和日本一样变起法来,莫说是小小的日本不足道,就是那英俄美德各大国恐怕也要推中国做盟主了。可恨满洲政府抱定一个汉人强满人亡的宗旨,死死不肯变法,到了戊戌年,才有新机,又把新政推翻,把那些维新志士杀的杀,逐的逐,只要保全他满人的势力,全不管汉人的死活,及到庚子年闹出了弥天的大祸,才晓得一味守旧万万不可,稍稍行了些皮毛新政。其实何曾行过,不过借此掩饰掩饰国民的耳目,讨讨洋人的喜欢罢了;不但没有放了一线光明,那黑暗倒加了几倍。到了今日,中国的病,遂成了不治之症,我汉人本有做世界主人翁的势力,活活被满洲残害,弄到这种田地,亡国灭种,就在眼前。你道可恨不可恨呢?⑮

《警世钟》《猛回头》一经出版,发行成千上万册,"三户之市,稍识字之人,无不喜朗诵之"。⑱更令清廷恐惧的是,清军中的普通官兵也视这两本书为至宝:"每于夜间或兵士出勤之时,由营中同志,秘置革命小册子于各兵士之床,更介绍同志入营以求普及。各兵士每每读《猛回头》《警世钟》诸书,即奉为至宝,秘藏不露,思想言论,渐渐改良。有时退伍,散至民间,则用为歌本,遍行歌唱,其效力之大,不言可喻。"[159]

陈天华,这位被誉为"革命党之大文豪"的青年,平静地走进阴霾笼罩下的日本海浊浪中,时年三十岁。

一个问题至今令我们忐忑不安:除了"放纵卑劣"四个字刺痛心灵之外,还有什么理由让陈天华认为"惊动诸君"比自己的生命还重要?

陈天华的灵柩被运回湖南后,安葬之事竟然引起轩然大波。

运到长沙的是两具棺材,另一具棺材里躺的是湖南人姚洪业。当时,面对日本政府的"取缔"规则,部分情绪激烈的留日学生愤然回国,准备在上海开办中国公学。但是,办学面临经费紧张的状况,为唤起社会关注,担任学校总会计的姚洪业投黄浦江自尽。

两具灵柩回到原籍,舆论呼吁葬于岳麓山,以供后人瞻仰,却遭湖南巡抚庞鸿书的拒绝。庞鸿书明令禁止公葬。一九〇六年五月二十九日,长沙各校万余名学生白衣素帽,浩浩荡荡地护送灵柩前往岳麓山,以致全城震动,观者拥堵。学生们高举的挽联上写着:"杀同胞是湖南,救同胞又是湖南,倘中原起义,应是湖南。烈士捐生,两棺得赎湖南罪;兼夷狄成汉族,奴夷狄不成汉族,痛建房入关,已亡汉族。国民不畏死,一举能张汉族威。"[160]挽联的作者名叫禹之谟。

禹之谟,字稽亭,湖南湘乡县人。二十岁时从戎作文书,后任粮秣运输事务,这个差事令他广交各地绿林和会党。中日甲午战争爆发,他从山东、天津等地向东北地区运输粮食弹药,因诸事竭尽全力被两江总督刘坤一保奏以县主簿候选。戊戌变法期间,他与同乡谭嗣同等人接触密切。一九〇〇年参加唐才常汉口起义,起义失败后逃往日本,在日本学习应用化学和纺织工艺。一九〇二年回国后,他从开设毛巾厂开始逐渐壮大实业,成为湖南商会会董和湖南教育会长。

陈天华、姚洪业的公葬令湖南官绅大为惊异,认为"民气伸张至此,殊于政府及官绅不利,非严加制裁不足以杜绝祸根"。[161]

巡抚庞鸿书决定杀一儆百。

有人劝禹之谟躲避,他说:"余之身躯壳,久已看空,何惧为!吾辈为国家为社会死,义也。各国改革,孰不流血,吾当为前驱。"[162]

1911

六月二十一日,禹之谟被捕。

禹之谟被捕的消息传开,湖南各界纷纷申辩营救,迫使庞鸿书不敢公开审讯。为了防止酿成事变,庞鸿书将其秘密转移常德,后又转至更加偏僻的靖州——他将禹之谟交给了以残暴著称的靖州知州金蓉镜。

禹之谟被判处终生监禁。

金蓉镜依旧要实施刑讯。

这个清廷命官的狠毒残忍令人惊悚——大清帝国官场上官吏取仕只有两条路:一是科举考试,二是用钱买官。如果是科举出身,何以满腹锦绣文章而心狠手毒到如此地步?如果是买来的官,大概是既然破费了,不狠狠弄死几个草民于权威不合算?

金知州对禹之谟说,你现在牛马一般落在我手里,你要知道牛马的肉是任人割食的。禹之谟坚称自己不知道谁是孙文,也不是孙文派来在湖南暴乱的。于是金知州亲自动手了。

禹之谟从狱中传出的记述惨不忍睹:

> 金牧即呼拿梆子来。褫去余衣,跪于铁链之上,两手左右伸开,于膝后弯处横压一棍,两端入柱之孔,又以棍横于脚尺处,板上三叠,计一弯高,使重压力尽在膝盖,胸前横一棍,使不得动移。金牧即呼打荆条,鞭背至九百,血耶肉耶,余不得见。金牧即问你是孙文党乎?余曰:"孙文之党可也,余即孙文亦可也,请速杀,此苦不能受矣。"金牧曰:"何必杀,就是这样打死。"……时转五更鼓,有管禁董某在侧,余托其至金牧前代求,称余能书愿死状,请释此刑。久之,便签放下。自三更至四鼓,赤身跪压,加以鞭背,几遗矢溺,数兵扶之下架,脑虽未死,而四肢已不知谁属。比抬入禁,置于床。至十九日午刻,自膝而下,尚冷如冰。同禁张福二以酒磨三七按摩之,不知有痛。至晚轻摩之,犹麻木不知,重按之始觉痛。不能步行,如厕必负之而入。昨二十夜二鼓后,金牧提讯,至二堂,梆子已具。金牧即呼上梆子,裸其体,照昨书所害情形,而加用大椒末熏口鼻,金牧亲持扇香一大把烧吾背约二时之久,无所供。抬至戏厅,吊吾右大指及大脚指,悬高八尺,数刻绳断,大指已经破烂,寻亦断。又换系左大指悬之,再用香火灼吾背及

膊,遍体无完肤……金牧曰:"你不实供,分明你是孙文党羽,你为何不说?"又用香火乱烧。余曰:"既说是他的党羽,即是他的党羽,我记不得清楚。"金牧曰:"昨天你说是孙文的党羽,为何不知他的凭据口号。"又拿火来烧。余只得诬供有口号,金牧曰:"是何口号,从实供来。"余曰:"记不得清楚了。"言未了,即用火乱烧。余即诬供曰:"口号叫做中国人。"金牧曰:"不止此一号,尚有何号?"我见他势又持香火近前,余又诬供曰:"以手加额为相见之礼。"金牧曰:"你说你在湖南是个头目,究竟你是何等头目。"余曰:"我不是头目。"又拿火来烧。不得已又诬供曰:"我是上等头目。"金牧曰:"总还有些,你不说,我又要你上火炕。"我见其势太猛,又诬供曰:"同志即是伙计。"……金牧曰:"你们几时起事?"余曰:"我不知期。"金牧又来烧。余信口曰:"十月间。"……我求他释放下来,徐徐讲出。金牧曰:"放下来,不讲,再上火炕。"众役放下,不知有无四体。时俯卧在地,气息奄奄。金牧催说曰:"我晓得放下来你就不讲了。"他说,"就要把你打死。"我即述说一些救国的话,时已五鼓,金牧即标牌收押。兵役抬下,人事不省,遗屎在床,至今二十七早七时始苏……[163]

四个月后,禹之谟被绞杀于靖州东门外,时年四十一岁。
"观者多为流涕。"[164]
中国人流的泪是实在是太多了。
"奴隶者,为中国人不雷同不普通独一无二之徽号。"[165]
甘心做奴隶的人是个什么模样?
邹容在《革命军》中写道:

> 衣主人之衣,食主人之食,言主人之言,事主人之事,倚赖之外无思想,服从之外无性质,谄媚之外无笑语,奔走之外无事业,伺候之外无精神,呼之不敢不来,麾之不敢不去,命之生不敢不生,命之死不敢不死。得主人之一盼,博主人之一笑,如获异宝登天堂,夸耀于侪辈以为荣。及撄主人之怒,则俯首屈膝,气下股慄,至极其鞭扑践踏,不敢有分毫抵忤之色,不敢

生分毫愤奋之心,他人视为大耻辱,不能一刻忍受,而彼无怒色无忤容,怡然安其本分,乃几不复自知为人。⑯

"革命者,去腐败而存良善者也。"

"革命者,由野蛮而进文明者也。"

"革命者,除奴隶而为主人者也。"⑰

尽管在酷刑下呼号不止,禹之谟依然对即将对他实施绞刑而不是砍头提出了严正抗议:"我要流血,为何绞之,辜负我满腔心事矣。"⑱

一旦国之众生有了"满腔心事",一旦他们甘愿为"满腔心事"不惜流血捐躯,那么毒刑的实施者——上至大清帝国的皇太后,下至穷乡僻壤的金知州——必将陷于天意人心所向之绝境!

面目不清的资产阶级

一九〇五年初,在欧洲浓重的冬雾中,一位身穿皮大衣的中国人走出船舱,踏上了比利时俄斯敦港潮湿的台阶。

中国留学生李蕃昌、贺子才和朱和中在港口迎接他。

乘车进入布鲁塞尔市区后,这位绅士模样的人受到几十名中国留学生的欢迎,之后他住进胡秉柯同学的寓所。

在当时大多数中国人尚未听说过比利时发生的这件事,因为其中的两个重要因素而具有历史意义:一,那个身穿皮大衣的中国人,正是大清帝国的皇太后和金知州迫切地想知其下落的"匪首"孙文,他在惠州起义失败后似乎销声匿迹了;二,欢迎他的中国留学生大多是湖北人,几年之后彻底颠覆大清帝国的武装暴动就发生在湖北武昌,有资料显示,在比利时湿冷的冬日里欢迎孙中山的那些留学生大多与数年后的那次惊天动地的大事变有关。

孙中山无法预料几年后将要发生的事。

此刻他来到布鲁塞尔,是想与这些心存反骨的青年建立某种联系。

连续的暴动毫无例外地以失败告终,革命的星火似乎闪烁了一下,但由此引发燎原之势的预想没有任何实现的迹象。孙中山迫切需要寻找一个答案：革命的基本力量到底是谁？哪些人群是可以依靠的对象？

孙中山对日本人感到失望。他甚至要与在军火买卖中作弊的日本商人打一场官司。他认为是他们直接导致了惠州起义的失败，而他手中握有军火商伪造的私章和文书，他和宫崎寅藏决心把被骗走的经费要回来。日本友人认为，公开诉讼恐怕没什么好结果，因为军火商的财产状况并不尽如人意，即使判决了也拿不回多少钱来。更重要的是，一旦立案，全世界将得知革命党人武装推翻清廷的企图。孙中山被迫接受了调解。日本军火商中村吐出来的是一所住宅，折价一万三千元，还有价值两千元的期票，而当初孙中山付给中村购买武器弹药的钱是六万七千元——日本军火商以中国革命者的鲜血为代价狠狠地赚了一把。

美国《展望》杂志记者林奇访问了暂时沉寂的孙中山。他在孙中山的寓所里看到了大量的军事、政治、经济、历史书刊。这位美国人惊讶于这位"西化了的中国人"的强硬："清朝皇帝没有能力去有效地实行中国所需要的激烈改革。""我们的人一旦获得适当的武装，并且做好大举的准备，就能轻易地打败清军。""日本人用了三十年才办到的事，我们最多用十五年就能办到。"但是，孙中山所说的"我们的人"到底是些什么人？林奇提出了这个十分现实的问题。孙中山的回答是：在英国、美国檀香山和日本等地，"有一批接受了新式教育的追随者"。[169]

这是一个十分含糊的回答。

"追随者"身份不明，"一批"数量不清。

至少在一九〇五年以前，海外的中国留学生大多认为，孙中山不过是个绿林人物。后来的同盟会员吴稚晖，在留学日本期间被邀去见孙中山，他很不以为然："梁启超我还不想去看他，何况孙文，充其量一个草泽英雄，有什么讲头呢？"他问孙中山是否像"八腊庙里的大王爷爷"，同学回答说孙中山是个"温文尔雅，气象伟大"的绅士；吴稚晖再问"孙文是否有张之洞的气概"，同学回答说"张之洞是大官而已，你不要问，孙文的气概，我没有见过第二个"[170]——无法得知孙中山到底是怎样一副"气概"，但他拥有革命家的魅力确凿无疑。即使是抱有成见的章太炎，见到孙中山后才发现这是"非才常辈人"。于是与孙中山开怀畅谈地制改革、未来赋税、教育平等、革命程序等问题,甚至还谈到了革命胜利后中国的首都应该建在哪里,结论是"谋本部则武昌,谋藩服则西安,谋大洲则伊犁"[171]——如果革命成功后仅保平安,首都就建在一熟天下足的武昌;如果想一统整个中国,首都就建在国土中央的西安;如果想要征服世界,首都最好定在亚洲大陆中央的新疆伊犁——伊犁位于中国西部边陲,那里竟然能够成为建都之地,由此可见他们的讨论该是多么的激昂。

然而,无论是一再组织武装暴动的孙中山,还是写出《訄书》号召推翻大清王朝的章太炎,他们似乎都小心地回避着一个棘手的问题:在这之前,革命党人屡战屡败的原因是什么?

革命终究不能靠在屋子里谈天说地。

革命需要有人去流血牺牲。

那么,什么人肯去?

一九〇二年冬,孙中山离开日本前往越南。客轮抵达西贡后,他从陆路赶赴河内,住进一家法国人经营的三等旅舍,化名高达生。孙中山在河内和西贡滞留半年之久,这半年他究竟干了些什么,史料一片空白。至今我们也无法得知这段史料空白的原因。唯一的线索是,他去越南的签证,是在上海办理的,签发签证的是一位名叫莫朗的法国官员。有一点可以确定,那就是在惠州起义前,孙中山就与法国政界人士有了接触,目的是希望得到法国驻日公使给与军事上的援助。在请求遭到拒绝后,孙中山与法国驻印度支那总督韬美的联系保持了下来。

韬美是个对中国怀有野心的人物,他梦想修筑一条由越南通往中国云南的铁路,以便以越南为跳板,让法国的政治、军事和经济影响扩大到整个南中国。当韬美了解到孙中山的反政府企图后,立即意识到可以利用这个人实现自己的梦想:"提出军事干涉并占领云南,作为以云南铁路工程开端的经济渗透的补充。"[172]韬美的计划虽然符合法国殖民者的设想,却没能得到法国政客们的支持,原因是此时法国在亚洲正面临不少棘手的问题,比如英国和日本在中国南方的扩张已威胁到法国在印度支那的既得利益。因此,维持现状是目前的最佳选择。法国外交部和殖民部都不赞成韬美支持孙中山。为此,当孙中山为筹备惠州起义到达河内时,原来约好密谈的韬美只派助手与孙中山见了一面。

但是,韬美本人一直认为自己的判断是正确的。因此,惠州起义失败后,他向孙中山发出邀请,名义是请他参观即将在河内举办的一个工业博览会。

孙中山认为这是一个好机会,如果法国政府愿意支持中国革命,他可以抛开原本抱有极大期望的日本人。但是,到达河内时他才发现,那个野心勃勃的韬美已经被法国政府解职了,代替他的是忠实执行国内政策的新总督保尔·博。新任总督派自己的办公室主任哈德安接见了孙中山。孙中山向这位法国官员阐述了他的政治目标和近期打算:希望在武器和军事顾问方面得到法国的援助,并利用法国人控制的越南作为向南中国输入武器和人员的通道。如同向日本人作出承诺一样,孙中山承诺如果革命成功,在长江以南建立一个新政府,他的政府将对法国人的在华利益予以更大的让步。保尔·博拒绝了孙中山。唯一例外的是,法国人允许孙中山进入中越边境地区,前提是不允许他率领的"绿林游勇"滋扰那里的生活秩序。

保尔·博总督向法国殖民部报告:

> 我从一开始就回避将武器弹药运经我的属地的可能性。中国政府肯定会得到消息,即使他不提出正式抗议,我们的工商业特别是云南铁路的建设,因此会搁浅。这种政策将与我们所历来实行的对待中国政府的政策背道而驰,因此导致我们与中国政府以及云南民众之间关系的完全改变。我甚至更进一步确信,我们不会对分割或扰乱中华帝国感兴趣……我认为禁止孙留在印度支那是不明智的,尽管他的密谋使我担心。我甚至有这种看法,万一中国要求将他逮捕,我们必须拒绝交出。否则我们的对手就会趁虚而入,并引起秘密会社不可调和的仇恨,使其将正用于推翻满洲的活动转而反对我们,这是一种冒险。⑱

法国人的矛盾,是所有对中国虎视眈眈的列强们的共同心理写照。而即使为艰难的局势所迫,孙中山在求得外援时的不计后果也是万分危险的。

在越南,孙中山依旧在联络会党组织。一位做西装生意的广东人引起了他的注意,因为这位生意人"逢人必骂满洲政府"。经过攀谈,孙中山感到彼此话语很是投机,于是袒露了自己的真实身份。西装生意人坚决要求与孙中山订立盟约,还先后介绍了不少有反政府倾向的人来见他。孙中山将这一组织命名为"致公堂",后来又改名为"兴学社"。未来几年内,孙中山在南中国边境组织的数次武装起义,都与这个组织有关。

一九〇三年七月,孙中山乘法轮"亚拉"号从西贡返回日本。此时的东京"遍觅旧同志,无一见者",[174]孙中山不禁黯然神伤。他前去横滨,租住在山下町一百二十番的一间房屋里。不久,中国教育会会长黄宗仰因避难《苏报》案逃到日本,见到孙中山后格外亲切,两人相约登山畅谈,黄宗仰留下诗句云:"仰瞻星斗十年久,蓟汉声闻三度雷。不死黄龙飞粤海,誓歼青鸟落京垓。函根今夕潭瀛胜,河上他时宇量恢。记取夜登冠岳顶,与君坐啸大平台。"[175]

无论如何,仅仅"坐啸"革命是不会成功的。

拿着黄宗仰借给他的两百元钱,孙中山再次去了檀香山。

檀香山的情况更令孙中山失望:"兴中会之团体,久已荡然无存,会员中能始终不变者只有邓金、邓照、李昌、程蔚南、许直臣、何宽、李安邦等十数人,然亦慑于保皇会之声势,莫敢或抗,惟缄口结舌,以期待先生重来而已。"[176]一八九九年,梁启超来到檀香山,鼓动保皇以救中国,并借助他的声望令多数兴中会员转为保皇派。孙中山不禁自责,以往专心于组织国内暴动,"未暇谋及海外之运动,遂使保皇纵横如此"。[177]他开始大声疾呼中国不能实行君主立宪,只有民主共和才是唯一的出路:

　　……我们必须倾覆满洲政府,建设民国。革命成功之日,效法美国选举总统,废除专制,实行共和……观于昏昧之清朝,断难实行其君主立宪政体,故非实行革命,建立共和国家不可也……[178]

孙中山决定创立一个新的组织——中华革命军。

为了吸引拥护革命的华侨入会,孙中山加入了檀香山的会党组织——洪门,并被封为洪棍。洪门军职分为洪棍、纸扇、草鞋三级,洪棍

"即元帅别名也"。⑰

洪门是以反清复明为主要宗旨的著名会党。

此后,孙中山发动的所有武装起义都以洪门会党为主力。

孙中山对保皇派的筹款十分愤怒,认为这是康梁在骗取华侨的血汗钱:"闻在金山各地已敛财百余万,大半出自有心革命倒满之人。梁借革命之名骗得此财,以行其保皇立宪,欲率中国四万万人永为满洲之奴隶,罪通于天矣,可胜诛哉!"⑱为了与保皇派抗衡,以中华革命军的名义,孙中山发行了一元和十元两种军需债券,并承诺革命成功后连本带息十倍偿还。

史书中没有当地华侨认购军需券数额的记载。

在檀香山住了半年,没有取得显著成果。

一九○四年三月,孙中山决定前往美国,路费是华侨资助的。

临行前,孙中山对外国记者说,他有一个今夏在中国"大举起义,倾覆满洲"的计划,关于起义的具体时间和地点不便透露。记者们惊讶之余说:"我望有日得到了消息,汝被推举为中华民国大总统。"孙中山"莞尔一笑"。⑱

为了能够顺利地进入美国,孙中山设法搞到一张檀香山出生证明,然后经在檀香山法院宣誓,领到了美国岛居民所持有的护照。但是,当他于四月六日抵达旧金山港时,还是被美国移民局登船检查的官员扣留了。

这是继伦敦蒙难后,孙中山再次陷入险境。

他被有保皇党背景的人出卖了。出卖者把他即将前往美国的消息,告诉了大清帝国驻旧金山领事何祐,何领事立即要求美国移民局禁止孙中山入境。美国政府无意禁止孙中山入境,但是,大清国皇族溥伦将于四月二十日到达美国,为避免可能发生不快之事,美国人认为最好将孙中山与溥伦隔开,办法是寻找借口将孙中山暂时扣留,待溥伦到达旧金山至少一个星期后,再把孙中山放出来。结果,孙中山刚一抵达旧金山,移民局的官员便说,尽管他持有檀香山出生证明,并不表示他具有美国公民的权利,而且其护照有伪造的嫌疑。于是,孙中山被拘留在港口的一间木屋里,那里面挤满了由于各种原因被扣留的华人。

这是一个令孙中山不堪回首的时刻。

至今,档案史料中还保留着这样一张照片:孙中山像所有罪犯一样将写有自己名字的木牌举在胸前。

数日之后,美国移民局判决将孙中山驱逐出境,等候轮船返回檀香山。

在港口木屋里度日如年的孙中山,突然间在被扣留的同伴那里看见一张《中西日报》,上面写有"总理伍盘照"的字样。他想起一八九五年流亡美国时,曾有人向他介绍过此人,说他是一位著名的基督教学者,"以说教及办报蜚声于时"。孙中山立即草拟了一封信托卖报人带出——("乃草一函,求一卖报西童带往沙加缅都街中西日报,外书伍盘照博士收讫。)另有英文'到奉带书人七角五分'字样。"⑱

《中西日报》社长伍盘照闻讯赶来,了解情况后立即展开营救。伍盘照与当地的洪门会党来往密切,同时还兼任大清帝国驻旧金山领事馆顾问。他首先要求领事不得将此事禀告驻美公使,然后迅速与位于旧金山的洪门总部取得联系。孙中山在洪门中的职务是洪棍,一位拥有如此地位的兄弟被扣押,这是在美国颇有势力的洪门组织不能容忍的。

全美洪门总部总堂大佬名叫黄三德。黄三德热心革命,久闻孙中山大名。他利用洪门的律师向美国当局提出诉讼,在交纳五百美元保证金后将孙中山从木屋中接出。没过几天,美国当局的判决书再次到达,承认孙中山的出生证明有效并允许入境——这场官司花费的二千五百美元由黄三德垫付。

就在孙中山被扣押期间,洪门大佬得知这样一个消息:大清帝国的皇太后为迎接自己七十寿辰颁布懿旨:"因思从前获罪人员,除谋逆立会之康有为、梁启超、孙文三犯,实属罪大恶极,无可赦免外,其余戊戌案内各员,均著宽免其既往,予与自新。"⑱

孙中山接到判决书的那天,恰是溥伦到达旧金山一个星期之后。

美国人处理问题的方式很是有趣。

孙中山在美期间主要做了两件事:发展革命组织,筹集暴动经费。

这两件事都开展得不甚理想。

虽然他以洪棍的身份出现,得到了洪门组织的大力支持。但是,美国的洪门组织十分繁杂,同时存在着数十个相对独立的团体。这些会党团体虽然都在洪门之下,但有时团结有时内讧,要把庞杂的会党组织归于革命党人的行动轨道,并不是一件容易的事。孙中山从筹款入手,他召开兴中会救国筹饷大会,推举加州大学教授邝华汰为主席,发表演说之后便开始推销军需债券,依然承诺革命成功后十倍偿还。孙中山还宣布:"凡购券者即为兴中会员,成功后可享受国家各项有限权利。"[184]然而,大多数人表示,捐款可以"入会则不必"。结果,孙中山先后筹集了约四千美元,而正式入会者只有那位加州大学教授。

为了扩大革命力量,孙中山建议全美的洪门会员来个总注册,目的是将洪门会员紧密地团结在一起,彻底消除保皇党人的影响,而且还可以借此筹集到数量可观的经费。黄三德等人表示支持,于是孙中山着手为势力最大的致公堂起草新章程。他不但把洪门组织反清复明的宗旨改成"驱除鞑虏,恢复中华,创立民国,平均地权",而且还在类似序言的内容中加入了批判保皇党人的激烈措辞。当时,洪门会员中有不少人是保皇党,不知他们是否认真看了孙中山咬紧牙根写出的这个新章程:

> 当此清运已终之时,正汉人光复之候,近来各省革命风潮日涨,革命志士日多,则天意人心之所向。吾党以顺天行道为念,今当应时而作,不可失其千载一时之机也。此联合大群,团集大力,以图光复祖国,拯救同胞,实为本堂义务之下不可缺者……今又有所谓倡维新、谈立宪之汉奸以推波助澜,专尊满人而抑汉族,假公济私,骗财肥己……本堂洞悉甚隐,不肯附和,遂大触彼党之忌。今值本党举行联络之初,彼便百般诬谤,含血喷人。盖恐本堂联络一成,则彼党自然瓦解,而其所奉为君父之满贼亦必然覆灭,则彼汉奸满奴之职无主可供也。其丧心病狂,罪大恶极,可胜诛哉!凡吾汉族同胞,非食其肉,寝其皮,无以伸此公愤而挫其败类也……[185]

为了洪门会员总注册,孙中山在黄三德的陪同下周游全美,周游经费即推销革命军需债券所得。但是,半年的时间,真正注册者依旧很少。孙中山发现,洪门人士大多信奉保皇主义,对暴力革命不感兴趣。孙中山用英文写了《中国问题的解决——向美国人民的呼吁》一文,文章强调远东问题的焦点在中国,只有推翻了大清王朝,才能确保世界政治的平衡,才符合世界各强国的根本利益。因此"瓜分和殖民中国,以及保护中国领土完整和独立,两者都是错误的"。瓜分中国只能导致列强的战争,而维护现在的中国政权,列强们的利益也得不到根本保证。"中国的觉醒以及开明的政府之建立,不但对中国人,而且对全世界都有好处"——开放的中国将为世界尽大国之责,这一论述显示出孙中山惊人的世界意识;但是,把大清王朝的存在作为帝国主义之间矛盾和冲突的根源,这依然表明孙中山对列强们抱有不切实际的幻想。应该指出的是,这种不切实际的幻想,并不是孙中山所独有,它几乎是当时中国民主革命派的共识。

洪门在美国本土的总注册没有达到预期效果。

孙中山决定前往欧洲。

如果论及孙中山此次美国之行的收获,从今天的角度看,当属三民主义理念的正式提出。这一理念的形成,与美国总统林肯的民有、民治、民享理念有一个模拟的过程。

刘成禺《先总理旧德录》记载:

> 先生在旧金山,论及设会,必先有主义;主义固定,乃能成功。林肯主义曰:of the people, by the people, for the people,所谓民有、民治、民享。主义愈简单明了,愈生效力。今设同盟会,党纲宣言,予意提出三民主义:一曰民族,此中国排满革命主义;二曰民权,此世界建设民主政治主义;至于现代国家社会主义、社会经济政策,欧美风靡,他日必为世界人民福利最大问题,无适当名词。予进曰:事不过三……正德、利用、厚生……林肯以三民宣言,先生开党,首定三民,亦约法三章也。先生推案起曰:得之矣,第三主义定为民生主义,本汝言厚生意也,意义包括宏大。⑱

直到一九二一年,孙中山在其《三民主义之具体办法》的演讲中仍有这样的解释:"林肯所主张的这个民有、民治、民享主义,就是兄弟所主张的民族、民权、民生主义……回想兄弟在海外的时候,外国人不知道什么叫三民主义,总拿这个意思来问我。兄弟在当时苦无适当的译语回答,只可援引林肯的主义去告诉他们。"⑱

有史料记载,孙中山的欧洲之行,是受中国留学生的邀请。

留学生以湖北人为主体。

湖北的革命组织起始于吴禄贞。

一九○二年,吴禄贞刚从日本留学回国。在日本期间他与孙中山来往密切,回国后被湖广总督张之洞委任为训练新军的教官。这个本应为大清帝国训练正规军的教官,却热衷于推翻大清帝国政府。他在武昌花园山的一座寓所内设立了秘密联络点,往来于这个联络点的多是学界青年或归国留学生,各省的仁人志士来武昌也都到这里接洽。同仁一致认为,革命如果群龙无首,便不能有效地控制全国,因此当务之急是找到孙中山。

青年们的活动逐渐被官方察觉,为了消除隐患,新任湖广总督端方一上任,便决定让更多的学生离国出洋。他把即将出国的学生分成两部分:反叛倾向激烈明显的,派往遥远的德国和比利时;思想和心绪比较稳定的,派往邻近的日本。端方的这一决定是秘密实施的:半夜里下达公文,限留学生清晨即到官署报到,下午登船出发。常在武昌花园山聚集的学生,基本都被派往欧洲了。他们对端方十分不满,甚至决定绝不离开湖北。但有人却说,事到如今,身不由己,只要出洋就有可能寻找到孙逸仙,这不是对革命大有好处吗?于是,大家怀着这样的目的登上了驶往欧洲的轮船。

无法理解清廷大员的思维逻辑:为了平息青年学生的反叛情绪,用朝廷的钱把他们统统送出国,送到他们乘轮船都要走一个月的遥远的欧洲去,大清王朝于是就能安全了——让青年们接触西方文明,学成回国之后,对于大清帝国来讲不是更加危险吗?

历史将证明清廷官吏的思维是何等的愚蠢。

不久之后,当端方被革命党人按在板凳上砍掉脑袋的时候,没人知道他是否曾为当初的决定万般悔恨。

孙中山到欧洲的旅费,来自黄三德赠送的三百美金、致公堂筹集的七百美金和留美学生的若干捐赠,这些钱在购买船票之后所剩无几,因此到达英国的孙中山立即陷入囊中如洗的窘境。

刘成禺,旧金山《大同日报》主笔,他在孙中山到达伦敦后不久,将其拮据的状况告知了留学德国的湖北籍学生朱和中和留学比利时的湖北籍学生贺子才。不久,孙中山接到了朱和中汇来的一千二百马克和贺子才汇来的三千法郎,他立即动身前往比利时。

湖北籍的留欧学生终于实现了寻找孙中山的愿望。

他们和孙中山在距中国万里之遥的布鲁塞尔进行了长谈,这是一次关系到中国资产阶级革命发展前途的历史性的会谈。

最重要的问题:什么人是革命可以依靠的力量?

留学生们的观点是,革命依靠的主要力量,是大清新军中的革命分子和具有先进思想的知识分子。对于这一点,孙中山不以为然,他认为秀才造反十年不成,而大清帝国的军队不可能发动革命,革命的力量只能来自改良后的会党。留学生们介绍了湖北新军和知识分子倾向革命的状况,用实例证明自新军中的革命派崛起后,像唐才常那样的会党在长江流域已没有任何势力。并且说会党起事的根本目的是劫财抢物,如果依靠他们赢得革命反而会受他们的制约。孙中山还是坚持自己的观点,并说他正在改造会党的章程。对此,朱和中措辞激烈:"会党无知识分子,岂能作为骨干?先生历次革命所以不成功,正以知识分子未赞成耳。"[188]孙中山说,为革命牺牲的陆皓东、史坚如等人都是知识分子,怎么能说知识分子不赞成革命?留学生们说,赞成革命的知识分子太少,无济于事,必须争取绝大多数知识分子参加革命,才能事半功倍。交谈持续到第三天,孙中山的观点似乎改变了——"至第三日,总理似有所决定,为言今后将发展革命势力于留学界,留学生之献身革命者分途做领导人。我辈乃大悦,皆曰:此吾辈倾心于先生之切愿也。"[189]

无论留学生们听到孙中山承诺他们有资格做革命领导人后"大悦"是出于什么心理,孙中山必定是接受了留学生们的这样一个观点,即大清新军中的革命派和知识分子是革命可以依靠的力量。这是孙中山在认识上的巨大进步,尽管他并没有放弃依靠会党,仅仅是赞成"双方并进"。

达成共识的那天晚上,留生们设宴招待孙中山,在香槟酒喝得"众兴益豪"之时,孙中山站起来说,讨论进行了三天三夜,今天应该做一个结束,建议各位即行宣誓。孙中山的建议遭到反驳,留学生们认为他们真心革命,何必与会党一样宣誓?众议不决时,朱和中表示,死都不怕,何怕宣誓——"我辈既决心革命,任何皆可牺牲,岂惮一宣誓?"孙中山即刻提笔写下誓词,然后对朱和中说:"即从尔起。"朱和中答:"可。"[190]

> 立誓人某某当天立誓,驱除鞑虏,恢复中华,建立民国,平均地权,矢信矢忠,有始有卒,有渝此盟,神明殛之。黄帝纪元四千六百四十二年冬月某某誓。
>
> 监誓人　孙文[191]

朱和中看了誓词,笑起来。

孙中山问他为何笑。

朱和中答:"康梁说先生目不识丁,我见誓词简老,知康梁所言之妄。"[192]

留学生朱和中称这个有着浓厚会党味道的誓词风格"简老",用词实在精妙。

约有三十多人宣誓。

布鲁塞尔的这个宣誓组织并没有名称。

可以看出,孙中山不愿沿用兴中会或中华革命军之名,但新组织叫什么名字他还没有想好。

在留学生们的资助下,孙中山先后去了柏林和巴黎。

在巴黎,应孙中山的请求,法国外交部官员拉法埃·罗和菲力浦·贝特洛先后接见了他。根据拉法埃·罗呈给外交部的报告可以看出,此时孙中山依旧对法国政府抱有幻想:"孙逸仙作为中国南方反清运动的领导人,曾经得到日本的援助;现在他正设法使他的同志对法国产生好感,以求得法国的援助。孙甚至建议法国可否取代日本,成为他们革命运动的支持者。"[193]无法得知会见令孙中山获得了什么。根据冯自由的记载:"丙午年(一九〇六年)法国参谋部尝派武官多人,偕中国革命党员视察各省,欲对中国革命有所协助,即中山是时驻法交际之力也。"[194]——没有可靠的史料证明法国军方曾有过这样的举动。如果真有,法国军人和中国造反者一起在中国各省策划武装暴动,这样的情景本身便会令人心惊。

在巴黎和柏林,孙中山相继成立了留学生革命组织。但是,这里的留学生不像比利时,政治倾向良莠不齐。以至于柏林的留学生王发科、王相楚与巴黎的留学生汤芗铭、向国华约定告密。他们以两人将孙中山骗进咖啡馆闲谈,另两人潜入孙中山居住的旅店房间,偷走了创建革命组织的盟书以及法国政府致安南总督的函件。然后四个人跑到大清帝国驻法国公使馆,见到公使孙宝琦后磕头痛哭,诉说加入孙中山革命组织的后悔之情。孙宝琦不愿事态扩大,打算对此事睁一只眼闭一只眼,但是法国政府的函件涉及大清帝国国家利益,他不得不与法国有关部门进行交涉。孙中山回到旅馆后,发现文件被盗,认为留学生们如果反悔可以明说,不必使用如此卑劣的手段。由此,孙中山又印证了他之前的判断:"我早知读书人不能革命,不敌会党!"[105]

外国人靠不住,知识分子也靠不住,会党有"志在劫掠"之嫌,那么革命到底应该依靠谁?

辛亥前后发生在中国的革命,史称资产阶级领导的革命。

但是,一个必须正视的问题是:近代中国到底有没有真正意义上的资产阶级?

通常认为,中国的资本主义萌芽于明末清初,那时中国出现了生产方式有别于传统手工业、形态原始的工业化生产。从工业化生产萌芽这个意义上讲,中国与世界史的演进相对应时间并不算太晚。按照历史的一般规律,萌芽只要获得足够的条件就能顺势成长,从而将中国引向具备市场经济和商品经济的资本主义体制。但是,众所周知,中国并没有按照这个历史规律发展。两百多年的清王朝没有给资本主义以任何生长空间,直到大清帝国倾覆之日,中国的资本主义依旧停留在萌芽状态。晚清,洋务运动兴起后,资本主义得到了某些发展,但是工业化的进展十分艰难,原因依旧缘于中国闭关锁国、自给自足的封建经济特质。这种特质异常坚固,犹如堡垒,令无论什么样式的资本运营都难以突破。中国的资本主义萌芽,不是从工业革命和殖民地扩张中生成的,中国近代既没有经历大机器生产的工业革命,也没有为扩展贸易而进行的开拓疆土的殖民行为,因此不具备大规模的原始积累。中国货币资本的积累,靠的是严酷的赋税制度,即从本国的农民和小手工业者身上盘剥而来,这不但无法完成真正意义上的资本原始积累,而且极大地制约着近代经济样式的大规模发展,同时也不可避免地令中国的资本与封建体制紧密相连,使社会形态始终保持着由官商、民办和买办三者形成的奇异的互生关系。另外,西方资本主义强国是从手工业逐渐过渡到大工业生产的,而中国是在外力的强压下从手工业跳跃到大机器生产的,于是,所有的技术设备乃至原材料都需要依赖进口,这就不可避免地使中国的资本主义始终处在列强的控制之下。

中国资本主义脱胎于封建制度,反映到中国资产阶级身上,使其作为一个独立的阶级始终没有发育成熟的可能。因此,不成熟的中国近代资产阶级,其阶级结构与西方资产阶级大相径庭。西方资产阶级的主体,是由在近代工业革命中产生的城市市民发展而来,他们与封建专制制度没有任何"血缘"关联。而在没有近代工业的中国,是无法产生中产阶级和市民阶层的。直到二十世纪初,中国依旧是一个封闭的农业国家,即使西方列强的坚船利炮横陈海岸,中国的资本经济依旧没能融入全球的贸易往来中。在构成所谓资产阶级的社会阶层中,纷杂地聚集着商人阶层、官僚资本阶层、乡土士绅阶层、新型知识分子和旧式文人阶层以及封建官吏阶层。虽然拥有资产不是资产阶级的唯一标志,但问题的关键是,产生资产阶级的必要条件之一,即自由市场经济体制,在近代中国从来没有建立起来。因此,组成中国资产阶级的复杂阶层,无不被封建经济体制和社会形态所制约。这就让近代中国的资产阶级——如果可以称之为一个阶级的话——其阶级面目格外地模糊不清。

面目不清的阶级所领导的革命将是一场怎样的革命?

就在孙中山奔波于美洲和欧洲的时候,因为清廷自《苏报》案开始对舆论的残酷镇压,国内反政府人士认识到革命需要行动,行动首先要建立起革命组织。于是,各种各样的团体纷纷涌现。

就对辛亥革命的影响来讲,首推华兴会。

黄兴,原名轸,后改名兴,字岳生,号克强,湖南善化人,出生于塾师家庭,二十二岁时中秀才。进入武昌两湖书院后,开始接触新学,深受西方民主政治的影响,"知世界趋势绝非专制体制所能图强"。[109]一九〇二年官费留学日本,学习文学和军事。他为人沉稳,不喜张扬,并没有像其他留学生一样,刚到日本就把辫子剪掉,但是沙俄拒绝从中国东北撤军的消息令他愤恨已极:"中国大局破坏已达极点,今而后惟有实行革命,始可救危亡于万一耳。"⑨黄兴与刘揆一、陈天华等人发起成立华兴会,决定"回湘大举革命"。

如何取得革命的胜利?

黄兴的主张是"雄踞一省","各省纷起"。

革命依靠哪些力量?

黄兴的选择重点是会党和"军学各界"。

华兴会拟定在慈禧七十寿辰那天发动起义,因为那天湖南全省官员要一起庆祝万寿,起义者准备在官员们聚会的地点安放炸弹——"候全省文武官吏届时到场行礼,即行燃放,以期一网尽之"。然后趁乱"在长沙、岳州、宝庆、常德等处,分五路起事"。⑧但是,起义还没有发动,计划就被会党泄露出去,湖南巡抚庞鸿书严令搜查,黄兴在圣公会牧师的帮助下逃至上海。不久,会党试图再举,黄兴被捕,因没暴露身份侥幸获释。黄兴、宋教仁和陈天华等人先后亡命日本。而那些被捕的华兴会员所承受的酷刑,再次向世人昭示了革命党人何以要不惜生命推翻满清政府,同时也表明非残忍的酷刑不足以平复满清政府的恼怒与绝望。

萧桂生,以会党首领身份加入华兴会,被捕后狱吏"每日审问,必烧红铁链,使之露膝跪下,跪下时膝肉生烟,其声其臭,熏闻满座,脚镣手扣,铁链叮当,更上夹板,骨肉分离。迨至痛失知觉,即横陈未断气之身体于石板上,至稍知人事时,复严刑逼供……"⑨马福益,原哥老会龙头,与黄兴相识后,率数万哥老会成员加入华兴会,成为长沙起义的重要力量。起义消息泄露后,马福益逃至广西,第二年返回湖南,试图再次组织起义,不幸于萍乡被捕。清廷新任湖南巡抚端方下令将马福益押解至长沙,狱吏们"以刀洞穿肩骨,系之以链",以至一路上"观者如堵"。刑讯逼供三天后,马福益被斩首于长沙浏阳门。史书记载:"血流盈丈,状至惨也。"⑳

自此,华兴会停止了国内活动。

光复会也是此时出现的一个重要革命团体。

光复会的前身,可追溯到日本浙江籍留学生成立的浙学会。在决定必须另行组织团体实施暴力革命后,浙学会的数名留学生回国开始联络暴动力量。其中,本想进入日本成城陆军学校,因清廷不允学习军事而被迫回国的陶成章,用白话文起草了《龙华会章程》,试图把会党改造成民主革命的力量。

首先阐明造反有理:

> 怎样叫做革命?革命就是造反。有人问我革命就是造反,这句话如今是通行的了,但这"革命"两字,古人有得说过么?我答应道,有的。易经上面:"汤武革命,应顺乎天顺乎人。"就是这两个字的出典。又有人问我,革命即是顺人应天,为什么中国古老话儿,又把造反叫做"大逆不道"呢?我答应道,列位!这"大逆不道"四个字,并不是我古时仓颉圣人造字的时候,就把来做"造反"二字的注脚用的。要晓得这是后代做了皇帝的人,自己一屁股坐了金交椅,恐怕别个学他的样,就同着开国军师,文武百官,造出四个字来,硬派做"造反"的罪名。[201]

至于革命成功之后是什么政府,反正是大家有饭吃的政府,样式还没有想好。要么大家选个总统,"或五年一任,或八年一任,年限岁不定,然而不能传子孙呢"。要么是市民政体,甚至可以是无政府。总之,以后再说不晚。"但无论如何,皇位是永远不能霸占的"。

一九〇四年秋冬之交,中国教育会会长蔡元培到达上海,归国的浙江籍留日学生决定成立革命组织,推举蔡元培为会长,定名为"光复会"。陶成章、徐锡麟、秋瑾等相继入会。光复会的入会誓词是:"光复汉族,还我河山,以身许国,功成身退。"

就革命团体的蓬勃发展而言,史称"从此,资产阶级革命力量,即资产阶级革命派,已经在全国范围内形成了"。

笼统地说"资产阶级革命力量",是不能解释中国近代史上的革命特征的。为此,也有史论试图把革命派归于"中下层资产阶级",将保皇派和立宪派归于"上层资产阶级"。或者把中国近代资产阶级分为两翼,即由大地主、大官僚和大买办演变而来,与帝国主义、封建主义联系密切,政治上倾向妥协的右翼,以及从中小商人、手工业主演变而来,与帝国主义、封建主义联系不紧密,政治上倾向革命的左翼,并认为两者都具有软弱性。但是,无论"上层"和"中下层"以及"左翼"和"右翼",其政治主张区分的界限究竟在哪里?

辛亥革命的历程表明,无论资产阶级的"上层"还是"中下层",也无论是"左翼"还是"右翼",参加革命行动者毕竟是少数,并不足以代表所属阶级或阶层的政治态度。相反,反对革命,支持立宪,则是中国资产阶级的基本政治立场。中国资产阶级作为一个整体,各个派别之间并没有建立行动的关联,而且在历史的关键时刻他们的大多数也并没有站在孙中山一边。

于是,两个问题模糊不清了:辛亥革命是否是一场由中国资产阶级领导的革命?或者说,它是不是一场真正意义上的资产阶级革命?另外,孙中山属于中国社会的哪一个阶层,他领导的革命属于什么性质?

这关乎对中国近代史的再认识。

关乎中国人更加透彻地认知民族觉醒的历史。

一九〇五年发生的几件大事,对中国近代史具有重要影响。首先日俄战争接近尾声,日胜俄败已成定局。于是,大多数中国人认为:日本的胜利,是立宪制度的胜利;俄国的失败,是专制制度的失败。日本能够打败俄国,这意味着中国只要走立宪道路也能强大起来。其次,俄国的失败引发了国内强烈的不满情绪,工人罢工、农民起义、士兵骚乱,史称"一九〇五年俄国革命",即俄国第一次资产阶级革命。中国人由此看到了自己的前途:必须推翻专制制度,必须满足除了皇室和官僚阶层之外社会各阶层的强烈政治诉求。其次,因美国排斥和虐待华工,上海爆发了以商界人士为主的联合反美行动,行动的参加者最终扩展到知识分子、下层工人、手工业者,甚至还有农民。于是,有史论认为,"只是在清朝的最后五年,真正的资产阶级才开始出现,那是一批现代的或半现代的实业家、商人、金融家和大工业家,他们被物质利益、共同的政治要求、集体命运感、共同的思想和与众不同的日常习惯等等联系在一起,中国资产阶级的特点终于形成了,这是与帝国主义列强和洋人的来临相对抗的结果。"[202]

孙中山想回日本,没有钱买船票,留学生们再次捐款。

一九〇五年六月十一日,孙中山乘"东京"号邮轮离开法国马赛。

在孙中山留居欧洲的两年里,中国留日学生的数量急剧增加:"自中日战后,清廷自审势绌,倡言维新,纷派学生留学。以日本地近费廉,公私留学者尤多。此类有志青年,足履外国,已痛满洲政治之不平与黑暗。而德租胶州,俄租旅顺、大连,英租威海卫,法租广州湾,及各国划定势力圈,与丧权借款之约,更相接踵。加以外祸日深,内政日坏,故感受革命理想极速,转瞬成为风气。"㉓

"东京"号抵达日本,孙中山由横滨前往东京,在上千人举行的欢迎会上,他由衷地感叹道:"鄙人往年提倡民族主义,应而和之者特会党耳。至于中流社会以上之人,实为寥寥。乃曾几何时,思想进步,民族主义大有一日千里之势,充布于各种社会之中,殆无不认革命为必要者。虽以鄙人之愚,以其曾从事于民族主义为诸君所欢迎,此诚足为我国贺也。"㉔

此时,中国留日学生中革命思潮"至为澎湃",国内各次起义失败后革命党人也纷纷逃至日本,只是各种力量尚无统一机构统领。

七月下旬,在宫崎寅藏的介绍下,孙中山见到了黄兴。

孙中山与黄兴的见面,堪为历史性事件,它的意义有二:一是促成了孙中山与华兴会的联合,为同盟会的成立奠定了基础;二是两位革命家在今后的历史中将成为革命的两面旗帜。

黄兴对孙中山"备致倾慕",愿率华兴会全体会员与孙中山"合组新革命团体"。七月三十日,在东京赤坂区桧町三番地黑龙会本部日本友人内田良平的家中,举行了中国近代史上一次重要的会议,与会者包括兴中会、华兴会、光复会以及其他留日学生团体的部分成员,共计七十九人。除孙中山、黄兴之外,与会者中还有宋教仁、张继、马君武、冯自由、曹亚伯、宫崎寅藏等日后留名中国近代史的著名人物。会议讨论了孙中山倡议成立的"革命大团体"的名字,最后确定为"中国同盟会"。

会议一开始,孙中山即发表演说,演说持续到下午才结束。孙中山讲的是革命的理由、形势和方法,特别强调革命就是造反,造反就是重造一个世界。然后黄兴发表演说,内容是如何普及教育、振兴实业、整理内治、修睦外交。大家对孙中山提出的"驱除鞑虏,恢复中华,创立民国,平均地权"中的"平均地权"有分歧,孙中山再三解释:"现代文明国家最难解决者,即为社会问题。实较种族、政治二大问题同一重要。我国虽因工商业尚未发达,而社会纠纷不多,但为未雨绸缪计,不可不杜渐防微,以谋人民全体之福利。欲解决社会问题,则平均地权之方法,乃实行之第一步。本会系世界最新之革命党,应立志远大,必须将种族、政治、社会三大问题,毕其功于一役。"[205]中国同盟会十六字宗旨最终获得通过。

孙中山随即起草盟书:

> 联盟人某省某府某县人某某某,当天发誓:驱除鞑虏,恢复中华,创立民国,平均地权,矢信矢忠,有始有卒。如或渝此,任众处罚,天运乙巳年七月某日,中国同盟会会员某某某。[206]

孙中山坚持革命团体必须书写盟书和宣誓——每人自写盟书,然后举手宣誓。宣誓后,孙中山入一小室,逐一向与会者个别传授握手暗号和秘密口号——"问何处人,答为汉人。问何物,答为中国物。问何事,答为天下事。"最后,孙中山祝贺道:"自今日起,君等已非清朝人矣。"[207]

入会要签名,签名就在历史上留下了参加组织的铁证,如果这份铁证落在朝廷手里,即刻就会成为捕杀名单。大家静默不动,带头的是贵州籍留学生曹亚伯:

> 予则愤然而起挥笔写曹亚伯三大字曰,凭良心签名。次程家柽曰,我亦凭我良心签名。于是按次皆签名矣。最后有二人年颇长,北方人,盘辫于顶,忘其名,不肯签字,以反对予所写之三大字太不恭敬为由。予则谓今日之会,非考翰林。黄兴补之曰,老兄欲考翰林,则请向满洲政府投考。众则解和劝勉,二人卒签名。[208]

据曹亚伯记载,日本人的木质房屋"颇不坚实",而这一天进出于内田良平家的人太多,以至于大门内的地板突然倒塌,"众皆惊之"。于是,曹亚伯对众人说:"异族政府必倒,以此为兆。"[209]

八月二十日,同盟会成立大会在日本东京赤坂区灵南坂日本友人坂本金弥家举行。到会者百余人,"籍贯包括全国十有七省,惟甘肃一省缺焉"。[210]大会正式选举孙中山为总理,黄兴为庶务,即总理不在时代理一切事务。

同盟会是中国历史上第一个带有政党雏形的革命团体。

孙中山认为,同盟会的成立,结束了他之前一败再败的历史,中国革命的新纪元由此开始了:

> 自革命同盟会成立之后,予之希望则为之开一新纪元。盖前此虽身当百难之冲,为举世多非笑唾骂,一败再败,而犹冒险猛进者,仍未敢望革命排满事业能及吾身而成者也;其所以百折不回者,不过欲有振起既死之人心,昭苏将尽之国魂,期有继我而起者成之耳。及乙巳之秋,集合全国之英俊而成立革命同盟会于东京之日,吾始信革命大业可及身而成矣。[21]

初期的同盟会,是具有民主思想的、社会成分复杂的、以新式知识分子面目出现的反政府者的大联合。深入分析活跃于辛亥时期力主变革社会的力量构成,则会发现这股力量是由主张民主共和的新式知识分子、新军中的革命分子、会党中的反政府分子和立宪派中的士绅阶层(包括主张立宪的知识分子、民族资本家和已经资产阶级化的新型地主)所组成。从这一政治形态来看,大致可以将以孙中山为代表的革命派的阶级属性定位为:他们是平民的代表,是知识分子,是用暴力革命手段推翻帝制的坚定主张者和勇敢实施者。

应该特别指出的是,知识分子不属于资产阶级,连广义资产阶级都不是,他们是在中国历史的特殊形态中产生的。他们具有近代科学知识和近代民主思想;他们靠知识生存,服务于新兴的教育、文化和科学事业。他们与封建皇室和官僚阶层没有依附关系,但是又与西方资产阶级革命时期的知识分子完全不同,他们革命的动力不是为资产阶级争取政治和经济利益,而是为从昏聩的帝制统治下和岌岌可危的列强窥视下拯救国家。从这个意义上讲,他们也代表了深受列强制约的民族资本家的政治诉求和阶层利益。他们不同程度地对资本主义制度持批判态度,尽管他们心目中的"社会主义"尚未脱开无政府主义的干系。

由此,可以合理而清晰地解释孙中山的思想和行为轨迹。

辛亥革命,是民主知识分子领导的革命。

这场革命由于符合中国历史的发展大势而顺天应时。

就在孙中山认为革命的新纪元即将来临的时候,大清帝国的都城北京发生了一个震惊中外的事件:清廷的五位大臣,在前门火车站准备登车的时候,一颗炸弹在他们的身边爆炸了。

五位大臣是奉朝廷之命出国考察宪政的。

这一事件的惊人之处在于:首先,一个以固步自封和专制残暴著称的封建朝廷,居然开始考虑实行立宪制度了;再者,那个刺客被炸弹炸得面目全非,没人能够辨认出这是何方人士,因此相当长的时间里国人对这位壮士一无所知。

急切地推动革命的资产阶级面目模糊,以至于此时的中国历史格外扑朔迷离。

注　释：

①②　陈锡祺主编《孙中山年谱长编》上册,中华书局。

③④⑤⑥　陈锡祺主编《孙中山年谱长编》上册,中华书局。

⑦　尚明轩主编《孙中山的历程》,解放军文艺出版社。

⑧　陈锡祺主编《孙中山年谱长编》上册,中华书局。

⑨　尚明轩主编《孙中山的历程》,解放军文艺出版社。

⑩⑪　陈锡祺主编《孙中山年谱长编》上册,中华书局。

⑫　陈少白《兴中会革命史别录》,引自中国史学会主编《辛亥革命》(一),上海人民出版社、上海书店出版社。

⑬　陈锡祺主编《孙中山年谱长编》上册,中华书局。

⑭　陈锡祺主编《孙中山年谱长编》上册,中华书局。

⑮⑯⑰　陈锡祺主编《孙中山年谱长编》上册,中华书局。

⑱　尚明轩主编《孙中山的历程》,解放军文艺出版社。

⑲⑳㉑　陈锡祺主编《孙中山年谱长编》上册,中华书局。

㉒　冯自由《革命逸史》第四集,中华书局。

㉓　孙文《檀香山兴中会成立宣言》,引自中国史学会主编《辛亥革命》(一),上海人民出版社、上海书店出版社。

㉔　陈锡祺主编《孙中山年谱长编》上册,中华书局。

㉕　孙中山《革命原起》,引自中国史学会主编《辛亥革命》(一),上海人民出版社、上海书店出版社。

㉖　陈锡祺主编《孙中山年谱长编》上册,中华书局。

㉗　孙文《香港兴中会成立宣言》,引自中国史学会主编《辛亥革命》(一),上海人

㉘ 冯自由《革命逸史》第四集,中华书局。
㉙ 朱育和、欧阳军喜、舒文《辛亥革命史》,人民出版社。
㉚ 尚明轩主编《孙中山的历程》,解放军文艺出版社。
㉛ 陈少白《兴中会革命史要》,引自中国史学会主编《辛亥革命》(一),上海人民出版社、上海书店出版社。
㉜ 邹鲁《乙未广州之役》,引自中国史学会主编《辛亥革命》(一),上海人民出版社、上海书店出版社。
㉝ 冯自由《革命逸史》第四集,中华书局。
㉞ 尚明轩主编《孙中山的历程》,解放军文艺出版社。
㉟ 陈锡祺主编《孙中山年谱长编》上册,中华书局。
㊱ 尚明轩主编《孙中山的历程》,解放军文艺出版社。
㊲㊳㊴㊵㊶㊷ 陈锡祺主编《孙中山年谱长编》上册,中华书局。
㊸㊹ 陈少白《兴中会革命史要》,引自中国史学会主编《辛亥革命》(一),上海人民出版社、上海书店出版社。
㊺ 尚明轩主编《孙中山的历程》,解放军文艺出版社。
㊻ 陈锡祺主编《孙中山年谱长编》上册,中华书局。
㊼ 〔法〕白尔吉《孙逸仙》,温洽溢译,时报文化出版企业股份有限公司。
㊽㊾㊿ 陈锡祺主编《孙中山年谱长编》上册,中华书局。
㉕ 陈义杰整理《翁同龢日记》卷二,中华书局。
㉒㉓ 朱寿朋编纂《光绪朝东华录》第四册,中华书局。
㉔ 〔法〕托克维尔《旧制度与大革命》,引自朱育和、欧阳军喜、舒文《辛亥革命史》,人民出版社。
㉕ 中山市文化局、翠亨孙中山故居纪念馆编《孙中山言粹》,中国大百科全书出版社。
㉖ 陈锡祺主编《孙中山年谱长编》上册,中华书局。
㉗㉘㉙㉚㉛㉜ 张枬、王忍之编《辛亥革命前十年间时论选集》第一卷上册,生活·读书·新知三联书店。
㉓㉔ 李孝悌《清末的下层社会启蒙运动:1901—1911》,河北教育出版社。
㉕ 闵杰《近代中国社会文化变迁录》第二卷,浙江人民出版社。
㉖ 闵杰《近代中国社会文化变迁录》第二卷,浙江人民出版社。
㉗㉘ 闵杰《近代中国社会文化变迁录》第二卷,浙江人民出版社。
㉙ 朱有瓛主编《中国近代学制史料》第二辑上册,华东师范大学出版社。
㉚ 朱有瓛主编《中国近代学制史料》第二辑上册,华东师范大学出版社。
㉛ 郑曦原编《帝国的回忆》,生活·读书·新知三联书店。
㉜ 夏晓虹《晚清社会与文化》,湖北教育出版社。
㉝ 《书近日新闻后》,引自严昌洪、许小青《癸卯年万岁》,华中师范大学出版社。

⑭ 闵杰《近代中国社会文化变迁录》第二卷,浙江人民出版社。
⑮ 冯自由《章太炎与支那亡国纪念会》,引自中国史学会主编《辛亥革命》(一),上海人民出版社、上海书店出版社。
⑯ 李新主编《中华民国史》第一编,全一卷(上),中华书局。
⑰ 严昌洪、许小青《癸卯年万岁》,华中师范大学出版社。
⑱ 冯自由《革命逸史》初集,中华书局。
⑲ 桑兵《清末新知识界的社团与活动》,引自严昌洪、许小青《癸卯年万岁》,华中师范大学出版社。
⑳ 《满洲留学生风潮》,引自朱育和、欧阳军喜、舒文《辛亥革命史》,人民出版社。
㉑ 张枬、王忍之编《辛亥革命前十年间时论选集》第一卷上册,生活·读书·新知三联书店。
㉒ 张枬、王忍之编《辛亥革命前十年间时论选集》第一卷上册,生活·读书·新知三联书店。
㉓ 冯自由《政治学序言》,引自熊月之《中国近代民主思想史》(修订本),上海社会科学院出版社。
㉔ 闵杰《近代中国社会文化变迁录》第二卷,浙江人民出版社。
㉕ 熊月之《中国近代民主思想史》(修订本),上海社会科学院出版社。
㉖㉗ 林獬《国民意见书》,引自张枬、王忍之编《辛亥革命前十年间时论选集》第一卷下册,生活·读书·新知三联书店。
㉘ 刘师培《论激烈的好处》,引自张枬、王忍之编《辛亥革命前十年间时论选集》第一卷下册,生活·读书·新知三联书店。
㉙ 梁启超《中国人之缺点》,引自张枬、王忍之编《辛亥革命前十年间时论选集》第一卷下册,生活·读书·新知三联书店。
㉚ 林獬《做百姓的事业》,引自张枬、王忍之编《辛亥革命前十年间时论选集》第一卷下册,生活·读书·新知三联书店。
㉛㉜㉝ 尚明轩主编《孙中山的历程》,解放军文艺出版社。
㉞ 恩格斯《英国工人阶级状况》(1892年德文第二版序言),引自中共中央马恩列斯著作编译局编《马克思恩格斯选集》第四卷,人民出版社。
㉟㊱ (台)张玉法《辛亥革命史论》,三民书局。
㊲㊳ 尚明轩主编《孙中山的历程》,解放军文艺出版社。
㊴ (台)《三十三年之梦——宫崎滔天自传》,陈鹏仁译,水牛出版社。
⑩⓪ (台)《三十三年之梦——宫崎滔天自传》,陈鹏仁译,水牛出版社。
⑩① (台)《三十三年之梦——宫崎滔天自传》,陈鹏仁译,水牛出版社。
⑩② 陈少白《兴中会革命史别录》,引自中国史学会主编《辛亥革命》(一),上海人民出版社、上海书店出版社。
⑩③ 陈春生《庚子惠州起义记》,引自中国史学会主编《辛亥革命》(一),上海人民

⑩④⑩⑤ 张友仁《庚子惠州三洲田起义访问录》,引自中国人民政治协商会议全国委员会文史资料研究委员会编《辛亥革命回忆录》(二),文史资料出版社。

⑩⑥⑩⑦⑩⑧ 陈少白《兴中会革命史别录》,引自中国史学会主编《辛亥革命》(一),上海人民出版社、上海书店出版社。

⑩⑨ 詹森《日本人和孙中山》,引自(美)费正清、刘广京编《剑桥中国晚清史》下卷,中国社会科学院历史研究所编译室译,中国社会科学出版社。

⑩⑩⑪ 宫崎寅藏《孙逸仙》,黄中黄译录,引自中国史学会主编《辛亥革命》(一),上海人民出版社、上海书店出版社。

⑪②⑪③⑪④ 陈少白《兴中会革命史要》,引自中国史学会主编《辛亥革命》(一),上海人民出版社、上海书店出版社。

⑪⑤ 尚明轩主编《孙中山的历程》,解放军文艺出版社。

⑪⑥ 黎东方《细说民国创立》,上海人民出版社。

⑪⑦ 陈春生《庚子惠州起义记》,引自中国史学会主编《辛亥革命》(一),上海人民出版社、上海书店出版社。

⑪⑧ 陈少白《兴中会革命史要》,引自中国史学会主编《辛亥革命》(一),上海人民出版社、上海书店出版社。

⑪⑨ 房德邻《清王朝的覆灭》,河南人民出版社。

⑫⑩ 冯自由《革命逸史》第二集,中华书局。

⑫① 张篁溪《记自立会》,引自中国史学会主编《辛亥革命》(一),上海人民出版社、上海书店出版社。

⑫②⑫③ 故宫档案馆《唐才常汉口起义清方档案》,引自中国史学会主编《辛亥革命》(一),上海人民出版社、上海书店出版社。

⑫④ 孙中山《革命原起》,引自中国史学会主编《辛亥革命》(一),上海人民出版社、上海书店出版社。

⑫⑤ 邹容《革命军》,引自中国史学会主编《辛亥革命》(一),上海人民出版社、上海书店出版社。

⑫⑥ 冯自由《革命逸史》第二集,中华书局。

⑫⑦ 邹容《革命军》,引自中国史学会主编《辛亥革命》(一),上海人民出版社、上海书店出版社。

⑫⑧ 邹容《革命军》,引自中国史学会主编《辛亥革命》(一),上海人民出版社、上海书店出版社。

⑫⑨ 邹容《革命军》,引自中国史学会主编《辛亥革命》(一),上海人民出版社、上海书店出版社。

⑬⑩ 邹容《革命军》,引自中国史学会主编《辛亥革命》(一),上海人民出版社、上海书店出版社。

⑬① 章士钊《读革命军》,引自张枬、王忍之编《辛亥革命前十年间时论选集》第一

卷下册,生活·读书·新知三联书店。

⑫ 黄中黄《沈荩》,引自中国史学会主编《辛亥革命》(一),上海人民出版社、上海书店出版社。

⑬⑭⑮ 车吉心主编《民国轶事》第三卷,泰山出版社。

⑯ 朱育和、欧阳军喜、舒文《辛亥革命史》,人民出版社。

⑰ 邹容《革命军》,引自中国史学会主编《辛亥革命》(一),上海人民出版社、上海书店出版社。

⑱ 故宫档案馆《苏报鼓吹革命清方档案》,引自中国史学会主编《辛亥革命》(一),上海人民出版社、上海书店出版社。

⑲⑭⓵⓶ 张篁溪《苏报案实录》,引自中国史学会主编《辛亥革命》(一),上海人民出版社、上海书店出版社。

⑭⑭⑭⑭ 黄中黄《沈荩》,引自中国史学会主编《辛亥革命》(一),上海人民出版社、上海书店出版社。

⑭ 鲁迅《关于太炎先生二三事》,引自《鲁迅全集》第六卷,人民文学出版社。

⑭ 邓云乡《宣南秉烛谭》,河北教育出版社。

⑭⑭ 冯自由《革命逸史》第二集,中华书局。

⑭⑭ 故宫档案馆《洪福全起义档案》,引自中国史学会主编《辛亥革命》(一),上海人民出版社、上海书店出版社。

⑭ 陈春生《壬寅洪福全广州举义记》,引自中国史学会主编《辛亥革命》(一),上海人民出版社、上海书店出版社。

⑭ 冯自由《革命逸史》第二集,中华书局。

⑭⑭ 曹亚伯《陈天华投海》,引自中国史学会主编《辛亥革命》(二),上海人民出版社、上海书店出版社。

⑭ 陈天华《警世钟》,引自中国史学会主编《辛亥革命》(二),上海人民出版社、上海书店出版社。

⑭ 杨源《杨天准殉国记》,引自李孝悌《清末的下层社会启蒙运动:1901—1911》,河北教育出版社。

⑭ 曹亚伯《武昌日知会之破案》,引自中国史学会主编《辛亥革命》(一),上海人民出版社、上海书店出版社。

⑭ 房德邻《清王朝的覆灭》,河南人民出版社。

⑭⑭⑭⑭ 姚渔湘《禹之谟就义记》,引自中国史学会主编《辛亥革命》(二),上海人民出版社、上海书店出版社。

⑭⑭ 邹容《革命军》,引自中国史学会主编《辛亥革命》(一),上海人民出版社、上海书店出版社。

⑭ 邹容《革命军》,引自中国史学会主编《辛亥革命》(一),上海人民出版社、上海书店出版社。

⑭ 姚渔湘《禹之谟就义记》,引自中国史学会主编《辛亥革命》(二),上海人民出

版社、上海书店出版社。

⑯⑰⑱ 陈锡祺主编《孙中山年谱长编》上册,中华书局。

⑲ 尚明轩主编《孙中山的历程》,解放军文艺出版社。

⑳ 陈锡祺主编《孙中山年谱长编》上册,中华书局。

㉑㉒ 陈锡祺主编《孙中山年谱长编》上册,中华书局。

㉓ 冯自由《革命逸史》第二集,中华书局。

㉔ 陈锡祺主编《孙中山年谱长编》上册,中华书局。

㉕ 陈锡祺主编《孙中山年谱长编》上册,中华书局。

㉖ 冯自由《革命逸史》第二集,中华书局。

⑱⑲ 陈锡祺主编《孙中山年谱长编》上册,中华书局。

㉘ 冯自由《革命逸史》第二集,中华书局。

㉙ 陈锡祺主编《孙中山年谱长编》上册,中华书局。

㉚ 冯自由《革命逸史》第二集,中华书局。

㉛ 陈锡祺主编《孙中山年谱长编》上册,中华书局。

⑱⑲ (台)张玉法《辛亥革命史论》,三民书局。

⑱⑲⑳㉑㉒ 朱和中《欧洲同盟会纪实》,引自中国人民政治协商会议全国委员会文史资料研究委员会编《辛亥革命回忆录》(六),文史资料出版社。

⑲㉔ 陈锡祺主编《孙中山年谱长编》上册,中华书局。

⑮ 朱和中《欧洲同盟会纪实》,引自中国人民政治协商会议全国委员会文史资料研究委员会编《辛亥革命回忆录》(六),文史资料出版社。

⑯⑰ 石阁陶、石胜文《黄兴传》,人民出版社。

⑱ 冯自由《长沙华兴会》,引自中国史学会主编《辛亥革命》(一),上海人民出版社、上海书店出版社。

⑲⑳ 曹亚伯《黄克强长沙革命之失败》,引自中国史学会主编《辛亥革命》(一),上海人民出版社、上海书店出版社。

㉑ 陶成章《龙华会章程》,引自中国史学会主编《辛亥革命》(一),上海人民出版社、上海书店出版社。

㉒ 〔美〕费正清编《剑桥中国晚清史》下卷,中国社会科学出版社。

㉓㉔ 邹鲁《中国同盟会》,引自中国史学会主编《辛亥革命》(二),上海人民出版社、上海书店出版社。

㉕㉖ 陈锡祺主编《孙中山年谱长编》上册,中华书局。

㉗ 邹鲁《中国同盟会》,引自中国史学会主编《辛亥革命》(二),上海人民出版社、上海书店出版社。

㉘㉙ 曹亚伯《武昌革命真史》上册,上海书店印行。

㉑⓪ 冯自由《革命逸史》第二集,中华书局。

㉑⓪ 朱育和、欧阳军喜、舒文《辛亥革命史》,人民出版社。

第二章

众声喧哗的时代

当死胜于活着的时候
"开明专制"与"暴力革命" ／ 原动力
银票、喜翠与变革 ／ 众声喧哗的时代

1911

当死胜于活着的时候

一九〇五年九月二十四日,中国同盟会在东京成立一个月零三天后,清廷镇国公载泽、户部右侍郎戴鸿慈、兵部侍郎徐世昌、户部署理右侍郎绍英和刚被朝廷任命为闽浙总督但尚未上任的端方,五位大臣动身出国考察宪政。车马仪仗浩浩荡荡,送行的官吏朝服光鲜,前门火车站很是热闹。此时,没人注意到一个身穿官服但帽顶上没有红缨的人。这个人随着人群上了火车,然后向五大臣的车厢一点点靠近,走到两截车厢连接处的时候,火车头刚好与车厢靠挂,车厢剧烈地抖动了一下,藏在这个人身上的炸弹突然自爆——他携带的是撞针式炸弹,身边的人因为车厢抖动站立不稳,撞在了他身上——轰然一声巨响,身边的三个人被炸死,五大臣中两位受伤,而携带炸弹的这个人的下半身被炸烂,当场死亡。

一片混乱过后,没人认得刺客是谁。

刺客破碎的遗体被药水浸泡在一个玻璃箱内,放置在前门火车站显著的位置以让人辨认。

很长时间没人指认。

朝廷只好下令将尸体抛于荒野。

又过了很长时间,人们才知道,这个携带炸弹的人名叫吴樾。

吴樾,号孟侠,一八七八年生于安徽桐城。父亲是个小官,也算世家子弟。八岁那年丧母,父亲弃官从商养活家人。十三岁开始灯下苦读,希望通过科举改变命运。二十岁时终于厌倦了八股文。三年后北上京城:"斯时所与交往者,非官即幕,自不意怦怦然动功名之念矣。逾年,因同乡某君之劝,考入学堂肄业。于是得出身派教习之思想,时往来于胸中,启复知朝廷为异族,而此身日在奴隶丛中耶!"这个懵懵懂懂的青年正处在思想剧变时期。他先是得到《革命军》一书,再三诵读,爱不释手,始"知家国危亡之在迩,举昔卑污之思想,一变而新之"。后又读了梁启超主办的《清议报》,"日日言立宪,日日望立宪,向人则曰西太后之误国,今皇之圣明,人有非康梁者,则排斥之"——革命派此时变成了君主立宪派。接着,他阅读了大量的革命报刊,"思想又一变,而主义随之。乃知前此梁氏之说,几误我也"。最终,吴樾成为一个排满主义者。他痛恨国人的麻木和愚昧,认为排满只有两条路可走:一是暗杀,一是革命。"暗杀为因,革命为果"。暗杀一个人就可以做,革命则需要群体的力量。而"今日之时代",与其说是革命的时代,不如说是暗杀的时代。他决心承担起一个人所能承担的暗杀职责。那么,暗杀谁最理想呢?"予遍求满酋中,而得其巨魁二人,一则奴汉族者,一则亡汉族者。奴汉族者在今日,亡汉族者在将来,奴汉族者非那拉淫妇而何?亡汉族者非铁良逆贼而何?杀那拉淫妇难,杀铁良逆贼易。杀那拉淫妇其利在今日,杀铁良逆贼其利在将来。杀那拉淫妇去其主动力,杀铁良逆贼去其助动力"。①

铁良,清廷军机大臣,刚刚受任"会办练兵事宜",兼督办政务大臣。他在上海制造局提走了八十万两白银,又在海关提走了七十八万两白银,说是用于练兵习武以防汉人造反。在这之前,由于武昌、长沙两地革命党人活动频繁,清廷特派铁良南下武汉"侦察情形"。华兴会员胡瑛、王汉试图借机行刺,"以去满人之魁渠"。铁良由京汉铁路返京时,胡瑛、王汉化装跟随,行至河南"王汉露出破绽","自知不免,投井死焉",胡瑛则潜入京城"依同志而居"。

吴樾认为,王汉之死是专为勉励自己的,他抱定必死的决心以了却王汉的心愿。

但是,铁良护卫森严,始终没有下手的时机。

不久,吴樾得知五大臣即将出国考察宪政。这个曾经的君主立宪制的支持者认为,一旦朝廷大臣考察成功,真的实行了君主立宪,就等于延长了清廷的寿命。于是,他决定向五大臣下手。

吴樾的同志得知他准备动手时为他写下了绝命诗：

> 一腔热血千行泪，慷慨淋漓我有言。
> 大好头颅拼一掷，太空追攫国民魂。

> 临歧握手莫咨嗟，小别千年一刹那。
> 再见却知何处是，茫茫血海怒翻花。②

有充分史料显示，吴樾为光复会员，据说他身上藏着的炸弹，是光复会领导人蔡元培亲手制作的。虽然光复会的部分会员同时加入了同盟会，但没有史料证明吴樾是同盟会员。

同盟会《民报》刊文言："自秦汉降，吾族不武，荆轲聂政之事，几于绝迹。而吴君独能为民族流血以死，呜呼其壮烈不可及也。"③

吴樾死后一年，《民报》又出版纪念特刊《天讨》，刊发了吴樾的全部遗书，内容包括《暗杀时代自序》、《暗杀时代》、《暗杀主义》、《复仇主义》、《揭铁良之罪状》、《杀铁良之原因》、《杀铁良之效果》、《敬告我同志》、《敬告我同胞》、《复妻书》、《与妻书》、《与章太炎书》等。这是一个激烈而清醒的牺牲者，认为追求长寿没有任何意义，当死比活着更有意义的时候，人就应该毅然去死：

> 人之死生亦大矣哉！盖生必有胜于死，然后可生；死必有胜于生，然后可死。可以生则生，可以死则死，此之谓知命，此之谓英雄，昧昧者何能焉。生不知其所以生，死不知其所以死，以为生则有生人之乐，而死则无之，故欲生恶死之情，自日来于胸中而不去，则此辈之生如秋蝉，死若朝菌者，可无足怪矣。若夫号称知命之英雄，向人则曰我不流血谁流血，此即我不死谁死之代名词耳……而况奴隶以生，何如不奴隶而死，以吾一身而为我汉族倡不奴隶之首，其功不亦伟耶？此吾为一己计，固不得不出此；即为吾汉族计，亦不得不出此。吾决矣！④

吴樾劝告未婚妻，人即使长寿，也不过是吃饭穿衣较别人多些，因此不如"当捐现在之有限岁月，而求将来之无限尊荣"。他甚至要求妻子比之法国罗兰夫人——"以区区一弱女子，而造此惊天动地之革命事业"。⑤

罗兰夫人,一个被送上断头台的法国女人,在近代中国却赫赫有名。她是法国吉伦特党领导人罗兰的妻子,是法国政治沙龙里富有主见的女主人,当极力推动变革却又无力遏制革命的吉伦特派全面崩溃,代表着平民最终利益的雅各宾派挟民众之威开始搜捕政敌的时候,她因拒绝跟随丈夫逃亡而在家中从容被捕。在狱中,她将自己选择死亡的理由说得很明白:"我的被捕,让我能够将自己作为牺牲奉献给丈夫,同时与我所爱的人结合。多亏了刽子手们,让我的义务和我的爱情能够并行不悖。"这个法国女人为丈夫的政治理想和情人的精神追求殉死的悲壮与浪漫,自一七九三年她在断头台上尸首分离的那一刻起,感动了无数的政治家和革命者,全世界都在流传这个女人结束自己三十九岁生命时说过的两句话,第一句是:自由啊,多少罪恶假汝之名以行!第二句是:认识的人越多我越喜欢狗。

罗兰夫人被曾风靡世界的无政府主义者视为英雄。

风行于二十世纪初的暗杀主义,理论上源于无政府主义。

无政府主义,十九世纪末流行于欧洲,二十世纪初传入日本。中国近代新式知识分子了解和接受无政府主义大多是通过日文书刊的翻译介绍。无论有多少派别,无政府主义的共同点是:否认一切政府和国家,倡导采取破坏、暴动和暗杀的手段达到其政治目的。晚清新式知识分子之所以接受无政府主义,源于清王朝的极端腐朽和残暴。陷入精神和肉体绝境的反抗者,无法分辨民主主义、社会主义、改良主义和无政府主义的区别,他们也无法摆脱传承了几千年的传统文化的束缚,于是,中国传统文化中的古典平均主义、老庄的虚无主义、儒家的大同学说、佛家的出世哲学以及颇受中国人欣赏的刺客侠士之风,再加上基督教义的平等自由、西方宪政的民主思想等等,各种学说复杂地混合在一起,形成了一种有着奇特中国特质的"中式无政府主义"。这种无政府主义使二十世纪初的中国弥漫着血腥之气。

《清议报》赫然刊文,名为《杀人篇》:

> 支那其亡矣!支那其亡矣!亡而存之,有术焉,是惟杀人。杀人其不得已乎!噫,使舍此而外,别有术焉足以存吾种保吾国者,则亦何乐而为此矣。将欲生之,必先死之,不能驱

之与俱死,必不能援之与俱生,是故死也者,生之渡津筏也。仁者不畏死,以其爱生也;仁者必杀人,以其欲生也……人有恒言:文明者,购之以血。则岂惟志士之血而已,必有民族之血、贵族之血、百姓之血与志士之血相揉相剂相倾相搏,而文明于以生……中国改革,倡于戊戌。当是时,真伪杂糅,人人言保国,人人言维新,一哄而已。自六烈士之杀,而新旧泾渭于是分矣;而志士之气,乃激而愈奋,不动不止矣……掷一人之头以易千万人之头,流一人之血以致千万人之血,以千万人之头之血造亿万世之文明,以度无量之众生,何其重也!⑥

中国社会广泛谈论无政府主义始于一九〇三年。

那一年,梁启超发表《论俄罗斯虚无党》一文,言虚无党之宗旨"以无政府为究竟",因"政府者害物也",所以"废之"胜于"存之"。而虚无党主张的"不行暴动手段,而行暗杀手段","无一不使人骇,使人快,使人钦羡,使人崇拜"。⑦《苏报》也刊出《虚无党》一文,公开呼吁实施暗杀:"杀君主、杀贵族、杀官吏,掷身家性命以寒在上之胆,岂有他哉,亦维持其百折不挠之气概以为之。虽有水火蹈之不顾,虽有落网冲之若素,磊磊落落,直破生死界而出之耳!"⑧《浙江潮》刊登的《新社会之理论》一文,号召国人舍身"奔走尽瘁于社会中,行铁血手段","牺牲一人,视天尺呎呻吟于铁窗间如乐土也"。⑨《新湖南》更刊文称赞俄国无政府主义者使用各种爆炸物暗杀高官的举动十分壮观,言"非隆隆炸弹,不足以惊其入梦之游魂;非霍霍刀光,不足以刮其沁心之铜臭"。⑩一九〇四年,留日归来的林獬(署名白话道人)在他创办《中国白话报》上发表《国民意见书》,其中一节名为《刺客的教育》,文章开列了世界上著名刺客以及被刺杀者的名单,被刺杀者中包括俄国皇帝、奥国皇后、美国总统、意大利国王、西班牙首相、芬兰总督……文章还列举了刺客行刺的几大好处:其一是容易成功,花不了多少钱;其二是能促进社会进化,单枪匹马地杀尽各种权贵,给他们人人都吃上一刀,社会的进化"不晓得有多少快的速率";三是,中国人不是要面子吗?当刺客可以光宗耀祖:"博个丈六金身的铜像,比那老死牖下,把头靠在腌臜老婆子手里,呜呼哀哉,总好几万倍。古人说,死或重于泰山,或轻于鸿毛。你们要晓得当今世界,什么皇清敕授文林郎,什么诰授光禄大夫,比屁还要臭一百五十倍。你们若要死后的名誉,除了做刺客,再没有好封典了。"⑪

其实,在辛亥革命期间,真正接受无政府主义的,只有以吴稚晖为首的世界社和以刘师培为首的社会主义讲习所。

一九〇三年夏,吴稚晖因避《苏报》案前往英国。两年以后,从美国来到欧洲的孙中山在伦敦拜见了吴稚晖,当年在日本对面见孙中山不以为然的吴稚晖后来说,世俗的伟大是"有条件衬托出来的",而孙中山的诚恳以求、平易近情是出于他天然的伟大品性。由此,这一年的夏天,当孙中山在日本成立同盟会后,吴稚晖毫不犹豫地在伦敦入会。一九〇七年,吴稚晖到巴黎,组织世界社,创办《新世纪》杂志,除了系统地介绍无政府主义理论之外,还向国人大力宣传大同世界的理想。无政府主义理想的大同世界,没有政府、没有军队、没有法律、没有阶级,众生公平,人我无界,应有尽有,各取所需,因此"恰恰然四海如春"。吴稚晖提出,三民主义是实现无政府主义的必经之路,因为天下大同的前提是天下为公,而要做到天下为公,民族、民权、民生三者皆不可忽视,其中最重要的是民生,即地尽其力、物尽其用、人尽其能。社会生产力高度发达,物质财富极大丰富,人类自然也就进入了大同社会。

刘师培是中国近代史上极为奇特的人物,其翻云覆雨的人生经历如同一部传奇。一八八四年六月,他生于江苏仪征一个书香之家。从小"博闻强记"、"过目成诵",⑫十二岁时已读完四书五经。庚子年参加扬州府试,中秀才;第二年参加江苏省试,中举人;第三年参加全国会试,这是中国历史上最后一次科举考试,刘师培却名落孙山。心情黯淡的他去了上海,结识邹容、章士钊、蔡元培后,由专心书斋以搏功名迅速转变为"激烈派第一人"。他改名刘光汉,取光复汉族之意,参加了诸如中国教育会、暗杀团、军国民教育会、光复会等所有激进的革命团体,除了秘密联络、策划谋杀之外,他还担任着《苏报》、《中国白话报》、《醒狮》、《广益丛报》等所有激进报刊的撰稿人。他的革命热情之高,文章数量之巨,令人叹为观止。他和林獬合作的《中国民约精义》分为上古、中古和近世三卷,风靡一时;他的《攘书》和《中国民族志》阐述的民族融合之"大中华"立场,令人耳目一新;他还先后编辑出版了《中国文学教科书》、《中国历史教科书》、《中国地理教科书》、《伦理教科书》、

《经学教科书》,以一人之力而有如上巨作,在中国历史上尚无先例。同盟会成立后,刘师培立即入会,并成为同盟会主办的《民报》撰稿人,他激烈鼓吹革命的文章每每得到一片喝彩。但是,不久之后,他便转为无政府主义者,以惊人的写作能力全力宣传无政府主义。他最惊人的主张,是他自创的"人类均力说"。即在"人人独立"的基础上实现"人人全能"。如何达到这一目的?须对全人类进行详细规划:打破一切国界和一切社会秩序,每一千人划为一乡,每乡设立"老幼栖息所",人一降生,无论男女都要进这个栖息所。儿童六岁开始学习全球通行的世界语,然后学习各种科学文化知识,半工半读,三十六岁之前干重体力劳动,三十六岁之后干轻活……无法得知这个神思飞扬的才子是在何种情境下设计人类未来的,他的无政府设想带有强烈的复古色彩,其结论是中国的封建制度优于欧洲的资本主义制度。这显然是一种历史倒退。刘师培设想的"无政府共产主义"如果真的实现了,生活在这样强制规定下,还能"人人独立"吗?就是这样一个激烈的革命幻想者,一九〇七年却突然间投靠了朝廷大员端方,一面继续激烈地鼓吹无政府主义,一面却把革命党人的动向秘报朝廷。刘师培到底是怎样的人,是一个历史谜团。无可置疑的是,无论他标榜自己是什么人物,在他身上集中散发的是中国旧式文人的特征。

孙中山领导的同盟会中,无政府主义信奉者大有人在。东京的同盟会总部专门成立了负责暗杀的部门。负责人是一个名叫方君瑛的女同志。辛亥革命前的历史证明,相当多的暗杀都是同盟会员实施的。《民报》主要撰稿人章太炎深受无政府主义影响,他憎恨封建专制,但对资本主义制度也深恶痛绝,认为资本主义根本不是人人平等,所谓议员代表的都是豪门的利益,进而他认为"国家"就是一个荒谬的词汇,讲爱国是迷妄,讲建国是悖乱,讲救国更是近乎猥琐。因此,他提出了一个更为荒诞的设想,即人类理想境界应是"五无"之境:"无政府"、"无聚落"、"无人类"、"无众生"、"无世界"。也就是说,直到世界都消失了,才是最圆满的理想:

> 所谓无人类、无众生、无世界者,说虽繁多,而无人类为最要。以观无我为本因,以断交接为方便,此消灭人类之方也。然世人多云,天地之大德曰生,阴阳匹偶,根性所同,不应背天

德而违人道。嗟乎！人在天地，若物之寄于康瓠耳，器非同类，则无德之可感，体无知识，则何物之能生。且原始要终，有生者未有不死，即曰天地之大德曰生，何独不云天地之大德曰死乎？天地不仁，以万物为刍狗，乃老子已知之矣。⑬

显然，这个性格怪异的革命才子，已把外国的无政府主义与中国老庄的清静无为、佛教的空虚幻灭混杂在一起了。

孙中山不赞成无政府主义，也不赞同暗杀行为，他认为那是说书人讲的神仙故事，不可当真：

> 无政府之理想至为高超纯洁，有类于乌托邦，但可望而不可即，颇似世上说部所谈之神仙世界。（吾人对于神仙，即不赞成，亦不反对，故即以神仙视之可矣。）⑭

一般认为，无政府主义是小生产者极易产生的思想倾向，只有小生产者在极端痛苦之下才可能产生不切实际的幻觉。尽管中国盛产小生产者，但是无论清末还是民初，无政府主义在中国并没有市场，中国也少有长期坚守无政府主义的人。究其原因，可能是近代中国始终面临着巨大的民族生存危机，民族主义和爱国主义始终占据着社会思潮的主流，以至于别的主义很难有立足之处。

但是，暗杀行为却贯穿于辛亥革命前期的历史中。

一九〇〇年，兴中会员史坚如暗杀两广总督德寿，是革命党人的第一次暗杀行动。一九〇五年初，华兴会员胡瑛、王汉暗杀军机大臣铁良未成，导致吴樾暗杀五大臣的事件发生。而最具代表性的暗杀事件，当属一九〇四年十一月十九日发生在上海的万福华枪击王之春案。这一暗杀事件，是华兴会组织的长沙起义的一部分。安徽人万福华，愤恨广西前巡抚王之春，决心实施暗杀："欧美革命，无不自暗杀始。今中国无其人也，有之，请自福华始。"万福华暗杀用的手枪，是刘师培从张继那里借来的，但他不懂手枪在击发前须将保险打开，结果在上海四马路金谷香西菜馆内枪击王之春时，扣动扳机十多次，子弹终没能射出。王之春狂奔呼喊，租界巡警闻声赶来，万福华被捕。章士钊大胆探监，随之被监禁。接着，起义机关被搜查，黄兴被捕。幸亏会审是在租界法庭内进行的，会审的书记员是个中国人，他说他把革命党人的名单当作饭馆的菜单扔掉了。名单找不到,会审没有实据,后来被捕的各位又都用的是假名字,黄兴称自己是安徽教员李有庆,于是租界法庭只有释放了事。万福华被判十年徒刑。

万福华的行刺,揭开了革命党人刺杀清廷大吏的序幕。

自一九〇七年起,暗杀事件愈演愈烈,清廷惶惶不可终日。

不就是要立宪吗?朝廷不是已经答应了吗?为什么非要把皇亲国戚和封疆大吏一个个都弄死?

五位大臣出国考察西方宪政制度,是大清帝国预备立宪的开始。

> 光绪三十一年六月十四日内阁奉上谕:方今时局艰难,百端待理,朝廷屡下明诏,力图变法,锐意振兴,数年以来,规模虽具而实效未彰,总由承办人员向无请求,未能洞达原委,似此因循敷衍,何由起衰弱而救颠危。兹特简载泽、戴鸿慈、徐世昌、端方等,随带人员,分赴东西洋各国考求一切政治,以期择善而从。嗣后再行选派分班前往,其各随事诹询,悉心体察,毋负委任。所有各员经费如何拨给,著外务部、户部议奏。钦此。⑮

一个有着两百多年历史的朝廷准备立宪,至少在这个封建帝制已延续了数千年的国度里,可谓史无前例,可谓惊世骇俗。

只是,包括慈禧在内,清廷并不通晓宪政是什么。

什么是宪政制度?

宪政,是"以宪法为核心的民主政治"。

宪政的特征是:"宪法精神、宪法制度、宪法规范的要求在社会的政治、经济、文化生活中得到普遍实现"。宪法是"国家权力之间、国家权力与公民权利之间相互关系的最高调节机制"。⑯

在宪政制度下,宪法观念得到广泛普及,违宪行为得到有效制止。

宪政制度的产生,是人类文明进步的结果;人类对民主政治的诉求,是文明现代化的必然产物。随着工业革命的发生和商品经济的发展,世界范围内的资本主义生产方式逐渐确立,新生的资产阶级必然要求剥夺封建帝王的专制权力,将社会政治生活推向具有现代意义的民主化进程。体现资产阶级政治诉求的宪政制度,须具备四个方面的基本内涵:一是保障公民言论、出版、集会、结社等基本权利;二是政府的权力受到宪法的有效制约;三是政府在合法性的基础上对国家实施有效控制;四是政府具有容纳和沟通民意的能力。其中政府的权力受到宪法的有效制约,也被世界通称为"有限政府"原则,即任何公权都是宪法赋予的,不得侵犯宪法赋予公民的基本权利,且有义务保障公民基本权利的实现;同时,宪法有效制约着政府的权力、职能、行为和规模,从而以法治的政治职能避免无限政府、避免无限权力、避免公权的滥用或私用对国家效能造成的破坏与危害。这是人类对所有权力集于帝王一身的封建专制制度的最终革命。因此,人类宪政制度的内涵核心是:宪法具有至高无上的权威,任何人和阶层都没有凌驾其上的权力。基于这一点,宪政制度将建立起有效实施法治的政治机制,以使政府掌控国家的随意性降至可能的最低点。

近代以来,界定一个国家是否是宪政政体,三个指标不容忽视:一是公民的权利是否得到根本保障,二是政府是否受到宪法的有效制约,三是政治制度的模式是否明晰。从世界宪政国家的模式上看,大致可以分为三种,即"日本、德国式的钦定立宪政体","英国式的协定立宪政体"和"美国式的民定立宪政体"。⑰宪政制度之所以存在不同的模式,与一个国家的传统文化背景相关。政体模式实际上是政治资源的再分配,这种分配往往在新旧两种政治力量之间形成角逐。一般情况下,传统政治势力强的国家采用钦定立宪政体,两者可以达到平衡的国家采用协定立宪政体,传统势力弱的国家采用民定立宪政体。而无论哪一种宪政模式,其根本原则是一致的,那就是"同意原则",即政府的一切行为以及法律和政策的制定,都要遵循民主程序,得到公民的同意才能生效——"同意原则"是宪政制度的神圣底线。当然,决定民主政体的是基本原则,而非宪政的模式形态。

在人类政治文明史上,英国之所以成为率先者,与其工业革命最早萌生直接关联。随着商品经济的发展,新兴资产阶级与封建领主之间的矛盾日益突出,维系君王、地方诸侯与市民三种政治势力的平衡成为必然,于是英国出现了世界上第一个新式政治制度——君主议会制度。随着封建经济的瓦解,资产阶级的实力迅速增强,意在剥夺封建王朝的统治权、以利资本主义持续发展的资产阶级革命随之爆发。英国资产阶级以暴力革命的手段,将国家行政权力转移到代表资产阶级利益的议会手中。议会通过持续的政治变革,以宪法对国王的权力进行限制与制约,从而逐步确立了英国君主立宪政体,确立了议会高于王权的政治原则。特别是在实现了公民的普选权后,资本主义现代政体的大门由此开启。与英国相比,美国的传统政治势力极其微弱。这个移民国家在参与全球经济活动中意识到独立的可贵,于是,在美国社会具有相当历史的乡镇自治的传统上,独立战争的领导者设计了富于美国特色的宪政模式,即以权力的分立与制衡充分实现有限政府的宪政原则。因此,在美国国家结构中,联邦政府与州政府的分权形成联邦制,政府结构中立法、行政、司法分权形成彼此间的独立、关联与制约,而宪法则是实现宪政制度的根本,是天赋人权、人民主权、有限政府、权力分立与制衡的神圣保障。世界近代史上规模最大的资产阶级革命——法国大革命——是一场由新兴资产阶级、自耕农和佃农为主体的反对封建皇权的联合暴动。它对皇权的彻底颠覆——将国王和王后送上断头台——使资产阶级成为真正的统治阶级。法国制宪议会直接接管了从前属于国王的一切权力。法国大革命之于人类政治文明的贡献,是资产阶级纲领性文献《人权与公民权宣言》的诞生。组成法国国民议会的代表认为无视、遗忘或蔑视人权,是公众不幸和政府腐败的唯一原因,所以决定把自然的、不可剥夺的和神圣的人权阐明于这份庄严的宣言中。宣言的著名定义是:在承担权利和义务的前提下,立法权和行政权属于人民;人民拥有的这一权利永远受到尊重和保护,一切侵犯公民自由和平等权利的制度都将被废除;社会不会容忍存在人与人之间的等级差别,国家的任何一部分、任何个人都不能享受特殊的权力,在共同的法律面前不能有任何的例外。法国大革命彻底摧毁了封建君主制,动摇了整个欧洲的封建专制秩序。德国和日本宪政制度的确立有相似之处。德国在英国实现了向资本主义过渡的时候,正缓慢地从农奴经济向资本主义经济转化,国家的统一是王朝通过兼并战争实现的。由于德国资产阶级力量弱小,不足以导致资产阶级革命的发生,因此其政治民主化的进程十分缓慢。德国资本主义的发展模式,带有军国主义、专制主义和国家主义的特色,走的是集权官僚体制下的工业资本主义道路。以之相比,闭关锁国长达两百多年的日本,是在外力的促使下走向立宪政体的。中下级武士阶层和社会平民与享有特权的封建武士集团的对立,使得日本的改革派一开始就目标明确:废藩置县,结束封建割据,建立强有力的中央政府,确立民族统一的高度权威的领导中心。当日本的最后一个封建幕府——德川幕府——被推翻后,日本迅速走上资本主义道路,在自由民权运动的压力下,天皇最终在一八八九年颁布《大日本帝国宪法》。这是亚洲近代史上的第一部宪法,它确立了日本君主立宪的政治体制,以法律的形式巩固了政治革命的成果,为日本建立近代工业、国防和教育体系发挥了重要作用。

从世界宪政制度的起源和发展进程上看,产生宪政制度的任何因素近代中国都不具备。

近代中国是一个以自给自足为经济基础、传统势力极其强大的封建帝制国家。中国自帝制出现之日起,皇帝的绝对权威和绝对权力几千年来不容置疑。皇帝的意志就是法律,就等同于中国的"宪法"。国家政权结构中的任何部门,最高权力都掌握在皇帝手中,地方官吏不但由皇帝直接任命,最终也只对皇帝一人负责。这种专制体制使得民众无缘参与政治,也不被允许参与政治。中国传统文化中有"革命"一词,但其含义只是这个皇帝被另一个皇帝取代,改朝换代仅仅意味着革去现任皇帝的"天命",换上另一位奉天承运的皇帝,帝制制度本身并没有在"革命"中受到过任何威胁。中国民众也有反抗暴君的传统,但是没有改变政治秩序的意愿与需求。涉及政治变革,戊戌变法可谓近代以来的第一次试探。但是,在这个古老的帝国里,因循守旧的封建势力坚实而顽固,这使得对于中国历史来讲一次极好的变革时机转瞬即失。辛丑之后,清王朝在内忧外患之下被迫实施新政,变革措施几乎涉及社会生活的每一个领域。只是,这种政策性的改变,不足以变革出一种崭新的政治形态,在皇权依旧的前提下,国家的专制体制没有丝毫变化。

无疑,亲历了鸦片战争以来种种屈辱的慈禧,对大清帝国岌岌可危的处境有清醒的认识,不然就无法解释作为一个朝廷的皇太后,辛丑之后会亲自主持一系列的社会变革。慈禧对给大清帝国带来灭顶之灾的日本特别关注。在日俄战争中,区区小国日本竟然打败了强大的沙俄帝国,与当时大多数的中国人一样,慈禧也认为这是日本实行宪政的结果,或者说是宪政制度能够使一个国家强盛起来——"甲辰,日俄战争起,论者以此为立宪专制二政体之战争。"⑱慈禧不可能不知道因为俄国战败,其国内发生了一系列针对皇室的革命,她很容易联系到这些年臣民们针对清廷的持续不断的暴动。所以,尽管她并不清楚宪政是怎么一回事,但她清楚日本国实行宪政后已经强大起来。特别重要的是,实行了宪政的日本皇帝依旧存在,并且依旧被日本国民视若神明。不变一下肯定不行,像日本那样变一下,或者未尝不可,或者顺势所趋,或是对帝国的政权并无危险?总之,定是比终日处在杀尽满人的叫喊声中安全得多。促使慈禧下决心对延续了几千年的帝制进行变革的原因,除了各地的反叛者不断制造暴动和暗杀这类骇人听闻的严重事端外,反叛者不再是穷困潦倒的饥民而是那些宁愿掉脑袋也要追求主义的人,这一点最令慈禧深感不安,因为即使砍掉再多的脑袋,主义也无法灭绝,更何况在中国这片土地上脑袋是砍不尽的。

张謇,中国近代史上的重要人物之一。

他曾是帝国的科举状元,因此得以进入政权的上层;他又是近代中国第一位"下海"经商的状元,这又使他成为近代中国著名的资本家。张謇在辛亥革命期间有活跃的政治行为,其政治地位在他所处的阶层中举足轻重,且对国家时局有着不可忽视的影响。这个江苏海门的农家子弟,在经历了寒窗苦读的艰辛、五次乡试不中的沮丧、为生计而进入庆军幕的奔波、隐居家乡教书读书的孤寂之后,甲午年(一八九四年),为庆祝慈禧太后六十寿辰朝廷将举行恩科会试的消息传来了,被光宗耀祖的梦想折磨得憔悴不堪的父亲恳求儿子再试一回。父命不敢违,张謇只好再次进京应试。发榜的时候他没想过自己能中,不料竟在礼部会试中排名第六十,获得了复试的资格;在复试中他又中第一等第十名,获得了殿试的资格。一八九四年四月十一日殿试,策问的四道题包括河渠、经籍、选举和盐铁,张謇不敢陈述自己的独到见解,老老实实地按照朱子学说应对。结果,阅卷大臣翁同龢大声叫好,认为"文气甚老,亦雅,非常手也"。八位阅卷大臣中,七人建议张謇定位第一名。更重要的是,皇帝的最后定夺也是如此。状元及第,无上荣光,张謇被授予翰林院修撰,从此进入皇家官员行列。而四十一岁的张謇十分冷静:"栖门海鸟,本无钟鼓之心;伏枥辕驹,久倦风尘之想。一旦予以非分,事类无端矣。"⑲

不久,甲午战争爆发,尽管因官阶所限,张謇只能通过恩师翁同龢向皇帝呈递奏章,但他仍被归于主战的帝党中的重要决策人之一。其时,主战派对大清帝国能否战胜日本并无充分实据,他们激烈抨击主和派的最终目的是为光绪皇帝争取权力。然而,当战争正在艰难进行时,传来父亲病逝的消息。按照大清帝国的惯例,张謇必须回乡守孝三年。回乡不久,《马关条约》签订的消息传来,张謇在日记中写道:"几罄中国之膏血,国体之得失无论矣。"⑳这个充满爱国之心且思想激进的状元郎决心实业救国。张謇的决心来自对列强资本的大量输入以及大清国将要沦为殖民地的巨大忧患:"向来洋商不准于内地开机器厂,制造土货,设立行栈,此小民一线生机,历年总署及各省疆臣所力争勿予者。今通商新约一旦尽撤藩篱,喧宾夺主,西洋各国,援例尽需……今更以我剥肤之痛,益彼富强之资,逐渐吞噬,计日可待。"㉑应该特别指出的是,张謇创办的实业,与之前洋务派的"官办"、"官督商办"和"官商合办"企业有很大区别。甲午之后,中国民间资本在外资的挤压下独立发展的愿望日渐强烈,而时艰款绌的朝廷为了缓和内外危机,放松了对民间资本开办企业的限制。一八九五年底,总理衙门下达上谕,要求各省成立商务局。商务局是官方领导机构,而企业则采取民间商办的办法。首先响应这个政策的,是时任两江总督兼南洋大臣的张之洞,他立邀张謇在通州设立商务局,随后创办大生纱厂。

状元办厂,在自古重文轻商的中国可谓先河。

民间资本是柔弱的。对于民间资本来说,致命伤是官僚阶层的介入。为了能够在封建体制中生存下去,并与官僚势力建立起平衡的关系,张謇和聚集在他身边的民间士绅携带着民间资本形成了中国近代民族工商业的最初群体。这一群体诞生出由传统士人和乡间绅士转化来的新的社会阶层——如果说他们已经接近真正意义上的资产阶级,是能够寻找出合理性的。以张謇为代表的近代"资产阶级"极具中国特色:他们对列强怀有巨大的戒心,始终与外国资本保持适当的距离;他们梦想以民族工商业的发达来加强国力振奋国人,从而抵御国家面临的外侮并平复国人心头的创伤;他们拥有相对数量和相对自由的资本,帝国的政治秩序越是混乱,他们越是能够摆脱官僚阶层的干涉,因此他们不拒绝任何形式的社会变革,除了动摇皇权之外;他们无论在政治上、思想上还是在商业上,都与封建官僚体制有着不可分割的联系,这种依附性甚至是他们生存的必要条件,所以每到历史的关键时刻,他们很自然地就会与皇族和官僚站在一起;他们是封建专制制度下一个变异的资本阶层,同时具有鲜明的先进性和落后性。

张謇成为中国近代史上力主立宪的代表人物,代表他从属的阶级或阶层向帝制制度提出他们的政治诉求,是一种历史必然。

一九〇三年,张謇去日本考察,这是他公开主张立宪和投入立宪运动的开始。长达七十天的逗留,他考察的重点是日本工商业,但是,得到的启发绝不仅仅是如何发展工商业,而是"立宪则昌,不立则亡"的政治结论。回国之后,他等待着向皇上进言的机会。不久,大清帝国驻外国使臣孙宝琦、胡维德、张德彝、梁诚等人联名电奏朝廷请求政体变革。国内的一些封疆大吏也随声附和提出了君主立宪的主张。慈禧立即感到了前所未有的压力:尽管主张变革政体的大臣多数是汉人,但他们终究是大清帝国政权结构中的重要人物,如果无视或者忽视这样一群颇有实力和势力的人,对于眼下这个内外皆忧的政权来讲是相当危险的。慈禧决定采用拉拢的方式安抚朝廷命官的激烈情绪,而在无数朝廷命官中她首先选中的是张謇——对近代中国资产阶级的安抚,显示出慈禧政治上的精明。

清廷下旨,任命张謇为三品衔著商部头等顾问官。早已决定放弃做官之路的张謇欣然受命。此时他已经是大清帝国著名的实业家,但"江海之宦,宦情久绝,忽被恩命,甚愧而逾。顾问官为新制,又系实业,于经营实业界中,或者小有裨益,是则王命之孚为可感也。"[22]张謇立即与商部总领皇族载振拉上了关系,并应张之洞之邀草拟出实行立宪的奏稿。

以张謇为代表的中国立宪派的基本政治主张是:一,非从根本上改变政体不足以挽救国家危亡;二,各国宪法中与中国国情最接近且最容易学习的是日本宪法;三,皇权不会被削弱,立宪仅仅是扩大民意咨询;四,立宪事宜与步骤是:宣誓立宪,通告天下,名定"大清宪法帝国",然后派大臣出国考察宪政,最后完成宪法章程。

宪政的核心是公平与平等。

马克思认为,商品是天然的"平等派",宪政的意愿产生于商品经济的运行规则中。健康的商品交易双方是平等的,商品交换不论社会地位的高低,商品经济因此打破了人与人之间的依附关系,体现出公平的竞争。商品经济体现在政治上,就是公平与平等。商品经济是民主政治的天然训练场,人们在商品交易中讨价还价和寻找妥协的缝隙,延伸到政治领域就是民主习惯。商品经济是公民参与政治的动力源泉。商品经济通过交换实现双赢,民主政治也是一样。显然,在张謇的时代,无论民间资本企业如何兴旺发达,中国近代社会从来没有进入资本主义商品经济时代。张謇和他从属的阶层的最大政治诉求,就是维护自身的利益,以图更加迅速成熟地发展民营经济,因此他们的立宪主张与真正意义上的民主政治无关。

慈禧还是采纳了"资产阶级"的某些建议。

派出大臣们赴东西方各国考察宪政,这就是向政治体制变革迈出的第一步。

但是,前门火车站内的一声巨响,炸得慈禧太后、清廷官吏和大资产阶级们一脸茫然。

接着,暗杀的消息不断传入宫中:先是杨振鸿暗杀云贵总督丁振铎,由于戒备森严未成;接着是杨卓霖暗杀闽浙总督端方,由于事先暴露杨卓霖被杀。

刘思复,广东香山人,光绪年间秀才,一九〇五年留学日本期间成为同盟会员。归国后立志要杀朝廷大员,以减少革命派武装起义的阻力。他选择的暗杀对象,是广东水师提督李准。还在秘密制造炸弹的时候,刘思复不慎将脸炸伤,躲到澳门治伤期间仍在联络研制炸弹。伤好之后,委托同志秘密跟踪李准,弄清其行动规律后,制定出周密的暗杀计划。每月二日清晨,李准都要去总督衙门参谒,每行必策马急驰。刘思复准备在路上扔出炸弹。到了行动那一天,同志负责望风和通报李准的行踪,他则躲在一间房子里装配炸弹。当同志报告李准已经骑马过来的时候,还有一枚炸弹没有装配完毕。刘思复心急,不慎失手,正在装配的炸弹突然爆炸,将他的脸和左腕炸得血肉模糊。巡警闻声赶来,刘思复自称名叫李德山,其余的一概不说。为了保全性命,医生将他的左手做了截肢。李准知道有人要杀他,数次刑讯刘思复,刘思复坚称自己是李德山,在试验化学品时出了意外。后来报纸刊出他的真实姓名,狱吏再次刑讯,刘思复还是不承认。后经亲友多方营救,这个失掉了一只手的青年被遣送回原籍。

回到香港的第二年,刘思复成立秘密组织"暗杀团",当暗杀团成员再次暗杀广东水师提督李准时,李准被炸昏过去。

三年后,刘思复离世。

或许是因为曾经受过的伤太多太重,刘思复离世时年仅三十一岁。

直到这个时候,慈禧还是没明白,造反者的最终目的是要推翻大清王朝,不管这个王朝是否立宪,更何况还是君主立宪。

同盟会员柳亚子写出《中国立宪问题》,认为如果被清廷所迷惑,国人还不如集体自杀:

> 十九世纪欧洲民政之风潮,越二十世纪而入亚洲……自由平等之名词,始映于我邦人之脑膜。于是四万万人中所谓开通志士者,莫不喘且走以呼号于海内外曰:立宪!立宪!立宪!……虽然,吾独不愿中国言立宪,吾独不愿中国言君主立宪……吾不知今以立宪主义提倡国民者,彼其视我民族之程度果如何耶。使我民而昏然冥然,仍以服从命令为独一无二之天职,不敢越黑暗地狱一步也,则何从而有要求宪法、拥护宪法、享受宪法之能力……吾将日日焚香礼天,祝其速降大洪水,祝其速爆大火山,以溺尽烧尽我无脑筋、无心肝、无廉耻、无道德之四万万汉种,使足迹不见于地球上;不愿其受千重万重、直接间接、恒河沙无量数异种殊族之南蛮北狄、东夷西戎之压迫,为人类馆赉参考之玩物,为演说家诟骂之材料,为跼天蹐地动遭斥逐犹太人之后车也。呜呼,我今日同胞之前途,唯自杀与自立二者耳,请自择之。于立宪乎何有!于立宪乎何有!㉓

当死胜于活着的时候,就毅然去死。

是可忍孰不可忍,就是革命。

"开明专制"与"暴力革命"

> 十年十处度初度,颇感劳生未有涯。
> 岁月苦随公碌碌,人天容得某栖栖。㉔

梁启超三十一岁的生日是在航行于太平洋的轮船上度过的。

"余去国以来,航海游白人殖民地者,凡三次:第一次游夏威夷岛,第二次游澳大利亚洲,第三次游亚美利亚洲,即今度也。以正月二十三日发程横滨,先至英属之加拿大,此行目的,一是调查我皇族在海外者之情状,二以实察新大陆之政俗。"㉕

这个因戊戌变法闻名海内外的广东人已步入中年。尽管多年的流亡生活令他倍感疲惫,但"先生与吾,志在救世,不顾身家而为之,岂有一跌灰心之理"。㉖梁启超和他称之为"先生"的康有为,在流亡海外期间主要致力于两件事:一是著文办报,抨击慈禧和清廷顽固派的倒行逆施,赞颂光绪皇帝的明睿圣德;二是积极联络同志,成立名为保皇会的维新组织,保皇会的全称是"保救大清光绪皇帝同志会"。梁启超以为:"广东人在海外者五百余万人,人人皆有忠愤之心,视我等如神明,如父母,若能联络之,则虽一小国不是过矣。今欲开一商会,凡入会者每人课两元,若入会者有一半,则可得五百万元矣。以此办事,何事不成?"㉗

中国在海外的广东人确实很多,但梁启超忘了一个显而易见的事实:那个不但反对慈禧太后,也反对光绪皇帝的孙中山,同样也是广东人,他所组织的暴动依靠的主要力量也是广东人。孙中山与梁启超都对海外华侨抱有巨大期望,但仅就发动华侨支持中国变革而言,孙中山行动得更早。由于孙中山主张驱逐的"鞑虏",是梁启超恨之入骨的慈禧和顶礼膜拜的"今上",由此注定他们之间扯不断理还乱的人生纠葛以及变幻不定的政治冲突。虽同为近代中国的两位伟大人物,孙中山与梁启超出身阅历、生活态度与人生理想迥然不同。于是,发生在以两人为首的政治派别间的激烈论战,成为解读辛亥革命历史的重要线索。

一八九九年底,孙中山正在筹备惠州起义,梁启超离开日本前往檀香山,开始了他"联络同志"的具体实践。檀香山是孙中山成立的旨在"驱逐鞑虏"的兴中会的发源地,如果不是因为他已经顾不上太平洋中的那座火山岛,孙中山与梁启超很可能在檀香山的某个狭窄街道上碰面。

梁启超是在他的"先生"康有为的严厉批评下,才冒然闯进革命派的地盘的。自戊戌变法失败逃亡日本后,康有为很快远走加拿大,留在日本的梁启超进一步接触了西方民主政治学说,并与聚集在日本的革命党人开始交往。他不但接受了革命派的主张,言论也逐渐激烈起来,甚至产生了与革命派联合的意图。从加拿大到达新加坡的康有为得知此事后,严厉批评了梁启超在政治上的动摇,同时让人给他带去若干款项,要求他立即动身前往美洲办理保皇会事务。

从日本动身的那一刻,梁启超颇有赴龙潭虎穴的壮怀:

> 丈夫有壮别,不作儿女颜。
> 风尘孤剑在,湖海一身单。
> 天下正多事,年华殊未阑。
> 高楼一挥手,来去我何难。㉓

与孙中山遭到大清帝国的密探跟踪一样,梁启超乘坐的轮船还在大洋上的时候,清廷已经电令驻美公使伍廷芳阻止梁启超登岸入境。伍廷芳与美国外交部交涉,美国人不理会,于是只有求助民间会党,让他们给梁启超写信,警告说他依旧是朝廷通缉的要犯,一旦在檀香山登岸,必将有炸弹和匕首在等着他。

梁启超不怕炸弹和匕首,他在檀香山登陆了。

按照计划,他将在岛上停留一个月,然后去美洲大陆。但是,檀香山突然间流行黑死病,岛上的人只准进不准出,梁启超因此停留了半年之久。檀香山华侨对维新变革的热情出乎意料,与孙中山一样,梁启超加入了当地的会党——三合会,并吸纳会党成员建立起保皇组织。檀香山之行还发生了另一件令梁启超意外的事,一个年仅二十岁的保皇会员的女儿狂热地爱上了他。这个"学问见识皆甚好"的女子认为,整个檀香山再也找不出像梁启超这么有魅力的男人;而梁启超也觉得这个"绝好一女子"令他"心中时时刻刻有此人"。他写信给夫人描述自己的心情,夫人竟然劝他把这个女子娶过来,梁启超于是自觉应该"发乎情,止乎礼"。他对友人说:"吾甚敬爱之,且特别思念之。虽然,吾尝与同志创立一夫一妻世界会,今义不可背。且余今日万里亡人,头颅声价,至值十万,以一身往来险地,随时可死,今有一荆妻,尚且会少离多,不能死守,何可更累人家好女子?况余今日为国事奔走天下,一言一动,皆为万国人所观瞻,今有此事,旁人岂能谅我?"㉙

疫情缓解后,梁启超离开檀香山回到日本。此时,唐才常即将在汉口发动起义,请求梁启超回国主持大局,他立即动身秘密赶往上海。就在他到达上海的第二天,得知唐才常已被张之洞砍了脑袋——如果梁启超早几日从上海赶往汉口,他的人生结局也许会与唐才常一样。那样的话,中国近代史上只是多了一个壮士,却少了迄今仍以人格与学识令国人敬仰的梁任公。梁启超先躲避到香港,然后去新加坡面见康有为,随后应澳洲保皇会的邀请前往澳大利亚。在澳洲的半年时间里,他围绕着那块大陆绕行了一圈,但无论发展会员还是筹款成效都不理想。一九〇一年四月,梁启超再次回到日本。

两年后,应美洲保皇会的邀请,梁启超开始了美洲之行。

此行令梁启超的政治立场突变。

梁启超坦然承认自己是多变的。他不在乎别人对他多变说长道短。他认为,对的时候就坚持,错的时候就放弃,只要光明磊落就不会心存不安:

> ……故自以为真理者,则舍己以从,自认为谬误者,则不远而复,如恶恶臭,如好好色,此吾生之所长也。若其见理不定,屡变屡迁,此吾生之所最短也。南海先生(康有为)十年前,即以流质相戒,诸位友中,亦颇以为规焉。此性质实为吾生进德修业之大魔障。吾之所以不能抗希古人,弊皆坐是,此决不敢自违。且日思自克而竟无一进者,生平遗憾,莫此为甚。若云好名,则鄙人自信,此关尚看得破也。至立言者必思以其言易天下;不然,则言之奚为者?故鄙人每一意见,辄欲淋漓尽致以发挥之,使无余蕴,则亦受性然也,以是为对社会

之一责任而已。㉚

梁启超不但放弃了之前深信不疑的"破坏主义"和"革命排满"的主张,而且还放弃了曾经极力推崇的君主立宪的政治立场。他认为,无论是"共和"还是"君主立宪",都不适合中国的国情;拯救中国只有一条道路,即专制,前提是这个专制必须是"开明"的。

梁启超的转变令所有的人猝不及防。

美国,世界上最为自由的民主共和制国家,也是资本主义迅猛发展的新兴国家。梁启超在美国驻留七个月,他惊叹于资本的力量营造出的巨大建设成就,也尖锐地指出了垄断资本主义存在的各种弊端,其中特别敏锐地指出了美国的扩张主义倾向:"所谓'亚美利加者,美国人之亚美利加'矣,而孰知变本加厉,日甚一日,自今以往,骎骎乎有'世界者美国人之世界'之意。"㉛——此话出自百年之前,着实令人惊叹。通过对在美华人和华人社团的考察,梁启超体察到华人种种令人扼腕的缺点:没有政治热情和能力,保守和守旧之心顽固,缺乏高尚的生活目的等等。由此,他得出的结论是:素质低下的中国人"只可以受专制,不可以享自由":

> 夫自由云,立宪云,共和云,是多数政体之总称也。而中国之多数、大多数、最大多数,如是如是。故吾今若采多数政体,是无以意欲自杀其国矣。自由云,立宪云,共和云,如冬之葛,如夏之裘,美非不美,其如于我不适合。吾今其毋眩空华,吾今其勿圆好梦。一言以蔽之,则今日中国国民,只可以受专制,不可以享自由。吾祝吾祷,吾讴吾思,吾惟祝祷讴思我国得如管子、商君、来喀瓦士、克林威尔其人者生于今日,雷厉风行,以铁以火,陶冶锻炼吾国民二十年三十年乃至五十年,夫然后与之读卢梭之书,夫然后与之谈华盛顿之事。㉜

梁启超毫无隐讳地宣称,中国实行民主政治的任何努力,犹如夏天穿皮衣、冬天披薄纱般不合时宜。皮衣和薄纱自然是好东西,但穿在中国人身上就会犹如时节错位。中国人只适合在专制制度下生活,如果要想享受民主与自由,必须先进行三五十年的民主教育,否则必会出现这样一种结局:"若夫数百年卵翼于专制政体之人民,既乏自治之习惯,又不识团体之公益,惟知持个人主义以各营其私,其在此等之国,破此权衡最易,既破之后而欲人民以自力调和平复之,必不可得之数也。其究极也,社会险象,层见迭出,民无宁岁,终不得不举其政治上之自由,更委诸于一人之手,而自贴耳复为其奴隶,此则民主专制政体之所由生也。"㉝

就长期生活在封建帝制下的国人的民主意识、社会意识乃至公德意识的低下,引申到国人顽固的民族劣根性是否适应现代民主政治以及资本主义自由经济的发展,近代以来这一话题始终是关乎中国人政治命运的核心辩论内容。

辩论延续至今,而话题的引领者当属百年前的梁启超。

梁启超不断的自我否定,无不是出自对中国进步的渴求。

曾几何时,在梁启超笔下,封建专制制度罄竹难书:"使我数千年历史以脓血充塞者谁乎?专制政体也。使我数万里土地为虎狼窟穴者谁乎?专制政体也。使我数万万人民向地狱过活者谁乎?专制政体也。"㉞然而,美国之行却让梁启超成为一个坚定的"过渡论者"。世界各国的政治体制变革,都有各自的过渡方式,英国是和平过渡,法国是革命过渡,德国和意大利是在争取民族独立的过程中实现的过渡。而中国既不能共和立宪,也不能君主立宪,那么适合中国的过渡方式是什么呢?梁启超认为是"开明专制"。

什么是开明专制?

梁启超的解释是:目前国情下的中国,只适合专制政治。这种"专制"不同于封建王朝的专制,它是开明的。所谓开明,就是专制统治不是从私利出发,而是从客体的利益出发。什么是客体?一是国家,二是人民。

一九〇六年,清廷开始预备立宪。

梁启超发表了《开明专制论》,阐述了中国不能实行共和立宪的六大原因:

一、中国民智未开,没有实行民主共和的能力;

二、革命后建立的军政府必然专权,决不会让权力予议会;

三、革命必然引起社会动荡,欲权者蜂拥而起将导致混战不休;

四、"土地国有论"的理想无法实现;

五、政权分立的议会政治,不是造成议会专制就是造成行政首脑专制;

六、共和立宪必然引起新的革命,其结果是:革命接革命,永无休止;流血复流血,国无宁日。

这些理由的合理性在于:

首先,渐进的变革,特别是对政治体制变革采取渐进的方式,可以缓解新与旧、内与外的矛盾,可以使变革相对平稳与顺利,避免社会出现大动乱。

其次,以暴力革命的方式建立共和政体,这是西方列强们不愿意看到的,为了维护各自的在华利益,他们必然会强行干涉中国的内政。所以,采取稳妥的监督政府改良的方式变革,或许会防止损害国家利益之事在变革进程中意外发生。

再者,民智的开启是实现民主政治的基础,这个基础是否扎实决定着民主政治的成败。至少在二十世纪初,中国人的民主意识极其淡薄,国人的绝大多数甚至并不知道民主为何物。而民主政治的实行还须具备若干外部条件:国家宪法的颁布,规范选民的国籍法的制定,人口的统计以便划定选举区,地方自治制度的先期实行,赋予公民权利标准的民法的制定等等。这一切在中国均不具备。

梁启超认为,中国具备实行民主政治的基本保证,至少需要十至十五年的准备时间,"与其太速而缺资格,毋宁稍迟而资格完也"。比如议员的选举,梁启超说:"一、选举权者,含有义务性质之权利也,不可以放弃,而在程度幼稚之国民,往往视此权若弁髦也。二、选举必当以自由意志,举其欲举者,而在程度幼稚之国民,往往受贿赂被胁迫,不得为本意之投票也。三、选举不免竞争,而竞争必须行于正当,在程度幼稚之国民,或至用武力以破坏秩序也。四、议员名为代议士,取代表之意,然所代表者,人民总体之意见,非选举者个人之意见,而在程度幼稚之国民,往往自以其私人之利害,或地方小局部之利害,而责望所选举之代议士为之建议,不得,则或且相怨而相仇也。"梁启超甚至想到,相对于广袤的国土而言,中国的铁路和公路甚少,西南川、滇、黔各省进京需要几个月的时间,交通如此不便,立宪会议每每如何按时召开?——"蜀凉滇黔,或半岁乃达京师,然则开会延至何时?而一岁往返,岂不

疲奔命于道路耶?"㉟

梁启超阐述的六大原因,每一条都将被未来的历史所证实。

"开明专制",就是在暂且保存专制制度的前提下,自上而下逐渐推行政治、经济、文化、教育等诸方面的变革,用相当的适应期使专制制度过渡到立宪制度。说白了,就是扶助和监督一个开明的君主实施统治。显然,梁启超寄予希望的"开明君主"是光绪皇帝,通过过渡实现的立宪制度也是君主立宪。在此,梁启超忽视了一个重要的问题:自鸦片战争以来,大清帝国的昏庸以及世所罕见的腐败与残暴,令大清皇族在中国乃至世界声名狼藉,而人类历史上任何社会变革发生的重要基础都是民心所向。那么,软弱多病的光绪皇帝在中国人心中到底有多少影响力和公信度呢?

革命派主张排满,认为封建王朝是中国历史进程中的一个大毒瘤,所以必须彻底推翻整个满清皇族,包括那个"开明"的光绪皇帝。

一九〇六年,革命派与立宪派的论战如同战场厮杀。

论战的一方以《新民丛报》为阵地,梁启超一人独笔,几近孤军奋战;另一方以《民报》为阵地,孙中山麾下的汪精卫、胡汉民、朱执信、刘师培、章太炎等个个文辞犀利。梁启超在发表《开明专制论》后门前叫阵:"以上所驳,吾欲求著者之答辩,若不能答辩,则请取消前说可也。"㊱《民报》即刻奋起应战,特别出版号外,列举了双方辩论的主要问题,共计十二条。这十二条对为中国的命运同样舍生忘死的人为什么彼此"厮杀"提供了注解:

一、《民报》主共和,《新民丛报》主专制。

二、《民报》望国民以民权立宪,《新民丛报》望政府以开明专制。

三、《民报》以政府恶劣,故望国民之革命;《新民丛报》以国民恶劣,故望政府以专制。

四、《民报》望国民以民权立宪,故鼓吹教育与革命,以求达其目的;《新民丛报》望政府以开明专制,不知如何方符其希望。

五、《民报》主张政治革命,同时主张种族革命;《新民丛报》主张政府开明专制,同时主张政治革命。

六、《民报》以为国民革命,自颠覆专制而观,则为政治革命,自驱除异族而观,则为种族革命;《新民丛报》以为种族革命与政治革命不能相容。

七、《民报》以为政治革命,必须实力;《新民丛报》以为政治革命,只须要求。

八、《民报》以为革命事业专主实力,不取要求;《新民丛报》以为要求不遂,继以惩警。

九、《新民丛报》以为惩警之法,在不纳租税与暗杀;《民报》以为不纳租税与暗杀,不过革命实力之一端,革命须有全副事业。

十、《新民丛报》诋毁革命而鼓吹虚无党;《民报》以为凡虚无党,皆以革命为宗旨,非仅以刺客为事。

十一、《民报》以为革命所以求共和;《新民丛报》以为革命反以得专制。

十二、《民报》鉴于世界前途,知社会问题,必须解决,故提倡社会主义;《新民丛报》以为社会主义,不过煽动乞丐流民之具。㊲

双方的辩论主要围绕着两个问题展开:革命还是改良?君主立宪还是民主共和?而双方的观点其实都不能自圆其说。

革命还是改良,这涉及暴力革命的问题。

革命谁都不反对,但梁启超主张"有序革命",反对用暴力手段推翻大清王朝——"有序革命"就是"渐进方式"。梁启超认为,暴力革命一旦发动,难以控制,必然会导致社会动乱和列强干涉等恶果。而"有序革命",应该来自于"中等社会"的"善良之市民"。虽然"下等社会"的人都有黄巾起义的基因,但这些人的造反无一不是自取灭亡,即所谓流寇足以乱天下,"不足以定天下"。革命派则认为:"大抵历代之亡也,舍权贵篡位,藩镇跋扈,外族侵入,三者之外,皆亡于人民之革命。"㊳只要把人民控制在秩序之内,革命发生时就不会造成社会大乱。同时,革命不但不会导致列强干涉,反而能挽救民族危亡。无论是改良派还是革命派,此时都走向了两个极端:革命和改良,实际上并不是非此即彼的两条道路,只要符合国情,两者都能成为合理的变革手段;而对于积贫积弱的中国来说,列强干涉的危险始终都是存在的,这一点梁启超的判断并没有错。可是,大清王朝的腐败没落世所共睹,仅就中国漫长而顽固的封建统治来讲,除了暴力革命之外,难道还能对朝廷里的皇上和太后有什么指望吗?梁启超期望大清皇族来进行政治变革,至少在当时没有令人信服的依据。但是,革命派对暴力革命抱有的绝对信心也令人担忧,因为发动暴力革命的基本前提,是绝大多数人民的支持,而在当时的中国,有多少民众理解并支持革命党人的暴力革命?一旦丧失了这个前提,暴力革命如果兴起,梁启超所担心的的确被后来中国政权更易、军阀混战的历史所证实。梁启超认为:"中国今日,固号称专制君主国也,于此而欲易以共和立宪制,则先必以革命,然革命绝非能得共和而反以得专制。"㊴他的依据是:暴力革命就是用武力夺取天下,那么这个天下仍然要用武力维持,没有哪个武力政府愿意把政权交给没有武力的人民。对此,革命派反驳说,美国暴力革命后,华盛顿自愿放弃武力接受民选总统,就是成功的先例。但是,革命派的辩驳显然忽视了一个前提:美国暴力革命发生前,其十三个州已经实现了自治制度,这与在专制制度下发动暴力革命完全不同。最后,双方在具体问题上展开了激烈交锋:孙中山曾设想,革命成功后,要经过几年的军政府阶段,才能过渡到宪政体制;而梁启超尖锐地指出:掌握武装力量的军政府有的是办法让人民尽义务,可手无寸铁的人民有什么办法让军政府尽义务?

所谓暴力与改良问题的深层症结,是民族问题。

同盟会的宗旨是"驱逐鞑虏,恢复中华"。创刊于一九○六年的《汉帜》是宣传排满的主要刊物,所刊发的排满文章皆言辞激烈,已经把中国称为"汉族国家",将中国历史分为汉族统治和满族统治两个部分,认为满族入关后汉族国家实际上等同于灭亡了。《驱满酋必杀汉奸论》一文进而主张杀尽汉奸,文章列举的汉奸包括康有为、梁启超、张之洞、立宪党、官吏之残暴者、假新党等,声称要将这些人统统杀光。而世界文明史的进程证明,任何形式的狭隘的民族主义,都无法将社会革命引向正确的轨道。梁启超主张的是"民族融和",他列举大量事实证明满汉已经同体,认为民族歧视和民族压迫不是社会的主要矛盾,真正的革命应是整个民族团结起来对付列强的侵略。他提出的几个反问令人印象深刻:汉人真的具有新国民的资格吗?排满的真正原因,到底是因为厌恶满族人,还是厌恶清廷政府?是驱逐了满族人有利于建国,还是融合了中华各民族有利于建国?梁启超提出的"大民族主义"显然具有合理之处,因为把满汉矛盾凌驾于反封建之上,这也与革命派的终极目标相矛盾。只是,梁启超的终极目的,是为大清王朝寻找存在的合法性和合理性,因此他无法有说服力地回答这样的一个根本问题:大清王朝到底能不能代表中国?如果能够代表,那么中国的问题只是政治问题;如果不能代表,那么就是种族革命的问题了。

赶走了满族人中国就能富民强国,这显然是一个梦呓。

通过暴力革命推翻皇权,建立民主政体,愿望虽然美好,但革命派极力强化皇权与民主制度之间的冲突,忽视了皇权与民主制度可以并不绝然对立的现实。不久之后,他们将会发现自己的主张是多么的肤浅。辛亥革命的历史证明,当中国失去了皇权同时又无法建立起民主制度的时候,那才叫"国不当国"——满人皇室退出了历史舞台,汉人之间的冲突将中国带入了更加民不聊生的时日;皇权并不是世界上唯一的专制政体,军阀与政客依旧可以实施专制统治,而这种专制令后来的中国近代史满目疮痍。

其次,是中国人的素质问题。

这个问题的核心纠结是:中国衰败的原因是"政府恶劣"还是"国民恶劣"。梁启超认为,中国人在专制制度下生活得太久了,根本不具备参与民主政治的素质,需要用"开明专制"的过程启发其政治热情与能力。革命派反驳说,中国人不但有这个素质,而且天生就有。"自由平等博爱三者,人类之普遍性也——敢谓我国民自有历史以来,绝无自由博爱平等之思想乎?——我国民既有此自由平等博爱之精神,而民权立宪则本乎此精神之制度也,故此制度之精神必适合我国民而绝无虞其格格不入也。"[40]——梁启超所说的政治素质,主要指运用议会制度的政治能力,这个能力的基本要素是公益心和自治力。革命派所说的"自由平等博爱"之精神,姑且不论在中国封建史上是否在国人的社会生活中出现过,即使出现过,与资产阶级的民主政治有什么必然的联系?何以就认为中国人天然就具有民主共和的国民素质?革命派辩解说,中国人的博爱之心就是公益心,中国人的自由精神就是自治能力,中国人生来就有成为民主政治国民的潜质，只不过是被多年以来的专制统治压制了，只要推翻了满清专制政府，中国人的这种潜质即刻就会得以恢复。拿破仑不是说中国人如睡狮，一旦醒来便可以支配世界吗？一个能够支配世界的民族，难道还不能建立并享受世界上最好的政治制度吗？然而，事实是，地方势力以军阀割据为标志的"自治"，恰恰是中国近当代史上公认的祸患，这种"自治"与民主政体下的政府分权、地方自治毫无关系。

辩论正酣，在加拿大的康有为做了一件添乱的事。

因为清廷准备立宪，康有为按捺不住兴奋，准备把保皇会改名为"国民宪政会"，并声称改名的决定已"禀呈御前大臣泽公、商部振贝子、两江总督端方及两广总督存案"。康有为还设计了举办大型庆典的热闹场面："点灯结彩，备极华丽，衣冠齐整，列班肃敬。总董或书记演说，叙明保皇会缘由，及今皇上无虞，宪政将行，保皇会事喜慰告葳，新改为国民宪政会。激励大众，讲求宪法，尽国民之义务，以成中国最先最大之政党，为最大最强之国民。于是总董与大众举酒祝皇上万岁，中国万岁，国民宪政万岁。各人次第演说、饮酒、诗歌、穷尽欢乐。"㊶

国民宪政会的章程，刊登在一九〇六年九月四日于美国纽约出版的《维新报》上。康有为回顾了戊戌年间，光绪皇帝"欲大兴民权，共参政事"，而"举朝之臣皆不敢言"，唯独内阁学士和普通官吏不断上书"请开议院"，光绪皇帝终"欲下诏决行宪政"。朝臣得知后力谏曰："若此则民权有，而君权无。"光绪皇帝答道："我但以救中国民耳，君无权何伤。"康有为由此得出的结论是："大哉仁人之言，至公之心，虽古之圣君，何以过此，故甘为之死。"基于此，"若立宪法，君民同治，满汉不分"，中国就可"以万里之地，四万万之民，有霸地球之资"。至于保皇立宪与暴力革命之间的分歧，不就是世袭总统还是选举总统嘛，难道为这样一件小事非革命不可吗？——"夫革命之所望，亦不过至立宪而止极矣。夫世袭总统与选举总统，相去一间耳，事至微小矣，无关国民之安危大局也，何事革命乎？"㊷以下这段文字妙语连珠，可以看出康有为心中的"民主政治"是个什么东西：

> 各宪政国不论君主、民主，其通行一例，一国大政，俱归政党执权，其党多得政者。所有行政执事，俱为本党人所充，不

入本党者不得享受。凡一切铁路、矿山、银行、工厂、开辟大利,俱给本党人承受……政党之权利之大而且专,至为可骇,中国人未之闻也。今中国尚无政党,至吾党实为之先。若筹款有厚力,各省府县中能开办报馆、支会,支会多则吾党众愈大,将来所得之权利,不可思议……凡事先者得,后者失,吾党由此先基,以图此大权利,各同志岂心恶之乎。然凡人购器物之微,必出资本,欲得此大权利,必出大价钱,乃能得之……自改国民宪政党后,享政党之权利渐大,入会之规费,俟明年正月后,当更议增定。其在丙午年内愿入会者,暂从宽大,不增入会之费……㊸

康有为表示,一旦立宪成功,整个国家就是他的国民宪政党说了算,国民宪政党的权力大得"至为可骇",得到的利益更是"不可思议"。那时候,所有能赚钱的工商业的利润以及社会上所有的行政职位都由本党成员享用。但是,要想当大官,必出大价钱。康有为随后警告说:先到者先得,因此还是趁早,现在不交钱,随着本会权力的不断扩大,明年想要入会也许就涨价了。

康有为的胡思乱想连累到大洋彼岸的梁启超。

梁启超在东京筹备立宪组织,革命派将鞋子扔在了他的额头上。

随着革命派与立宪派论战激化,双方的隔阂与对立越来越深,有人出面调停,梁启超赞成停战,而革命派却不依不饶,言"一驳不胜则再驳,再驳不胜则三驳,至于十驳,至于千驳",一定要"犁庭扫穴,不留余种以毒人"。㊹梁启超遂关闭了《新民丛报》报馆。

革命派与立宪派辩论时间之长,规模之大,涉及问题之多都乃空前。论战划清了君主立宪与民主共和之间的理论界限,双方的言论都对推动时代变革产生了巨大影响。诸如"公民权"、"平等"、"权利"、"代议制"、"国有化"和"公民素质"等词汇开始在中国流行,尽管这些词汇仍需一代人甚至几代人乃至十几代中国人消化吸收,但这无疑是论战双方所创造的具有划时代意义的精神产品。这场论战促成了中国近代史上的一次思想大解放,从普及全民政治意识的角度讲,它为辛亥革命的发生奠定了舆论和理论基石。

论战是革命潮流内两种派别的论争,不是革命与反革命的拼杀。

辩论的观点虽然存在严重分歧，但不是革命与反动的分野。

胡汉民说梁启超丢盔卸甲有些夸张，梁启超说革命派受到沉重打击也是自我安慰。他们在辩论时都无一例外地忽视了一个最为重要的问题，那就是中国最大多数人的现状和利益。中国的最大多数，是封建体制下的农民。千百年来农民之于中国的政治诉求是什么，离开了这一现实任何关于社会变革的争论都如空中阁楼。在多数情况下，人们热衷的政治理想仅是一种"完美的幻想"，反动与革命的界限永远不在于哪一方的幻想更加完美，而在于是否合乎历史的条件。革命派设计的未来中国的政体模式似乎更为美好，但是他们的设计显然超越了历史的发展阶段。

辩论正酣时，梁启超这边风平浪静，革命派内部却出现了混乱。

孙中山可以成为论战的领袖，但是他没有能力用"三民主义"统一同盟会员的思想和意志。从一开始，同盟会就是各种派别聚集在一起的大杂烩。有人热衷于排满，给自己取了"灭胡第一人"、"纯粹汉种"等凶悍的笔名，是一群种族主义的鼓吹者，是地道的"一民主义者"。还有相当数量的同盟会员，从一开始就不赞同"平均地权"，入会的时候声明保留意见，他们勉强称得上是"二民主义者"。另有一些干将人物，有的是无政府主义者，如刘师培；有的是国粹主义者，如章太炎。同盟会内部还有相当一部分人不赞成发动武装起义，即使赞成者也在适合发动起义的地点上争执不休，有"中央革命"派，有"边地革命"派，还有"中部革命"派——中国国土辽阔，如果在中间还是边缘、东面还是西面、西北还是西南等问题上争论下去，哪里是个尽头？同盟会总部设在日本东京，这本身就是一个严重的缺陷，因为日本政府对中国革命派所持有的立场，直接影响着同盟会的生存状况。而从长远目的上看，日本人企图影响和控制中国革命进而拓展日本在华利益的野心昭然若揭。日本政府一面与革命派保持联系，一面又与清廷做着要挟性的交易，同盟会在这种情况下如何保持独立性？再者，同盟会员大多是留日学生，流动性极大造成了同盟会的不稳定；留学生们无力负担会费，也致使同盟会的活动经费常常捉襟见肘。另外，孙中山是同盟会的总理，于是其领导机构常常随着他满世界转移，这导致同盟会本部基本丧失了统一领导的功能。

同盟会中部总会以宣言的形式揭示了其内部弊端：

> 自同盟会提倡种族主义以来，革命之思想，统政界、学界、军界以及工商界，皆大有人在。故思想如是之发达，人才如是之众多，而势力犹然孱弱不能战胜政府者，其故何哉？有共同之宗旨，而无共同之计划；有切实之人才，而无切实之组织也。何以言之？如章太炎、陶成章、刘光汉等已入党者也，或主分离，或主攻击，或为犬客，非无共同之计划以致之乎？而外此之入主出奴，与夫分援树党，各抱野心，更不知凡几耳。如徐锡麟、温生才、熊成基辈，未入党者也，一死安庆，一死广州，一死东三省，非无切实之组织有以致之乎？而此前朝秦暮楚，与夫轻举妄动，抛弃生命者，更不知凡几耳。前之缺点，病不合，推其弊必将酿历史之纷争；后之缺点，病不通，推其弊必至叹党员之寥落……呜呼！有此二病，不从根本上解决，惟挟金钱主义，临时招募乌合之众，杂于党中，冀侥幸以成事，岂可必之数哉。此吾党义师所以屡起屡蹶，而至演最后之惨剧也。㊺

一九〇七年二月，因国旗样式问题，黄兴与孙中山发生争执。孙中山主张用青天白日旗，理由是这一图案是烈士陆皓东生前设计的；而黄兴认为这个图案太像日本国旗，主张用井字旗，以代表平均地权。两人的情绪都很冲动，导致黄兴要脱离同盟会。争执中，宋教仁站在黄兴一边，认为孙中山过于专制跋扈，导致会员离心离德，同盟会前景黯淡，于是他辞去了代理庶务干事的职务。接着，孙中山在财务问题上受到会员们的质疑。由于受到清廷要求引渡的威胁，日本政府私下给了孙中山五千元路费，然后公开勒令他离开日本。日本友人也送给了孙中山一万元。临行前，孙中山给了经营困难的《民报》社两千元。但章太炎认为，至少要留下一万元才行。矛盾一出，加上言辞激烈，经费问题逐渐演绎成这样一种说法：孙中山秘密接受日本政府的赠款随即离开，背后肯定存在着不可告人的秘密交易。章太炎更是在孙中山的照片上写下"卖《民报》之孙文"，然后把照片寄给已经到达香港的孙中山以示侮辱。随着国内的几次武装起义相继失败，张继提出"革命之前，先革革命党之命"，章太炎则坚决主张撤换孙中山，让黄兴来当同盟会总理。

有史料表明,同盟会内部的矛盾,很大成分源于日本人从中挑拨。同盟会里有八名日本会员:内田良平、宫崎寅藏、萱野长知、未永节、清藤幸七郎、平山周、北辉次郎和和田三郎。八个人的政治派别不尽相同。其中,北辉次郎是无政府主义者,他认为孙中山持有的美国式民主政治的幻想"浮华轻佻",他与同盟会中的刘师培、章太炎、陶成章等人形成了一个无政府主义派别。孙中山接受日本政府赠款一事,是始终支持孙中山的宫崎寅藏经手的,而首先发难者就是北辉次郎。当同盟会代理庶务刘揆一拒绝撤换孙中山的总理职务时,北辉次郎竟对刘揆一动了武——"批其颊"——日本人在中国人面前的颐指气使可见一斑。

内部混乱的结局是同盟会"山头"林立:陶成章和章太炎等人在日本重建光复会;谭人凤、宋教仁等在上海成立同盟会中部总会;焦达峰、刘公等人在武汉创立共进会,孙中山本人也对同盟会总部的工作失去了信心。林立的"山头"在未来的历史进程中各有表现:光复会曾为创立共和拼死作战;中部同盟会和共进会因武昌首义的胜利名声鹊起;最大的"山头"还是以孙中山为首,他组织的中华革命党和南洋各分会有力地支持了他的革命事业。

尽管如此,中国革命派最大的团体同盟会的涣散,令人扼腕。

就在同盟会内部混乱不堪之时,中国近代史上最早的民间立宪团体——预备立宪公会——在上海成立了。

预备立宪公会的成员,是一群这样的人物:他们除了说服自己之外,不需要与包括革命派、保皇派和信奉各种主义的人在内的任何人去辩论;而且除了自己的才智机谋之外,他们不惧怕包括造反的暴民、犀利的文人,甚至是权倾天下的朝廷在内的任何势力。

这是一个意志统一且有能力影响时局的集团。

预备立宪公会会长郑孝胥,早年曾入沈葆桢、李鸿章幕。一八九一年出任大清帝国驻日本公使馆秘书,后升任驻神户、大阪总领事。一八九四年回国后入张之洞幕,曾任江南制造局督办。郑孝胥不但是官吏,还是颇具名气的文人,且因在许多企业有投资而家产甚丰。

副会长张謇,大资本家、大绅士、大教育家。他创办或承办了大清帝国重要的官商企业:大生纱厂、大达外江轮步公司、资生铁冶厂等,是绅商、官僚、贵族中举足轻重的人物。他推动立宪、反对革命的立场十分坚定。继任会长后,在促使清廷立宪上始终是领袖人物。

副会长汤寿潜,字蛰先,浙江山阴人。早年写《危言》主张变法。曾任清廷两淮盐运使、浙江铁路公司总经理。

王清穆,字希林,号丹揆,江苏崇明人。曾任直隶按察使、商部右丞,创办富安、大通纱厂,并在张謇的大生纱厂拥有投资。

周廷弼,字舜卿,江苏无锡人。曾任商部顾问,创办无锡裕昌丝厂。

许鼎霖,字久香,江苏赣榆人。曾任大清帝国驻秘鲁领事、浙江洋务局总办,经营着海州赣州豆油公司和海丰面粉公司。

徐润,字雨之,广东香山人。曾任直隶候补道、招商局总办,创办了济和水火险公司和景纶衫袜厂等企业。

孙多森,字荫庭,安徽寿州人,军机大臣孙家鼐之子。曾任直隶劝业道、井陉矿局总办,经营上海阜丰面粉厂。

荣铨、荣德生兄弟,江苏无锡人。创办保兴面粉厂、振兴纱厂等。㊶

张謇《啬翁自订年谱》:"郑孝胥同议设预备立宪公会,会成,主急主缓,议论分驳。余谓立宪大本在政府,人民则宜各任实业教育为自治基础,与其多言,不如人人实行,得尺则尺,得寸则寸。公推孝胥为会长,寿潜与余副之。"

尽管《预备立宪公会会员题名录》的统计并不完整,但在列出的三百五十八名会员中,七十七人担任过知县以上的官职,八十四人是企业主、公司经理、商会总理,其余除少数知识界精英外,绝大部分是企业投资者。

有史论称,他们是官、绅、商合为一体的"绅商"。

也有史论称,他们是在特殊国情和特定历史阶段产生出的一群"官僚企业家"。

还有史论称,尽管他们在近代资产阶级的基本特征上存在缺陷,但姑且可以算作是"中国近代资产阶级的上层人物"。

无论如何,他们将成为辛亥革命时期的主角。

中国近代社会庞大的官僚体制在清末开始松动,传统的乡绅和商人阶层也在商品经济的潮流中逐渐分化瓦解。近代中国的乡绅阶层发生了三个显著变化:一是新型绅士的出现,这些人大多出身于非传统绅士家庭;二是新型绅士的财富来源从传统的土地收入转向商业收入;三是绅士阶层的社会身份开始向商界转化。中国传统社会历来重官轻商,这种风气的转变受到朝廷思维方式变化的影响,一九〇三年,清廷成立商部时,朝廷颁布上谕:"自积习相沿,视工商为末务。国计民生,日益贫弱……总期扫除官习,联络一气,不得有丝毫隔阂。"[47]官与商"不得有丝毫隔阂"的鼓励,造成了清末"官商不分"的奇观。在朝廷废除科举制后,读书、升官、发财之路不通了,下海经商遂成为时髦。同时,总想进入官僚体制的商人,可以通过出钱"捐纳"买官,当时全国各地的巨商通过金钱弄个顶戴花翎或几品候补的事屡见不鲜。一九〇五年左右,各地开始风行组织商会。这本是工商界联合起来争取政治和经济权力的团体,商会组织曾在西方资产阶级革命中起到巨大作用。但是,这个东西一到中国就变了味道。中国各地商会的会员都有官衔要求:天津商务总会的二十二名会董,小至九品千总,大至二品候补道,全部拿钱买了官职;下属直隶各州的四十八个分会,会董们也无一例外出钱为自己弄了个功名。广东开风气之先,商人厌官,但是,自称商业组织的粤商自治会的主要领导和骨干分子,也人人都有个知县级别的官衔。商不商,官不官,宜商宜官,官商不分,形成了二十世纪初一个极具特色的上层社会集团,而这一集团的政治面目同样是模糊不清。

中国近代资产阶级的"提纯"过程可谓拖泥带水。

从面目模糊到面目清晰的过渡其阻力之大、时间之长,堪为世界之最。

究其原因还是那个老问题:世界上很少有哪一个国家像中国一样,在封建专制体制下度过了如此漫长的历史时光。从中国"资产阶级"的某些属性上看,张謇们的政治热情与西方民主革命中的新生资产阶级一样,为的是减少经济交往中的"不确定性"和"交易费用",增加可预期性和稳定发展的持续性。所以,他们的要求是:建立可以保障其财产的合理可靠的制度。一般地说,宪政制度是对个人权利和财产的最有效的保障,也是现代政府获得合法性的制度依托,因此成为张謇们的最终政治愿望。

但是,商品市场经济的原则,是最大限度地减少政府干预;民主政治的基础,也是有效限地制政府的无限权利。而张謇们不但要求前者,同时还希望滞留在官僚体制中,这种中国特有的古怪现象,决定了中国近代民主革命极其不确定的复杂特性。

无论如何,绅商们是一群务实的立宪派,他们的务实精神将在未来历史中得到巨大的回报。但是,至少在一九○七年前后,他们还没有看到在中国实施立宪政治的任何希望。他们不拒绝但也不在乎梁启超这种仍被朝廷通缉的"要犯",但他们决不会忽视孙中山这个在他们看来是十足的"江洋大盗"——令孙中山这个名字总是挥之不去的主要原因是:暴民乱党的武装起义接连不断,而且有愈演愈烈之势。绅商们一致认为,这不但是朝廷的心腹之患,也是他们深恶痛绝的。

原动力

没有确凿史料显示,一九○六年十二月四日发生在长江流域的萍醴起义,是孙中山策划的。

正是同盟会内部矛盾激化之时,备受指责的孙中山奔走于日本、新加坡和越南三地,依旧将发动起义的重点放在珠江流域的两广地区。长江流域不在他实施武装起义的计划之内。萍醴起义发生的前两天,同盟会总部在东京召开《民报》周年纪念大会,孙中山作了两个小时的演讲,再次陈述三民主义和五权宪法。与会的一位女士送给他一副写着"岂有蛟龙愁失水,不教胡马度阴山"的对联,这给矛盾重重的同盟会增加了些许昂扬之气。

但是,朝廷依旧把长江流域潜在的政治危险指向孙中山。

光绪三十二年(一九○六年)农历八月十五日,已经调任云贵总督但还没赴任的两广总督岑春煊致电外务部请代奏:

> ……首逆孙文蓄谋不轨,其党徒潜匿香港,勾结内地土匪筑圩起事。今该逆复在南洋一带售卖军务债票,聚敛资财。是其有意煽乱,逆迹昭著。德领(德国驻广州领事)暨孙士鼎(大清国驻新加坡领事)屡言,恐非无因。经煊严饬水陆地方文武妥为防备,多派眼线,严密稽拿。并照会英总领事转致港督,如该逆孙文或其党羽果有潜行回港图谋不轨情事,务即饬

属严为拿办,并将其诡谋密为知会,以遏乱萌而保治安。惟煊现值旧病淹缠,交卸在即,精神实难支撑,呼应复恐不灵。相应请旨饬下新任督臣周馥迅速来粤。并请电饬出使英和各国大臣,照会英和外部,查明孙文如在南洋一带售卖军务债票,即行设法禁止解散,以免多被煽惑,大局幸甚……⑱

三天后,外务部回电:

> 奉旨:岑春煊电奏悉。逆匪孙文蓄谋不轨,敛财煽乱。亟应妥为防备。仍著督饬地方文武严密侦拿,毋稍疏懈。该督在粤,威望足资震慑,无论交卸早晚,均著认真筹办。并著各省督抚一体严防,随时查缉,以免勾结而靖地方。钦此。⑲

两江总督周馥对朝野指责他缉查不力颇感愤怒,他在给朝廷的电报中详细描述了自己侦拿逆党的繁忙程度:据说孙文私来上海和芜湖一次,派人查了很久没有踪迹,看来是误传。又有人举报,德商洋行私售军火三百箱接济沿江革命党,经海关税司等部门日夜严查,"实未见有此事"。目前,上至汉口下至上海,大量兵力被部署在长江沿线,几乎做到了"无处不有坐探,无处不有行探",可最终只是抓到一些零散土匪,并没有发现孙文党羽混在其中。至于说留日学生回国与两江营兵勾结,简直就是诬蔑,新征来的营兵都有保人,老兵中或许有一两个曾加入过会党,但经过"严整营规",两江军营呈现出前所未有的气象,以致"从无犯案"。那些胡说八道的学生,无非是把"立宪自强"、"革命自由"等议论当作时髦,他们岂能翻了天?再说,他们大多是从日本回来的,与自己所管辖的两江无干。

但是,十几天后,岑春煊再次向朝廷报告:有人向越南河内的法国商人订购了五万条枪和若干子弹。据查,广东、广西和云南的官方都没下过这个订单。那么,不是乱党"私行订购、图谋不轨"是什么?因此,关于孙文举事的情报绝对是准确的。

周馥很快就被调任两广总督,新任两江总督是满人端方。

端方上任后立即报告朝廷:长江沿岸确实存在乱党行踪。经严饬缉拿,已经抓到好几拨乱匪,他们身上都藏有孙文发行的票布,他们供认说其活动经费全靠孙文拨款,且这伙乱匪的头目是个从日本留学回来的士官生，看来清军内部已不那么可靠。“此外，逆党头目不止一起，踪迹诡秘，侦察甚难”，只有与鄂、湘、赣、皖各省督抚“协商密捕”，才能“净绝根株”。⑩

自清廷宣布预备立宪以来，武装起义频繁地在中国南方各地爆发。这些持续不断的武装反叛，与朝廷的立宪准备、革命派与改良派的理论交锋以及官僚资本阶层试图推动政治变革的主张混杂在一起，形成了大清帝国前所未有的纷乱社会景象。

确定无疑的是，萍醴起义确有同盟会员参与其中，尽管参与者完全是“出于个人之热心行动”。(51)

刘道一，同盟会领导人之一刘揆一的弟弟。原字炳生，但他给自己改了个彰显排满主义的号，叫做“锄非”，取《汉书·朱虚侯传》中“非其种者，锄而去之”之意。毕业于湘潭教会学校的刘道一，深受哥哥革命思想的影响，官费留学日本后曾与秋瑾等人结成反清“十人会”，还参加过冯自由组织的洪门天地会。同盟会成立后，他立即入会，先后被推举为书记、干事等职。由于英语和口才皆好，被黄兴认为是未来共和国绝好的外交人才。

一九〇六年秋，刘道一和蔡绍南等人从日本回国，任务是运动湖南新军并联络会党。两人通过长沙明德学堂学生魏宗铨与醴陵、浏阳、萍乡一带的哥老会建立了联系。魏宗铨是江西萍乡人，在长沙明德学堂读书时认识了黄兴、禹之谟，很是醉心革命。此番联络的结果是，一个新的会党组织的“开山”仪式在萍乡一个名叫蕉园的村子里举行了。会党组织对内称“六龙山”，对外称“洪江会”——湖南会党大首领马福益，就是在洪江镇被捕并被砍头的，因此洪江会之名具有复仇之意。洪江会推举的龙头大哥，是当过清军下级军官的浏阳人龚春台。洪江会的入会誓词是：“誓遵中华民国宗旨，服从大哥命令，同心同德，灭满兴汉，如渝此盟，人神共殛。”入会者每人得到一个类似组织证件的票布，正面写着：“还我河山”，左边是“忠孝仁义堂”，右边是“第几路第几号”，背面写着四句口诀：“一寸三来二寸三，六龙得水遇奇奸，四五连一承汉业，全凭忠孝定江山。”(52)

民间宗教与民间神话、传统习俗和传统文化混杂在一起的会党，即使发誓“誓遵中华民国宗旨”，也不能代表他们已成为革命的一分子。

他们中间没有几个人能说清楚中华民国的宗旨到底是什么。这个旧式民间秘密会党组织,其成员大多是贫苦农民。不过,就其与大清王朝势不两立而言,对于发起一场武装暴动足够了。

参加起义的还有另一个会党组织,名为洪福会,也叫"洪福齐天"。他们连"誓遵中华民国宗旨"这句话都不愿说,他们的目标只有一个,那就是推翻大清帝国。至于推翻之后将要怎样,他们也不愿意多想。基于"灭满兴汉"的共同意愿,洪福会首领姜守旦愿与洪江会合作一次。

按照刘道一的计划,各路会党集中在萍、浏、醴各县,成功地运动新军之后再联合举事。如果不能,至少要做到会党首先攻击长沙,新军反戈一击占领省城,会党再回头阻击清军的增援。起义的时候,起义军将兵分三路:由昆仑山主李金其率领起义军自浏阳攻击长沙;由大西山法宝堂堂主龙定率领起义军攻击南昌等地策应;由龚春台率领起义军占领安源地区作为根据地。起义时间初步定在阴历年底清廷官吏封印过年的时候。

但是,同盟会员正按计划准备的时候,起义突然爆发了。

起义猝然爆发,是因长江中下游洪水泛滥导致饥民遍地:"是年中国中部凶荒,江西南部、湖北西部及四川东南部,即扬子江上流沿岸,皆陷于饥馑。"㉝另一个原因,与以往一样,是起义的消息又被提前泄漏了。萍、浏、醴官府派兵突袭了浏阳麻石,昆仑山主李金其在遭追捕时跳潭自尽。官军又对醴陵实施大搜捕,不少会党成员被捕杀。十二月三日,龚春台、魏宗铨、蔡绍南等人讨论形势,多数会党首领主张立即起义,但蔡绍南和魏宗铨认为军饷和枪械还没有准备充分,主张推迟。可就在他们开会讨论的时候,由会党首领廖叔保率领,聚集在浏阳麻石的约三千名会党成员突然举事了。

蔡绍南、龚春台等人随即被迫下达了全面起义的指令。

没有足够的史据支持"安源煤矿六千多名工人参加了这次起义并成为主力军"的说法,更无法得出"中国工人阶级走上了历史舞台"的结论。史料显示,当时安源工人总数不足四千,虽然起义策划者曾把安源煤矿当作起义的主要地点,但由于煤矿当局控制很严,只有一部分工人参加了起义行动,而且这些矿工大多数是会党成员。

响应起义的总人数约三万。

三万起义者成分复杂：赤贫的农民、因饥荒而流浪的流民、被生活逼得走投无路的小手工业者、破产的小自耕农、以聚众结社为职业的民间首领、对朝廷充满仇恨的落魄文人，以及少数心怀变革理想的革命家。他们多数都有会党身份，聚集在一起决心与官军拼上一场。至少人生坎坷的首领们心里清楚，他们不大可能把皇上拉下马，也不大可能建立起一个民国，更何况那个民国与他们没有任何直接关系。他们还知道，举事不大可能改变参与者的人生命运，一部分参与者的人生结局还会因此更为悲惨——他们或许在战斗中被打死；或许被官府抓去受尽酷刑，后被砍去脑袋。但是，无论如何他们都愿意不顾后果地干上一场。

龚春台一路起义军，举事前杀猪宰羊隆重祭祀的是谭嗣同和唐才常的牌位。龚春台原名谢再兴，因此他打出的官衔和旗号全称为"洪命督办民立自治社会总统全军谢"。孙绍山一路起义军打出的旗号叫做"扭转汉民复明朝"，而姜守旦打出的旗号是"革命先锋军汉勇"。更令人惊异的是各路起义军发布的五花八门的战斗檄文。龚春台一路发布的名为《中华民国军起义檄文》，历数了清廷的十大罪恶：

> 鞑虏逞其凶残，屠杀我汉族二百余万，窃据中华，一大罪也。鞑虏以野蛮游牧之劣种，蹂躏我四千年文明之祖国，致列强不视为同等，二大罪也。鞑虏五百余万之众，不农不工，坐食我汉人膏血，三大罪也。鞑虏妄自尊大，自谓天女所生，东方贵胄，不与汉人以平等之利益，防我为贼，视我为奴，四大罪也。鞑虏挟"汉人强、满人亡"之谬见，凡可以杀汉人之势、置汉人之死命者，无所不为，五大罪也。鞑虏久失威信于外人，致列强国乘机侵占要区，六大罪也。鞑虏为藉外人保护虏廷起见，每以汉人之权利赠给外人，且谓与其给之家奴不若赠之邻邦，七大罪也。鞑虏政以贿成，官以金卖，致政治紊乱，民生涂炭，八大罪也。鞑虏于国中应举要政，动以无款中止，而宫中饮宴，颐和园戏曲，动费数百万金，九大罪也。鞑虏假颁立宪之文，实行中央集权之策，以削汉人之势力，冀固虏廷万世帝王之业，十大罪也。其余种种罪恶，不能尽书，特举大略，以

昭天讨。㊹

姜守旦发布的战斗檄文，白纸黑字地承诺：谁带头起兵收复了一个县城，就让他当县令；收复了一个府，就让他当道府。以此类推，谁要是起兵赶走了朝廷，就让他当皇帝。只要你是汉人，不但有当皇帝的机会，而且这个皇帝还可以世袭下去。当了皇帝之后，你也不必拘泥立宪、共和什么的，哪怕专制一点，我们也将视为是祖父在管教我们，即使对我们拳脚相加，辱骂呵斥，让我们当牛做马，交血税充苦役，我们也心甘情愿地山呼万岁，以表对汉族血统的皇帝的无限爱戴：

> 今与我四万万同胞约：有能起兵恢复一邑者，来日即推为县公；恢复一府者，来日即推为郡主；至外而督抚，内而公卿，有能首倡大义，志切同胞者，则我四万万同胞欢迎爱戴，如手足之卫腹心，来日不惜万世一系，神圣不侵，子子孙孙，世袭中华大皇帝之权力以为报酬。勿狃于立宪专制共和之成说，但得我汉族为天子，即稍行专制，亦如我家中祖父，虽略示尊严，其荣幸犹为我所得与；或时以鞭扑相加，叱责相遇，亦不过望我辈之肯构肯堂，而非有奴隶犬马之心。我同胞即纳血税，充苦役，犹当仰天山呼万岁，以表悃忱爱戴之念。㊺

起义声势浩大，官方电令交驰。

萍乡知县急电江西巡抚吴重熹："抚宪钧鉴：浏醴会匪聚众数千人，竖白旗伪号革命，上栗市已破，万分危急，请速派兵。下县之锐叩。"㊻

在朝廷的催促下，湘赣周边各地昼夜调动了五万大军，宛如要打一场大规模的战争：

> 萍乡之乱颇炽大，有不可收拾之势。鄂省所派头队营勇行至该处与革党开仗不甚得利，并闻革党所用洋枪洋炮均极坚利。故张之洞连日拟添兵队开赴防次。又传言浏阳县已失守，县官不知去向。江督端方接有密旨，饬令派兵会攻萍乱，即奏派陆军第九镇统制徐绍桢率领新军混一支队，即日开差赴赣。惟因仓猝之间，兵轮不敷调遣，乃先派步队一营，于前月二十八日乘坐南洋江元兵轮赴浔。又电调江永商轮于三十

日抵甯，装运步兵一营、辎重兵一排、骑兵一排、工兵一队，于三十日薄暮往九江，尚有步兵一营、炮兵一队，专候江元兵轮自浔回甯。徐军统即亲率出发，大约在初四五之间成行，全队约共二千人左右。至上级中级下级各将校，约有一百余员，各兵均拟到浔后乘坐民船，用小轮拖带至袁州府，然后遵陆前进驰赴南昌，再自南昌由陆路开往萍乡。(57)

由于起义此起彼伏，官吏唯恐"致成燎原"，两江总督端方与直隶总督袁世凯密商，致电军机处上奏朝廷，要求调袁世凯所属之海圻、海筹、海容、海琛、飞鹰五舰进入长江水域。因九江航道水浅，最终只有飞鹰舰停泊九江，其余四舰则"分泊芜湖镇江等处""以资震慑"。

一场口号、旗帜、人员杂乱的起义，能把清廷惊动得如此调兵遣将，可谓巍巍壮观。

起义军与围剿他们的清军展开了二十次以上的战斗。

江西巡队统领袁坦致电江西巡抚吴重熹：

昨胡（安源巡防左军前营管带胡应龙）朱（袁州巡防左军后营管带朱鼎炎）二管带攻剿上栗市，匪约有数千人，分停四路，迎头而来。离上栗市约有二里许，接仗。我军仅二百余人，死剿不退，两时之久，匪势不支，均各逃散。当将上栗市克复。查点我军受伤勇丁三人甚重，午间毙匪三十余人，夜间毙匪二百余人，夺获匪械旗帜甚多。该管带等查上栗市已民与兵合。现浏阳尚有匪二万余人……查该匪距上栗市东西南北路一二十里，分三大股，有数万人。我军穷追，势必中计。一二日中、左两营必到，坦（袁坦）自应亲督痛剿，何敢畏惧，辜恩溺职。此次血战，毙匪数百，匪亦胆寒，盼中、左两营心已急，奈路程四百余里，非三日不能到。此间乡民，兵到即民，兵去即匪，可恨之至……(58)

最激烈的战斗，发生在浏阳城下。起义军决心夺取浏阳城的原因，首先是这座城池没有城墙；其次是城内囤积着粮食，取得粮食之后才可继续攻击长沙。姜守旦攻城的积极性还来自浏阳城的大狱里关着他的几个弟兄。龚军和姜军兵分两路向浏阳进发，龚军刚走到半路，就获悉姜军已被击败的消息。龚军独自攻击浏阳，鏖战多次未果。几天后，撤退中的龚军在牛石岭被清军击溃。

此时，开赴浏、醴之清军已占湖南全省常备军兵力的六分之五。

起义军首领龚春台、蔡绍南、魏宗铨、姜守旦、廖叔保等均被斩首；而起义成员被杀被监被通缉者更是无数——"诚党祸株连之最巨者也。"⑤⑨

萍醴起义，无论哪一路起义军，其指挥者皆为会党中"渠魁"，他们没有军事常识，即使能一时打溃清军，也无法占据乡镇县城，且各路人马均处在各自为战的状态。而两江地区的清军，特别是从湖北发兵的新军，是"清国陆军中最精锐之兵"，其训练有素绝非会党起义者所能抗衡。而"最可惜者，清军如徐绍桢所统之江南新军，其中多有革命思想如赵声、倪映典等，阴为党军效力；而党军未经训练，散漫无常，虽欲与之互通消息，亦无门径可寻，殊失千载一时之机会"。⑥⓪

孙中山与黄兴得知萍醴起义的消息后，急忙派遣同盟会员从各地进入皖、赣、湘、鄂各省，试图帮助会党运动新军以为响应。在日本的同盟会员更是"怒发冲冠，亟思飞渡内地，身临前敌，与虏拼命"。⑥①但是，由于消息的泄漏，大部分同盟会员还没走到战场，就被清廷缉拿了。

同盟会员胡瑛于汉皋被捕，被判终身监禁。

同盟会员孙毓筠、段书云、权道涵在南京被捕，被判终身监禁。

同盟会员李发根、廖德蕃在扬州被捕，被判终身监禁。

同盟会员杨卓林在苏州被捕，"直供革命党不讳"，被斩首。

而起义最初的组织者刘道一，也在清军于长江流域的大搜捕中被捕，一九〇六年的最后一天被斩首于浏阳城外。

史书记载："是役也，吾党中英俊死者数十人，诚可痛惜也。"⑥②

而整个起义死难者达万人以上。

"是役起事声势之大，为从前革命诸役所无；而牺牲革命党之众多，亦为从前所未有。"⑥③

五年以后，武昌首义，民国创立，民国陆军部以大总统孙中山的名义下令优恤刘道一：

> 湖南烈士刘道一，游学日本，与其兄揆一，密谋光复，纠结会党首领马福益，于甲辰冬起兵浏阳，事败，乘间走日本，苦心

计划,联络会党,传播革命思想。岁丙午,复与党首萧克昌等起义于萍浏醴等处,事败,被逮,狱吏用酷刑讯供不得,遂以烈士佩章所镌"锄非"二字定狱,从容就义,死得极惨。方今民国成立,共和永建,凡从前为国死义之士,均以先后表彰,各在案。烈士尽瘁革命,屡蹶屡奋,联络各党,鼓励民气,厥功甚伟,而惨遭亡清官吏之毒杀,遗骸至今未掩,行路悲哀,允堪悯恻,自应准予列入大汉忠烈祠,同享恤典,并将事迹宣付国史院立传。应得恤典,仰陆军部查照恤赏章程,从优核办,以顺与情,而慰忠魂为要……㉞

长江流域的起义并未因同盟会员的流血而终止。

一九〇七年五月二十二日,革命军占领了广东潮州府饶平县黄冈镇——"黄冈之地势,粤之东陲,有黄冈城焉,属于潮之饶平县。商务繁盛,为闽粤往来之孔道。满清于此曾设有协镇都司守备及左右城守、同知巡检文武诸官,诚要地也。"㉟

这是孙中山直接领导的第三次起义。

起义的策划者是孙中山从海外委派回国的许雪秋。

许雪秋,原名有若,"任侠好客,挥金如土"的新加坡富商之子。父亲去世后给他留下大量遗产,于是他花钱买了个候补道的官衔。他懂武术,一身功夫,与江湖会党交结甚密。在南洋生活期间,受到革命党影响,一心想拉起武装大干一场。一九〇四年,他在故乡潮州联络三合会头目余丑、余通、陈涌波等人,在海阳立坛歃血,约定举事日期为:一九〇五年四月十九日。自封革命军司令的许雪秋指定了联络学界、会党和各省同志的负责人,并在修建潮汕铁路的工人中发展了几百人,又以成立团练以防海盗为名公开招募了数百人。但是,如之前所有的暴动一样,举事的消息再次泄露,清军开始了大规模搜捕。当许雪秋得知自己已被怀疑时,这个颇具武侠风范的富商之子居然怀揣手枪只身闯进潮州衙门,他侃侃自辩,神情自若,官吏们竟没有一人怀疑这个有钱的地方大绅。举事未成的许雪秋回到南洋筹款,在新加坡,他认识了孙中山并加入同盟会。他在孙中山那里得到一个官衔:民国军东军都督。孙中山派同盟会员方汉成、方瑞麟、乔义生、李思堂、张煊、方次石和日本人萱野长知、池亨吉等人到香港协助。许雪秋再次回到故乡,召集会党首领策划起义,日期定在一九〇七年二月十九日,行动计划是:佯攻汕头,主攻潮州府城。但是,因为发动攻击的时间传达有误,各路起义军没能按时集结,许雪秋在潮州东门外一直等到天亮也没见到队伍,只得命令起义行动中止。不久,就传来有会党成员被捕杀的消息。孙中山要求耐心等待时机,切勿孟浪行事,但会党成员的被杀激起了起义军的愤怒。五月二十二日,当得知又有两名会党兄弟被官军抓走时,余丑、陈涌波等首领忍无可忍,遂召集七百多人在月下宣誓,宣布谁能枪毙黄冈守备黄其藻、城守许登科、巡检王绳武,得上等赏赐;谁抓到同知谢兰馨、都司隆熙和城守萧世华,得次等赏赐。宣誓完毕,各路会党从东、西、南、北四面向黄冈城发起了猛攻。

> 战数时,势垂破,天忽大雨。党军所用枪械,多是土制,药尽湿,不能射,反被击退,至东西辕门外。雨仍未止,天将黎明。党军冻馁交迫,几不能支,陈涌波乃献策从协署左侧慰忠祠纵火焚毁,以寒敌心而壮士气。未几火光冲天,军声如雷,敌仍死守不退。涌波乃命余永兴,督率军士作战,已则亲冒矢石,直闯进协署,劝蔡河中(清军守备)降,动以情义,河中竟缴械受编。于是黄城遂为党军所有矣。⑥⑥

清廷潮州镇总兵黄金福驻扎在距黄冈三十里的井洲。黄冈失守后,黄金福欲带兵三百前来增援。已被起义军推为司令的陈涌波以为:"黄镇亲来,则潮汕空虚,宜派兵乘虚攻之。潮汕既下,则清军巢穴已失,不战自溃。"⑥⑦于是,起义军向潮汕发动了攻击:

> ……先是洪洲林姓时与港西各姓械斗,林姓用石建筑炮台,以避弹丸。两军对垒时,该炮台早被清军据为屏障,陈涌波即分党军为二,猛勇进攻,然地形险峻,而土炮不敌洋枪,至午遂北,伤数十人,死十余人。陈涌波既败,即命蔡德赴黄冈求援。党中闻耗几溃,余丑披发誓众,众感动,声势复壮。蔡德复率众往救,以清军武器精,能及远,党军不能支,乃群负湿水棉胎,借以避弹,易枪为刀,与敌扑战。清军阵势大乱,将次溃退。忽喇叭声大震,清游击赵祖泽在坚灶率兵由水路至,将败之清兵得此生力军为助,势复振。党军前后受清军夹攻,

所发土枪不能及远,死伤数十人,渐失其战斗力,遂下令退却……⑱

黄金福等来了省城的援军,据守黄冈的起义军"械劣弹乏,不堪再战",遂宣布解散。黄金福进入黄冈城后,"惨杀乡民二百余人"。距此百余里有东灶乡,因为起义军提供过粥食,被黄金福下令"焚毁其祠堂及大屋十余间"。

新任两广总督周馥上奏:

> ……十四夜匪扑洪洲,黄金福率队出城小胜,毙匪数十名。是夜五鼓后,匪大股数千分路包抄,我军分头接仗,伤毙贼匪百余人,贼势少缺。十五黎明,贼分五路,水陆并进,适巡防第九营管带官赵祖泽继至,督弁徐士庶陈德等分路迎击,争先冲杀,阵杀悍匪百数十名,奋获旗帜马匹枪械多件,贼众退三里外之大澳山脚,占住村房。我兵追击,夺取大澳山,贼众且战且却,我军悉力猛攻,相持至十五日戌刻,贼党伤亡甚众,我军亦阵亡十余名,受伤七名。正在酣战之际,大雨倾盆,贼众奔逃。是夜五鼓,我军出其不意,夺取距寨数里之古楼山,贼众死守不出。十六日夜,该道沈传义运开花炮子码到营,正在拔队相追逼,贼众弃寨潜逃,当即分路进至东灶,毁弃巢穴,直抵黄冈……⑲

起义发生时,许雪秋在香港。获悉起义已经爆发,他立即率同志赶到汕头,与萱野长知等人研究,决定发动周边地区的会党起兵响应。然而,决定作出之际,传来了起义军解散的消息。

因为起义失败,许雪秋去越南河内面见孙中山,言"土炮不敌洋枪","如能在国外购买新式武器,运至惠州汕尾洋面,他可以雇大船数十艘在彼接应,随即可在海陆丰沿岸大举发难"。孙中山表示同意,遂派萱野长知回日本订购武器,然后由同盟会员运至汕尾。可是,许雪秋没能像他承诺的那样搞到大船,他只是乘一小船到海面上探寻了一下便"匆匆离去",致使运送这批武器的船只先是被香港扣留,接着被勒令返回日本。之后,胡汉民写出长达万言的黄冈起义报告书中,谴责许雪秋"妄言无实,不负责任"。⑳

这个资产丰厚的富家子弟,此时因被清廷查抄家产而一贫如洗。几年之后,他竟然被他为之奋斗的民国枪毙了:一九一一年,武昌起义爆发后,许雪秋回到潮汕独树一帜,成为多如牛毛、互相火并的"民军"司令之一。那时,胡汉民已是中华民国广东都督,他下令清廷降将吴祥达率广东警卫军进驻汕头,以遣散各地的民军。一九一二年五月初的一个深夜,许雪秋在他的司令部里被捕。五月十二日,广东警卫军总司令陈炯明下令将许雪秋枪杀。

为了分散清军的兵力,在同盟会员策划潮州黄冈起义的同时,孙中山派出黄耀庭、余绍卿和邓子瑜三人到惠州等地发动起义。黄耀庭刚到香港,就听说港英当局正在监视他,他没去惠州跑回了新加坡。余绍卿本来是惠州一带的绿林头目,因受到官府追捕而亡命南洋,孙中山认为此人可以利用,结果他在香港领取了一千五百元经费后没了踪迹。邓子瑜是惠州人,在香港和新加坡经营着旅馆生意,他决心自己承担一切经费。他组织了三支起义队伍,委派陈纯、林旺和孙稳等人分别在惠州的归善、博罗和龙门三处同时举事。但是,到了约定的日期,只有归善一路按时发动了起义,地点在归善以北二十几里一个名叫七女湖的镇子。起义军发布的檄文是:

> 洋洋中国,荡荡中华,千邦进贡,万国来朝。夷人占夺,此恨难消。招兵买马,脚踏花桥。木杨起义,剿灭番苗。军民人等,英雄尽招,正面天子,立转明朝。㉑

起义者夺取敌营,抢夺枪械,各路会党纷纷响应,清军望风而逃。惠州知府陈兆棠急电求救,两广总督周馥火速调兵,占领了黄冈的广州水师提督李准也增援而来。双方混战十余天,起义军没有后援,加之黄冈起义失败的消息传来,造成人心浮动,邓子瑜被迫下令掩埋枪械,解散队伍。

三位起义领导人中,邓子瑜和陈纯因被香港当局勒令离境而逃亡,孙稳在香港以掳劫罪被捕后被香港当局引渡给清廷,一九〇九年被斩首于广州。

七女湖起义,被孙中山称之为同盟会的"第四次失败"。

连续的失败加重了攻击者的筹码,孙中山越发感到来自内外的胜利一次对于孙中山来讲实在太重要了。

此时,广东西部地区出现民变事件,引起了孙中山的关注。他认为有必要将武装起义的重点从珠江下游地区向上游地区移动,因为那是距离中越边境很近的地方,而法国殖民当局一直有纵容中国革命党人的倾向。

广东西部钦州的三那圩,包括那黎、那彭和那思三个镇子,是盛产蔗糖的地区。当地官府过重的糖税,让蔗农无法生活下去,于是民众推举十名有声望的乡绅"乞哀于府吏"希望减税。结果,十位年长的乡绅全部被关进了大牢。官府以为这样可以吓退民众,谁知"民众大愤,乃聚众抗捐,组织一会,名曰万人会"。当地富豪刘思裕被推举为会首,他率领数百人冲进县城,硬是把十名乡绅从官府大牢里抢了出来。钦州道王秉恩派出部队前往弹压,民众抵抗,清军开枪打死数十人,导致"民益结众自固,声势甚盛"。王秉恩"飞檄省吏请兵"。两广总督周馥立即命令统领郭人漳率二营、标统赵声率一营"驰赴钦州"。⑫

孙中山认为"从来所无"的最佳时机到了:周馥派出的两位清军军官,郭人漳和赵声,都是"与革命党素有渊源"的人。他立即派同盟会会员到钦州,与刘思裕商谈联合行动。刘思裕表示愿意。于是,推举刘思裕为元帅,决定择期举事。孙中山还派人给郭人漳和赵声送信,告诉他们同盟会已与反抗的民众取得了联系,恳请他们不要出兵围剿。但是,当孙中山的信使抵达北海时,郭人漳和赵声的部队已经开拔。而刘思裕得知同盟会将与清军沟通,便以为郭人漳来到钦州"必无恶意"。结果,郭人漳的部队所到之处,乡民死伤无数,刘思裕最终被杀害——"省中大军既到,遂向肇事乡民大肆焚掠,四月初一克复那思,初三日连破米仔村木兰塘二处,复以炮队猛攻那彭、那黎,克之。毙刘思裕及乡民无数。那思、那彭、那黎诸圩在钦州中以丰埠闻,官吏指为匪巢,以炮洗之,庐舍为空,老稚之尸山积。"⑬

孙中山再派黄兴、胡毅生、王和顺去钦州与郭人漳和赵声联系。

恰如孙中山所料,二人均表示如果"革命军起",必会立即响应,反戈一击,里应外合。

一切表明,孙中山盼望已久的胜利已经在望:钦州当地的抗争民众聚集了约七千人,革命党可前往两千人,准备反戈一击的郭人漳和赵声部共有官兵六千人,只待萱野长知从日本采购的枪械一到,就可立即组成一支前所未有的强大军队,先占领钦州防城,再夺取东兴一带的沿海地区作为根据地。东兴位于中越交界处,一河之隔就是越南的芒街。有了稳固的根据地,就可以训练更多的军队,这样不但两广地区尽收囊中,进而可"与长江之中军,燕蓟之北军会合"。[74]为此,王和顺以"中华国民军南军都督王"的名义发布《告粤省同胞文》和《招降满洲将士布告》。不愧是同盟会的老资格会员,写出的布告与会党檄文迥然不同:

> 及从先生游,得与闻治国大本,始知民族主义虽足以复国,未足以强国,必兼树国民主义,以自由、平等、博爱为根本,扫专制不平之政治,建立民主立宪之政体,行土地国有之制度,使四万万人无一不得其所。[75]

一九〇七年九月四日,王和顺率军攻击钦州防城。果然,清军左营哨官刘辉廷、右营哨官李耀堂和团长唐浦珠反正。王和顺军很快就占领了防城,杀了知县宋鼎元及幕僚等十九人。防城被占的消息令孙中山十分兴奋,因为这里距离白龙港很近,从日本起程运送枪械的轮船靠岸后,接收工作将十分便利。考虑周密的孙中山什么都想到了,就是没想到同盟会的内部矛盾会坏他的大事。

还是那个章太炎。

同盟会购买的枪械即将从日本启运时,章太炎突然发难说所购军火是村田式的,这种老旧的武器在日本早就不用了,运到中国去必会让同志白白丢了性命。"可见,孙某实在是不讲道理,我们要破坏他!"[76]章太炎以《民报》的名义,致电香港同盟会支部,说起义用的武器要另行订购。同时,他再次鼓动同仁,要求罢免孙中山的总理职务。

所谓村田式枪械,其时日本正在使用中。

这种制式的武器,直到民国二年,中国还在向日本大量订购。

黄兴说:"孙总理德高望重,诸君如求革命能获成功,乞勿误会,而倾心拥护。"[77]

如果不是有意破坏,章太炎应该想到,重新订购武器哪里来得及?

占领了防城的王和顺部已开始向钦州城前进。大雨瓢泼,经过一天一夜的行军,起义军抵达城下。晨雾中,但见钦州城内灯火密布,因怕早有戒备,退去二十里驻兵。先期入城的黄兴得知消息后,立即前去与郭人漳商议。郭人漳说城内的清军他并不全能掌握,建议起义军暂时不要进城。黄兴带着少量士兵以巡视为名出城见到王和顺。王和顺坚决不同意郭人漳的主张,非要攻城不可。于是,黄兴与王和顺约定,攻城时由他负责打开城门接应。接下来,郭人漳的举动开始令人不解了:他派人出城面见王和顺,再次强调钦州城内已驻守大量清军,起义部队暂不要进城。送口信的人回到钦州后,郭人漳突然变脸,以通敌为名把送信人杀了。王和顺预料郭人漳很可能临阵变卦,遂急忙改变计划,决定攻击灵山,然后进入广西。从日本运送的武器始终没有音信,起义军在枪械不利、弹药匮乏的情况下恶战三天,城池久攻不下。最后时刻,王和顺带领二十多人退入越南。黄兴见郭人漳有变后也退入越南芒街。起义军余部纷纷逃入荒凉的十万大山。

孙中山说:"此为予第五次之失败也。"[78]

孙中山曾对欧洲留学生们说过:军人不可能真革命。

欧洲留学生们劝告孙中山:依靠会党革命终不能成功。

后来的历史证明,辛亥首义将由军人完成。

至少,直到此时,依靠会党的所有武装起义尚无成功先例。

显然,孙中山未能寻找到一条真正获得民众支持的渠道以及建立一个稳固的革命根据地的方法。聚集在孙中山身边的最具智慧的革命家,大多数是激进的知识分子。他们自认为是中国民众的解放者,其实他们既没有深入中国底层的意愿,也不具备这种动因和能力。他们中的绝大多数待在国外,如果必须回国,也是多数时间藏身在沿海城市的租界里,他们与中国潜在的革命支持者与拥护者之间存在的不仅仅是阶层的差异,而是一条由阶级性质和政治诉求差异造成的很难弥合的鸿沟。他们之所以固执地利用秘密会党进行武装暴动,仅仅是因为他们认为会党是一股对当局极端不满的力量,而且是他们唯一可以利用的力量。可是,会党绝不是中国最大多数、最具革命潜在激情和力量的贫苦农民的代表。

会党在中国社会存在已久。

中国晚清存在于长江、珠江流域的秘密会党,是社会生活极度动荡不安的产物。哥老会和天地会等会党组织成员,大多来自生活极不稳定的社会下层。道光年间的档案,记录了天地会首领及骨干共二百三十五人的基本情况:商贩三十二人,雇工九人,耕田者九人,种田兼商贩者五十八人,耕种兼手艺者四人,雇工兼商贩者三十六人,贫苦知识分子十八人,僧侣四人,家道殷实者二人,差役六人,其他不明身份者四十四人。[79]近代外国资本的入侵以及近代民族资本的崛起,严重地打击了中国传统的农业、手工业和工商业,加速了封建自然经济的解体,造成了数量惊人的流民阶层。这些人无论之前从事什么职业,他们与真正意义上的自耕农和手工业者的最大区别是:因各种原因生活极端困顿,精神极度苦闷,且只有四处漂泊维生。同时,各路会党中的不少成员是兵勇出身,太平天国起义被彻底镇压后,大清帝国南方的不少地方军被解散,大量的散兵游勇成为清末的一大社会问题。兵勇们本来是贫苦农民,离开军队后失去了生活来源,而从军又让他们失去了农民的特性。闽浙总督左宗棠曾为此上奏朝廷:"近年江楚之间,游勇成群,往往歃血会盟,结拜哥老会。"湖南巡抚李翰章也曾上奏:"近又访闻各省撤回勇丁,有以哥老会名目勾结伙党,煽惑乡愚,意图不法。"[80]散兵游勇无疑凶猛地扩大了流民队伍。

  流民无产者之所以歃血结盟,组成秘密团体,其最终目的就是在生活中求得相互援助,在精神上获得彼此依靠。他们是备受压迫和欺凌的社会底层,具有强烈的反抗性和改变自身现状的愿望。但是,仅从辛亥革命前期的历史来看,说他们在反清复明乃至在推翻帝制上与革命派有政治理想上的认同,缺乏足够的证据。在清代档案关于会党的案例记载中,表述其结社的目的有"免人欺凌"、"敛钱分用"、"防备械斗"等等,却未见"反清复明"的字样。毫无疑问,会党成员要求的仅仅是自身生存状况的改变,鲜见其有推翻专制帝制的政治主张。

  可以肯定地说,当会党举事提出"创立民国"的口号时,那是革命派联合他们行动的宣传口号。他们与革命派有着天然的亲和性。革命派需要他们这股力量从事反清斗争,他们也需要更广泛地结盟以改变自身的社会地位。尽管他们的政治目标并不清晰明确,但他们毕竟曾在反抗社会不公的抗争中舍生忘死,在创建共和国最初的奠基石上洒下了自己的鲜血。可也正是由于政治目标的模糊,决定了他们必会存在政治上的投机性和组织上的涣散性。革命派寻到他们的时候,多了歃血结盟的真诚,少了改造会党的意愿与行动。革命派认为,只要与会党们喝了血酒就能使他成为革命者,但是他们很快就发现了这样一个现实:会党容易发动,但难以成功。

对于革命派来讲,这真是一个两难。

连续的失败给孙中山的声誉造成了不可估量的损害:"属于孙逸仙麾下的革命军失败以后,即得到全世界的讪笑和不信任。孙党即日陷于困境,到处是嗟怨,万事都不顺手而愈焦急。"[81]

此时,大清帝国为孙中山的脑袋开出的悬赏价是白银二十万两。为了说服越南的法国殖民当局抓捕孙中山,清廷甚至许诺让法国独享中国云南的所有权益。在大清帝国密探的不懈追踪和当地警察部门的监视下,孙中山在越南河内空间狭窄的旅社里隐居了两百多天,足不出户加上心情极度焦躁,他得了肠胃虚弱症。他再次要求王和顺前往中越边境组织起义,因为据说革命党人已与清军镇南关炮台守军取得了联系,并且得到了他们愿意响应起义的承诺。"于残灯明灭"之时"负党众之热望"的王和顺自河内出发了。王和顺,时年三十七岁,容貌俊朗,身材魁梧,"常出没于诸山之跨两广之间",广结天下豪杰。孙中山焦急地等待着,等来的结果却是王和顺自己又回来了,因为广西的会党已经不再信任他。

孙中山重新任命了一位"镇南关都督",这个名叫黄明堂的会党头目是广西壮族人,因排行第八,人称八哥。他与广西会党和清军镇南关炮台的下级军官都混得很熟。中国式的民间幻想中有此一则:得蛋一只后,立即孵鸡,鸡再生蛋,蛋再孵鸡,周而复始,顿成巨富。此时的孙中山对攻打镇南关炮台所抱有的希望以及之后革命前景的幻想,乐观得令人难以置信:"诱以目前利益",促使黄明堂的会党起事,占领镇南关炮台;然后命令王和顺带领躲在越南境内的广东籍贯会党成员乘势占领旁边的要塞水口关,这样一来凭祥也能很快被占领;之后进军龙潭,两日内必可占领龙城;如果上述行动顺利的话,继而一举攻占广西首府南宁;革命军横扫广西之时,聚集在云南边境老街一带的豪杰闻风而动,袭击河口,抢占蒙自,最后占领昆明;广西、云南尽在手中,革命的烈火将顺势燃遍全中国:

广东潮洲之地有陈涌波许雪秋二首领锐张巨眼，不是有人在候望机会的到来吗？惠州七女湖的壮丁三千人，不是有人在挥刀而叹复生吗？近者游说钦廉二州的官兵反正，黄兴不是已经有了成就吗？而在长沙一带还有含恨千载死不瞑目之马福益的余党，不是也在卧薪尝胆，等待复仇时节的到来吗？还有，请再看山西、山东、四川、贵州等省的骠悍；安徽、江西的强勇；其他南方潜伏各地的哥老会三合会等，或者是旬日后起事，或者在一月后响应，至迟在二月前后就要蜂起，一齐喊“倒满兴汉”，甚至唱起他们的马赛曲，比之打破巴士底监狱的法国革命健儿更有几千万倍的活力。如斯，天下之事此定局了。(82)

孙中山期望的骠悍强勇无疑还是会党。

因此，这番话令他的同志们感到“悲怆之气弥漫于人间”。(83)

黄明堂果然不负众望，率领广西会党八十余人，携带快枪四十二支，连夜攀崖登上了镇南关炮台，由于里应外合，炮台上很快飘扬起青天白日旗。

听到消息，孙中山居住的小旅馆里顿时响起一片“万岁”声。

裁缝被请来给大家量身制作军装。

孙中山决定亲赴前线，这是他平生第一次、也是最后一次为推翻帝制、实现共和而进行的武装起义亲赴前线。

与孙中山同行的十人中，有黄兴、胡汉民、胡毅生，湖南志士枢某和四川志士霖某，还有日本人池亨吉以及法国退伍炮兵上尉狄氏。他们从河内乘火车北上，孙中山一路沉浸在胜利的喜悦中，他已想到如何从中国最南端的镇南关一直打到遥远的北方山海关：“我只有一个宿愿，就是入中华帝国最南角的镇南关，悬军万里，旌旗当当，贯通中华帝国的中部，而出中华帝国最北角的山海关。一出山海关，即可送却爱新觉罗帝的末路了。”(84)

下午，火车到达越西铁路的终点同登车站。一行人下车骑马来到距镇南关很近的那模村。在当地会党六十多人的陪同下，胡汉民喊道：“快前进去啊！必须在日没之前先达山颠，如果能够借着残阳，即以十二生的大炮对准连射数炮。如果今天不去,天下的事就难定了!"⑧⁵一行人出村开始往山上爬,天色渐暗,只有用枯芦绑成火把。谁知爬到半路,火把招致清军射击,大家气喘吁吁地趴倒,胡汉民竟然昏了过去。再匍匐前进的时候,他们听到了军乐的声音——镇南关炮台到了,黄明堂一行正在列队欢迎。

翌日拂晓,清军来攻。

跟随孙中山的那位法国退伍炮兵上尉毫不含糊,揭开克虏伯大炮的炮门开始射击,第一发炮弹即打到四千米处的清军营寨中——"立刻死伤六十余名敌人。"兴奋的孙中山,在炮台上跑来跑去,一会儿给炮位搬炮弹,一会儿鼓励会党们勇敢作战,最后竟然自己亲自操炮操枪——"他打得很准确",黄兴说。进攻炮台的清军将领是参将陆荣廷。强攻未果后,他派一位当地的老妇人上山给孙中山带来一封信,信的主要内容是:虽为清军军官,但他也痛恨朝廷,决定反戈一击。同时告知起义军,"明日自凭祥方面有五百援军开来,明后日又有自龙州两千大兵开来"。⑧⁶

众人不敢相信这封投降书,但却相信清军即将增援的讯息。

黄明堂认为镇南关炮台上弹药不多,需孙先生赶快筹集枪弹和军饷,有了枪弹和钱再加上陆荣廷的倒戈,大事可成。孙中山不愿意走,但河内送来了一封急信,说粮食和枪弹在边境附近被法军扣留。孙中山遂让黄明堂坚守五天,然后他趁夜下山,待"回到河内筹划巨额军饷赶早再来大举"。⑧⁷

孙中山急需钱,他已向陆荣廷的士兵承诺,只要反正拖过来枪和子弹,占领龙州和南宁后,每人可得一百元赏赐。但是,此刻已有陆荣廷的士兵前来投降,他们当即就要钱,可孙中山没有那么多钱。这些士兵表示,那就每人先给三十元,剩下的等占领南宁后再说。孙中山计算了一下,陆荣廷的士兵大约有四千人左右,即使每人三十元,也需要现金十万多元,如果不能马上筹措,起义很可能会功亏一篑。

回到河内,孙中山立即约见法国银行家,要求贷款。

法国银行家坚持孙中山的军队把广西龙州打下来后才能给钱。

正在讨价还价的时候,镇南关炮台失守,黄明堂炸毁大炮后退到了越南境内。

孙中山说:"此为予第六次之失败也。"⑧⑧

镇南关之役,引来了清廷对孙中山更加严厉的追捕。

广西巡抚张鸣岐致电大清帝国外务部:

> 查该逆现寓河内火隅场直街进第二街头一间一屋一层楼洋房,门口有铁丝围墙,请告法使转电越督按址查拿驱逐。⑧⑨

一位法国上尉的参战,引起了法国政府的关注,他们不愿意破坏与大清帝国的关系,法国外交部遂下令拘捕这位前军官。孙中山返回河内的第二天,便受到法国殖民当局的传讯,他被勒令立即离开越南,但可以乘坐法轮离开。同盟会河内机关向法国殖民当局提出抗议,法国殖民当局的回答是:"孙中山藐视敝政府对他的礼遇,煽动革命,博的(法国驻越南总督保尔·博)处置是不可改变的。"⑨⑩

一九〇八年一月,孙中山乘法轮"萨拉西"号驶往新加坡。

抵达新加坡的孙中山住东陵明律三号。这一住处竟然在大清帝国驻新加坡副领事杨圻住所的隔壁,而清廷派出的针对孙中山的刺客此时就住在杨领事的家里——没人知道,这位杨领事是个"同情革命"的人,他不但暗中通知孙中山注意安全,还想尽办法把朝廷的刺客打发走了,然后他秘密会见了孙中山。

此时,黄兴再次从越南潜回国内。孙中山指令是:命令黄兴为中华国民军南路军总司令,统帅镇南关余党和藏进十万大山里的会党再次发动起义。黄兴在河内买了一百多条枪,又在香港买了些子弹,在与钦州清军统领郭人漳取得联系后,带领越南华侨两百多人前往钦州。这两百多人的队伍打退了清军的多次阻击,转战于钦州、廉州、上思一带,参加者一度扩大到六百多人。那个反复无常的郭人漳,这次派人前来接济黄兴的弹药,但接头的时候受到起义军的射击,郭人漳恼羞成怒,起义军自此"竭力不能购一子弹"。由于弹药无济,队伍只好再次解散,成员进入十万大山,黄兴秘密返回河内。

孙中山称:"此为予第七次之失败也。"⑨①

与此同时,由黄明堂率领的百余人突然袭击了云南河口,清军防营一队官兵四百多人和河口守军先后反正,而炮台守军坚守不退并请求法军援助。法军以起事的为革命党而非盗贼为由拒绝提供帮助。河口炮台遂被起义军占领。黄明堂以中华国民军南军都督的名义贴出安民布告。在新加坡的孙中山立即命令黄兴率部前往,但黄兴在边境地区的老街被法军扣留。黄明堂的六百起义军粮弹匮乏,无法再战,不得已再次退入越南境内。

此为孙中山所说的第八次失败。

黄明堂的六百多人进入越南后,受到法军围剿,会党成员被迫向法军开战,不愿意死拼的法军请当地土豪出面商议,最后决定将这六百多人"保护出境"。六百多人抵达新加坡后,英国殖民当局不准登陆。孙中山竭力奔走,说这些人"为政治犯并非乱民",最后由当地人保释,这些人被安插到槟榔屿、吉隆坡等地的矿山和农场就业。在连续流血拼杀之后,却落得背井离乡,这些青壮年生活困顿,精神苦闷,会党生活养成的习气也使他们不可能劳作养活自己,于是成为当地不安定的重要因素,也成了同盟会在经济和政治上的大包袱——"时河口败军将士虽已多方设法安置,然以分子复杂,良莠不齐,常发生妨害地方治安情事,清领事更借端要求英吏干涉革命党行动,因之党务进行愈行棘手。"[92]

孙中山决定远走欧洲:"予自连遭失败之后,安南、日本、香港等地与中国密迩者皆不能自由居处,则予对于中国之活动地盘已完全失却矣。于是将国内一切计划委于黄克强、胡汉民二人,而予乃再作漫游,专任筹款,以接济革命之进行。"[93]

至此,直到辛亥武昌首义胜利,孙中山再也没有领导和发动过武装起义。

一九〇九年五月十九日,孙中山起程前去欧洲。

关于会党,孙中山说:"只能望之响应,而不能用为原动力也。"[94]

对于近代中国来讲,民主革命的原动力到底是什么?民主革命的原动力到底来自哪里?

船行太平洋上,孙中山的眼前海阔天苍。

银票、喜翠与变革

大清帝国政府最高决策机构军机处首领庆亲王奕劻的府邸中，高高悬挂着表白其清正廉洁的"四留"家训：

> 留有余不尽之禄以还朝廷，留有余不尽之财以遗百姓，留有余不尽之巧以还造化，留有余不尽之书以遗子孙。⑤

一九一一年，大清帝国倾覆之际，这位王爷通过受贿索贿聚敛的家产折合白银亿两以上，而当时大清帝国一年的财政收入不过八千多万两。

表面上标榜清正廉洁、反贪拒贿，暗地里蝇营狗苟、贪赃枉法，以致在国家执政阶层的官场中形成一股丧心病狂乃至不可遏止的贪腐之风，这是世界上任何一个政权行将灭亡前的共同征兆。

奕劻，清高宗乾隆第十七子永璘之孙，镇国将军绵性之子。传说当年尚未继承皇位的颙琰，也就是后来的嘉庆皇帝，曾问哥哥永璘将来有什么愿望，永璘表示自己对皇位没有兴趣，只希望分府时能够得到和珅的府第。嘉庆皇帝即位后，查抄了乾隆皇帝的宠臣和珅富可敌国的家产，然后为了永璘当年的谦退而将和珅的豪华府第赐给了他，并恩准永璘之子承袭的郡王爵位可以再承袭一次。永璘之子绵慜无子，"以仪郡王绵志之子奕彩为后"。⑯谁知到了道光年间，奕彩因在服丧期娶妾致罪，被下宗人府议处并被割去爵位。奕彩死后，庆僖亲王永璘的第六子绵性的儿子奕劻，被过继给奕彩的父亲绵志承嗣，初封辅国将军，再封贝子，后封贝勒，离郡王和亲王只差一步之遥了。奕劻的生父绵性，曾因行贿被发往盛京（沈阳），那么本属于爱新觉罗家族较为疏远的支脉，奕劻却因过继绵志而有了承袭庆僖亲王永璘爵位的可能。这一过程的起承转合尽管谁也无法预料，但对于奕劻来讲则是万分幸运。

奕劻的后半辈子连续加封晋爵，从辅国将军、固山贝子、多罗贝勒，直到一八八四年出任大清帝国总理各国事务衙门大臣，并被封为庆郡王,一八九四年又加封庆亲王。一九〇〇年庚子事变,慈禧和光绪逃亡西安,奕劻奉旨留在京城出任全权议和大臣,与直隶总督兼北洋大臣李鸿章一起,与打入京城的各国联军签订了《辛丑各国和约》。一九〇一年,奕劻在由总理各国事务衙门改称的外务部任总理大臣。一九〇三年,慈禧最信任、最倚重的军机大臣荣禄去世,奕劻以亲王之尊补缺,成为大清帝国有限的几位参与枢要的军机大臣——"及荣禄死,太后环顾满人中,资格无出庆右者,遂命领袖军机,实则太后亦稔知庆之昏庸,运不及荣禄也。"⑰就这样,仅仅凭着资历,奕劻成了清廷最有实权的也是最后一位军机首领。

这个跻身于帝国最高权力层、几乎掌握着帝国命运的亲王,在施政治国上毫无见解与能力,虽然权倾一时,满朝注目,但他只对金钱有着不可思议的贪婪。这种为了一己的私欲与私利,不惜损害、牺牲,乃至侵蚀整个国家的疯狂攫取,成为大清帝国晚期执政阶层的典型状态。这位军机首领的官场运营,足以说明一个政权在轰然倒塌前会有怎样一群庸恶的执政者。

据说,奕劻在显达以前,也是个穷贝勒,家道中衰令他连上朝用的官服都需靠当铺取赎来维持体面。他的发财致富,始于当了总理各国事务衙门大臣并加封亲王之后。按照大清帝国的官场惯例,他开始接受朝廷俸禄之外的各种馈赠。因为曾经穷过,他不嫌弃少,抱着积少成多的心态,来者不拒地慢慢积累,很快就达到了一个可观的数目。成为军机处首领之后,当发现权力可致暴富的时候,他决心在财富的积累上无论是手段还是数目都要超过前任荣禄。于是,他用朱笔在全国官吏名册上将优劣肥缺的相应价码一一标出,然后严格按照明码标价落实每一个官位的补缺。如果哪个官吏没弄清楚庆亲王的官价,无论有多充足的理由也不会得到官职;而如果通过幕僚门丁的反复提醒还是不明白,那么庆亲王就会直接索要。有个名叫林开謩的道员,在慈禧逃亡西安时前去觐见,慈禧一高兴把江西学政的官缺赐给了他。按照大清帝国的官场规则,新任官员上任前都要拜谒军机大臣。林学政三次拜访庆王府都不得进,最后还是王府的门丁告诉了他问题出在哪里:为什么不带银子?林学政指了指王府门口张贴的严禁收受门包的王爷手谕,门丁顿时火了:"王爷不能不这么说,这个钱您是万不能省的。"⑱凑足了钱拜谒庆亲王后,林学政赴江西上任。可没过几天就接到了京城的来信,奕劻竟然明码标价要八千两银子,并说这是看在太后情面上的"优惠价",学政这一官位别人要两万两才行。林学政决定缓缓再说,谁知这一缓,竟然"缓"来了朝廷的一道圣旨,他被从学政又降职为道员调任两江地区了,而江西学政的官位庆亲王已经卖给了别人。

庆王府客厅的桌子上有一个匣子,来客行贿的时候,为了避免直接递给王爷造成不必要的客套,可把金条、钞票、银锭之类的主动投到匣内去。每隔十天,奕劻都要亲自把匣内的钱物整理一遍,然后把行贿人的姓名、出的价钱以及卖出去的官缺逐一登记入册。在买官卖官的交易中,奕劻最重视的是省部级官位。邮部尚书陈璧,原是个不起眼的道员,他从朋友那里借来一批稀世珍宝得以进入庆王府的大门,然后再把借来的五万两银子送上,结果他成了庆亲王的干儿子,由道员一跃升到了相当于正部级的尚书。在这一官位上,相信陈尚书不但可以还清债务,而且还会迅速发财致富。当过直隶总督的陈夔龙,因夫人拜了庆亲王为义父,于是他就成了王爷的干女婿兼干儿子。他对王爷"孝敬"之频繁、数量之巨大,让庆亲王都不好意思地连说:"尔亦太费心矣,以后还需省事为是。"⑨陈夔龙听到这话差点哭了,直说:"儿婿区区之忱,尚烦大人过虑,何以自安。以后求大人莫管此等琐事。"⑩而陈夔龙的夫人,也就是奕劻的干女儿,"凡所贡献,罔不投其嗜好"。陈夫人常住庆王府,而且是"累日不去"。冬日里庆亲王上朝时,陈夫人先把朝珠用自己的胸口捂热,然后再给王爷挂在胸前,并低吟出这样的诗句:"百八牟尼亲手挂,朝回犹带乳花香。"⑪——当官场成为男女苟且之地时,整个国家何谈政权的权威?

要是庆王府有什么喜事,奕劻所得更会令人瞠目结舌。奕劻七十大寿,庆王府大开祝典,全国各省督抚以及京城的尚书侍郎等纷纷备上厚礼,送礼的车马把地安门外大街塞了个满满当当。奕劻照例宣布严禁受礼,但他已按照礼金的多少准备了四种账册:现金万金以上及礼物三万金以上者,入福字册;现金五千以上及礼物万金以上者,入禄字册;现金千金以上及礼物三千金以上者,入寿字册;现金百金以上及礼物数百金以上者,入喜字册;其他不满百金者单列一册。全国的官吏都知道这是最好的行贿时机,纷纷携带大量金银财宝进京登门道贺。是日,奕勖收受现金"总数不下五十万,礼物不下百万";而他的夫人以打麻将为名,更是三日之内赢钱三十万。

"庆之政策无他谬巧,直以徇私贪贿为唯一伎俩。"[102]

直到大清帝国即将灭亡之际,本该为国尽职尽忠的奕劻,还在以近乎病态的贪欲聚敛着个人财富。武昌首义爆发后,当袁世凯指挥北洋新军进至汉口欲打不打,暗地却以极其隐私之心逼迫清帝退位的时候,奕劻这个大清皇室的后裔、执掌着大清中枢权力的重臣,居然在拿了袁世凯的三百万两贿款后前去宫中充当逼宫的说客。徐一士《荣禄与袁世凯》:"荣禄帝眷最隆,而胸无城府,工策划,富谋权,世凯对之犹心存畏惮。迨荣禄卒,庆亲王奕劻以枢垣领袖当国,贪婪外无所知,世凯遂玩之于股掌之上矣。"对于袁世凯,荣禄曾说:"行之不善,适足以召乱促亡。"待荣禄死后,奕劻主政,袁世凯动辄送上三四十万两银子,"凡有庆王及福晋的生日,唱戏请客及一切费用,甚至庆王的儿子成婚、格格出嫁,亲王的孙子弥月周岁,所需开支都由世凯预先布置,不费王府一钱"。从前,荣禄主持军机处,"并不为袁世凯的利诱而对之恩礼有加";现在,奕劻因为持续不断的巨额贿赂,"无不为袁世凯之指授是听"[103]。奕劻在朝上不断的赞誉,令慈禧在她生命的最后几年对袁世凯深信不疑,致使袁世凯在北洋新军中的亲信以及同党纷纷擢升要位,他掌管的兵力也从一镇扩为四镇、由四镇扩为六镇,最终形成了未来祸患中国的强大的北洋势力。而袁世凯自己,虽为直隶总督,却通过对奕劻的掌控足以遥制、把持朝政,成为大清帝国中权力最大、权势最重的人。

对于大清皇室来说,奕劻的贪贿犹如致使大堤垮塌的巨大蚁穴。

标榜"四留"的庆亲王给他效忠的朝廷什么也没留下。这位聚敛了上亿银两的重臣,在清廷濒临气绝需要财力支撑的时候,却声称自己已经穷到了要卖房子的地步。他疯狂聚敛钱财的时期,正是大清帝国饿殍遍地的年份,谁能相信他会用"不尽之财以遗百姓"?当然,他也没给"造化"留下什么奇珍异宝,那些收受的礼品都让他变卖挥霍了。他给子孙留下的也不是书,除了大量的银子之外,还有别墅、公寓、商铺和买卖。大清帝国灭亡后,奕劻全家住进天津租界,他把钱存进外资的汇丰银行,自己开了一家真正的公司,名为"天津人力胶皮车公司"。

"政以贿成,悬价售官,殆已公言不讳。"[104]

晚清的官场,大官大贪,小官小贪,无官不贪,即所谓"官愈大,则索赂愈多,其害于而家,凶于而国,皆所不顾也"。[105]国家资财在官员们的手中被编织成一张巨大的流通网络,上至朝廷,下至衙役,举国官场无不在徇私受贿、贪赃枉法中"为政",民脂民膏皆落入贪官之手。当国家行政需要通过行贿受贿才能运行时,当本应为国民利益服务的各种官职成为商品价可待沽时,当掌握权力的高官们几乎家家堪比一个金融公司终日进行着大量现金交易时,这样的国家政权还能有什么存在的理由?

没有哪个统治者刻意追求满朝腐败。中国的历朝历代,严惩官吏贪腐的事例屡见不鲜。明太祖朱元璋规定贪污六十两银子就杀,以致他在位三十一年间杀掉的大小官吏以及株连者竟达十几万。中国自汉代起,始设监察官吏的御史台,明代改称都察院,清代的都察院已是国家最高监察、弹劾和建议机构。大清帝国都察院里的督察官们与众不同,那时朝廷的文官服饰为各种禽类,按级别分为仙鹤、孔雀、鹇鸫等等;而督察官的服饰却是传说中的一种能辨曲直的猛兽,名叫獬豸。但是,即使有与贪官过不去的督察御史,虽然身穿饰有獬豸图案的朝服,却还是管束不住官场贪腐的泛滥成灾。中国历代皇帝曾以各种刑法惩罚贪官,包括鞭刑、杖刑、监禁、流放,乃至枭首、诛族、剥皮、凌迟。其中,最残酷的凌迟刑法竟然延续了三千多年,且行刑的刀数在清代崇德年间达到了三千六百多刀。但是,严律酷刑之下,贪官们依旧你去我来,杀了一个又出现一个。以至于皇帝们终于明白了:将贪官斩尽杀绝是不现实的,重要的是不要让他们富可敌国。嘉庆四年,经都察御史胡季堂"疏发",前朝权势熏天的重臣和珅的所有家产被"悉没入官",而其家产数额竟然"可抵甲午庚子两次赔款总额"。史书对此感叹道:"斯亦巨矣!"[106]

中华民族自古有崇尚道德的传统,历史上罕见的清官故事被编成各种形式的戏曲传唱不已——中国人对道德的约束力永远抱有不切实际的幻想。他们大多不明白,从根本上讲,官场贪腐不仅是道德沦丧的问题,而是国家的行政体制存在巨大缺陷。

慈禧太后虽然老了,但思维还很清晰。她知道,目前清廷的危机,最重要的并非满汉之间的势不两立,而是民间对朝廷积怨太深。如何化解积怨？靠弹压肯定是不行的，只有在顺应民意的情况下，尝试着改一改政治体制。不然，大清王朝真的要完结了。应该说，除了革命派的武装暴动和立宪派的强力呼吁，来自清廷权力系统内部重臣大员们的压力，也是促使慈禧下定决心实行政体变改的重要原因。自一九〇五年起，湖广总督张之洞、直隶总督袁世凯、两江总督周馥和两广总督岑春煊等封疆大吏，或联合上奏，或个人密奏，都极力主张改行立宪政体。

光绪三十三年（一九〇七年）七月初七，新任两江总督端方上奏：

> ……近年不逞之徒，倡为排满之说，与立宪为正反对。奴才愚见，以为宜服从多数希望立宪之人心，以弭少数鼓励排满之乱党。拟请饬下廷臣，迅将我大清帝国宪法及皇室典范二大端，提议编纂，布告天下，必可永固皇基，常昭法守。至各省绅商所设地方议会，实有关于立宪基本者，如主持得人，宗旨甚正，似可加以考察，量为扶助，使信徒渐广，皆趋于宪政之一途，乱党煽惑愚民之力，当不戢而消。尝考古今制法之源，在乎合一国之人，能自部勒，以立纪纲，日进于不可侮辱之域。现在内患外侮，极为可忧，苟中外臣工仍以敷衍苟安为计，以倾轧排挤为能，恐安危之数，不在党徒之煽乱，而在政论之纷争。伏愿我皇太后、皇上施纲断之天聪，责宪政之实际，申儆臣工，力图挽救，以巩圣祚，以遏乱萌，天下幸甚。⑩

端方的见识可谓切中时弊。

五大臣出国考察西方宪政制度，是慈禧作出的一个重大决定。

但是，无论是朝廷重臣还是满族贵族，他们给慈禧传达的都是这样的信息：如果不实行立宪制度，任凭内忧外患蔓延，大清国就会走到极其危险的边缘；而如果与日本一样实行君主立宪制，不但可以平息国内的重重积怨与愤恨，更重要的是还可以"皇权永固"——包括慈禧在内的皇室成员权威依旧，日本的天皇不就是个例子吗？

皇权依旧，这是对立宪制度的严重误读，也是对慈禧的严重误导。

尽管五大臣被炸了，但炸弹是真的，立宪也是真的。

耽误了几个月之后，一九〇五年十二月七日，考察宪政的大臣们还是出发了。

除了以山东布政使尚其亨、顺天府丞李盛铎替代了徐世昌与绍英之外,代表团的其他成员基本未变。从代表团的规模和组成上,可以看出对于立宪这件事,慈禧绝不是障人耳目地虚晃一枪:除五位大臣之外,代表团成员多达四十多人。为了使这个庞大的考察团不至于浪费朝廷的大笔银两而成为一次"公费旅游",慈禧太后在选择代表团成员的时候定了"心地纯且有真识卓见"的标准。最后确定的成员的基本情况是:内阁中书一人,翰林编修五人,商部员外郎和主事六人,户部郎中和主事三人,兵部员外郎和主事二人,刑部郎中一人,海陆军成员二十人,道府级官吏十三人,知县和县丞级官吏四人,参将和统带三人——代表团的组成囊括了政、军、商、司法等各个部门,既有文职也有武职,既有朝廷大员、政府要员也有地方县一级的官吏,既有科举出身的汉人也有满族权贵子弟——这几乎是大清王朝权力系统的一个微缩版。

即使是王朝权力系统中的精英们,也没人通晓宪法、宪政、议会、分权等近代资产阶级民主政治的确切内涵。因此,出国考察的五大臣还没出发,就开始发愁回来之后如何写考察报告。代表团成员之一的熊希龄表示,尽管轻松地考察便是,报告之事交由他负责。熊希龄,光绪年间进士,翰林院庶吉士,曾任湖南时务学堂提调,因戊戌年间支持梁启超和谭嗣同被革职。此次,经时任湖南巡抚端方举荐,成为五大臣的参赞。端方授意熊希龄的办法是:去日本找到被朝廷通缉的梁启超,让他代为起草,以便在报告的躯壳中装进立宪派政治主张的灵魂。

《梁任公先生年谱长编》:"日俄战役停止后,清宗室中的开明分子,因鉴日本以变法强国,多有维新的倾向,其中尤以端方主张最力"。"当日端方频以书札与先生往还,计秋冬间先生为若辈代草考察宪政,奏请立宪"——事关大清王朝命运的重要文件,竟然托付给了远在日本的异己之人。

最终,梁启超所代写的考察报告,竟然长达"二十余万言"。

考察团分成两路:由戴鸿慈、端方带队的一路,去了美国、德国、丹麦、奥地利、俄国、荷兰、瑞典、比利时、意大利;由载泽带队的一路,先到日本,然后去了美国、英国、法国、比利时。

宪政考察费时近大半年。

考察期间,中国南方一而再、再而三地爆发武装起义。

一九〇六年七月,两路考察团先后回国。

慈禧太后和光绪皇帝立即召见了五大臣,其中载泽被召见两次、端方被召见三次。慈禧和光绪"垂问周详",大臣们似乎立场一致:只有立宪才是大清国的唯一出路。慈禧和光绪又细读了涉及立宪问题的所有奏折,颇为动容,以至于慈禧表示:"只要办妥,深宫初无成见。"⑱

已经出任闽浙总督的端方上奏《请定国是以安大计折》。这封长达万言的奏折,从数十年前开始讲起,认为尽管朝廷一向讲求洋务,可功效甚微,数十年基本上是失败的历史。原因何在?在于政体不对。什么政体是对的?惟有立宪。如何立宪?要紧之处共有六条:一、举国臣民立于同等法律之下;二、国事采决于公论;三、集中外之所长;四、明确官府的体制样式;五、区分中央与地方权力界限;六、公布国用及诸政务。不愧是出自梁启超之意,条条都在宪政的关键点上:法律面前人人平等,国家大事由民意代表机构定夺,改革官僚体制、实行地方自治、限制中央权力,国家财政预算和支出透明以及政务公开——从开国立业起就按照皇权至上这一铁律过日子的大清朝廷,哪一条愿意做、哪一条又能做得到?

端方的另一个著名奏折名为《请平满汉畛域密折》,奏折显示出这个满族封疆大吏的卓识与远见。端方认为,现在最要紧的是满汉矛盾极度激化,革命党人的排满主张触及清廷政权的要害。因此,当务之急应着力推行"满汉一家之实"。如果无法消除满汉之间危险的隐患,不但变革新政将面临"莫大之障碍",大清国也将面临"莫大之危险"。端方尖锐地指出,大清开国实行满汉不一,是一个巨大的失误,种下了后患无穷的对立乃至冲突。"国无论大小,而人民内讧者必亡";"内讧之原因不一端,而以种族之异同为最"。但凡一个国家不同的民族"尔虞我诈,人各有心,不能拼力一致,以谋国家公益,则国亦日趋萎弱无自图强"。所以,虽然乱党极力主张排满,但朝廷绝不能再实行排汉,不然满汉矛盾将更加激化——"若夫蓄怨已深,发之非聚,绵延岁月,相持不下,国民互相携二,无有固志,同处一邦,犹如秦越,则无论迟早,终必有土崩瓦解之一时,而国家遂至于不可见救。"过去朝廷赋予满人的特权就不必说了,现在一旦官制改革必须做到满汉平等,因为满人才不足五百万,而汉人却有四亿之多。都说最大的敌人是乱党,可乱党光靠砍头是杀不尽的,"惟有于政治上导以新希望,而于种族上杜其所藉口;则凡草茅中爱国之士,确然知政府之可以有为,嗫嗫然思竭其才以应国家之用,而不肯委身于叛逆,而彼挑拨满汉感情之邪说,自无所容其喙;即更肆狂吠,亦莫或信徒"。[109]

如何在"政治上导以新希望"?

端方认为必须立即实行立宪。

晚清中国面临两大严重考验:是否变革帝制痼疾,以顺应时代发展;是否变革满人专权,以化解满汉冲突。对于执掌帝国政权的清廷来说,历史似乎已经到了这样一个关节点上:要么承受这样的考验以求脱胎换骨,要么固守成规任凭各种原动力逐渐瓦解了整个王朝。

对慈禧的影响最大的是辅国公载泽的奏折。

载泽,嘉庆皇帝一系的皇族子弟,娶了慈禧弟弟桂祥的女儿,成为太后的侄女婿。他自幼在宫中读书,因聪慧通窍、博闻强记深得太后宠信。宣统年间,官至度支部尚书,掌管清廷财政大权,在满族亲贵中以思想开明、富于主见而独树一帜。

载泽在《奏请宣布立宪密折》中,恳请两宫"改行立宪政体,以定人心,而维国势"。他陈述了立宪制度的三大好处:一是"皇位永固"。在君主立宪制度下,皇帝虽然没有绝对的行政权力,但无论政府机构如何变动,甚至政府首脑被弹劾下台,都与皇帝没有任何关系,即"相位旦夕可迁,君位万世不改"。二是"外患渐轻"。各国之所以轻视大清国,除了自身国势衰弱之外,还因为大清国的政体专制陈腐——"谓为半开化而不以同等之国相待"。在这种情形下,"一旦改行宪政",西方各国就没有鄙视的理由了,他们将"变其侵略之政策,为平和之邦交"。三是"内乱可弭"。现在国内会党纵横,暴乱不断,革命之说所以能够"煽惑人心",就是因为总拿"政体专务压制"说事,言"官皆民贼,吏尽贪人,民为鱼肉,无以聊生"。改行宪政之后,执政文明,法理公正,任何蛊惑之说都会失去借口。至于各省督抚、内外诸臣有人反对,那是因为"立宪之行,利于国,利于民,而最不利于官"。官吏们都有私心,唯恐立宪使"其权必不如往日之重",

"利必不如往日之优",因此纷纷以损害君权为名加以反对。这些人"非有所爱于朝廷也,保一己之私权而已,护一己之私利而已",朝廷切不能为了他们而"只顾目前,不观久远"。为了让太后通晓什么是"皇位永固",载泽在奏折中特别开列了立宪之后君主仍可享受的十七条专权:

> 一曰,裁可法律,公布法律,执行法律,由君主;
> 一曰,召集议会、开会、闭会、停会及解散议会,由君主;
> 一曰,以紧急敕令代法律,由君主;
> 一曰,发布命令,由君主;
> 一曰,任官免官,由君主;
> 一曰,统帅海陆军,由君主;
> 一曰,编制海陆军常备兵额,由君主;
> 一曰,宣战、讲和、缔约,由君主;
> 一曰,宣告戒严,由君主;
> 一曰,授予爵位勋章及其他荣典,由君主;
> 一曰,大赦、特赦、减刑及复权,由君主;
> 一曰,战时及国家事变,非常施行,由君主;
> 一曰,贵族院组织,由君主;
> 一曰,议会展期,由君主;
> 一曰,议会临时召集,由君主;
> 一曰,财政上必要紧急处分,由君主;
> 一曰,宪法改正发议,由君主。[110]

如果什么都"由君主",还是立宪政体吗?

载泽的另一番话,或许让慈禧更为动心,那就是:日本于明治十四年宣布立宪,直到明治二十二年才开国会实行宪政,大清国"可仿而行之"。这就是说,朝廷可先宣布预备立宪,宣布得越早越利于稳定国内局势,至于什么时候开始实施,可待民众宪政知识完备、朝野共有"望治之心"时再说。

慈禧十分欣赏"预备"二字。

一九〇六年八月二十七日,大清帝国权力中枢召开了研究立宪的第一次会议,与会者包括醇亲王载沣、所有的军机大臣、政务处大臣以及直隶总督袁世凯等。因为要依次传阅载泽、戴鸿慈和端方的奏折,而每封奏折均甚长,以至天黑"不及议而散"。次日,会议在外务部公所继续召开。军机处首领庆亲王上来就定了调子:应该立即实行立宪。既然考察大臣都强调立宪制度让西方各国强大起来,特别是君主立宪之后太后和皇帝的权力"虽略有所限,而荣威则有增无减",那么这种"有利无弊"之事何乐而不为?况且,立宪是目前全国新党们的呼吁,中外报纸和海外留学生们慷慨激昂也是为了立宪。民声如此鼎沸,若"舍此他图",无异于"舍安而趋危,避福而就祸"。军机大臣孙家鼐提出:"立宪国之法,与君主国全异,而其异之要点,则不在形迹而在宗旨。宗旨一变,则一切用人行政之道,无不尽变,譬之重心一移,则全体之质点均改其方面。此等大变动,在国力强盛之时行之,尚不免有骚动之忧;今国势衰弱,以予视之,变质太大太骤,实恐有骚然不靖之象。似但宜革其丛弊太甚诸事,俟政体清明,以渐变更,似亦未迟。"孙家鼐,咸丰年间状元,历任工部、礼部、吏部尚书,曾为光绪皇帝的老师,戊戌年间力主变法图强。巡警部尚书徐世昌反对费时多年逐渐变革,认为只有大变才能振奋民心,使民众的观念与精神趋于符合宪政之要求。孙家鼐还是坚持认为:"今国民能实知立宪之利益者,不过千百之一;至能知立宪之所以然而又知为之之道者,殆不过万分之一。上虽颁布宪法,而民犹懵然不知,所为如是,则恐无益而适为厉阶,仍宜慎之又慎乃可。"直隶总督袁世凯反驳说,天下事势,没有常规。昔日欧洲各国立宪,"因民之有知识而使民有权",今日中国只能使国民因"有权之故而知有当尽之义务",而令国民"知识渐开,不迷所向"正是"吾辈莫大之责任"。但袁世凯同事也表示,立宪会使国家面临诸多费时之事:"以数千年未大变更之政体,一旦欲大变其面目,则各种问题,皆当相连而及。譬之老屋,当未议修改之时,任其飘摇,亦若尚可支持。逮至议及修改,则一经拆卸,而腐朽之梁柱,摧坏之粉壁,纷纷发见,至多费工作。改政之道,亦如是也。"军机大臣瞿鸿禨表示认同,言一旦预备立宪,诸事必会繁重,"当以讲求吏治为第一要义",只有在具备地方自治的前提下,才可能避免整个国家的纷乱。瞿鸿禨,同治年间进士,庚子事变中随行护驾至西安,深得慈禧信任,后任工部、外务部尚书兼政务处大臣。会议的最后，醇亲王载沣说："立宪之事，既如是繁重，而程度之能及与否，又在难必之数，则不能不多留时日，为预备之地矣。"⑪

第二天，与会大臣面见慈禧和光绪请渐行宪政。

十四天后，清廷发布上谕，宣布预备立宪。

此时，距考察宪政的大臣们回国仅一个多月的时间。

史书记载："其间大臣阻挠，百僚抗议，立宪之局，几为所动。苟非考政大臣不惜以身府怨，排击俗论，则吾国之得由专制而进于立宪与否，未可知也。"⑫

光绪三十二年七月十三日，即一九〇六年九月一日，光绪皇帝颁布上谕：

> 朕钦奉慈禧端佑康颐昭豫庄诚寿恭钦献崇熙皇太后懿旨，我朝自开国以来，列圣相承，谟烈昭垂，无不因时损益，著为宪典。现在各国交通，政治法度，皆有彼此相因之势，而我国政令积久相仍，日处阽险，忧患迫切，非广求智识，更订法制，上无以承祖宗缔造之心，下无以慰臣庶治平之望，是以前派大臣分赴各国考察政治。现载泽等回国陈奏，皆以国势不振，实由于上下相睽，内外隔阂，官不知所以保民，民不知所以卫国。而各国之所以富强者，实由于实行宪法，取决公论，君民一体，呼吸相通，博采众长，明定权限，以及筹备财用，经画政务，无不公之于黎庶。又兼各国相师，变通尽利，政通民和有由来矣。时处今日，惟有及时详晰甄核，仿行宪政，大权统于朝廷，庶政公诸舆论，以立国家万年有道之基。但目前规制未备，民智未开，若操切从事，徒饰空文，何以对国民而昭大信。故廓清积弊，明定责成，必从官制入手，亟应先将官制分别议定，次第更张，并将各项法律详慎厘订，而又广兴教育，清理财政，整饬武备，普设巡警，使绅民明晰国政，以预备立宪基础。著内外臣工，切实振兴，力求成效，俟数年后规模粗具，查看情形，参用各国成法，妥议立宪实行期限，再行宣布天下，视进步之迟速，定期限之远近。著各省将军、督抚晓谕士庶人等发愤为学，各明忠君爱国之义，合群进化之理，勿以私见害公益，勿以小忿败大谋，尊崇秩序，保守和平，以豫储立宪国民之

资格,有厚望焉。将此通谕知之。钦此。⑬

这是一份具有重大意义的历史文件。

后人没有任何理由忽视它、蔑视它,乃至曲解它。

理由很简单:对于一个政权来讲,改变其政治体制,可谓石破天惊之举。

清廷预备立宪的意义在于:一个存在了两百多年的封建政权,准备打破在这片国土上实行了数千年的帝制制度,毅然决然地公开宣布了变革国家政体样式的愿望与决心,其需要付出的勇气和胆量是难以想象的,其必须具备的卓识与远见也同样是难以想象的。作为拥有最后决定权的慈禧,她明白地知道,改变大清帝国的政体,改变祖上留下的律例,势必会面临空前的政治挑战和社会危机,因为近代化国家的要义与现行体制之间存有深刻的利益冲撞。也许会面临空前的政治挑战和社会危机,虽然她无法预料种种后果,而其惊人之处在于宣布立宪就意味着她准备承担任何后果。从这个意义上讲,无论慈禧的决策是迫于外部压力,抑或是出于内心的无奈,也无论她在上谕中依旧藏有"大权统于朝廷"、"妥议立宪实行期限"等政治玄机,仅就中国近代历史的进步而言,清廷宣布预备立宪这一举动,足以让后人对处于垂暮之年的慈禧另眼相看。

清廷宣布预备立宪之后,全国为之惊喜和狂热。各地大学堂连日举行盛大集会,会场上无不欢呼雀跃。扬州商学会更是为国人创作了一首《欢迎立宪歌》:

> 大清立宪,大皇帝万岁万万岁!
> 光绪三十二年秋,欢声动地球。
> 运会来,机缘熟,文明灌输真神速。
> 天语煌煌,奠我家邦,强哉我种黄。
> 和平改革都无苦,立宪在君主。
> 四千年旧历史开幕。
> 一人坐定大风潮,立宪在今朝。
> 古维扬,新学界,侧闻立宪同罗拜。
> 听我此歌,毋再蹉跎,前途幸福多。⑭

既然能够"和平改革都无苦",而且"前途幸福多",不山呼"大皇帝万岁万万岁",中国人又能有什么更加激情的表达?

政治体制变革,是一件极为复杂和艰难的事,由传统的君主政体向现代民主政体变革,因其变化幅度巨大而操控难度更大,稍有不慎就可能导致政局混乱乃至政权倾覆,这一点慈禧很清楚。尽管是预备立宪,对于一个庞大的帝制国家来讲,变革应该从何处入手?

政体变革从行政改革开始,这是一般的规律。

成功的官制改革能为宪政的实施奠定运行基础。

礼部尚书戴鸿慈和两江总督端方上奏:

> ……臣等窃观日本之实施宪法在明治二十二年,而先于明治七年、明治十八年两次大改官制,论者谓其宪法之推行有效,实由官制之预备得宜。诚以未改官制以前,任人而不任法;既改官制以后,任法而不任人。任人不任法者,法既敝虽圣智犹不足以图功;任法不任人者,法有常虽中才而足以自效。⑮

"任人而不任法","任法而不任人",可谓一语中的。

一个国家是人治还是法治,此为专制制度与宪政制度的本质区别。

戴鸿慈和端方认为,大清的官场弊端滋生以至呈蔓延之势,并不是因为中国人的品性与才智不及他国,实在是因为"任人而不任法"的政体缺陷太多。

没人知道慈禧是否真正明晰宪政制度的内涵。只是,她应该清楚大清帝国吏治的腐败已经到了何种程度。否则,她也不会在精心措辞的上谕中明确表示:"廓清积弊,明定责成,必从官制入手。"

清廷改革官制目的有三:

一、加强中央集权。应该说,有效的中央集权是进行变革的前提。作为一个帝制国家,中央行政权力之一统并没有太大问题,问题是大清帝国不堪回首的历史实在特殊:自太平天国起义以来,由于满族清军的羸弱,地方汉人军队不断组建,比如曾国藩的湘军以及李鸿章的淮军,结果是严重地削弱了以满族贵族为核心的中央权力。加之洋务运动所带来的近代经济的崛起,大清帝国各省督抚的权势与财力不断扩张。

一九〇〇年,庚子事变中,南方各省的封疆大吏公开宣布皇帝的圣旨是"乱命",拒绝北上勤王并声称自己要"东南互保",结果眼看着外国联军打进京城清廷被迫逃亡。此乃一个国家南北迥异的罕见怪相,足以说明清廷一统权力的失效。为了加强中央集权,实现行政统一,必须通过官制改革削减地方督抚的权力,尤其是军权和财权,以弥补权威合法性的流失所带来的危机,提高中央枢要对国家变革的控制力。经验证明,当一个政权必须进行政体变革的时候,一旦中央权威受到挑战或缺乏掌控力,其执政权很可能在变革成功之前就先垮掉了。

二、保障政府规范运作。大清帝国流弊日多的官场规则相沿甚久,除了通行于全国官场的贪污腐败之外,仅官制制度的弊端就足以令人担忧:一是权限不分,特别是行政官员同时兼有立法权和司法权,也就是说他们既是立法者又是执法者,从而导致官吏徇私枉法的行为无人监督,导致严重侵害民众利益的事件接连不断。二是职任不明,官场内既有官吏身兼数职,也有数位官吏共任一职,结果导致机构臃肿,人浮于事,敷衍推诿。三是职权残缺混乱。吏部是发布任命书的机构,却没有官吏考察权和任命权;户部连统计权都没有,实际上只是个出纳机构;兵部只管官吏兵籍和武职的升转,却没有统辖军队的权力;更重要的是中枢权力部门,管理者不能说少,可是职责不清导致相互掣肘,严重妨害了职能的有效履行;另外,一些闲散的衙门,从设置的那天起就没有实际用处,却养着大量级别甚高的官员,耗费了政府的大量财力。

三、建立与经济发展匹配的政治运行机制。经济条件是政治变革最为重要的环境因素。自洋务运动兴起以来,中国自给自足的封建经济被悄然改变。特别是太平天国起义结束后,权力日增的地方督抚们纷纷热衷于发展近代军事和民用工业。尽管这种工业化进程带有明显的官僚主导的特质,但终究是形成了近代经济发展的不可逆转的雏形。近几十年来,面对这种新的经济状况,清廷从来没有积极地在政治上出台应对政策,更没有积极地建立与之相应的管理机制,这种被动除了导致中央集权受到削弱之外,另外一个更为严重的后果就是中央财政的日渐枯竭。为了适应经济发展,增加财政收入,支持并管理诸如邮电、电报、交通、运输等实业,中央政府必须建立与新型经济样式相匹配的行政运行机制。如果依然维持现状,不要说革命党人的武装暴动,就是不可阻挡的经济浪潮,也足以把大清帝国业已松散的旧体制冲垮。

但是,官制改革,或者称为行政改革,又是政体变革中最难进行的。因为它意味着权力的再分配,不可避免地直接影响到庞大官僚体制中每一个人,必然会严重损害相当一部分官员的既得利益。从这个意义上讲,官制改革就是大清帝国那些开明的执政者、那些试图让国家向宪政制度迈进的执政者冒着也许会威胁自身利益和前途的风险而先拿自己开刀。

如何进行官制改革,端方和戴鸿慈的奏折影响甚大。

两位大臣在奏折中提出了八项建议:一、建立责任内阁制,"以求中央行政之统一"。所谓责任内阁,即由"首相及各部之国务大臣,组成一合议之政府",国家的一切施政措施,"由阁臣全体议定",如果偶有缺失,"则阁臣全体同负其责"。二、明确中央与地方各自的权限,以理顺国家行政运作的通道。即"明定职权,划分限制,以某项属之各部,虽疆吏亦必奉行;以某项属之督抚,虽部臣不能掺越。如此,则部臣疆吏于其权限内应行之事,无所用其推诿;于其权限外侵轶之事,无所施其阻挠"。三、各行政机构应设辅佐官,而中央各部决策权当归一人,以强化行政效率。目前的政府各部,既有尚书又有侍郎,两者"职处平等",结果是决策与辅佐的效能皆不具备。行政部门主管林立,貌似谁都可以施政,实际谁也可以不管,此乃官制的最大弊端,即"绝无分劳赴功之效,唯有推诿牵掣之能"。四、中央各部裁掉多余的官吏,归并职能重叠的部门。大清国原有吏、户、礼、兵、刑、工六部,"惟户、刑、兵三部最为切要"。新政实施后又增设外、商、警、学四部,政体似乎更加完备,但仍有"冗而无当"之嫌。建议设、改、并为内务部、财政部、外务部、军部、法部、学务部、商部、交通部、殖务部,此九部为国家最高行政官署。五、进行地方官制改革。目前各省官制"未臻妥洽"的原因是:"官署之阶级太多,辅佐之职分不备,地方之自治不修"。只有官治而无自治,各级官吏层层叠叠,政事民情多费周折才能被政府获悉,因此亟需裁制。而地方司法与行政分立,既可养成民众的自治精神,又是未来国家实行宪政的基础。六、地方官员不能兼任诸如司法和税收等部门的官职。"司法与行政两权分峙独立,不容相混,此世界近六百余年来之公理"。行政官员管理地方事务,"迁就瞻徇,势所难免",往往会导致以行政之名损害法律的公平。所以,行政与司法两职决不能"相兼"。七、内外衙署都要设立书记官以取代吏胥。吏胥,没有品级的公务人员,长时间地盘踞在衙门内,"因熟于例文藉以自固",同时又难免枉法循私"致偾国事"。八、更定官员的任用、升转、惩戒、俸给、恩赏的法规以及官吏体制。旧制下的官吏,或科举或捐纳或保举,科举虽为"正途"但"所学皆非所用",捐纳更使各色人等进入官场。今日科举捐纳都已取消,有志于为政的人"茫然莫知所适",因此亟需制定新官制以使有"治事之能"的人为国家所用,同时又能"以各项恩惩法规使为官者勤事澄肃"。⑯

对于官僚体制已经根深蒂固,同时还存在着几乎无法化解的满汉矛盾的大清帝国来说,这样的巨大变革无疑是一次充满危险的挑战。

一九〇六年九月二日,清廷下诏,特派载泽、世续、那桐、荣庆、载振、奎俊、铁良、寿耆八位满族大臣,以及张百熙、戴鸿慈、葛宝华、徐世昌、陆润庠、袁世凯六位汉族大臣,会同编纂官制。另外委派奕劻、孙家鼎和瞿鸿禨三位军机大臣担任总核定。同时命令两江总督端方、湖广总督张之洞、陕甘总督升允、两广总督周馥、云贵总督岑春煊派员来京"随同参议"。

三天之后,官制编制馆在恭王府内的朗润园成立。

因为官制改革是为将来实行宪政而进行,因此其指导思想"以所定官制与宪政相近为要义"——"按立宪国官制,不外立法、行政、司法三权并峙,各有专署,相辅而行。"⑰"三权并峙",这意味着清廷的预备立宪毫不含糊,编制馆的大吏们要直接设计议会制度了——但是,毕竟谈议会还为时过早,因为司法尚未独立。于是,官制改革的五项基本原则被初步拟定为:

一、此次厘定官制,遵旨为立宪预备,应参仿君主立宪国官制厘定,先就行政司法各官,依次编改,此外凡与司法行政无甚关系各署,一律照旧。

二、此次厘定要旨,总使官无尸位,事有专司,以期各有责成,尽心职守。

三、现在议院难成立,先就行政司法厘定,当采用君主立宪国制度,以合大权统于朝廷之谕旨。

1911

　　四、钦差官、阁部院大臣、京卿以上各官,作为特简官。阁部院所属三四品人员,作为请简官。阁部院五品至七品人员,作为奏补官。八九品人员,作为委用官。

　　五、厘定官制之后,原衙门人员,不无更动,或致闲散,拟在京另设集贤资政各院,妥筹位置,分别量移,仍优予俸禄。⑱

　　不久,清廷下旨,同意上述原则,并责成"陆续筹议,详加编定"。官制编制馆顿时成为全国官吏关注的焦点。

　　朗润园里的一个人最为活跃,他发言最多,提议最多,应合他的人也最多,他就是直隶总督兼政务处大臣袁世凯。

　　这是中国近代史中的著名人物,从戊戌年间直到辛亥前后,这段中国历史几乎就是袁世凯曲折诡秘、翻云覆雨的人生史。

　　除了两宫钦点的大臣外,编制馆所设的四个部门里,袁世凯安插的人占据多数,哪怕是那些左右不了时局的工作人员。袁世凯知道,在历史的某些关键时刻,多一个支持者就多一份势力。

　　这个河南项城一个官僚大地主的后代,没有依照祖训应试科举成名,而是走了一条从军之路。袁世凯跟随淮军出身的统领吴长庆驻军朝鲜时,显示出灵活的头脑和过人的胆识,由于平息朝鲜兵变有功,仅一年的时间便从普通随员跃至官阶五品并赏戴花翎——军功确实比苦读收效更快。甲午战争结束后,已外放浙江温处道的袁世凯打算先回老家省亲,然后再去浙江上任。但是,就在这时,他听到了朝廷准备编练新军的消息,这个崇尚军功的小官吏立即意识到自己的机会来了。他托人代笔,写就一部名为《兵书》的著作,并以此为自己的文武韬略大造舆论。果然,一八九五年秋,清廷重臣醇亲王奕譞(老醇亲王)、庆亲王奕劻,军机大臣翁同龢、荣禄以及直隶总督兼北洋大臣李鸿章共同上奏朝廷要求改革军制,之后又共同上奏朝廷保荐袁世凯督练新军,奏折称清军"相沿旧法,习气渐深,百弊丛生,多难得力",现在国家"欲讲求自强之道,固必首重练兵;而欲迅期兵力之强,尤必更革旧制"。浙江温处道袁世凯"朴实勇敢,晓畅戎机,前驻朝鲜颇有声望",因此"请旨饬派袁世凯督练新军,假以事权,俾专责任"。⑲自这时起,袁世凯开始在天津小站督练新军,并因此成为大清帝国所建立的新军的创始人之一。

没有确切的史料证明,袁世凯在戊戌变法中有出卖康梁的行为。这个拥有新建陆军兵权的实力人物,成为当时新旧两派的拉拢对象顺理成章,而他在慈禧太后和光绪皇帝之间的两面投机,也完全符合他的政治品性。庚子年间,袁世凯出任山东巡抚,慈禧命他进宫面陈新军交谁接管最为合适。袁世凯感叹数年以来他是"如何训兵,如何练将,如何选械",真正做到了"中国从来所未有"。因此,对于谁能接管"实不敢妄拟"。他告诉慈禧,即使有"一二精通兵学"的部下,也都"望浅资轻,难胜巨任"。当然,自己数年之心血无足轻重,重要的是朝廷所费百万军饷必须珍惜。于是,袁世凯得以带着他的小站新军开拔山东,成为大清帝国一身兼两任的封疆大吏——"既任疆寄,复绾兵符。"[12]

山东义和团勃发,袁世凯于复杂的局势中出奇地冷静,他深知慈禧为什么在剿与抚之间犹豫不决,因此面对义和团的问题态度暧昧。当南方的封疆大吏提出"东南互保"的时候,袁世凯一方面表示山东加入互保联盟,以期与两广总督李鸿章、两江总督刘坤一、湖广总督张之洞等朝廷重臣一致;另一方面又宣布自己将要北上与外国联军血拼以护卫太后和皇上。更有甚者,他声称派出勤王之兵一万实则只有三千。部队出发前,他的嘱咐是路上走得越慢越好,靠近京城就要停下来静观事态;但如果京城被联军打下来,太后和皇上已经逃亡,那么就要以急行的速度前往护驾,一分钟也不要耽误。

及至一九〇一年,《辛丑各国和约》签订,李鸿章去世后,袁世凯成为新任直隶总督兼充北洋大臣。如果说有什么外在因素成全了袁世凯,那应该是他从未间断地给慈禧太后送上的大宗银两和贵重礼品。"津京陷后,外国联军屯驻北京,两宫奔至西安,李鸿章调补直隶总督兼充议和大臣。袁世凯知两宫所在,即派员解银二十万两,方物数种,至行在叩请圣安。当时北方各省,均受义和团蹂躏,糜烂不堪,惟山东一片干净土。清廷得与东南各省通消息者,皆赖山东传递。"[12]慈禧结束逃亡回京的时候,袁世凯在半路迎驾,见到两宫圣舆,他突然跪下来放声大哭,身边的官吏们都为他捏一把汗,因为按照清廷的律例,除非国丧期间谁也不准面对太后和皇上哭泣,而此时的袁世凯可谓嚎啕大哭。慈禧问他为什么哭,袁世凯说他见圣容清减,痛彻于心,不觉失礼。慈禧听了眼圈一红,好久才说出一句话:好孩子,你不要伤心难过了。

当即传旨赏袁世凯双眼花翎加宫保衔。从此,袁世凯被称为"袁宫保",这个太后的"好孩子"时年四十三岁。据说,打那时起,只要国家有难,大臣们无一不在宫内跪成一片哭成一团,慈禧也往往是眼圈一红,这使得晚清的朝廷总是弥漫着君臣相视垂泪的悲怆氛围。

二十世纪初,是北洋军猛烈扩张的时期。以段祺瑞、冯国璋和王士珍等军官为代表的门阀系统也在那时形成。袁世凯的北洋军与中国其他各省的新军完全不同。中国南方各省的新军,吸收的大多是留学回国的军官和士官,这些青年受到西方民主政治意识的熏陶,后来大多成为颠覆大清帝国的主力。而袁世凯从一开始就拒绝吸纳留学生进入他的部队,北洋军军官除来自皇室成员的举荐外,大都来自北洋武备学堂,学生不但很少接触民主思想,且均被培养成只知袁世凯不知国家的军棍。新军军制为镇、协、标、营、队,相当于后来的师、旅、团、营、连。当袁世凯的北洋新军扩展为三个协的时候,驻军一个省已经处于饱和状态,野心勃勃的袁世凯开始收买皇亲国戚运作朝廷,以期达到成为整个帝国领军人物的目的。

袁世凯选中的目标还是庆亲王奕劻。

喜欢银子的奕劻原本不喜欢袁世凯,因为在他成为军机大臣之前,袁世凯敬献奉承的是军机首领荣禄。但是,待到荣禄病危,朝野内外刚刚传闻奕劻将代之入主军机,袁世凯的心腹幕僚杨士琦就走进了庆王府,都没顾上寒暄直接将一张银票捧给了奕劻。那时的奕劻,还处在对几千两银子都很痴迷的阶段,受贿金额达到万两就有些不知所措了。等到看清楚杨士琦捧上来的银票上的数额时,着实吃了一惊:整整十万两! 奕劻喘着粗气反复说:"慰亭太费事了,我怎能收他的?"

袁世凯,字慰亭。

杨士琦的回话很有分寸:

> 袁宫保知道王爷不久必入军机,在军机处办事的人,每天都得进宫伺候老佛爷,而老佛爷左右许多太监们,一定向王爷道喜讨赏,这一笔费用,也就可观。这些微数目,不过作为王爷到任时零用而已,以后还得特别报效。[12]

就在那一刻,奕劻亦悲亦喜。悲的是成为军机首领实在是太晚了,都说之前袁世凯总往荣禄那里跑,可见荣大人如今拥有的家财远比自己想象的多;喜的是暴富的梦想转瞬间成为现实,自己的财途自此必会一片灿烂。

袁世凯的行贿原则是:不做则已,做就要将受贿者置于掌中。

果然,奕劻成了大清帝国领班军机,袁世凯的行贿随之如同发饷或者上税,月有月规,节有节规,年有年规,春夏秋冬,从不间断,数量越来越大,价值越来越重,每次都能让奕劻吃惊不小。

一九〇三年,袁世凯奏请朝廷成立练兵处,并推举奕劻主持。奏请得到了光绪皇帝的批准,于是奕劻为督练大臣,袁世凯为会办大臣,而这个督导全国新军的政府机构,其主要成员理所当然的都是袁世凯的北洋心腹:总提调为徐世昌,下属的军政司、军学司和军令司主官分别为王士珍、冯国璋和段祺瑞。仅仅四年之后,清军全国陆军共计三十六镇,袁世凯的北洋新军占据其中六镇,而且只有这六镇编练与装备极其完备,其他三十镇还都处于组织或编练中。

军权在握的袁世凯,政治上是个热情高涨的君主立宪派。

其原因普遍的猜测是:慈禧太后毕竟年纪大了,一旦哪天光绪皇帝掌权,仅就戊戌变法中的过节,袁世凯不掉脑袋也要被免官革职。因此,袁世凯极力主张君主立宪,为的是一旦立宪皇帝就会被剥夺实权。此说甚为勉强。虽然光绪皇帝厌恶袁世凯是真,袁世凯为了保住脑袋而主张立宪,这个圈子对于政客来说未免绕得太大了。可以肯定的原因是:在满汉大臣间的竞争排挤中,袁世凯认定只有立宪自己才有进一步升迁的可能——君主立宪之后,必定实行责任内阁制,他打算推举奕劻为内阁总理,想必皇族们决不会反对;而凭借在奕劻身上花费的银两,他必定能当上个副总理。这样一来,只认银子的奕劻不过是个摆设,如同现在他在军机处是个摆设一样,自己既可以控制内阁,将来也必有升为总理的可能。至于光绪皇帝,袁世凯并不特别在意,一来这是个软弱的男人,二来立宪之后皇帝算个什么?

官制改革接下来的流程,自然是袁世凯的方案得到了肯定,前提是官制编制馆总核定奕劻对他的支持。

袁世凯的方案大刀阔斧,颇有改天换地之象:撤销军机处、吏部、礼部、翰林院、都察院、宗人府;合并工部和商部为农工商部;改户部为度支部；刑部为法部；把兵部分成陆军部和海军部；增设资政院、审计院、交通部、留学部。同时，成立责任内阁，设总理大臣一人，左右副总理大臣各一人，并提名奕劻为总理大臣，自己为协理大臣。

方案还没上奏，就被泄露了出去，即刻引起轩然大波。

首先激烈反对的，是被袁世凯列入撤销机构的官员，特别是军机处的大小军机们万分愤怒。军机处是什么？是皇权运作的最高行政机构。雍正年间，负责掌管皇帝诏书和谕令的是内阁，谋划国家大事的是议政王大臣会议。雍正皇帝怕内阁泄露机密，特设临时机构"军机房"，相当于机要秘书处，没想到这个临时机构竟然成为朝廷的一个正式衙门，且凌驾于六部和内阁之上包揽了国家的一切要务。军机处大约二十多人，俗称"大军机"的军机大臣都是朝廷官职一二品的重臣，其军机首领由皇帝亲自指定；俗称"小军机"的军机章京实际上是办事员，官职从三品到六品都有，负责缮写谕旨、记载档案、核查奏议。军机无论大小，均处于皇家权力的最高层，到了晚清入主这一枢要机构的全是亲贵。如今袁世凯建议将其撤销，真是敢冒天下之大不韪！

激烈反对的，还有皇亲国戚们。王公、贝子和将军听说袁世凯主张不许他们干预政事，立即群起而攻之，都说这是袁世凯窃取权力的预谋。编制馆成员、满蒙权贵荣庆盘算了一下，如果同意袁世凯的方案，他只能当个学部尚书，地位明显地下降了；以排汉著称的户部尚书铁良更是极力反对，因为即使他当上了副总理大臣，也得交出目前掌控的兵权和财权。反对者使用的手段是散布流言，说袁世凯要撤销内务府，弃用所有宫内的太监，以鼓动太监们在内宫闹事。

军机大臣、外务部尚书瞿鸿禨，是目前六大军机中唯一能与奕劻和袁世凯抗衡的人。他并不反对官制改革，但他知道如果奕劻和袁世凯掌权，自己的军机之位难保是小，大清政权旁落袁世凯之手将祸患无穷。于是，他单独晋见了慈禧太后，别有用心地解释说，袁世凯的这个官制改革方案，主要是改军机处为内阁，而军机处与内阁制的区别是：军机处要作出一个决定，必须先请旨后施行；内阁制则是先实行了再汇报。因此，依据袁世凯拟定的官制执政，老佛爷从此就不必为军国大事操心了。

瞿鸿禨的解释彻底激怒了慈禧。

改革是可以的,改到太后头上是绝对不可以的。

慈禧即刻命令瞿鸿機拟旨,宣布官制改革必须遵循的"五不议"原则:军机处事不议,内务府事不议,八旗事不议,翰林院事不议,宦官事不议。

袁世凯被迫修改自己拟定的方案。

一九〇六年十一月六日,清廷发布中央各衙门官制上谕。

上谕基本上采纳了之前端方在官制改革的奏折中提出的方案。

军机处仍为"行政总汇",各部尚书作为参与政务大臣"轮班值日,听候招对";外务部、吏部不变;巡警部改为民政部;户部改为度支部;太常、光禄、鸿胪三寺并入礼部;练兵处和太仆寺并入兵部,兵部改为陆军部,增设海军部和军咨府,未设之前统归陆军部办理;刑部改为专任司法的法部,大理寺改为专掌审判的大理院;工部与商部合并为农工商部;增设专管轮船、铁路、电信、邮政事务的邮传部。各部官员"均设尚书一员、侍郎二员,不分满汉"。其余内阁、宗人府、翰林院、内务府、顺天府等均"毋庸更改"。上谕最后特别要求:"所有新简及原派各大臣责无旁贷,惟当顾名思义,协力同心,尽去偏私,真任劳怨,务使志无不通,政无不举,庶几他日颁行宪法,成效可期。"[123]

上谕发布的第二天,新任各部大臣的名单公布了:

外务部尚书　瞿鸿機(原任)

吏部尚书　鹿传霖(原任)

民政部尚书　徐世昌(原任巡警部尚书)

度支部尚书　溥颋(宗室)

礼部尚书　溥良(宗室)

学部尚书　荣庆(蒙族)

陆军部尚书　铁良(满族)

法部尚书　戴鸿慈

农工商部尚书　载振(皇族)

邮传部尚书　张百熙

理藩部尚书　寿耆(宗室)

大理院正卿　沈家本

按照清朝旧制,政府各部均设满汉尚书两人。现在号称满汉不分,结果十二个政府部别中,汉官六人,满蒙贵族六人。但是,外务部尚书瞿鸿禨虽是汉人,但上面有总理大臣奕劻和会办大臣那桐,瞿鸿禨不能算是该部的实权主管。于是,满汉比例实际上是六比五。且军务、财政等最为重要的部门,权力都掌握在满人手中。特别是陆军部由铁良把持,这就意味着连同袁世凯的北洋新军在内,铁良将统辖全国的新军。

有评论说,所谓中央集权,实际上就是军权和财权集中在满人手中。

这份名单不但导致了统治集团内部的满汉纷争立即显现,而且让国内以民族资本家张謇为代表的立宪派们大为失望。他们认为,官制改革并没有实质性的内容,反而暴露了朝廷预备立宪的虚伪。

实际上,官制改革中的矛盾是满汉交错的。

满族大臣奕劻始终支持袁世凯,而向慈禧太后打小报告的却是汉大臣瞿鸿禨。毫无疑问的是,除奕劻之外,满族大吏们之所以对袁世凯心怀戒备,并不仅仅因为他是一个汉大臣,而是他手中日益扩大的军权。

官制改革会议结束后不久,朝廷突然宣布在河南彰德举行南北大会操。所谓"大会操",就是"大比武"的意思。北军指定的是袁世凯的北洋新军第三镇,南军指定的是张之洞的湖北新军第八镇。选择这两支部队比武,是瞿鸿禨的主意。而更让袁世凯感到不妙的是,具有裁判权的阅兵大臣,是对他疑忌最大的满族大臣铁良和良弼。果然,比武的结果是袁世凯输给了张之洞。紧接着,就有御史参奏袁世凯,说他拥兵自重。袁世凯知道,慈禧太后并不知道内幕,这全是皇亲国戚们搞的鬼。自己积极呼吁官制改革,改革的内容之一就是减少官员的兼职,现在皇亲国戚们显然是有意让他交出军权。与皇亲国戚抗拒?没那个力量,也不到那个时候。把苦心经营多年的军权交出去?心血白费不说,于心何甘?思来想去,袁世凯决定把北洋新军第一、第三、第五、第六共四个镇交给铁良掌控的陆军部直接管辖,然后借口现在外国军队还没有从京城周边撤离完毕,奏请驻防山海关的第二镇和驻防天津的第四镇仍归自己指挥,以有效保卫京畿的安全。袁世凯的奏折刚呈递上去,朝廷立即委派满族将军凤山接管了北洋四镇的指挥权。

这是袁世凯升任直隶总督以来遭受的第一次严重挫折。

他从身兼十一职,即直隶总督兼北洋大臣、兼管长芦盐政、督办关内外铁路、参预政务大臣、督办商务大臣并会议各国商约、督办芦汉铁路公司事宜、督练八旗兵丁、督修正阳门工程、督办电政大臣、会订商律大臣、会办练兵大臣,一下子只剩下直隶总督和北洋大臣两个官职了。其实,即使袁世凯才略非比寻常,也很难想象他能一人胜任十一种责任莫大之职。

在官制改革中,中了瞿鸿禨暗算的奕劻,以及被满族贵族合力排挤的袁世凯,成了最大的输家。

接着,地方官制改革开始了。

地方官制改革直接触及的是各省督抚的利益。因此,朗润园里的官制编制馆连续出台了几个方案,全部被地方督抚们以各种借口否定了。最后的结果是,编制馆大臣奏请慈禧太后,说各省情况不同,民智未开,人才缺乏,经费紧张,如果全面改革实有困难。现在来看,只有东三省,不但是祖宗的发祥地,也是国防军事重地,况且那里民风古朴,地广人稀,无论怎么改革都不会有太大的麻烦,建议将东三省作为地方官制改革的试点。慈禧太后批准了这一建议,命令派人去东三省考察改革地方官制。

朝廷派出的人一满一汉:满族贵族是农工商部尚书载振,汉族大吏是袁世凯的莫逆之交、民政部尚书徐世昌。

袁世凯意识到,自己挽回损失的时机到了。

他之所以这么认为,还是缘于对皇亲国戚的了解:受贿个个贪得无厌,渔色个个胆大包天。

更加便利的条件是,载振是庆亲王奕劻的儿子。

天津有个唱梆子的通县籍女伶,名叫杨喜翠,姿容丰丽,歌喉婉转,恰值青春,身价极高,惹得公子哥们终日紧追不舍。天津一位痴迷得神魂颠倒的阔公子,曾作《菩萨蛮·忆杨喜翠》二阕。阔公子闲极无聊本是寻常事,但这位阔公子后来竟然看破红尘成为一代名僧,即弘一法师,由此可见杨喜翠当年的魅力足令我佛不定:

> 燕支山上花如雪,燕支山下人如月,额发翠云铺,眉弯淡欲无。夕阳微雨后,叶底秋痕瘦,生小怕言愁,言愁不怕羞。
>
> 晓风无力垂杨柳,情长忘却游丝短。酒醒月痕底,江南杜宇啼。痴魂销一捻,愿化穿花蝶。帘外隔花阴,朝朝香梦沉。[124]

1911

载振与徐世昌路过天津。

当时,袁世凯的心腹段祺瑞任巡警总办。

段祺瑞花了不少银两摆出豪华宴席,宴席间少不了堂会演出,唱堂会的正是这个"花照四座"的杨喜翠。

喜翠迷住了庆王府的公子载振。

段祺瑞即刻双管齐下,以十万白银送给奕劻作为寿礼,又以十万两银子将杨喜翠赎出。

待徐世昌和载振从东北返回再过天津小驻时,年仅十九岁的杨喜翠被送进了载振的房间。

其时,载振和徐世昌同住一间行馆的大套房内,套房中间只隔着一间堂屋。杨喜翠被送进来的第二天,徐世昌装作什么也不知道,早起直接走进了载振的房间。载振立刻有些脸红,忙让杨喜翠向徐世昌行礼,然后说:"小弟荒唐,大哥见笑。"徐世昌随即拿出一张银票说:"我是来道喜的。"

自此,庆王府里的父子俩都变成了袁世凯的掌中玩物。

东三省官制改革方案没有任何悬念:徐世昌为东三省总督,朱家宝为吉林巡抚,段祺瑞为黑龙江巡抚,唐绍仪为奉天巡抚。

此四人都是袁世凯的北洋心腹。

慈禧太后竟然批准了这项任命。

任命发布之后,徐世昌立即以加强边防为名,命北洋主力全部开往东三省。

就此,袁世凯丢失的北洋军权又重新到手。

但是,并不是所有的人都看不透袁世凯的玄机。

引发巨大政治风波的还是汉大臣瞿鸿禨。

瞿鸿禨,一个性格倔强、特立独行的大吏。令人惊异的,不是这位出身耕读之家的朝廷宠臣年少得志,而是他竟然能在晚清混浊不堪的官场上始终两袖清风。瞿鸿禨二十一岁中进士,被称为"天下才",仕途一路顺利,一九〇一年入军机处,成为慈禧宠信的朝廷重臣。清代官吏的俸禄标准很低,少有哪个官吏不靠受贿过日子,唯独瞿鸿禨位居高官多年,却没人敢进他的府邸行贿,门生故旧也不敢向他求情办事。袁世凯为了拉拢这位军机大臣,多次派人上门送礼,都被瞿鸿禨严词拒绝。瞿鸿襪的儿子结婚之际,袁世凯认为这是一个好机会,试探性地封了个八百两的红包,谁知瞿大人连八百两的面子也不给,如数给袁世凯退了回去。袁世凯不明白了,天底下怎么会有不认银子的官员？大清朝的官场中竟然真有对银子不屑一顾的人？

关于东三省的官制改革,瞿鸿襪把袁世凯的以权谋私看得很清楚。特别是段祺瑞竟然从道员直接升任巡抚,不但这种破例提拔前所未见,而且谁都知道段祺瑞是袁世凯的心腹亲信。于是,这个因为不受贿便什么也不怕的军机大臣向奕劻和袁世凯发动了猛烈抨击。

赞同并支持瞿鸿襪的,还有一位封疆大吏,即云贵总督岑春煊。

岑春煊的性格更加独特。他的父亲因军功曾任云贵总督,因此这位"高干子弟"桀骜不驯,被称为挥金如土的"京师三少"之一。岑春煊的仕途也很顺利,三十多岁时成为广东布政使,后调任甘肃布政使。庚子年间因护驾有功深得慈禧赏识,很快升为陕西巡抚、四川总督,并加封太子太保衔。这位性格狂妄的大吏,在拒绝贿赂上与瞿鸿襪一样。两广富商财源广进,求见高官时常在禀词中加上几十万两银票,这在当时已经成为官场规则。及至岑春煊上任两广总督,他不但当面拒绝银票,而且还大发雷霆,弄得富商们人人不知所措。岑春煊在两广总督的位置上,撤换的贪官竟达一千四百多人,到他离开上任云贵总督时,两广民众因"知不收公礼而肯为民任事者尚有人在"而自发为他送行。⑫ 一九〇七年初,岑春煊再次调任四川总督,他担心"巴蜀道远,此后觐见无日",于是打算赴任之前面见慈禧,详陈种种危险,"以期不负两宫眷倚之意"。

岑春煊突然进京,这一消息骤然加剧了紧张气氛。

当时,《京报》主笔汪康年是瞿鸿襪的门生。在瞿鸿襪的主使下,《京报》竟然把段祺瑞向载振献名优的丑闻公布了出来,来龙去脉,绘声绘色,一时成为整个京城广为流传的花边新闻:"段颇欲自辩,然外间喧传,遂登白简。衮衮朝贵,其肆然无忌,竟以国家之土地生民,供其纵欲之具,可谓暗无天日。犹赖岑帅之突至,以霹雳手段为政府当头棒喝,岂不使人可爱……"⑫

具有"霹雳手段"的岑春煊,四次进宫向慈禧太后当面陈奏,矛头直指奕劻的贪污受贿,说从前卖官鬻爵还都是些小职位,现在从京内侍郎到外省督抚,都可以受贿之后一一卖出,真可谓"丑声四播,政以贿成"。慈禧听了岑春煊的话,居然流了泪,她说:"我久不闻汝言,政事竟败坏至此。汝问皇上,现在召见臣工,不论大小,即知县亦常召见,均以激发天良,认真办实,万不料全无感动!"岑春煊接着就把权力的贪腐上升到了关乎政权存亡的高度:"近年亲贵弄权,贿赂公行,以致中外效尤,纪纲扫地,皆由庆亲王贪庸误国,引用非人。若不力图刷新政治,重整纪纲,臣恐人心离散之日,虽欲勉强维持,亦将回天无术矣。"他表示愿意留在京城,为太后和皇上效力:"内外本无分别。惟譬如种树,臣在外系修剪枝叶,树之根本却在政府。倘根本之土被人挖松,枝叶纵然修好,大风一起,根本推翻,树倒枝存,有何益处?"慈禧的回答是:"汝言极是。"㉗

第二天,圣旨下达,岑春煊补授邮政部尚书。

在瞿鸿禨和岑春煊的连续上奏下,首先倒台的是邮传部侍郎朱宝奎,罪名是承办沪宁铁路时"勾结外人,吞没巨款",而他的官位也是通过行贿奕劻得来的。一个相当于副部级的高官下马,顿时引发京城内的官场震动。没过三天,御史赵启霖上奏,揭露奕劻受贿卖官以及杨喜翠事件的真相。市井传闻变成了真事,再加上御史是专门督察官员的监察官,慈禧不能无动于衷了。朝廷下旨革段祺瑞官职,载振请辞农工商部尚书,并命载沣、孙家鼐彻查此事。

岌岌可危的奕劻和袁世凯必须反击了。

他们不反击则已,反击就必须置瞿鸿禨和岑春煊于死地。

慈禧太后曾对瞿鸿禨表示,如果查出实据,就让奕劻休息。或许是本身胸无城府,或许是过于乐观了,瞿鸿禨将这个意思告诉了夫人,夫人又把这件事告诉了汪康年夫人,汪夫人又把这个消息告诉了《泰晤士报》的记者。英国记者立即报告了英国公使馆,英国公使担心一旦奕劻下台会影响中英关系,恰逢慈禧太后设宴招待外宾,英国公使夫人就把这意思委婉地向慈禧说了。深宫之事,洋鬼子怎会知道?谁能传出这个消息?慈禧想来想去,只对瞿鸿禨一人说过。

一个绝好的机会突然来到眼前。

奕劻、袁世凯立即重金收买了另外一名御史恽毓鼎弹劾瞿鸿禨,理由是"暗通报馆,授意官言,阴结外援,分布党羽"。㉘然后,奕劻亲自出马,密奏岑春煊在戊戌年间就勾结康有为,是康梁的死党之一。为了彻底说服慈禧,袁世凯竟然找了个人,把岑春煊和康有为的照片合二为一,弄出了一张两人合影,合影照上的文字说明是:春煊近与康有为接晤。御史恽毓鼎接着再奏岑春煊勾结逆党,密划谋反。

慈禧太后拿着那张照片看了很久。

史书记载:"太后惊愕至于泪下。"

对于朝廷大吏来讲,受贿卖官甚至玩弄女伶都不算什么,最要紧的是对政权的忠诚不能出现任何问题。

在这个世界上,慈禧太后最恨的人当属康有为。

几天以后,慈禧作出了决定:将瞿鸿禨革职遣回原籍。

慈禧曾对岑春煊说过:"我母子西巡时,若不得汝照料,恐将饿死,焉有今日。我已久将汝当亲人看待。"[129]她实在不忍心对岑春煊下手,只是让他迅速离开京城。袁世凯立即建议,不要让岑春煊赴任四川,让他依旧回到两广去。袁世凯的意思是,暴动频发的两广犹如一个火坑,用不了多久岑春煊就会被乱党弄下台。深知袁世凯用意的岑春煊躲在上海,借口养病,实则对是否去两广上任犹豫不决。但是,就在他还没想清楚的时候,朝廷的上谕到了:"岑春煊前因患病奏请开缺,迭经赏假。现假期已满,尚未奏报启程,自系该督病尚未痊。两广地方要紧,员缺未便久悬,岑春煊著开缺调理,以示体恤。"[130]——岑春煊连两广总督的官位都丢掉了。

又过了几天,大清帝国军机处进行了人事调整,湖广总督张之洞入主军机处,而一个任命令帝国官场惊讶不已:袁世凯为军机大臣兼外务部尚书——"袁世凯入军机,系出于奕劻之举荐。而慈禧太后觉得袁世凯雄鸷阴狠,需另有人加以衡制,故令张之洞与袁世凯同入军机。"[131]

官制改革后的军机处为满四汉三的格局:奕劻、载沣、世续、那桐、鹿传霖、张之洞和袁世凯。

瞿鸿禨没有举家返回原籍的盘缠,只有将京城内的府邸卖掉后黯然离去。

政治体制变革的初衷是令政府锐意图强,可变革的结果却导致政权更加岌岌可危,这就是由腐败官场导致的不可逃脱的命运怪圈。

慈禧已不是当年垂帘听政时咄咄逼人的少妇了。她老了,已无力掌控大清帝国复杂的政治局面。至于实行宪政制度,不是有"预备"二字吗,天知道她能否活到"预备"终止的时候。

此时,只有一个人十分乐观地活着。

袁世凯再次把一张大额银票放在了庆亲王奕劻的会客桌上。

出门望天,他觉得大清帝国污浊的政治空气是那样地令他神清气爽。

众声喧哗的时代

浙江绍兴府有两个死刑场:水澄巷小教场刑场专门用于处决女犯,按照大清刑律女犯执行的是绞刑;而人流汇集的轩亭口,专门用于处决汪洋大盗式的男犯,男犯执行的都是斩刑。

一九○七年七月十五日——慈禧太后已决心进行政体变革,清廷大员们已开始筹备预备立宪事宜,全国的舆论都惊喜于中国就要走向近代开明政治的时候——在绍兴府轩亭口刑场,又一个犯人的头颅被砍了下来。

只是,这一次,在男犯的死刑场上被砍下头颅的,是一个女人。

在中国近代史上,如果说晚清的朝廷还有什么惊人之举的话,当属最高统治者决心将帝制国家引向立宪政体;当然,还包括将那个名叫秋瑾的女人公开斩首。今天的中国人,包括散落在世界各地的华人,难得还有人记得当年的帝王权贵曾经试图进行政治体制变革;但是,在有必要回述那段混乱不堪的历史的时候,秋瑾清秀而又决然的面容却总是萦绕在中国人复杂的思绪中。百年后的浙江绍兴轩亭口,已是一处繁华的商业中心,在豪华的办公楼、高档的商店、各具口味的中式餐馆以及麦当劳、肯德基等西式快餐店的簇拥下,中间一小块空地就是当年秋瑾头颅滚落、鲜血四溅的地方。空地上如今矗立着一座纪念碑和一座雕像,那个不幸的女人在熙熙攘攘的人流中年复一年地站立着,略带忧伤地凝望着变化万千的故土家园。

对于深刻影响中国近代史的重要事件来说,一九○七年绍兴府衙门刽子手的刀起刀落,不仅仅是一个女人被以最野蛮的方式行刑的骇人听闻,而是这一事件令人惊异地与朝廷的政体变革几乎发生在同一时间。犹如两种未知的化学物质骤然人为地混合到一起,由此产生的剧烈反应竟然导致了不可逆转的政治后果——这个政治后果,令清廷猝不及防。

秋瑾,字璿卿,小字玉姑,号竞雄,又称鉴湖女侠。原籍浙江省绍兴府山阴县,一八七七年十一月十五日出生在福建厦门,当时她的祖父正在厦门知府任上。秋瑾十六岁时随祖父回到故乡,祖父租用了绍兴南门明朝大学士朱赓的旧宅,她的少女时代和生命的最后一段时光都是在那里度过的。这是一个异常聪慧且性格别致的女孩儿,"读书通大义,娴于词令,工诗文词,著作甚美。又好剑侠传,习骑马,善饮酒,明媚倜傥,俨然花木兰、秦良玉之伦也"。⑫自一八九〇年跟随到湖南任职的父亲入湘开始,秋瑾无拘无束的少女生活结束了。在父母的主持下,她嫁给了湘潭富绅之子王廷钧。王廷钧的父亲是曾国藩的表兄弟,曾经当过曾府账房,王家财富积累的途径可想而知。秋瑾对强加给她的丈夫很不满意,在给其兄秋誉章的信中表示,婚姻使她失去了自由。尽管家居湖南期间,秋瑾与幸福无缘,但夫妻矛盾尚未公开。直至一九〇三年,父亲客死湖南后,家人全部返回绍兴,仅将她一人滞留湖南,秋瑾对丈夫的积怨变得不可忍受了。

> 昨宵犹是在亲前,
> 今日相思隔楚天。
> 独上曝衣楼上望,
> 一回屈指一潸然。⑬

如果秋瑾始终生活在湘潭王家,除了早期大量的闺怨诗可能使她在汗牛充栋的故纸堆中留下些许痕迹外,最大的可能是她会与数不清的中国女人一样,成为逆来顺受的媳妇以及儿孙绕膝的婆婆并以此终老一生。秋瑾人生的重大转变,自丈夫用钱捐了个户部主事开始。跟随丈夫从湖南进京的秋瑾眼界大开,向往英雄豪侠的性情陡然强烈起来。她结识了丈夫同事的夫人吴芝瑛,吴芝瑛是京师大学堂总教习吴汝纶的女儿,多才多艺,书法惊艳京城。秋瑾在其引领下扩展了社交圈,先后结识了京师大学堂日本教习的夫人服部繁子以及众多的京城新派名士。而她接受的新思想,是排满主义、女权主义和民主理念的复杂混合物,她天赋的女侠气质在这种环境中不可遏制地张扬起来。

毫无疑问,作为一个女人,秋瑾反叛性格的形成,与她的婚姻状况有关。关于秋瑾与丈夫王廷钧的关系,从支离破碎的历史文献中依稀窥见的端倪是:一个才华横溢、性格刚烈的妻子让一个无甚学识且性格懦弱的丈夫无所适从。秋瑾曾这样形容她的丈夫:"无信义、无情谊、嫖赌、虚言、损人利己、凌侮亲戚、夜郎自大、铜臭纨绔。"[134]服部繁子去她家拜访的时候,看到的王廷钧是这个样子:"白面皮,很少相。一看就是那种可怜巴巴的、温顺的青年。他腼腆地对我施礼,秋瑾又对他低声说了几句,他又施了一个礼便走了,好像是出门了。"[135]秋瑾对繁子谈及自己的丈夫,说过这样一番话:"我对这种和睦总觉得有所不满足,甚至有厌倦的情绪。我希望我的丈夫强暴一些,强暴地压迫我,这样我才能鼓起勇气来和男人抗争。"[136]对丈夫的温顺极度反感是可以肯定的,王廷钧身上存在富家子弟的习气当属正常,但如果他有读书的底子,捐官之后可以考取功名,秋瑾也不会对他的碌碌无为万分绝望——"顾幼年失学,此途绝望,此为女士最痛心之事。"[137]失望的结果是,秋瑾决定远走日本留学。有史料记载,王廷钧为了阻止秋瑾,曾把她的首饰盒和私房钱藏了起来,却依旧无法改变她的决心。王廷钧终于屈服了,他亲自拜访繁子,请她帮助妻子出国,服部繁子的印象是:"此人大概是管不住妻子了"。繁子最后一次看到王廷钧,是在北京永定门火车站:"丈夫面带哀伤,发辫在风中吹得零乱,看着更让人痛心。可他还像一般丈夫应做的那样,提醒秋瑾一路保重,到日本后来信。"[138]

一九〇四年夏,秋瑾赴日留学。

自此,秋瑾的反叛性格再也没有了任何束缚。她考入青山实践女学,发起了近代中国妇女第一个反抗清廷的革命组织共爱会,还与刘道一等人秘密组织了反清"十人会",在加入洪门天地会时被封为"白纸扇"军师。她结识了陶成章、鲁迅、陈公猛、黄兴等人,在东京创办了月出一册的《白话报》,极力鼓吹推翻满清政府,与梁启超的《新民丛报》针锋相对。《白话报》第一期刊登《中国历史的摄影》,称中国金、元、清三朝的统治者为"胡人"和"野种";第二期刊登《敬告中国二万万女同胞书》,号召争取男女平权;第三期刊登《说廉耻》,提出"我国应除去这骚鞑子,省得做了双料奴隶"。㉝几个月后,因资助长沙起义失败逃来东京的同志,秋瑾不得不回国筹措学费。她带着陶成章的介绍信,在上海和绍兴分别见到了蔡元培和徐锡麟,随即加入光复会。一九〇五年春,拿着母亲典卖衣物筹措的几百银元,秋瑾再度赴日。这时,孙中山从欧洲到达日本组织同盟会,经黄兴介绍她与孙中山会面,然后由冯自由介绍加入了同盟会,不久被推举为同盟会浙江主盟人。这一年的冬天,陈天华跳海自杀以示反抗清廷,秋瑾极力主张回国造反。她从靴筒中拔出一把寒光凛凛的匕首插在讲台上:"如有人回到祖国,投降满虏,卖友求荣,欺压汉人,吃我一刀。"㉚

一九〇六年春,从一个普通官吏的妻子成为一名革命大侠的秋瑾回国。她没有去京城与丈夫会合,而是直接回到了家乡绍兴,先在绍兴明道女学代教体育课,随后到湖州南浔镇浔溪女学做教习。一九〇七年初,绍兴大通学堂邀请秋瑾主持校务。大通学堂是徐锡麟等人于两年前创办的,以提倡军事体操出名。秋瑾在此期间秘密联络各路会党首领,同时发展浙江武备学堂、陆师学堂和弁目学堂的师生们,使得光复会成员迅速扩大。为了统一浙江的秘密军事组织,秋瑾编制了光复军军制,这个极具专业性的编制,显示出秋瑾过人的军事才能:全军分北、中、南三路,每路设总元帅一人;全军下辖八个师团,分别用"光、复、汉、族、大、振、国、威"作为每个师团的代号;光复军的军服是黑色对襟短衫,白色包头布,自大将至佐尉均佩戴斜胸带,以胸带颜色区分等级,黄色为首,白色次之,红色再次之,浅蓝色更次之;军旗是白色的,上书黑色"汉"字。更富创意的是,秋瑾设计了一套金戒指,上面分别刻有一字,共有二十八个字,即"黄河源溯浙江潮,卫我中华汉族豪;莫使满胡留片甲,轩辕神胄是天骄"。㉛其中,"黄"字为首领,推徐锡麟担任;"河"字为协领,推秋瑾担任;"源"字为分统,"溯"字为参谋,以此类推,分别任命,发给每一位干部。军制编成后,秋瑾特选壮士三十二人,编成一支敢死队,随时准备与清廷决一死战——秋瑾的历史角色,已经超出了侠女的范畴,而成为颠覆大清政权的军事首领。

一九〇五年以前,为推翻满清政权而组织的革命团体,其中最重要的有三个,即活动区域主要为檀香山、香港、广州、广西、日本东京和越南河内的兴中会,活动区域主要为长江中下游的长沙、武昌、上海等地的华兴会,活动区域主要为浙江、江苏和安徽等地的光复会。当兴中会和华兴会合并成立同盟会后,兴中会和华兴会的名义均不再存在,虽然光复会的成员也有同时加入同盟会的,但光复会的名义一直存续到一九二一年。主要由浙江人组成的光复会没有统一的领导人,初创时期的领导者为蔡元培,一九〇六年至一九〇七年间的实际领导者是徐锡麟和秋瑾。光复会也没有统一的政治主张,受过系统的儒家教育的蔡元培是个民族主义者,他并不赞成邹容提出的"杀尽满人"的主张,但主张满人必须放弃特权。为了达到这一目的,他建议采取两个办法:一是暗杀,二是暴动。这个进士出身的文化人,曾经秘密研究制造炸药,还曾秘密训练暗杀人员,也曾试图组织武装起义,但由于他领导光复会的时间短暂,他的暗杀与暴动计划几乎都没有真正实施。徐锡麟和秋瑾的政治主张也有区别。徐锡麟坚决排满,主张建立共和国;而秋瑾的革命目的似乎有些偏狭,在她撰写的有关文章中,充满了对满清政权的仇恨和将其推翻的决心,但只见建立汉人政权的畅想却少见"创建共和"的表述。无论如何,在推翻满清帝制的革命中,光复会发挥了令人瞩目的作用,其成员付出了巨大的牺牲。

在准备武装起义的时刻,为了协调各路会党首领,作为光复会的主要领导人之一,秋瑾频繁地往来于绍兴与杭州之间。在杭州,秋瑾住在抚台衙门前过军桥南面的一家名叫做荣庆堂的小客栈里,光复会的新会员就在客栈的一间小室内倾听秋瑾的谈话,然后填写加入光复会的表格。青年们看到的是这样一个秋瑾:"身穿一件玄青色湖绸长袍(和男人一样的长袍),头梳辫子,加上玄青辫绰,放脚,穿黑缎靴。"那年她三十二岁。光复会的青年会员们都称呼她为"秋先生"。[142]光复会武装起义的具体计划是:一九〇七年七月八日,由浙江金华的会党首先举事,北以安庆的徐锡麟、南以惠州的邓存瑜呼应,届时浙皖同时起义。

光复会成员组织的近似于暗杀的武装起义,结局格外令人悲伤。

首先,徐锡麟以惨烈之死留名中国近代史。

徐锡麟也是绍兴人,出身富裕的商人家庭。一九〇一年曾在绍兴府学堂当教师,一九〇三年在父亲的严令下参加乡试,名列副榜。鄙视科举的他赴日本参观世界博览会,在东京结识陶成章等人。回国后创建蒙学,提倡军训,创立书局,宣传反满。一九〇四年在上海加入光复会。

一九〇五年在绍兴创办大通学堂,购买枪支子弹,准备借开学典礼之机,杀尽应邀参加典礼的大小清吏,然后起义。徐锡麟的这一计划,被陶成章等人以时机尚未成熟否决。之后,陶成章提出一个奇异的建议:光复会员出钱捐官学习陆军,以便在清廷组建的新军中任职,掌握军权后"出清政府不意,行中央革命及袭取重镇二法,以为捣雪覆巢之计"。[143]徐锡麟对此表示赞同。经其表叔原湖南巡抚俞廉三推荐,徐锡麟花了三千两银子,被政府批准送往日本学习陆军。最初拟进日本陆军联队,未得许可;又投考振武学校,因眼睛近视和考试不及格未及;改投警官学校,依然未能如愿。一九〇六年徐锡麟回国,花钱捐了个道员,被分发到安徽试用。因为他的表叔与安徽巡抚恩铭是师生关系,徐锡麟来到安徽后得到恩铭的格外器重,他先被委任为安庆陆军小学堂会办;再求恩铭之后,又被任命为安徽巡警学堂会办兼任安徽巡警处会办。

有巡抚恩铭的提携,徐锡麟的仕途将一路顺畅。

但是,恩铭万万没有想到,他格外关照的这个青年,却是一个置他于死地而后快的人。

徐锡麟紧锣密鼓地筹备着起义。他的计划是:以三个月为期,先在巡警学堂训练出一个班的学生,再把这些学生分配到军警机关以发展革命力量;同时开始训练第二个班,等第二个班举行毕业典礼的时候发难。发难的程序是:邀请包括恩铭在内的所有官吏参加典礼,在典礼上将这些大小官吏捕杀殆尽。但是,计划尚未落实,危机已经出现。巡警学堂的第一批学员还没训练完毕,两江总督端方在南京捕获了一名革命党人,这个革命党人的口供之一是:安庆有个革命党首领,姓徐,是浙江人。端方立即电告恩铭,让他注意防范和捕拿。所幸的是,变节的人并没有明确说出徐姓革命党首领的名字,因此,对徐锡麟格外信任的恩铭竟然将这封电报拿给他看了。徐锡麟立即意识到:起义计划可能泄漏,必须提前举行起义。

徐锡麟知道,仅靠巡警学堂的两百多名学生力量不够,必须争取安庆的新军军官。驻扎安庆的新军陆军六十一标标统是汉人,这位标统已经表示同意参加起义——在安庆江边的芦苇丛中,徐锡麟和新军军官们歃血为盟,发誓同心同德永不背叛。

七月八日是第一期巡警学员毕业典礼的日子。

凑巧的是,这一天是恩铭的总文案张次山母亲的生日,恩铭必须前去祝寿。

于是,徐锡麟将毕业典礼提前到了六日。

这是一个血肉横飞的日子。

早上五点,徐锡麟集合学生并作了训话。八点,在巡抚恩铭的率领下,政府各级官吏先后到达,徐锡麟在学校大门口恭敬迎接。他的一身黑色警服,让恩铭看着很是顺眼,不禁称赞说:"徐道台今日戎装,颇有气概。"徐锡麟回答:"今天是甲班学生毕业大典,大帅又亲自莅临阅操,应该这样穿着,以示隆重。"⑭

按照阅操程序,先请恩铭和官吏们吃酒。吃酒的时候,应该是发难的最好时机。但是,巡警处一个名叫顾松的收支员,悄悄地向臬台毓秀报告:"徐道台不是好人,请转禀大帅不要在这里吃酒。"⑮毓秀立即密报恩铭,恩铭以身体不适为名推辞了吃酒。感觉气氛不对的徐锡麟请求恩铭去礼堂参加典礼,本想马上离开的恩铭竟然答应了。徐锡麟引导着恩铭等官吏们往礼堂走,学生们也按照教官的口令列队准备进入礼堂。就在这个时候,从礼堂的窗户里面飞出一颗炸弹——炸弹是徐锡麟的同党陈伯平扔出来的。

炸弹没有爆炸,恩铭吃了一惊。

徐锡麟迅速从靴子中拔出两支手枪,一手一支朝恩铭开了火。

徐锡麟近视,这严重影响了他的射击精度,但恩铭还是身中数弹:一弹中上唇,一弹穿左手掌,一弹中腰部,数弹中双腿。

场面开始混乱,当徐锡麟再次为手枪装子弹的时候,卫兵背起恩铭一路狂奔,陈伯平追上去继续射击,一颗子弹穿透恩铭的后脊椎嵌入心际。

官职仅次于恩铭的藩台冯煦被这一突发事变惊呆了,一动不动地站在原地不知如何是好,徐锡麟在混乱中推了他一把:"冯大人快走,不关你的事!"⑯

冯煦是汉人。

徐锡麟提着手枪寻找臬台毓秀,没有找到。

他捉住了告密的收支员顾松。惊恐万状的顾松说,他偷看了从日本寄给徐锡麟的信件,知道徐道台要造反,今天见气氛不对,才提醒巡抚大人注意。

杀了顾松后,徐锡麟带领学生占领了军械所。

很快,安庆巡防营统领刘利贞来了,他并没有带一兵一卒。

徐锡麟说,作为汉人,你应该协助起义,如果你能占领电报局,起义成功后自有你的大官职。

刘利贞转身走了。

按照起义计划,新军第六十一标管带丁忽清率领部队赶到。清军为了防止士兵骚乱,平时不发子弹,士兵背的都是空枪。徐锡麟准备从军械库里取子弹,却发现军械库的大门由厚钢板铸成,根本打不开。从旁边的小库房里拉出六门大炮和数箱炮弹后,陈伯平主张开炮,先将抚台衙门轰掉,徐锡麟不同意,认为那样要伤及平民,"与革命宗旨不合"。正在争执的时候,四周突然枪声大作,那个本来答应占领电报局的刘利贞带领部队包围了军械所。

陈伯平中弹先死。

对峙射击五个小时之后,弹尽的徐锡麟和学生们被俘。

审问徐锡麟的是代理巡抚冯煦。

"恩抚台待你很好,为什么要谋害他?"

"恩铭待我很好,这只是个人私恩,而我杀恩铭是排满公理。"⑭

徐锡麟供词:

> 我本革命党大首领,捐道员。到安庆专为排满而来,做官本是假的,使人人可无防备。满人虐我汉族,将近三百载矣。观其表面立宪,不过牢笼天下人心,实主中央集权,可以澎涨专制力量。满人妄想立宪,便不能革命。殊不知中国人之程度不够立宪,以我理想立宪是万万做不到的,革命是人人做得到的。若以中央集权为立宪,越立宪得快,越革命得快。我只拿定宗旨,一旦乘时而起,杀尽满人,自然汉人强盛,再图立宪未迟。我蓄志排满有十余年,近日始达目的。本拟再杀铁良端方良弼,为汉人复仇,乃竟于杀恩铭后,即被拿,实难满意。我今日之意,仅欲杀恩铭与毓钟山(毓秀)耳。恩铭想已击死,可惜便宜了毓钟山。此外各员,均悉误伤,惟顾松系汉奸,他说会办造反,所以将他杀死。赵廷玺也要拿我,故我亦欲击之,惜被走脱。尔等言抚台是好官,待我甚厚,但我既以排满

1911

为宗旨,即不能问其人之好坏。至于抚台厚我,系属个人私恩;我杀抚台,乃是排满公理。此举本拟缓图,因抚台近日稽查革命党甚严,他又当面叫我捉革命党首领,恐遭其害,故先为同党报仇。只要打死了他,此外文武不怕不降顺了。我直下南京,可以势如破竹,此实我最得意之事实。尔等再三言我密友二人,现一并拿获,均不肯供出姓名。但此二人,皆有学问,日本均皆知名。以我所闻,在军械所击者为光复子陈伯平,此实我之好友。被获者或系我友宗汉子,向以别号传,并无真姓名。若尔等所说之黄福,虽系浙人,我不认识。众学生程度太低,均无一可用之者,均不知情。你们杀我好了,将我心剖了,两手两足断了,全身碎了,不要冤杀学生,是我逼他去的。革命党本多,在安庆实我一人。为排满事,欲创革命军,助我者仅光复子宗汉子两人,不可拖累无辜。我与孙文宗旨不同,他亦不配使我行刺。我自知即死,可拿笔墨来,将我宗旨大要,亲书数语,使天下后世皆知大义,不胜欣幸。谨供。⁽¹⁴⁸⁾

徐锡麟被审问的时候,奄奄一息的恩铭口述了一份奏折,竟然是满纸哀伤:

奏为奴才受创甚重,难冀生痊,伏枕哀鸣,谨口授遗折,仰祈圣鉴事。窃奴才以昏庸之资,叠荷圣恩,擢膺疆寄。自上年三月抵任后,深维时艰孔亟,非奋发不足图强,故将兴学、练兵、巡警、实业诸要政,同时并举。业经迭次奏陈。适值皖北大灾,筹赈筹捐,辛苦经营十余月,甫能告竣。本年沿江一带枭会各匪,遍地充斥,加以孙党勾结,时虞蠢动,奴才叠派员弁,四处侦缉……本月二十六日(农历),巡警学堂甲班学生毕业之期,奴才于辰刻率同司道亲往考验,方整齐行列之际,突见徐锡麟率领外来死党数人,皆手执双枪,向奴才连环轰击,相距不及五尺……奴才受伤虽重,而神志颇清,语音亦朗,犹冀不至于死。乃经西医启视,除左手右腿腹部三伤外,左右胯首及下部复有枪伤四五处,皆已前后洞穿,而腹部一伤,枪子未除,奴才自觉枪子往上行,将攻心际,西医云,非开剖不能取出。奴才今年六十有二矣,奏刀之际,生死尚不可知,特令奴才之子咸麟至前,口授此折。奴才死不足惜,顾念当此世变多方人心不靖之时,不得竭尽心力,以报国恩,奴才实不瞑目。徐锡麟系曾经出洋,分发道员,思其系前任湖南巡抚臣俞廉三之表侄,奴才坦然用之而不疑。任此差甫两月,勤奋异常,而不谓包藏祸心,身为党首,欲图革命,故意捐官,非第奴才之不防,抑亦人人所不料。可见仕途庞杂,治弊滋多,出洋之学生,良莠不齐。奴才伏愿我皇上进用之时,慎选之也……奴才自在山西行在获觐两宫,仰承圣训,而后迭蒙迁擢,均未召令来见,犬马念主,从此更无重见天日之期,望阙长辞,此恨何极。伏枕哀鸣,不胜哽咽凄怆之至,伏乞皇太后皇上圣鉴,谨奏。[149]

此为恩铭遗折。

"恩铭既回署,命家人往延教会同仁医院英(英国)医生戴璜,命取出子弹,戴璜答以非割腹不能出之,恩铭许之。遂用铜器撑开肚皮,遍觅子弹不见,因复用线缝合。又割腿验视,亦不见。盖子弹为铅子,已被融化去。而恩铭乃不得复活矣。"[150]

两江总督端方电令冯煦立即处决徐锡麟。

恩铭家人要求活剖徐锡麟之心以祭恩铭。

冯煦因内心感激徐锡麟在发难时将他放走,同时以为用活人之心祭祀死人未免过于残忍,虽不能阻止还是向手下作了特别暗示。

> 三司幕友,均绍兴人,为锡麟同乡,闻有剖心之说,先将锡麟之阴囊击碎,故割头剖心之时,锡麟已宾天久矣。[151]

无法得知"将阴囊击碎"是怎样的一种刑法,但据说"此刑为诸痛之中最剧者"。

鲜红的心脏被利刃剜出,捧到了恩铭的灵柩前。

这种倒退到最野蛮时代的祭祀方式,堂而皇之地出现在二十世纪初的中国。

徐锡麟残破的尸首,被钉在四块木板上,于抚台衙门东辕门外公开示众。

那一夜,安庆大雨倾盆。

1911

徐锡麟被捕后，尽管秋瑾设法组织大通学堂的同志隐藏枪弹、焚毁名册、疏散学生，但她依旧成为官府锁定的目标——徐锡麟的弟弟被捕后供出了她，绍兴的劣绅也密告官府秋瑾准备发难。浙江巡抚张曾敭立即密令浙江新军第一标标统李益之率兵三百向绍兴进发。李益之怕士兵中有人与光复会有联系，出发前进行了严格检查，结果引起士兵的不满。士兵闹事的消息一经传出，浙江武备学堂的学生立即派人到绍兴劝说秋瑾赶快逃亡。

秋瑾有足够的时间逃走。

知府贵福带领赶到绍兴的新军开始搜查徐锡麟的住所，有消息说他们之后就要到大通学堂对秋瑾实施逮捕，那时秋瑾已从报上获悉徐锡麟在安庆殉难的过程，她"泣于内室，不食亦不语"，拒绝逃跑。及至新军将大通学堂的门口围堵，有学生劝秋瑾从后门乘船渡河逃走，秋瑾还是不语。最终，"清兵获瑾于内室"。[152]

上海《大公报》报道了秋瑾被捕的过程：

> 绍兴知府贵福于初三日赴杭垣密见张中丞，计议围捕大通学堂之事。当派第一标常备军三百名，交该管带往徐锡麟曩时创办之大通学校搜捕。遂于初四日晨带兵赴绍，会同山阴会稽两县，即于是日将大通学校围住，排枪而入，不问情由，见人即击。时该堂方设夏期体育会，尚有学生十余人亦在会所研求体育，兵到时适有学生二人立于门首，见兵丁来势汹涌，疾避入内，兵丁遂开枪乱击，当场击毙二人，嗣即入内，大肆搜捕。诸生纷纷奔避，旋即尽数捉获，并无人与兵抵抗。秋女士见兵来，匿于空屋之中，兵丁即将其搜出，肆行牵拉几将身上衣服脱尽。又该校为练习体操故，向请有洋枪数十杆经官存案，至是全数为兵丁劫去，并有手枪两支亦为兵丁所得，乃即坚称由秋女士裤中搜得。即捕得秋女士以后，兵士即大奏凯歌拥送至府署……[153]

审问秋瑾的是绍兴知府贵福。

贵福平素与大通学堂多有来往，与秋瑾个人也可称关系密切，曾写"竞争世界，雄冠地球"对联一副送给别号竞雄的秋瑾。审问时，秋瑾

"百问不答"。贵福追问其同党,秋瑾这才开口,开口便提对联之事。贵福心有余悸,遂将秋瑾交山阴知县李钟岳审问。

李钟岳,进士出身,几个月前刚刚到职。平素仰慕秋瑾的学问文章,对其"驰驱戎马中原梦,破碎山河故国羞"的诗句极为赞赏。这个与清廷离心离德的官吏,在审问秋瑾的时候,特在花厅为其设座,结果审问者与被审问者在窗外秋雨的凄惶声中对谈甚久。李钟岳请求秋瑾自写供词,秋瑾只写下七个字:秋风秋雨愁煞人。

贵福深怕秋瑾案牵连自己,电禀浙江巡抚张曾敭要求"先行正法",张曾敭回电表示同意。贵福立即向李钟岳下达了行刑令。李钟岳虽然十分痛苦但无法拒绝。

一九〇七年七月十五日凌晨,秋瑾被钉上镣铐后自女监押出。

秋瑾提出三个要求:一、写信给家人和朋友;二、临刑不脱去衣服;三、不要以首级示众。

后两条被允许。

破晓时分,绍兴轩亭口笼罩在晨雾之中。

> 其时女士身穿元色生丝衫裤,足穿皮鞋,两手分缚系以铁镣,当其出山阴县署时,前后均有练军及防兵拥护,或推或挽,形极狼狈。[154]

行刑官问有何遗言,秋瑾平静地摇摇头。

轩亭口四周是围观如堵的同胞。

秋瑾曾经为她创办的《中国女报》写下这样的发刊词:

> 世间最凄惨最危险之二字曰:黑暗。黑暗则无是非,无见闻,无一切人间世应有之思想行为等等。黑暗界凄惨之状态,盖有万千不可思议之危险。危险而不知其危险,是乃真危险;危险而不知其危险,是乃大黑暗。黑暗也,危险也,处身其间者,亦思所以自救以救人耶?然而沉沉黑狱,万象不有,虽有智慧,莫措其手……[155]

秋瑾身首分离,鲜血飞溅。

将一个女人押至男犯刑场,按照正法男犯的方式公开斩首,这是浙江巡抚张曾敭之流"从快从严"的治理思维。秋瑾临刑的前一天,张曾敕致信贵福:"此事入手,必须从严,始能解散,若意存消弭,酿祸必大。"⑭封建帝制统治下的漫长岁月里,历代统治者都坚信这样一个治民真理:用最残酷的行刑方式向臣民传达治民者至高无上的威严,用国家机器的为所欲为让臣民体会到强权制造的生存噩梦,用受刑人悲彻绝望的呼号以及执行者的大声吆喝使酷刑实施后的世界一片寂静——如此这般,政权便能够稳固如山了。

从某种意义上讲,数千年以来,这个真理似乎颠扑不破。

但是,一九〇七年,自轩亭口那个飘着晨雾的拂晓被溅上一个女人的鲜血之后,这个真理动摇了。

秋瑾的血迹未干,那些在皇权统治下残忍而傲慢的官吏们突然间有些不知所措了,一个他们从未料想到的尴尬局面一夜之间出现了,那就是来自全国的铺天盖地的舆论抨击。

在朝廷预备立宪的时候,官吏们自然听说过"舆论自由"。但是,他们从未想到,在大清帝国的土地上,真的会有舆论自由的那一天,他们当然也想象不到,一旦舆论自由起来他们将面临多么巨大的灾难——什么是舆论自由?就是肆无忌惮地对官吏的行径说三道四;就是不再把掉脑袋当回事没完没了地与官吏们对着干。这样一来还有王法吗?

晚清中国的舆论界,基本上是民营报刊的天下,这是一个十分奇异的现象。当时,官方虽然掌握《京报》、《政治官报》和各部所办的报纸,但无论是数量还是发行量都无法与民营报纸相比。虽然官方已经意识到了舆论危机,主张加强官办报纸的引导力度。但是,民众喜欢看的还是民营报纸。民营报纸不但刊载上谕和重要奏折,而且来自民间的信息量更大,言论更加自由。自清廷决定预备立宪以来,官方什么都想到了,就是没想到如何控制舆论。

秋瑾罹难后不久,民营报纸开始高度关注秋瑾事件,不但对每一个细枝末节毫无遗漏地连续报道,而且逐渐由披露事件真相转为直接抨击清廷官吏。认为杀徐锡麟,取其心祭恩铭,可谓野蛮之极,及至斩首秋瑾,"无辜株连"到了丧心病狂的程度。上海《申报》:"绍兴明道女学堂教习秋瑾女士曾至日本留学,程度颇高。近被人指为徐锡麟党羽,遂被拿获,立予斩决。闻者莫不懔懔。"⑮"懔懔"二字,已含彻骨之愤懑。民营报纸死死抓住秋瑾被"无辜株连"这一点,有意制造地方官吏与朝廷之间的矛盾。尽管官吏们反复说明,杀秋瑾是得到朱批的,但各方舆论始终故装不知,大量引用朝廷曾给地方官吏下达的"不可株连"的上谕,就是要造成地方官吏滥杀无辜的既定事实:

> 杀革命党,升官之捷径也。以杀革命党为言,则任杀百数十无辜之人,而人莫敢讼冤,以讼冤者亦可指为革命党也。[158]

舆论把官方证据中那些相互矛盾、逻辑疏漏之处,当成一件极具群众性的侦破揭露活动,铺天盖地,穷追猛打,死缠不放——秋瑾私藏武器,私藏在哪里?是谁搜出来的?即使查出了武器,谁能肯定是秋瑾藏的?说在秋瑾身上搜出来的,哪有明知官府来抓,却把武器故意带在身上的?说秋瑾通匪通的是哪一股匪?——舆论众口一词,那就是秋瑾的罪名是"莫须有"的。

浙江巡抚张曾敭感到了恐惧。要是在几年前,他是不会害怕,因为像这种明目张胆地为乱党喊冤,可以先封报馆,然后自有酷刑对付这些无法无天的臣民。但是,张曾敭知道,现在不行了。那些报纸不知通过什么手段,把大量的内部消息掌握得十分详尽,已经到了无孔不入的地步,一手遮天办案的时代已经过去了。更何况,现在连朝廷都预备立宪了,天下人人都开始讲文明政治了。最可怕的是,在舆论的煽动下,革命党人已经明确把涉及秋瑾事件的所有官吏一一列入了暗杀名单。

惊慌失措的绍兴知府贵福请示张曾敭如何是好。

张曾敭回电让贵福自己想办法向公众解释。

贵福没有办法,只有公布秋瑾的供词。

谁知供词一出,立即被舆论痛斥为官方伪造的:

> 秋瑾之杀无供词,越人莫不知;有之则惟"寄父是我同党"和"秋风秋雨愁煞人"之句耳。而今忽有供词,其可疑者一。秋瑾之言语文辞,见诸报章者不一而足,其文词何等雄厉,其言语何等痛快!而今读其供词,言语支离,情节乖异,大与昔异,其可疑者二。然死者已死,无人质证,一任官吏之矫揉造作而已,一任官吏之煅炼周纳而已。然而自有公论。[159]

贵福百般无奈,贴出一张"安民告示",劝说民众不要听信谣言自生滋扰。

这一下,舆论干脆把清廷官吏们列入了强盗之列:

犹强盗之人入室,亦既席卷财物,戕伤事主;及其去也,乃温颜而喻之曰:吾之此来,凡以保尔生命财产之故,不必惊惶,自生扰乱也。其孰信之!⑯

自秋瑾死后,无论官方说什么,民间就是不信了。

舆论达成的普遍共识是:徐锡麟不是强盗,秋瑾不是强盗,所有的革命党人都不是强盗,如果说这个世界有强盗的话,那就是清廷的官吏。

更让浙江巡抚张曾敭和绍兴知府贵福想不到的是,本以为为朝廷立下大功,结果却是前程就此断送。被舆论斥之为禽兽的张曾敭,在巨大的压力下称病不出,最后因为无法继续在浙江待下去被朝廷调往江苏。但是,朝廷的上谕刚下,江苏教育总会和预备立宪公会立即在全省展开了猛烈的"驱张运动","人情汹惧"地呼喊江苏绝不能成为"藏污纳垢"之地。朝廷无奈,再次下旨将张曾敭调往山西,尽管驱张态势暂时缓解,可张曾敭在山西任职不久便被免职了。

贵福也被调任别处,直到帝国倾覆民国诞生后依旧名声狼藉,最终不得不改名换姓了却残生。

那个亲自把秋瑾送上断头台的山阴知县李钟岳,在社会舆论的压力下更是难以平复内心的愧疚,两次自杀未遂后,于一九〇七年十月二十九日再次自缢,终于身亡。

晚清民间舆论的独立性、权威性和群众性,就那个时代而言令人瞠目。

有史论称,秋瑾事件之后,中国进入了一个"众声喧哗的时代"。

秋瑾罹难后,尸骨被草草埋葬于绍兴文种山上。

一九〇八年一月二十五日,秋瑾的棺椁被下葬在杭州西湖风景区的中心位置,墓地是生前好友吴芝瑛、徐自华为她选的,浙江学界数百人为秋瑾举行了追悼会。几个月后,有官吏奏请朝廷平毁秋瑾墓并捉拿营葬人,理由是"将女匪秋瑾之墓改葬,规制崇隆,几与岳武穆(岳飞)之墓相埒",将其捣毁才能"遏乱萌而维持风化"。⑯ 两个月后,秋瑾墓被平。正在因病住院的吴芝瑛直接写信给两江总督端方,表示世道自有公论,要捉就捉,她绝不避祸。事情一经传出,再次引起舆论大哗,而且这次的影响居然闹到国外去了。当时,清廷刚刚赶制出一批银制酒杯,准备送给来访的美国水兵,英国的《泰晤士报》不但刊出吴芝瑛的大幅照片,而且著文表示声援:"现清廷欲将一个仗义的女子从病院赶入牢狱致死,尊重女权的美国官兵难道还愿收下这批纪念银杯吗?"[102]清廷不得不收回了捉拿吴芝瑛的通令。

志士们所期望的"以血唤起民众"的夙愿在秋瑾身上体现得格外灿烂。

秋瑾以她的生命换来一个"众声喧哗的时代",这使她的死有了不同寻常的历史意义。

众声喧哗,一个令人向往的境界。

对于历史来讲,众声可以喧哗,无疑是一种进步、一种希望、一种催生。而对于大清政权来讲,在众声喧哗下过日子,才是真正生死考验的开始。

注 释:

① 吴樾《暗杀时代自序》,引自中国史学会主编《辛亥革命》(二),上海人民出版社、上海书店出版社。

② 黄炎培《我亲身经历的辛亥革命事实》,引自中国人民政治协商会议全国委员会文史资料委员会编《辛亥革命亲历记》,中国文史出版社。

③ 《烈士吴樾君意见书》,引自中国史学会主编《辛亥革命》(二),上海人民出版社、上海书店出版社。

④⑤ 吴樾《与妻书》,引自中国史学会主编《辛亥革命》(二),上海人民出版社、上海书店出版社。

⑥ 李群《杀人篇》,引自张枬、王忍之编《辛亥革命前十年间时论选集》第一卷上册,生活·读书·新知三联书店。

⑦ 梁启超《论俄罗斯虚无党》,引自张枬、王忍之编《辛亥革命前十年间时论选集》第一卷上册,生活·读书·新知三联书店。

⑧ 《虚无党》,引自张枬、王忍之编《辛亥革命前十年间时论选集》第一卷下册,生活·读书·新知三联书店。

⑨ 大我《新社会之理论》,引自张枬、王忍之编《辛亥革命前十年间时论选集》第一卷下册,生活·读书·新知三联书店。

⑩⑪ 林獬《国民意见书》,引自张枬、王忍之编《辛亥革命前十年间时论选集》第一卷下册,生活·读书·新知三联书店。

⑫ 刘慎修编著《刘师培》,中国文史出版社。

⑬ 章太炎《五无论》,引自张枬、王忍之编《辛亥革命前十年间时论选集》第二卷下册,生活·读书·新知三联书店。

⑭ 中山市文化局、翠亨孙中山故居纪念馆编《孙中山言粹》,中国大百科全书出版社。

⑮ 故宫博物院明清档案部编《清末筹备立宪档案》上册,中华书局。

⑯ 辞海编辑委员会编《辞海》(中),上海辞书出版社。

⑰ 高旺《晚清中国的政治转型》,中国社会科学出版社。

⑱ 伧父《立宪运动之进行》,引自中国史学会主编《辛亥革命》(四),上海人民出版社、上海书店出版社。

⑲⑳㉑ 章开沅《开拓者的足迹——张謇传稿》,中华书局。

㉒ 章开沅《开拓者的足迹——张謇传稿》,中华书局。

㉓ 引自张枬、王忍之编《辛亥革命前十年间时论选集》第一卷下册,生活·读书·新知三联书店。

㉔㉕ 丁文江、赵丰田编《梁任公先生年谱长编》(初稿),中华书局。

㉖㉗ 丁文江、赵丰田编《梁任公先生年谱长编》(初稿),中华书局。

㉘ 丁文江、赵丰田编《梁任公先生年谱长编》(初稿),中华书局。

㉙ 《梁启超自述》,河南人民出版社。

㉚ 《梁启超自述》,河南人民出版社。

㉛㉜ 董四礼《梁启超》,哈尔滨出版社。

㉝ 饮冰《开明专制论》,引自张枬、王忍之编《辛亥革命前十年间时论选集》第二卷上册,生活·读书·新知三联书店。

㉞ 董四礼《梁启超》,哈尔滨出版社。

㉟ 饮冰《开明专制论》,引自张枬、王忍之编《辛亥革命前十年间时论选集》第二卷上册,生活·读书·新知三联书店。

㊱ 饮冰《申论种族革命与政治革命之得失》,引自张枬、王忍之编《辛亥革命前十年间时论选集》第二卷上册,生活·读书·新知三联书店。

㊲ 《民报与新民丛报辩驳之纲领》,引自中国史学会主编《辛亥革命》(二),上海人民出版社、上海书店出版社。

㊳ 扑满《发难篇》,引自张枬、王忍之编《辛亥革命前十年间时论选集》第二卷上册,生活·读书·新知三联书店。

㊴ 饮冰《开明专制论》,引自张枬、王忍之编《辛亥革命前十年间时论选集》第二卷上册,生活·读书·新知三联书店。

㊵ 汪精卫《驳〈新民丛刊〉最近之非革命论》,引自徐万民主编《孙中山与辛亥革命》,北京图书馆出版社。

㊶㊷㊸ 邹鲁《中国同盟会》,引自中国史学会主编《辛亥革命》(二),上海人民出版社、上海书店出版社。

㊹ 董四礼《梁启超》,哈尔滨出版社。

㊺ 邹鲁《中国同盟会》,引自中国史学会主编《辛亥革命》(二),上海人民出版社、上海书店出版社。

㊻ 李新主编《中华民国史》第一编,全一卷(下),中华书局。

㊼ 〔美〕费正清编《剑桥中国晚清史》下卷,中国社会科学出版社。

㊽㊾㊿ 故宫档案馆《孙文革命运动清方档案》,引自中国史学会主编《辛亥革命》(一),上海人民出版社、上海书店出版社。

㊼ 陈春生《丙午萍醴起义记》,引自中国史学会主编《辛亥革命》(二),上海人民出版社、上海书店出版社。

㊼ 房德邻《清王朝的覆灭》,河南人民出版社。

53 54 55 56 57 58 59 60 陈春生《丙午萍醴起义记》,引自中国史学会主编《辛亥革命》(二),上海人民出版社、上海书店出版社。

61 黎东方《细说民国创立》,上海人民出版社。

62 63 陈春生《丙午萍醴起义记》,引自中国史学会主编《辛亥革命》(二),上海人民出版社、上海书店出版社。

64 陈春生《丙午萍醴起义记》,引自中国史学会主编《辛亥革命》(二),上海人民出版社、上海书店出版社。

65 66 邓慕韩《丁未黄冈举义记》,引自中国史学会主编《辛亥革命》(二),上海人民出版社、上海书店出版社。

67 68 69 冯自由《革命逸史》第五集,中华书局。

70 李新、孙思白主编《民国人物传》第二卷,中华书局。

71 李新主编《中华民国史》第一编,全一卷(上),中华书局。

72 73 冯自由《革命逸史》第五集,中华书局。

74 75 李新主编《中华民国史》第一编,全一卷(上),中华书局。

76 77 尚明轩主编《孙中山的历程》,解放军文艺出版社。

78 孙文《革命原起》,引自中国史学会主编《辛亥革命》(一),上海人民出版社、上海书店出版社。

79 秦宝琦《故宫档案中的天地会史料》,引自郭汉民《中国近代史事探索》,湖南师范大学出版社。

80 郭汉民《中国近代史事探索》,湖南师范大学出版社。

81 82 83 84 85 86 87 〔日〕池亨吉《镇南关起义实地见闻》,引自中国人民政治协商会议全国委员会文史资料委员会编《辛亥革命亲历记》,中国文史出版社。

88 孙文《革命原起》,引自中国史学会主编《辛亥革命》(一),上海人民出版社、上海书店出版社。

89 90 陈锡祺主编《孙中山年谱长编》上册,中华书局。

91 孙文《革命原起》,引自中国史学会主编《辛亥革命》(一),上海人民出版社、上海书店出版社。

92 冯自由《革命逸史》第四集,中华书局。

㉓ 孙文《革命原起》，引自中国史学会主编《辛亥革命》（一），上海人民出版社、上海书店出版社。

㉔ 郭汉民《中国近代史事探索》，湖南师范大学出版社。

㉕ 中国人民政治协商会议全国委员会文史资料研究委员会编《晚清宫廷生活见闻》，文史资料出版社。

㉖ （台）苏同炳《中国近代史上的关键人物》（下），百花文艺出版社。

㉗ 许指严《十叶野闻》，中华书局。

㉘ 荣孟源、章伯锋主编《近代稗海》第二辑，四川人民出版社。

㉙㉚㉛㉜ 许指严《十叶野闻》，中华书局。

㊀ （台）苏同炳《中国近代史上的关键人物》（下），百花文艺出版社。

㊁㊂ 汪诒年纂辑《汪穰卿先生传记》，引自荣孟源、章伯锋主编《近代稗海》第十二辑，四川人民出版社。

㊃ 天台野叟著、许朝元点较《大清见闻录》上卷，中州古籍出版社。

㊄ 《两江总督端方奏请迅将帝国宪法及皇室典范编定颁布以息排满之说折》，引自故宫博物院明清档案部编《清末预备立宪档案史料》上册，中华书局。

㊅ 《立宪纪闻》，引自中国史学会主编《辛亥革命》（四），上海人民出版社、上海书店出版社。

㊆ 端方《请平满汉畛域密折》，引自中国史学会主编《辛亥革命》（四），上海人民出版社、上海书店出版社。

㊇ 载泽《奏请宣布立宪密折》，引自中国史学会主编《辛亥革命》（四），上海人民出版社、上海书店出版社。

㊈㊉ 《立宪纪闻》，引自中国史学会主编《辛亥革命》（四），上海人民出版社、上海书店出版社。

⑬ 故宫博物院明清档案部编《清末筹备立宪档案》上册，中华书局。

⑭ 王先明《清王朝的崩溃》，天津人民出版社。

⑮⑯ 《请改定全国官制以为立宪预备折》，引自故宫博物院明清档案部编《清末筹备立宪档案》上册，中华书局。

⑰ 《庆亲王奕劻等奏定中央各衙门官制缮单进呈折》，引自故宫博物院明清档案部编《清末筹备立宪档案》上册，中华书局。

⑱ 《立宪纪闻》，引自中国史学会主编《辛亥革命》（四），上海人民出版社、上海书店出版社。

⑲ （台）丁中江《北洋军阀史话》（一），中国友谊出版公司。

⑳ 〔日〕佐藤铁冶郎《一个日本记者笔下的袁世凯》，孔祥吉、（日）村田雄二郎整理，天津古籍出版社。

㉑ 〔日〕佐藤铁冶郎《一个日本记者笔下的袁世凯》，孔祥吉、（日）村田雄二郎整理，天津古籍出版社。

㉒ （台）苏同炳《中国近代史上的关键人物》（下），百花文艺出版社。

⑫㉓ 《裁定奕劻等复拟中央各衙门官制谕》,引自故宫博物院明清档案部编《清末筹备立宪档案》上册,中华书局。

⑫㉔ 邓云乡《宣南秉烛谭》,河北教育出版社。

⑫㉕ 荣孟源、章伯锋主编《近代稗海》第二辑,四川人民出版社。

⑫㉖ 邓云乡《宣南秉烛谭》,河北教育出版社。

⑫㉗ 岑春煊《乐斋漫笔》,中华书局。

⑫㉘ (台)苏同炳《中国近代史上的关键人物》(下),百花文艺出版社。

⑫㉙ 岑春煊《乐斋漫笔》,中华书局。

⑬㉚ 王先明《清王朝的崩溃》,天津人民出版社。

⑬㉛ (台)苏同炳《中国近代史上的关键人物》(下),百花文艺出版社。

⑬㉜ 陈去病《鉴湖女侠秋瑾传》,引自中国史学会主编《辛亥革命》(三),上海人民出版社、上海书店出版社。

⑬㉝⑬㉞⑬㉟⑬㊱⑬㊲⑬㊳ 夏晓虹《秋瑾与谢道》,引自华中师范大学中国近代史研究所编《辛亥革命与二十世纪中国》,湖北人民出版社。

⑬㊴⑭㊵ 徐双韵《忆秋瑾》,引自中国人民政治协商会议全国委员会文史资料研究委员会编《辛亥革命回忆录》(四),文史资料出版社。

⑭㊶ 陈去病《鉴湖女侠秋瑾传》,引自中国史学会主编《辛亥革命》(三),上海人民出版社、上海书店出版社。

⑭㊷ 周亚卫《光复会见闻杂忆》,引自中国人民政治协商会议全国委员会文史资料研究委员会编《辛亥革命回忆录》(一),文史资料出版社。

⑭㊸ 陶成章《浙案纪略》,引自中国史学会主编《辛亥革命》(三),上海人民出版社、上海书店出版社。

⑭㊹⑭㊺⑭㊻⑭㊼ 凌孔彰《徐锡麟安庆起义纪实》,引自中国人民政治协商会议全国委员会文史资料研究委员会编《辛亥革命回忆录》(四),文史资料出版社。

⑭㊽ 陶成章《浙案纪略》,引自中国史学会主编《辛亥革命》(三),上海人民出版社、上海书店出版社。

⑭㊾ 陶成章《浙案纪略》,引自中国史学会主编《辛亥革命》(三),上海人民出版社、上海书店出版社。

⑮㊿⑮㈠⑮㈡ 陶成章《浙案纪略》,引自中国史学会主编《辛亥革命》(三),上海人民出版社、上海书店出版社。

⑮㈢⑮㈣ 《大公报一百年新闻案例选》,复旦大学出版社。

⑮㈤ 故宫档案馆《浙江办理秋瑾革命全案》,引自中国史学会主编《辛亥革命》(三),上海人民出版社、上海书店出版社。

⑮㈥ 夏晓虹《晚清社会与文化》,湖北教育出版社。

⑮㈦⑮㈧⑮㈨⑯㈩ 夏晓虹《晚清社会与文化》,湖北教育出版社。

⑯① 夏晓虹《晚清社会与文化》,湖北教育出版社。

⑯② 张研《1908年帝国往事》,重庆出版社。

第三章
巩金瓯

君上大权 / 绅士们 / 土崩之势
碧血横飞 / 巩金瓯

1911

君上大权

众声喧哗的时代刚刚来临,大清帝国的光绪皇帝和实际掌权的慈禧太后,几乎在同一时间一起死去了。

在中国漫长的帝制史上,皇帝和太后死亡本是正常之事,问题在于光绪和慈禧死前的行为在大清帝国历史上极其特殊——他们在生命的最后时刻,决心以政体变革为政权的生存而自救,这一自救行动热情之高和力度之强,使得他们的突然死亡骤然间给中国历史蒙上了一层迷茫。

慈禧死前十一个月,即一九〇七年十二月十五日,她断然作出一个惊人之举,要求宪政编查馆大臣会同民政部大臣,参考西方宪政国家的有关法律,为大清帝国制定出一部涉及"言论和结社自由"的相关法律——"言论自由",在此之前,这四个字只意味着逆反。几千年以来,除了皇帝能够言论自由以外,这片国土上最多冒出几个准备掉脑袋的狂想者,千百万臣民哪一个敢于设想甚至曾经有过这种大逆不道的念头?

慈禧的思路很明确:按照政体变革的一般规律,言论自由是必须的前提。

慈禧死前八个月,即一九〇八年三月十三日,宪政编查馆大臣庆亲王奕劻、醇亲王载沣,大学士世续、张之洞,协办大学士鹿传霖,外务部尚书袁世凯,会同民政部尚书肃亲王善耆、左侍郎袁树勋和右侍郎赵秉钧,联名向慈禧太后和光绪皇帝呈递了一份办理该项法律的奏折:

> ……臣等窃维结社集会种类甚众,除秘密结社潜谋不法者应行严禁外,其讨论政学、研究事理、联合群策以成一体者,虽用意不同,所务各异,而但令宗旨无悖于治安,即法令可不加以禁遏……臣等仰体圣谟,参酌中外,谨拟成结社集会律三十五条。除各省会党显干例禁,均属秘密结社,仍照刑律严行惩办外,其余各种结社集会凡与政治及公事无关者,皆可照常设立,毋庸呈报……①

奏折称保障言论、结社和集会自由,是国家预备立宪的必要基础,理由是西方宪政国家都是这么做的:

> ……其在西欧立宪各国,国愈进步,人民群治之力愈强,而结社集会之风亦因之日盛。良以宇宙之事理无穷,一人之才智有限,独营者常绌而众谋者易工。故自学术、艺事、宗教、实业、公益善举推而至于政治,无不可以稽合众长,研求至理。经久设立,则为结社;临时讲演,则为集会。论其功用,实足以增进文化,裨益治理……②

放开言论和结社禁锢是否会对国家安全构成威胁?

> ……然使漫无限制,则又不能无言咙事杂之虞。是以各国既以人民结社集会之自由,明定之于宪法,而又特设各种律令以范围之。其中政治社会关系尤重,故国家之防范亦弥严。先事则有呈报以杜患于未萌,临事则有稽查以应变于俄顷。上收兼听并观之益,而下勘嚣张凌乱之风,立宪精义实存于此……③

但是,这份具有历史意义的上谕颁布后,包括慈禧在内的整个朝廷却充斥着一种前所未有的失落和不安:大清帝国的臣民们没有受宠若惊,山呼万岁,他们表现出来的居然是满不在乎的蔑视和不屑。臣民们似乎并不在意朝廷主张还是不主张"结社自由",因为各种反对政府乃至企图推翻朝廷的团体到处都是;他们也不在意朝廷主张还是不主张"言论自由",因为即使朝廷仍旧不允许自由,"众声喧哗的时代"已经到来了——秋瑾被害之后,对清廷官吏无所顾忌的抨击不可遏止,民间舆论中的排满呼声再次高涨起来。

革命派创办的《民报》发表《排满平议》一文,作者章太炎先自行设计了一个古怪的问题,然后由他自己慨然回答。问题是:有人说,汉人的祖先是从西方来的,战胜了土著苗人,成为中国的主人。因此,主张排满的汉人是不是应该考虑一下,对于苗人而言,汉人也应在被排之列。姑且不论问题的提出多么荒诞不经,最令人匪夷所思的是章太炎在自问自答的时候,不但查到了汉人先于苗人来到中国本土的证据,而且还考证出传说中的黄帝战胜蚩尤之战,其性质决不是一场部落混战而是具有历史意义的"光复",并以此证明现在汉人驱逐满人是理所当然的"反侵略"——如此奇谈怪论堂而皇之地发表,可见大清帝国的言论已经自由得十分可观了。

> ……或曰:父子兄弟,罪不相及。今侵略汉族之满人,已下世为枯腊,而复仇于其子孙,则为无义。应之曰:凡相杀毁伤之怨,至奕世则已矣。侵略则不然。所侵略者,必有其器其事。今国土与政权,满人之祖父侵略之,而满人之子孙继有之。继有其所侵略者,则与本为侵略者同。而往世残贼屠夷之事,实以政府挟之俱存。是故排满洲者,排其皇室也,排其官吏也,排其士卒也……④

阙名的《预备立宪之满洲》一文,则把朝廷预备立宪的上谕斥之为"伪谕",说那不过是"扩张满族政事上之特权"、"巩固满族军事上之实力"的阴谋,其本质上的凶残犹如朝廷酷吏将徐锡麟剖心:

> ……其美名曰预备立宪,而实则遵循弘历、玄烨之遗策而厉行之耳。弘历、玄烨行其策而效,故汉族呻吟困顿于虏廷之轭下且三百年。今其策之效否,固弗可知,要亦视我族之自待若何而已。《诗》有之:"无信人之言,人实诳汝。"虏之诳我民,至矣。如枭首凌迟之淫刑,岂非明示废止者耶?而徐烈士之狱,剖其心,磔其肢体,犹以为不足,暴尸兼旬,人莫敢殓,虽至野蛮之国,有淫刑以逞至于此极者耶?立宪、立宪云者,皆此类也。⑤

在臣民的千夫所指中,皇太后慈禧死前两个月,一九〇八年八月二十七日,朝廷再次作出惊人之举,颁布了《钦定宪法大纲》和《逐年筹备事宜清单》,宣布以九年为期召开国会。

《钦定宪法大纲》除开宗明义的前言外,正文有"君上大权"十四条,还有"臣民权利义务"、"议院法要领"、"选举法要领"三个附件。

宪法、议院、选举,都是中国人几千年闻所未闻之词汇。

何谓宪法?

宪法是宪政制度的政治核心,是近代民主宪政国家所确立的约束政治关系和政治行为的基本规范。

没有宪法,就不可能实行宪政。

大清帝国的朝廷大吏在选择宪法产生的方式上可谓"悉心厘定":

>……窃维东西各国立宪政体,有成于下者,有成于上者,而莫不有宪法,莫不有议院。成于下者,始于君民之相争,而终于君民之相让;成于上者,必先制定国家统治之大权,而后赐予人民闻政之权益。各国制度,宪法则有钦定、民定之别,议会则有一院、两院之殊。今朝廷采取其长,以为施行之责,要当内审国体,下察民情,熟权利害而后出之。大凡立宪自上之国,统治根本,在于朝廷,宜使议院由宪法而生,不宜使宪法由议院而出,中国国体,自必用钦定宪法,此一定不易之理。⑥

大臣们的意思是:朝廷准备实行的是君主立宪制,因此首先要排除民定宪法的可能。同时,英国宪法制定采取的是协定式,即"宪法由议院而出",对君权有严格的限制,显然不宜采用;而日本宪法则是"议院由宪法而出",并不侵犯皇家特权,也无须接受国民审查,尤其是公布时采用的是皇家"赐予"民众的形式,很好。

大清帝国颁布的《钦定宪法大纲》,就其内容而言,其主体只有一项,那就是"君上大权"十四条:

>大清皇帝统治大清帝国,万世一系,永永尊戴。
>
>君上神圣尊严,不可侵犯。
>
>钦定颁行法律及发交议案之权。凡法律虽经议院议决,而未奉诏命批准颁布者,不能见诸施行。
>
>召集、开闭、停展及解散议会之权。解散之时,即令国民

重行选举新议员,其被解散之旧议员,即与齐民无异,倘有抗违,量其情节以相当之法律处治。

设官制禄及黜陟百司之权。用人之权,操之君上,而大臣辅弼之,议院不得干预。

统率陆海军及编定军制之权。君上调遣全国军队,制定常备兵额,得以全权执行。凡一切军事,皆非议院所得干预。

宣战、讲和、订立条约及派遣使臣与认受使臣之权。国交之事,由君上亲裁,不付议院议决。

宣告戒严之权。当紧急时,得以诏令限制臣民之自由。

爵赏及恩赦之权。恩出自君上,非臣下所得擅专。

总揽司法权。委任审判衙门,遵钦定法律行之,不以诏令随时更改。司法之权,操诸君上,审判官本由君上委任,代行司法,不以诏令随时更改者,案件关系至重,故必以已经钦定为准,免涉纷岐。

发命令及使发命令之权。惟已定之法律,非交议院协赞奏经钦定时,不以命令更改废止。法律为君上实行司法权之用,命令为君上实行行政权之用,两权分立,故不以命令改废法律。

在议院闭会时,遇有紧急之事,得发代法律之诏令,并得以诏令筹措必需之财用。惟至次年会期,须交议院协议。

皇室经费,应由君上制定常额,自国库提支,议院不得置议。

皇室大典,应由君上督率皇族及特派大臣议定,议院不得干预。⑦

除了个别条款的文字略有不同,"君上大权"几乎是日本宪法的抄写本。

皇帝拥有颁行法律、提供议案、统率军队、发布戒严令的权力,以及任免权、荣典权、外交权等等,政府对皇帝而非对议院负责,议院只起"辅弼"和"协赞"皇帝的作用,这是典型的二元君主制政体形态。

《钦定宪法大纲》的颁布,揭开了中国立宪史的第一页。

因为,无论是"君权宪法"还是"民权宪法",中国的政治文化中终究有了"宪法"的概念。《钦定宪法大纲》规定了大清国宪政制度的基本框架,它所包含的宪政精神表明,清廷在为创建一种符合时代潮流的政治制度而努力。尽管这种努力是被迫的、有限的,但是相对于几千年的帝制专制制度而言,无疑是一次大胆的变革尝试。至少,人类近代宪政制度所必须具备的"分权"、"法治"和"人权"原则,已经能从《钦定宪法大纲》中看出些许端倪。

《钦定宪法大纲》的某些条款,确立了有限政府与权力分立的原则。在帝制政体下,政府衙门权力无限之大,到了可以任意践踏臣民生命财产的地步。而在《钦定宪法大纲》中,这样的无限权力终于受到限制。虽然皇帝权力和对抗议院是其主体内容,朝臣们尽最大可能保持着君权权威,但是宪政所规范的分权体制,势必会对皇权在客观上有所制约。《钦定宪法大纲》第三款规定:"凡法律虽经议院议决,而未奉诏命批准颁布者,不能见诸施行。"它的实际含义是:法律必须经议院议决后,才能由皇帝批准颁布。也就是说,议院是立法的主体,议院才能议决法律,皇帝只起到"批准颁布"的作用,这就是对皇权的明显限制。《钦定宪法大纲》第十一条款:"惟已定之法律,一旦颁布,非交议院协赞奏经钦定时,不以命令更改废止。"它的实际含义是:法官依照法律独立行使审判权。这一点初步确立了法律的尊严。而《钦定宪法大纲》第十款:"委任审判衙门,遵钦定法律行之,不以诏令随时更改。"它的实际含义是:尽管审判官由皇帝任命,但审判官只能依照法律行事,皇帝"不得以诏令随时更改",从而体现出司法权的相对独立。总之,法治原则显现于《钦定宪法大纲》:"夫宪法者,国家之根本法也,为君民所共守,自天子以至于庶人,皆当率循,不容逾越。"⑧——对于法律而言,数千年以来,只有庶人不容逾越,何时敢将皇帝也算在必须遵守之列?

《钦定宪法大纲》在附录中列举了"臣民权利义务"共九条:

> 臣民中有合于法律命令所定资格者,得为文武官吏及议员。

> 臣民于法律范围以内,所有言论、著作、出版及集会、结社等事,均准其自由。

> 臣民非按照法律所定,不加以逮捕、监禁、处罚。

臣民可以请法官审判其呈诉之案件。

臣民应专受法律所定审判衙门之审判。

臣民之财产及居住,无故不加侵扰。

臣民按照法律所定,有纳税、当兵之义务。

臣民现完之赋税,非经新定法律更改,悉仍照旧输纳。

臣民有遵守国家法律之义务。⑨

仅这九条,已初显保障公民权利的端倪。

以宪法的名义明确规定,私人领域不受执政权力的肆意侵犯,这在以往的中国着实难以想象。

但是,无论是革命派还是立宪派,都感到极大的不满意。立宪派批评《钦定宪法大纲》"仍不脱专制之遗臭"。⑩他们不满意原因很简单:立宪派的政治理想是民权宪法而不是君权宪法。革命派更是迎头痛击,说《钦定宪法大纲》假借立宪之名"以巩固万年无道之基"。⑪同盟会员更是嘲讽《钦定宪法大纲》的颁布纯属病态:"呜呼!虏廷之疾已死不治,而欲以宪法疗之,宪法之疾又死不治,持脉写声,可以知其病态矣。"⑫

客观地讲,比之世界政治文明史,无论是对中国还是对慈禧而言,《钦定宪法大纲》的颁布至少晚了二十年。

如果一八九八年,当康梁提出国家应该变法维新的时候,清廷能够颁布这样一部宪法大纲而不是在菜市口疯狂地杀人,中国近代史必定会是另一种面貌。

《钦定宪法大纲》颁布两个月后,一九〇八年十一月十五日,光绪皇帝和慈禧太后先后死去。

光绪与慈禧死去的时间,仅仅相隔二十二个小时。

两个人几乎在同一天死去,这让他们的离世充满悬疑。

悬疑集中于一点:光绪是否属于正常死亡?

之所以怀疑光绪死得蹊跷,重要的史料当属末代皇帝溥仪的描述:

> 我还听见一个叫李长安的老太监说起光绪之死的疑案。照他说,光绪在死的前一天还是好好的,只是因为用了一剂药就坏了,后来才知道这剂药是袁世凯使人送来的。按照常例,

皇帝得病，每天太医开的药方都是要分抄给内务府大臣们每人一份，如果是重病还要抄给每位军机大臣一份。据内务府某大臣的一位后人告诉我，光绪死前不过是一般感冒，他看过那些药方，脉案极为平常，加之有人前一天还看到他像好人一样，站在屋里说话，所以当时人们听到光绪病重的消息时都很惊异。更奇怪的是，病重消息传出不过两个时辰，就听说已经"晏驾"了。总之光绪死得很可疑的。⑬

按照这个说法，光绪皇帝是被袁世凯毒死的。其逻辑是：光绪对袁世凯恨之入骨，因为戊戌年间袁世凯辜负了光绪的信任。而当慈禧病重之时，袁世凯担心如果太后先于皇帝死去，他必定保不住自己的官位乃至脑袋，于是勾结李莲英借进药之机将光绪毒死。

还有一种说法，疑为慈禧害死了光绪。因为光绪皇帝被长期囚禁，他已是保皇派和立宪派的精神偶像，自然也就成了慈禧最大的政敌。慈禧知道，光绪在卧薪尝胆地等着她死，从年龄差距上讲她会死在光绪的前面，而这一点慈禧绝对于心不甘。因此，得知自己病重可能不治的时候，慈禧产生先将光绪害死的念头完全合理。当时，皇帝的治疗事宜由庆亲王奕劻主持，任何人不得随意进入光绪居住的瀛台。而奕劻是慈禧的心腹大臣，下毒和伪造病案是完全可能的。更能证明这一点的是，在光绪离世的前两天，即十一月十三日，慈禧以光绪皇帝的名义颁布了皇位继承人和摄政王的两道圣旨——如果不是慈禧预知光绪的死期，两道圣旨颁布的时间便无从解释。

至于光绪的死因，有史料说是慈禧在赏给光绪的食物中下了毒；还有史料说是慈禧命令太监将光绪"扼毙"，即掐住喉咙使其窒息而死；更有当时在内务府当差的太监回忆说，大清帝国的皇帝是活活饿死的：

……在宫侍帝疾时，共有六人，死其二，其余诸医，日仅得一食，因饿失血者又凡三人，请假亦不得出。当景帝死宾天之日晨，内监召太医入，只周君与陈君二人膝行而进。帝在东床卧，以手召周医而前，瞪目指口者四。盖此时内监只有一人，而宫中器物，皆被宫人偷窃殆尽，只余一玉鼎。周知帝欲得饮食，然无处寻觅，且周君已两日未食，吐血皆纳诸袖中，彷徨无以为计。旋见帝转侧,吐血盈床,跪近视之,无少声息。近午,醇亲王(光绪的父亲)到,问帝状。周医以"当是驾崩"对。醇亲王以怀镜接近帝嘴,见无嘘气,即匆匆去。旋报皇后至,两医匿于阶下,闻哭声。⑭

这幅深宫的凄惨景象无论如何令人难以置信。

应该强调的是,即使是溥仪的说法,也未必就是真相,毕竟他登基时年仅三岁。

唯一不争的事实是,光绪和慈禧的病情都很严重。

光绪四岁即位,天性柔懦,在慈禧阴鸷的威严中长大,更加慎从茌弱。自戊戌被囚,情志难抒,精神抑郁,长达十年的孤苦令他的病患积重难返。至一九〇八年年中,光绪的病情日渐加重,朝廷催促各省督抚派名医来京会诊。时任军机处章京的许宝蘅六月十一日记述:"有电致直隶、两江、两湖、山东、陕西各督抚,因圣躬欠安,诏征名医,陕西昨举刘绍邺,今日电谕毋庸来京。闻日前上手谕陈莲舫等以病状并非甚要,而诸医治不得法,大加申斥。"⑮到了十月,许宝蘅在十三日的日记中写道:"昨日直督荐医屈永秋、关景贤进诊,闻初九日军机大臣召见时,两宫泣,诸臣亦泣,时事艰危,圣情尤虑也。"⑯被召进宫的西医屈桂庭后来回忆说:"迨至十月十八日,予复进三海,在瀛台看光绪帝病。是日,帝忽患肚痛,在床上乱滚,向我大叫:'肚子痛得了不得!'时中医俱去,左右只余内侍一二人,盖太后亦患重病,宫廷无主,乱如散沙,帝所居地更为孤寂,无人管事。余见帝此时病状:夜不能睡,便结,心急跳,神衰,面黑,舌黄黑……"⑰正式见诸档案的病情上谕,是光绪死的那天发布的,上谕迫切的求治之意表明皇帝确实难以支撑了:

> 自去年入秋以来,朕躬不豫,当经谕令各将军督抚,保荐良医。旋据直隶、两江、湖广、江苏、浙江各督抚先后保送陈秉钧、曹元恒、吕用宾、周景涛、杜钟骏、施焕、张鹏年等,来京诊治。惟所服方药,迄未见效。近复阴阳两亏,标本兼病,胸满胃逆,腰腿酸痛,饮食减少,转动则气雍咳喘,益以麻冷发热等症,夜不能寐,精神困惫,实难支持,朕心殊焦急。著各省将军、督抚,遴选精通医学之人,无论有无官职,迅速保送来京,

听候传诊。如能奏效,当予以不次之赏。其原保之将军、督抚,并一体加恩,特此通谕知之。⑱

光绪离世的前一天,福建名医周景涛被召至瀛台。

周景涛"诊切"后小声地说:"上下焦不通。"

光绪轻叹道:"我一辈子不通了。"

史书言:"帝以天子之尊,处囚房之境,凡所经历,人所难堪,忧能伤人,致以沉疴而损天年,亦在情理之中。"⑲

光绪皇帝诸病并发,死于急性感染导致的心肺衰竭。

七十二年后,清西陵文物管理处在清理崇陵地宫时,曾化验过光绪的遗骨和头发,不但没有发现任何外伤,也没有发现任何中毒迹象。

就在同一时刻,慈禧太后的病情也到了危急的程度,只不过基于政治原因,皇帝的病情可以广而告之,但慈禧的病情一直秘而不宣。年已七十四岁的慈禧患上了久治不愈的肠胃病,最后导致无法抑制的严重腹泻。会集在京城里专长西医的外国医生获悉的病况是这样的:

>……虽然太后看上去气色不错,但从外貌上看,她毕竟老了,而且有消息称,很长一段时间以来,她的健康状况并不是太好。十月初,她患了一场病,中国医生说她受凉了……那段日子,北京城里正流行感冒,很多人得了这种病,她染上此病是完全有可能的,因为没有确切的症状能够说明她患的是更为严重的病。据说,在她生日那天,她吃的比平时要多一些,还吃了一些熟透的水果。到了第二天,她出现了痢疾症状,剧烈的腹泻伴随着出血,很快就将她带入了虚弱不堪的状态。痢疾,发生在上了年纪的人身上,总是比年轻人要危险得多……无论如何,似乎能够肯定的是,她一直没有从这次的病魔侵袭中真正恢复过来。就在处于这种状态的时候,她吩咐庆亲王去视察一下她的陵墓。庆亲王不在期间,她听说了皇帝严重的病况,她的忧虑变得更加强烈了,这无疑使她的病情越发糟糕。几个小时之后,庆亲王回来了,皇帝崩逝,大约在晚上八点左右……最后,这天一大早,当大臣们来御前和她商议的时候,她只能招手示意,让他们来到自己身边,她已经虚

弱得不能说话了。第二天下午,太后崩逝——她的痢疾症状持续到了最后。[20]

所有关于光绪死于阴谋的说法,都来自对一个真实史实的想象:一个命运悲惨的皇帝和一个无时无刻不在护卫权力的太后所形成的最奇特的母子关系。这一关系,是中国帝制内幕里最黑暗的历史章节。

"在清国人民中间,鲜有迹象表明人们对正发生着的事有什么情绪化的反应。"光绪皇帝和慈禧太后死去的那一天,美国《纽约时报》记者从北京发出电讯:"皇帝的死以及皇太后在很短时间内也可能死去这件事,对于清国人来说几乎没有什么影响。清国人追求的是一条平稳、连贯的发展道路,根本不会为了这两个人的死而悲伤。"[21]

的确,普通的中国人不会为皇上和皇太后的死感到悲伤,但这并不是因为他们正忙着考虑"平稳、连贯的发展道路"。作为世界上生活最为困顿的群体,数千年以来,中国人对自身生存的忧虑远胜于对皇室变故的关心。可是,对于大清帝国的权力阶层来讲,光绪皇帝的死或许无关紧要,慈禧太后的死却是惊天动地的大事,因为重臣大吏乃至皇亲国戚立即意识到:由于没人拥有足够的权威来填补慈禧留下的权力空白,随之而来的官场角逐与权力倾轧将不可避免。

最重要问题是,谁来接替光绪成为大清帝国的新皇帝?

为了保持爱新觉罗姓氏的统治权力,慈禧必须在生前就要考虑周全。

与大多数满族亲贵一样,慈禧也对奕劻和袁世凯联手左右朝政保持着警惕,特别是汉人袁世凯,朝野内外无不以为他是威胁皇权的最大隐患。在之前的官制改革中,慈禧刻意削弱袁世凯的军权,就是她的防范措施之一。眼下,在最后的时刻,慈禧选择的用于抑制奕劻的人是醇亲王载沣,由于光绪皇帝没有子嗣,未来的新皇帝只能继续产生于醇王府——自没有子嗣的同治皇帝死后,大清帝国的皇帝连续产生于醇王府:老醇亲王奕譞是道光皇帝的第七子,原本只是个宗室贵族,但因为娶了慈禧的亲妹妹,于是,他四岁的儿子载湉成为光绪皇帝。现在载湉死了,醇王府中与光绪同辈的还有光绪的五弟载沣、六弟载洵和七弟载涛,新皇帝只能从这三个人的儿子中选。就在慈禧筹划之时,她患上了痢疾,接着一个惊人的小道消息传入宫中:袁世凯准备废掉光绪皇帝,拥戴奕劻之子载振为帝。慈禧明白,袁世凯不敢也不会这么做,消息很可能是憎恨袁世凯的那些满族亲贵散布的,但即便如此慈禧也不能不防,于是,她当机立断,令奕劻离京去东陵察看陵寝工程,然后将北洋军段祺瑞的第六镇调离,让陆军部尚书铁良统辖的第一镇进驻北京。等奕劻回来的时候,一切已成定局,慈禧宣布立溥仪为皇储,并封溥仪的父亲载沣为摄政王。

一九〇八年十一月十三日,慈禧死前两天,清廷下旨召溥仪入宫。

溥仪的祖母,即光绪皇帝的生母闻听这一消息,当场昏厥过去,她想起当年慈禧让她四岁的儿子载湉离家入宫,如今又要夺走她的孙子。在家人忙着抢救祖母的时候,溥仪开始哭闹,拒绝让太监抱他,最后只能由奶妈抱着去见慈禧太后。溥仪进入紫禁城的第二天,就开始在凛冽的寒风中不断地磕头,先是为光绪皇帝的灵柩磕头,接着就向慈禧太后的灵柩磕头,年仅三岁的孩子浑身颤抖,惊恐万状。

接着就是大清帝国最后一位皇帝的登基仪式。

外国记者只能在紫禁城大门外停放着的一大片马车和轿子中间转来转去:"今晨六点,御林军进入皇宫东门,帝国高官们就开始到达。这次聚会的规模和重要性可从等候在皇宫外面的马车数量来推测,到十点钟时,已经有三百五十多辆马车连同大量官轿在冬日的阳光下静候在门外,它们要一直等到典礼结束。"[22]

登基成为新皇帝,却是溥仪的一场噩梦:

>……那天天气奇冷,因此,当他们把我抬到太和殿,放到又高又大的宝座上的时候,这就超过了我的耐性的最后限度,这就难怪我不放声大哭。我父亲单膝侧身跪在宝座下面,双手扶我,不叫我乱动,我更挣扎着哭喊:"我不挨这儿!我要回家!我不挨这儿!我要回家!"父亲急得满头是汗,而文武百官的三跪九叩礼磕起头来没完没了,我的哭叫也越来越响。我父亲只好哄我说:"别哭!别哭!快完了!快完了!"典礼结束后,文武百官可就窃窃私议起来了:"王爷怎么可以说'快完了'呢?""说'要回家'可是什么意思呀?"[23]

溥仪的登基典礼弥漫着阴郁的气氛。

1911

心境复杂的大吏们已经开始盘算自己在即将来临的权位争夺中充当何种角色。

没有人对大清帝国的政治前途感到乐观,只有洋人例外:

> 朝廷颁布的一项法令,提升醇亲王为他幼子的摄政。溥仪是清国皇储。这项法令授予醇亲王最高的政务处置权,与其他亲王相比,他拥有最高执政权。这项任命在社会上产生了良好反映,结果使那些改革者们感到满意,并且满足了人们对光绪皇帝的怀念之情。因为这不但顾及了在皇位继承上最亲近的血缘关系,而且给这个帝国的新政引进了一种新鲜的、更富有现代观念的因素。这项任命是改革派一方取得的明显胜利。[24]

洋人竟然认为:"这两位君主的死确实为一个新时代的启动扣响了发令枪,它开创了大清帝国这条古老航船的另一条航线。"[25]

显然,洋人始终把大清帝国变革的阻力归结于慈禧太后,把变革帝国政体的希望寄托在光绪皇帝身上,这也是从戊戌变法延续至今的康有为们的思维。更无法理解的是,洋人何以认为三岁的溥仪和他年轻的父亲载沣能够给大清帝国引进一种"更富有现代观念的因素"?

当然,中国人也有把光绪和慈禧的死认定是一声"发令枪",那就是以孙中山为代表的革命派,只不过革命派此时已没有足够的力量趁势发动更大规模的起义了。

在大清帝国皇权格局的骤然变化中,第一个感到恐惧的人当属袁世凯。

连洋人也充满担忧,担忧来自他们还不清楚那个"强有力的直隶总督袁世凯会处在一个什么样的位置"。[26]

光绪和慈禧死后,以载沣为首的年轻皇族,决定除掉袁世凯以杜后患。

载沣的胞弟载涛回忆:

> 他摄政以后,眼前摆着一个袁世凯在军机大臣要地,而奕劻又是叫袁拿金钱喂饱的人,完全听袁支配,京畿陆军将领以及有几省的督抚,都是袁所提拔,或与袁有秘密勾结。他感

到,即使没有光绪帝的往日仇恨,自己这个监国摄政亦必致大权旁落,徒拥虚名。至于传闻之说,光绪临危拉着载沣的手,叫他杀袁世凯,又如隆裕面谕载沣杀袁给先帝报仇等等,载沣生前并没有向我说过,或许是他保密的缘故。因此,是否真有其事,我也无从判断。载沣摄政不久,即下谕罢免袁世凯。据我所知,促成其事的为肃亲王善耆和镇国公载泽。他两人向载沣秘密进言,此时若不速作处理,则内外军政方面,皆是袁之党羽;从前袁所畏惧的是慈禧太后,太后一死,在袁心目中已无人可以钳制他了,异日势力养成,削除更为不易,且恐祸灾不测(意思是说袁心存叛逆)。善耆主张非严办不可,载沣彼时对袁,也觉得是自己的绝大障碍,居然同意善耆等这样做法,又将谕旨用蓝笔写好(彼时尚在大丧百日之内,不能动朱笔)。其实这种事必须要以迅雷不及掩耳的手段做,不是可以迁延时日、从容研究的。事后就有人说,袁每日上朝,仅带差官一名,进乾清门后,便只他单身一个人,若能出以非常手段,干了再说,即使奕劻如何有心庇护,张之洞如何危词耸听,亦来不及了。㉗

根据上述史料,至少可以肯定,载沣不但有杀袁世凯的念头,而且也具备杀掉袁世凯的条件。

在皇亲国戚的鼓动下,由载沣的授业老师侍郎李殿林主笔,写就了一份准备将袁世凯置于死地的谕旨,其中"包藏祸心"、"图谋不轨"等措辞显示出皇族对袁世凯的刻骨嫉恨。但是,谕旨必须经军机大臣同意才能上呈或颁布。载沣征求奕劻的意见,奕劻表示事关重大应"再加审度"。载沣明白,这就是不同意。隆裕太后传唤奕劻当面询问,奕劻对抗的办法是一言不发,长跪不起——"庆伏地无言,后甚怒。"㉘载沣转而征求张之洞的意见。张之洞此前一年被召为军机大臣,慈禧的用意有二:一是用这样一个老臣制衡奕劻和袁世凯不断膨胀的势力,二是用这样一个忠臣辅佐刚刚入主军机的年轻的载沣。张之洞告诉载沣,对于袁世凯,可以革职,杀了不妥。之后,张之洞入见隆裕太后,婉转陈述道:新帝登基,轻于杀戮,于政不利。仁慈开明,宽大为怀,可增国脉。张之洞反对杀掉袁世凯的真正原因,是担心袁世凯掌握的北洋军发生兵变。据说,为了试探,载沣曾以军机处的名义秘密致电北洋军中的汉族将领征询意见,第四镇统制吴凤岭、第六镇统制赵国贤的回电都是一个口气:"请勿诛袁。如必诛袁,则先解除臣等职务,以免士卒有变,致辜天恩。"㉙

结果是,先前拟好的措辞严厉的谕旨,最后被修改成了这般模样:

> 军机大臣外务部尚书袁世凯,夙承先朝屡加擢用,朕御极后,复予懋赏,正以其才可用,俾效驰驱。不意袁世凯现患足疾,步履维艰,难胜职任。袁世凯著即开缺,回籍养疴,以示体恤之意。㉚

袁世凯的一条腿受过伤,走路确实有点略显地面不平,这是众所周知的事,如今竟被朝廷说成"步履维艰"以至于不能上班了。

元旦那天,顶着寒风上朝的袁世凯被太监阻拦——袁世凯平时花在这位太监身上的银子起了作用——太监告诉他一个骇人的消息:请袁军机不要入内,听说谕旨将下,唯恐对袁军机不利,宜早筹权宜之计。袁世凯立即返回距东华门不远的宅邸,大儿子袁克定说他也得到了载沣即将动手的消息。北洋军第五镇统制张怀芝建议袁世凯速去天津躲避。在京津铁路督办杨士聪的护卫下,袁世凯登上列车离京,到达天津后住进法租界内的顺德饭店。

袁世凯突然从京城失踪,顿时成了朝野内外的一大新闻。

一九〇九年一月二日,命袁世凯回籍养病的上谕颁布。

载沣的优柔寡断,姑息贻误,最终令他位居摄政王却成为一个无足轻重的人,及至决定大清帝国命运的那一天来临之际,不把他放在眼里的人正是袁世凯。

大清国历史上的一个有趣现象是:王朝的寿命以摄政王开始,以摄政王告终。满清入关的前一年,即一六四三年,清太祖皇太极突然死亡,六岁的福临(顺治皇帝)即位,由和硕睿亲王多尔衮与和硕郑亲王济尔哈朗同称摄政王,辅佐年幼的皇帝主掌军政大权。在这之后,大清王朝直至溥仪即位,才再一次出现摄政王载沣。

载沣的胞兄载涛说:

> 慈禧太后执政政权数十年,所见过的各项人才那么多,难

道说载沣之不堪大用她不明白吗？我想决不是。她之所以属意载沣，是因为她观察皇族近支之人，只有载沣好驾驭、肯听话，所以先叫他做军机大臣历练历练。慈禧太后到了自知不起的时候，光绪皇帝虽先死去，她仍然贪立幼君，以免翻她从前的旧案。但她又很明白光绪的皇后亦是庸懦不能、听任摆布之人，绝不可能叫她来重演垂帘之事，所以决定立载沣之子为嗣皇帝，又叫载沣来摄政。㉛

终究现今的皇帝是亲儿子，载沣成为摄政王之后，在军事、政治和财务等方面采取了一系列措施以确保政权掌握在满清贵族手中。袁世凯已经出京，最大的危险暂时消弭，但载沣还是对自己无法绝除后祸颇有悔意。他与京畿道监察御史赵炳麟有过一次对话，赵御史认为这样处理袁世凯得不偿失，不但没有除掉心腹之患，而且容易给人留下摄政王有意排挤汉大臣的印象。应该采取的策略是：果断地杀掉袁世凯，将奕劻驱除出军机处，任命张之洞为军机首领，再将保皇派、立宪派的著名人物招揽于侧，尽可能地拉拢和收买革命派，迅速实行大清国的君主立宪制。

赵炳麟这番颇有道理的见解令载沣更加惴惴不安。

如果真能如此，中国近代史将是什么走向？

只是，一切都是后话了。

值得质疑的是：杀了袁世凯，就能天下太平？

或者说，只有袁世凯是清廷最大的绊脚石？没有了他，大清帝国的政体变革就能顺利进行下去？

这些疑问关系到对袁世凯的历史定位。

离京前的几个月，作为外务部尚书，袁世凯接受了美国记者的采访。这次采访的内容，刊登在一九〇八年六月十四日的《纽约时报》上，题目是《清国铁腕袁世凯采访录》。根据这篇报道的记述，我们可以看到袁世凯的另一面。

美国记者首先认为，一九〇八年的中国正处在一个历史关口：它要么沿袭陈旧的体制致使国力更加衰弱，直至王权走向崩溃；要么成功地进行政体变革，沿着现代化的发展道路向前，成为能掌握民族命运的强国。美国记者还认为，决定中国前途的，只能是几个最重要的人物，袁

1911

世凯便是其中之一。与当时所有的外国人一样,美国记者也认为,袁世凯是中国变革功臣李鸿章的接班人,李鸿章曾经"远远地走在了"他那个时代的前面,他曾预见自己的国家在未来"需要那些具有前瞻眼光和进步思想的人",而袁世凯正是有着非凡政治眼界和才能的改革派的代表。

在回答记者提问之前,袁世凯说他很期待访问美国:

> 在所有未访问过的国家里,最吸引我的就是美国。这也许是因为,在我周围,有很多年轻人都是在美国接受教育的。但是我觉得,尽管我们两国政府在形态上有明显的差异,实际上,美国比任何一个西方国家更接近我们的体制。我已经注意到,受美国教育的大清国人,比受欧洲教育的更容易将他们所学到的知识用于我们国内的管理。

接着,袁世凯就中国的政体变革与美国记者进行了如下谈话:

问:大清国的管理体制和民众从本质上都是趋向民主的。如果民主的历程一经起动,就将极大地增加帝国复兴的可能?

袁:我们内部的管理体制必须从根本上加以改革,但这却是一件说起来容易做起来非常难的事情。因为它牵涉到要彻底改变甚至推翻现存体制的某些方面。而这个体制已经存在了许多个世纪,诸多因素盘根错节地紧紧交织在一起。就民意支持的状况而论,我感到可以肯定的是,如果给我们时间再加上机遇,我们无论如何都能够实现改革的大部分目标。

问:最需要改革的是什么呢?

袁:我们的财政制度、货币流通体系以及法律结构。只有做好了这些事,大清国才能恢复完整的主权。而且,也只能等它彻底恢复了主权,才能真正理顺国家正常的经济和政治生活。这三项改革中的任何一项都与其他两项有着密不可分的依赖关系。

问:在完成这三项改革过程中,像日本人那样引进外国顾问以求援助,是否有益?

袁:日本人仅仅是在时间上比大清国早一些通过某些纯

物质的外来帮助方式,就取得了某些物质上的进步,但这并不能证明日本人在道德上和精神上就比我们优越,也不能证明在指导我们未来的方针上,日本人的做法从根本上就是正确的……我们应该认识到,在走向所谓现代化的进步过程中,要把日本和大清国在改革的具体部署上进行明确的对比是不可能的。我期望,西方,尤其是美国的开明人士在这方面能够给大清国以赏识和鼓励,并能在大清国面临改革伟业面前,给与我们精神和道义上的支援,正像他们在一个类似的历史时期曾给予日本的一样。除非遭到某个列强大国的肆意进攻,在一般情况下大清国政府并不要求更多的外来援助。但我确实认为,在评估我们的发展进程时,应该充分考虑到,大清国政府所面临的问题和困难是巨大的。我们正处在现代化进程的潮流之中,而假如我们一时没有掌好舵,西方世界也不应该对我们批评得过于严厉和苛刻。㉜

这里的袁世凯,完全是一位致力于中国变革的新锐人物。

罢免上谕颁布后的第四天,袁世凯带着家眷从北京登上了南下的火车。为他送行的只有学部侍郎宝熙、礼部郎中端绪(两江总督端方之弟)、宪政编查馆候补京堂杨度等几个人。袁世凯没有回项城老家,而是先在河南卫辉县暂住。直到一九〇九年五月,他才住进了老家彰德北关外洹上村,在那栋原属于天津著名盐商何炳莹的一座扩建好的大宅里,开始了他的隐居生活。

一个浓云遮月的晚上,袁世凯写下五绝一首:

> 棹艇捞明月,逃蟾沉水底。
> 搔头欲问天,月隐烟云里。㉝

大清帝国的历史并没有因为袁世凯隐藏在了烟云之中而平静下来。

慈禧死后的清廷依旧持有继续变革的愿望,因为包括载沣在内的皇族少壮派也能意识到,任何社会变革只要一经启动就不可能回头了。

但是,令载沣难以预想的是,接下来向清廷发难的并不是像袁世凯一样存有异心的汉族大吏,也不是无政府主义者关于满族皇亲人种低劣的叫嚣,更不是孙文的革命党人连续不断的武装暴乱,而是让他们想都没有想到的另外一个极具社会势力的阶层。

勇猛地冲上时代潮流浪尖的是中国的绅士们。

世代蒙受皇恩的绅士们,竟然对"君上大权"熟视无睹。在那个世事纷乱的年头里,他们强硬的政治主张令皇亲贵族心惊肉跳,也令大清帝国的政权愈发风雨飘摇。

绅士们

中国的绅士们对大清帝国政权的发难,在一九〇九年几乎达到了政治叛乱的程度。

我们要议会,不要军机处!

我们要政治透明,不要暗箱操作!

绅士们热血沸腾,奔走呼号,其比革命党人的武装起义更为惊世骇俗的政治诉求如同罕见的极光,其在长夜中散发的奇异光芒令国人心灵震颤。

现在一般被译为"先生"的"gentleman"一词,汉语曾经译为"君子",在西方指有身份和地位的人士,即绅士。汉语中的"绅",原指士大夫束在衣外的饰带——"以带束腰,垂其余以为饰,谓之绅。"㉞

中国的绅士,长期以来是个成分芜杂、地位尴尬的阶层。

中国封建社会是建立在宗法血统基础上的帝制社会。在封建政治与文化传统的笼罩下,乡绅是纯粹的地方特产。那些有实力和势力的地主以及靠科举制度吃饭的旧式文人,在皇亲国戚的眼里社会地位并不高,他们仅仅是地方官吏与百姓之间连通的纽带。

中国的官绅阶层的群体数量不容忽视。年复一年的科举选拔造就了很多官吏,捐官制度也使很多富裕人家用钱买来官衔,这些官吏常常因为各种原因脱离官场,遂成为地方事务中颇有声望的人物。因此,他们腰上的"绅"要比当地地主更为华丽和富有装饰性。

近代以来,"绅商"一词开始在中国出现。近代工商业的发展,造就了一批新式商人,他们虽已被列入绅士的行列,但与官绅和乡绅在社会地位和传统观念上有着很大差别,至少对于封建帝制文化的理念继承有了严重剥离。为了维护在商品交易中的既得利益,他们的政治诉求更具时代性。

如果可以把二十世纪初由旧式乡绅、新式绅商、从官场归隐地方的大小官吏,以及接受了新式教育乃至西式教育的知识分子、服务于近代工商业的文牍买办和各色代理人组成的社会阶层统称之为"绅士"阶层的话,那么,自辛丑年间清廷实施新政以来,传统的绅士阶层随着时代的发展开始剧烈分化。在历史即将发生重大变革的时候,老派人物更加陈旧消沉,新锐者为了寻求新的生存出路意识更为敏感、行为也更加激进,他们比中国社会的其他任何阶层都显得躁动不安。

应该说,作为一个社会阶层,长期以来绅士们并没有得到过朝廷的看重。然而,生活在二十世纪初的中国绅士是幸运的,因为他们的社会权益竟然被朝廷用法律的形式给予了保障。

一九〇九年,清朝廷颁布《城镇乡地方自治章程》。

绅士们的良好感觉由此滋生。

什么是地方自治?

地方自治是现代民主政治的重要内容之一,指一个国家在一定的行政区域内,由当地居民选举自治人员、组成自治机构、制定自治法规、管理地方事务。可以说,地方自治是一个国家实行民主政治的基础程序,它对于培养民众的民主意识以及政治参与能力具有重要意义。

地方自治,是清廷宣布预备立宪后必须实行的政治变革程序。

清廷拟定的地方自治预备完成期限是七年。

清廷责令各省督抚:"均在省会速设咨议局,慎选公正明达官绅创办其事","即由各属合格绅民公举贤能作为该局议员,断不可使品行悖谬营私武断之人滥厕其间"。[35]

"公正明达",当然是指品性优秀。

没有哪一位绅士不认为自己是优秀的。

绅士们惊喜地发现,朝廷不但把地方上的大小事务,包括文教、社会保障、公共服务,乃至财政权统统交给了绅士们管理,而且还规定了地方自治的议员民主选举程序和规则。绅士们为这一新鲜事物所鼓舞,以极大的热情投入到地方自治中,以致全国各地纷纷成立了自治机构。

中国最大的通商口岸之一上海,工商业发达,士绅思想开通。早在一九〇五年,就出现了一个名为"上海城乡内外总工程局"的自治团体,这个团体的运作程序完全是对西方宪政体制的模仿:团体内设议会和参事会,如同众议院和参议院;团体实行立法、行政两权分立;参议两会提出的议案涉及财政税收、市政建设、社会救济、司法裁判、兴办教育以及外交事务;议员们基本上都是上海商务总会的头面人物。

由苏州商绅自发组织的自治团体名为"苏州市民公社"。毫无疑问,市民社会体现的是民主程序、独立利益、自治精神和平等的契约关系所代表的民主政治内涵,这一内涵鼓动着市民阶层对政治文明的渴求。从这个意义上讲,"市民公社"一词出现在一九〇九年的中国,本身就是一个奇迹。在苏州"市民公社"中担任过正副社长的共有一百九十七人,其中一百六十九人是商人,另外二十八人是退职官吏、律师、小学校长和小农场主,而获得连任资格的社长们,无一不是当地最著名的大富商。㊱

尽管没有确切史料证明类似的地方自治机构取得了哪些民主成果,但绅士们突然发现,至少在他们那方土地上有了向地方官府权威挑战和较量的可能,这足以令他们压抑甚久的心情舒畅起来。

清末的地方自治运动,是有益的民主政治尝试,它推动了中国人参政意识的觉醒,在一定程度上拓宽了民众参政的广度和深度,同时也标志着绅士阶层力量的兴起和中央集权的衰微。而对于朝廷来讲,他们必须承担由此产生的巨大的政治风险:不会搞暴动的绅士们,一旦民主意识开启,具有近代意义的真正的政治风暴就要来临了。

地方自治的初步政治机构是咨议团体,它受制于地方官吏的约束,很快就不能满足绅士们的政治渴求了。绅士们进一步要求迅速召开国会,成立议院,以使他们参与国家政事的梦想落到实处。

绝大多数的中国绅士都是立宪派。他们的政治主张很明确:在中国实行君主立宪体制,尽最大可能削弱君权,全面效仿西方的政治经验,在绅士阶层广泛参政议政的基础上,努力打造政治文明的大国形象,为中国的图强打下必要的政治基础。为了达到他们的目的,在很短的时间里,七十多个鼓吹召开国会的立宪团体先后成立。由张謇主持的预备立宪公会,成立于一九〇六年,到了一九〇八年其成员遍布江、浙、闽、粤,其中既有前任或现任官吏,也有工商界知名人士,还有地方著名士绅和新式知识分子。张謇的政治立场是:政体变革应该采取"缓进"的方针。为此,受朝廷预备立宪的鼓舞,他热情高涨地办学校、办实业、组织法政讲习所,努力扩大着自己的政治和经济实力。

而梁启超更是兴奋异常,他认为中国从此进入了一个新时代,以后立宪派的主要任务就是监督政府并参加立宪。他甚至幻想清廷会解除对他的通缉,允许他回国参加如此澎湃的变革。一九〇七年,他在日本东京成立了立宪团体"政闻社",设社长一人,但暂时空缺,因为朝廷终究还没解除对他和康有为的通缉。梁启超撰文阐明了政闻社改造政府、反对专制和开启民智的宗旨,强调政闻社所持有的政治主张是:实行国会制度,建设责任政府,厘定法律,巩固司法独立,确立地方自治,分清中央和地方权限,采取慎重外交,保持对等原则等等。梁启超说他对皇室绝没有冒犯之心,政闻社也绝无扰乱国家治安的目的。

不久,政闻社迁到上海,与张謇的预备立宪公会建立了密切联系。

绅士们聚集在一起,开始齐心合力地向朝廷施加政治压力。

绅士们共同的政治要求是:迅速决定政体变革的方针大计,尽快召开国会实行议会政体。令人惊异的是,最早上书朝廷请求速开国会的,竟是当时的黑龙江巡抚程德全。这位程大人在奏折中将绅士们的立场、主张和心情表露得十分透彻明晰:朝廷已经危在旦夕,颇有大祸临头之势,只有顺应潮流,速开国会,选举议员参加政事,才能安定人心。程大人说自己呈递奏折的目的"非欲伸张民权",而是为了大清江山"免斯世阽危之祸":

> ……现在地方自治程度尚未完全,责任内阁亦未组织成立,自不能大启宏规,转滋凌乱嚣张之弊。惟必须议定选举规则,先立国会议员之名,俾尽监督行政之责,且有国会则地方自治即可藉资考查,责任内阁亦可藉此维持。臣之议设国会者,非欲伸张民权也,良以询于刍荛,载在典籍,谋及庶人,曩哲所称。此之渎陈,无非冀此后当局措注,渐有合于人心,以挽全国泄沓之风,藉免斯世阽危之祸,我皇太后、皇上果欲

通上下而知情变,其道不外此矣。微臣熟思审处,今日舍国会外,更无联国家与人民合为一事之长策……㊲

没过几天,绅士们又联名上奏朝廷,要求迅速设立民选议院,强调只有人民参政才是挽救陷危的唯一途径。奏折措辞之激烈犹如一封声讨书,这样的文字要是出现在几年前,脑袋要被砍掉,九族要被株连,可是现在清廷已经顾不上臣民的放肆了:

> ……职等窃维国家不可以孤立,政治不可以独裁,孤立者国必亡,独裁者民必乱,东西列国,往迹昭然,治乱兴亡,罔不由此。今地球上以大国计者数十。虽国体互异,历史各殊,然无不设立民选议院者,岂必其政府不欲专制欤?良以世局日新,国家生存之竞争益归激烈,非上下同负责任,则国力不厚,无以御外侮而图自存;非人民参与政权,则国本不立,无以靖内讧而孚兴旺,此近世以来代议制度所以竞行于各国也……中国近数年来,人心思乱,祸变迭兴,万里神州,几成乱薮。虽朝廷累施恤民之政,而不能收拾人心,官吏横加杀戮之威,而反使效尤欲众者,则以民选议院未立,而独裁之政体有以酿成之也。自中东战(日俄战争)后,忧时之士,知外祸之频仍,由于内治之不整,于是政治改革之思想流行于内外。然因国家无代议之机关,人民无参政之权利,故舆论不能成为国是,下情不能达于朝廷。海内人民,始而发愤,继而失望,终而怨望,乃不惜铤而走险,泄其不平,以身试法,无所顾虑。曾未数年,蔓延日众,上自监司大员,下迄无知会党,连为一气,互相声援,沿海沿江,时闻警报。政府方以人民为不法而诛戮备至,人民复以政府为专制而愤慨愈深,上下睽离,相互疑忌,而受其祸者独在国家。推原祸本,非皆由专制政体阶之厉乎?今非开设民选议院,使万几决于公论,政权广及齐民,则独裁之弊不除,内乱之源不塞,阻碍民权之发达,违背世界之公理,土崩瓦解,岌岌可危,即无外忧,而天下前途已不堪设想矣……伏乞速颁诏旨,晓示天下,督饬廷臣遵去年七月十三日上谕,发布选举制度,确定召集时间,于一二年内即行开设民

选议院,俾全国人民得以勉参国政,协赞鸿图,同德一心,合力御外。庶列强知中国之不可以侮,人民知国家之尚有可图,外无相逼而来之忧,内无铤而走险之患,天下幸甚,中国幸甚……㊳

之后,各省陆续有代表进京,呈递成立民选议院的请愿书。

梁启超主持的政闻社致电宪政编查馆,乞以三年为限召开国会。

郑孝胥、张謇主持的预备立宪公会更是两次致电宪政编查馆,要求两年之内召开国会,绝不能以等几年再说为借口拖延时日。

然而,朝廷迟迟没有反响。

预备立宪公会随即发起了大规模的请愿活动,倡议书发至湖南、湖北、广东、河南、安徽、直隶、山东、山西、四川和贵州等省。各省的立宪派首领纷纷响应,代表们最终集合于北京,向都察院呈递速开国会的请愿书。山东请愿书签名者二千多人,吉林请愿书签名者四千多人,广东请愿书签名者一万一千人,浙江请愿书签名者竟达到一万八千人以上。更有趣的是,满清八旗子弟也呈递了请愿书,签名者也有两千多人。

绅士们的集体"上访"激怒了朝廷。朝廷认为这无异于"横议干政"。对于张謇的预备立宪公会,朝廷只是拒绝了他们要求;而对于有康梁背景的政闻社,朝廷着实没有客气。政闻社成员、法部主事陈景仁被革职,政闻社则因"多悖逆要犯,广敛资财,纠结党类,托名研究时务,阴谋煽惑,扰害治安"而被查禁。

绅士们热血贲张,继而激愤难平。

就在这时候,一九○八年七月二十二日,清廷颁布了《咨议局及议员选举章程均照所议办理著各督抚限一年内办齐谕》:

> ……宪政编查馆、资政院王大臣奕劻、溥伦等会奏,拟呈各省咨议局及议员选举各章程一折。咨议局为采取舆论之所,并为资政院预储议员之阶,议院基础即肇于此,事体重大,亟宜详慎厘定。兹据该王大臣拟呈各项章程,详加披阅,尚属周妥,均照所议办理。即著各省督抚迅速举办实力奉行,自奉到章程之日起,限一年内一律办齐。朝廷轸念民意,将来使国民与闻政事,以示大公,因先于各省设咨议局,以资历

练……㊴

朝廷决定建立省一级的咨议局,而且越快越好。

绅士们有点猝不及防,接着便是喜出望外。

何为咨议局?

清廷颁布的《各省咨议局章程》和《咨议局议员选举章程》规定,省一级咨议局的宗旨是:"为各省采取舆论之地,以指陈通省利病,筹计地方治安。"而咨议局的职任权限是:"一、议决本省应兴、应革事件,二、议决本省岁出入预算事件,三、议决本省岁出入决算事件,四、议决本省税法及公债事件,五、议决本省担任义务之增加事件,六、议决本省单行章程规则之增删修改事件,七、议决本省权利之存废事件,八、选举资政院议员事件,九、申复资政院咨询事件,十、申复督抚咨询事件,十一、公断和解本省自治会之争议事件,十二、收受本省自治会或任命陈请建议事件。"㊵

显然,大清帝国预备成立的省咨议局,已经具备了立宪国家省议会和地方立法机构的政治特征。

章程还规定了咨议局的选举法,以及包括提议细则、议事细则、旁听细则等在内的完备的规则。咨议局的运作程序规定:由各省督抚负责召集常年会或临时会。会议须半数议员到会才能召开,议案须半数议员同意才能通过。会议允许旁听,议案公之于众。章程还对一个敏感的问题特别作出了规定,即咨议局与所在各省督抚的关系以及咨议局与地方政府的关系:咨议局议定的可行之事,呈请督抚公布实行;不可行之事,呈请督抚更正执行。咨议局面对督抚交令复议之事,若仍执行前议,督抚可将全案送交资政院核议;督抚如有侵夺咨议局权限或违背法律之事,咨议局也可呈请资政院核办。督抚有监督咨议局选举及会议之权,并于咨议局议案时有裁夺实行之权;咨议局如违反规定,督抚可令其停会或奏请解散,一旦解散须于两个月内重新选举并召集会议。

清廷决定建立省咨议局,并制定出咨议局章程,其巨大历史意义在于:咨议局的建立,已经初步具备了宪政政体中代议制的雏形,其呈现出的政治民主性和人民参政性,使之成为中国几千年历史上首次民主政治尝试。而这样一种尝试,居然是在大清帝国朝廷的主持下进行的,这不禁令人在对晚清政权群哄般的斥责中幡然顿悟。

绅士们参政议政的诉求得到了满足,速开国会的各类请愿立即平复了。

筹措资金、开会商议、宣传鼓动、调查名册、准备议案、筹建咨议局的热潮随之在全国掀起。当时,中国共有二十二个省,其中的江苏省在行政区上划分为宁、苏两地,清廷拟于江苏省设立两个咨议局,但立即遭到江苏绅士们的反对,他们认为这有碍于本省的团结一致。同时,新疆因教育程度落后,汉字尚未普及,地方官吏请求缓立,于是,最终全国成立的咨议局一共二十一个。

各省咨议局议员名额的制定,标准十分奇特:取各省以往科举考试中所取学额的百分之五。科举制度早已废除,这一标准的出台,显然是为了确保议员应该具备的"正统"的绅士身份。而朝廷对此给出的理由是:目前无法做到普查全国人口。结果,因各省教育水平相差很大,依照这一标准,中原和江浙各省要比偏远省份的议员名额多很多。在热闹的争议中,江苏省由于负担国家税收和漕粮比其他省多,于是又规定每为国家贡献三万石漕粮,就增加一个议员名额,江苏省借此名额大增。其他省多有不甘,各自提出增加名额的理由,比如驻扎着清军的省份以"保障旗籍"为名也多要了名额。最终的结果是:直隶议员名额最多,达一百四十人,原因是居住京师的旗人人数最多;其次是江苏,一百二十一人;超过百人的省份还有浙江、山东、四川;而全国议员总计为一千六百四十三人。[41]

对于四亿人口的大清帝国来说,不到两千的议员总数可谓极其精练。

无论中国的绅士们多么见多识广,选举议员也是个新鲜事物。

伴随新鲜事物来临的,往往是满城风雨。

首先是选民资格。《各省咨议局章程》规定,选民必须具备的资格是:一、曾在本省办理学务及其他公益事务满三年以上且卓有成绩者;二、曾在本国或外国中学堂及于中学同等或中学以上之学堂得有文凭者;三、有举贡生员以上之出身者;四、曾任实缺职官文七品、武五品以上未被参革者;五、在本省地方有五千元以上之营业资本或不动产者;六、非本省籍贯人士有一万元以上的营业资本或不动产者;七、年满二十五岁的男子。而下列人没有选举权和被选举权：一、品行悖谬,营私武断者；二、曾处监禁以上刑者；三、营业不正者；四、失财产之信用,被人控实,尚未结清者；五、吸食鸦片者；六、有心疾者（指有癫狂痴呆等病、精神异常的人）；七、身家不清白者（指娼优隶卒等贱业之人）；八、不识文义者。㊷当然,还有女人。

即使各项规定如此苛刻,基于中国庞大的人口,各省具备选民资格的人数也必将十分惊人。但是,从各省最终公布的数字上看,选民登记数量竟然少得惊人：直隶最多,大约十六万人；黑龙江最少,只有四千人。可见,估算的选民数量与登记的选民数量不成比例。

众多呼吁政体变革的绅士们都到哪里去了？

毋庸置疑,绅士们都是有钱人；正因为他们有钱,"五千元资产以上者"的条款把他们吓跑了。倒不是绅士们觉得五千元数目巨大,而是这项条款与中国人的传统心理发生了冲突：从古至今,没有哪个中国人愿意公布自己有多少钱,越是有钱的人越不愿意露富——登记选民的时候,要证明自己有资格,必须登记有多少财产以及这些财产以什么形式存在——没有几个绅士愿意填这样的表格。

世界上实行立宪政体的国家,在十九世纪以前,也曾有过以财产多少定夺选举资格的规定。但是,由于纳税意识的普及以及纳税制度的完善,公开个人财产数量在这些国家并不成为问题。而对未能视选举为权力、视纳税为义务的中国绅士来说,自己的财产连亲戚邻居甚至家眷都要严格保密,何况政府？另外,在一个私人财产缺乏法律保护的国度里,富裕的绅士们难免会有这样的担心：一旦公布了自己真实的财产状况,很可能招致官吏上门强行征缴重税,被假以各种罪名用铁链锁走也不是不可能的。

绅士们坚决不承认自己有五千元以上的资产。

他们不去登记,逃之夭夭了。

与自己的财产安全相比,选举权算个什么东西？

各省筹建的咨议局采取的是复选制,即直接选举与间接选举相结合的方式。初选时,凡有资格并参加登记的选民均可投票,选出若干候选人后,再由候选人投票进行复选。然而,投票的时候到了,各省的投票站内均门可罗雀。不要说边远省份,就是得风气之先的广州,登记的选民本来就少,大约一千六百多人,最后到投票所投票的不足四百人。全省八十九个投票所中,最多的一处只收了十六张选票。

即使是这样,投票的时候还是花样迭出——中国人学习民主很迟钝,花样翻新却极具本领,根本无需任何启蒙。广西、直隶等地发生了武力强夺选票事件,冲撞最后演变成械斗。贿赂选票之风也迅速蔓延,广东一张选票价值四十至二百两银子,而杭州的价格最低五十两、最高达三百两银子。官方也习惯性地不能不插手,不但利用权势影响选举,甚至还直接指派当选人。一位负有监察职责的御史,目睹了如此选举后,上奏朝廷要求彻查督选不力的官员:

> 风闻各省初选监督,则有甚堪诧异者:如安徽怀宁县开选投票……而票柜未开,即知西门宋姓票数多寡。以至为严密之事,而姓氏即已宣传,其办理草率已可概见……而又有望江县……任意延宕,及奉文饬催,遂草率造册,册内所列被选人,竟有久经病故者,又有官阶姓名不符者。其中贤否,毫无别白,尤可想见……而又有英山县办理初选,更属儿戏。当其初选,届期各绅多未到局,遂各传递填名,或以一人代数人填名,名不及额,该局绅又置酒邀人填名,或由地保代为填名。名已逾额,该县即以此局被选人挪入彼局,以足其数,冀符具文。且选举人多乡曲无赖,致正绅耻与为伍。既投票后,名曰封匦,实如未封。局绅相互攻讦,该县悉置不理。又以局费为名,遇案苛罚,案仍不结,民不聊生,怨声载路……㊸

尽管如此,咨议局议员选举,仍可谓近代中国民主化进程中的一个重要步骤。民众选举而不是朝廷钦派,一些具有民间立场的代言人被选入咨议局。从选举结果上看,立宪派的绅士们还是占据了最大比例,如江苏议长张謇、湖南议长谭延闿、山西议长梁济善、湖北副议长汤化龙、四川议长蒲殿俊和浙江副议长沈钧儒等都是著名的立宪派领袖,他们在未来中国的政治变革中将起到巨大作用。

一九〇九年十月十四日,各省咨议局召开了第一届常会,讨论督抚、议员和民众提交的各种议案,内容涉及立法、发展农业、实业和教育,设置巡警,财政改革,增减税收,监督行政,弹劾官吏等等。英国

《泰晤士报》记者莫理循,在参观了山西和陕西两省的咨议局后,说:"我高度评价在太原府和西安府看到的省咨议局。那里的会开得斯文有礼,大有可为。这是前进中的重要步骤……我认为,立宪政府对这个国家非常合适;同时,试办省咨议局显然是个成功……格外引人注目的是,代表们那样从容不迫地履行自己的职责,那样有秩序地讨论议题。每个咨议局都为记者准备了席位,为他们提供的议程表详细得令人吃惊。"㊹

浙江巡抚增韫显然是个乐观主义者。这个满族大员提出几十个议案让咨议局的议员们讨论,包括民间诉讼费用和规则问题,清查地方公款和公产问题,农田水利修整规则问题,筹办全省简易识字学校问题,公用土地收用问题,货币改革问题,禁止地方差役问题,节省官方公款经费问题以及核对抟兵、护勇、卫队、巡警等费用支出问题。他自认为与议员们相处和谐,彼此都能秉公办事,因此工作成效显著。在给朝廷的奏折中,增韫这样描绘道:

> 窃维立宪制度之可贵者,凡百行政有敏活之精神,而精神敏活之原因,实由人民有参政机关,上下相维,已几于完全政治。是故民选议院与责任内阁隐相对峙,内阁利用议员之协赞,而徇谋佥同;议员实行内阁之监督,而根本益固,遂成一治不可复乱之政体。地方议会之于地方行政官署,其范围虽小,而促政治上之进步则同……就浙省咨议局而论,自开会以及闭会,其间秩序井然,实能共摅忠爱,以图富强之基。其所议议案又多切实可行,深有以上纾宸廑,而为立宪前途庆幸者……奴才亲莅咨议局,宣布朝廷德意及区区求治之心,并选派明晰法政富于经验之委员随同到会,时与议员往复论究,质疑问难,然皆为事理之辨明,无意气之争执,官绅一致,惟全省利益是谋……㊺

从根本上讲,除了宪政变革的必须外,清廷决定建立咨议局,还是为了削弱在近代经济崛起过程中地方督抚过于强势的权力,同时也绕开督抚为朝廷与民间建立起一种制度化的沟通途径。咨议局的这种功能,各省督抚心知肚明。根据咨议局章程,督抚们有权监督、解散咨议局,虽然督抚们在许多方面特别是财政方面要依靠议员,非迫不得已不会行使解散咨议局的权力,但是督抚们与咨议局的心理抗拒还是存在的。就是那个乐观的浙江巡抚增韫,没过多久也因为浙江铁路总公司总经理人选问题与咨议局闹僵了,结果是议员们集体罢会,增韫一气之下勒令咨议局停会。而江苏咨议局为了财政预算问题与两江总督张人骏吵成一团,议长张謇带头宣布辞职以示抗议,一时间张人骏成为江苏绅士们最为痛恨的人。

因咨议局的建立而形成的绅士与官吏的政治蜜月十分短暂。

向往民主政治的绅士们心中积存的不满太多了:咨议局招致封疆大吏的敌视,官制改革有头无尾弊端丛生,预备立宪的时间竟然长达九年,朝廷的优柔寡断和保守势力的横加阻扰——这个国家根本等不到九年就会分崩离析。

至少在一九〇九年,绅士们认为自己可以强硬起来了。

革命派的武装起义接连失败,目前还没有再次组织大规模起义的可能;立宪派不仅有了自己的阵地,各省咨议局之间也建立起了可靠的联络渠道;新登基的皇帝是个三岁的幼童,摄政王载沣也不是个强硬派,这是绝对不容错过的大好时机。咨议局的绅士们在议政热情迅速降温之后,立即回到了他们的根本政治诉求上:迅速召开国会。绅士们意识到,应该争取到更大的、更为实际的政治权力。

再次掀起的请愿浪潮,是江苏咨议局议长张謇在上海策动的。

张謇决定再次向朝廷提出迅速召开国会和建立责任内阁的请求,并联合全国各省的咨议局一起向朝野内外的顽固派施压。张謇来到杭州,通过浙江咨议局议员汤寿潜,见到了那位已与咨议局弄得很僵的满族大吏增韫。出乎意料的是,张謇的主张竟然得到了增韫的支持。张謇还绕开身为汉人的两江总督张人俊,得到了满人江苏巡抚瑞澂的支持。瑞澂曾任上海道,受到近代经济发展的熏陶,与张謇等巨绅们建立了良好的关系,只不过思想开明的他万万不会想到,仅仅一年多,他任职湖北时赶上了惊天动地的武昌首义,在炮火连天中几乎丢了性命。

全国十六个省的咨议局支持张謇。

十一月初,各省代表五十五人相继到达上海。经过代表们的磋商,决定成立由直隶咨议局代表孙洪伊任领衔的咨议局请愿团,赴京师向都察院呈递请愿书。代表们在磋商后统一了思想:大清帝国危机四伏,无论是列强侵入还是革命党人起义,都有可能导致空前混乱。唯一的办法就是立即召开国会,对外以示团结,对内收拢人心,这样既可以避免瓜分之祸,又可以避免暴动之乱。绝不能再等九年!——"大臣咨嗟于上,人民叹息于下,一年现象,即已如此,推之九年,能无憷颤?"㊻

请愿代表团出发时,张謇设宴饯行并慷慨致词:

> ……中国二千年来,亡国之祸,史不绝书……幸而先帝之明,上师三代,旁览列国,诏定国是,更立宪法,进我人民于参预政权之地,而使之共负国家之责任。是古之君子所谓"国之兴旺,匹夫有责"之言,寄于士大夫心口之间……闻诸立宪国之得有国会也,人民或以身命相搏,事虽过激,而其意则诚。我中国神明之胄,而士大夫习于礼教之风,但深明乎匹夫有责之言,设不得请而至于三、至于四、至于无尽,诚不已,则请不已……即使诚终不达,不得请而至于不忍言之一日,亦足使天下后世,知此时代人民固无负于国家,而传此意于将来,或尚有绝而复苏之一日……诸君行矣!不知明年何日,复饯诸君于海上?㊼

代表团到达京师后,都察院拒绝接收请愿书。

代表们跑遍王府宅邸诉求,结果庆亲王奕劻表示支持,满族贵族们随即派出代表加入了请愿行列。

请愿书终于递了上去。

一九一〇年一月三十日,朝廷终于答复:"具见爱国悃忱,朝廷深为嘉悦。"只是,对速开国会的请求予以拒绝,理由是:"我国幅员辽阔,筹备既未完全,国民智识程度又未画一,如一时遽开议院,恐反致纷扰不安,适足为宪政前程之累。"最后,朝廷告诫请愿代表们:"宪政必立,议院必开,所慎筹者,缓急先后之序耳。夫行远者必求稳步,图大者不争近功,现在各省咨议局均已举行,明年资政院亦即开办,所以为议院基础者,具在于此。"㊽

请愿代表们立即决定,成立更大规模的"请愿即开国会同志会",总部设在京师,各省都可参加。请愿代表一半人滞留京师,办理同志会并创办报纸扩大舆论,一半人回到各自的省份组织请愿分会。六月,各省代表一百五十多人再次会聚京师,向都察院呈递的请愿书多达十份,声称朝廷再拖延下去,国家势必发生大的动乱。

这一次,朝廷的答复反而严厉起来:

> ……论议院之地位在宪法中只为参与立法之一机关耳,其与议会相辅相成之事,何一不关重要,非尽议院所能参与,而谓议院一开,即足致全功而臻郅治,古今中外亦无此理。况以我国幅员之广,近今财政之艰,屡值地方偏灾,兼虞匪徒滋事,皆于宪政前途不无阻碍,而朝廷按期责效,并未尝稍任松懈,宵旰急切图治之心,当为薄海臣民所共谅。本年九月即届资政院开院之期,业已降旨选定议员先期集会,如能上下一心,共图治理,不惟立议院之基础,兼以养议院之精神,朕缵述前谟,定以仍俟九年筹备完全,再行降旨定期召集议院。尔等忠爱之忱,朕所深悉,惟兹事体大,宜有秩序,宣谕甚明,毋得再行渎请……㊾

两次请愿失败,绅士们斗志越发昂扬,决定第三次请愿。

这一次,请愿代表团要求各省联名者至少达到一百万。

张謇还准备发动全国咨议局议长组成请愿团进京声援。

为什么要请愿?

请愿要求什么?

现在中国没有什么?

没有政府。

梁启超在《论请愿国会当与请愿政府并行》一文中说,军机处不是政府,仅仅是朝廷的传达室,国会才是政府。一个没有政府的国家,如同巨浪中的船没有舵,上坡的车没有轮子,战场上肉搏没有旗鼓。中国人盼望有国之政府,如同渡河时盼望一只竹筏,登险时盼望一架梯子,大病时盼望一名医生,大旱盼望云霓霖雨。我们不敢指望有个好政府,我们只希望有正常的政府,如同饿极了只希望有粗粮而不指望有山珍海味,冻坏了只希望有布衣而不指望有绫罗绸缎,久病之人只希望缓解疼痛而不指望痊愈一样!梁启超就目前中国岌岌可危的局势一口气向九种人发出了敬告：

敬告摄政王载沣：如果再不召开国会，等不到九年大清帝国就亡了，那时候你可以带着财产到租界去或者到国外去，可国家怎么办？

敬告政府诸公：你们之所以阻挠国会召开，不过是因为想继续行使一己私权，继续攫取一己私利。可是，一旦亡国，你们的灾祸比老百姓严重千万倍。断送中国的罪责你们更是无可逃脱。

敬告各省督抚：你们肩负的民望比朝廷大员更重，不是你们比朝廷大员有才能，而是因为你们直接面对民众治理地方事务。因此，无论为国为己，你们都不能再对藏污纳垢的军机处有任何期望。

敬告中国的绅士们：有人说你们请愿不成，是因人微言轻不堪代表民意。但是，那些有社会地位的年长者大多自私又顽固，"不肯以身为天下先"。所以，你们不担此任谁还能担此任！

敬告一般国民：中国人漠视国事已有数千年的历史。国民们，谁令你们失业没有收入？谁让物价飞涨不能养活父母？谁把你们仅有的财产抢走了？谁把你们祖宗的坟地出卖了？谁使盗贼横行日子不得安宁？流离呼号没人睬，鲜血淋漓没人怜，都是官吏们干的坏事！如果再没有监督政府的国会，"我国四万万人之生命，必有三分之二断送于斯手"！

敬告中国农民：中国是农业国，你们是社会中坚。对于你们最大的祸害是什么？是数不清交不完的赋税。怎么才能减少赋税？成立国会。

敬告中国有钱人："欲求资本之安全发达，不可不以国家为后盾。而政治腐败，则有国家等于无国家者"。所以，你们要求保护产业政策，就必须有一个优良的政府，而国会是政府得以公正运作的保障。

敬告留学生：日本立宪时学生就是主力军。你们要学习日本，发扬革命精神。你们个个见多识广，官府能骗农民骗得了你们吗？

最后敬告资政院的议员们：资政院不是国会，你们都是朝廷的装饰物。但是，即便是装饰物，你们也要尽责任。现在第二次请愿已遭拒绝，第三次请愿都察院是否代奏"诚未可知"，而你们对此责无旁贷。[50]

第三次请愿声势浩大，连十八个省的督抚们都联名致电军机处要求明年召开国会。朝廷实在无法敷衍，于一九一〇年十一月四日颁布上谕:"著缩改于宣统五年,实行开设议院。"[51]也就是说,原来朝廷宣布预备立宪的时间是九年,现在缩短三年,预备立宪期改为六年,即召开国会的时间是一九一三年。

这是一个令人心情矛盾的让步。

代表们请求立即召开国会,得到的结果是期限缩短了三年。

请愿胜利了还是失败了?

东三省代表进京发动了第四次请愿,请愿书说,别说缩短三年,就是明年召开国会,也不足以挽救国事。代表温世霖倡议全国各省学堂以罢课声援请愿。

这一回,清廷动用了家法:十一月二十八日,温世霖被捕,著即发配新疆。

对清廷极度的绝望,促使一批绅士开始倾向于革命。

试想,如果清廷接受了绅士们的建议,于一九一〇年召开国会成立议院,那么,导致大清王朝彻底覆灭的革命是否会在来年爆发?

就在请愿运动达到高潮的一九一〇年十月,资政院开院了。

资政院是各省咨议局的上一级机构,也是政府最高民意机构,类似于国会的前身。

设在京城的资政院,其议员分钦定和民选两类,两类各占一百个议席。所谓钦定,即由皇帝指派的议员,实际上是贵族议员,包括王公世爵、宗室成员以及朝廷各部官员。资政院的议长和副议长也是由皇帝钦定的。民选议员则由各省咨议局选出,相对于贵族议员来讲可称之为"平民议员"。

朝廷认为,钦定了议长和副议长,钦定派议员必会占据强势,绅士们有再大的本事也翻不了天。

但是,资政院一旦开院,朝廷才发现事情并不像他们想象的那样。

从资政院章程上可以看出,中国的资政院与世界上宪政国家的议院性质有所不同。资政院不得参议宪法的制定,只能参议预算、决算、税法、公债和法律的修改及新法律的制定。资政院的决议案,朝廷可持异议并交付复议;如果仍有异议,最后的定夺权仍在朝廷,即朝廷对资政院的决议有否决权。尽管与咨议局一样,立宪派的绅士们感到很不满意,但他们情愿暂且把资政院当作议院来看待,他们要利用这个阵地进行最后一搏。

资政院开院的第一件事,竟然是讨论请愿速开国会是否合法的问题。民选议员慷慨陈词,力挺请愿运动,最后用起立的方式,对是否应该速开国会进行表决——支持请愿的议案竟然通过了!通过时,资政院的会场上响起"国民万岁"和"立宪政体万岁"的口号声。作为政府最高民意机构,资政院违背朝廷的意愿,通过了声援请愿的议案,在社会上引起了巨大反响。当天,报纸上的新闻标题为"历史上的纪念日"——资政院就在朝廷的眼皮底下,而且钦定议员占据着多数,怎么会让民选议员占了上风?

朝廷不知所措。

其实原因很简单:钦定议员大多是老迈昏庸的贵族,他们除了对奢腐的生活以及陈规陋习有丰富的知识外,对宪政一头雾水,对议院毫无了解,于是很难有自己的主张。他们能做的只是不吭声、态度中立,或者是随声附和。而民选议员个个思想新锐,志向昂扬。这些立宪派的骨干分子大多曾经留学,知识丰富,能言善辩,理直气壮,言辞犀利,他们对朝廷毫不留情的抨击弄得钦定议员们噤若寒蝉。

终于,资政院的绅士们选择朝廷的要害恣意发难,结果制造了一个轰动全国的大案。

《各省咨议局章程》规定,各省咨议局与资政院属上下级关系,省咨议局如有不能议决的议案,或地方督抚有拒不执行议案的行为,咨议局有权提请资政院进行复议。资政院开院不久,湖南咨议局控告巡抚杨文鼎不经议决,擅自在本省发行公债,议长谭延闿认为这无异于漠视咨议局的权力,于是将该案提请京师资政院复议。资政院经过讨论,认为杨文鼎严重违背法律,应立即如实上奏朝廷。谁知,朝廷批下来的回文,竟然不认为杨文鼎违法,说这仅仅是"疏漏"而已。更令民选议员愤怒的是,朝廷还裁决杨文鼎发行公债得到过部议审核,仍可照发不误。朝廷一不追究杨文鼎的违法责任,二不命令杨文鼎向咨议局补交议案以履行正当程序,显然是对咨议局和资政院的一种蔑视。民选议员们一致认为,这都是军机处的大臣们搞的鬼,要求军机大臣前来资政院接受质询。向来认为自己说一不二的军机大臣,凭什么要接受资政院的质询?议员们便以书面形式进行质询,得到的回答是:"此种问题,须俟内阁成立以后方可解决,现在难以答复。"民选议员们火冒三丈,决心非让军机大臣来接受质询不可,因为作为一个国家的政府资政院有这个权力!

民选议员们讨论时的记录珍贵而有趣:

易宗夔(湖南民选议员):政府仅以"疏漏"两字了之,而不惩处该抚侵权失职,资政院与咨议局已属多余之物,可以解散矣,否则军机大臣必须到院说明其何以如是处置。

陶镕:军机大臣到院之前,本院必须停会以待。

罗杰(湖南民选议员):守法为立宪预备之基础,若国法不被重视,咨议局留之何用,不如将之解散。

邵羲(浙江民选议员):通常一御史弹劾即可使违法失职者受到惩处,若资政院尚不如一御史大夫,留之何用。军机大臣必须到院解释。

李榘(直隶民选议员):巡抚及部院大臣如此违法失职,直是欺弄君上。

于邦华(广西民选议员):咨议局之组织章程与国家法律无异,既然军机大臣任意侵越,则章程形同纸上废物;本院之上奏既不受重视,两者皆可解散矣。

汪龙光(广西民选议员):谕旨称湖南案为疏漏,将来本院之奏折有何用处?只有将原案送回湖南咨议局,听该局自行决定。我想该局也只有解散一途。

彭占元(山东民选议员):本院议决案既不发生效力,决无续存在之理由。

于邦华:政府敢于违法,本院则绝不敢违法。

(多人附和大喊"尊重咨议局局章",全院大拍掌。)

易宗夔:政府不重视咨议局,显然是政府压迫人民,置先皇光绪"庶政公诸舆论"之上谕于不顾。(大拍掌)

刘春霖:军机大臣有意破坏宪政,必须请其前来答复质询。

邵羲:请总裁用电话请军机大臣到院。

汪龙光:必须上奏请求收回成命,否则解散本院。(拍

掌)

罗杰:时间不多了,应该马上请军机到院。

曾广銮(钦定议员):巡抚可以"疏漏"了之,人民犯法又将如何藉口?本席同意请军机到院。(拍掌)

(至此,总裁问请哪一位军机,众口一声"领班军机庆王",但打电话过去,军机无一人在。)㊾

即使军机处的电话有人接,庆亲王奕劻哪里肯来资政院?自大清帝国成立军机处以来,有资格把军机大臣叫去质询的,仅有皇帝一人。现在资政院里的臣民们竟然如此放肆,这是什么世道?

接着又发生了两件事:云贵总督不经咨议局决议,擅自提高盐价;广西巡抚无视咨议局议决,允许巡警学堂限制外籍学生。以上两省咨议局将两案呈报资政院要求复议,资政院当然支持两省咨议局的议决。资政院如实上奏后,朝廷的答复是:两事交给盐政处和民政部审处。这个批复等于否定了资政院的议决权,将盐政处和民政部当成了资政院的上级机构。民政机关竟然可以指挥立法机关,民选议员们认为这又是一个大侮辱。他们决定不让军机大臣前来接受质询了,而是直接弹劾他们,让他们丢乌纱帽,理由是:"今日之军机,即异日之内阁,如此不负责任,将来议会成立,其危险诚不可名状。"㊿

民选议员们的这一决定,很快就传到了奕劻的耳朵里,他立即以上谕的名义同意资政院的原议案。但是,民选议员们气势如虹,表示弹劾上奏决不能由此撤销,如果撤销了就是资政院没有恪尽职守。于是,弹劾军机大臣的奏折还是被递了上去。奏折斥责军机大臣"受禄则唯恐其或后,受责则唯恐其独先";"上无效忠皇室之心,下鲜顾畏民垒之意";"徒有参预政务之名,毫无辅弼行政之实";"坐令我监国摄政王忧劳慨叹于上,四万万人民憔悴困苦于下"。所以,朝廷必须"明降谕旨,将军机大臣必应担负责任之处宣示天下"。㊿

朝廷很快就降旨了,对资政院严加指摘,说轻了是议员们管了不该管的事,说重了就是这帮臣民们不知好歹:

> 设官制禄位及黜陟百司之权,为朝廷大权,载在先朝钦定宪法大纲,是军机大臣负责不负责任暨设立责任内阁事宜,朝

廷自有权衡,非该院总裁等所得擅预所请,著毋庸议。[55]

谕旨没有按照程序经过军机处,而是直接由载沣批下来的。

摄政王载沣代表皇帝,这就是说,资政院直接与皇帝发生了冲突。

民选议员们的愤怒达到了极点:"人民没有别的法子,只好拿出他的暴动的手段出来。"[56]

这样的言论已经有谋反的味道了。

至于不得不"拿出暴动手段"的人民,当然指的是他们这些民选议员。民选议员们对"人民"的理解是:"非人民皆可为议员","非人民皆可选举议员"。[57]他们之所以将选民资格附加上学历特别是财产数额的限制,就是为了保证参政阶层皆"为中上等社会之人"。按照绅士们的解释,"人民"就是他们这群"中上等社会之人"。那么,下等社会的人算是什么人?

在大多数革命派眼里,尽管立宪派的绅士们赴汤蹈火,他们所争取的"民权"还不如说是"绅权"。这些"中上等社会之人"是革命的对立面,是"平民之公敌":

> 自十九世纪之末迄今二十世纪之新纪元,别有一种似驴非驴、似马非马,俨然与现在政府互相提挈,以直接压制我全国之平民。观其颐指气使,咄咄逼人,直欲如玩傀儡者,牵一线而满盘皆动,如犬遇夜行者,一吠影而百吠声。此何人?此何人?此非当世所自命为国民之代表而神圣不可侵犯之绅士乎!
>
> ……盖政府既利用彼,彼又利用政府,同恶相济……彼欲为最有权力之绅士,夫然后上可以狼狈政府,假公济私;下可以把持社会,淆黑乱白。故往往有大庭广众,自矜发起,开会集议,掌声若雷,美其名曰普及教育,崇其谊曰提倡实业。彼自为一身之做官发财计,诚得矣,而吾全体之国民对之则何如!
>
> ……呜呼,吾全国同胞亦知绅士为平民之公敌乎?亦知彼一省之绅士——实欲绝吾生命者,只此少数人,而吾合群力以蹯之,直不啻摧枯拉朽乎?若常任此辈盘踞于其间,今日言

预备立宪,明日言地方自治,无论彼方伺政府之抑制,无暇实行也,即使办一二假文明以为掩饰,实则吾自由之心思已为彼多剥蚀,吾公共之产业永为彼所垄断。

是可忍,孰不可忍?

……立宪乎,地方自治乎,利多数之平民乎?利少数之政府与绅士乎?[58]

然而,革命派所说的"平民",除了他们自指之外,还包括什么人?

中国最贫苦的民众,根本没有可能去寻求"民主"和"自由",他们也不在乎朝廷预备立宪政的时间是九年还是五年,他们只对一样东西感兴趣,那就是能够维持生命的食物,因为他们的生存已经难以维持。

可以肯定地说,无论是立宪派还是革命派,他们所说的"人民"或者"平民",并不包括中国这块土地上人数最多的那个群体,即那些世世代代生活在社会最低层的赤贫农民和城镇贫民。二十世纪初,风行于中国的那些关于民主政治的热闹举动,与这个国家巨大的人口群体并没有什么必然联系。这就是近代中国政治变革的真正悲剧所在。

土崩之势

一九〇九年五月,京畿道监察御史赵炳麟回南方探亲,返回后给朝廷呈递了一份奏折,报告他在两湖地区看见的令人心惊的景象:

……今年长沙民变,臣省亲至湘,目睹湖北流民,不下二十余万。湖南省城,人心粗定,而乡间乏食十室九空,抢米之案,日数十起。又闻江南海州等处饥民围城,人心摇动。兼之南方久雨,又将为灾。湖南之茶损伤殆尽,湖北之麦收获无期,不知明年是何景况。百姓穷至此,若不度量财力,以定新政次序,在上多虚一文,在下增一实祸,保民不足,扰民有余,良可虑也……大学言:所好好之,所恶恶之。孟子言:所欲与聚,所恶勿施。实为立宪之精义,萃万国宪法学说,莫能外范围焉。夫民之所好孰切于生,民之所恶孰甚于死。无食则饥,无衣则寒,生死所关,正治民者所当加意也。现在湘、鄂等省,流民众多,老弱转于沟壑,强暴流为盗贼,不可不预筹安插之策……⑤⑨

奏折写得很明白:"在上多虚一文,在下增一实祸。"尽管朝廷主张的新政和立宪都很圣明,但首先要考虑的是让百姓不至于饿死,因为"民之所好孰切于生,民之所恶孰甚于死"。

历朝历代,"下等社会"永远是广袤国土上最庞大的一群。

即使仅从史料边角流露出来的那些有限的文字中,也能窥见大清帝国彻底覆灭前的历史真实场景,这片国土上饿殍遍野的景象令人不忍卒读。

这个巨大的农业国开垦甚久,与温文尔雅的儒家思想一样,中国农民的田耕经验已经积累了几千年。北国千里沃野高粱红遍,南国水网密布稻菽千重,这本是一个不该让百姓饿肚子的国家。但是,只要老天三个月不下雨或者三个月不晴天,灭顶之灾就来临了——大清帝国在行将倾覆的最后几年,自然灾害多得令人难以置信:

一九〇一年,黄河在河南山东两省交界处决口。

一九〇二年,黄河在山东再次决口。四川旱灾严重。年末江苏、湖南、直隶和东北爆发大规模瘟疫。

一九〇三年,黄河在山东利津决口。直隶、浙江和广西涝灾。

一九〇四年,黄河再次在山东利津决口。直隶的永定河决口。

一九〇五年,水灾、旱灾、雹灾、风灾、蝗灾和地震遍及全国。

一九〇六年,广东、湖南、湖北、江苏四省遭遇特大洪水。

一九〇七年,永定河决口。

一九〇八年,广东数十年未见之大洪水。

一九〇九年,山西、河南大旱。湖北、湖南洪水,流民多达数十万。⑥⑩

一九〇〇年,多年未遇的大旱使北方最富庶的秦中地区饥民遍地,把草根树皮都吃光了的百姓老幼相扶,像黄土高原上的沙尘暴一样向南滚动,然后聚集到西安附近的平原上来了,因为从京城逃亡出来的太后和皇上在此。西安府的官吏调集大量兵丁把太后和皇帝的住处围了个水泄不通。饥饿的百姓知道皇上近在咫尺,拼命拥来,他们认为靠近皇上就不至于饿死。结果,慈禧下令在西安城关设立粥厂救济饥民。但是,每天举着破碗围着粥锅的饥民竟有十几万,弄得粥厂里人潮汹涌,连住在巡抚院子里的慈禧都能听见鼎沸之声。她下令增加粥锅的数量。二十多口直径为两米的大锅摆了出来,锅下烈火熊熊,锅内日夜蒸腾,远看仿佛西安城沦陷于战火,近看才知大清帝国的临时"都城"已成了公共大饭堂。即使这样,也救济不了数量巨大的饥民。一个外国探险者目睹了当时西安的情景:"三个月时间里,每天早晨总督的随从都要收集六百多具尸体,埋在东门附近的田野里"。"粮食越来越不容易见到了。不久,西安郊区就有人肉出售。开始时,这种交易还暗中进行。但不久,由饥殍肉制成的肉丸成为主食,以相当于每磅四美分的价格出售"。[61]

帝国的捐税本来就多,百姓早已不堪重负。庚子事变后,为偿还赔款,政府加重了对百姓的盘剥。同时,推行新政、筹备立宪所需的费用也被摊派到各省。连年的自然灾害更是加速了经济的崩溃。就在"饿殍载途,白骨盈野"的境况下,苛捐杂税依旧敲骨吸髓般连年翻新。除了照例的地丁粮税、盐斤和田产契税,茶、烟、酒、糖等税以及印花税外,各省举办的新税和附加税不胜枚举。总之,"所有柴、米、纸张、杂粮、菜蔬等项,凡民间所有,几乎无物不捐"。[62]一九〇九年,《时报》对江苏苏州牙厘局所经办的各种捐税作了粗略的统计:"百货捐、茶业捐、蚕捐、丝经捐、用丝捐、黄丝捐、米粮捐、花布捐、烟酒捐、皮毛捐、牲畜捐、竹木捐、磁货捐、药材捐、厂纱捐、加抽二成茶糖捐、加抽二成烟酒捐、烟酒坐贾捐、续加二成烟酒捐、续加烟酒坐贾捐、烧酒灶捐、新加烟酒坐贾捐、船捐、随丝带抽塘工捐、随丝带抽工账捐、随丝带抽饷捐、蚕行分庄印照捐、机捐,计达二十八种。"[63]其中的"附加捐",是朝廷为缓解经济负重、地方官吏为巧取豪夺而随意征收的,名目和手段皆如同打家劫舍。例如盐斤等税,本有加价两次的惯例,每次可加价四文,这已让百姓负担不起,但各省又擅自加征和复征:直隶将盐斤税加价二文,药税加价四文;广西干脆"遇物加抽",即无论什么东西都要加价;而东北地区的税收名目更是百姓闻所未闻:斗秤捐、厘捐、河口粮税、河防税、营口八厘税、东边粮货山货税、沿铁路货车税等等。地方官吏加税的理由,几乎都是说为实施新政,说办理地方自治要用钱,举办新学堂要用钱,办理警察事务要用钱,就连建立民主政治的咨议局也要用钱——底层的工商业者无利可图,中小地主怨声载道,最底层的农民更视苛捐杂税为吃人猛兽,税吏衙役明火执仗,穷凶极恶,白昼催逼,夜晚捉人,烧屋掘地,监禁吊打,夺儿占女,以致百姓于极端痛苦之下,除了拼死抗争再没有其他出路。

赵炳麟御史奏折中所称的"人心摇动",就是促使大清帝国摇摇欲坠的民变。

有资料统计,大清帝国的最后十年,全国各地的民变——革命党人的武装起义和立宪党人的请愿示威不算在内,他们的行为基本上与百姓的绝望没有太多的关联——竟多达一千三百余起,"平均两天半发生一次"。[64]

一九一〇年,民变突然间达到了每日多起。

广东香山县的民变,起始于官府收税收到了和尚道士的头上,和尚道士们"罢业抵制",之后联络各乡将税局拆毁了。官府派兵镇压的时候,乡民"众愈激愤,汹涌上前",把承办屠宰税和海防税的衙门总管的住宅放火烧了。最后,乡民冲到收盐税的衙门,"毁墙入内,埠中人命巡丁放枪抵拒,轰伤数人,群情愈愤,冒险前进,放火将该埠烧毁,夺取食盐罄尽"。[65]

广西的民变更是"此伏彼起":永淳和百色乡民聚众抗议官府设立新捐,在长时间的对峙中,被官军击毙三十余人;梧州藤县官吏贪酷致使"全境骚动",革命党人趁势进入,煽动官逼民反;永宁州怀远县因"加抽油捐"激成一百二十一个村的骚乱,最后官军不得不"以炮火向十八村轰击";岑溪县饥民结成团伙联合抗捐,为首的是个八十多岁的老者,前来镇压的官军破寨而入,"兵勇乘机劫掠,乡人死者以千计,生擒者亦数百人,情形极惨"。[66]梧州府电禀两广总督:"此番因知县尹令联合地方绅士,藉办地方新政,遇物加抽,则贻害无穷。"[67]

浙江省武康县因抽加捐税,乡民冲入县署,不但把衙门大堂砸了,还将洪知县拖出县署准备扔进河里淹死。长兴县加重了船捐,乡民捣毁了税务衙门,顺便把催捐的警局也砸了。嘉兴县因加收肉捐,引起大规模罢市,其中豆腐业的同仁把警局捣毁了,因为巡警总是勒索他们。

到了年底,浙江乌程、归安、德清三县乡民因灾拒交漕粮。浙江巡抚电告军机处:"十一月二十五六等日,竟有刁徒鸣锣聚众,联合乡民数千,图抗漕粮。愿完各户,亦被阻止。二十七日,德清县乡民藉口被荒,聚众抗漕。增韫接据地方官电禀,即经电饬湖州府委员往查,并令会同前路右翼统领周树森,前往弹压解散,并派道员袁思永驰往查办。程安两县旋即平靖。德清县西乡刁徒,于十二月初七日聚集二百余人入城,逼令罢市。"⑱

最猛烈的抗捐事件,发生在山东莱阳。莱阳地区原本赋税极重,朝廷实施新政以来,苛捐杂税层出不穷:学捐、戏捐、警捐、户口捐、油坊捐、染房捐、牲口捐、修庙捐,几乎无事不抽捐。一九一〇年遭遇天灾,乡民饥肠辘辘,县令朱槐之和该县号称"四魔"的大劣绅王圻、王景岳、于赞扬、张相谟"朋比为奸",派出差役巡警以催捐为名到四乡敲诈勒索,逼得乡民无以为生。乡民们提议动用历年积谷,这些积谷原为历年摊派给各村以备灾荒之用,谁知积谷早已被劣绅们贪污倒卖。消息一经传出,骚乱由此开始。乡民们推举一个名叫曲士文的私塾先生为首领,拜盟立会,宣布拒不纳捐缴税。五月二十一日,数千乡民聚集城西关帝庙,然后一起冲入县城将县署包围,提出免除苛捐杂税和不许劣绅巡警鱼肉乡民。一千多名道士也参加其中要求免除庙捐。朱槐之惧怕众怒而藏匿起来,由一位绅士出面调停,绅士答应了乡民们的要求。谁知,乡民刚散,朱槐之立即调集兵丁先把参加骚乱的道士捉去,然后派兵捉拿曲士文。乡民们群起抵抗,兵民格斗,官军伤亡数人,而乡民伤亡数倍。在不断的对抗中,乡民越聚越多,官军用大炮轰击,乡民死者数百、伤者上千。朝廷获悉此事后,将朱槐之以"弹压不力"为由革职。谁知新任县令奎保刚一上任,不但宣布之前减免捐税的承诺一律取消,而且扬言谁要闹事就大力镇压。在山东巡抚孙宝琦的支持下,官军迅速向莱阳增援,对手无寸铁的乡民开始了搜捕、抢劫和杀戮——"庄民惊慌四逃,妇女深夜不及避者并被奸污,其他钱财衣物尽被掠去。村民大骇,鸣寺钟聚众,邻村闻警并至,方议近前理论,兵见势众,连开排枪,民之被伤者四十五人,死者十七人"。"初七日早,兵队开至马山埠,突向九里河施放开花炮,轰毙三百余人,乡民惊窜……道员杨耀林乘势带兵出城进剿于家店、柏林庄,戮其强壮,杀其幼稚,淫其妇女,掠其财物,然后纵火尽焚其室庐。又进剿刘家疃、褚家团,亦如之。又至杨家疃、台子村,亦如之。又至臧家疃、小埠顶、南李家疃、北李家疃,见其庐舍高大、市井繁盛者,尽指为曲党,杀戮淫掠亦如之。最后至周家疃、大王家疃,户口尤多,牲畜尤众,又指为曲党,杀戮淫掠又如之。计杀死之可知者一千六百余人,而妇女之羞忿自尽、老幼无家可归自缢投井者不可数计,焚毁房屋共千余家之多,血流被道,哭声盈野……数十里内村落无一幸免,其所掠之妇女则于附近州县卖之,所掠之衣物载至烟台各当店售之……"⑥⑨如果不是白纸黑字的记载,很难相信这是二十世纪初中国发生的事情。更令人不知所措的是,此时的中国正在实施着政治变革,朝廷声称要为万民福祉而"廓清积弊"以实现"执政文明,法理公正"。

山东省咨议局的绅士们联名上书朝廷,指出此次民变责任不在乡民,完全是土豪劣绅和地方官吏勾结在一起欺压乡民所致,要求朝廷彻底查办有责任的官吏。上书还特别指出,莱阳靠近外人据守的胶州半岛,国人亲眼看见外人对"吾民以仁",而自己的官府则施以暴政;外人之兵保护自己的侨民,而自己的官军则"横肆威虐","草菅人命"。这样一来,很容易让外国势力插手中国的民变。此次莱阳民变中,就有外人要接济乡民军火,所幸乡民们没有接受。莱阳乡民"不堪劣绅之鱼肉,而始则死于苛捐,继则死于锋镝,其幸免者又以室屋无存,禾稼难收,终且不免死于冻饿"。⑦⑩

十一月,朝廷颁布上谕,认为朱槐之与奎保体察民情无能,"境内迭起变端",事变一起即匆促"调兵剿办",以至激成民愤,"酿成如许巨案",可谓"抚绥无术,办理不善"。遂将知县奎保等官吏一并革职。⑦①

值得注意的是,朝廷试图推行的政体变革,所标榜的目的是国家图强;但是,变革给这个国家最底层、最广大的乡民带来的却是不幸。

这样的历史悖论令人惶惶不安。

地方自治,本是立宪国家实现民主政治的必要程序,但是,这件事被引进到中国后却成为民变的导火索之一。乡民们之所以反对地方自治,不是因为政治认知问题,而是随之而来的官府以此为借口无限加税,加税的最终结果毫无例外是官吏们中饱私囊。

一九一〇年,河南叶县知县在地方自治之前,为筹集兴办款项,派人赴乡间宣传新政的好处,"但愚民不知,群起反对,适有人宣言:谓乃自治乃害百姓之举。从前不办新政,百姓尚可安身;今办自治巡警学堂,无一不在百姓身上设法。从前车马差使,连正项每亩钱百三十文;今则每亩加至三百二十文,现在又要百姓花钱"。结果,乡民"纷纷聚众,倡言造反,半日之内,聚有乡民一二万人"。河南巡抚宝棻收到叶县的禀告后,"饬陆军开拔一营,前往弹压"。一个营的陆军还没将叶县乡民弹压,密县那边的徐知县也告急了。密县因筹办地方自治加"亩捐钱一百二十文",愤怒的乡民冲进县署"将大堂大门全行拆毁"。守城勇队前往弹压,遭乡民殴打。河南巡抚得到消息后,"立即饬候补知府吕某率同徐令,统带陆军,前往解散"。但是,这边的陆军刚派出去,长葛县那边又出乱子了。长葛的江知县是个贪婪而又新潮的家伙,不但以筹办地方自治为名大幅增加田亩捐税,而且还要求加收乡村巡警经费三百文。催缴捐税的告示刚一贴出来就被乡民撕了。乡民"知江知县藉口新政,设法敛钱,不止一次,向已恨之切齿"。因此,"鸣锣四乡",纠聚五千七百余人"拥入县署"。"江知县恐乡民劫署,又派队勇多人,整队大堂,百计威吓,无如乡人因官屡次设法敛钱,含恨已深,致将性命置之度外。不问情由,纷纷挤入署内,以为要挟之计。及至入署,内中怨毒深者,一起动手毁物,闻自大堂起,至宅门内上房为止,所有各物,均被毁尽。独账房印室仓库监狱,丝毫不动。江知县此时一时无计术,仅牵其妻子至厕内藏匿"。⑫

河南长葛县乡民传单:

> 各乡传单各村各堡父老兄弟同看。江官到任,即科派差钱,一年共派七次,吾民之力,实不能支。刻下江官又派加丁地钱,吾民性命必不保。屡次呈恳免缴,屡遭重责。官逼差,差逼民,吾民身家,行为贪官所食。刻为筹抵制之计,务望速至五里囤会议,不来者群起而反对之。(查田地一亩现已缴正赋差钱新政钱七百文,另差在外,刻如再加,将及一千四百文矣)⑬

中国的乡民从他们的父辈那里早已继承了一条祖训:任何一件事,只要是官府推行的,都是进一步盘剥他们的陷阱,都是让他们倾家荡产的暗算。如同警惕任何天灾一样,乡民们警惕着官府的一举一动,为了保住全家老小赖以活命的最后一点粮食和维持生计的最后一点生产工具,他们忐忑不安、草木皆兵、风声鹤唳。

乡民们第一次听说官府要查户口,惶恐的气氛立刻笼罩了所有的人。在以往的日子里,帝国的统治者情愿只把臣民的数字估计个大概,帝国有层层的税收机构,只要把足够的赋税漕粮收上来便可以了。但是,如今朝廷不是要打造一个跟上世界潮流的政治清明的立宪国吗?人家西方立宪国在办理各级议会的时候不是要统计选民的数量吗?如果连全国人口都不清楚如何进行民主登记和民主投票呢?于是,必须在各家各户的门口钉门牌,然后彻底普查全国人口。尽管官方规定了人口普查的行为规范,调查员身上携带着用白话写的说明书,并且一再声明一不抽捐二不拉丁,但是,世代遭受官府欺压的乡民们还是幻觉丛生,从一开始便认定这是官府制造的又一个坑害他们的阴谋。

一九一〇年初,安徽南陵县北乡"忽来一游方医生王某,口称伊从江苏泰兴一带而来,目见该处调查户口人名册,一经报送到官,其家即全家死亡"。[74]广东韶关不知是谁贴出了个告示,说"国库支绌,罗掘已穷,近日调查户口,实为将来抽人税之张本"。[75]浙江湖州府长兴县乡民中流传的消息,更加骇人听闻:"言查去之户口,系卖与洋人做海塘打桩之用,若不从速收回,准于三十日解省,八月初二必将死尽。"[76]江苏宜兴的人口普查调查员,因为询问乡民过于详细而被怀疑,由此引发的传言更为离奇:"调查时,特为详细,无论男女老幼,概须填注姓名年岁。匪徒从而造谣煽惑,调查取男女生辰,为修筑铁路填压黄河桥工程之用。愚民无知,转辗传述。"[77]人心惶惶之下,传言愈演愈烈,人口调查已演变成为邪恶之事。乡民们绝不允许在自家门口钉门牌,他们捣毁户口调查机构,殴打人口调查员,然后与官府派出的官军对峙。这些事件无一例外地发展成为巨大的骚乱。广东连州乡民抗拒钉门牌,"于八月十二日,毁拆学堂公局公司及绅士房屋后,二十,焚毁调查员潘凤怡及其堂兄凤阳家"。然后"纠集三千余人,各持军械,在四方营地方驻扎,旋复四处标红,掳捉绅士。凡酒甑屠木各捐,亦勒令一律停抽,情势汹汹"。[78]

最令人困惑的是,乡民们与新式学堂过不去。

1911

在清廷推行的新政中,废除科举制、兴办新学堂是一项重要举措,本该得到全社会的欢呼雀跃。但是,欢呼雀跃者,大多是上层社会的绅士们,贫苦百姓却恨之入骨。原因很简单:办学堂就要加捐。辛丑年以后,全国各地都发生了乡民为抗议兴办新学堂而增加捐税的大规模骚乱。乡民们不但把怨气发泄于官府衙门,而且无一例外地将学堂捣毁,仿佛只要新式学堂不存在了,他们承担的赋税就会减掉。一九〇九年八月,为兴办新学堂,江西宜春官府规定学米捐每石抽钱十文,官绅复议后决定加抽至五十文。当时的报纸在分析加收学捐引起民变的原因时普遍认为:"盖由官绅勒捐而起。"为抵制抽捐学款,大批乡民入城抗议。他们先是跪在大街上烧香磕头,恳求官绅免捐,结果招致官兵的血腥镇压:"先开空枪一排,尚未吓退,遂上子弹轰击,一时枪林弹雨,血肉纷飞,乡民伤亡无算。"[79]遭遇枪击的乡民们四散跑掉,官绅们在衙门里商量应付办法。突然,"城外旗帜张天,炮声震地,乡民们已四逼城下"。[80]抗捐事件遂演变成一场真正的战斗:"初六日,又聚数千人,用长杆土枪,向四门还击,哨长受伤,兵勇亦伤十余人。西门城角竟被攻开,弁兵登内城抵御,枪毙八人,伤十余人。北城击毙四人,夺获炮械多件,众稍敛退。"[81]事件的结局是:官府宣布不再增收学捐,并将所有相关官吏革职。

在绅士们看来,如果没有乡民闹事,或者说,如果乡民们老老实实地缴纳捐税,他们治理下的州县将一片光明。但是在乡民们看来,他们的生活始终暗无天日。晚清,全国范围的土地兼并到达了疯狂的程度,绝大多数贫苦乡民无一寸土地,由此造成的社会贫富差距之大实属罕见。富者良田万亩,雕梁画栋,婢妾成群;穷者流离失所,卖儿卖女,横尸旷野。与百姓饿殍遍地相对照的是官宦们的骄横气派、巨商们的挥金如土、深闺小姐的风雅愁情以及皇族们的穷奢极欲。自清中叶以后,官场骄奢淫逸、中饱私囊可谓肆虐无忌,王公大吏人人"田产丰盈,日进斗金,子孙历世富豪";[82]个个"好蓄声伎,凡酒宴间,每掷缠头以千百计"。[83]更有甚者,官场上的一顿饭,历经三天三夜仍未吃完,菜品花样和烹制工艺均可谓史无前例。史书记载有鱼羹一道:"取河鲤最大又活者,倒悬于梁,而以釜炽水于其下,并敲碎鱼首,使其血滴入水中,鱼尚未死,为蒸气所逼则摆首摇尾,无一息停。其血益从头中滴出,此鱼死,而血已尽在水中,红丝一缕连绵不断。然后再易鱼,如法滴血,约数十尾,庖人乃撩血调羹进之,而全鱼皆无用矣。"⑭且官场交际一向吃喝玩乐四样并举,"往往酒阑人倦,各自引去,从未有终席者……各厅署内,自元旦至除夕,无日不演剧。自黎明至夜分,虽观剧无人,而演者自若也"。⑮公吃公娱到如此地步,所挥霍的巨额资财从何而来?

　　河南道监察御史陈恒庆曾上奏军机处,把民变频繁发生的原因归结于"官场积弊太深",并强烈要求朝廷对各省贪官污吏严加惩处。奏折以山东为例,说那里本来赋税就重,乡民老老实实地缴纳,之前未见有什么对抗。但是,最近地方官吏"处处张贴告示,添设厘捐,剥削商民,以致上年潍县罢市,今年长山县之周村镇罢市,使商民骚然,不安其业。此皆刻薄官吏希图渔利,上筹款之策于大吏,而大吏不察,欣然委任,坠其术中而不知也"。贪婪的地方官吏中饱私囊的手段有:一、大量违规超编招募亲友进入衙门领取俸银,而且开出的数额高得吓人:"其上等幕友,每人岁须脩银一千余两,或五六百两,试问京官中六部堂官,朝夕趋公,一年俸银有如此之多者乎"?二、官场行贿受贿风气不能禁止反而愈演愈烈。"知府于节、寿礼外,尚有每季帮贴,名曰季规,大县每年一千余两,中县小县五六百两,若不按季呈送,知府即派家丁赴所属州县坐索,并有公然行文提催者"。三、每任新官上任后大肆挥霍置办奢侈生活用品,名曰办公必须,但等此官卸任之时,"其精致物件席卷而去,其余剩之件,则隶役抢卖一空。新来大吏到任时,省城县首再新为置办,计一年所费甚巨"。四、行贿受贿大吃大喝。"至学政、主考,每次赠送规费,亦由摊捐款内支给。有时外省大吏及官差过境,或驻省查办事件,一切供给酒席、铺陈、公馆,均出自此款"。陈御史说的是地方官吏们的恶行,相对于整个帝国官场的腐烂情形而言,可谓小巫见大巫。但仅仅如此已足以"激成民变"。⑯

　　一九〇八年春节,连续灾荒下的帝国雪雨交加。在饥民们"或杀同伴,或杀己孩,或易子相食"的时刻,紫禁城里正月初一那天皇帝一人的菜谱是:

>　　……圣母皇太后赐万岁爷早晚膳各一桌。上进早、晚油盐火烧各一品,上进早、晚白糖油糕各一品,上进早、晚肉丁馒头各一品,上进早、晚油炸果各一品,上进早、晚糟糕各一品,

1911

上进早、晚元宵各一品,赏内殿总管喜禄。上进早、晚烤罐野鸡、野猪各一品。添安早膳挂炉猪、挂炉鸭子、燕窝八仙汤,年糕赏总管喜禄、尹仪忠。皇后、瑾妃进万岁爷煮饽饽各二盒。添安晚膳挂炉猪、挂炉鸭子、燕窝三鲜汤赏内殿首领张兴山、刘双福。添安早、晚燕窝字菜赏总管首领、小太监等。寅正二刻,上进猪肉菠菜馅煮饽饽;进老佛爷猪肉菠菜馅煮饽饽二盘。宴上鸡丝鸭条燕窝八仙汤、备用粥膳一份赏内殿总管喜禄;上进晚粥、白煮塞勒一品。养心殿进早膳,用填漆花膳桌,摆:口蘑肥鸡、三鲜鸭子、五绺鸡丝、木耳肘子、炖吊子、肉片炖白菜,后送豆秧氽银鱼、罐鸡汤、炒苜蓿膳、煨羊酸菜锅子、瓦鸭清蒸白菜、羊头肉片氽黄瓜、羊肉片氽冬瓜、樱桃肉炖菠菜、鸭条熘脊髓、氽水晶丸子、熘鸭蛋、鸭丁熘头豆、肉丝煮炖茄子、熘鸭月腰、奶子鸡蛋膏、炸春卷、肉丁花椒酱、肉片焖蒜苗、肉片焖扁豆、韭黄炒肉、清蒸火腿、肉片焖冬笋、八宝果羹、酿山药、杏仁豆腐、炒咸食菠菜罐、辣菜熏香干、芥末墩白菜丁、炒豆芽、白煮鸭子豆腐汤、大馒首、枣糖糕、荞麦老鼠尾汤、老米膳、旱稻粳米粥、旱稻粳米膳、豆腐浆粥、煊米粥、果子粥,上进二碗老米膳、一碗粳米粥。上进添安早膳一桌,火锅二品:金银"喜"字奶猪、锅烧鸭子;大碗菜四品:燕窝"庆"字八仙鸭子、燕窝"贺"字三鲜鸭子、燕窝"新"字口蘑肥鸡、燕窝"年"字什锦鸡丝;怀碗菜四品:燕窝金银鸭条、荸荠蜜制火腿、什锦鱼翅、熘鸭腰;碟菜六品:燕窝拌熏鸡丝、榆蘑炒鸡片、肉丁果子酱、大炒肉炖玉兰片、炸八件、盖韭炒肉;片盘二品:挂炉猪、挂炉鸭子;饽饽四品:白糖糕、苜蓿糕、苹果馒首、如意卷、燕窝八仙汤。酉正二刻,上进果桌一桌二十三品,赏总管首领、小太监等;进圣母皇太后早膳一桌、果桌一桌,照此添安早膳一样,多中碗菜四品、碟菜二品、克食二桌、蒸克食四盘、炉克食四盘、猪肉四盘、羊肉四盘。养心殿进晚膳,用填漆花膳桌,摆:口蘑肥鸡、三鲜鸭子、五绺鸡丝炖肉、炖吊子、肉片炖白菜,后送豆秧氽银鱼、罐鸡汤、鸡丝炒面、野意花锅子、瓦鸭清蒸白菜、头羊肉氽黄瓜、羊肉片氽冬瓜、鸭条熘脊髓、鸭丁熘豌豆、熘鸽蛋、肉丝煎炖茄子、熘鸭腰、奶子鸡蛋糕、炸春卷、肉丁花椒酱、肉片焖蒜苗、肉片焖扁豆、韭黄炒肉、清蒸火腿、肉片焖冬笋、八宝果羹、酿山药、杏仁豆腐、炒咸食菠菜罐、辣菜白菜丁炒豆芽、苏造蒸烧肥鸭、羊肉片汤、白肉大悭首、白蜂糕、元宝瓜、老米膳、旱稻粳米粥、旱稻粳米膳、豆腐浆粥、高粱米粥、荷叶粥,上进二碗老米膳,一碗粳米粥。上进添安晚膳一桌,为锅二品:野意锅子、苹果炖羊肉;大碗菜四品:燕窝"江"字海参烂鸭子、燕窝"山"字锅烧鸭子、燕窝"万"字口蘑肥鸡、燕窝"代"字什腐、三鲜鸽蛋;碟菜六品:燕窝炒锅烧鸭丝、盖韭炒肉、煎虾饼、黄瓜干清炒鸡丝、青笋晾肉胚、熏肘花;片盘二品:挂炉猪、挂炉鸭子;饽饽四品:白糖糕、苜蓿糕、苹果馒首、如意卷。晚用:白肉酸菜锅子、炉肉、熏肘花炖白菜、羊肉片炖冻豆腐加咯哒、黄豆芽、樱桃肉炖菠菜、豆秧余银花、鸭子丁熘葛仙米、奶子鸡蛋膏、烧萝卜、炒麻豆腐、山鸡丁炒酱瓜丁、炸春卷、肉片蒜苗、肉丁炖黄瓜干、韭黄炒肉、清蒸火腿、肉片焖冬笋、熏肘子、小肚、老米膳、旱豆粳米粥、旱豆粳米膳、粳米粥、果子粥、高粱米粥。[87]

大清帝国的穷奢极欲到了无以复加的程度。

越是最后时刻,越是极尽奢靡。

奢靡,乃权贵阶层行将就木的前兆,从古至今无一例外。

朱门后的奢靡是乡民无法想象的,而他们都是绅士们急需启发的愚民。不过,或许只有等到乡民的智力能够想象出上述食物到底是些什么东西时,才有可能跟他们谈什么是民主、自由和平等。

生存权利是第一权利。

一九一〇年,最为惊心动魄的民变事件,是全国性的饥民抢米抢面。

江苏本是鱼米之乡,但清江大丰面粉厂首先被饥民抢了。先是一条匿名布告贴满清江城内外:灾荒不断,灾民度日如年,积谷最多的莫过于大丰面粉厂。现在已经禀明官方,准许大家去清江面粉厂取面度命,时间是三月八九两日。请大家"务必如期,以免饿死沟壑"。[88]同时,有人在附近村庄散发票证,说是凭票到大丰面粉厂领取面粉,票证上特别写明这是赈灾面粉。结果,八日一早,数百饥民手里拿着口袋蜂拥而至,他们砸毁了面粉厂的门窗,并用绳子把工厂的烟囱拽倒。官府闻讯大惊,急派官军镇压,但饥民与官军对峙就是不退。九日,又有大批饥民到达,官军也大批增援,直到十日晚上,事件才基本平息。但是,官军一不留神,河道上的三艘运粮船还是被哄抢一空。没过几天,海州的海丰面粉厂遭数千饥民冲击,工厂开枪阻击,当场击毙九人。但饥民越聚越多,扬言要把面粉厂烧了,工厂与饥民发生了大规模战斗,最终两万饥民冲进面粉厂,不但抢走了大量面粉,而且将工厂的围墙推倒,厂内的机器也全部被焚抢。其后,徐州府宿迁县也出了乱子:先是饥民们抢了县城北门附近的富户,正在哄抢的时候,官军骑马前来弹压,带队的军官是个把总,到了现场大笑不止,喊:"只许扒抢粮食,不准携带他物!这里抢完了,可抢永丰面粉公司,谁也不准入城抢劫!"结果,饥民们蜂拥而上,高呼"官令抢!官令抢"。抢完面粉厂,又哄抢了附近的豆饼、烧酒等三十多家有粮食的作坊以及河道上的四艘运粮船。万众如潮,人流汹涌,互相踩踏,遍地狼藉,永丰面粉厂瞬间就被烧毁,数千石小麦颗粒无存。史书记载:"乡民之悍横如此,官吏之纵恣如彼,此固至可危之景象也。"⑧

最剧烈的抢米事件发生在湖南长沙。那一年,湖南二十多个县遭受水灾,全省数十万饥民饥寒交迫。官吏们趁着米价上涨,挪用公款搜购大米,然后倒卖以牟取暴利。乡间小吏则以赈灾的名义,把搜刮来的大米全部按高利贷形式借出,每石收息二斗。湖南米价瞬间上涨数倍,不但城镇居民无力购买,乡间饥民顿时陷入绝境。到了四月,湖南米价一日数涨,饥民们开始聚集,要求官府减价售米以救命。湖南巡抚岑春煊认为这是"痞徒聚众",派出巡警队前往弹压,饥民们殴打了巡警道赖承裕,然后冲入城内将巡抚衙门围住。岑春煊见事态扩大,先是答应五天之内平价售米,每升六十文。饥民们不答应。岑春煊又承诺明天就平价售米,每升五十文。饥民们不相信,"久聚不散,拆毁辕门"。巡抚卫队冲出来,当场打死数十人。岑春煊见情势危急,调新军赶到衙署,新军冲入人群,打死饥民数十人。官军的杀戮,瞬间变成了饥民暴动的信号,他们聚集在一起彻夜不散,"城内之米肆数十家亦被众抢劫殆尽"。第二天,上万饥民继续围困衙署。岑春煊下令开枪,饥民们就是不退。有人给巡抚大人出主意:"遣退新军,以平众怒,众必自散。"谁知,新军奉命退出署内后,饥民们顺势"一拥而入",焚毁了大门和大堂。随后,饥民开始搜查囤积的大米,顺便把全城的教堂、洋行、学堂和洋货商店或是捣毁或是付之一炬。岑春煊自知有责,称病不再出面,让布政使庄赓良代理巡抚职。新巡抚出示安民告示,承诺今天就平售大米,每升四十文;同时释放被巡警抓捕的饥民,而被打死的饥民每人发放抚恤二百两银子,伤者发放四十两银子。但是,一切都已经晚了,饥民们的愤怒不可遏制,他们放火点燃了巡抚衙门。庄赓良被迫采用最强硬的手段,发布告示"禁止暴动",否则"格杀勿论"。两湖总督瑞澂也调遣湖北巡防营两营和新军第八镇第二十九标以及炮队前来助战,长江水师营甚至调来了二十余艘军舰,英、德、法、美、日各国也开来了十余艘军舰协助。长沙抢米事件震动朝廷,四月二十六日,朝廷发布上谕,命总督瑞澂等人设局平粜,并将引起事变的地方官吏革职,其中岑春煊和庄赓良都被革去了功名。继任湖南巡抚杨文鼎一面命令"严拿倡乱之徒",一方面筹集了百万银两从外地采购大米,并以每升四十文的价钱发售,且规定只准饥民们购买。长沙民变逐渐平息。

史书记载:长沙抢米,"非以米贵,实以民穷"。⑩

抢米民变,其严重性远远超出了清廷的预想。

民怨导致的民变一次次地堆积,最终在社会底层形成了反抗朝廷的政治联盟。这个政治联盟除了走投无路的饥民和生活窘迫的贫民之外,日后还扩展到了当时中国为数不多的产业工人。这些大多聚集在沿海和长江沿岸城市的产业工人,工作条件恶劣,工资水平低下,工作时间长达十二个小时以上。虽然中国的产业工人还不能算是一支有觉悟的政治力量,但是他们不间断的罢工行动已经证明他们是不可忽视的力量。

一九一〇年八月,梁启超主笔的立宪派报纸《国风报》刊出《论莱阳民变事》一文,文章劈头便是"天下之患,在于土崩",认为大清王朝面临的"土崩之势,今已见端":

> 徐乐上汉武帝书曰:"天下之患,在于土崩,不在于瓦解,古今一也。何谓土崩?秦之末世,陈涉起穷巷,奋棘矜,偏袒大呼,天下从风。此其故何也?由民困而主不恤,下怨而上不

知,俗已乱而政不修也。此之谓土崩。间者,五谷数不登,年岁未复,民多穷困,重之以边境之事,推数循理而观之,民宜有不安其处者矣。不安,故易动。易动者,土崩之势也。故贤主独观万化之源,其要期使天下无土崩之势而已。"呜呼,何其言之危痛而深切也!古来亡国之道不一端,至于人心思乱,众叛民散,则鱼烂而亡,其病必不可复救。我国国势危蹙,数十年于兹矣……二十行省之中,乱机遍伏,是以半岁以来,变乱四起。长沙之事,举国震动。乃者,莱阳民变之事又见告矣。夫区区一县之乱,何损于天下之大势?顾不能不懔懔过虑者,盖察事变所由起,验今日之民心,近征之道光末年,远鉴之秦、隋之季世,则土崩之势,今已见端……

立宪党人认为,大清朝廷还是体恤民情的:"我朝乾隆三十七年,有永不加赋之谕,赋税之轻,为东西各国所未闻"。"国家虽国用窘促,犹不敢违祖制而议加赋"。因此,百姓的苦难不是朝廷造成的,而是那些贪官污吏违法乱纪使然:

　　……洎乎开办地方自治,地方绅士借口经费,肆意苛征,履亩重税,过于正供,间架有税,人头有税,甚至牛马皆有常捐,悉索敝赋,民不聊生,绅民相仇,积怨发愤,而乱事以起。官不恤民,袒助劣绅,苛敛不遂,淫刑以逞,而乱事以成。不知民嵒之可畏,但务劫之以兵,声其聚众抗官之罪,肆其草薙禽狝之威,劫掠淫暴,甚于盗贼,民知乱亦死,不乱亦死也,则铤而走险,于是祸势蔓延,遂至不可收拾。

立宪党人认为,中国的当务之急不是新政,而是要彻底整饬官场。那些贪官污吏造成民变大乱,顶多被革职,但不久又会复职官位。如果不把没有政治道德可言的官场收拾干净,一切新政变革都将是徒劳的:

　　……十年以来,我国朝野上下莫不奋袂攘臂,嚣然举行新政。兴学堂也,办实业也,治警察也,行征兵也,兼营并举,目不暇给。然多举一新政,即多增一乱端……徒浮慕新政之名,以为美观,则非徒无益,且为大梗。譬之病然,心腹溃败,病入膏肓,治病者不审病源,而杂进参苓,以为滋养,则其病必至速死。譬之室然,基础动摇,墙壁倾侧,筑室者不为改筑,而横加材木,以为美观,则其室必至覆压……涂泽粉饰,上下相蒙,而吏治之清浊,民生之舒惨,置之不复过问。不肖之吏,且假非驴非马之新政,以肆其狼贪羊狠之私谋,驱其民而纳之罟擭陷阱之中,以至激成大变,则饰说以欺蒙上官,巧辞以自为解免。即得处分,罢官而止矣;钻营夤缘,旋即开复。彼知朝廷之相愆者,必不能加乎此也,益纵肆而无复畏惮。以彼辈之罔利营私,寡廉鲜耻,宁复知政治道德为何物!

立宪党人告诫清廷:瓦解不会导致政权即刻倒台,土崩之势一旦出现就十分危险了。现在,大清帝国的政权根基已经遍布炸药,就等着导火索被点燃的那个时刻了:

今日民生之窘蹙,人心之机阱,譬犹炸烈之药遍布室中,爆发之期但需时日。使不燃导线,犹可旦夕苟安;若导以火而触其机,则轰然不可复遏。⑨

至少从"炸烈之药遍布室中"这个比喻看,立宪党人于一九一〇年对大清帝国政权生死存亡的分析,具有惊人的预见性。

民变是革命的基础。

没有任何政治思想主导的民变,从根本上撼动着大清政权的根基。

没有证据表明,革命党人组织和参与了民变。

也没有证据表明,革命党人曾经利用民变的形势而有所行动,或在规模巨大的民变中寻求颠覆帝制政权的同盟者。

至少在一九一〇年,这个事实令人扼腕。

然而,就"人心之机阱"而言,从朝廷到民间,似乎只关注到了赤贫百姓的不满情绪、革命党人的武装造反以及立宪党人的政治发难,而大清帝国内一个至关重要的社会阶层的情绪似乎被忽视了。

一个历史细节当时几乎无人知晓:当饥民们焚烧长沙巡抚衙门的时候,担任省城警戒的新军第四十九标二营三排长陈作新向统带陈强建议:趁省城混乱之际,带领兄弟们哗变。可以想见,统带陈强是如何的惊愕。惊愕之后,他并没有声张,只是借故把三排长撤职了,因为这个匪夷所思的军官不但有真枪实弹,还带着一伙同样有真枪实弹的士兵。

新军官兵并不饥饿,他们饷银数额不菲且按月发放,他们人强马壮、武器精良,只要他们的排枪大炮震天动地,乡民们便会瞬间"死伤无数",他们是维持大清政权屹立不倒的最后一根支柱。

然而,在荷枪实弹地与情势汹涌的民变对峙的官军中,何以混有第四十九标二营三排长这样满腹心事且跃跃欲试的军官?

对于大清帝国而言,最危险的时刻已近在眼前。

碧血横飞

"中国军队今天相当强大,但是,它没有足够的能力去保卫它的领土"。就在长沙饥民与官府发生大规模冲突、负责守卫省城的官军不禁杂念丛生的时候,滞留在檀香山的孙中山对当地《晚间公报》记者谈到了中国军队。"中国的军队有三十六镇。其中的十五个镇已经按照现代的军事制度组成。人们实际上认为,他们赞成革命的主张。士兵们被在外国受过教育和训练的人统率。他们掌握现代军事知识……中国在时势发展的过程中最终将被这支军队革命化。"[02]几天后,在回答檀香山《广告者》报记者的采访时,这位著名的流亡者再次谈到了中国军队,因为他获悉清廷准备在六年内拥有三百万清军,孙中山说:"这支军队不可能全是满洲人。他们可以任命许多满洲军官,但是,军队的大部分将是中国人。当满洲王朝指望使用这支军队去使政府为人民接受时,这支军队能颠覆篡位者并压碎他们。在我看来,这样的事即将发生,因为在这段时间里,我们不会睡觉……当伟大的高潮来临时,军队将成为我们的军队。"[03]

仍旧到处被驱逐并饱受同盟会员攻击的孙中山,以不容置疑的口吻断言大清帝国的政府军不但将被"革命化",并且在将要爆发的革命行动中势必"颠覆篡位者"——革命党人始终称清廷为"篡位者",他们宣称满清篡夺了汉族的大好河山——由此可见,孙中山并不认同他领导的暴力革命目前正处于低潮。极其具有预见性的是,一九一〇年,孙中山已切实关注到了蔓延于大清帝国政府军内部的某些反叛倾向,这使始终无法寻找到真正有力量的同盟者的他能够从屡战屡败的阴影中走出来——"军队将成为我们的军队。"

武装起义屡次失败后,孙中山把国内的一切事务委托给黄兴和胡汉民,自己再次开始周游世界,专为革命筹集款项。一九○九年五月十九日,他离开新加坡,途经法国巴黎和比利时布鲁塞尔,于八月七日到达英国伦敦。孙中山囊中空空,在留学生们的资助下勉强维持生活。他渴望回到距离中国最近的日本,为此他拜访了日本驻英大使馆。日本参事官加藤山座接待了他。他询问是否能够得到在日本居住的许可,加藤山座如实表述了日本官方的立场:"若允许其回日本,则彼等清国人攻击日本之气焰不仅必将更为高涨,而且近来北京政府内部已略有警醒,认为须与日本维持良好关系,稍加努力,则可顺利解决满洲悬案。假如允许孙回日本,则必将使彼等再起猜疑,外国又将随而乘机中伤。因此,考虑日清两国大局之利害,对其回日本之事,帝国政府最终将不会批准。"⑭孙中山解释说,他本人也不赞成在没有准备好或形势不许可的情况下盲目发动武装起义。但是,他的同志们此时正对大清帝国的下层人民"着重于政治上的鼓励",特别是对大清帝国的政府军已经有所影响:"他们在汉口及南京之军队,指挥之将校多数为我党人士,因此时间一到,则必倒戈以投我党;北京军队则自袁世凯罢黜以来,气氛大变,对政府不忠。"⑮

帝国政府军中的将校军官"多数为我党人士",这个惊人的信息出自中国最著名的革命党领袖口中,想必加藤山座定会万分惊愕。

十月三十日,孙中山从英国启程,于十一月八日到达美国纽约。虽然受到洪门老友们的接济,但为了筹款需要到处走访并发表演讲,孙中山困顿到了连五美分车票钱都没有的地步。哥伦比亚大学中国留学生顾维钧请孙中山在一家中国餐馆吃饭——"他的话使我心服。看来他有充分理由来组织一个政党,他相信每一个关心国家幸福的人都应该属于这个党。"在谈到推翻满清政府的革命事业时,孙中山表示"一旦他得到人民和一支有组织的武装力量的支持,就肯定会胜利",他寄希望于大清帝国政府军的内部哗变。接着,顾维钧聆听了孙中山关于他亲率一支强大的军队横扫中国大江南北的畅想:

> 他说,这支军队会很容易,从华南行军一千二百到一千五百英里到达北京。他所显示的对本国地理的知识,给我留下特别深刻的印象。他可以列举一个又一个城市。总之,他说中国必须有一次革命。这场革命一开始,一支组织良好的军队向北京进军就不会有困难。他说,他将从广州或桂林出发。接着他就说,某地有一条河流,某地有一座多高的山。对啊,这就是北伐思想的萌芽。我觉得这个思想一直保存下来了,甚至在他死后还实现了。⑯

为了实现横扫大清帝国的梦想,孙中山仍旧在努力筹款,他知道他的同志们目前最需要的还是钱。之前在法、英两国的筹款很不顺利。他写信给南洋的同志们解释了其中的原因:法国筹款的经手人试图从中渔利;法国官方不愿意出钱,资本家也疑虑重重;英国的资本家虽然附加条件不多,但需要可靠的人从中担保利息的支付,而这个可靠的人目前还没有找到。

此时,以胡汉民为支部长的中国同盟会南方支部已在香港成立,并正筹划着新的武装起义。最重要的是,起义的同盟者已明确定位于具有反叛思想的清军军官。

对于大清帝国来讲,其军队已成为危及政权的最致命的因素。

大多数社会史学者认为,中国传统社会是"士农工商"的"四民"秩序;但也有学者认为,自秦汉以下遂成"士农工商兵"的"五民"秩序。其中,"士"为儒生的代名词,"兵"则专指军人阶层。中国自隋朝始开科举制度,延续了一千三百多年的科举选仕,造就了"十万进士"和"百万举人",这些"士"不但名记史册,更是国家的栋梁。而在儒家学说成为社会统治文化之后,国家军队一直处在文官的管辖之下——"国家军旅之事,专任武臣,其在直省者以文官监督,曰总督,曰巡抚。"⑰所以,在中国,没人认为从军是件有前途的事。"武生武举,人皆贱之。应试者少,甚至不能足额,乃以营卒及无赖子弟充之"⑱。武状元就是当了皇帝的侍卫,也无法与文状元入阁拜相之荣耀相比。儒家文化追求的是内在性情的至臻完善,这种文化取向导致一个泱泱大国虽有军队但已没有尚武精神。

大清帝国历史上曾有过三种军制,即旗营、绿营和勇营。旗兵由满洲八旗、蒙古八旗、汉军八旗组成,二十四旗共约二十八万人,其中负责京畿安全的四旗全部由满族子弟编成,其余二十旗分别驻防在全国的重要城镇。绿营是后组建的一支清军,官兵皆为汉人,兵营在京者归步军统领管辖,兵营在外者归所在省督抚"节制调遣"。鼎盛时期的绿营兵力达到五十万。及至太平天国起义爆发,世袭饷银而养尊处优的八旗兵和"饷给过薄"而军纪涣散的绿营兵均不堪一击,咸丰皇帝遂一口气任命了四十多位团练大臣去各地组织地方武装。由后来的湖北巡抚、两江总督曾国藩创办的湘军以及由湘军派生出来的淮军、练军和防军在镇压太平天国的战事中不断壮大,逐渐成为大清帝国近代意义上的军队。

然而,就是这样一支已经配备了洋枪洋炮的军队,自鸦片战争以来面对外国军队的入侵却一败再败。"以国家规模和资源情况评价,世界上没有任何一国的军事力量像大清国这样脆弱。拥有巨大人力资源的大清国,其士兵数量相对来说少之又少。并且,这些所谓的士兵,其中大部分名不副实。他们装备极差,而且全军都缺乏严格的军事训练。他们在军容严整的欧洲军队面前恐怕抵抗不了五分钟。此外,清国军队军纪恶劣,他们的兵丁通常是社会上一些举止粗野和品行不端的人渣,在哪里驻扎,哪里的民众就万分恐惧。"[99]甲午战争后,清廷意识到军制变革势在必行。在督抚大臣们的强烈呼吁下,清廷拟八年之内将绿营兵裁撤完毕。紧接着,一九〇七年,清廷颁布上谕,取消了八旗兵世袭皇粮的规矩,且下令遣散各省的八旗驻防军。

清廷决心编练新军。

中国近代兵役制度的确立,始自督导全国新军的练兵处提出《新军制方案》,并因袁世凯和张之洞两位汉大臣的有力实施而获得成效。袁世凯编练新式陆军全盘采用西法,从征兵条件上就一反传统,他严格选拔粗通文字、无不良嗜好和体力精壮者——"额必足、人必壮、饷必裕,军火必多,技艺必娴熟,勇丁必不当差,将令必不能滥充。"[100]张之洞则特别要求士兵必须具备相当的文化水平,不但能够书写,且要知识广泛,在他的"秀者为兵"的号召下,湖北新军的素质之高令人惊讶,其士兵识字率达到百分之五十以上,湖北新军第三十二标士兵中知识分子的总数占百分之二十以上,一九〇五年湖北黄陂县征召的九十六名新兵中竟然有十二个廪生和二十四个秀才。

至一九一一年十月,大清帝国的军事力量约为一百万,除去人数最多的非正规军巡防营、残留的八旗军和绿营军以及为数不多的海军和军校生外,共计十四个镇的新军总人数约为十四万。毫无疑问,这十四万新军才是大清帝国最具战斗力的军事集团。

在提高官兵,特别是军官的军事素质上,袁世凯采用的是引进的办法,北洋军的教官几乎都是从西方军队聘请的。而张之洞则热衷于将湖北新军的军官们送到日本和欧洲去留学。于是,在大清帝国的新式陆军中,除了传统士人出身、旧军人出身的军官外,具有近代思想的知识型军官的比例十分可观。知识型军官来自国内武备学堂和海外军事留学两大渠道,他们是新军中的精英,无论思想和行为都与传统军人有很大差异,他们是中国近代社会变革中的进步因素,也是未来主导社会走向的一支重要力量。

新军军官心绪动荡,欲念丛生,他们对自己的人生境况、国家现状以及为之效忠的朝廷都心怀不满。新军军官多是科举废除后拥挤到军队来的,但军队的现实处境却令他们极度失望。因为受到西方民主思想的熏染,中国人绝少有的个人意识和国家意识在他们心里鼓荡,他们在为皇朝效忠还是为国家服务的矛盾中辗转不安。湖北新军第八镇第三十标排长张廷辅说:"以前是对皇帝个人尽忠,现在要对国民全体尽忠。对个人尽忠是军人之耻,对国民尽忠是军人之荣。"[101]新军军官对革命党人的政治文论热情追捧,他们同样相信,中国落后的根本原因是清廷的专制腐败与墨守陈规——"咸思为民族求光荣,为国家求生存。"[102]

显然,新军中出现的众多军人社团组织,对反叛思想的传播起到了不可估量的作用。军人社团组织不但在新军中唤起了责任感和使命感,也标志着清廷控制下的国家军队开始了有组织的政治越轨。越轨的发轫,体现在新军官兵剪去了象征效忠满清的辫子,而在对待新军官兵辫子的问题上,清廷的权势已处于万般无奈的境地:一九一〇年九月,陆军部、筹办海军处和外务部被告知,"如果他们属下的官员要割辫子,不必阻拦。但这条规定不适用于中央其他机构。结果,陆军部官员与许多高级军官剪去了辫子,成千上万的士兵和军校生马上效仿"。[103]此举立即引起了清廷的警觉,他们很快意识到,革命党人的政治触角已经深入到了新军内部。

两江总督端方上奏:

> 近闻逆党方结一秘密会,遍布支部于各省,到处游说运动,且印刊鼓吹革命之小册子,或用歌谣,或用白话,沿门赠送,不计其数。入会之人,日以百计,踪迹诡秘,防不胜防。其设计最毒者,则专煽动军营中人,且以其党人投入军队,其第一策则欲鼓动兵变,其第二策则欲揭竿倡乱之时,军官反为彼用,否则弃甲执兵不与为仇。以奴才所闻,各省练军防勇熏其逆焰者,已不乏其人,而皆深自秘藏。孰为良民?孰为逆党?虽极明察之将领,亦苦于辨别未由。[104]

摄政王载沣的寝食不安,来自他一个清醒的认识:仅仅把重兵在握的袁世凯赶出京城,将清军的最高军权掌握在皇族手中,并不足以令大清帝国安然无恙。越来越多的迹象表明,不但是新军中的年轻军官们,就连有权指挥军队的各省督抚们——当然都是那些汉督抚——皇族实际上已经无法对其进行有效的政治控制了。

一九一〇年,政府军与政府的离心离德,已使大清帝国濒临最危险的境地。

最早策划新军起义的是安徽岳王会的革命党人。

岳王会,主要由安徽公学思想激进的教员组成,乃"安庆军界运动革命之先锋"。

熊成基,江苏扬州人,一八八七年出生于一个官吏家庭。"幼年入塾就学,喜读兵书,不屑咬文嚼字;有与谈兵者,则欣然忘寝食。或问之,熊曰:'大丈夫生不能为国家效力,耻孰甚焉。治天下,本尚文,今何时也,舍武事安能遂吾志耶?'"[105]于是,从扬州至安庆,进入安徽武备学堂,不久加入岳王会。武备学堂中途停办,他与同学倪映典等人进入南洋炮兵速成学堂,因"成绩甚优"毕业后任陆军第九镇第九标炮兵排长。一九〇七年,熊成基调回安庆,先在马营任队官,后任炮营队官。

一九〇八年,清廷决定江南各镇新军在太湖举行联合会操,时间定在十一月,并指派陆军部尚书荫昌和两江总督端方为阅兵大臣。熊成基认为,这是一个千载难逢的时机,可在会操阅兵的时候突然发难。但是,安徽巡抚朱家宝对新军内部的不安早有察觉,为防不测,规定所有"知识较新"之官兵一律不准派赴太湖。熊成基计划受挫,遂决定利用会操导致兵力空虚之际在安庆发动起义。就在这时候,传来了光绪皇帝和慈禧太后同时死去的消息,"朝野震动,人心惶惶",熊成基更加坚定地认为起义时机已经成熟。十一月十九日,他召集同志开会,决定当晚十点,由熊成基掌握的马营和炮营首先在城外发难,由薛哲的步兵营和范传甲的辎重队在城里内应。破城之后,立即推举总统,要求各国承认,然后赶往太湖控制会操的清军,渡江攻占南京后再向北京进发。

但是,起义发动时,发生了种种预想不到的情况。先是炮营管带陈镛昌反对起义,被起义官兵砍死;马营管带李玉春也不赞成起义,被官兵围攻并被砍伤。接着,起义官兵放火焚烧了步兵队营房,开始进攻位于城北的菱湖嘴弹药库。守库的正目(班长)是范传甲的胞弟,他打开库门让起义官兵获得弹药,然后与北门附近的步兵营官兵会合,两路人马开始攻城。按照计划,城内的薛哲和范传甲里应外合。但是,当薛哲率领百人向北门开进的时候,发现北门已有巡防营重兵防守。同时,辎重营的范传甲和讲武学堂的张劲夫也发现自己受到严密监视,已经没有了指挥调动部队的可能。原来,起义计划已被第三十一协协统余大鸿侦破,他迅速加强了安庆城防。安徽巡抚朱家宝也于十九日中午匆忙从太湖赶回,并以重金贿赂巡防营官兵"使勿投入革命军"。

城外的起义官兵在没有内应的情况下只有强行攻城。炮营虽然带了不少炮弹,但炮弹的引信还在城内的仓库里,致使大炮根本无法发挥作用。经过一天一夜的战斗,起义官兵的子弹很快耗尽,而攻城战事没有任何进展。停泊在长江江面上的两艘军舰原表示参加起义,但在朱家宝的威逼利诱下,这时候突然转向起义官兵开炮。起义官兵两面受击,无力支撑,被迫改变起义计划,向集贤关方向撤退,准备攻打庐州,然后与凤阳、颍州等地的会党取得联系。然而,在清军炮队马队的合力追击下,起义官兵到达庐州时所剩不足百人。最后,队伍溃散,熊成基逃走。

城内的范传甲听说行动失败,放声大哭。他不愿意自己苟活,决定去刺杀协统余大鸿,行动未果被捕。清吏施以酷刑,范传甲大骂不止,被杀前高喊:"我是汉族无用的人,致此次革命未得成功。愿我同胞共同杀贼,勿因我之未成而气馁!"[106]史书记载,范传甲头颅跌落,但身体挺立良久。

薛哲被押到督练公所大门外枭首示众。

受到株连的官兵和军校学生达三百余人。

新军统领顾忠琛因"事前失察"被发配新疆。

安徽巡抚朱家宝因防范不严被"传旨申饬"。

新军协统余大鸿因处理不当"先行撤职",继而被处"永不叙用"。

熊成基出走日本,后潜回东三省筹划革命,两年后在哈尔滨被捕。在被押往刑场时,背上缚有斩条,双手向后被粗绳紧系,照相之后拒绝下跪,刽子手强行按下,刀起头落,时年二十三岁。

熊成基供词:

> 各国革命之历史,皆流血多次,而后成功。我此次失败者,普通社会中人,不知附和也。推其不知附和之原因,盖由自由之血,尚未足耳。譬如草木,不得雨露,必不能发达。我们之自由树,不得多血灌溉之,又焉能期其茂盛。我今早死一日,我们之自由树早得一日鲜血;早得血一日,则早茂盛一日,花芳早放一日。故我现在望速死也。呜呼!政府!尔等决不能诛尽我党,亦只有愈死愈多而已![107]

几乎与此同时,同盟会员也在积极运动广州新军。

赵声,江苏大港人。十九岁时考中秀才,因不满足"于墨汁中求生活",二十一岁以第一名的成绩考入江南水师学堂。数月后,因倾向反清革命被迫退学。一九〇五年,清廷于江南初创新军,赵声至江阴教练新军。后曾在南京任新军第九镇第三十三标标统,熊成基就是在他的召引下加入新军的。一九〇六年,赵声在南京加入同盟会。后因鼓吹革命受到两江总督端方的怀疑而被免职。一九〇七年,他投身广州新军,先后任第二标三营管带、第二标标统、第一标统带等职。端方得知这一讯息后,致电两广总督张人骏:"声才堪大用,顾志弗可测,毋养虎肘腋,致自贻患。"[108]赵声遂被削弱了兵权。因暂时无法在新军中组织起义,他弃职离开了广东。

同盟会并没有因此放弃策动广州新军的活动,其中最得力者是同盟会员倪映典。

倪映典,安徽合肥人。一八八五年生于一个贫寒的农民家庭。十九岁考入安徽武备练军学堂,加入革命团体岳王会。一九〇六年入江南炮兵速成学堂,结业后成为新军第九镇炮兵队官。这一年的冬天,第九镇奉命镇压爆发于湖南、江西交界处的萍醴起义,倪映典与赵声等人密谋"寻机响应起义",未果。一九〇八年,因策动起义之事有所暴露,倪映典被迫出走,投奔在广东陆军小学堂任监督的赵声,并在赵声的介绍下加入同盟会。倪映典改名倪端,加入新军,任炮队见习排长。他极具宣传鼓动才能,常常绘声绘色地宣传排满革命,"言至激愤,拍案几绝",以致新军官兵都称他为"革命大师"。[109]

当时,广东新军共六千余人,其中第一标驻扎燕塘,第二、第三标驻扎北校场。在革命党人的艰苦努力下,广东新军中的同盟会员迅速发展,至一九〇九年秋,下级军官和士兵中的同盟会员已达三千多人,占广东新军总兵力的一半以上。倪映典赴香港向同盟会南方支部负责人胡汉民报告情况,南方支部遂决定次年寻机发动起义。胡汉民对起义进行了明确分工:倪映典负责策动新军,张醁村、姚雨平运动巡防营,朱执信、胡毅生运动会党。

南方支部电告在美国的孙中山,要求汇款两万元应急,同时电邀黄兴、谭人凤、赵声等来港主持。同盟会领导人相继到达后,起义的筹备工作愈显顺利。湖北的革命党人表示,只要广州起义,湖北一定响应;而孙中山回电承诺款项很快便可寄来,香港的同盟会员商人李海云也捐助了两万元。

踌躇满志之际,广东新军第一标的一位军官,无意间在军营中捡到一张同盟会的会票,为此一位名叫巴泽宪的排长逃亡。接到报告的两广总督袁树勋立即警觉起来,虽未公开搜捕,但他采取了严厉的防范措施,密令将新军各标的子弹运进城内。倪映典认为夜长梦多,再赴香港商榷,南方支部随即将起义时间定在了正月十五元宵节那天,即一九一〇年二月二十四日。

一九一〇年的除夕是二月九日。

这一天,广东新军第二标三营士兵吴英元请假出营,他要到广州城隍庙秀文斋书店取他定制的一百张名片。印制名片的价钱,是事先与店主商定好的两角五分银。但是,当吴英元来到文斋书店的时候,店主说吴英元定制的这种名片比较高级,两角五分的定银只能印制五十张。双方遂为此发生了口角。吴英元一气之下把店里的柜台掀翻了。巡警闻讯前来干涉,并带吴英元和店主一起去警察局接受询问。途中,遇到另外几名新军士兵,听说巡警要把自己的弟兄带走,一声唿哨,几个新军士兵即刻与巡警扭打起来。"该巡警见情形不佳,立响警笛,以有警士数人,闻声驰至"。[110]由于巡警人多,不但吴元英没有抢回来,几名新军士兵也被强行带到了警察局。晚上,第二标统带派人到警察局领人,谁知警察局坚决不肯放人。消息传到军营里,新军官兵群情激愤,声言要与警察打上一仗,把弟兄们统统抢回来。

倪映典连夜赶到香港,黄兴、胡汉民和赵声彻夜商议,几个人一致认为,如果此事导致新军被遣散,原定的起义计划就要落空,于是决定将起义时间提前至正月初六,即二月十五日。

大年初一,即二月十日,早上七时,新军第一标数百名士兵"各携枪械"冲出军营,直奔警察局而去。昨天被警局带走的士兵是第二标的,但第一标的士兵认为这是对全体新军的侮辱。士兵们蜂拥而至,不但把第二标的士兵救了出来,还把警察局顺手砸了。城内另一个警局的巡警闻讯前来制止,结果新军士兵把那个警局也砸了,重伤一名警官和数名巡警,还有一名巡警被当场殴打至死。军警冲突如此严重,总督袁树勋立即调集其他军力警力前往弹压。但是,第一标的新军士兵已经打红了眼。袁树勋惧怕此次骚乱有革命党人煽动,于是命令关闭城门,派驻防广州的满族旗兵负责城防。回到城外军营的第一标士兵感到未能泄愤,再次集合入城,准备与所有的巡警血拼一场。但是,城门已经紧闭,第一标的士兵强行入城,遭到旗兵的射击,数名新军士兵中弹负伤。汉族新军和满族旗兵交战,即刻把一个普通冲突演变成为政治事件。两者僵持之际,包括水师提督李准等清军将领率领部队陆续到达,兵力的不断增加预示着事变已变得不可控制。

这天晚上,倪映典自香港回到广州。

闻讯后,他决定根据事态的发展随时起事。

大年初二,即二月十一日,新军协统张哲培、标统刘雨沛为防止士兵再次入城滋事,宣布把初二、初三的两天假日改为军营运动会,任何人不准请假外出。命令一下,顿时躁乱。第一标三营的士兵要求放假,他们带着极度的不满冲进炮营,大喊"兄弟们大家出去"。炮营的士兵加入后,士兵们又冲进辎重营,"搜出辎重枪甚多,又得空炮,遂将之乱放",然后蜂拥而出。协统张哲培见事态严重,赶快进城躲避。刘雨标出面阻止,被新军士兵打伤。这时,传闻说长官正调集军队前来弹压,新军士兵们更加愤怒,由于所有枪支上的扳机都已被卸下,士兵们开始到处搜寻,刚好有辆马车还在奉命往城里的军械局运送扳机,结果被一抢而光。

倪映典认为:"此等机会,虽有钱亦买不来。"

他和他的同志一起鼓动士兵们前往协司令部、讲武堂和各营去抢夺弹药,号召大家趁机起义。有人担心缺乏弹药和扳机无法作战,倪映典告诉大家:"只管放心放手做事,香港即时就有接济。"⑪

大年初三,即二月十二日,重兵将来军营弹压的风声越来越紧,士兵中弥漫着恐慌和紧张的气氛。昨天躲避起来的官长也打来电话,警告士兵们不要轻举妄动。倪映典带领革命同志冲进炮兵一营,一管带漆汝汉正在"站队演说",要求士兵们勿受逆党诱惑。倪映典"手持短枪,突前直刺其后心。漆负伤,跑至协司令部倒毙"。炮营的另外一名队官也被击毙,其余两名队官竟然在惊惧中自杀了。倪映典正式宣布起义,随即被新军士兵推举为总司令。在他的率领下,千余名士兵冲出营区,准备经沙河攻击广州城。

这时,水师提督李准、统领吴宗禹率领巡防营两千余人正从大东门、大北门和小南门分三路迎击起义士兵。很快,两军在牛王庙附近相遇。同是新军的官兵们居然如同敌人一般对峙,这让双方都感到有一些怪异。对峙中,统领吴宗禹在阵前大声喝斥,说如果现在放下武器回到军营中去,可以免闹事者的死罪。话音未落,倪映典"手持青天白日满地红之革命旗","骑马驰骤,意气自豪,大呼曰:'尔等兄弟们如给我面子,当来合队攻城,否则吾首领已有命令,嘱我党今日进城,如不来即开一仗!'"⑫双方随即发生了激烈战斗,无论兵力还是火力都处于劣势的起义士兵顿时出现伤亡。

起义士兵很快得知,他们的总司令倪映典死了。

有史料称，倪映典是在战斗中阵亡的。但有更为可信的史料证明，倪映典死于管带李景濂的暗算。李景濂是同盟会员，平日里与倪映典相熟，他曾向倪映典承诺，只要他能说服自己营里的弟兄们，必能得到拥护。但是，两军发生战斗的时候，李景濂陡生变心，认为邀功讨赏的机会来了。

> 旧历正月初三早，双方列队相见。我方占领牛王庙教会山，利用铁丝网掩护，阵地较优。我嘱唐维炯、童常标两营长（俱安徽人，与倪同乡）请倪打话。倪出阵到阵前，我即以唐、童二人请其入营磋商条件。条件当然不能谈妥，倪便退出。我方即用乱枪将倪击毙，并进攻新军。新军大败，缴械解散。对外宣传所说在阵上杀倪，是为了防革命党对我实施报复的。⑬

激战数小时后，起义新军因子弹告罄，"纷纷弃械而去"。

那些战死的起义士兵的尸体被红十字会收殓。

起义官兵逃亡者百数十人，被捕者百数十人，其中三十多人被判斩首。

倪映典的头颅被悬挂在提督府衙门的大门之上。

这次由新军骚乱导致的起义，论其失败原因除了发动仓促之外，与士兵们的焦躁与冲动有很大关系。革命党人曾做出奖励承诺："如果对革命有功，可以受到升级奖励，而且可以超级升上去，只要你能掌握一部分军队起义，这部分军队立即归你指挥，并即刻升你为这部分的官长。例如，一个班长若能号召一营人起义，立即可以由班长升为营长，这营人就归他指挥。"⑭热情高涨的士兵们个个毫无顾忌，忙着雕刻图章以备起义后升级使用，"大有天下快变为我们的天下之势"。⑮这种忘乎所以，不可避免地会引起官府的察觉，结果他们枪支上的扳机连同子弹统统被收走了——"查此次新军失利之故，实因枪弹仅得七千颗左右，每人不及七颗。"⑯

庚戌广州新军起义，被孙中山称之为同盟会的"第九次失败"。

无论如何，新军官兵的革命热情，还是令革命党人感到无比振奋。较之反复利用会党而屡次失败的往事相比，他们更为明确地认识到，发动新军起义将是达到革命目的最有效的方式。同盟会南方支部领导人胡汉民认为,发动军人造反非常合算,不用为其筹集军饷和武器便可以达到事半功倍的效果:

> ……夫革命之事,国各殊料,而其旨趣则同,皆所以变易人民对强者之关系也。强者因于习惯,有所凭借,无自贬损之理,非破坏其势力不可,此于政治上关系为尤甚。故革命积极之武器有二,曰刺客,曰军人。用志专而行事简,流血五步之内,虽有万众无所施,夺元恶之魄,而作国民之气,惟刺客为能。然其组织不改,其团体固在,则去其一二分子,而代生者如故。必尽举而覆之,为拔本塞源计,莫如用军人。此不易之论也。军人从事革命者,亦有二:其一,有革命党之自力所召集;其一,则本属于政府,入其室而操其戈。民贼独夫恃军队为保障,而军队亦与民党合,则彼失其所恃。抑使为革命者无筹饷备械之多费,事半功十,计莫便于是。

胡汉民号召军人要对得起人民的供养:

> 凡为军人者,当自知其天职所在。盲从政府之命令,盲从上官之指挥,非天职也……官吏与军人,皆同时不能从事于自养,故受养于农、工、商百姓。亦惟其有可以分功而利民者,故农、工、商百姓供养之而无憾……故军人之天职,曰保国,曰卫民。而保国之义,亦从卫民而来。不知卫民之义者,不足与言保国……军人实具左右一国政治之能力。其使我炎黄遗胄遂光复诸夏并脱专制之毒也,时惟军人之功;其使之永为奴于满洲而不可复也,亦惟军人之过。命为军人,死非所畏,果能决心,事成固与国民俱受其福,不成则为民流血,为国流血,求仁得仁,于斯为大,亦可以一瞑不视,无几微之遗憾矣。

最后,胡汉民高呼"军魂兮归来":

> 嗟夫,军人! 岁不我与,来日大难。知御侮卫民之职,则当瞿然如梦觉矣;思亡国灭种之惨,当怵然不安寝食矣。见土耳其军队革命之捷报,胡不为之拔剑而起舞乎? 闻满洲人练

兵防贼之鸭声,胡不磨刀霍霍以相向?呜呼!军魂兮归来!勿论已成未成之新军,将裁未裁之旧旅,其同仇偕行,集我黄帝大刀阔斧之下,则余小子不武,犹堪执鞭以从也!⑰

孙中山给友人写信,说广州新军起义失败,"不过差五千元之款,致会党军不能如期至省,所幸二、三标尚能保全无恙,仍可留作后图"。他表示自己将继续留在美国,"到各埠联络同志成大团体,以筹巨款"。⑱

二月二十四日,中国同盟会旧金山分会成立。

三月,孙中山开始为新的武装起义进行更为庞大的筹款行动。他通过美籍华人政治家容闳和美国军事理论家荷马李与美国银行家布思取得了联系,经过三次会谈,初步达成贷款协议:一、中国革命党暂行中止中国境内一切不成熟的起义,改为充分准备以集中人力财力发动大规模起义的策略;二、由布思负责向摩根财团贷款三百五十万美元支持中国革命;三、运送一批在美国由荷马李训练和统率的军官以充实革命军;四、中国革命成功后,美国债权人可享有在华开矿、兴办实业等特权。贷款分四期支付,以十年为限,年息百分之十五。⑲

孙中山任命荷马李为"司令",全权指挥由孙中山掌握的武装力量,这些武装力量包括"由天地会会员编成的五支革命军,人数大约一千万",以及由同盟会员组成的革命党,"为三万多学生和海外知识分子"⑳——无法得知,一千万的会党和三万学生以及知识分子,这一庞大的数字是如何统计出来的?显然,孙中山并没有把具有反叛情绪的大清王朝政府军官兵算在内。或许,让一个美国人去指挥中国的政府军实施起来不太现实?孙中山还任命布思为同盟会"驻国外的唯一财务代表",可以"代表本会及以本会名义全权处理接洽贷款、收款与支付事宜,及在本会总理随时指导下处理任何性质的委办事项"。㉑布思要求发给他有中国各革命领袖签名的委任书。由于当时孙中山在同盟会内部正受到章太炎、陶成章等人的攻击,于是他写信给黄兴请代办委任书事宜。黄兴接信后十分兴奋,因为如果巨款能够筹集到手,武装起义便有再次实施的可能。他立即把签名的委任书寄出,并提出了再次起义的策动对象:广州新军。

一九一〇年五月,孙中山秘密离开美国抵达南洋,准备就近领导国内起义。但是,荷马李和布思承诺的贷款迟迟没有消息,孙中山要求布思先垫支五万元的信函也没有回音。十一月十三日,孙中山在槟榔屿召开秘密会议,黄兴、赵声、胡汉民等人参加。会议商议以广州新军为主力再次发动起义,同时联络巡防营和会党响应增援。由于广州新军有枪无弹,会议决定选择革命志士五百人为先锋于城内首先发难,然后打开城门与起义的新军里应外合。会议甚至还设想了占领广州以后的行动:黄兴率军出湖南趋湖北,赵声率军出江西趋南京,两军会师长江后大举北伐。

孙中山说:

> 今日吾辈虽穷,而革命之风潮则已甚盛,华侨之思想已开,从今以后,只虑吾人之无计划无勇气耳……如果众志不衰,财用一层,吾当设法……现在时机已迫,吾人当为破釜沉舟之谋。款项多一分,则筹备足一分。吾党不乏热心之士,前此力分而薄,且未先事为备,每有临渴掘井之患。今举全力以经营,鉴于前车,故为充分款项之筹备。事济兴否,实全系之。⑫

会后,孙中山回到美国,开始了艰苦的筹款。海外华商多赞成革命,但说到捐款却不肯答应。由于筹款情况与预想的数目相差太多,黄兴十分焦急,认为"现在事势已迫",如"不能筹足预定之额,则全局瓦解"。⑬最后,经过多方奔走,终募得十五万七千二百一十三元,其中美洲七万七千元,英属南洋四万七千六百六十三元,荷属南洋三万二千五百五十元。

对于在物质上一无所有的革命党人来说筹得如此巨款实属不易。

一九一一年一月十八日,黄兴到达香港,在跑马地三十五号成立了起义统筹部。统筹部缜密地将起义的各种准备工作分属各课:"曰调度课,掌运动新旧军人之事,举姚雨平为课长。曰交通课,掌江浙皖鄂湘桂闽滇各路交通之事,举赵声为课长。曰储备课,掌购运器械之事,举胡毅为课长。曰编制课,掌草定规则之事,举陈炯明为课长。曰秘书课,掌一切文件之事,举胡汉民为课长。曰出纳课,掌出纳财政之事,举李海云为课长。曰调查课,掌伺察敌情之事,举罗炽扬为课长。曰总务课,掌其他一切杂务,举洪承点为课长。"[124] 同时,设立实行部,专以制造炸弹。

同盟会决意此次"倾全党人力财力以赴之"。

三个月后,黄兴主持召开发难会,制定了十路进攻的起义计划:

> 一、黄兴率南洋及闽省同志百人攻总督署。二、赵声率苏皖同志百人攻水师行台。三、徐维扬、莫纪鹏率北江同志百人攻督练公所。四、陈炯明、胡毅生率民军及东江同志百余人防截旗满界及占领归德、大北两城楼。五,黄侠毅、梁起率东莞同志百人攻警察署、广中协署,兼守大南门。六、姚雨平率所部百人占领飞来庙,攻小北门延新军入。七、李文甫率五十人攻旗界石马槽军械局。八、张六村率五十人占龙王庙。九、洪承点率五十人破西槐二巷炮营。十、罗仲霍率五十人破坏电信局。此外,加设放火委员,入旗界租屋九处,以备临时放火,扰其军心。其司令则为赵声,副之者黄兴。[125]

起义日期定为一九一一年四月三日。

但是,就在预定起义日期临近的时候,从美洲和南洋筹集的款项大部分还未到手,从日本和越南购置的枪支弹药也没有全部运抵。更重要的是,连续发生的两个刺杀事件使局势骤然复杂起来。

北京地安门附近鸦儿胡同以西有一座小石桥,一九一〇年三月二十三日深夜,附近的一个居民在门外溜达,看见桥下有两个人影形迹可疑,喧嚷之后居民们赶过来查看,两人已走。天亮后,小桥下发现一个二尺多高的大铁罐,上边连着一根电线,一直向北通到甘水桥下,并与一个类似电话匣子的铁盒衔接着。居民们立即报告官厅,官厅层层上报,一直报到内务部尚书善耆、九门提督毓朗和警察总厅丞章宗祥那里。经过勘查,确定是革命党人阴谋炸死摄政王载沣所为,因为这座小石桥是载沣每天上朝的必经之路。负责侦破此案的,是载沣的马队卫士金祥瑞。经过秘密跟踪和调查,十几天之后,他于琉璃厂附近的一条小胡同里抓住一个青年,在其身上搜出现洋五十、金表一只,这个青年头上的辫子是假的。

汪精卫,广东番禺人,名兆铭,字季新。天资聪慧,十七岁考中广州

1911

府试第一名秀才。后因家境窘迫,入广东水师提督李准家做家庭教师。李准对其才学赞赏有加,给他的报酬很高。当得知汪精卫的志向是去日本留学时,李准表示愿意负担一切费用。令李准万万没有想到的是,他倾力帮助的这个年轻的家庭教师,很快就成了他和他所依附的大清王朝的死敌。

一九〇三年,汪精卫考入日本法政大学。一九〇五年七月加入同盟会,八月成为同盟会三个部中的评议部部长,那一年他年仅二十三岁。孙中山评价道:"其文气磅礴纵横,许为旋转乾坤之伟器。"同盟会发动的起义屡屡受挫,汪精卫决定以暗杀手段振奋人心,尽管孙中山、胡汉民等人竭力劝阻,但他还是执意北上。同盟会员黄复生主动陪他进入京城。汪精卫最初的暗杀目标是庆亲王奕劻,但因奕劻戒备森严未能得手;随后他又企图暗杀海军大臣载洵和军咨大臣载涛,仍是机会难寻;最终他把目标锁定在了摄政王载沣身上。

审讯时,汪精卫坦然承认暗杀是自己所为,并咬定没有其他同谋。在得知将被斩首后,仍面不改色,下笔千言陈述自己的革命理想,并决心慷慨赴死。当时,在善耆府中任家庭教师的程家柽曾是同盟会员,当他得知清廷要杀汪精卫后,劝善耆一定要审慎,尤其是像汪精卫这样的革命党人,以免日后给自己惹麻烦。为了收买人心,同时也因对大清王朝的前景没有信心,善耆说服了载沣,汪精卫被改判为永远监禁。

汪精卫在狱中写的一首诗,令他的血气方刚声名远播:

> 慷慨歌燕市,
> 从容作楚囚。
> 引刀成一快,
> 不负少年头。[126]

几天之后,四月八日,广州红花岗附近突然响起爆炸声和枪击声,清军广州将军孚琦血肉模糊地横尸街头。

对孚琦行刺的青年名叫温生才。

温生才,广东梅县人,"性刚烈,家贫淡",为生活所迫离家从戎,先在广东,后在浙江、安徽、台湾,"半生奔走,饱历风霜"。退伍后远赴南洋做苦工。一九〇七年,因聆听了孙中山的一次演讲后,加入同盟会。

自此,"日则手足骈胝,谋工资以为支持之用;夜则聚首一堂讨论国事,研究进行之方"。[127]最后,温生才决心以暗杀的手段为革命出力。从香港来广州之前,他致信友人诀别:"看满贼种太无人道,恨火焚心,时刻不能耐。自从徐(锡麟)、汪(精卫)二君事失败后,继起无人,弟思欲步二君后尘,因手无寸铁,亦无鬼炮,莫奈何,暂忍。能得手有鬼炮时,一定有好戏看。弟心已决,死之日即生之年,从此永别矣!"[128]

那一天,孚琦在燕塘观看飞行师冯如的表演,中午时分,携其子在众多清兵的拥卫下返城。途经咨议局对面的茶馆时,温生才从人群中冲至孚琦的轿前,连投三枚炸弹后,又连发四枪,孚琦先是额中一枪,接着头部又中一枪,继而头部、腹部连中两枪,当场毙命。

温生才被捕。

审讯时,清吏要他招供何人主使,他说:"晚饭未吃,懒得说话。"送来饭菜,他边吃边谈,"绝无惧色",阐述自己行刺是为四万万同胞复仇:我"与孚琦并无仇怨,不过近来苛细杂捐,抽剥已极,民不聊生,皆由满人专制,害我同胞,故欲先杀满官,后杀满族,为四万万国民伸气"。[129]清吏以酷刑威胁,温生才厉声道:"何不拿来一试。"果然,"用四人踩杠",仍不吐一字。最后,两广总督张鸣岐亲自审问,经受酷刑的温生才"双足受伤,不能足履",故脚钉铁镣后"以四人扶掖"至总督衙门。温生才"状态渠然",毫无"畏缩气象",及至张鸣岐问:"一将军死,一将军来,于事何济?"温生才道:"杀一儆百,我愿已偿。"史书记载:"其时天乌地暗,大雨倾盆,故不再讯。"[130]

十五日,温生才的两手两脚于木板上被捆成大字从衙署抬出。经过闹市时,他大喊:"今日代我同胞报仇,各同胞务须发奋做人才好。许多事归我一身担任,快死快生,再来击贼。"[131]那一刻,"旁观者人山人海"。温生才被斩首后,清吏将其尸体肢解,"心脏亦被挖出以祭孚琦",余其"被抛弃于唐务岗,用乱土覆埋。"[132]

刺杀震慑了清吏,也引起了官府警觉。

由于清军防范严密,起义时间被迫推至四月二十六日。

二十三日,黄兴自香港赴广州。当晚,在越华街小东营五号设立了起义总指挥部,并根据广州的形势将起义日期再次改至二十七日。

但是,自二十五日起,情形急剧恶化。从新军方面传来的消息说,官府已经下令将新军的机枪全部缴去,即使他们仍有步枪也严重缺少子弹。而且,清军正向广州大量增兵,城外的巡防营也奉命紧急调入城内。一切迹象表明,起义计划泄露,清军已做好了应变准备。随后又有消息传来:预定参加起义的新军第二标的大部分士兵将于五月三日前退伍。

起义顿时陷入了既不能速发,也不能拖延的两难境地。

黄兴只好决定改期再举,并把这一决定通知了香港总部。

当天,城内数十个秘密机关迅速隐蔽,已经聚集广州的先锋队也开始撤离。

黄兴的焦灼可想而知。为了准备起义已花费巨大精力,一批军械弹药已秘密运进广州。特别是,以往多次起义失败,致使党人在海外的筹款信用日益不佳;这次筹款竟达十多万元,如果起义还没发动就自行解散,以后何颜见支持革命的海外华侨?

此时,又有消息传来:水师提督李准已调顺德巡防三营进城,而三营里十有八九是革命同志,其余两人至多一个中立、一个反对。立即,有人认为这是最后一个机会了。黄兴遂决心发动起义:"势难再延,故兄弟及少数同志,坚持不可,谓改期无异解散,将来前功尽弃,殊为可惜。"[133]由于留在广州的人已经很少,原定的十路进攻计划只能改为四路:黄兴攻两广总督府,姚雨平攻击小北门迎接城外参加起义的新军和巡防营入城,陈炯明攻击巡警教练所,胡毅生守大南门。

二十七日晨,黄兴给他的同志写下绝笔书:"……本日驰赴阵地,誓身先士卒,努力杀贼,书此以当绝笔。"[134]

下午,同盟会员谭人凤自香港赶来,说香港的同志赶不到这里,主张延缓一日再起事,但黄兴认为箭在弦上已不能不发。

黄昏,五点三十分,黄兴和一百多名同志每人一张大饼、一方毛巾,腰缠炸弹,手握枪支,以白布缠臂,然后一声螺号,直扑总督府。

但是,计划中的四路进攻队伍中,姚雨平、陈炯明和胡毅生所率领的三路都因各种原因没有发动。城外准备响应起义的新军士兵不但已处在八旗兵的严密监视之下,而且他们根本就没有接到起义的通知。

那声凄厉的螺号,是绝望中孤军一掷、慨然赴死的悲壮的呼喊。

起义进行得激烈而短暂。

起义者遇到总督府卫队,大喊:"我辈为中国人吐气,汝等亦中国人,若赞成请举手!"[135]卫队不应,双方开始射击。卫队管带金振邦被打死,起义者六人阵亡。占领总督衙门后,未见总督,放火后冲出,至东辕门外,遇到李准的亲兵大队。起义者林文曾听闻亲兵大队中有革命同志,遂突前喊:"我等皆汉人,当同心戮力,共除异族,恢复汉疆。不用打,不用打。"[136]话音未落,一颗子弹击中了他的头部。紧接着,跟在他后面的刘元东太阳穴中弹、林尹民胸部中弹。在激烈的枪战中,黄兴右手中食二指被打断,但他依旧命令兵分三路继续攻击前进。

三支小队伍在早已布下罗网的清军的围剿中显得那么弱小无力。攻击督练公所的一路很快弹尽人尽,起义者喻培伦胸前满满一筐炸弹耗尽后被捕。攻击小北门的一路遇到强敌,且战且退,最后退至一家米店里坚守,清军放火烧街,起义者突围时除牺牲的外大多被捕。黄兴一路在前进中与众多清军发生战斗,伤亡巨大。最后时刻,退入一家洋货店抵抗,在店里伙计的帮助下,黄兴易服改装,出大南门进入一个秘密机关,见到赵声后,两人抱头大哭。

藏匿数天后,黄兴返港。

一九一一年四月二十七日,在南中国那个血肉横飞的夜晚,起义者"三五分离,彻夜巷战,或饮弹,或被擒,存者寥寥无几"。[137]

三十一名被捕的起义者刑讯后被杀。

……陈可钧被获,清委员诘之曰:"广东本非重要之地,奚必在此纷扰?"烈士曰:"举事他省,或为流寇所乘。惟举事广东,庶几可免。"清委员讥其"白面书生,何苦以逆以自残"。烈士勃然怒,厉声叱曰:"尔以此举为壮士辱耶?事之不成,天也。然以唤醒同胞,继志而起,愿足矣。尔等利禄熏心,血液已冷,乌能知此!"委员以其倔强,不复问。赴市时,言笑自若,引颈就戮。李德山临刑,监斩吏语其轻生,则厉声骂曰:"大丈夫为国捐躯,分内事也。我岂不能致富贵者,特不能如汝辈认贼作父,不知羞耻耳!"李雁南问官询其颠末,则慷慨陈述。且叹曰:"恨我身被二创,不复能战。虽然,今以往,不数年,必亡国;不百年,必亡种,生亦奚益!"问官驳之,烈士曰:"尔辈甘为奴隶言,讵足挠吾志!"言毕,求速死。清吏命

1911

警兵以枪击之,烈士蹶然起,自赴营内空地,告警兵曰:"请弹从口下。"即张口饮弹而死。饶国梁初受讯时,请速死。问官曰:"使人知中国革命价值,不更胜一筹乎?"乃慷慨陈词,洋洋千言……罗仲霍将就刑,犹于南海县署鼓吹革命,视死如归,清吏惊叹。喻培伦讯时自认为王光明。王光明者,四川语无是公也。述其制炸弹之精及革命宗旨,对问官曰:"学术是杀不了的,革命尤其杀不了。"饶辅延研讯数次,施惨刑,不吐实。且责清吏以大义。四月八日被害。陈更新,清吏见其少年貌美,谓之曰:"子年尚少,何故倡乱,自贻伊戚?"烈士厉声叱曰:"同胞梦梦,起义所以醒之也。奚谓倡乱!杀身成仁,古有明训,尔曹鼠耳,奚知大义!今即见获,请速死我。"程良受讯,李准诱其招供,烈士曰:"余与满奴,无可言者。"问其事不答,问其姓氏里居,亦不答。当日谓有哑党人就义者,良也。……⑬

在被杀的起义者中,有一位年仅二十五的青年,名叫林觉民。林觉民留学日本,专攻文科,熟练使用英、德两国语言,决心赴死前,给亲人留下遗书数封。其中,给其妻陈意映的遗书,写在白色正方形手帕上,言辞悲怆婉转,百年以后读之依旧令人心碎:

>……吾今此书与汝永别矣。吾作此书时,尚是世中一人;汝看此书时,吾已成为阴间一鬼。吾作此书,泪珠和笔墨齐下,不能书竟而欲搁笔,又恐汝不察吾衷,谓吾忍舍汝而死,谓吾不知汝之不欲吾死也,故遂忍悲为汝言之。吾至爱汝。即此爱汝一念,使吾勇就死也。吾自遇汝以来,常愿有情人终成眷属,然遍地腥云,满街狼犬,称心快意,几家能够?……吾充吾爱汝之心,助天下人爱其所爱,所以敢先汝而死,不顾汝也。汝体吾此心,于悲啼之余,亦以天下人为念,当亦乐牺牲吾身与汝身之福利,为天下人谋永福也……⑭

审讯时,林觉民镣铐裹身,侃侃而谈,关押数日食水不进后,坦然就刑。

"是役,党人死者,因事前未缜密计,各自部署不相告闻,故事后莫知其确数。而捡收遗骸,则得七十二焉。清吏之于革命党,恨之彻骨,视诸烈士尸,不胜其蔑视。自诸烈士死,至四月初三日(五月一日),始函知广仁、爱育、方便、广济各善堂,收拾遗骸。各善堂听其言捡收之,以此移至咨议局前旷地。分十数堆,折臂断脑,血肉模糊。"⑭ 在同盟会员潘达微的劝说下,广仁善堂善董徐树棠献出广仁堂位于沙河马路边名曰红花岗的一块空地,说那里"青草白地,可称净土",适于安葬死义烈士。第二天,七十二具烈士遗骸被葬于红花岗。

红花岗自此易名为黄花岗。

盖因"红花二字,不若黄花之优美也"。

黄兴忆及此次起义时说:"此次死义诸烈士,皆吾党之翘楚,民国之栋梁,其品格之高尚,行宜之磊落,爱国之血诚,殉难之慷慨,兴亦不克言其万一。"⑭

"碧血横飞,浩气四塞,草木为之含悲,风云因而变色。"⑭

中国激情万丈的青年已经血流成河。

碧血流尽之时,迎来的是改写中国历史的巨大事变。

巩金瓯

五月,南方已进入夏季,繁花在溽热的暑气中怒放;而北方仍在深春,残花在逐渐燥热起来的风中漫天飞舞。

皇族和臣民都无法意识到,这是大清帝国的最后一个春天了。

仅仅几个月之后,发生在武昌城的一场兵变,成为终结这个庞大王朝统治历史的开端。

所有的一切,都是从一九一一年五月开始的。

一连串重大事件纠结在一起,一步步向着那个著名的历史节点逼近。

第一个重大事件是朝廷主动所为:五月八日,武昌起义爆发前五个月,清廷颁布上谕:管理帝国的最高权力机构——政府内阁——成立了。

这是中国数千年历史上第一个政府内阁。

"新内阁的出现无疑向立宪政府迈进了一步。"⑭³

至少从政体变革的步骤上讲,无论时局是多么的混乱不安,内阁还是在各方面的压力下出笼了。清廷预备立宪机构宪政编查馆会同政务处上奏皇帝,阐述了成立内阁的必要及其作用:

> 窃维责任内阁,在各国视为成规,在中国实为首创……考各国内阁之制,总理大臣责任重在确定方针,统一政权,凡所规定,皆以防权任之游移,杜政令之歧出,诚以一国权柄所寄之地。即安危治乱所从生,治内有递进之规模,对外有惟一之政策,必能坚持不敝,而后基业可固,富强可臻,否则前作后辍,此却彼前,百举百废,一无成立。宋以宰执不协致绍圣靖国之纷更,明以枢辅不和致疆事兵祸之日棘。今内阁之制,萃一国行政大臣于一署,分之则各专所职,合之则共秉国钧,可否予以协商,功罪予以共负,无隔阂,无诿卸,无牵掣,而皆以利国利民为归。是以各国责任内阁成立以后,预算行政皆有汇归,缓急后先,谋定而动,洵足以挽前代政地散漫隔膜之失。现在宪政萌芽方始,外交内治艰棘尤多,苟非统一政权,何由望有成效……⑭⁴

内阁官制规定:内阁由国务大臣组成,国务大臣由内阁总理和各部大臣充任。内阁总理决定大政方针,保持政令统一,协调各部大臣,训示监督地方督抚。同时,内阁总理"随时入对"皇帝和太后,各部大臣"随时入对"内阁总理,而有关国务之上谕,由国务大臣副署。内阁会议将议决法律、敕令、官制、预算、决算、条约、外交、任免以及处理议院移交的人民陈请议案等。

与帝制下的军机处相比,内阁制在政治民主上具有巨大的进步性。过去的军机处,并非正规的国家行政机构,似有决策权却不承担任何责任。而政府内阁是一个有清晰职能和明确责任的政府机构,可以消除帝制制度下行政决策与管理责任不明、权限不清、敷衍搪塞、互相推诿的弊端。特别是国务之副署的规定,要求凡是皇帝颁布的涉及国务的谕旨,必须同时取得国务大臣的同意,否则不能生效,而国务大臣也必须对其承担责任。这就意味着,国务大臣能够对皇权行使必要的制约。

尽管清廷建立的内阁,不是由议会选举产生,资政院作为议院的预备机构也并没能对内阁构成监督和制约作用,因此这还不是具有现代意义的责任内阁;但是,仅就大清王朝能够在政体变革的轨道上继续前行来讲,这的确是一件史无前例且令人鼓舞的事情。

然而,清廷推出的内阁,不但没有受到赞同与拥护,却因对以往满臣汉吏平分共组执政机构的颠覆性改变,而成为促使这个已有两百多年历史的帝国突然死亡的众多因素之一。

一九一一年大清帝国内阁成员名单:

> 总理大臣:奕劻
>
> 协理大臣:徐世昌
>
> 协理大臣:那桐
>
> 外务大臣:梁敦彦
>
> 民政大臣:善耆
>
> 度支大臣:载泽
>
> 学务大臣:唐景崇
>
> 陆军大臣:荫昌
>
> 海军大臣:载洵
>
> 司法大臣:绍昌
>
> 农工商大臣:溥伦
>
> 邮传大臣:盛宣怀
>
> 理藩大臣:寿耆

十三名内阁成员中,汉族大臣只占四名,满族大臣却占九名,九人中皇族竟占五人:奕劻是高宗第十七子庆亲王永璘之孙,袭封庆亲王;善耆是太宗长子肃亲王豪格九世孙,袭封肃亲王;载泽是圣祖五世孙,贝子衔镇国公,兼任监务大臣;载洵是宣宗第六子醇亲王奕譞之子,郡王衔贝勒;溥伦是宣宗长子隐志郡王奕纬之孙,贝勒衔贝子,兼任禁烟大臣。[145]

这样一个内阁,国人称之为"皇族内阁"。

皇族内阁的出现使清廷最终丧失了所有政治派别对它仅存的

认可。

实行国会制度,建立责任内阁,是立宪党人追求的政治目标,也是国会请愿运动中立宪党人和大多数封疆督抚的共同诉求。为此,立宪党人长篇大论,奔走呼号,谁成想国会没开成,却出来一个皇族内阁。皇族内阁的成立,违背了先开议院、后设内阁的立宪规则,且这个皇族内阁又公开宣称只对君主负责,不对议会负责,这简直就是对立宪党人政治理想的公开蔑视与践踏。六月初,奉天、吉林、黑龙江、直隶、江苏、安徽、山东、山西、河南、陕西、福建、浙江、江西、湖北、湖南、四川、广西、贵州、云南等十九省的咨议局议长和议员共四十多人,两次联名上书指出:"君主不担负责任,皇族不组织内阁,为君主立宪国唯一之原则"。"今中国之改设内阁,变旧内阁之官制而另定官制,改军机处之旧名而更定新名,其为实行宪政特设之机关,固天下臣民所共见,而第一次组织之内阁总理,适与立宪国之原则相违反"。"若以皇族总理组成内阁,大权之行使欲为懿亲留余地。必生进退为难之现象"。上书指出皇族内阁的出现表明"朝廷于立宪之宗旨有根本取消之意"。⑭

立宪党人的上奏,遭到清廷的严厉斥责:

> ……黜陟百司,系君上大权,载在先朝钦定宪法大纲,并注明议员不得干预。值兹预备立宪之时,凡我君民上下,何得稍出乎大纲范围之外,乃议员等一再陈请,议论渐近嚣张,若不亟为申明,日久恐滋流弊。朝廷用人,审时度势,一秉大公,尔臣民等均当禀遵钦定宪法大纲,不得率行干请,以符君主立宪之本旨……⑭

到了这个时候,立宪党人才似有清醒:朝廷的预备立宪,或许从一开始就是名为立宪,实则专制的骗局?

咨议局联合会连续发表《宣告全国书》和《通告各团体书》,揭露皇族内阁就是旧制军机处,朝廷的所谓立宪仍旧是专制。

立宪党人期望通过和平的手段,完成以君主立宪制为目标的政体变革。他们既反对封建专制,也反对暴力革命,他们的政治理想是:召开国会,完善各级议院,成立责任内阁,以立宪政治实现大清帝国的政治体制变革。他们有足够的耐心与皇族进行政治周旋,不存在半点把大清帝国推翻的想法。他们向往中国的政治秩序如日本那样,在实行立宪政体使国家强大的同时,还有一个皇帝能够让百姓心有所系。他们之所以迫切地要求召开国会,最重要的原因是,他们认为这样才能消弭暴力革命,不使国家和民生陷于动荡与危难。但是,请愿运动失败后,他们中的不少人开始萌生暴力革命的倾向,甚至主张以各省独立胁迫清廷立宪,这已经远远超出了立宪派以往的行动准则。而皇族内阁的出现,可以说是毁灭了他们仅存的最后的幻想,他们对曾经抱有极大希望的清廷开始持敌对态度了。

立宪党人敢于挑战皇权,证明他们的力量已经强大到可以与大清朝廷分庭抗礼。

梁启超是立场变化最为剧烈的立宪党人之一。

皇族内阁的出现,令梁启超极度失望,他认识到大清帝国已经到了"国势杌陧不可终日,中智以下咸忧崩离"的地步。[148]虽然立宪党人本非暴力革命者,可现在政府已是毫无指望,尽管革命可能引起国内动乱和列强干涉,但除了革命,似乎已经无路可走。梁启超开始暗中联络朝廷亲贵和新军军官,准备伺机发动政变。有确切史料证明,梁启超曾试图通过各种渠道,拉拢他认为可以合作的皇族载涛:"两年以来,朝贵中与吾党共事者惟涛(载涛)、洵(载洵)两人而已,而洵实无用,可用者惟有一涛。而涛与泽(载泽)地位相逼,暗争日甚。"然而,毕竟载沣为摄政王,宫廷内外皆是他的党羽,受制于人的载涛曾问友人对策,友人劝他"以全力抚循禁卫军,使成为心腹,然后一举彼辈而廓清之"。立宪党人将自己人派进载涛掌管的禁卫军。梁启超说:"为此事所费不少,去年之款全耗于此,哑子食黄连,同志诘问不能答也。"[149]新军方面,梁启超主要联络的是吴禄贞。与革命党人一样,他也把希望寄托在军官们的反叛上,他致信吴禄贞:"今后之中国,其所以起其衰而措诸安者,舍瑰玮绝特之军人莫属也。由此以谈,则天下苍生所望于公者,岂有量哉!"[150]梁启超呼吁全国反政府各派——当然与立宪党人势不两立的革命党人也算在内——"相互提携,捐小异而取大同","并力一致,攻击恶政府以谋建设良政府"[151]——这简直就是公开煽动暴力革命了。

六月四日,一个名为"宪友会"的全国性政治组织成立了。立宪党人以"组建一个政党"的名义在民政部备案,而民政部竟然没有任何防备地批准了。立宪党人在建党问题上早就蠢蠢欲动,早先成立的预备立宪公会以及政闻社等立宪组织,其实都已具备了政党雏形。在皇族内阁问题上与朝廷公然对立后,立宪党人把他们组建的政党总部设在了北京,并公开宣称其政治宗旨是"发展民权,完成宪政"。宪友会的基本纲领是:"一、尊重君主立宪政体;二、督促联责内阁;三、厘理行省政务;四、开发社会经济;五、讲求国民外交;六、提倡尚武教育。"⑫纲领没有什么特别之处,仍旧是立宪党人一贯的政治主张。当时的中国,连同皇族在内,很少有人通晓"政党"的概念,因此无法得近代意义之政党。然而,即使并不具备完整的近代意义,一个离心离德的"政党"将对执政者的生存产生多么大的威胁,无论是皇族还是立宪党人都不明白。几个月后,宪友会的主要发起人和领导者,几乎无一例外地都成为倾覆大清帝国的强有力的推手。

在立宪党人的营垒中,张謇的所作所为耐人寻味。

这位巨绅除了参与政治外,还有很多事情要做,其中最为重要的是他的实业。张謇很清楚,要发展近代实业,首要条件是政治进步,朝廷的政体变革是否成功,关系到国家的前途,更关系着他的实业的前景。可是,自江苏咨议局与两江总督张人骏势不两立后,一个巨大的忧虑始终折磨着张謇,那就是朝廷变革的掣肘太多太重,如果连支持君主立宪的绅士们都与朝廷离心离德了,那么大清王朝必将处于举国恨之的危险境地:

> 政府以海陆军政权及各部主要均任亲贵,非祖制也。复不更事,举措乖张,全国为之解体。至沪和汤寿潜沈曾植赵凤昌诸君函监国切箴之,更引咸同间故事,当重用汉大臣之有学问阅历者。赵庆宽为醇邸旧人,适自沪返京,属其痛切密陈,勿以国为孤注。是时举国骚然,朝野上下,不啻加离心力百倍!可惧也!⑬

张謇认为,朝廷必须迅速弥合与立宪党人的巨大裂痕,采取切实的措施促成以下三件事:一、发表正式政见;二、实行阁部会议;三、广泛征辟英才。他决定亲自北上进行政治游说——"謇十四年来,不履朝籍,于人民之心理,社会之情状,知之较悉。深愿居于政府与人民之间,沟通而融合之。"⑮

从上海入京,最便捷的路是乘坐海轮先到天津,但是一九一一年五月二十五日,张謇在大批随员的陪同下,却从上海乘轮船溯长江而上。他之所以绕这个圈子,说是要与湖北当局商谈纱、布、麻、丝四厂的承租权转让问题,可他在武汉仅仅停留了半天,迅速处理完生意上的事情后,他即从汉口乘专车沿京汉路北上。

专车行驶到河南彰德,停了下来。

河南彰德,袁世凯的隐居之处。

一九一一年六月七日,张謇与袁世凯的会见,是中国近代史上的最让人琢磨不透的事件之一。

傍晚十七时,专车停靠彰德车站,袁世凯的仆人和轿子早已恭候,显然事先已经有过联系。张謇让所有的随从都留在专车上,独自一人前往洹上村袁家庄园。

张謇与袁世凯相识甚早,但已有二十八年没见过面了。袁世凯还是个小伙子的时候,曾投靠庆军统领吴长庆门下,当时张謇是吴长庆的文案,因此也就成为袁世凯的老师。只是,随着袁世凯逐渐发达,对老师的态度逐渐冷淡,称呼从"老师"到"季直先生",从"季翁"到"季兄",终于,袁世凯的"庸恶陋劣"令张謇断绝了与他的往来。

张謇与袁世凯会面,到底密谈了什么,文字记载很少,只有张謇当天日记中的寥寥数语:

> 午后五时至彰德,访袁慰亭于洹上村。道故论时,觉其意度视二十八年前大进,远在碌碌诸公之上。其论淮水事,谓不自治则人将以是为问罪之词。又云,此等事,乃国家应做之事,不当论有利无利,人民能安业即国家之利,尤令人心目一开。夜十二时回车宿。⑮

袁世凯留住,张謇未肯。

没有人相信,张謇绕道去见袁世凯,是为了商量如何治理淮河。或许淮河治理只是话题的引子,袁世凯大谈治淮利国利民,也是为了顺应张謇的心理。只有"道故论时"是真实的。至于什么是时下的头等大事,两个人均心知肚明。关于这件头等大事,袁世凯到底说了些什么,竟然令忧心忡忡的张謇"心目一开",无从得知。张謇的随从刘垣回忆说:"我们同车的人一觉醒来,见张謇登车含笑对我们说:'慰亭毕竟不错,不枉老夫此行矣。'"⑮而专车再次启程时,袁世凯亲自到车站送行,他对张謇说:"有朝一日,蒙皇上天恩,命世凯出山,我一切当遵从民意而行,也就是说遵从您的旨意而行。但我要求您,必须在多方面把我的诚意告诉他们,并且要求您同我合作。"⑮

这次即将影响清廷命运的会见,只有在两个前提存在的情况下才可能令张謇"心目一开",那就是:一、两人摒弃旧嫌并开始了政治上的合作;二、袁世凯对时局的判断以及他的应对策略与张謇一致。在历史的非常时刻,立宪党人已开始考虑抛弃朝廷另寻政治出路,并且已准备与握有潜在军事实权和政治实力的官僚阶层的上层人物联合,以应付一切可能发生的政治变故,并在变故中寻求政治主动,这无疑是立宪党人试图谋取最大政治利益的机敏所致。

六月八日,张謇到达北京。

为了避免欢迎的场面,张謇将预定的入京时间提前了一天,但是车站上欢迎他的人还是很多,这些人包括宗室贵族、朝廷大员以及昔日的同僚旧友。

张謇住进同治、光绪两代帝师翁同龢的旧居。

张謇的后人张孝若回忆:

> 清摄政王和满朝亲贵尊贤礼士的风气,都还做得十足。就是谈到正经事体,仍旧口是心非,当作耳边风一般。我父亲那时一看国势衰弱,江河日下,只是瞄准了走上那颓败的道儿;丝毫没有因为筹备立宪开国会的新局面,大家有了一点觉悟,振作起来,依然是敷衍颟顸,蠹国病民,自家拼命的自杀身亡,他人是救不来的!但是我父亲这次到京,还抱着极兴奋诚挚的心意,想打一针强心的忠言,来救醒亲贵的沉迷,来保住那将倒的大厦。⑯

最需要打"强心剂"的,是摄政王载沣和总理大臣奕劻。

张謇从西苑门外被引见于勤政殿:

> 王命坐,即问:"汝十几年不到京,国事益艰难矣。"

对："丁忧出京,已十四年。先帝改革政治,始于戊戌中更庚子之变,至于西狩回銮,皆先帝艰贞患难之日。今世界知中国立宪,重视人民,皆先帝之赐。"

王语甚嘉奖。

对："自见乙未马关条约,不胜愤耻,即注意实业教育二事。后因国家新政,需人奉行,故又办地方自治之事。虽不做官,未尝不做事,此所以报先帝拔擢之知。此次因中国报聘美国事,又有美商与华商所订中美银行航业二事,被沪粤津汉四商会公推到京陈请政府。蒙上召见,深感摄政王延纳之宏,求治之殷。今国事危急,极愿摄政王周咨博访,以求治安之进行。"

王云："汝在外办事多,阅历亦不少,有话尽可说。"

对："謇所欲陈者,外交有三大危险期,内政有三大重要事。三期者:一、今年中俄伊犁条约,二、宣统五年英日同盟约满期,三、美巴拿马运河告成,恐有变故。三事者:一、外省灾患迭见,民生困苦,朝廷须知民隐,咨议局为沟通上下辅导行政之机构;二、商业困难,朝廷须设法振作,金融机构须活;三、中美人民联合。"

王云："都是要紧,汝说极是,可与泽公（载泽）商量办去。"⑮

张謇就大清帝国内政和外交的几个重大问题对摄政王载沣提出的忠告真诚而急切。关于政体变革,他特别提醒载沣万万不可半途而废,须切实通过各省咨议局了解民情和民生问题。

待谒见庆亲王奕劻时,张謇的心情显然不一样,因为奕劻的贪婪和昏庸众所周知。但是,见了奕劻之后,张謇倒觉得这位满族权贵已是极其可怜,因为当他历数完大清帝国目前的危机后,庆亲王奕劻竟然"掩面大哭":

谒庆王于其邸,极陈东三省之重要危迫,亟宜强力自营,不当听人久久鼾睡。赵督（东三省总督赵尔巽）所请二千万,实至少而至不可已之数,王当应课其用之得当敷实与否,不可挚其肘。复为言国民疾苦之甚,党人隐怒之深,王处高危满溢之地,丁主少国疑之会,诚宜公诚虚受,惕厉忧勤,不宜菲薄自待,失人望,负祖业。语多而挚。王为掩面大哭。于此见此公非甚昏愚,特在廷阿谀者众,致成其阘茸之过,贪黩之名,可悯哉。⑩

对于危乎其危的大清帝国来讲,内阁总理大臣的掩面痛哭以及朝廷实行的所有自救措施都已经晚了。

曾经辉煌的大清王朝,在意识到不进行变革就无法生存下去的时候,其决心变革的胆识当入史册。即便是被迫所为,但其从辛丑年间开始实施的新政,及至辛亥年前推出的一系列变革措施,无论如何都可称之为历史壮举。无法想象,一个延续了数千年帝制统治的封建王朝,能够毅然变革似乎天经地义的政体以适应时代的发展趋势。客观地说,这样做需要巨大的勇气与魄力。从这个角度讲,推动这一变革的慈禧太后,是一个可以重新评价的历史人物。

但是,对于所有试图进行变革的执政者来说,至关重要的是启动变革的合适时机以及为变革准备足够安全的时间。就大清王朝而言,最好的变革时机,应在戊戌变法期间,如果那时慈禧能够和光绪一起站在维新派一边,而不是以个人权力的得失衡量变革事宜的话,中国近代史当重写。在经历了庚子年间的巨大祸乱以及被迫签订《辛丑条约》之后,清廷实施的新政几乎全是当年维新派的主张,以致中国历史上的"早知如此,何必当初"又一次重演,只是这次重演虽代价巨大但仍令人心存希冀。所以,即使有千般理由,也无法彻底否定清廷自实施新政到预备立宪期间所作所为的历史价值。一个有着漫长封建历史的帝国,即使在表面上将自己伪装成正在寻求政治进步的形象,也足以令人惊叹,因为这至少证明这个帝国的统治者已经认识到落后于时代的政体样式是多么的令人不齿,更何况没有任何历史证据表明清廷的预备立宪是一种伪装。此时的大清王朝没有必要进行伪饰,它已经顾不上伪饰了,它所面临的最急切的问题是寻找自救之路。朝着立宪政体方向而去,这条自救之路无疑是正确的;问题是,大清帝国不但再次错过了最佳时机,同时由于变革启动得太晚其努力显得至为窘迫。

皇族们种种卑劣的私欲,阻碍着政体变革的种种努力,拖延了可能成功的最后的时间段。皇族们对其奢侈生活方式的留恋,从历史的角度看是那样的狭隘龌龊。他们很快就会明白,他们最终丢掉的不仅是生活方式,而且是赖以世代生存的政权。

一九一一年,危机四伏的大清帝国已经没有转危为安的时间了。

中国历史再也没有时间等待皇族们的"预备"了。

一切都已经晚了。

武昌起义三个月前的一天,一个名叫杨笃生的同盟会员在英国利物浦投海而死,理由是对革命党人武装起义一再失败的绝望。杨笃生曾留学日本,结识黄兴,加入主张暗杀的国民教育会,参与了在上海暗杀广西前巡抚王之春的行动,又参与谋划了在前门暗杀五大臣的行动。一九〇八年赴欧洲,留学苏格兰爱丁堡。广州黄花岗起义失败后,杨笃生闻讯"忧伤过度,夜不能寐",六月三十日投海自尽。死前,他给在伦敦的吴稚晖写去一封信,托他将自己积存的一百英镑交给黄兴充作军费,另外的三十英镑替他转交给母亲。孙中山认为,革命者不应该这样去死,他在回复吴稚晖的信时说:"弟观笃生君尝具一种悲观恳挚之气,然不期生出此等结果也。夫人生世间,对于一己方面,此身似属我有,行动可以自由;然对于社会方面,此身即社会之一分子,亦不尽为我所有也,倘牺牲此身不有大造于社会者,决不应为也。杨君之死,弟实为大憾焉!"[161]

决心把自己完全贡献给社会的孙中山仍在竭尽全力为革命筹款。在他提议下设立的洪门筹饷局章程称:"革命军之宗旨,为废灭鞑虏清朝,创立中华民国,实行民生主义,使我同胞共享自由平等博爱之幸福"。因此,"凡我华人皆应供财出力,以助中华革命大业之速成"。至于筹饷局所筹集的款项,"除经费外,一概存入银行,以备孙大哥有事随时调用,他事不得提支"。章程还规定:"认任军饷至美金五元以上者,发回中华民国金币票双倍之数收执,民国成立之日,作民国通宝用,缴纳税课,兑换实银";"认任军饷至百元以上,除照第一款之外,另行每百元记功一次,每千元记大功一次,民国成立之日,照为国立功之例,与军士一体论功行赏。凡得记大功者,于民国成立之日,可向民国政府请领一切实业优先权利"。[162]孙中山的筹款行程,几乎遍及美国所有的中小城镇,这无疑是一种艰难的旅程——在华侨中遭遇冷眼的情形已成过去,这位革命家以他从不衰竭的激情和坚韧,开始赢得华侨的欢迎。

但是,同盟会内部的分歧依旧难以弥合。

孙中山坚持在两广地区发动起义引起了同仁的普遍不满:"只注意广东,对于长江各省一点也不注重。华侨所捐的钱也只用到广东方面去,别处的活动一个钱都不肯给。"[163]广州新军起义失败,令失望情绪在革命党人中弥漫。孙中山短暂地潜回日本时,与同盟会的同志发生了争执。孙中山说:"党员攻击总理,无总理安有同盟会?经费由我筹集,党员无过问之权,何得执以抨击?"愤怒之余,孙中山甚至表示:"同盟会已取消矣,有力者尽可独树一帜。"[164]而宋教仁认为,以往的失败是因为起义地点选择不当。现在看来首选应该是中央,但那里难以运动成功;其次是长江流域;而选择边境地区是下策。对此,胡汉民不赞成,他认为要服从总理的意志。谭人凤愤怒了:"本部在东京,总理西南无定踪,从未过问。总于何有?理于何有?东京经费纯仗同志摊派维持,并未向各处招摇撞骗。汝等以同盟会的名义,挚骗华侨巨款,设一事务所,住几个闲散人,办一机关报,吹几句牛皮,遂算本事冲天,而敢藐视一切耶?"[165]黄兴没有提出不同意见,但认为无论在哪里发动起义,都必须要有充足的款项支撑。一九一一年七月三十一日,中部同盟会成立会在上海四川路的湖北小学召开,宋教仁、陈其美、谭人凤等人参加。中部同盟会认为,以往屡次失败是因"惟金钱主义,临时召募乌合之众,搀杂党中,冀侥幸以成事";[166]现在要改变这一切,"培元气,养实力",不再轻易发动起义——中部同盟会预定再次起义的时间是:宣统五年,即一九一三年。

将起义时间定在一九一三年的革命党人,没有预料到距天翻地覆的事件发生已经不到三个月了。

孤独地奔波在异国他乡的孙中山也没有预料到,那个天翻地覆的事件并没有发生在他认为最有革命基础的广东,直到事件发生之时他依旧在苦苦地动员华侨们支持他的武装暴动。

革命党人新的武装暴动未见任何端倪,中国国土的腹地却突然发生了一个骇人的事件:大清帝国的政府军开枪射杀了大量平民。

这就是被称为"辛亥革命导火索"的四川保路运动。

史书记载:"天下多事,人心瓦解,皆造端于此。"⑯

保路运动迅速从一场普通的民变,演变成失去控制的大规模暴乱。

成都发生大规模流血的那天,是一九一一年九月七日,这一天距离武昌起义爆发还有一个月。

保路运动,起因于一道关于铁路的政令。尽管这是皇族内阁的第一道政令,但无论草拟还是颁布的时候,阁员们没有一个人有任何忐忑不安。办完公,他们照例去赴宴听戏——如果谈论起现在大清国的日子如何不好过,严肃一点的话题多集中在革命党的暴动、立宪党的掣肘以及没完没了的饥民骚乱上;轻松一点的话题多集中在小皇上读书不认真,太后又发了脾气,封疆大吏中哪个位置出了缺以及哪家王府的堂会有什么名角上。铁路不就是在两条铁轨上跑火车吗?这有什么值得兴师动众地再三斟酌的?

民众的生存艰难和国家的内忧外患,还有革命党人连年发动的武装暴动,立宪党人对执政者的猛烈抨击,不断发生的大规模民变以及军队已经显露的对政府的不忠,这一切都使得国人对大清帝国政府的信任降到了历史最低点。所有的不满与指责,无一例外地集中在对清廷政权合理性的严重质疑上,执政者已经成为民众泄愤的众矢之的。在这样的历史时刻,任何一件关乎公共利益的事,只要稍微处理不当,就会引发连锁反应,以至最终酿成不可控制的大乱。对于一个政权来讲,这种全民性的情绪对立,其危险远远大于革命党人的武装暴动和立宪党人的政治非难。

一九一一年,以顺从著称于世的大清帝国的臣民,其忍耐力终于到了崩溃前爆发的临界点。最能冲垮这个临界点的因素,莫过于与外国人相关的那些事情。自《辛丑条约》签订后,民族屈辱已成为中国人最敏感的一根神经,一旦事关列强肆意侵占中国人的利益,而当政者又有出卖民族利益之嫌,空前剧烈的反抗情绪就会被点燃,继而发展成全民反抗政府的局面。此时的清廷,不知是反应迟钝,还是迫于无奈,在这个问题上一错再错。他们严重低估了绅商们和知识分子的心理承受能力,前者在经济利益上寸步不让,后者的民族主义情绪极度高涨,由此带来的后果令清廷大吏们猝不及防。

欧洲资本主义于全球扩张中,不断地摧毁封建主义的堡垒,世界经济一体化的国际性合作显然符合时代潮流。但是,近代以来,列强在中国的经济行为却是建立在不平等基础上的,带有明显的掠夺性质,这是解读中国近代史中所有重要事件的重要前提。早在世纪初便开始的"收回权利运动"足以证明,由绅商们组成的商会绝不仅仅是个商业组织。当清廷将山西的煤矿开采权出售给一家英国公司后,立即遭到绅商们和学生们的激烈反对,山西籍留日学生甚至为此自杀以示抗争,其遗书写道:"政府如放弃保护责任,晋人即可停止纳税义务,约一日不废,税一日不纳,万众一心,我晋人应有之权利也。"⑯⑧在这之后,安徽、山东、云南等地相继发生了抗议、抵制将矿山开采权和铁路修筑权出售给英、德、日等国的运动。这些抗议运动,几乎都是由绅商们发起的,而一旦矿权和路权被收回民办,要向所有民众发行股票的时候,尽管普通的中国人根本谈不上有什么投资意识,但凡事只要包含民族主义的内涵,国人便会热血沸腾——"佣贩妇竖,苦力贱役,亦皆激于公愤,节缩衣食,争先认股。举国若狂,民气之感奋,实所仅见。"⑯⑨

一九一一年,大清帝国的边疆地区警报频传:英国派兵侵占云南西北边地片马;英、法强索云南的矿山开采权;法国借口保护铁路陈兵滇边;沙俄借修订《伊犁条约》之机,企图攫取新疆、蒙古、张家口等地的自由贸易权、免税权、土地所有权和治外法权。云南咨议局的绅商们奋起抗议,立即得到各省咨议局的全力声援,留日、留德、留法的中国学生也相继掀起了大规模的抗议活动。上海的民族资本家更是群情激愤,他们组织商团,训练青年,声言要"组织义勇队,以筹对付之策"。⑰⓪然而,在各列强国的压力下,清廷试图通过控制舆论、禁止集会等措施压制这种情绪。只是皇族内阁们并没有意识到,民间激烈情绪所指已经不仅仅是列强了。

一九一一年五月九日,皇族内阁成立的第二天,一道关于将铁路干线收回国有的上谕颁布:

> ……中国幅员广阔,边疆辽远,绵延数万里,程途动需数月之久。朝廷每念边防,辄劳宵旰,欲资控御,惟有速造铁路之一策。况宪政之咨谋,军务之征调,土产之运输,胥赖交通便利,大局始有转机。熟筹再四,国家必待有纵横四境诸大干路,方足以资行政,而握中央之枢纽。从前规划未善,并无一

定办法。以致全国路政,错乱纷歧。不分支干,不量民力,一纸呈请,辄行批准。商办数年以来,粤则收股及半,造路无多;川则倒账甚巨,参迫无着;鄂则开局多年,徒资坐耗。竭万民之脂膏,或以虚縻,或以侵蚀,旷时愈久,民困愈深,上下交受其害,贻误何堪设想。用特明白晓谕,昭示天下,干路均归国有,定为政策。所有宣统三年以前,各省分设公司,集股商办之干路,延误已久,应即由国家收回,赶紧兴筑。除支路仍准商民量力酌行外,其从前批准干路各案,一律取消。至应如何收回之详细办法,著度支部、邮传部,禀遵此次谕旨,悉心筹划,迅速请旨办理。该管大臣,无得依违瞻顾,一误再误。如有不顾大局,故意扰乱路政,煽惑抵抗,即照违制论……[171]

要想富,先修路。

一九一一年的中国人已经认识到这个道理。

清廷颁布的上谕本身无错。

自晚清政府批准铁路商办以来,政策和管理都十分混乱。四川商办川汉铁路公司,成立于一九〇七年,直到一九一一年,川汉铁路仅修成了十五公里,所集股本的百分之四十用于筑路,其余均不知道用到哪里去了,以致造成严重的倒账和亏损。就当时中国的筑路水平而言,铁路干线的修筑,无论需要投入的巨额成本,乃至技术保障和管理经验,都不具备民间商办的条件,铁路干线收回国有是合理的。邮传部尚书盛宣怀曾电告时任代理四川总督王人文:"滇、藏危迫,川路不成,边防难恃。议定宜昌至夔州六百里路程,最为艰险,准用美国总工程师,以其熟悉山路,可望速成。"[172]但是,问题在于,清廷将铁路干线收回国有,并不仅仅是为了加快铁路干线的建设,还有用铁路修筑权作为抵押大行借款以解决政府财政困难的目的。

晚清的财政几近崩溃。《辛丑条约》的巨额赔款、军制变革的持续开支,皇族生活的奢侈开销,办理新政的庞杂费用等等,令清廷收支出现巨大的财政赤字。"臣已穷尽罗掘,民已穷尽负重",国家政费仍缺七千万以上。对于摄政王载沣来说,唯一能够暂缓危机的办法,就是向各列强国借债。直隶咨议局的议员们曾联合上奏,恳请"慎举国债":"今日中国之贫窘,达于极点。借债以谋救济,诚属万不得已之举。然借债之公例,必政府与国民均有用债之能力,而后可利用之以为救时之药。否则饮鸩自毙,势必不救。"[173]但是,载沣已经别无他路。至一九一一年,大清帝国政府的外债总额已达库平银二亿四千六百万两,最低年息百分之五,最高竟达百分之十二。[174]借款,需要用国家赋税或其他东西作为担保,铁路便是很好的担保物:

> 近来国家财政竭蹶,由于币制不一;民生困苦,由于实业不兴。朝廷洞鉴于此,不得已,饬部特借英、美、德、法四国银行一千万镑,日本横滨银行一千万镑,专备考定币制,振兴实业,以及推广铁路之用。该管衙门自应竭力慎节,不得移作别用。并著随时造具表册呈览,以符朝廷实事求是之意。[175]

在邮传部尚书盛宣怀的推动下,大清帝国政府与英、美、德、法四国银行团在北京签订了《川粤汉铁路借款合同》,借款总额六百万英镑,年息五厘,四国银行组成的债权团享有上述铁路的修筑权和继续投资的优先权。

十天之后,度支部上奏:

> 请将粤、川、湘、鄂四省,所收所招之公司股票,尽数验明收回,由度支部、邮传部特出国家铁路股票,常年六厘给息。嗣后如有余利,按股分给。倘愿收本,五年后亦可分十五年收本。未到期者,并准将此项股票,向大清交通银行,照行规随时抵押。其不愿换国家铁路股票者,均准分别办理,以昭平允。粤路全系商投,因路工迟滞,靡费太甚,票价不及五成。现每股从优先发行六成,其余亏损之四成,并准格外体恤,发给国家无利股票。路成获利之日,准在本路余利项下,分十年摊给。湘路商股,照本发还。其余米捐租股等款,准其发给国家保利股票。鄂路商股,并准一律照本发还。其因路动用赈谷捐款,照准湖南米捐办理。川路宜昌实用工料之款,四百数十万两,准给国家保利股票。其现存七百万两,愿否入股,或归本省兴办实业,仍听其便。[176]

上谕答复:"著督办粤汉、川汉铁路大臣,迅速前往,会同各该省督抚,遵照所拟办法,迅速将所有收款查明细数,实力奉行。"[177]

此时的皇族内阁,严重忽视了这样一个现实:商办铁路是由民间集资的,而"民间"的范围远比他们想象的大得多:"农夫、焦煤夫、泥水匠、红白喜事行、洋货担、铣刀磨剪、果栗摊担、舆马帮佣",总之,社会平民阶层的林林总总都曾"争先入股"。[178]然而,一道圣旨就将筑路权收归国有了,难道平民手里的股票将成为一张废纸吗?这与强盗公然入室抢劫有什么不同?

大清皇族们天生的缺陷是:他们从来没有从百姓的角度考虑问题的习惯。因为自古以来朝廷的圣旨至高无上,臣民们要不就在圣旨面前磕头谢恩,要不就因违背圣旨被砍掉脑袋,难道还有其他的选择吗?——上谕颁布的第五天,皇族内阁才意识到,大清帝国的臣民已经今非昔比。

先是湖南万人集会,决心与铁路国有不共戴天。湖北咨议局联合各界成立保路协会,其宗旨是:"全筹路款,永拒外债,力保路权。"[179]他们决定派出代表进京力陈,一个名叫陶勋臣的新军士兵,在为赴京代表壮行时当众砍断了自己的手指。集会者群情激奋地高喊:"路存与存!路亡与亡!"接着,广东绅民万人集会,言:"粤路国有,必须政府自有筑路能力。今大借外债,绝非国有;藉曰国有,直为各国所有。"[180]大会为进京抗议代表送行时,气氛悲壮甚于湖南:"代表为救亡起见,任大责重,深入虎穴,与路贼相抗,万一或遭格杀,即以杀我全体无异"。"言至此,涕不可抑,众人皆哭,呜咽不成声"。[181]

四川商办铁路集资最为广泛,绵延三千多里的川汉铁路,因路况复杂造价约为七千万元,远非川民财力所能负担。事经七年,已经集资上千万,皆系"川民按亩加捐,敲筋击髓而来"。由于款项数额巨大,全川数千万百姓,不论贫富,人人都是铁路公司的股民。本来,商办铁路经营不善,出现了巨大亏损,内阁宣布收回国有的时候,川民还高兴了一阵子,认为政府肯定会把集资的钱还给百姓,"使人民债权不至损失"。但是,政府宣布所有股份一律变成国家铁路股票,这等于说川民的"脂膏汗血"实际上已被洋人掌管且归还无期。川民立即转喜为怒。

四川人不怒便罢,一怒便惊天动地。

四川保路运动的主要领导人,是省咨议局议长蒲殿俊、副议长罗纶和萧湘,还有四川实业界最具实力的资本家邓孝可等立宪党人。他们不但是宪友会的成员,也是川汉铁路公司的董事会成员。因此,他们的反抗除了保护经济利益之外,更多的是政治上的公然对抗。内阁宣布铁路国有时,蒲殿俊正在北京,闻讯后他对湖南议员粟戡时说:"国内政治已无可为,政府已彰明较著不要人民了。吾人欲救中国,舍革命无他法。我川人已有相当准备,望联络各省,共策进行。"[182]实业家邓孝可发表《卖国邮传部!卖国奴盛宣怀!》一文:

> ……既夺我路,又夺我款,又不为我造路。天乎!此而欲川人忍受,除吾川一万万人死尽,妇孺尽绝,鸡犬无存或可耳!否则胡能忍者!有生物以来无此情,有世界以来无此理,有日月以来无此黑暗,有人类以来无此野蛮,而今乃有盛宣怀如此野蛮以压迫我四川之人!……吾死中求生,惟奋!奋!奋![183]

六月十七日,川汉铁路股东代表两千多人集会成都,声明"川人并未反抗国有,股东会为法律所认许,无论贫富,皆由生命财产之关系……政府已不认川民……呼吁无门,唯有消极对付,以求最后之胜利。嗣后全蜀股东不完捐税,不纳丁粮,无论政府如何滥借外债,川民概不担负,商民停止贸迁,学堂一律停办"。[184]代行四川总督之职的布政使王人文派兵前来弹压,清军官兵听到演说后竟也"相顾挥泪"。大会决定成立四川保路同志会,宣称清廷的皇族内阁之野蛮专横古今中外没有先例。

会场上一位名叫郭沫若的青年,对那天的大会有如下记载:

> 罗纶,他是一位很白皙的胖子,人并不甚高。他一登坛向满场的人行了一个礼,开口便是:"各位股东!"很宏朗的声音,"我们四川的父老伯叔!我们四川人的生命财产——拿给盛宣怀给我们卖了!卖给外国人去了!"就这样差不多一字一吐的,简单地说了这几句,他接着便嚎啕大哭起来,满场便都号啕大哭起来了——真真是在嚎啕,满场的老年人中年人少年人都放出了声音在汪汪汪汪大哭。"是可忍,孰不可忍呀!汪汪汪……""我们要反对,我们誓死反对呀!汪汪汪……""反对卖国贼盛宣怀!反对卖国机关邮传部!"连哭带叫的声音把满场都哄动起来了。罗纶在坛上哭,一切的股东

在坛下哭。连公司里面跑动的杂役都在哭,不消说我们在旁边参观的人也是在哭的。已经不是演说的时候,已经不是开会的时候,会场怕足足动摇了二三十分钟。接着还是罗纶以他那很宏大的声音叫出的,待他看见会场已经稍稍在镇定的时候。"我们的父老伯叔!我们,我们,我们,要誓死反对!"[185]

四川代表进京之后,到庆亲王奕劻的府邸求见。先是被门丁阻挡,百般哀求许一人进,但代表刘声元刚一进去,又被数人推了出来。"是时未入各代表见此情状,同声大哭,屋瓦皆震,大地为愁。围观者不下数千人,寂无声息,但闻一片凄惨哀痛之音,观者亦多挥泪。即来劝归警察军士,亦有执代表手而含泪不成声者"[186]。

大清帝国的臣民们,为什么总是痛哭不止?

是时,"川民艰苦无过于川路股本"。所以他们一再声言:"铁路收归国有,此乃国家政策。顾收路必须还本,待遇必须平均,方不致国民反对。"[187]如果不能得到明确答复,他们"抵死不能甘心"。不久之后,广东答应清还,湖南同意酌还,四川、湖北两省仍"坚持不能还本"。但是,碍于来势汹汹的抗议,川省布政使尹良与盐政使杨家绅提出加粮、加税以筹钱清还川民投资。川民的回答是:"以全国加粮、加税之款,还诸川人,川人自无异议;若以川人加粮、加税之款,还诸川人,川人绝端反对。"[188]

八月初,王人文被革职,内阁急电西藏,要求川滇边务大臣赵尔丰速回成都代理四川总督。

十九日,内阁再颁上谕,不但没有改变铁路国有的决定,而且催促赵尔丰强行使用川资继续铁路施工。

清廷就这样丧失了缓解民愤的最后一次机会。

几天之后,仅成都一地宣布参加保路同志会的川人竟达十万以上。

川民痛心疾首,事态岌岌可危。

二十四日下午,保路同志会大会,数万人拥入会场,与会者要求罢课罢市并到总督衙门请愿。

赵尔丰闻讯后立即调集军队严加防范。

立宪党人不愿意破坏和平争路的原则,为了让他们的保路运动显得更加合情合理,他们想出了一个出人意料的办法:把死去的光绪皇帝的牌位抬出来——光绪,不但是立宪党人所拥戴的皇上,也是当年批准铁路商办的皇帝。在立宪党人的号召下,成都家家户户的门前都摆上了光绪皇帝的牌位,香火缭绕的牌位上贴着写有"毅然立宪"、"在天之灵"的字条。而成都的主要大街上都搭起了席棚,上面供着"德宗景皇帝万岁"的牌位,两边写的口号是:"庶政公诸舆论"、"铁路准归商办"——前一句是民众的政治权利,后一句是民众的经济权利。成都民众以此指责现在的当权者没有真正执行光绪皇帝的变革政策。在离这些牌位不远的地方,民众特别设立了"文官下轿,武官下马"的牌子,以防官军镇压——无论文官武官,哪个敢在先帝的牌位前放肆?结果,"成都自初一日停课罢市后,南至邛雅、西迄绵州,北及顺庆,东抵荣隆,千里内外,府县乡镇,一律扃户,为景皇帝位,朝夕哭临,潮流所曁,势及全川,愤激悲壮,天地异色"。[18]

总督赵尔丰怕冒犯先皇,专门致电内阁协理大臣那桐:

> ……省中各街皆搭盖席棚,供设德宗景皇帝万岁牌,舆马皆不得过,如去之必有所藉口;更有头顶万岁牌为护符,种种窒碍,不得不密为陈告。倘将席棚拆去,或竟违抗,或头顶万岁牌滋事之人,可否敬谨将万岁牌焚化,夺其所恃,敬祈钧裁。并恳转庆王爷、徐中堂,究应如何办理之处,伏候电示祗遵。[19]

此时的赵尔丰,下面临上百万川人的抗议呼号,上每日与朝廷内阁"函电交驰"。虽然他"中情惶急",京城里却"久无复电"。原因是内阁总理大臣奕劻不上班了。奕劻名位至尊,资历最老,权势最大,见识也可称为最多,值此川情危险之际撂挑子,是因为他没能染指铁路大借款的回扣,也没能染指四川、江西两省督抚缺位的贿银,于是他"恼羞成怒"地数月接连请假。总理大臣不闻不问,而对于摄政王载沣来说,将铁路收为国有"合同既已签押,事实再难变更"。

八月二十五日,随着成都的罢市,全川各地纷纷罢市,并随之发生了捣毁警署的事件。

九月七日,唯恐事激生变,酿成大祸的赵尔丰,终于下决心采取严厉镇压措施,他扣押了包括蒲殿俊、邓孝可在内数名保路运动领导人。

消息一经传出,川人奔走相告,要求各家各户无论男女均出一人,一起前往督署衙门请愿要求放人。但是,当数千川民聚集于督署大门前时,枪声响了,密集的子弹当场打死数十人。巡防营的马队随即冲向人群,在践踏中伤亡的人不可计数。后来查明,死亡者有机匠、小贩、裁缝、店员和学生。当晚,成都大雨如注,"被枪击毙者众尸累累,横卧地上",赵尔丰下令"三日内不准收尸,众尸被大雨冲后腹胀如鼓"。[191]第二天,成都"居民闻此凶耗,人人首裹白布示哀,多且七十以上者,徒手冒雨奔赴城下。问其来意,谓如罗(罗纶)、蒲(蒲殿俊)等已死,即来吊香,未死即同来求情"。赵尔丰再次命令官兵开枪,"击毙者约数十人,众情乃大愤噪"。[192]

至此,由铁路引发的事变,已不是立宪党人能控制的了。数日之内,由同盟会、哥老会组织的民间武装从成都周边十余州县赶来,二十万之众的武装平民截断交通,扼守要道,开始了大规模的围城行动——由立宪党人发起的保路运动,最终演变成大规模的暴力革命。

赵尔丰急电,称川民数千人围困督署。

又急电,称各地"匪党"趁势暴动,"用兵不敷分布,大局异常危险"。

再次急电,称川中兵民已经开战。

赵尔丰恳求道:"非朝廷稍变方针,万难解决"。"惟望王爷、中堂鼎力维持,筹商转圜之策。倘蒙朝廷加尔丰以严谴,慰川人以温谕,纵或未能挽回全局,或不至变生意外"。深知情形之危急的赵尔丰最后说:"保川即以保国。"[193]

皇族内阁决定动用武力。

上谕饬令川粤汉铁路督办大臣端方自湖北赶往四川查办,任命在上海赋闲的岑春煊前往四川会同赵尔丰"办理剿抚事宜",同时饬令湘、滇、鄂、粤、黔、陕六省新军立即驰赴四川。

> 前因四川逆党勾结为乱,当饬赵尔丰分别剿抚,并饬端方带队入川。现据瑞澂及重庆等处电陈:四川省城城外聚有乱党数万人,四面围攻,势甚危急,等语。成都电报现已数日不通,附近各府州县亦复有乱党煽惑鼓动。川省大局岌岌可危。朝廷殊深焦虑。昨已饬端方克期前进,迅速到川。开缺两广总督岑春煊,威望素著,前任四川总督,熟悉该省情形。该督

1911

病势闻已就痊,著即前往四川会同赵尔丰办理剿抚事宜。岑春煊向来勇于任事,不辞劳瘁,即著上海乘轮即刻起程,毋稍迟疑。此次川民滋事,本系不逞之徒,藉端诱惑,迫胁愚民,以致酿成此变。现在办法,自应分别良莠,剿抚兼施。其倡乱匪徒,亟需从严惩办,所有被胁之人,均系无辜赤子,要在善为解散,不得少有株累,以期地方早就敉平。岑春煊未能立时到川,端方计已行抵川境,著先行设法,速解城围,俾免久困,并沿途妥为布置,毋任滋蔓。该大臣等其各禀遵谕旨,迅赴事机,以纾朝廷西顾之忧,而免川民涂炭之苦。⑭

下属提醒赵尔丰:"兵有尽,民无尽,恐非剿杀所能藏事。"⑮

赵尔丰"久在边藏",开道路,通邮驿,创学堂,开垦殖,兴商务,测矿藏等,无不治理有方,史书称他"治边有功,诚不可没"。然而,一九一一年夏秋之间,赵尔丰剿抚无措,焦头烂额,只好私电内阁大臣:"川边要紧,才难胜任,欲求他调,以觇朝意。"⑯

九月二十五日,由同盟会员吴玉章领导的民间武装,宣布四川荣县独立。这是辛亥年间第一个由革命党人宣布建立的新政权。

此时,距离武昌起义爆发还有十五天。

而在大清帝国的都城里,没有任何死亡即将来临的征兆。

英国《泰晤士报》记者莫理循在给友人的信中这样描绘了一九一一年初秋的北京:

> 在北京,我发现这个城市正在变样。到处都在铺石子路,重要的宅第家家都点上了电灯,街道也用电灯照明,电话畅通,邮局每天投递八次信件。巡警们简直叫人赞扬不尽,这是一支待遇优厚、装备精良、纪律严明的队伍。嘿,我昨天就看到一个警长帮助一个推独轮车的人把车子从地上扶起来;这个最微贱的苦力推着一车大粪,把车子弄翻了。这样的事过去你能想象吗?
>
> 各国使节大都住进了西式住宅,要不也是很快就要搬进这样的住宅,有的宅第气派还很堂皇。自来水供应很好,我敢断定不需要多久我们就能乘上电车。这儿的中国人大都渐渐

地习惯了使用新式的东西,譬如说,英国式的床架销路就很好。全城各处都能看到胶轮人力车,信件也由骑胶轮自行车的苦力递送。北京的马车现在已经多到数以千计,此外还有几辆汽车,不久的将来汽车就会和上海一样多……⑰

但是,英国使馆的某些官员不但不这么认为,而且还认定中国人对"腐败、投机、贿赂和卖官鬻爵等现象"不会再忍受多久了:

> 腐败、投机、贿赂和卖官鬻爵等现象还在继续,领干薪挂名在册的军队还在膨胀。所有这一切都使政府感到越来越难以偿还外债。人民不会再忍受多久了。资政院的权力变得越来越大,其方式完全出人意料之外,缩短预备立宪的期限和立即召开国会的呼声在高涨。在所有这些压力之下,政府正在衰亡。我相信人民会有他们自己的解决办法,这将是一场不流血革命;尽管他们在开始时可能会犯些错误,但是我认为这是拯救国家的唯一办法……在这方面,不能依靠来自上面的改革,只能依靠人民,他们是官僚阶层的敌人。现在的趋势是,人民准备以暴力扫除高层的腐败和日益增加的拿高薪的冗员现象……⑱

一九一一年十月四日,经皇帝钦定,大清帝国国歌兼陆军军歌《巩金瓯》正式颁布。这首由海军部参谋官、近代著名思想家严复作词,禁卫军军官、皇室成员傅侗作曲的国歌,曲谱来自康熙时期的皇室音乐,歌词风格古色古香:

> 巩金瓯,
> 承天帱,
> 民物欣凫藻,
> 喜同袍,
> 清时幸遭。
> 真熙皞,
> 帝国苍穹保,
> 天高高,
> 海滔滔……⑲

此时，距离武昌起义爆发还有六天。

由于端方率鄂军入川，湖北清军兵力空虚，省城武汉显得有些冷清。

这是一座位于长江中游的城市。李白吟唱"白云千载空悠悠"的黄鹤楼矗立在大江之滨。站在黄鹤楼上远眺，大江横陈，孤帆欲渡，天地寥廓，烟雨苍茫。

江河亘古奔流，大清大限已至。

注　释：

①②③　中国第二历史档案馆编《宪政编查馆拟订结社集会律折》，引自《中华民国史档案资料汇编》第一辑，江苏人民出版社。

④　章太炎《排满平议》，引自张枬、王忍之编《辛亥革命前十年间时论选集》第三卷，生活·读书·新知三联书店。

⑤　阙名《预备立宪之满洲》，引自张枬、王忍之编《辛亥革命前十年间时论选集》第三卷，生活·读书·新知三联书店。

⑥　《会奏宪法大纲暨议院法选举法要领及逐年筹备事宜折》，引自故宫博物院明清档案部编《清末预备立宪档案史料》上册，中华书局。

⑦⑧⑨　《会奏宪法大纲暨议院选举法要领及逐年筹备事宜折》，引自故宫博物院明清档案部编《清末预备立宪档案史料》上册，中华书局。

⑩⑪　房德邻《清王朝的覆灭》，河南人民出版社。

⑫　太炎《附房宪废疾六条》，引自张枬、王忍之编《辛亥革命前十年间时论选集》第三卷，生活·读书·新知三联书店。

⑬　朱育和、欧阳军喜、舒文《辛亥革命史》，人民出版社。

⑭　（台）苏同炳《中国近代史上的关键人物》（下），百花文艺出版社。

⑮⑯　许恪儒整理《许宝蘅日记》第一册，中华书局。

⑰　（台）苏同炳《中国近代史上的关键人物》（下），百花文艺出版社。

⑱　马忠文《时人日记中的光绪皇帝、慈禧太后之死》，引自中国社会科学院近代史研究所政治史研究室、苏州大学社会学院编《晚清国家与社会》，社会科学文献。

⑲　徐凌霄、徐一士《凌霄一士随笔》（二），山西古籍出版社。

⑳　［美］斯特林·西格雷夫《龙夫人》，秦传安译，中央编译出版社。

㉑　郑曦原《帝国的回忆》，生活·读书·新知三联书店。

㉒　郑曦原《帝国的回忆》，生活·读书·新知三联书店。

㉓　爱新觉罗·溥仪《我的前半生》，群众出版社。

㉔ 郑曦原《帝国的回忆》,生活·读书·新知三联书店。
㉕ 郑曦原《帝国的回忆》,生活·读书·新知三联书店。
㉖ 郑曦原《帝国的回忆》,生活·读书·新知三联书店。
㉗ 杜春和、林斌生、丘权政《北洋军阀史料选辑》上册,中国社会科学出版社。
㉘ 载涛《载沣与袁世凯的矛盾》,引自中国人民政治协商会议全国委员会文史资料研究委员会编《辛亥革命回忆录》(六),文史资料出版社。
㉙㉚ (台)丁中江《北洋军阀史话》(一),中国友谊出版公司。
㉛ 载涛《载沣与袁世凯的矛盾》,引自中国人民政治协商会议全国委员会文史资料研究委员会编《辛亥革命回忆录》(六),文史资料出版社。
㉜ 郑曦原《帝国的回忆》,生活·读书·新知三联书店。
㉝ 袁静雪《我的父亲袁世凯》,引自吴长翼编《八十三天皇帝梦》,文史资料出版社。
㉞ 辞海编辑委员会编《辞海》中卷,上海辞书出版社。
㉟ 《著各省速设咨议局谕》,引自故宫博物院明清档案部编《清末预备立宪档案史料》下册,中华书局。
㊱ 章开沅、叶万忠《苏州市民公社与辛亥革命》,引自马晓泉《地方自治:晚清新式绅商的公民意识与政治参与》,引自华中师范大学近代史研究所编《辛亥革命与二十世纪中国》,湖北人民出版社。
㊲ 《黑龙江巡抚程德全请速开国会以救时艰片》,引自故宫博物院明清档案部编《清末筹备立宪档案》下册,中华书局。
㊳ 《湖南即用知县熊范舆等请速设民选议院呈》,引自故宫博物院明清档案部编《清末筹备立宪档案》下册,中华书局。
㊴ 《咨议局及议员选举章程均照所议办理著各督抚限一年内办齐谕》,引自故宫博物院明清档案部编《清末筹备立宪档案》下册,中华书局。
㊵㊶㊷ 《各省咨议局章程》,引自故宫博物院明清档案部编《清末筹备立宪档案》下册,中华书局。
㊸ 《掌河南道监察御史严忠参初选监督不慎请饬查惩儆折》,引自(台)张朋园《立宪派与辛亥革命》。
㊹ 〔澳〕骆惠敏编《清末民初政情内幕》(上),刘桂梁等译,知识出版社。
㊺ 《浙江巡抚增韫奏浙江咨议局开会始末并议案大略折》,引自故宫博物院明清档案部编《清末筹备立宪档案》下册,中华书局。
㊻ 孙洪伊等《国会代表请愿书》,引自张枬、王忍之编《辛亥革命前十年间时论选集》第三卷,生活·读书·新知三联书店。
㊼ 张謇《送十六省议员诣阙上书序》,引自张枬、王忍之编《辛亥革命前十年间时论选集》第三卷,生活·读书·新知三联书店。
㊽ 《俟九年预备完全定期召集议院谕》,引自故宫博物院明清档案部编《清末筹备立宪档案》下册,中华书局。

㊽ 《仍俟九年预备完全定期召集议院谕》，引自故宫博物院明清档案部编《清末筹备立宪档案》下册，中华书局。

㊿ 梁启超《为国会期限问题敬告国人》，引自中国史学会主编《辛亥革命》（四），上海人民出版社、上海书店出版社。

㉛ 《缩改于宣统五年开设议院谕》，引自故宫博物院明清档案部编《清末预备立宪档案史料》上册，中华书局。

㉜㉝㉞㉟ （台）张朋园《立宪派与辛亥革命》。

㊶ 李新主编《中华民国史》第一编，全一卷（下），中华书局。

㊷ 《国会请愿同志会意见书》，引自张枬、王忍之编《辛亥革命前十年间时论选集》第三卷，生活·读书·新知三联书店。

㊸ 《绅士为平民公敌》，引自张枬、王忍之编《辛亥革命前十年间时论选集》第三卷，生活·读书·新知三联书店。

㊹ 中国第二历史档案馆编《中华民国史档案资料汇编》第一辑，江苏人民出版社。

㊻ 李文海《清末灾荒与辛亥革命》，引自房德邻《清王朝的覆灭》，河南人民出版社。

㊽ 张研《1908年帝国往事》，重庆出版社。

㊾ 中国第一历史档案馆、北京师范大学历史系编选《辛亥革命前十年间民变档案史料》上册，中华书局。

㊿ 李新主编《中华民国史》第一编，全一卷（下），中华书局。

㉞ 张振鹏等《清末民变年表》，引自朱育和、欧阳军喜、舒文《辛亥革命史》，人民出版社。

㉟ 《广东香山县僧道抗捐》，引自中国史学会主编《辛亥革命》（三），上海人民出版社、上海书店出版社。

㊱㊲ 《广西匪乱近况》，引自中国史学会主编《辛亥革命》（三），上海人民出版社、上海书店出版社。

㊳ 《浙江乌程县安县乡民抗漕》，引自中国史学会主编《辛亥革命》（三），上海人民出版社、上海书店出版社。

㊴㊵ 中国第一历史档案馆、北京师范大学历史系编选《辛亥革命前十年间民变档案史料》上册，中华书局。

㊶ 《山东莱阳县官民交战事余闻》，引自中国史学会主编《辛亥革命》（三），上海人民出版社、上海书店出版社。

㊷㊸ 《河南密县乡民拆毁县署》、《河南长葛县乡民滋事县署被毁》、《河南叶县因乡民聚众请兵》，引自中国史学会主编《辛亥革命》（三），上海人民出版社、上海书店出版社。

㊹ 《安徽南陵县乡民殴伤调查员》，引自中国史学会主编《辛亥革命》（三），上海人民出版社、上海书店出版社。

㋕ 《记广东抗查户口之风潮》,引自中国史学会主编《辛亥革命》(三),上海人民出版社、上海书店出版社。

㋖ 《浙江长兴县乡民毁劫学堂及教堂》,引自中国史学会主编《辛亥革命》(三),上海人民出版社、上海书店出版社。

㋗ 《江苏宜兴乡民焚毁学堂》,引自中国史学会主编《辛亥革命》(三),上海人民出版社、上海书店出版社。

㋘ 《广东连州乡民滋事续闻》,引自中国史学会主编《辛亥革命》(三),上海人民出版社、上海书店出版社。

㋙㋚㋛ 《记江西袁州乡民暴动事》、《江西袁州乡民暴动余闻》,引自中国史学会主编《辛亥革命》(三),上海人民出版社、上海书店出版社。

㋜㋝㋞㋟ 赵荣光《满汉全席源流考述》,昆仑出版社。

㋠ 中国第一历史档案馆、北京师范大学历史系编选《辛亥革命前十年间民变档案史料》上册,中华书局。

㋡ 赵荣光《满汉全席源流考述》,昆仑出版社。

㋢ 《江苏清江乡民行劫大丰面厂》,引自中国史学会主编《辛亥革命》(三),上海人民出版社、上海书店出版社。

㋣ 《宿迁乡民劫面厂余记》,引自中国史学会主编《辛亥革命》(三),上海人民出版社、上海书店出版社。

㋤ 《湖南省城饥民焚毁巡抚衙门及教堂学堂》,引自中国史学会主编《辛亥革命》(三),上海人民出版社、上海书店出版社。

㋥ 长兴《论莱阳民变事》,引自张枬、王忍之编《辛亥革命前十年间时论选集》第三卷,生活·读书·新知三联书店。

㋦㋧ 陈锡祺主编《孙中山年谱长编》上册,中华书局。

㋨㋩㋪ 陈锡祺主编《孙中山年谱长编》上册,中华书局。

㋫㋬ 熊志勇《从边缘走向中心》,天津人民出版社。

㋭ 郑曦原编《帝国的回忆》,生活·读书·新知三联书店。

⑩⓪ 熊志勇《从边缘走向中心》,天津人民出版社。

⑩① 贺觉非编著《辛亥武昌首义人物传》下册,中华书局。

⑩② 文公直《辛亥革命运动中之新军》,引自中国史学会主编《辛亥革命》(三),上海人民出版社、上海书店出版社。

⑩③ 〔澳〕冯兆基《军事近代化与中国革命》,引自熊志勇《从边缘走向中心》,天津人民出版社。

⑩④ 端方《请平满汉畛域密折》,引自中国史学会主编《辛亥革命》(四),上海人民出版社、上海书店出版社。

⑩⑤ 陈春生《戊申熊成基安庆起义记》,引自中国史学会主编《辛亥革命》(三),上海人民出版社、上海书店出版社。

⑩⑥ 李新主编《中华民国史》第一编,全一卷(下),中华书局。

⑩⑦ 钱兆湘笺注《熊烈士供词》,引自中国史学会主编《辛亥革命》(三),上海人民出版社、上海书店出版社。
⑩⑧ 黄德昭《赵声》,引自李新、孙思白主编《民国人物传》第二卷,中华书局。
⑩⑨ 房德邻《清王朝的覆灭》,河南人民出版社。
⑩⑩ 陈春生《庚戌广州新军举义记》,引自中国史学会主编《辛亥革命》(三),上海人民出版社、上海书店出版社。
⑪⑪ 李新主编《中华民国史》第一编,全一卷(下),中华书局。
⑪⑫ 陈春生《庚戌广州新军举义记》,引自中国史学会主编《辛亥革命》(三),上海人民出版社、上海书店出版社。
⑪⑬ 陈景吕《庚戌之役倪映典被害真相》,引自中国人民政治协商会议全国委员会文史资料研究委员会编《辛亥革命回忆录》(二),文史资料出版社。
⑪⑭ 姚雨平《追忆庚戌新军起义和辛亥三月二十九日之役》,引自中国人民政治协商会议全国委员会文史资料研究委员会编《辛亥革命回忆录》(二),文史资料出版社。
⑪⑮ 张醁村《庚戌新军起义前后的回忆》,引自房德邻《清王朝的覆灭》,河南人民出版社。
⑪⑯ 陈春生《庚戌广州新军举义记》,引自中国史学会主编《辛亥革命》(三),上海人民出版社、上海书店出版社。
⑪⑰ 汉民《就土耳其革命告我国军人》,引自张枬、王忍之编《辛亥革命前十年间时论选集》第三卷,生活·读书·新知三联书店。
⑪⑱⑪⑲ 陈锡祺主编《孙中山年谱长编》上册,中华书局。
⑫⓪ 范方镇、韩建国编著《孙中山传奇》,江苏古籍出版社、江苏人民出版社。
⑫① 陈锡祺主编《孙中山年谱长编》上册,中华书局。
⑫② 曹亚伯《广州三月二十九日之役》,引自中国史学会主编《辛亥革命》(四),上海人民出版社、上海书店出版社。
⑫③ 邹鲁《广州三月二十九日革命史》,引自尚明轩主编《孙中山的历程》,解放军文艺出版社。
⑫④ 曹亚伯《广州三月二十九日之役》,引自中国史学会主编《辛亥革命》(四),上海人民出版社、上海书店出版社。
⑫⑤ 曹亚伯《武昌革命真史》(上),上海书店印行。
⑫⑥ 尚明轩主编《孙中山的历程》,解放军文艺出版社。
⑫⑦ 冯自由《革命逸史》第二集,中华书局。
⑫⑧⑫⑨ 杨天石《温生才》,引自李新、孙思白主编《民国人物传》第二卷,中华书局。
⑬⓪⑬① 冯自由《革命逸史》第二集,中华书局。
⑬② 罗锦泉口述,黄国祥笔录《行刺孚琦、李准、凤山亲历记》,引自《纪念辛亥革命七十周年史料专辑》(上),中国人民政治协商会议广东省广州市委员会文史资料研究委员会编,广东人民出版社。
⑬③ 黄兴《广州三月二十九日革命之前因后果》,引自中国史学会主编《辛亥革

命》（四），上海人民出版社、上海书店出版社。

⑬⑬⑬ 曹亚伯《广州三月二十九日之役》，中国史学会主编《辛亥革命》（四），上海人民出版社、上海书店出版社。

⑬ 尚明轩主编《孙中山的历程》，解放军文艺出版社。

⑬ 曹亚伯《广州三月二十九日之役》，中国史学会主编《辛亥革命》（四），上海人民出版社、上海书店出版社。

⑬ 侯书森主编《百年老书信》，改革出版社。

⑭ 曹亚伯《广州三月二十九日之役》，中国史学会主编《辛亥革命》（四），上海人民出版社、上海书店出版社。

⑭ 黄兴《广州三月二十九日革命之前因后果》，中国史学会主编《辛亥革命》（四），上海人民出版社、上海书店出版社。

⑭ 朱育和、欧阳军喜、舒文《辛亥革命史》，人民出版社。

⑭ 〔澳〕西里尔·珀尔《北京的莫理循》，檀东锂、窦坤译，福建教育出版社。

⑭ 《宪政编查馆会议政务处会奏拟定内阁官制并办事暂行章程折》，引自故宫博物院明清档案部编《清末筹备立宪档案》上册，中华书局。

⑭ 赵荣光《满汉全席源流考述》，昆仑出版社。

⑭ 《各省咨议局议长议员袁金铠等为皇族内阁不合立宪公例请另组责任内阁》，引自故宫博物院明清档案部编《清末筹备立宪档案》上册，中华书局。

⑭ 《各省咨议局议员请另组内阁议近罢张当遵宪法大纲不得干预谕》，引自故宫博物院明清档案部编《清末筹备立宪档案》上册，中华书局。

⑭ 丁文江、赵丰田《梁任公先生年谱长编》（初稿），中华书局。

⑭⑮ 丁文江、赵丰田《梁任公先生年谱长编》（初稿），中华书局。

⑮ 郭汉民《中国近代史事探索》，湖南师范大学出版社。

⑮ 李新主编《中华民国史》第一编，全一卷（下），中华书局。

⑮ 张孝若《辛亥革命前后》，引自中国史学会主编《辛亥革命》（八），上海人民出版社、上海书店出版社。

⑮ 章开沅《开拓者的足迹》，中华书局。

⑮ 张孝若《辛亥革命前后》，引自中国史学会主编《辛亥革命》（八），上海人民出版社、上海书店出版社。

⑮⑮ 刘厚生《张謇传记》，引自房德邻《清王朝的覆灭》，河南人民出版社。

⑮ 张孝若《辛亥革命前后》，引自中国史学会主编《辛亥革命》（八），上海人民出版社、上海书店出版社。

⑮⑯ 张孝若《辛亥革命前后》，引自中国史学会主编《辛亥革命》（八），上海人民出版社、上海书店出版社。

⑯ 陈锡祺主编《孙中山年谱长编》上册，中华书局。

⑯ 冯自由《革命逸史》初集，中华书局。

⑯⑯⑯⑯ 李新主编《中华民国史》第一编，全一卷（下），中华书局。

⑯⑦ 《铁路国有案》,引自辜鸿铭、孟森等著《清代野史》第四卷,巴蜀书社。
⑯⑧ 李庆芳等编《山西矿务档案》,引自李新主编《中华民国史》第一编,全一卷(下),中华书局。
⑯⑨ 房德邻《清王朝的覆灭》,河南人民出版社。
⑰⓪ 杨天石《从帝制走向共和》,社会科学文献出版社。
⑰① 彭芬《辛亥逊清政变发源记》,引自中国史学会主编《辛亥革命》(四),上海人民出版社、上海书店出版社。
⑰② 《铁路国有案》,引自辜鸿铭、孟森等著《清代野史》第四卷,巴蜀书社。
⑰③ 彭芬《辛亥逊清政变发源记》,引自中国史学会主编《辛亥革命》(四),上海人民出版社、上海书店出版社。
⑰④ 徐义生《中国近代外债史统计资料》,引自李新主编《中华民国史》第一编,全一卷(下),中华书局。
⑰⑤ 彭芬《辛亥逊清政变发源记》,引自中国史学会主编《辛亥革命》(四),上海人民出版社、上海书店出版社。
⑰⑥⑰⑦ 三余书社主人编《四川血》,引自中国史学会主编《辛亥革命》(四),上海人民出版社、上海书店出版社。
⑰⑧⑰⑨ 房德邻《清王朝的覆灭》,河南人民出版社。
⑱⓪ 魏宏运主编《民国史纪事本末》(一),辽宁人民出版社。
⑱① 《铁路国有案》,引自辜鸿铭、孟森等著《清代野史》第四卷,巴蜀书社。
⑱② 魏宏运主编《民国史纪事本末》(一),辽宁人民出版社。
⑱③ 房德邻《清王朝的覆灭》,河南人民出版社。
⑱④ 《铁路国有案》,引自辜鸿铭、孟森等著《清代野史》第四卷,巴蜀书社。
⑱⑤ 郭沫若《反正前后》,引自中国史学会主编《辛亥革命》(四),上海人民出版社、上海书店出版社。
⑱⑥ 三余书社主人编《四川血》,引自中国史学会主编《辛亥革命》(四),上海人民出版社、上海书店出版社。
⑱⑦⑱⑧ 彭芬《辛亥逊清政变发源记》,引自中国史学会主编《辛亥革命》(四),上海人民出版社、上海书店出版社。
⑱⑨ 《铁路国有案》,引自辜鸿铭、孟森等著《清代野史》第四卷,巴蜀书社。
⑲⓪ 故宫档案馆《四川铁路案档案》,引自中国史学会主编《辛亥革命》(四),上海人民出版社、上海书店出版社。
⑲①⑲② 李新主编《中华民国史》第一编,全一卷(下),中华书局。
⑲③ 故宫档案馆《四川铁路案档案》,引自中国史学会主编《辛亥革命》(四),上海人民出版社、上海书店出版社。
⑲④ 故宫档案馆《四川铁路案档案》,引自中国史学会主编《辛亥革命》(四),上海人民出版社、上海书店出版社。
⑲⑤ 彭芬《辛亥逊清政变发源记》,引自中国史学会主编《辛亥革命》(四),上海人

民出版社、上海书店出版社。

⑯ 《铁路国有案》,引自辜鸿铭、孟森等著《清代野史》第四卷,巴蜀书社。
⑰ 〔澳〕骆惠敏编《清末民初政情内幕》(上),刘桂梁等译,知识出版社。
⑱ 〔澳〕西里尔·珀尔《北京的莫理循》,檀东锃、窦坤译,福建教育出版社。
⑲ 〔澳〕骆惠敏编《清末民民初政情内幕》(上),刘桂梁等译,知识出版社。

第四章
明孝陵前的倾诉

霞光如血 / 纷乱的序幕
"整个国家歇斯底里" / 项城何以蠢拙至此
历史的赌注 / 明孝陵前的倾诉

1911

霞光如血

九月,暑热难耐的湖北武汉正在酝酿着一场惊天动地的历史事变。

十四日,湖北新军中两个最重要的革命组织——文学社和共进会——在武昌雄楚楼十号刘公住宅召开了第三次联席会议。

虽然共进会最早出于同盟会,而文学社也赞同同盟会的纲领,但是湖北新军中的这两个革命组织一直互有成见:"共进会和文学社分别积极在军队内发展组织,以致出现这样的情形:同一标营,两团体各有代表;同一士兵,两团体争相吸引,造成不少矛盾。"①一九一一年春,广州新军起义失败,湖北革命党人坚定了在长江中下游发动起义的决心,共进会与文学社联合的愿望由此而生。

五月,两个组织的第一次协商会议,在武昌分水岭七号孙武的住宅召开。共进会方面孙武、邓玉麟等,文学社方面蒋翊武、刘复基等领导人出席会议,但是由于积怨甚深,特别是对联合后的组织以谁为主体各执一端,会议没能取得实质性的成果。

此时,川、湘、粤、鄂保路运动爆发后,革命派联合的必要性日趋迫切。

六月中旬,第二次协商会议在武昌长堤龚霞初家召开,蒋翊武与孙武两位领导人因意见不合都未出席,会议还是因为彼此芥蒂太深未果。

九月,四川保路运动演变成大规模暴动,湖广总督瑞澂奉命调湖北部分新军开赴四川。革命形势显露出稍纵即逝的态势。十四日,两个革命组织的第三次协商会议召开,除蒋翊武因部队驻防岳州不能赶回之外,其余的领导人全部出席。会议终于在抛弃前嫌、联合行动的原则上达成共识,决定新军"一旦起事",双方当"通力合作"。在磋商了筹款和购买武器等具体事宜后,与会者一致同意派人去上海请黄兴、宋教仁和谭人凤来湖北"主持大计"。

当时,中国没有任何人意识到,湖北新军中两个秘密革命组织的合流,竟然是导致中国近代史发生剧变的前奏。

湖北新军中的革命党人急不可待。

为了筹集起义经费,文学社以十分之一的比例从社员军饷中扣除。社员大多为士兵,每月饷银仅为四两二钱,但他们宁肯节衣缩食也要按时交纳。文学社的一切开支"莫不取之于此",每次开会时,由会计将记账簿"交会审查"。共进会筹集经费,靠的是会员捐献,因此收入颇不稳定。会员刘贤构是个贩布的商人,把布全部捐出后倾家荡产。负责理财的张振武,把原籍的田地竹山全部变卖以"充革命经费"。会员居正听说广济寺里有一尊值钱的金佛,于是孙武、邓玉麟和焦达峰等人冒雨去偷,偷出来后遇到捕快追捕,慌乱中把到手的金佛失掉了。会员邹永成发现婶母有些值钱的金银首饰,便托第三十一标的军医配迷药并搀入酒中,准备把婶母迷倒后将金银首饰偷走,谁知婶母喝下酒后依旧谈笑自如——原来迷药根本没有任何效果,金银首饰没弄到反倒赔了一瓶酒。一不做二不休的邹永成把婶母的儿子骗出来,谎称绑匪劫持,终于从婶母那里骗得八百元赎金。②最后大大缓解了经费紧张的是共进会会长刘公。刘公家境富裕,长辈本着"要发财必先做大官"的祖训,拿出二万两白银让他捐个道台,刘公拿出其中的一万两充当了起义经费。

到上海去请同盟会领导人进行得并不顺利。

由于有消息说湖北风声正紧,宋教仁等人认为现在不是举事发难的好时机——后来的历史告诉同盟会领导人,等他们确信湖北大有可为而赶到武昌时,导致辛亥革命的武昌首义已爆发数日。

没有把同盟会领导人等来,湖北新军中的革命党人于二十三日在武昌雄楚楼再次召开会议,与会者有孙武、刘复基、邓玉麟、彭楚藩等人。大家一致认为形势已如箭在弦上,决定推举蒋翊武为负责军令的军事总指挥、孙武为负责政令的军务部长、刘公为负责民事的总理。第二天,会议转至武昌胭脂巷十一号继续进行,与会者的增加使会议规模骇人:湖北新军第二十九、第三十、第三十一、第三十二、第四十一、第四十二标的陆军代表;炮队第八标、马队第八标、混成炮协炮队、工程队、宪兵营、辎重队的代表以及测绘学堂、陆军中学的代表——几如湖北新军的一次盛大的代表大会。

会上,刘复基报告了起义计划,还报告了"人事草案",即军务部、内务部、外交部、理财部、调查部、交通部等各部负责人名单,还有负责军械、司刑、司书、会计等人员名单以及政治和军务筹备员名单——洋洋大观的名单,犹如一个政府的架构。参谋长孙武在总结时说:"我们大家通过的军政府组成人员,是要在占领武昌、成立军政府后才就职的。军事筹备员和政治筹备员,目前就要积极展开工作。发动日期,大家希望在富有革命意义的八月十五这一天,如决定可以动手,我们临时一定会有通知,请大家目前务必谨守秘密。"③

光天化日,兴师动众,集会谋反,无论是规模还是不甚秘密的程度,都令人十分惊异,因为这不是一群普通百姓。从常识上讲,身为军人,无论是军官还是士兵,都时刻处在军纪的约束之下,不但每天有训练或其他军营事务必须执行,而且无论谁离开营房都必须向上级军官请假并说明理由。少量军官和士兵违反军纪离开营房,可能不会被认为是重大事件;但湖北新军中几乎每支部队都有代表离开营房集中在某一地,这无论如何都是一个令人警惕的异常现象。无法得知,此时湖北新军的中上层军官们以及湖北的封疆大吏们都在干什么。

会议刚刚结束,武昌市井便开始流传"八月十五杀鞑子"和"革命党中秋起事"的消息,这对即将发生于政府军中的秘密反叛来讲,绝对不是一个好兆头。

果然,二十四日中午,会议结束时,炮队三营便出事了。三营士兵梅青福、姜锡久离营,几个兄弟为他们摆酒送行,大家正喝得高兴的时候,排长刘步云斥责他们不该在营内酗酒,声言要严加惩处,士兵们顿时愤怒起来。霍殿臣、赵楚屏借着酒劲从军火库拖出一门大炮,并将炮弹推上膛,扬言要暴动。由于大炮没有撞针,附和的人并不多。当湖北新军第八镇统制张彪派人前来弹压的时候,霍殿臣、赵楚屏等数名士兵纷纷逃离军营。

炮营中的革命党人把这个消息向孙武作了报告,说是事态紧急,必须立刻发难。由于情况不明,孙武和刘复基等人一时难以决断。不久,又传来消息说,逃走的士兵没有一人被捕,张彪好像也没有深究的企图,危机似乎已经过去了。于是,革命党人又按计划秘密地进行起义准备工作。

起义军事总指挥部,设在武昌小朝街八十五号文学社总部。军事筹备员昼夜策划,制定出详尽的起义计划,并绘制了作战地图。起义的政治筹备处,设在共进会总部所在地——汉口长清里九十八号。政治筹备员刻印军政府的印信、预订和制造起义用的旗帜以及起义后新政府的旗帜和钞票,同时起草各种文告和对外照会。由于人员频繁进出,引起了官府的注意,于是又转移到一家照相馆里,但很快再次被官府盯住,最后政治筹备处转移到汉口俄租界宝善里十四号。革命党人开始在那里试验炸弹。

几乎与此同时,清廷湖北督署召开了文官知县以上、武官队官以上的紧急会议,决定在武汉三镇加强街头军警的巡逻和侦察:"各旅馆、学社加意调查。如有行迹可疑之人,准其即行拿获,以凭讯办而保治安。"④

令官府越发警惕的原因之一,是他们从报纸上看到了这样的报道:

> 炮营逃兵数人因恐追捕,于邮筒投书督提各辕。大致谓彼党团体甚固,如因此事而妄行杀戮,全镇必为激变,其中颇多恐吓之语。张提(第八镇统制兼鄂军提督张彪)遂大震惊,请于鄂督,饬将各营所存枪炮机钮拆卸,连同各种子弹一并缴送军械总局敬慎收藏。所有标统以下、排长以上各军官,每日一律驻营歇息,不准擅离,由张提不时亲往巡查,吹奏紧急集合号令点名,官长有不在营者撤差,咨部及各省永停差委;目兵(班长)有不在营者,责革职严办,并罚其该管长官。一时军纪至为严肃,而谣言亦因之蜂起。⑤

"全镇必为激变",革命党人对湖北官府的公开威胁,使得武装起义从一开始就脱离了秘密行动的轨道,湖北官府唯一不清楚的是起义到底何时发生。

1911

风传革命党要举事的中秋节,已经过去三天了,武昌乃至整个湖北一切如常。十月九日上午,突然间,汉口俄租界里一声爆响,黑色的浓烟从宝善里十四号的窗户和屋顶冒了出来——孙武在临窗的桌子上用脸盆试验炸药时,旁观者不小心将香烟灰落在了炸药上,焰火顿起,孙武的面部和手受伤,同志们立即把他送进附近的法租界医院。爆炸声和滚滚浓烟使得四邻大呼救火,租界里的俄国巡捕闻声赶来。在场的几位革命党人被逮捕,为起义准备的旗帜、袖章、文告、钞票以及登记着所有革命党人姓名的名册均被搜去。

事件发生的那天上午,在武昌小朝街八十五号起义军事筹备处里,刘复基、王宪章、彭楚藩等人正向从岳州赶回的蒋翊武汇报起义准备事宜。虽然风声渐紧,但为避免节外生枝,革命党人希望尽早起义,可是黄兴从香港传来口信说:"各省机关,还没有一气打通,湖北一省,恐难做到,必须迟到九月初(农历),约同十一省同时起事才好。"⑥ 为了得到响应与援助,不至于"随得随失",大家遂决定将起义时间向后推迟。然后,召开了各标营起义代表会议,说明将起义时间推至农历九月底,以便"与十余省同时并举"。散会时,已是中午,代表们纷纷离开,传来了汉口宝善里出事的消息。蒋翊武、刘复基、邓玉麟、彭楚藩等人认为,名册已被搜去,倘若事再拖迟,不知有多少同志会被捕被杀,不如立即行动,或许可以死里求生。

蒋翊武随即下令于今夜十二时发动起义。

刘复基当即草拟了起义通知。这一重要的历史文件没有留下原文,当事者回忆其基本内容是:

一、十八日(农历)夜十二点城内外同时起事,以城外炮声为号。

二、起义部队左臂系白布为标志。

三、炮队攻中和门,占据楚望台及蛇山,然后攻击督署及藩署。

四、工程营夺弹药库。

五、第三十标专攻该标一营之旗人。

六、第二十九标以一营助攻第三十标,以二营助攻督署及捕捉伪督。

七、第四十一标及第三十一标留省各部,分攻藩署及官钱局。⑦

起义通知被抄写了若干份,由王宪章、邓玉麟、杨宏胜等人分头送往各标营。

蒋翊武、刘复基、彭楚藩等人在小朝街八十五号内静候起义消息。

大约晚上二十二时,未得到各营起义的消息,却等来了猛烈的敲门声,闯进来的同志说杨宏胜出事了——给工程营送起义通知的杨宏胜兼送炸弹,到达工程营门口才发现事先联系好的同志已经换岗。他受到盘查,想往回走,但已被怀疑,当军警追来时,他投出炸弹,自己受伤并被捕。

武昌全城大搜捕开始了。

十七岁的秘密交通员刘心田,目睹了接下来发生在小朝街八十五号的一切:

> 屋子里顿时紧张起来。彭楚藩镇定地说:"不要紧,快十一点了,马上就要动手。怕什么!"并对蒋翊武说:"翊武,你把攻守地图再看看,好马上指挥。"又回头对车鸿勋说:"老车,请你拿笔把我们的名字都写下来,就是我们战死了,也好落个名嘛。"一边说一边从衣袋里掏出一包现洋放在桌上,说:"我身边还有几十块钱,大家分,准备打起来,买点零食充饥。"刘复基首先拿了一块钱,叫我去买香烟。我刚出门,门口忽然传来一阵急促杂乱的人声,蒋翊武听见了,在楼上喝问:"干什么的?"外面回答是:"会你老爷了!"蒋一听知道出了问题,转身对大家说:"事情到了这个地步,不要慌,准备炸弹!"刘复基紧接着说:"我打头阵,你们随我来。"边说边拿了两颗炸弹,飞奔下楼,对着迎面来的敌人扔去。可是事出意外,炸弹不响,楼上又扔下几枚,仍然不响。原来是孙武装炸弹失慎的消息传来之后,有人把存放的炸弹闩钉抽了,而这时匆匆应战,又忘记装上。眼看敌人蜂拥而来,"戈什"(满语,清朝高级官吏的侍从护卫)和警察首先捆住了刘复基。楼上的人一看炸弹失灵,纷纷从屋上逃跑,跳下墙头,又被警察包围,彭楚藩机智地喊道:"我们是来捉人的!"警察拿灯一照,见彭穿的是宪兵制服,没有追问。陈宏诰认识警察中的熟人,打了个招呼混过关去。但是大批"戈什"跟着围上来,不分青红皂白,将彭楚藩、蒋翊武、车鸿勋、龚霞初等一一逮捕。这

时,街上人声鼎沸,老百姓纷纷拥来看热闹。蒋翊武因为是一身农民打扮,一路大叫:"我是来看热闹的,你们捉我干啥!"到了巡警分署,蒋翊武趁警察打电话一时疏忽,夹在人群中溜走,彭楚藩、牟鸿勋、龚霞初则被押送到湖广总督衙门。⑧

刘心田因为个子小,机灵地躲在了楼梯下,"用装炭的破篓子和撮箕扫帚"将自己遮盖住。他未被清兵发现。

起义本应"以城外炮声为号",但是由于城门早已关闭,往炮队送起义通知的人没能出城。结果,城内的起义官兵等待着城外炮队的炮声,城外的起义官兵等待着城内工程营的枪声,在相互的误会和等待中,计划应于十月九日午夜发动的起义没能发生。

时间已过夜半。

一九一一年十月十日,对于清廷的湖北大吏们来说,一个充满惊慌和恐惧的日子来临了。

凌晨时分,因捕获如此大量的革命党人而万分震惊的瑞澂,亲临关押房指派参议官铁忠为主审官,武昌知府双寿和督署文案陈树屏为陪审官,立即进行军法会审。瑞澂之所以不敢亲自审问,是因为怕革命党人当场行刺——"清朝是个专制王朝,可有一点很怪,像这样的谋反大案,都是公开审讯,允许旁听的,因此这夜三更,制台衙门里人山人海。"⑨

第一个被提审的是彭楚藩。

彭楚藩,湖北宪兵营正目,而宪兵营管带果清阿是主审官铁忠的妹夫。宪兵营出了革命党,不仅会连累妹夫,还可能连累到自己,于是铁忠一开始的问话便有开脱之意:"你是宪兵,何得在此,是去捉革命党的吧?"谁知彭楚藩大声宣称:"我就是革命党!"⑩

> 铁忠拍案厉声曰:"胆大彭楚藩,为何不跪?"
> 彭曰:"我皇皇汉族岂跪汝犬羊贱种!"
> 铁曰:"你为什么要造反,快快讲来!"
> 彭扬声曰:"你是怎么配问我!你是怎么配问我!我哪里有你问的道理!我哪里有你问的道理!叫你不必问罢,我是决不同你讲的!"

铁又连问数声,彭均不答,惟在案前左踱右踱而已。稍顷,陈树屏接问曰:"彭楚藩,你是读书最聪明的人,深知道理。为何做出这种大逆不道的事来了?"

彭曰:"惟其我深知大道,才不致被尔等一般满奴汉奸牢笼住了,而坐以待毙,方知雪却祖宗数百年莫大之耻。今日是你胡运尚未告尽,我们事机未密,致被尔搜获。恭喜各位,今日又有升官发财之路了。"

陈曰:"汝何苦一定要造反而不惜头颅乎?"

彭曰:"你真糊涂已极。你不想,何所为革命乎?就是先将此头颅为代价,且掷我一人头颅而获我四万万同胞之幸福,予复何惜也!"

铁曰:"你自知为何许人乎?"

彭又不答。铁又连问三次,始答曰:"我是宪兵也。"

铁曰:"你既自知系宪兵。法律必晓。况既得国家一份银饷,即应尽一份饷之任务。谁叫你反自犯法律,其该何罪乎?"

彭曰:"我之当宪兵者,不过借以作运动之机关耳。所谓饷者,皆我四万万同胞之膏血也,何得据尔称为彼国家之饷。你说我应该何罪,就处何罪,任你所为。"⑪

"你道我不杀人吗?"铁忠气得一面叽叽咕咕讲着,一面手里拿笔写了一个旗标,上书:谋反叛逆罪犯一名彭楚藩枭首示众。几个戈什随即将彭楚藩的衣服脱了,"楚藩也就闭着眼睛毫不作声",⑫戈什将他绑起来拖出衙门。后人记载,"彭楚藩身着宪兵服",本可冒充前来抓捕的军警,"但他决计与被捕的同志生死共患难",于是对军警称自己是革命党。⑬

第二个被提审的是刘复基。

刘复基,第四十一标三营左队士兵,被带上来时大喊:"要杀便杀,何必多问!"当铁忠问,党羽炸弹还有多少都在哪里时,刘复基回答:"除了彼一般满奴汉奸,即皆是我的同志。事到于今,该因你们的运气未绝尽,我倒遭殃。还有什么问头,将我快快杀了罢!"及至被绑出督署时,大呼数十声"天!天!天!"。⑭

因为被捕时被炸伤,杨宏胜面如焦炭。铁忠说:"你这个样子,也想革命吗?我今日只怕要革你的命哩!但你们的炸弹还有没有?"杨宏胜说:"用了又做,哪有没得的道理!"双寿问:"你们的党羽,是营里的多,是学堂的多些?"杨宏胜回答:"你说军队里多,就是军队里多;你说学堂里多,就是学堂里多,我一刻也难查清楚。"铁忠又写了旗标,上书:施放炸弹革命党一名杨宏胜。⑮

凌晨六时左右,三人被杀于湖广督署东辕门外。

刘复基,二十七岁,湖南常德人,在日本加入同盟会,后投入湖北新军第四十一标三营,文学社评议部长,死时尚未结婚。

彭楚藩,二十七岁,湖北鄂城人,入湖北新军混成协炮队十一营,后又入宪兵营,文学社宪兵营代表,死后留下妻与小女。

杨宏胜,二十五岁,湖北襄阳人,湖北新军第十五协第十三标正目,文学社交通员,死后留下妻子一人。

在黎明的曙色中,血淋林的三颗头颅被照了相,随着告示张贴于武昌城内。

大清帝国的死刑布告上配有砍下来的头颅照片,此为首次。

十月十日上午,湖广总督瑞澂给清廷发去了告捷电报:

> 窃瑞澂本月初旬即探闻有革命党匪多人潜匿武昌、汉口地方,意图乘隙起事。当即严饬军警密为防缉。虽时传有扑攻督署之谣,瑞澂不动声色,一意以镇定处之。所辖地方则密派侦探,不敢一刻稍懈。昨夜七点钟,据侦探报称,本夜十二钟,该匪准定在武昌为变。并探知该匪藏匿各地。正饬防拿。复据江汉关道齐耀珊电称,于汉口俄租界宝善里查获匪巢……起获伪印、伪示、伪照会等件及银行支簿伪用钞票,并查有制造炸药形迹……此次革匪在鄂刨乱,意图大举,将以鄂为根据,沿江各省皆将伺隙而动,湘省尤为注意。且党羽分布,私藏军械炸药甚伙。所幸发觉在先,得以及时扑灭……张彪、铁忠、王履康、齐耀珊各员,以及各员弁警兵,无不忠诚奋发,迅赴事机,俾得弭患于初萌,定乱于俄顷。驻汉口俄总领事于租界拿匪极为协助,用得先破匪巢,以寒匪胆。此皆仰赖

朝廷威德所致。瑞澂借免殒越,惭幸交并。现在武昌、汉口地方一律安谧,商民并无惊扰,租界教堂均已严饬保护,堪以上慰宸廑……⑯

朝廷随即回电:

> 该革匪在鄂创乱,意图大举,实属目无法纪。该督弭患初萌,定乱俄顷,办理尚属迅速,在事文武,亦皆奋勇可嘉。除刘汝夔(刘复基)三犯业经正法外,其余已获各匪,即著严刑研鞫,尽法惩治。一面督饬地方文武,严密查拿在逃各匪,务获究办。一面出示晓谕,如有被协免从者,准其首悔自新。失察之巡警及地方文武,既经随同协拿出力,均从宽免其置议。在事出力各员并准择优酌保,毋许冒滥……⑰

从十月十日下午起,历史似乎在惶惶不安的气氛中停滞了:朝廷认为这仅仅是一场军营骚乱,由于处置及时事态已经平息,除了要求继续严加缉拿以绝后患外,并没有提醒湖北的封疆大吏予以格外重视。手中握有革命党名册的瑞澂此刻犹豫不决,是按照名册一一抓捕以便斩尽杀绝,还是就此停手以免激起更大的事变?武昌全城百姓因城门紧闭而人心惶惶,传闻说马上就要对革命党人大开杀戒了,而卷入事件的新军和学生军大多是本地人,他们的亲属们不免心惊胆战。此时的革命党人更是不知所措:除了被杀和被捕的同志外,刘公藏匿起来不能出面,孙武受伤已被转移就医,蒋翊武逃走之后不知所向,革命组织已群龙无首。更有一些人转向官府告密,声称自己知道革命党人藏匿的地点,以讨要赏赐和官职。还有趁火打劫者到处散布恐怖气氛,声称自己手里握有革命党人的名册,如果谁想从名册上除名出钱即可。新军各营内的气氛更是万分紧张:

> ……营内同志,以为名册被抄去,按名拿捕,万难幸免。又闻瑞澂确已派巡防营至各处围搜,谓某也难逃,某也不免,同志闻之,心为之裂。甚至与革命党有杯酒之欢、一面之缘者,亦呈不安之色。大众既禁止出营,又不能与营外同志通声气。且均系本省土著,年貌籍贯、保人底册一一有案可稽,亦无可潜逃。正值危疑震撼之秋,而铁忠得意洋洋,以为得此一

1911

般爪牙,为其效力,革命党绝难漏网。于是命一般小人分途向各营传谕,令各营长官认真搜捕,不得阴奉阳违,致干重究。同志闻之,与其待缚,不如奋斗,死里求生,莫若早为起义。有谓发难之后,或无人附和,或各营不响应,又将奈何?于是又暗中秘议,设法派人至各营递信,约定今晚起事,并言有不从者,即令失败,被其拿获,亦当一律供出。⑱

就在革命党人秘密商议派人通知各营的时候,瑞澂派出的巡防营官兵突然闯入第十五协营房,将第三十标排长张廷辅抓走。顿时,革命党人发难的心情更加急迫了——"吾人今已势成骑虎,不观昨日捕人杀人乎?吾曹名册已攫去,具在可捕可杀之列,不早图之,后悔何及?"⑲

与其等着被瑞澂抓走,不如当即拼死一搏。

十月十日,夕阳在令人惴惴不安的寂静中西下了。

中国近代史上最著名的历史时刻猝然到来。

关于武昌首义由哪一部率先发难,历来颇有争议,其中由武昌城内工程八营打响了"武昌起义第一枪"的说法,似乎已成定论。但是,也有史料认为,首先发难的,当属驻扎在武昌城外的第二十一混成协直属营队。

十月十日,第二十一协炮队、工程队和辎重队的革命党人约定的发难时间是晚上二十二时,但是傍晚十八时左右,各营队官长接到通知到炮营开会。辎重队的革命党人认为机不可失,时不再来,一声信号便蜂拥集合,抢得一箱子弹后跑向炮队。炮队的革命党人闻讯后,点燃了马棚中的马草,见势不妙的炮营管带逃出营房。几乎同时,工程队的革命党人也点燃了营房。三个营的革命党人会合后,随即向武昌城进发。

由于首先发难的第二十一协直属营队驻扎在距武昌城较远的郊区,因此他们放火烧了营房并开始向武昌城前进的行动,并没有立即引起连锁反应,武昌城依旧沉寂在暮色之中。

驻扎在武昌城内的工程八营,是湖北新军最早成立的部队之一,该营的共进会代表是正目熊秉坤。由于这个营驻守楚望台军械库,军械库储藏着汉阳兵工厂二十年来制造的大量枪炮弹药,所以起义时必须占领这个军械库以获取军火。九日下午,汉口宝善里出事后,邓玉麟和杨宏胜曾赶到工程八营密会熊秉坤,在传达即日起义决定的同时,要求他们以炮队的炮声为号迅速占领军械库。但是,与其他部队一样,工程八营内气氛紧张。张彪面谕八营代理管带阮荣发,如能维系至十五日不出事,就将他正式提为营长。所以,阮荣发加紧了防范。当天,他下达的命令是:一、各队官挑选亲信目兵十名,发给实弹,守卫兵棚入口。二、各目兵在各棚睡觉,不得出入。三、各目兵要有大小便者,须报告排长,照准后即徒手出入。四、各目兵不得擅动武器。五、各目兵不得高声说话。六、遇有紧急集合,遵从官长命令。[20]在这种几乎等同于监禁的环境中,工程八营的革命党人彻夜等待着起义发动的炮声。天亮时,他们不但没有等来起义的消息,反而得知彭楚藩、刘复基、杨宏胜三人已被杀。军营里开始人人自危,熊秉坤和同志密商后,决定趁部队晚操时发难,随即便与城内的第二十九、第三十标取得了联系。但是,中午时分,官长突然宣布今日停止晚操。熊秉坤等人只好将发难时间改为晚上十九时,并再次通知了第二十九、第三十标的同志。

下午至傍晚的那段时光紧张得令人窒息。

有史料表明,不但一般士兵得知今晚将要发难的决定,就连一些下级军官们也获得了消息。黄昏时分,卫兵长方定国悄悄地对熊秉坤说,你们要办事,我决不阻拦,只求到时候饶我一命。熊秉坤当即回答,自己兄弟没有自相残杀的道理。接着,后队队官罗子清也找到熊秉坤,他们的对话之所以耐人寻味,是因为几乎所有的军官都认为:即将发生的起义是孙中山领导的革命;且一旦武汉率先发难全国必会同时响应,因为湖北新军第八镇的战斗力全国皆知,历次革命党人的起义都是被第八镇镇压下去的,现在连第八镇都反了全国焉能不反?

> 后队队官罗子清自内出语坤曰:"今日外面风声不好,尔知否?"
>
> 彼即婉言对曰:"只风闻三十标今晚起事。"
>
> 问:"是孙党否?"
>
> 曰:"今各会党皆崇逸仙,崇之者即其党。"
>
> 问:"人有几何?"
>
> 答曰:"鄂军,商、学各界皆是也。"
>
> 曰:"排满杀官有之乎?"

1911

曰:"排满固其宗旨,杀官亦其用神。不杀官无以夺其权,且不先杀之,气必为其所挫;气挫,则事无济。恐管带以上皆不免,余与反对者亦然。"

复又问:"其果能济否?"

曰:"能。近来民智日开,俱有种族思想,并知专制共和之利害。闻各省均运动齐备,惟湖北程度较浅。现各省党人惟鄂军第八镇是惧,所以然者,安徽、湖南各处起事,咸为所平。八镇一起,各省断无不应者。故曰能。"

罗于是且走且嘱曰:"今晚恐有事,须好维持。"㉑

没有任何史料证明,罗队官和方排长向上级告了密,尽管他们必能因此得到赏赐或升迁的机会。他们的选择仅仅是沉默而已。

沉默中,约定发难的时间一点点逼近。

工程八营后队二排长陶启胜带着两名护兵查棚,发现士兵金兆龙荷枪实弹,大为吃惊,因为按照规定,士兵的子弹早已被收走。陶排长上前夺枪,金兆龙大声呼喊:"吾辈今不动手,尚待何时!"话声未落,士兵程定国用枪托砸向陶启胜的后脑勺,陶启胜捂着血淋淋的脑袋转身就跑,程定国瞄着他的后腰开了一枪——这便是被称为辛亥武昌首义的"第一枪"——在骤然响起的枪声中,一、二、三排的士兵纷纷持枪往楼下跑,与管带阮荣发、右队官黄坤荣、司务长张文涛相撞,阮荣发厉声道:"汝等俱有身家父母,勿妄行非法,眼见汝等父母妻孥受戮。"㉒程定国未等他说完,一枪将黄坤荣击毙。阮荣发见势想跑,被起义士兵一枪毙之,"于是全营振动"。

起义士兵约五十人在熊秉坤等人的率领下扑向楚望台军械库。

军械库是武昌城内最为重要的军事目标,瑞澂特别派来几名军官驻库监视。驻守在这里的革命党人,看见营区里已经起事,立即占领了军械库,瑞澂派来的几名军官落荒而逃。工程八营起义士兵赶到军械库后,起义士兵增加到四百余人。熊秉坤以革命代表的身份发布作战命令,但他很快就发现自己难以控制局面。参加起义的士兵,很多并不是革命党人,平时只习惯服从长官,而熊秉坤仅仅是个正目,所以"士兵不免放纵,秩序渐见凌乱,较之发难时指挥如意已截然不同……如清方窥破此中消息,派兵来袭,其危殆可胜言哉"。㉓此时,相对于武昌城内的清军数量来讲,起义的四百多人处于绝对少数,如果清军迅速反扑,刚刚占领军械库的起义者凶多吉少。紧急时刻,工程八营左队队官吴兆麟被带到了大家面前。

吴兆麟毕业于湖北参谋学校,曾经参加日知会,其军事学识深为士兵折服。工程八营发难之际,他怕被起义士兵杀害,藏在了军械库的后面。当他被一名起义士兵发现,并被带到大家面前时,起义士兵竟然欢呼雀跃,一致推举他为临时军事总指挥。

临危受命的吴兆麟对士兵们说:

> 诸君同志不弃,公举兄弟为革命军总指挥。兄弟与诸君当此起义之际,均处危险地位,为民请命,亦属义不容辞。自满清蹂躏我同胞二百六十余年,近又派瑞澂督鄂,无知无识,骄横已极,残杀我爱国同志,实为人神共愤。今晚首义,虽属瑞澂激成,实为清罪贯盈,天佑汉族。自此以后,即与满清势不两立。倘诸君不齐力奋斗,一旦失败,我辈皆同归于尽。但是,天下事有志者事竟成,是在诸君之一德一心耳。昔武王伐纣,数千人一德一心,卒诛无道。同志今日,与武王伐纣正同。但宗旨抱定,举动更要文明,使中外人民共仰,知革命军为仁义之师,则外人必表同情。即瑞澂亦无借口,以派兵抗顺。我辈只求成功,不要权力。革命大义,即革去恶劣强权,顺天之命,以救国救民,处处从大者远者做去,未有不成功者……诸君素有大志,当深明革命宗旨。今为时仓促,战机紧急,毋庸兄弟多谈,既承诸君公举兄弟为总指挥,关于军事动作,不能不与诸君先约:诸君能服从命令,兄弟即牺牲一切,与诸君相始终……㉔

吴兆麟对军队性质以及革命大义的理解显示出他非凡的眼界。

起义官兵均表示"愿遵守命令,即赴汤蹈火,皆所不辞"。

吴兆麟下达了作战命令:分路进攻宪兵营、总督署,派人催促各标营响应起义,占领中和门迎接城外起义部队,并将今晚起义口号定为"兴汉"。

1911

一九一一年十月十日晚二十二时半。

湖北新军第八镇第十五协第二十九标与第三十标的营房相邻于武昌紫阳路。前一天,因革命党人藏在第二十九标的炸弹被发现,两名士兵被捕,标内的气氛顿时紧张起来。革命党人蔡济民等向官长建议,不要扩大事态,只要将守卫营房的部署落实好,即可确保无事。这一趁部署之机联络起义的建议竟然被官长采纳了。十日中午,熊秉坤到第二十九标与蔡济民等人秘密接头,约好只要工程八营一发难,第二十九标立即响应。晚上二十时,工程八营方向枪声大作,"蔡济民即率原来巡查队周绍武、施洪胜、邹承昌、胡道松等数十人集合出发,并向天开枪,同时大呼各同盟打开军械库强取弹药,到楚望台高地集合"。㉕第二十九标起义士兵达三百多人。第三十标中的革命党人以文学社成员居多,熊秉坤事先与这里的革命代表王文锦联系过,因此当工程八营起事后,第三十标的起义士兵迅速集合——"取枪在手,鱼贯下楼,不闻人声,只闻足音"。㉖第三十标一营,多为旗籍官兵,吴醒汉等少数汉族士兵决意参加起义,管带郜翔宸极力劝阻,甚至以身堵门,但最终没能阻止。由于营门均为旗籍官兵把守,起义士兵撞开营墙,一百五十余人向楚望台蜂拥而去。

驻守城外的炮队第八标也是一支老部队,从士兵到各级军官多倾向于革命。十日下午,邓玉麟等人曾赶到这里商议起义事宜。晚上二十时左右,得知起义已经发动后,革命党人立即拖出一门山炮开炮以示响应,然后各营的起义官兵纷纷拖出大炮,撬开弹药库取出炮弹。当时,炮队第八标统带龚光明不在营,管带卓占标、杨起凤逃走,管带姜明经以及队官张文鼎、蔡德懋、尚安邦、柳柏顺等都参加了起义,结果导致炮队第八标几乎是成建制地夺营而出。起义的炮队连开三炮以壮声威,然后拉着大炮向城内进发。进入中和门后,"在城沿置炮六尊,是日夜,照督署猛烈射击。余炮布置楚望台高地,以弹力攻击敌十五协及四十一标"。㉗炮队第八标参加起义官兵多达八百人,是各起义部队中人数最多的——"我革命军自炮兵进城后,不独士气为之一振,即武昌完全独立亦由此隆隆之炮声有以促成之也。"㉘

随着枪炮声越加密集,陆军测绘学堂、第三十一标留守部队、第四十一标的部分士兵、第三十二标、马队第八标以及陆军第三小学先后起义响应。

但是,至少在十日午夜的时候,起义是否成功还无法得出结论。瑞澂掌控的部队包括宪兵营、辎重八营、第三十标旗兵营、教练队以及督署卫队等等,总人数约为五千人。虽然聚集在楚望台的起义官兵人数并不多,但他们还是义无反顾地向总督署发起了进攻——"参加革命的同志都知道,若不攻克督署都要杀头的,所以革命党人那时候只想要胜利。"㉙

攻击督署的作战在炮队第八标参战后才显气势。

起义士兵在督署附近燃起大火,大火不但给炮兵指示了轰击目标,也激发了起义士兵的战斗激情。

一名督署卫兵被起义士兵捉到了。

被捉的卫兵说,瑞澂根本不在督署里,早与家眷一起逃跑了。

这个消息令起义官兵很是意外。

瑞澂的出逃,被认定为武昌首义能够取得成功的重要原因之一。

根据瑞澂一位家眷的亲述,十日晚饭后,瑞澂接到军队造反的报告,他立即把幕僚张梅生、统制张彪、停泊在长江边的军舰"楚豫"号统领陈德龙以及其他的文武大员找来商量对策。张梅生和张彪等人主张死守衙门等待援兵,但陈德龙认为衙门是守不住的,建议瑞澂撤到军舰上躲避。就在瑞澂犹豫不决时,家眷的话起了作用:"张师爷是个书呆子,只晓得精忠报国,不晓得临机应变。陈统领的话有道理,趁现在还能走,赶快逃出制台衙门,到楚豫兵轮不是照样可以指挥吗?"㉚家眷这么一说,瑞澂决定逃走。这时候,起义官兵还没有进攻督署,但督署四周已经有了枪声。陈德龙说,"楚豫"号停泊在距督署后花园不远的江边,可以在花园的墙上打个洞,大家从洞里钻出去直接上军舰。

> 瑞澂当时已经吓得没有主意,听听这话,认为有道理,就带了我们男女老少一大堆(其中有他的儿子、儿媳),什么东西也不带,到了后花园。这时候月亮已经上来,照得很亮,时间大概是九十点钟。陈德龙先叫几个戈什用枪托敲掉墙上的泥巴,再用刺刀刺进砖缝撬松,最后一二十个戈什用枪托敲打,掘出来个大窟窿。瑞澂先叫戈什保护我和妈妈出去,他自

己接着带了其他人走出。到了花园外面,还算僻静,没有碰到人。㉛

身为湖北清廷最高军政长官的湖广总督瑞澂逃走后,本应担负起职责的第八镇统制张彪和第二十一协协统黎元洪也没有任何作为。尽管张彪主张坚守,但他"坐守愁城,束手无策"。身边的幕僚不断地劝他赶快逃走,他虽然没有立即逃走,但连第八镇司令部的通信员来给他送信他都不敢开门,怕是革命党人来杀他——"惟紧闭大门以待末路而已。"㉜第二十一协协统黎元洪的部队大部驻扎在城外,城内只有第四十一标三营,黎元洪深怕这个营造反危及他的安全,于是亲自住在营内监视。当吴兆麟派到三营传达起义信息的革命党人周荣棠翻墙入营时,被黎元洪发现,"问明是革命党,即拔刀亲手将周荣棠斫死"。㉝而后,"其左右护兵马弁见势危急,即请黎元洪潜走,以避营中革命党为周荣棠复仇。黎遂偕其参谋刘文吉窜至黄土坡刘文吉家,闭门而匿"。㉞

关键时刻,封疆大吏们纷纷擅离职守,其后果严重到最终令整个清廷政权开始倾覆。

当时,形势远没有严重到令大吏们如此失措的程度:

> 是晚城内工程八营起义后,响应者仅炮队第八标,城外辎重工程两队,测会学堂学生及步队二十九标约一排,共约二千余人耳。其余马队第八标,步队三十二标,及二十一混成协之炮队营,步队四十一标,均未响应,秩序如常。如瑞澂张彪黎元洪王得胜等,持以镇静,死守不逃。待至天明集合未响应之各营,与革命军决一雌雄,胜败之数,尚不可知。无如瑞澂等皆逃避一空,全城无主,群相猜忌,各以部下不稳为疑。故革命军得以从容布置。推倒满清,亦天数也。㉟

起义部队攻击督署两次受挫,在炮兵的支援下组织敢死队再次进攻。清军在紫阳桥与起义官兵猛烈交战后,退至王府口。起义官兵猛攻不止,冲破清军的机枪阵地,清军退向东辕门。起义官兵边攻击边放火,并劝说居民们躲避,声称所受损失事成之后如数赔偿,居民们竟然四处寻找煤油帮助起义官兵放火。各路进攻部队最后合成一股,向督署发起最后的攻击。署内的大小官吏衙役早已逃走,只有最为顽固的教练队与起义官兵混战在一起。

战斗在督署外面的东辕门附近达到白热化程度——东辕门下,彭楚藩、刘复基和杨宏胜三烈士的血迹未干——这是舍生忘死、死里求生的时刻:

> 革命军敢死队乘势冲至东辕门内与敌对射,熊秉坤、阙龙等人奋勇直前;王世龙取煤油烧钟鼓楼,中弹阵亡。钟鼓楼火起,督署目标益加显著,各处炮轰,几乎无不命中。敌教练队退到辕门以内。大堂之清军,用机关枪扫射,革命军受阻。敢死队改以环形包围圈形式前进。纪鸿钧携煤油跃至门房放火,壮烈牺牲。其他战死者尚有彭华封、张斗熙、宋厚德、赵道兴、李自新等多人。火烧到大堂,教练队非死即俘;巡防营早已溃散;骑兵第十一营两队由革命军代表召归建制;宪兵、警察等都换便衣逃散。清廷的湖北最高统治机关——湖广总督督署,终于被革命军所克。㊱

藩署是湖北布政使和藩库所在地,全省的现金均汇集在此。起义官兵第一次攻击未果,得到增援后再次攻击,炮兵也开始向这里射击,接近天亮的时候,藩署被攻克,藩库里满地银锭和银元,起义军立即派人看守。首义后点验,湖北财政存款约四千万元。史书记载:"可为充裕。"

黎明时分到来了。

黎明时分的武昌城,对于大清帝国的政权来讲几乎成了一座空城。

除湖广总督瑞澂逃走之外,在藩署指挥抵抗的布政使连甲,在藩署即将被攻克的时候逃走。他先躲在八省土膏捐局督办大臣柯逢的家中,然后又跑到了瑞澂所在的"楚豫"号军舰上。

鄂军提督、第八镇统制张彪,是夜躲在文昌门内的公馆里。初闻城外发生兵变,"以为无关重要";继闻城内工程八营发难,开始"忧心如焚";当督署失守的消息传来后,他急忙收拾细软准备逃往汉口日租界。正在收拾的时候,辎重八营管带萧国安前来,说他的营内没有一个革命党,请张彪到辎重八营去躲避。凌晨时分,张彪带领辎重八营渡江到汉口。张彪的日本顾问认为他的逃亡后果严重,建议他带领现有兵力偷渡到武昌,伪称是起义部队,然后寻机捣毁起义军的指挥中心。如果得手,可奏明朝廷,或许能够将功抵过;如果失败,无非是一死。张彪不敢采纳这个建议,龟缩在汉口刘家庙火车站里。

湖北提法使马吉樟听到新军起义的消息后,不知所措。他曾派人去打听投降的办法,但是人去之后一直未归。他只好穿上官服端坐大堂,准备等革命军到来时投降。等来等去没有人来,于是,他脱下官服从容逃走。

湖北提学使王寿彭、交涉使施炳燮、盐法道黄祖徽和武昌知府袁毓楠等都于十一日凌晨逃走。

汉口方向,江汉关道齐耀珊、巡警道王履康、夏口厅同知王国铎等还未等汉口驻军响应起义,便乘上火车逃得远远的了。

汉阳方向,汉阳知府琦璋在武昌发生起义的时候,表面声称过江请兵,实则藏在江中鹦鹉洲上的一间小屋子里观察动向,然后悄然离去。

从一九一一年十月十日午夜开始,大清帝国湖北当局各级官吏的集体逃亡,成为这个庞大的帝国政权垮台前一个极具象征意味的现象。

这个晚上,"革命军共死伤二十余人,督署守兵死四十余人,伤三十余人,旗兵共死五百余人,俘虏三百余名"。[37]

旗籍官兵大多是在起义过程中被追杀的。

武昌城内的满族官僚家庭也受到抄查和杀伤,其中以扎、宝、铁、卜四个家族损失最大——"是日,革军遇旗人,不论老少皆杀"。[38]

一九一一年十月十一日的黎明,霞光如血。

一面十八星旗——原共进会旗帜——在黄鹤楼上高高飘扬。

"武昌已别成一世界。满城士兵皆袖缠白巾,威风抖擞。"[39]

至少在这个时刻,在大清帝国的版图内,武昌是唯一被革命党人占领的一座城市。这座"别成一世界"的城市,深深地嵌在大清帝国的国土腹地,她与那面十八星旗一样,在历史中骤然出现,因而显得那么奇异夺目,又是那样的孤单。

纷乱的序幕

一九一一年十月十二日,梅兰芳在照例演出时,发现观众有些异样:

> 辛亥年旧历八月二十一日的白天,我正在煤市街南口文明茶园演出,忽然看见台下观众手持报纸,相互传观,交头接耳,纷纷议论。卸妆时,有几位京师译学馆的朋友言简斋等到后台告诉我说:"武昌发生兵变,被革命党占领了。"我说:"此地不是讲话之所,回头到饭馆里再谈。"我们就约定在致美斋(在煤市街北口)见面。在吃饭时,这几位朋友把当天的政治官报的单片给我看,上面登着八月二十一日清廷关于镇压武昌起义的上谕。㊵

宣统三年八月二十一日(一九一一年十月十二日)上谕:

> 宣统三年八月二十一日内阁奉上谕:瑞澂电奏。十八日(农历)夜革匪创乱,拿获各匪正在提讯核办。革匪余党勾结工程营、辎重营,突于十九日(农历)夜八点钟响应,工程营则猛扑楚望台军械库,辎重营则就营纵火,斩关而入。瑞澂督同张彪、铁忠、王履康,分派军警,随时布置,并亲率警察队抵御。无如匪分路来攻,其党极众,其势极猛。瑞澂退登楚豫兵轮,移住汉口。已电调湘豫巡防队来鄂会剿。并请派大员,多带劲旅赴鄂剿办,等语。览奏殊深骇异。此次兵匪勾结,蓄谋已久,乃瑞澂毫无防范,预为布置,竟至祸机猝发,省城失陷。实属辜恩溺职,罪无可逭。湖广总督瑞澂著即行革职,带罪图功。仍著暂署湖广总督,以观后效。即责成该署督迅即将省城剋期克复,毋稍延缓。倘日久无功,定将该署督从重治罪。并著军谘府陆军部迅派陆军两镇,陆续开拔,赴鄂剿办。一面由海军部加派兵轮,饬萨镇冰(海军统制)督率前进。并饬程

允和率长江水师即日赴援。陆军大臣荫昌著督兵迅速前往,所有湖北各军及赴援军队,均归节制调遣。并著瑞澂会同妥速筹办,务须及早扑灭,毋令匪势蔓延。钦此。㊶

十月十一日凌晨四时,清廷得知武昌发生兵变。

阁员们立即赶往庆王府等待进一步的消息,接着就收到了瑞澂从"楚豫"轮上发来的电报。

尽管紫禁城依旧红墙矗立金瓦灿然,但是一九一一年的大清帝国华丽的宫殿之内已经空洞无物:宣统皇帝是个未懂事的孩子;隆裕太后除了掉眼泪之外别无主意;年轻的摄政王载沣还不具备处理重大危机的经验和能力;皇族内阁成员坐在一起除了满脸张皇之外谁能够深谋大略地当机立断?阁员们的目光聚焦在奕劻那张苍老的脸上,大清帝国的总理大臣嘟嘟囔囔,好像在自言自语,又好像在分析情形,但他究竟是赞同了什么,否定了什么或是决定了什么,直到十一日天亮时分谁也没弄清楚。

毋庸置疑的一点是,瑞澂的临阵脱逃和武昌城的丢失令众臣震怒。

载沣要求严惩瑞澂并派大军收复城池。

派出军队镇压谋反者,是任何当权者本能的反应,但是这个天经地义的事情对于载沣来讲却是一道难题。

首先,可以派遣的政治可靠和军力强大的军队现在哪里?

此时,大清帝国的主力部队正在河北滦州举行军事演练。

帝国军队频繁地举行军事演练是近几年的事。一九〇五年在冀南河间、一九〇六年在豫北彰德、一九〇八年在安徽太湖都举行过军事演练。光绪和慈禧死后,为了加强帝国的军事能力,载沣举行的军事演练规模更大,几乎所有的新军都被要求派出参演部队和军事观察人员,总兵力竟然达到十万以上。以前的历次演练计划,均由保定陆军学堂的日本教官拟定,这次则由军谘大臣载涛率领军谘府的官员们策划制定。与以往的历次演练不同,除了规模浩大之外,异常醒目的是皇家禁卫军的凛凛威风——"自练新军以后,清廷防汉愈甚,主办禁卫军以资抵制,饷糈充实,器械精良,容仪整饬,过于新军。惟士卒骄慢,皆以贵胄军目之"。㊷这些本是防备新军造反的禁卫军,此刻与新军排列在一起,但威风果然非同一般:清一色的呢料军装,马裤、马靴、军帽、腰带、肩章和胸章都是仿德精制品,旗帜辉煌,绣满金线,远远看去,如果不注意官兵盘在头上的那条辫子的话,这群八旗子弟如同一支德国皇家陆军部队。载涛将军事演练分成对垒的东、西两军,在保持禁卫军编制整齐的同时,把参加演练的新军各镇拆开混编,且把新军参演部队的军官也换了。载涛的意图十分明显:不能让心存二心的新军得到实质上的锻炼,必须借此机会着力突出禁卫军的强悍,以证明大清帝国的八旗子弟还能保卫自己的政权。

二十四岁的皇族青年载涛,是光绪皇帝的弟弟,宣统皇帝的叔叔,与哥哥摄政王载沣同父异母。他是皇族中首先剪了辫子的王爷,潇洒时尚,风流倜傥,以少壮派和改革派自居。一九一一年十月九日,他到达滦州演练场,在检阅了演练部队后,拒绝住进为他准备的馆所,宣布自己要野战露营,他说这就是变革。晚上,载涛召集演练部队统带以上将领举行大会餐,在讲话中他嘲讽了不思变革只知聚敛钱财、娶小老婆的王爷以及那些只知溜须拍马迎奉上级的官吏,并当场质问一个给他送来整桌酒席的地方官,那桌酒席是不是他自己掏银子置办的?他还说从京城到滦州,一路总是有百姓举着小旗列队欢迎他,这完全是花国家的银两搞没有意义的虚假景致。他甚至当场摘了帽子,让大家看他剪了辫子的脑袋,并要求军官们都把辫子剪了。冯国璋等汉族军官说那就剪吧,禁卫军的满族军官却吓坏了,他们哀求说自己的任务是拱卫京师,整天在皇上太后身边当差,头上没了辫子那还了得?但载涛不听这一套,不少满族军官的辫子还是被他强行剪了。

这次军事演练,之所以选择在北京与山海关之间的地方进行,清廷的意图是借此向俄国和日本显示武力,以削弱列强对东三省一直存有的野心——此刻,包括载涛在内的皇族们,把列强放在了威胁清廷政权的第一位,根本没有意识到他们即将面临的危险来自何方。更具有讽刺意义的是,用不了几天,载涛面前这些听他夸夸其谈的军官们,几乎一夜之间都成了皇族的敌人。如果把这些统带以上的汉族军官们的姓名一一列出,几乎就是一部中国近代军阀史:王廷桢、曹锟、王占元、王遇甲、冯国璋、张绍曾、吴禄贞、蓝天蔚、吴佩孚、冯玉祥、孙传芳、韩复榘、石友三……他们大部分是北洋军人,而且此刻有人已在谋反。

在帐篷里的这一夜,载涛睡得很不踏实。从半夜开始,他不断地被各部门的军官叫醒,告知他武昌兵变的各种讯息。这样的事情,近几年听得多了,载涛并没有特别在意。但是,天亮的时候,朝廷的电报到来了,命令他立即返京。载涛这才知道,武昌城已经丢失。他宣布停止军事演练,各部队听候调遣,然后乘专车往京城赶,回到京城已是十月十二日凌晨。

军谘府,内阁成立之前的军谘处,办公地点在西长安街。武昌发生兵变的时候,军谘府内的大部分高级官员都陪同载涛到滦州演练场去了,只有军谘大臣贝勒毓朗和少数几名官员留守。十一日早上,留守的官员拿着瑞澂打来的电报,请示毓朗应该怎么办。军谘府与原来称之为军机处的内阁,一向在谁持有调动军队的大权上争执不休,但是此时的毓朗却明确表示:"这是内阁的事,我们不用管,还是让内阁去办吧。"㊸于是,官员不知道应该处理还是不处理,而毓朗扔下这句话就去庆王府开会了。

在庆王府召开的会议,实际上就是内阁会议。这是武昌起义后大清帝国权力高层的第一次会商,其权力核心是七十五岁的总理大臣奕劻以及六十九岁的协理大臣那桐和五十六岁的协理大臣徐世昌。

是否派出军队前往湖北镇压无需讨论,需要商定的问题是由谁来领军前往。挽救大清帝国的军事行动,由皇族统帅大军才合情合理,阁员们在皇族中挑来挑去,似乎只有陆军大臣荫昌勉强可为。

有史料称,"荫昌此次奉命出征,外间多出不意,闻会议时,拟派吴禄贞,嗣以吴威望尚浅,故易荫昌,因荫昌于新军亦负望故也"。㊹如果这个说法属实,可以证明这样一个事实:虽然在选择将领时,有特别躲避北洋将领之嫌,但内阁会议还是讨论过使用汉族将领的可能性。只是,提出吴禄贞这一人选令人不可思议,因为从朝廷安全的角度讲,吴禄贞是最不可靠的将领之一,他正在策划着起兵,但不是南下镇压武昌的起义者,而是如何向朝廷发难以在北方响应。

吴禄贞,湖北人,时年三十一岁,任陆军第六镇统制。这个留日军人早就对朝廷心存反意,当上统制之后,因极力把志同道合者安排在自己的部队中,曾经受到陆军大臣荫昌的指责。这个性格火爆的将领,即刻写信进行了反指责,说荫昌"只知做官,不尽职守,有负国家的委任"。㊺恼怒的荫昌派人来第六镇调查,准备找个理由将他撤职。其实,吴禄贞的统制职位,是他用两万两银子行贿庆亲王奕劻所得,只是他买官的目的是为握有兵权以便"将来攻取北京"。然而,上任第六镇后,吴禄贞发现这支部队"军纪之腐败,军备之窳陋,教育之不完全,官长之无学问,名为陆军,实与旧营相差无几",对将来的革命行动"发生不了大作用","遂生退志"。㊻此时,他虽仍在职,但已把指挥权下放给了几个副手。获悉武昌起义的消息后,心情郁闷的吴禄贞立即兴奋起来,开始秘密筹划响应起义的具体行动。

如果吴禄贞被委任为南下大军的军事指挥官,历史将如何书写?

协理大臣那桐的一番话令人费解:"武昌兵变是一隅之蠢动,何必陆军大臣亲临督剿呢?"㊼那桐显然不赞成由荫昌领军,但到底应该让谁率军南下,这位满族大吏也没个准主意。

在讨论派哪支部队南下时,大部分阁员主张从与湖北交界的河南以及京畿附近的部队中抽调,认为这样总比从军事演练场抽调部队要快捷些。显然,这是一个十分合理的建议。但是,庆亲王奕劻不但不置可否,反而当即下达了一个与此无关的军事命令,这一军事调动在没有得到摄政王载沣批准的情况下被迅速执行了:城外姜桂题的武卫军迅速调进城内,分驻九门要冲和庆王府周围。阁员和幕僚们立即明白了庆亲王的用意:对包括摄政王在内的载家兄弟存有严重戒心的奕劻,惟恐载涛趁着调动军队之机,把他能够掌握的心腹部队调走,再利用禁卫军向他发难——为了安全起见还是先下手为强。

十二日下午,内阁大臣们被召集到摄政王载沣所在的南海开会。

载沣最后的决定是:从军事演练场抽调两个镇的兵力,由荫昌率领即刻南下武昌城。

清廷颁布上谕:

> 钦奉谕旨:现在派兵赴鄂,亟应编配成军。著将陆军第四镇暨混成第三协、混成第十一协编成第一军,已派荫昌督率赴鄂。其陆军第五镇暨混成第五协、混成第三十九协著编为第二军,派冯国璋督率,迅速筹备,听候调遣。至京师地方重要,亟应认真弹压。著将禁卫军暨陆军第一镇编为第三军,派贝勒载涛督率,驻守京畿。该贝勒务当妥慎筹办,加意防维,毋

稍疏虞。钦此。㊽

荫昌，满洲正白旗人，同文馆毕业，留学德国学习陆军，曾出任大清帝国驻德国公使。这是一个喜欢以中西合璧的风格打扮自己的年轻贵族，他不但常常身穿中式袍褂，脚蹬德式长统军靴，而且言谈举止总是玩世不恭。值此危机迫在眉睫之际，在内阁旁边的候旨室候旨的时候，他依旧是这样一身古怪的打扮：

>他平时虽然一贯如此，但在这样的紧张局面之下，竟还是故我依然，却是人们所料想不到的。当时在座的人们忍住了笑向他恭喜说："有旨意命您督师到湖北去。"荫昌随着就有声有色地说："我一个人马也没有，让我到湖北去督师，我倒是去用拳打呀，还是用脚踢呀？"在座的人看到这种情形，觉得一位掌握着全国兵马的陆军大臣作出这样的行动，未免荒唐儿戏。㊾

荫昌的一番戏言，遮掩不住大清帝国此时的尴尬：人人皆知北洋新军"只知袁宫保而不知大清朝廷"，所以从兵到官没有几个人会听荫昌的指挥。

晚上，大理院正卿岳桂、鸿胪寺正卿英杰等官员在观音寺福兴居为荫昌设宴饯行，荫昌兴致很浓地唱了几句《战太平》里大花脸的戏词："……又道是，母子好比同林鸟，大难来时各自飞，嘻嘻嘻嘻，哈哈哈哇呀……"㊿

十三日下午十三时，荫昌出发了。

北京西站停着专列，禁卫军派出一个连的士兵和乐队在站台上为他送行。当副官长丁士源报告专列准备开动时，突然有人喊，邮传部盛宣怀大臣前来送行。于是，乐队的吹奏声戛然而止。

>不多时，盛已步履蹒跚而至，气喘嘘嘘；登车后，手持汉阳地图一纸，面交荫昌，请下令前线军官，于进攻汉阳时，保护铁厂，少受损失，即赏银十万元，由本人负责照交。其时易乃谦、丁士源和我均在旁，盛并顾我说："恽（陆军部秘书科长恽宝惠）世兄，你亦谨记弗忘。"（盛是我常州同乡老长亲）话毕下车，隔窗又向荫谆托。荫高声说："你就预备钱吧。"于是乐队

吹奏声、禁卫军连长喊立正举枪声,一时并作,而专车蠕蠕开动矣。彼时在站台上中外记者云集,闻荫"预备钱"之语,以为军饷尚待筹措,报道新闻,颇多揣测。次日北京、天津、上海之大清银行均发生挤提存款及钞票挤兑之事。㉑

大清帝国的都城北京乱了。

京城开始实行戒严,军警突击检查火车站、会馆、旅店以及各种公共场所,禁止戏园夜场和晚间电影,并通知各报纸,如刊登湖北的消息,不得捏造和传播谣言——各报纸可以不在报上登湖北的消息,但在报馆门口贴出类似大字报之类披露武昌情形的"揭示牌",官方不能说是违法的,于是"围聚而观者,日辄不绝"。了解了武昌的事变后,人们转身奔向银行,带头挤兑的当然是那些王公贵族:

> ……各报均禁载鄂事,人心益乱。而顺天时报遍登各处失守之信,市面遂益坏,银行钱铺,均被挤取现银,兵警保护不暇,金银之价俱骤涨,因其某亲贵收买金块二十万元,又纷纷调取现洋存之于外国银行,某贵戚且致函大清银行,请将其所有该行之股票,付还现银,经该行拒绝。自鄂事起后,京朝官无忧国之色,各王公贵人,但纷纷买金取银,以为自卫之计,一班京官纷纷议南徙之策,故市面益形扰乱……戒严之兵,所至持枪,巡逻不绝。是日礼拜,照例停止交易,市面扰乱更甚,不用钱票,银元涨至七钱八分,米价涨至每石十一两……惟向各银行钱店,兑取现银者仍络绎不绝。惟警厅出有禁止及限制告示,每十元兑现五元,五十元兑现十元,定期存款,不准支取,而各银行仍旧照章付现,大清交通,均向支行提取现银备兑。后度支部借拨库款百万,支持市面,天津造币厂现货,亦陆续运京……㉒

王公贵族纷纷将存款转入外国银行,对外国银行提出的不计利息的苛求一并接受,而且开始把家眷往外国租界里迁移,一时间租界里的旅馆租金大幅猛涨。更有甚者,一些满族大员以保卫满人为借口,调集数千旗兵进入京城,扬言要杀尽汉人,一时间人心更乱。那些原籍南方的中小京官认为,很可能这辈子都回不了老家了,不如趁现在赶紧走,于是"北京东车站的站台上行李堆积如山,儿啼母唤,失物寻人,纷乱不堪。京奉铁路慢车停开,快车只卖二等票;京汉铁路只卖到黄河北岸,而且开车钟点也没有一定"。㊼

接下来,载沣最为担心的事还是发生了:南下部队各级军官消极怠工,违抗命令的事时有发生,部队行进速度极其缓慢,以致到了河南境内竟然走不动了——南下部队大多是北洋新军,荫昌以留学生资历跻身军中显贵,北洋军官兵没人看得起他。

迫于危急的形势,内阁总理大臣奕劻、协理大臣那桐和徐世昌终于提出了那个他们早就一致认为的合适领军人选——袁世凯。

这一提议令载沣震惊。

摄政王震惊的原因是:明知袁世凯是皇室的仇人,好容易将他从权力中枢赶走,庆亲王的这个主张,无异于对载沣乃至皇权的极大蔑视。徐世昌是袁世凯的故交,附和庆亲王可以理解,那桐怎么也与庆亲王一唱一和?

"内庭议起用袁项城,监国不应,且哀泣。"㊾

不同意罢了,哭什么?

载沣的伤心来自这样一个现状:就目前形势而言,除了袁世凯,还有谁能够指挥北洋新军?关键时刻,不但连庆亲王这样的皇室宗亲都靠不住,而且没有一个皇亲国戚能够血气方刚地站出来为大清王朝力挽狂澜!

此刻,在河南彰德老家的袁世凯,表面悠闲,心里却忙得厉害。

太行山脚下的彰德,是京汉铁路经过的地方。袁世凯居住的洹上村有洹水流过,水面上架着一座小桥,袁世凯将此地题为"圭塘"。被免职归家后,他极力做出不问世事的样子,虽然只有五十来岁,却频频以"洹上老人"自称,常与一批亲朋幕僚饮酒赋诗,并刻有《圭塘唱和集》。他甚至还如同演戏一般,穿上一件蓑衣,泛舟水面,扮作渔翁专注垂钓的样子,并特请照相师拍照——这幅被袁世凯题为《烟蓑雨笠一渔翁》的照片最终发表在报纸上。但是,没人相信袁世凯甘愿过这种闲云野鹤的日子,这张钓鱼照恰恰暗喻着他正耐心地等待着时机。袁世凯的庄园绝不是个休养的僻静之所,他的儿子袁克定在农工商部挂了个右参议的官衔,袁克定实际上就是袁世凯在北京的"联络处主任",这条伸向京城的触角甚至延伸到各国公使馆,其中联络最紧密的当属英国公使朱尔典。袁世凯的庄园中隐藏着一个电报房——这或许是中国历史上最早出现的私人电台——从中枢大吏到各省督抚,电报来往之频繁令袁世凯每天不得不花费几个小时"处理公务"。来到袁氏庄园的亲朋幕僚更是络绎不绝,当然,来访最密的还是北洋系的党羽和将领。

当年朝廷罢免袁世凯的时候,御史江春霖曾在弹劾庆亲王奕劻的奏折里特别提醒摄政王载沣,袁世凯仍旧具有不可忽视的政治和军事势力:"我皇上御极,首罢袁世凯。奕劻恭顺以听,而其党亦栗栗危惧,中外相庆,以为指日可致太平矣,既而窥见朝廷意主安静,异派无所登庸,要津仍各盘踞,而农工商部侍郎杨士琦、署邮传部侍郎沈云沛,复为画策……邮传部尚书徐世昌,则袁世凯所荐;两江总督张人骏、江西巡抚冯汝骙,则袁世凯之戚……而阴相结纳者尚不在此数。"[55]包括载沣在内,所有对袁世凯存有戒心的皇族,都对上述情况了如指掌。但是,他们没有采取任何制约措施,或者说,他们根本没有任何措施可以采取。

载沣明白,从民间到中枢,日渐激化的满汉矛盾令任何一位汉大臣都不可靠;而包括那桐在内的那些满族亲贵,也早已被袁世凯的银子养得六亲不认了。至于庆亲王,除了银子之外,更为重要的是,他已在政治上与袁世凯结成同盟,如果他认为把武卫军调进城来,仍不足以保障其安全的话,那么起用袁世凯对于他来讲最为有利,无论日后世事将如何变化。至于对大清王朝是否有利,这个一辈子享受朝廷俸禄的老王爷想都不愿意想。

接着,各国公使馆在起用袁世凯的问题上一起向载沣施压——至少在武昌起义刚刚爆发的时候,列强们不愿意看到大清国动荡,尤其是有大批贷款业务的美、英、德、法四国银行,他们急需寻找一个能够迅速平息事态以维护其在华利益的最合适的人选。为此,四国银行的美方代表司戴德公开表示:"如果清朝获得像袁世凯那样强有力的人襄助,叛乱自得平息。"[56]司戴德的呼吁在列强中具有广泛的代表性,英国公使朱尔典、美国公使嘉乐恒多次会见载沣,希望迅速起用袁世凯。

十四日,荫昌率军才走到信阳与孝感之间,南方各地不断发生响应

1911

武昌起义的事件,使庆亲王奕劻对摄政王载沣最后摊牌了:

> 二十三日(农历)由奕劻向载沣提出起用袁世凯的意见,但载沣并不表示态度。奕劻说:"当前这种局面,我是想不出好办法。袁世凯的识见、气魄,加上他一手督练的北洋军队,如果调度得法,一面剿一面安抚,确实有挽回大局的希望。不过这件事要办就办,若犹豫不决,就怕民军的局面再一扩大,更难收拾了。并且东交民巷也有'非袁出来不能收拾大局'的传说。"当时那桐、徐世昌也从旁附和,但载泽是反对这个意见的,不过他也拿不出什么办法。载沣同隆裕商量,隆裕束手无策,考虑了些时候,也只好姑且答应了,但是她要奕劻保证袁世凯"没有别的问题"。㊼

连隆裕太后也隐约感到了起用袁世凯必有可能带来"别的问题"。反对起用袁世凯的皇族镇国公载泽,不但与瑞澂是儿女亲家,而且他和瑞澂都是隆裕太后的近亲。武昌兵变后,庆亲王力主严惩弃城逃跑的瑞澂,载泽得知后立即通过隆裕太后的关系,将上谕里对于瑞澂的处治意见由拿解京城"交法部严讯治罪"改成了"仍著暂署湖广总督"戴罪立功。史书记载:未能重办瑞澂,为地方大员开了一条"恶例",导致随后各省官吏弃城逃走之事屡见不鲜。对此,载泽所负罪责"难逃公论"。

一向不问政事的皇族溥伟,此时可谓旁观者清。他认为袁世凯对大清"鹰视狼顾,久蓄逆谋",值此"触目时艰"之际,起用他就犹如"引虎自卫"。如果非用不可,也要安排"忠贞智勇之臣,以分其势"。但是,载沣的一句"都是他们的人",让本已忧患的溥伟顿觉悲凉:

> ……忽起用袁世凯督师,复谒醇(醇亲王载沣)邸,叩其因。醇邸以袁四有将才,且名望亦好,故命他去。余曰:"袁世凯鹰视狼顾,久蓄逆谋……初被放逐,天下快之,奈何引虎自卫?"醇王默然良久,始嚅嚅言曰:"庆王那桐再三力保,或者可用。"余曰:"纵难收回成命,可否用忠贞智勇之臣,以分其势?"醇王问为谁。余曰:"叔监国三年,群臣臧否,自在洞察,伟(溥伟)不在政界,何敢谋此。"醇王曰:"都是他们的人,

我何曾有爪牙心腹。"余曰:"叔代皇上行大政,中外诸臣廉能正直者,皆朝廷桢干,又忧寡孤乎? 瞿子玖,岑春煊,袁所畏也。升甫吉,忠梗可恃,诚使瞿入内阁,岑督北洋,以升允为钦差大臣,握重兵扼上游,庶杜袁四之狡谋。"王曰:"容明日与他们商量。"余知不可谏,太息而已。㊿

就在庆亲王对载沣摊牌的那一天,清廷颁布上谕:

> 宣统三年八月二十三日内阁奉上谕:湖广总督著袁世凯补授,并督办剿抚事宜。四川总督著岑春煊补授,并督办剿抚事宜。均著迅速赴任,毋庸来京陛见。该督等世受国恩,当此事机紧迫,自当力顾大局,勉任其难,毋得固辞,以副委任。俟袁世凯、岑春煊到任后,瑞澂、赵尔丰再行交卸。钦此。臣奕、臣那、臣徐。㊾

同一天,清廷又颁上谕:

> 宣统三年八月二十三日内阁奉上谕:袁世凯现简授湖广总督,所有该省军队,暨各路援军均归该督节制调遣。荫昌、萨镇冰所带水陆各军并著袁世凯会同调遣,迅赴事机,以期早日戡定。钦此。臣奕、臣那、臣徐。㊿

这是一份极其重要的上谕,但其内容却如一纸空文。

首先,让袁世凯替代瑞澂出任湖广总督,不要说他将上任的地方已被革命党占领,此乃目前大清帝国有其名无其实的官位,而且仅就袁世凯的资历来讲,他根本不会在乎一个地方总督的头衔;而起用岑春煊,显然是载沣接受了溥伟的建议,连旁观者都知这是牵制袁世凯的小手腕,难道袁世凯会不明白? 更重要的是,认为岑春煊可以牵制袁世凯,这个想法近乎天真,无论从哪方面讲,岑春煊在袁世凯眼中都无关大碍。关于军权问题,朝廷生怕袁世凯掌权后构成威胁,因此,冠冕堂皇地说湖北全省的部队都归袁世凯"节制调遣",但谁都知道此刻湖北全省的军队已经溃散。而关于南下军队的指挥权,上谕的意思很清楚:袁世凯只能与荫昌会商,甚至还要与在北京的军咨府的载涛会商。

载沣严重低估了袁世凯的智商。

1911

武昌起义的第二天,即一九一一年十月十二日,是袁世凯五十二岁的寿辰日,不少亲朋幕僚齐聚袁氏庄园为他祝寿,高朋满座正是七嘴八舌的场合。袁世凯已接到朝廷让他上任湖广总督的上谕,幕僚们都说权力太小,还要受荫昌的指挥,看来朝廷还是有戒心,决不能这么窝窝囊囊地出山。但也有人话语中透露出别的含义:现在率军出征,革命党人不是对手,唯一需要考虑的是,镇压了革命党有什么好处?无论怎样,大清都没指望,为这么个烂摊子赴汤蹈火是否值得?还有人提醒袁世凯,一旦将革命党人镇压,不但革命党人由于仇恨而心存杀心,朝廷也必会在事件平息之后杀功臣,历史上斩杀功臣之事每个朝代都曾发生。幕僚们说得热闹的时候,袁世凯正焦灼不安。他不愿意真枪实弹地去与革命党人对抗,因为他知道大清已经到了无可挽救的地步,他需要给自己留一条后路;但是,他又极不愿意别人认为他是一个赞同革命党的人,至少目前无论从哪方面讲他都要站在大清王朝的一边,这不仅是为了安全,也是因为脸面和本钱。

袁世凯给朝廷的回电堪称拐弯抹角的官场杰作:

> 太子太保新授湖广总督臣袁世凯跪奏:为叩谢天恩,并沥陈病状,暂需赶为调理,恭折仰祈圣鉴事……自天闻命,频地滋惭。伏念臣世受国恩,愧无报称。我皇上嗣膺实箓,复蒙渥沛殊恩,宠荣兼备。徒以养疴乡里,未能自效驰驱。捧读诏书,弥增感涕。值此时艰孔亟,理应恪遵谕旨,迅赴事机。惟臣旧患足疾,迄今尚未大愈。去冬又牵及左臂,时作剧痛。此系数年宿疾,急切难望痊愈。然气体虽见衰颓,精神尚未昏瞀。近自交秋骤寒,又发痰喘作烧旧症,益以头眩心悸,思虑恍惚,虽非旦夕所能就痊,而究系表症,施治较旧患为易。现当军事紧迫,何敢遽请赏假。但委顿情形,实难支撑。已延医赶加调治。一面筹备布置。一俟稍可支持,即当力疾就道,藉答高厚鸿慈于万一。所有微臣叩谢天恩,并沥陈病状缘由,理合恭折具陈,伏乞皇上圣鉴,训示。再此折系借用河南彰德府印拜发。合并陈明。谨奏。⑪

袁世凯首先表示受到宠信感激涕零,接着就以当年朝廷罢免他官职的理由——足疾——拒绝了朝廷给予他的湖广总督的任命。在陈述自己的病情的时候,他一会儿说"数年宿疾,难望痊愈",紧接着又说"虽见衰颓,精神尚未昏瞀";一会儿说"头眩心悸,思虑恍惚",紧接着又说"究系表症,施治较旧患为易";一会儿说"委顿情形,实难支撑",紧接着又说"一俟稍可支持,即当力疾就道"。那么,对于朝廷的任命而言,到底是能出任还是不能,到底是拒绝还是同意?

这就是袁世凯,一面把婉拒的话说得冠冕堂皇,一面又暗示他随时可以出山。至于出山的时间,与其说"赶加调治"、"筹备布置",不如说是等着朝廷给出令他满意的"价码"。

就在袁世凯与朝廷玩智力游戏的时候,武昌的起义者们正忙着改朝换代。

十月十一日上午,武昌城内的战斗基本结束,革命党人聚集在阅马场的省咨议局开会,商量如何建立一个新政权。这个新政权被取名为"湖北军政府",全称为"中华民国军政府鄂军都督府"——军政府不成立,起义者就无法以新政权的名义通电全国响应,那么单独一个武昌城支持不了多久。而迅速成立军政府,首先要决定谁来当军政府的首脑,这个问题一下子让革命党人感到棘手,因为如果首脑选不好,在内外政治、军事和民情的压力下,不但局面很快就会发生混乱,刚刚取得的胜利也很可能丢失,那时就不仅仅是人头落地的问题了。

军政府首脑必须具备的条件是:无论政治资历和军事能力都足以服众并有强大的号召力。在排除了起义过程中那些起过决定作用的新军中下级军官后,革命党人发现再也没有什么人可供他们选择了:孙中山远在大洋的另一边;黄兴、居正、谭人凤、宋教仁等革命派的首领此时不是在香港就是在上海;原来武昌的革命派领导人,孙武在医院疗伤,蒋翊武避险出走后再无音信,刘公此时在长江北岸的汉口过不来。这时候,有人提了一个建议:请湖北省咨议局议长汤化龙出任都督。

汤化龙,字济武,湖北人,时年三十七岁。祖上数代经商,家境富裕。幼年刻苦读书,一九〇二年中举人,一九〇四年参加大清最后一次科举考试,中进士,授法部主事。一九〇六年赴日本法政大学留学。一九〇八年回国参与地方自治活动,被湖北省第一届咨议局推选为议长。皇族内阁成立后,他是坚定的反对派,曾赶往北京参加各省咨议局的联合会议,对皇族内阁进行了猛烈抨击。他是宪友会湖北支部的发起人,是立宪派的著名人物之一。武昌起义爆发时,他藏匿在家,"次日晨,经起义士兵数次强迫,始出任事"。㊷

这个著名的立宪党人虽然被迫出面,但他已迅速作出了自己的政治判断,那就是无论对于个人安全还是湖北大局而言,他都不能站在革命党人的对立面上。不过,时局尚未明朗,目前还要打仗,只有军人才可能镇得住局面,并与即将到来的清廷军队对抗——立宪党人出面的时候还没有最后到来。于是,汤化龙在表示支持革命的同时,拒绝了让他出任都督的建议:"瑞澂自遁走后,必有电报到京,清廷闻信,必派兵来鄂与我们为难。此时正是军事时代,兄弟非军人,不知用兵,关于军事,请诸位筹划,兄弟无不尽力帮忙。"㊸

于是,临时军事总指挥吴兆麟提出了另外一个人选:湖北新军第二十一混成协协统黎元洪。这是一个令辛亥革命史骤然复杂起来的建议。如果提议立宪党人汤化龙出面,至少从立宪党人与大清王朝离心离德的角度讲,可以理解;但是,作为湖北新军的一位军事将领,黎元洪与革命党人、立宪党人都没有关系,这个人凭什么突然闯入历史?有确切史料证明,革命党人此刻选择黎元洪,并不是一个仓促之举,早在武昌起义的筹划阶段,革命党人就为起义成功后的政权布局选中了黎元洪,此事有当事人的叙述为证:

> 一九一一年四月(辛亥年三月间),蒋翊武托刘九穗来邀我到洪山宝通寺开会,据说此会是各标、营、队有代表性的主要分子会议。我和刘走到长春观门口遇到蒋翊武,蒋小声告诉我说:"今日开会,是讨论推举黎元洪为临时都督的问题。"我当时回答:"黎非同志,何以推他为都督?"刘笑着对蒋说:"早知万同志反对此事,开会时必有争辩,所以先为告知。我们可找一草地休息,详谈一下。"在休息的时间,刘对我说:"革命党人中间并非没有首领人才,蓝天蔚在第三十二标的时候,大家即有意推蓝为都督,但他远在奉天,一时不能南来。最合适都督之选是吴禄贞,但他也在北方,我们已决定先派人去和他接洽,恐怕他也一时赶不到。至若现在军队里的同志,都是一些兵士正、副目,下级军官不多,中级军官更没有,不足

以资号召。所以要把黎元洪拉出来,其利有三:一、黎乃名将,用他可以慑伏清廷,号召天下,增加革命军的声威;二、黎乃鄂军将领,素得人心,可以号召部属附和革命;三、黎素来爱护当兵文人,而这些文人全是革命党人,容易与他合作。所以拉黎出来,革命必易成功。我们只要能推翻清朝,何惜给他一个都督名义,俟将来吴禄贞领兵南下,再推吴为正式都督,给黎一个其他相当位置,有何不可?"⑭

虽然刚刚杀了革命党人周荣棠,黎元洪也不认为此刻是他为清廷尽忠的机会,他在起义爆发的那个晚上躲到了心腹参谋刘文吉的家里。刘家的卫兵看见他后,悄悄告诉了革命党人——革命党人突然出现在面前,不是清算他杀革命党人的旧账,却是让他出来当起义军的首领,这让黎元洪万分惊愕。

黎元洪,字宋卿,湖北黄陂人,时年四十七岁。少年读私塾,十九岁考入天津北洋水师学堂,五年后被派往海军服役,一八九〇年调任广东"广甲"兵船三管轮,次年晋升为二管轮。一八九四年中日甲午战争爆发,黎元洪随舰北上威海卫,在渤海口遇敌,军舰在炮击下沉没,他在海上漂流数小时,于大连湾附近得救。战后,他脱离海军,投奔张之洞,深受器重,曾任炮台监制和护军后营帮带,参与新军训练,并赴日考察军事。一九〇六年,黎元洪在改制后的湖北新军中任第二十一混成协协统兼管马、炮、工、辎各队。是年秋,他率队参加在河南彰德举行的军事演练,获得了"军容盛强,士气锐健,步伐技艺均已熟练精娴,在东南各省中实堪首屈一指"的评语。⑮

此刻,这位新军高级将领所面对的局势之复杂,是他从未经历过的:

> ……马荣、程正瀛等带队至黄土坡刘文吉家,先将其家前后包围,然后闯门而入,其势汹汹。刘之护兵问来此何为,大家谓来请黎协统。护兵不敢请示,又不回答,于是大众直至卧室搜查。斯时黎元洪心已失主,焦灼之状,露于颜色,黎问何事?马荣曰:"特请统领到楚望台,奉总指挥吴兆麟命令,即有事相商。"黎无可如何,随带其执事官王安澜同马荣等向楚

望台而去。抵楚望台时,革命军总指挥吴兆麟,即命在该处所有队伍举枪吹号为礼。黎此时穿一身灰呢长夹袍,面带愁容,极形烦恼。与吴兆麟晤面时,即谓吴兆麟曰:"你为甚么要革命,这是要全家诛戮的事。你学问很好,资格很深,你万不该与革命党共同革命。你若不革命,你在军队晋级很易。请你快叫大众各自回营,事情太闹大了,更不得了。"马荣在旁,闻黎元洪出言如此,遂大怒,曰:"我们同志很抬举你,你反不受抬举,叫我们回营,待瑞澂派人来杀。你昨夜亲手杀了我们传信的同志周荣棠,我们尚未问你的罪。今请你来,仍是反对我们,你就是个汉奸,我们就要杀你。"即拔刀向黎元洪斫来。吴兆麟喝止之。王安澜又从旁谓马荣不应如此野蛮,马荣又拔刀斫王安澜,吴兆麟又拦阻之。吴当向马荣解释云:"黎统领素来是很爱我们的。刚才所说的话,是关照我们,看我们同志太辛苦,暂请回营休息。黎统领自有维持之法。"一面吴又低声向黎云:"请统领暂且容忍,因昨晚杀人太多,此时都是一股奋勇之气,稍不如意,即动起手来,反于统领面子不好。"黎从此不再发言。吴又谓黎曰:"瑞澂自督鄂以来,措置乖方,激起湖北军队全体革命,足证清廷无道。今闻瑞澂与张彪统制等已出走,仅统领一人在武昌城内。统领素爱军人,甚得军心,事已至此,实属天意,只好请统领出来维持大计。"云云。黎亦无语……⑯

黎元洪被带到了咨议局。

武昌城中各界赞同革命的人士以及著名的绅士父老已齐聚咨议局内,在吴兆麟的提议下,众人一致同意推举黎元洪为军政府都督,汤化龙为军政府民政总长。然而,依旧心惊胆战的黎元洪一个劲儿地说:"勿害我,勿害我。"起义官兵急了,再次用长枪指着他:"汝作满奴,当杀。今不杀汝,反举汝为都督,而汝犹不允,汝甘心为满奴耶?"⑰最后,不管黎元洪愿不愿意,他被推进一间小室关了起来。然后,众人以"黎都督"的名义开始了湖北军政府各项事宜的运转——"众议禁黎于一室,仍用黎名义出示。"⑱

黎元洪以及中国近代史面临的局面之怪异实属罕见。

曾与黎元洪私交很好的英国传教士兼记者埃德温·丁格尔认为，这是一个充满戏剧性的时刻，黎元洪的脑袋万幸没被砍掉，中国历史的序幕由此拉开：

> ……长期筹划正在酝酿之中的革命提前爆发了。黎元洪被选为领导人，现在正站着向那些强迫他就职的人谢罪。他说他不希望获得这份荣誉——当然他不。谁知道在武昌的小规模的武装起义能震动包括十八个省的整个中国呢？黎认为不值得冒险。他会被立即处死，因为中国的新军会把违反军事纪律的人的头颅砍下。他辩解说，他无力担当如此重任，或许可选另外一个更有能力和实践经验的人作领袖。架在他脖子上的剑更加沉重了。好像再过一分钟，他的头颅就要滚落到地板上了。但他又被给了一个（考虑的）机会。一个人以强硬的口气告诉他，他必须同意担任革命党领导人，否则将立即被砍头。但协统仍坚决拒绝。在砍头的命令最终下达之前，黎又一次被给了一个考虑的机会，他同意了。短剑抬起，此时，中国起义的序幕拉开了。自从那个使他站在死亡边缘的不幸夜晚之后，黎元洪的行为表明了所有生活在这片土地上的人民选择他是明智的。⑥⑨

黎元洪的出任，暴露了革命党人对这次起义缺乏必要的思想准备以及革命党人自身力量的弱小。但是，当时选择黎元洪无疑是明智的。黎都督的出现——至少湖北军政府是这么对外宣布的——对于未参加起义仍在观望的新军官兵以及武昌市民的归顺起到了立竿见影的效果。

黎元洪的出任同时也预示着辛亥革命的最终结局。

军政府忙乱不堪，要做的事太多了：部署军事防御，搜查残余官吏，保护领事馆和中外商民。最难以维持的是汹涌的难民潮，起义者不愿意因为他们的占领而使武昌成为一座空城。在难民潮中，中下级官吏的逃亡情状狼狈："虽其平昔威福恣，今日固宜受此报，然以人道之眼光视之，亦殊可谓酸楚。大多官员于逃难时，恒不敢自承为官。其衣服必故为闾敝之状，杂入民众，冀人不能辨识。有某候补道，逃至汉镇，即急不能起,有过而问者,某即指天自誓曰:吾宁饿死不复做官,今之官真狗彘不值也,其言亦良悲矣。"⑦

经过紧张的商议,湖北军政府决定:

一、以咨议局为军政府。

二、称中国为中华民国。

三、改政体为五族共和。

四、规定国旗为五色,以红黄蓝白黑代表汉满蒙回藏为一家。

五、称中华民国年号为黄帝纪元四千六百零九年。

六、当以黎元洪为都督,布告地方。

七、移檄各省,并照会各国领事,宣布满清罪状。

八、布告全国国民并军民长官。

九、布告湖北各府州县。

十、军政府紧要谕令。

十一、致书满清政府。

十二、布告汉族同胞之为满洲将士者,促其觉悟。

十三、军政府暂设机关四部:(甲)参谋部;(乙)军务部;(丙)政务部;(丁)外交部。

十四、设立招贤馆。⑦

一夜之间要起草这么多文件,文人和学生们不得一刻休息。首先要发出的是安民布告——这是历史上任何一次造反首先要做的事——布告写出来了,黎元洪拒绝签字,由革命党人李翊东代签,然后誊写若干份贴遍全城:

> 今奉军政府命,告我国民知之:凡我义师到处,尔等不用猜疑。我为救民而起,并非贪功自私。拔尔等于水火,补尔等之疮痍。尔等前此受虐,甚于苦海沉迷。只因异族专制,故此弃尔如遗。须知今满政府,并非我家汉儿。纵有冲天义愤,报复竟无所施。我今为此不忍,赫然首举义旗,第一为民除害,与民戮力驰驱。所有汉奸民贼,不许残孽久支。贼昔食我之肉,我今寝贼之皮。有人激于大义,宜速执鞭来归,共图光复事业,汉家中兴立期。建立中华民国,同胞其毋差池。士农工商尔众,定必同逐胡儿,军行素有纪律,公平相待不欺,愿我亲

爱同胞,——敬听我词。

皇帝纪元四千六百零九年八月二十日示⑫

与安民布告同时发布的,还有军政府刑赏令,格杀勿论的是:藏匿满人者、藏匿侦探者、买卖不公者、伤害外人者、扰乱商务者、奸掳烧杀者、邀约罢市者和违抗义师者;给予赏赐的是:乐输粮秣者、接济军火者、保护租界者、守卫教堂者、率众投降者、劝导乡民者、报告敌情者和维持商务者。

接着,军政府必须组织军队攻占汉口和汉阳。

以黎元洪的名义给张彪送信劝他投降,但是送信的人被张彪杀了,这让军政府顿感沉重的军事压力。

更显急迫的是,黎元洪还是不愿当都督,并且他已开始绝食了——"黎元洪自到咨议局,两日不进饮食,亦不与任何人说话,好似作新姑娘态度。若竟饿死,又将如何?"⑬有人说干脆毙了他算了,但多数人认为不能这样,主张还是去劝导,告诉他事成他是华盛顿,事不成他是拿破仑,总而言之是他占了很大的便宜。起义者与黎元洪的谈话如同在谈一桩买卖:

> 甘绩熙:"黎宋卿先生,我们汉人同志,流血不少,以无数头颅,换得今日成绩,抬举你为都督。你数日以来,太对我们同志不起。我对你说,事不成,你可做个拿破仑;事若成,你可做个华盛顿,你很讨便宜的。你再不决心,我们就以手枪对待。"

> 黎元洪答曰:"你年轻人不要说激烈话。我已在此两日,并未有什么事对你们不起。"

> 陈磊云:"黎都督很对得我们起的,但是你辫子尚未去,你既为都督,该做一个模范,先去辫子,以表示决心。听说你自到了咨议局,茶饭不进,你未免太着急了。但你今已进了火坑,不干也要你干。连日以来,我辈同志劝你很多好言,均不蒙你采纳,我们真愧极了。我今有一言奉问,现在是民国了,你若尽忠民国,你就是开国元勋;你若尽忠满清,你就该早天尽节。二者必居其一,何以如此装模作样,我们实在不解。进

而言之,你不过在满清做个协统,现在得此机会,你非才智胜人,即你不干,以中国之大,汉人之多,岂无做都督之人耶?望你三思。不然,恐同志等不汝容也。"

黎元洪又答曰:"你们再不要如此激烈,我决心与你们帮忙就是。你们说要去辫子,我早就赞成。我前在营内并下过传知,谓愿剪发者,则听其便。你们明日叫个理发匠来将我的辫子剃去就是。"⑭

湖北军政府终于有了一位名正言顺的都督。

紧接着,革命党人对外国势力干涉的担心也解除了。

武昌起义爆发后,各列强国很快察觉到,这不是一场寻常的兵变;而起义者对外国商民的一系列保护措施,也令他们意识到这是一场"内部的、反政府、反朝廷"的起义,"是广泛的反对腐败政治的起义"。⑮于是,各国领事举行了会议,决定承认革命军为交战团体——按照国际法,这等于宣布各国一律不干涉、不卷入战争——列强们似乎已经心照不宣:大清帝国的倾覆之时就要来临了。

但是,军政府的内部危机立即显现出来。

由立宪党人汤化龙起草的《军政府暂行条例》,不但赋予了都督黎元洪绝对权力,而且还确定了各部部长和部门主要负责人:

军令部长　杜锡钧(原清军管带)
军务部长　孙武(共进会员)
参谋部长　杨开甲(原清军标统)
政事部长　汤化龙(咨议局议长)
政事部各局局长:
内务局长　舒礼鉴(咨议局议员)
外务局长　黄中恺(汤化龙同学)
财政局长　胡瑞霖(咨议局议员)
交通局长　马中骥(宪政会员)
司法局长　徐声金(汤化龙友人)
文书局长　阮毓崧(咨议局议员)
编制局长　张国溶(咨议局副议长)⑯

在这个包括了旧官僚、立宪党人和革命党人等多种政治势力的混合体中,很显然,旧官僚和立宪党人掌握着绝大部分权力——四个部长中,革命党人只有孙武一人;而七个局长中,革命党人一个也没有,几乎全部是立宪派。看到这样一份政府名单,身上血迹未干的革命党人大为愤怒却又不知所措——这种情绪贯穿于辛亥革命史的全程之中足以构成一部历史悲剧。

虽然立宪党人与革命党人的合作不久之后就终止了,但是,武昌起义爆发后他们短暂的合作依旧具有重要的历史意义。特别是汤化龙以湖北咨议局的名义通电各省,无疑起到了推动全国响应起义的重要历史作用——立宪党人所拥有的始终令革命党人望尘莫及的政治优势,是透彻地解读中国近代史的重要线索之一。

十月十七日,武昌起义爆发后的第七天,湖北军政府门前搭起了一座祭坛。

深思熟虑之后的黎元洪正式亮相了:

> ……黎明,阅马场祭台高耸,军队林立,革命士气大振,都督衣军服,由文武百寮拥护出府,御马临台下,各军举枪向都督致敬,大众拥护登台。台中设黄帝神主,旗剑分列,公推谭人凤授旗授剑。都督如仪祭告,祭毕,谭人凤授旗授剑。都督慷慨誓师,欢声雷动。全军举枪,三呼中华民国万岁,四万万同胞万岁,黎都督万岁……黎极兴奋,嗣下台阅兵,依次巡视。兵士对都督之爱戴,亦大有加。上下团结一心,实始于此时……[77]

就在这一天,已经婉拒朝廷任命的袁世凯,接到了皇族内阁的一封电报。内阁认为,瑞澂那封报告武昌兵变的电报"语涉含糊,与传闻情形大不相同"。因此,内阁向袁世凯提出了一连串的问题:"究竟如何起事?驻鄂陆军营队众多,未必全与匪通,何至无一用命者?张彪当时曾否率军拒敌?何以曾不移时,遂相率弃城而遁?汉阳兵工等厂如何失守?"[78]电报竟然命令袁世凯到达湖北后将这些疑问一一调查清楚,然后迅速向内阁报告——无论是奕劻、那桐,还是徐世昌,难道不知道袁世凯两天前就给朝廷发出了拒绝上任的电奏?

几天以来,载沣的思绪极为混乱。

御史崇芳上奏说,武昌事变中,"全数旗兵均被残害,情形狂悖。凡属旗族无不闻之发指",如果京汉铁路守不住,"乱党势必长驱直入",京城面临的后果不堪设想。他认为南下的新军并不可靠,他们大多通革命党,且抱有"复汉灭满"之心:"各镇新军纵非与匪暗通声气,亦系但经教练未经战阵。此次派往临敌,能否制胜,殊觉尚无把握。"⑦⑨因此建议调动旗人部队上去,并且迅速建立新的八旗军团。只是,恐怕连崇御史自己都很清楚,整天提笼架鸟的满人子弟,哪里还有当年八旗猎猎下的彪悍身影?

御史萧丙炎给载沣上奏了数条挽救大清王朝的具体措施。这位御史出的主意包括:一、断绝敌粮。他说武昌存粮不多,只要在周边各地"迅派陆兵及水师炮船,防禁米粮出口","叛党闻风,必多解体"。否则,"旷日持久,城中绝粮,不攻自破"。二、行使反间计。他认为重赏之下必有勇夫,可以招募敢死队员,然后"伪为投降,见机行事。或令能言将士,伪作乡民,杂入彼党,暗地说降"。待"乱彼军心,孤其党羽"之后,"何难尅日扫平"。三、破坏中立。他建议派人打入革命军内部,"伪张彼党之旗帜,骚扰租界,以破坏外人中立之谋"。按照这位御史的说法,连派军南下都没有必要,只要按照他的建议去做,"彼小丑跳梁诚无足虑矣"。⑧⓪

十八日,载沣在袁世凯婉拒上任湖广总督的奏折上批示:"知道了。现在武昌、汉口事机紧迫,该督夙秉公忠,勇于任事,著即迅速调治,力疾就道,用副朝廷优加倚任之至意。"⑧①——摄政王的朱批里已经有了恳求的口气。

第二天,清廷再发上谕:"袁世凯现已补授湖广总督,所有长江一带,水陆各军,均著暂归该督节制调遣,会同沿江各该督抚妥筹办理。"⑧②——载沣退了一步:所有南下的军队,包括荫昌督率的部队,全部归袁世凯指挥。

袁世凯知道,自己的出山已成定局,到了提条件的时候了。

他立即回奏,说赤手空拳无法打仗,要求从直隶、山东、河南等省迅速招募壮丁一万五千人,并拨款四百万两用作军费。同时,他要求北洋将领王士珍"襄办湖北军务",北洋将领段祺瑞率军赴湖北,北洋将领冯国璋立即前来彰德。袁世凯要求朝廷起用的军官还有:已被革职的黑龙江民政使倪嗣冲、直隶候补道段芝贵、奉天度支使张锡銮、山东军事参议官陆锦、直隶补用副将张士钰、直隶补用知府袁乃宽等等,他要求朝廷将他们一律派往湖北前敌委用——袁世凯给载沣开出的几乎是一份北洋将领的花名册。

二十日,徐世昌奉奕劻之命到达彰德。

袁世凯与这位北洋故交就大清王朝的命运谈了些什么,不得而知;但通过徐世昌之口,袁世凯给清廷开列了六项条件:

一、明年即开国会。

二、组成责任内阁。

三、宽容参与此次兵变诸人。

四、解除党禁。

五、委以指挥水陆各军及关于军队编制之全权。

六、给予充足之军费。

这是袁世凯煞费苦心设计的六项条件。前两项是为取悦势力强大的立宪党人,他很清楚立宪党人是他未来最主要的合作者或是政治对手;第三项,是为取悦真刀实枪流血牺牲的革命党人,他清楚此次兵变带来的政治结果充满变数且不可预测;第四项,是为取悦于在社会舆论中占有相当优势的无政府主义者,他知道在政治角斗场上,永远存在第三者,且永远不能忽视第三者;最后两项,是为向清廷施加更大的压力——前者是皇族们最在意的军权,在这个问题上,袁世凯直捣皇族的痛点;后者是他决不能放过的聚敛财富的绝好时机,并要在清廷已经千疮百孔的财政上火上浇油——数月之后,隆裕太后竟然在袁世凯的逼迫下拿出她的私房钱以供"军用",在榨干大清王朝的最后一滴油水上,袁世凯具有超前的想象力与实施力。

虽然这是明白无误的要挟,万般无奈的载沣只有妥协——此时的清廷已经得到了不少省份宣布独立的奏折——招募壮丁,下拨四百万两军费以及在人事上所提出的要求,全部应允。只是,袁世凯提出的六项条件,暂时没有任何回音。

朝廷一次又一次地促其南下:"现在军情紧急,该督务一面召集巡防军队,并饬所调各员,迅速前往;一面赶即料理先行起程,以便就近妥筹调度,早靖匪氛。"㉓

但是,袁世凯就是没有动身的迹象。

二十三日,率军南下的冯国璋到达彰德。

袁世凯的指示只有六个字:"慢慢走,等等看。"㊴

此时,南下清军的前锋已抵达汉口附近,与革命军形成对峙。

这是令人眼花缭乱的序幕:京城里惊慌失措的朝廷和内阁,武昌雄心勃勃但内部混乱的军政府,河南彰德那个苦思冥想的袁世凯,各省相继成立但名目不一的独立权力机构,在突然事变面前紧张磋商的立宪党人,虽然喜出望外但很快就被内部矛盾弄得几近分裂的革命党人,被武昌起义以及连锁效应弄得异常兴奋但又不明晰到底兴奋什么的民众,当然还有远在美国的革命党人的领袖孙中山——此时此刻,所有的人都在浮想联翩。既然序幕已经拉开,谁也说不清将要发生什么,但必定是要发生什么的。

对于一九一一年十月十日以后的中国而言,唯一可以肯定的是:序幕一旦拉开就再也无法关闭了。

"整个国家歇斯底里"

序幕拉开之后,没有人会想到,舞台上会突然涌现出数量惊人的戏剧角色——武昌首义爆发后,全国各省纷纷响应,其速度、规模和声势都令中国近代史的那段岁月异彩纷呈。

此时的大清帝国,犹如被绑在屠宰架上的一头肥牛,无数把利刃开始无所顾忌地肢解它——每一个省的响应,都像从这个庞大躯体上割去一块肉——这个号称金瓯永固的帝国,瞬间变得支离破碎且血肉模糊。

最早响应武昌首义的陕西省表现独特。这个省政权翻覆的过程,是对孙中山屡战屡败后得出的"依靠会党难以成功"结论的一次反正,因为在这个西部省份发动起义的主要力量正是会党。

> 陕省军民,于九月初一日(农历)举事,盖自武汉倡义以后,其响应为独先。此由关辅健儿之见义勇为,而爆裂之近

因,犹有四事。(一)清廷轻视西北诸省,往往以至庸极劣之满奴,畀以陕抚重任。升允(陕西巡抚)顽梗不化,既妄兴党狱于前;恩寿(陕西巡抚)贪鄙无耻,复败坏吏治于后。而恩寿肆虐尤久,滥加统税,争攘石油,任用金壬,破坏军政,去任之际,尚取消西潼铁路商办成案,陕人切齿痛恨……(二)川鄂陕唇齿相连,陕人闻川路惨狱,即同深义愤。邮部盛宣怀迭电陕抚,令派兵协剿,陕抚虽未照办,而陕人深恐一旦奉命残杀同胞。复闻盛(盛宣怀)及端方将以借款移祸于陕,故急思举义自保,兼为川人声援……(三)关中民气沉挚,志士鼓吹已久,川路事起,颇有筹划。西安将军文瑞闻之,手画民党名单百余人,密交钱抚(陕西护抚钱能训),按名拘捕,凡军学两界稍有声望者,几尽于其列。钱抚恐激变未允,而文瑞聒哓不已,事为民党所闻,惧观望失机,乃以九月朔仓促举事。(四)自恩寿抚陕,政以贿成,剥削民脂,扣减军饷,军民怨愤已久,投身会党者日众,哥老会之势力,及于全陕……⑧⑤

按照不同山头分成山堂的陕西哥老会,可谓声势浩大,组织严密,且随时准备揭竿而起。其中名叫"提笼山"的山堂发过会票,推举了总兵,还备有旗帜,规定内部口号是"兴汉灭满",外部口号是"功德胜成,天黑地暗"。据说他们约定的起义时间是"四月十六",不知为什么认定这一天大吉大利。还有一个名叫"太白山"的山堂,龙头大爷李汉章与陕西新军中的哥老会成员有着密切联系。"通统山"山堂的龙头大爷张云山,是陕西新军中的一名司号官,他的山堂一开,一千多名新军士兵当即入堂,以致这个司号官顿时兵强马壮。⑧⑥

与会党相比,同盟会在陕西新军中并没有建立起具有号召力的革命组织。陕西新军中同盟会员很少,身份也大多是中下级军官,他们在军事上或许有些指挥权,一旦起义举事,还无法有效地控制新军士兵。而哥老会却在新军中建起了网络状的组织系统,标有"标舵",营有"营舵",队有"队舵",会党组织俨然成为大清帝国政府军中一个标准的"编制"序列。各级"舵把子"虽然分属哥老会不同的山堂,但在宗旨上是一致的,只要"舵把子"们一声令下,军队的编制就会被打乱,不同建制的官兵即刻便能聚集在一起——龙头大爷的一声嗯哨比哪一级军官的军事命令都灵验。

在一支国家军队的内部运作中,民间秘密会党组织已发展成政治网络,这种状况在世界史上十分罕见。大清帝国的官吏们具备任何一个政权都要严密控制国家武装力量的基本常识,为了防止意外,他们不是把新军士兵的枪栓卸下锁起来,就是把子弹和炮弹统一储藏看管起来,但是从未见他们在控制官兵的思想归属上采取过什么措施——袁世凯的北洋军推行的是"只知袁宫保而不知大清朝廷"的无限忠于的思想,而在陕西这样的偏远省份到底让新军官兵的信仰归属何处?——只有一点可以肯定,那就是让新军士兵信仰什么,他们都有接受的可能,他们只一致性地排斥一种信仰,那就是让他们效忠于大清朝廷。

一九〇八年,一个名叫井勿幕的同盟会员自日本留学回陕,在建立同盟会陕西省分会的同时,他遍访了全省哥老会的龙头大爷,甚至还广泛联络了"刀客"——刀客不是土匪,是杀富济贫的侠盗。当时,刀客领袖汪振乾的党羽遍布晋陕甘三省,井勿幕的家乡就是刀客党羽集中的地方。"那时的哥老会人物和刀客们,看见井勿幕这样一个张子房式的白面书生,居然也会各种武艺,而且有时比他们还好,所以对他很钦佩,情愿听从他的意见"。⑧⑦

一九一〇年六月的一天,陕西新军中的哥老会头目、少数不在新军内任职的哥老会大小龙头和为数不多的同盟会员,在西安城南的大雁塔下举行了一次结盟仪式:关帝神位,点烛焚香,杀了公鸡,喝了血酒,然后宣誓:"经过这次定盟后,彼此都应该同心同德,谁也不能三心二意,如有违背,神灵鉴察。"⑧⑧这次被称为"三十六兄弟歃血为盟"的事件,预示着陕西重大事变的开始。

四川保路运动爆发后,省城西安笼罩在不安的气氛中,城门上出现了匿名大字报:"秦省革命甚伙,多系陆军军官,及各学堂学生,不日将结连起事。"⑧⑨而八月十五杀鞑子之说流传于大街小巷。

武昌首义爆发后,陕西官府加强了戒备,除秘密收集革命党人的名单外,还拟将新军全部调离省城。第一标三营督队官、同盟会员兼哥老会员钱鼎和同盟会员张钫等人见事机紧迫,邀集各同志会商,决定十月三十日举行起义。但是,突然传来消息说,第一标三营和第二标三营二十四日就要调往外地。于是,起义时间被迫提前。二十二日是新军的发饷日,起义代表聚集在营房西墙外的树林里,毕业于日本士官学校的新军第二标一营管带张凤翙被推举为军事总指挥。晚上二十二时许,起义发动了。由于时间仓促,没有制定详细的作战计划,也没有来得及通知外县,但是当各起义部队在城内会合开始进攻军装局时,原来设想的激烈战斗并没有发生。那天,省府的官吏们正在咨议局开会,得知起义的消息后立即散伙。起义官兵用大石条撞开军装局的库门,看见了堆积如山的弹药。在分头攻击各衙门的时候,清军卫队均望风而逃,西安将军文瑞逃进了满城。满城是西安满人居住的区域,住有旗籍两万户,包括老弱妇孺在内约五万人。护卫满城的旗籍官兵关闭城门试图抵抗。二十三日上午,起义官兵用大炮轰开满城城门,洪水般地突入城内,旗兵不支纷纷投降,文瑞见势投井自杀。

起义军占领西安后,商议推举张凤翙担任"秦陇复汉军大统领"。省咨议局副议长郭希仁起草了布告:"各省皆变,驱逐满人,上征天意,下顺民心。宗旨正大,第一保民,第二保商,三保外人。汉回人等,一视同仁。特此晓谕,其各放心。"⑨清廷在陕西的政权倾覆后,未见百姓如何惴惴不安,倒是参加起义的哥老会员焦虑起来。起义的时候,新军内哥老会的"舵把子"各自掌握了一部分部队,起义成功之后,"舵把子"顿时成为拥有实力的人物,他们都认为自己应该当个大官才合乎情理,于是各自竖起旗帜发号施令,大有占山为王的架势。至于究竟给他们什么官位和名号,参加起义的同志意见纷纭以致几乎撕破脸皮。结果,除了大统领依旧是张凤翙之外,一口气任命了两位副统领和六位大都督,都是新军的中下级军官兼哥老会头目,他们是:副大统领钱鼎和万炳南、兵马大都督张云山、粮饷大都督马玉贵、军令大都督刘世杰、东路征讨大都督张钫、西路征讨右翼大都督万炳南、西路征讨左翼大都督张云山。起义军还重新编制了军队,分为六个标,每个标的标统和总稽查以及大统领卫队统带都是清一色的哥老会成员。

继陕西之后响应的是江西。

江西省起事发端于九江。

十月二十三日晚二十时,一声炮响之后,九江新军各营闻声而动。在第五十三标标统马毓宝的指挥下,新军向道抚衙门发起了猛攻。九江道恒保乘轮船逃往上海,知府璞良被拿获后处死。九江起义的消息传到南昌,全城躁动,同盟会南昌支部决定三十日起义。该日晚,新军排长蔡森率队进城,炮营随即响应,城内清军、宪兵和警察无一反抗,大小官吏逃匿一空,南昌城兵不血刃便被起义军占领。起义者面临的还是谁来当首领的问题。各界商议后公举出的人选令人惊愕:请巡抚冯如骙出任新政府都督。这个推举的奇特之处,不仅在于革命成功后竟然将政权拱手交还给大清官吏,而且还在于起义者怪异的政治思路:他们是否想到,让一位在革命宣传中被定性为"满奴"的大清官吏出任革命后的首领,能否自圆其说?——幸好,冯如骙拒绝了。于是,推举新军混成协协统吴介璋为都督,这显然是在模仿湖北的做法。吴都督刚一上任,起义者突然接到一封信——后来才知这封信是伪造的——信内称孙中山、黄兴已经在海外开会,决定任命留日学生、时任江西测量司司长彭程万出任都督。结果,起义者赶快把吴介璋撤了,任命了那位从天上掉下来的彭程万。没过几天,来历不明的彭程万发现,当都督可不是搞测量,新军不服,局面混乱,他很有自知之明地辞职了。接替彭程万的是九江起义首领、原新军第五十三标标统马毓宝。那时候,新军中自认为起义有功的官兵逐渐肆意妄为,而马都督对其一概采取放纵态度,结果引起了江西各界的公愤,马都督因此被迫辞让都督之位。最后稳定江西局面的是原新军混成协第五十四标一营管带李烈钧。武昌首义爆发时,李烈钧正在参加清军永平秋操的途中,听闻起义的消息后,他立即北上进京见到了第六镇统制吴禄贞。吴禄贞认为武昌"气势甚壮",但革命党人"力量薄弱",需要及早行动"以为响应"。李烈钧马上南返,至九江时,"九江已继武汉而光复"。在新军将领的推举下,李烈钧出任江西都督府总参谋长。第二年,被江西省议会选举为都督。

紧接着,山西省也爆发了起义。当时,驻山西省城太原的新军,是第四十三混成协,协统谭振德,下辖第八十五、第八十六标,标统分别是黄国梁和阎锡山。阎锡山是同盟会员,黄国梁虽然不是同盟会员,但也倾向于革命。二十八日,获悉陕西事变的山西巡抚陆钟琦,决定将这两个标全部调往潼关地区。新军内的革命党人听说后,决定立即发动起义,推举的起义司令是第八十五标二营管带姚以阶。二十九日凌晨,城门刚一打开,早就埋伏在城外的第八十五标士兵突然冲进城,第八十六标迅速响应,几声炮响之后,太原城内的旗兵举起了白旗。

> 九月初八日(农历),以五十往攻抚署,以四百五十人往攻旗城。是日黎明,新军入抚署,先获陆抚(巡抚陆钟琦),枪毙之。陆抚之子亮臣,偕其母出视,均枪毙而死,陆之妹穴墙逃去。继劫藩司王庆平至咨议局,勒降不允,囚之。提法使(一省司法最高长官)李盛铎,匿居法官养成所,民军觅之不得。旋匿居民间,居停恐受累,迫之去,而民军一再函邀前往咨议局,李乃只身前往,民军见之大喜,请出理事。李大声曰:"余游历东西洋,外国革命事业,知之甚悉,汝等如此行为,余决不愿与闻。"拂袖而出。民军遂推协统阎锡山为都督,维持秩序……⑨

与山西省新军同时起义的,是以新军第十九镇第三十七协协统蔡锷为总司令的云南新军。梁启超的得意门生蔡锷不是同盟会员,但他将在中国近代史上留下重重的一笔。云南新军在昆明发动的起义战况激烈,后来被推举为都督的蔡锷有战地记述:

> ……午前三时半,步队七十四标第一营唐管带继尧,率所部向制台衙门突击二次,被该署卫队营猛烈之火力击退。第三营管带雷飚,拨一队为步队七十三标之增援,攻击军械局,猛扑数次均未得手。午前六时天微明,据城各炮队,向五华山敌人阵地及督署开始射击。七时,步七十三标及七十四标第三营一部,向五华山及军械局进攻,七十四标第一二营向督署进攻,敌人顽强抵抗,互有死伤。时据圆通军械局之巡防队,(约一哨)向预备队所在地施行射击,而七十三标反对派之官弁,亦收拾残兵,在东城外向城垣一带射击,爰于预备队中分拨一队御之。敌人据军火局一带山地,颇得形势,相持亘二时之久,始行击散。午前九时,各军同时并攻,陷军械局,五华山之全部,几为我所得,敌军之缴械降服者,络绎不绝。⑨

起义过程最为复杂的是湖南。

革命派与立宪派在起义过程中不但矛盾激化,而且竟然在起义后很快导致了流血政变。

1911

　　湖南与湖北接壤,早在五月,两省的革命党人约定,无论是湖南还是湖北,哪个省首先起义,另一个省立即响应。湖南革命党人在新军中的工作卓有成效,湖南新军第四十九、第五十标以及炮队、马队中都建立了革命组织,各标、营、队、排里都有革命代表。武昌起义爆发后,由于通讯中断,湖南的革命党人两天后才得知消息,而湖南巡抚余诚格当天就接到了警报。余巡抚唯恐湖南生变,决定把新军调离长沙,同时调湖南各地的巡防营来长沙戒备。武昌起义的第三天,湖北军政府派代表来到长沙,要求湖南起义响应湖北。于是,新军中的革命党人向余诚格提出,士兵的子弹过少,如果要调走,发三倍的子弹才能成行。余巡抚断然拒绝了这个要求。随即,革命党人约定十八日由炮队举火为号发动起义。但是,十八日那天,炮队虽然举火了,由于余诚格防范甚严,各营最终未能按时发动起义。第二天,革命党人再次召开秘密会议,决定把起义时间推至二十四日。

　　此时,长沙城已经处在极端紧张的状态中。湖南立宪派的绅士们也在紧张地商讨时局,虽然他们一致认为大清王朝寿数已尽,但却反对使用暴力而主张"文明革命"——"文明革命与草窃异,当与世家大族军界长官同心努力而后可。"⑨³

　　湖南立宪派的首领是省咨议局议长谭延闿。

　　谭延闿,湖南茶陵人,父亲曾任山西巡抚,陕甘、闽浙、两广总督。光绪年间中进士,授翰林院编修。一九〇七年,清廷预备立宪后,组织湖南宪政公会,第二年被推选为省咨议局议长,曾数次参加速开国会的请愿运动,并与湖北咨议局议长汤化龙一起,成立了立宪派全国性的组织宪友会。谭延闿不仅是湖南立宪派的头面人物,也是全国立宪派的重要领导人之一。⑨⁴

　　二十日,情况突变:第五十标的革命党人代表被捕,并吐露了起义的全部计划。余诚格立即决定:二十二日驻守长沙的新军一律开赴株州。危急时刻,革命党人将决定将起义时间提前至二十二日。该日上午八点,以湖南新军第四十九标吹哨为号,起义士兵闻风而动,焦达峰率炮队、陈作新率步队开始分路攻城。攻击长沙北门的起义队伍进展顺利,守门的巡防营全部倒戈,城门洞开,起义军长驱直入,未遇激烈抵抗便占领了军装局和咨议局。余诚格仓皇失措,急忙挂出写有"大汉"

二字的白旗以示投降,随后化装逃至上海。巡防营中路统领黄忠浩被捕,他坚持要为大清帝国尽忠,在向北方朝廷的方向磕头谢恩后,被起义士兵斩首。

起义军占领长沙,湖南新政权第一天称为"中华民国湖南军政府",第二天改称为"中华民国政府湖南都督府"。

同样,起义军面临着谁来当都督的问题。

只不过这个问题在湖南显得格外复杂。

起义刚刚结束,在没有立宪派绅士在场的情况下,起义组织者共进会员兼同盟会员焦达峰和陈作新自荐出任都督和副都督:

> ……陈作新领新军入北门,取军装局,遇焦达峰于途,指挥略定,径往咨议局宿舍会议。军学绅商均未至,入座者约二十人,焦即宣言曰:"吾在湘谋革命多年,当为正都督,陈作新运动新军巡防,功亦大,当为副都督。"文斐即如其言红纸大书粘于壁曰:"正都督焦达峰,副都督陈作新。"无梗者。焦、陈始剪辫发,更穿清制之协统服,称都督,坐堂皇,发命令焉。⑼

显然,这种自荐不代表民意。

立宪派的绅士们早在起义前就曾开会决定:"举事后大会于咨议局,推谭延闿为都督,黄忠浩为镇统,并决议捕杀官吏,不杀旗人。"⑼这一决议,竟然在起义尚未完全结束时,用布告的形式张贴了出来——立宪派的绅士们为排挤革命党人而推举谭延闿可以理解,难以理解的是他们出于何种理由同时推举了那个临死也要向大清朝廷磕头谢恩的黄忠浩?况且,就在他们张贴布告的时候,黄忠浩已经人头落地了。结果,听说焦达峰和陈作新自称都督和副都督的布告也贴了出来,立宪派的绅士们立即"咸相与惊异之,多有不知焦为何许人者"。陆军小学校长率领全体学生跑到咨议局,公开反对焦达峰的自我任命——"军界和之,几哗变。"⑼

尽管谭延闿表示,现在是齐心合力的时候,他愿意协助焦达峰维持社会治安,但立宪派的绅士们不肯罢休,向焦达峰提出要设立参议院,推举谭延闿为议长,湖南的军事、政治和经济大事,非经参议院通过不能实施,即使是都督的命令,也要在参议院盖章之后才能颁布。焦达峰随即表示愿意退出,都督可由投票选举产生,他说:"我为种族革命,凡我族之附义者,不问其曾为官僚、抑为绅士,余皆容之。"⑨⑧事情到此,矛盾似乎已经化解,焦达峰无意为革命派掌权而固执己见。

但是,二十六日,同盟会中部总会负责人之一谭人凤到达长沙。

革命派领导人的到来令局势再次紧张起来。

谭人凤听说革命派受到立宪派的排挤,大为愤怒,要求焦达峰利用都督之权解散议院。

解散议院的都督令于三十日宣布。

革命派没有想到他们的行为会引起怎样的严重后果。

新军第五十标二营管带梅馨是个满腹牢骚的军官,因为率部起义后焦达峰拒绝提拔他。三十一日,长沙城内发生银行挤兑风潮,副都督陈作新率队前往弹压。梅馨率领士兵埋伏在途中,将陈作新乱刀砍死,然后冲进都督府,将焦达峰杀害。焦达峰临死前说:"今咨议局绅,煽动黄某残部造反,已杀副都督,今又欲杀余,余悔不用谭人凤之言,将若辈先除,竟为若辈所算,余惟有一身受之,毋令残害我湘民。且余信革命终当成功,若辈反覆,自有天谴。"⑨⑨

焦达峰,湖南浏阳人。一九〇四年入长沙高等普通学堂预备科,并加入哥老会。一九〇六年留学日本学习军事,加入同盟会,曾任同盟会调查部长。之后,又与孙武等人在东京成立共进会,将同盟会"平均地权"的纲领改写成"平均人权"。一九〇九年回国,成为共进会湖北总部负责人之一。后回到家乡湖南,从事发动革命的各种准备工作。被杀时年仅二十五岁。⑩⑩

流血之后,谭延闿就任湖南都督府都督。

客观地看,谭延闿的就任符合历史大局。

湖南的革命党人,无论从哪方面都无法与谭延闿的资历抗衡。

事实证明,谭延闿的出任稳定了湖南大局,解除了湖北新政权的后顾之忧,以至对全国各省的响应都起到了重要作用。

就在湖南的革命党人头落地的时候,上海的革命派却风光无限。

武昌起义爆发后,中部同盟会领导人纷纷投入到援助武昌的活动中,上海响应的任务交给了陈其美和李燮和执行。陈其美,浙江人。早年学习典当业和丝业,一九〇六年留学日本,加入同盟会。一九〇八年返回上海,从事革命活动,创办《中国公报》、《民声丛报》,并协助宋教仁、于右任等人创办《民立报》。一九一一年,同盟会中部总会在上海成立,任庶务部长。⑩李燮和,湖南人,华兴会员,后入光复会。参加黄兴策划的长沙起义,起义失败后逃往日本,加入同盟会。一九〇六年回国参加萍醴起义,后到香港为广州新军起义筹备军饷。上海不但是全国革命力量的中心,也是东方著名的商业城市,因此,革命党人在上海的行动以联络商团和沟通绅士阶层为重心。特别是上海商团,一个具有资产阶级性质的武装团体,其首领李平书倾向革命。陈其美、李燮和与商团商定的举事时间是十一月三日。该日,闸北方面首先发动,巡警局长姚捷勋逃走,商团未经任何战斗占领了闸北地区。上海县城方面,也因为官吏们纷纷逃亡而被商团占领。但是,在进攻江南制造局的时候,商团受到清军的抵抗。陈其美在攻击失败时被捕。第二天,李燮和率队再次发动攻击,经过数小时的激战,江南制造局被攻克,陈其美获救。七日,上海周边各县相继宣布响应革命。

上海起义的过程中,起义者曾使用过"军政府"之名,但很快就改成了"沪军都督府"。陈其美任都督,下设司令、参谋、军务、外交、民政、财政、交通、海军等各部,除了外交部长伍廷芳为社会名流、海军部长毛仲芳为清军起义将领外,其余政府各部首脑均为革命党人——上海可谓是革命党人的丰收之地。

上海宣布独立,导致了大清帝国的主要财政来源江浙地区的响应。

财源中断对于大清皇室是一个致命的打击。

响应武昌起义并宣布独立之势自此蔓延全国。

除北方的直隶、山东、河南、东三省、甘肃和新疆等省份由于种种原因响应未取得成功之外,及至一九一一年底,中国南方各省都已宣布脱离大清王朝的统治:

一九一一年十月二十二日,湖南、陕西响应。

一九一一年十月二十九日,山西响应。

一九一一年十月三十日,云南响应。

一九一一年十月三十一日,江西响应。

一九一一年十一月四日,上海、贵州、浙江响应。

1911

一九一一年十一月七日,广西响应。

一九一一年十一月八日,安徽独立。

一九一一年十一月九日,福建、广东响应。

一九一一年十一月二十二日,重庆响应。

一九一一年十一月二十七日,四川响应。

但是,武昌前线的形势反而不容乐观。

清军与民军已经形成战争形态的对峙。

民军,武昌起义者。

武昌周边各省都已派来了援军。海外留学生听到首义的消息后,更是日夜兼程往国内赶,每个人都决心和起义者在沙场上同生共死。武昌城里的年轻人更是威风凛凛:

> ……我们冒雨步行了三十里,到了武昌,城门紧闭,守城士兵验看介绍信,才放我们进城。城内人人精神焕发,意气轩昂,确有一番革命新气象。又见市上间有青年,穿着青缎武士袍,头戴青缎武士巾,巾左插上一朵红绒花,足穿一双青缎薄底靴,同舞台上武松、石秀一样打扮,大摇大摆,往来市上。我想,这大概是"还我汉家衣冠"的意思吧![102]

就武昌的军事形势而言,清军南下统帅荫昌的指挥不灵和新任湖广总督袁世凯的迟迟不动,给了武昌民军以极其宝贵的应对时间,使他们迅速组织起军队准备迎战——"湖北自创练新军以迄辛亥,已二十余年,陆续退伍散在田间者不少,闻革命军起,都热心从戎,故招募军队亦极迅速"。[103]五日之内便集合起相当于四个协的兵力。

十四日,谭人凤到达武昌,建议黎元洪先发制人,把藏在汉口刘家庙的张彪残部和先期到达的河南军消灭或者赶走,然后沿着京汉铁路把前线推进到河南境内的武胜关隘口。谭人凤认为,只有这样才能确保武昌——革命后的第一个新政权——的安全。黎元洪以"外国领事团禁止在距租界十里内开战"为由拒绝了。[104]直到十七日,得知各国表示了中立态度后,又听说有海军的起义军舰支援,黎元洪才决定出击。

十八日凌晨,民军第二协第三标统带姚金镛率领步队和炮队渡过长江,会同汉口的民军标统林翼支率领的部队,沿着铁路线向刘家庙发起了攻击。位于刘家庙的张彪残部和河南军约有两千人。战斗初起,并未见民军得到起义军舰的支援,倒是清军在军舰炮火的掩护下,藏在火车车厢内向外射击,民军伤亡惨重。在清军的迂回冲击下,民军在撤退中发生混乱,有人大喊:"同胞何处去?何处是同胞的去路?"[105]这声喊,无论语调还是内容,都充满苍凉悲壮。

下午,民军得到增援后再次发动攻击,远远观战的百姓人山人海。听说清军的运兵列车即将开来,铁路工人们疯狂地拆卸铁轨,数丈铁轨转眼之间便无影无踪了。载着清军的南下列车来不及刹车,轰然脱轨,民军与手拿扁担、长矛和铁镐的百姓在一片呐喊中蜂拥而上,清军伤亡者达四百人以上。

第二天,武昌民军继续渡江增援。黎元洪亲自督战,"于二十七日(西历十八日)夜下令,派敢死军一千五百人于刘家庙对敌,畏死者勿容前去,一经得令,告奋勇者顷刻而足"。[106]早晨八点三十分,攻击开始,民军冒死冲锋,炮兵连续轰击,清军伤亡巨大。下午,民军占领了刘家庙,并追击清军至三道桥。这天的胜利,不但歼灭了清军大量的有生力量,而且缴获的物资相当可观,清军丢弃了运送军需的十余节火车皮、军米、子弹、雨衣、背包、帐篷不计其数,甚至还有一百余匹战马。这些战利品被拉回汉口时,武汉三镇的大街上挤满了狂欢的百姓,报纸出的报捷号外到处飞舞。

接下来的战斗却格外残酷。民军内部在如何作战上存在着两种意见:革命党人倾向谭人凤的主张,建议全力向北攻击,把清军打得越远越好,而原来是湖北新军的那些军官却主张以防守为主。分歧导致的结果是攻击不齐心,防守也未牢固。三道桥是刘家庙至滠口两个铁路车站之间的一条狭长的隘路,两面是水,铁路架在三座桥梁上,这里是保卫武汉的军事要地。民军敢死队长徐少斌力主占领这个要地,于是二十二日率队冲击,冲锋时徐少斌中弹落水阵亡,民军被迫撤退到出发地。第二天,敢死队在谢元恺的率领下再次向滠口攻击,在三道桥附近遭到清军机枪火力的严重杀伤,民军阵亡者超过两百人,负伤者也过百人。

这些由起义新军、当地青年、军校学生和各地志愿者组成的民军,其热情和牺牲精神令人震撼。年龄较小的是湖北陆军中学的学生们,他们只领子弹不领军饷,只求一腔热血报效国民。每次上阵之前,他们在都督府里饱餐一顿。黎元洪每次都亲自"与之伴食",当学生们放下饭碗出发时,黎元洪又亲自送到门外,承诺等他们胜利归来要亲自款待。但是,每次归来清点人数时,都发现少了不少学生:

> 濒行,黎送之门外,一一握手曰:"尔曹盍努力杀贼,吾行嗾厨下置备佳肴,俟尔曹战胜归来就食也。"学生军哄然雷应,声震屋瓦。及返,黎果邀入饭室,潜稽人数,较前减十之二三,询以何往?学生军慷慨言曰:"彼辈已以一腔颈血报都督报国民矣!"⑩

英国传教士埃德温·丁格尔二十日那天去了刘家庙战地,他发现攻击受挫的民军并没有流露出沮丧情绪:"站台下是野战炮和穿黑衣服的部队、报废的铁路卡车,军官们的马儿正在路边吃草。人们来回奔忙,所有的热情都倾注在自己所做的事情上。没有人浪费时间。"传教士拜访了一位民军战地指挥官,这是"一个壮实的小伙子,待人周到而热情,是典型的中国人的样子","一身戎装,镇定沉着,温文尔雅,以孩子般的率直,用恰当的汉语措词同我打招呼"。谈到战斗时,这位指挥员"脸上显得冷酷无情,锐利的目光中喷着火"。传教士特别注意到这位指挥员身后的一位副官,"一个非常年轻的小伙子,穿着花格西服——当然剪掉了辫子,无论如何看不出他是一名军官"。⑩

接着,传教士又跑到了清军那边,他在刘家庙的一艘汽艇上见到了张彪——这是武昌首义后关于张彪的罕见的史料:"张彪是一个体格强壮的汉子,大约有五点六或五点七英尺高,他的嘴巴显示出冷酷和坚定。他坐下,翘起二郎腿,用乌黑发亮的眼睛盯着我们。在将军身边站着一个荷枪实弹的警卫。"⑩张彪问传教士是哪国人,从哪里来,想干什么,然后说他正等着荫昌的兵力增援和军火补给,并说他不久就会赢得战斗的胜利,那些造反的人最终会后悔的。但是,传教士并不这么认为:

> 当我看到他未剪发的头和充血的眼睛,说心里话,我感到除了诚恳地表示遗憾外,别的无话可说。一个不久前还是个官职很高的强势人物,佩戴令人眼花缭乱的穗带和钮扣及官

员随身饰物。军队中很看重这些。现在他是一个败军之将,知道自己已经失败,所有的供应已被切断,手上是一支毫无战斗力的军队,他也知道自己的头被悬赏五万元。⑩

攻击汉口的战斗失利后,湖北军政府重新任命了指挥官,一个名叫张景良的人被派往前线。张景良原是湖北新军第二十九标标统,武昌起义后成为军政府参谋部长。几天前,他还在黎元洪面前痛哭流涕,试图劝说黎元洪和他一起逃跑。现在他却突然表现得十分积极,表示要以全家为人质到前线杀敌立功。虽然大多数人坚决反对,但黎元洪还是信任了他。张景良到达前线后,既不召开军事会议,也不下达命令作战,他的消极怠工让南下的清军赢得了时间。

北洋军逐渐加入了作战。

北洋陆军战斗力很强,几乎全是训练有素的老兵,尽管他们作战积极性不高,但是拥有强大的火炮支援,装备有火力凶猛的德式机枪。作战热情高涨的民军武器简陋,且兵员大多数是新兵和学生,从没有经过系统的军事训练。传教士埃德温·丁格尔趴在战壕里目睹了双方的战斗,清军猛烈的火炮和清脆的马克沁机枪声与瑞可西机枪沉闷的射击声交织在一起,"革命军中有许多军官,然而看上去全无秩序。每个人都随心所欲,各行其是"。当清军的火炮再一次集团发射时,民军官兵在弹片横飞中纷纷站立起来,紧张地向四周寻找着他们的同志,然后准备跑。接着,清军"在确定他们的射程后毫不耽搁,把一发接一发的炮弹倾泻在为建立共和国模式而战的人们身上"。⑪

二十七日,清军向民军发动了三路进攻。分路迎击的民军由于新兵太多,不善于利用地形,被清军的机枪杀伤甚多。战至下午,清军在机枪和大炮的掩护下逐渐推进,民军统领张廷辅负伤,炮队统带蔡德懋、敢死队队长马荣阵亡。此时,那个信誓旦旦的张景良竟然下令烧毁刘家庙的子弹和辎重,这一举动导致民军全线军心动摇,刘家庙随即失守。

打了败仗的民军官兵纷纷找张景良要质问他,却发现他已不见人影。经过近乎疯狂的寻找,最后在一家旅馆里找到了他。押到军政府,经过审问,判定张景良通敌。于是,"枭首四官殿木柱上示众"。——关于反复无常的张景良是否通敌,史料纷杂,众口不一,但他在历史转折关头患得患失确是真实的。他被大清帝国列入朝廷表彰的英烈谱，从历史的角度看对他的政治声誉很不利。《清史稿·忠义列传》说他"临刑夷然，大言曰：'某今日乃不负大清矣'。"⑫

二十七日晚，民军各统领和汉口军政分府开会。公推胡瑛为临时总司令，胡瑛以不熟悉军事推辞；又推举统领罗洪升，罗洪升也拒绝出任。黎元洪亲自委派同盟会员、炮兵统领姜明经为临时总指挥，姜明经竟然借故离开了会场。后来听说他得到了清军即将发动更大规模进攻的消息——"自是革军，均人自为战，阵地上并无统率者，然革军倚街市以为险，清军亦不利，相持累日，军民死伤藉野，计不下三万众，其中清军约占万人。"⑬

二十七日这天，清廷连发四道上谕：

其一：

> 宣统三年九月初六日内阁奉上谕：湖北总督袁世凯授为钦差大臣，所有赴援之海陆各军并长江水师暨此次派出各项军队均归该大臣节制调遣。其应会同邻省督抚者，随时会同筹办。凡关于该省剿抚事宜，由袁世凯相机因应，妥速办理。军情瞬息万变，此次湖北军务，军谘府陆军部不为遥制，以一事权而期迅奏成功。钦此。臣奕、臣那、臣徐。⑭

其二：

> 宣统三年九月初六日内阁奉上谕：监国摄政王面奉隆裕皇太后懿旨，现在湖北用兵，军饷浩繁，著拨出宫中内帑银一百万两，由内务府发交度支部，专做军中兵饷之用。钦此。臣奕、臣那、臣徐。⑮

其三：

> 宣统三年九月初六日内阁奉上谕：陆军大臣荫昌部务繁重，势难在外久留，著即将第一军交冯国璋统帅，俟袁世凯到后，荫昌再行回京供职。钦此。臣奕、臣那、臣徐。⑯

其四：

> 宣统三年九月初六日内阁奉上谕：冯国璋著总统制第一

军,段祺瑞著总统制第二军,均归袁世凯节制调遣。钦此。臣奕、臣那、臣徐。⑪

在政权命悬一线之时,为了抓住北洋军这根最后的稻草,清廷作出的决定几乎是孤注一掷的:给予袁世凯钦差大臣的身份,将所有调遣军队的权力全部交给他,并按照袁世凯的要求,将前线的高级军官全部换成北洋将领,同时承诺提供军费保障。大清的皇族们很清楚这样做的后果是什么。但是,相比眼看着政权就要丢失,其他的后果已经不那么重要了。

但是,得到上述承诺的袁世凯依旧没有动身。

袁世凯知道,朝廷距离一个政权最后的政治底线还有后退的余地。

他有的是耐心等着清廷退到绝境的边缘。

果然,二十九日,在南方新军纷纷反叛之后,朝廷一直担心的北方新军发难了。驻守滦州的新军第二十镇统制张绍曾和混成协协统蓝天蔚通电朝廷,提出了包括本年召开国会、组织责任内阁、制定宪法、特赦国犯等十二项政治要求,大有如果朝廷不答应就直接举兵攻打京城的意思。

消息传来,京城震动。

经过一夜惊慌失措的商议后,第二天皇亲国戚们决定再次让步。

这或许就是袁世凯一直等待的那个边缘?

一九一一年十月三十日清廷颁布了罪己诏。

罪己诏就是皇帝向臣民交出的检讨书。

清廷上一次颁布罪己诏,是在一九〇〇年八月二十日,那时慈禧太后和光绪皇帝正颠簸在逃亡的路上,京城已经被各列强国的联合军队占领——与十年前颁布的那份罪己诏一样,朝廷的检讨不可谓不深刻,但那时是"扶清灭洋"、现在是"灭清扶汉",清廷面临的危机截然不同,于是检讨书也就不那么不好写了:

> 朕缵承大统,于今三载,兢兢业业,期与士庶同登上理。而用人无方,施治寡术。政地多用亲贵,则显戾宪章;路事朦于金任,则动违舆论。促行新治,而官绅或藉为网利之图;更改旧制,而权豪或只为自便之计。民财之取已多,而未办一利

民之事;司法之诏屡下,而实无一守法之人。驯致怨积于下而朕不知,祸迫于前而朕不觉。

罪己诏说,之所以天下积怨,是因为朝廷犯了六个错误:一是"干部政策"有问题,任人唯亲,搞裙带关系,这里显然指的是皇族内阁;二是自以为是,顽固守旧,违背宪政精神,导致民声鼎沸,舆论指摘;三是辛丑年后实行新政,并没有起到变革的效果,因为得利的是官绅而不是黎民,普通百姓没有享受到变革成果;四是包括官制变革等一系列措施,说到底还是权贵豪门的利益再分配,民间根本没有得到应有的政治权利;五是横征暴敛,官富民穷,国家聚敛甚多却没办一件"利民之事";六是尽管进行了司法变革,可主持司法变革的人没有一个不贪赃枉法的。当然,对于这些问题,朝廷并没有明知故犯,而是根本就不知道。

接着,朝廷表示出悔意和改正的决心:

> 川乱首发,鄂乱继之。今则陕湘警报迭闻,广赣变端又见。区夏腾沸,人心动摇。九庙神灵,不安歆飨,无限蒸庶,涂炭可虞。此皆朕一人之咎也。兹特布告天下,誓与我国军民维新更始,实行宪政。凡法制之损益,利病之兴革,皆博采舆论,定其从违。以前旧制旧法有不合于宪法者,悉皆除罢。化除旗汉,屡奉先朝谕旨,务即实行。鄂湘乱事,虽涉军队,实由瑞澂等乖于抚驭,激变弃军,与无端构乱者不同。朕惟自咎用瑞澂之不宜,军民何罪,果能幡然归正,决不追咎既往。朕以眇眇之躬,立于臣民之上,祸变至此,几使列圣之伟烈贻谋颠坠于地,悼心失图,悔其何及。尚赖国民扶持,军人翼戴,期纳我亿兆生灵之幸福,而巩我万世一系之皇基。使宪政成立,因乱而图存,转危而为安,端恃全国军民之忠诚,朕实嘉赖于无穷。

这段文字有三层含义:一是表示朝廷决心与全国军民从头做起,以前的成法只要大家有意见,都可以不算数;以后全听大家的,大家说怎么办就怎么办;二是虽然造反的多为军队,但导致矛盾激化的是朝廷任命的那些官吏,所以造反的军民只要放下武器,一概既往不咎,除了要惩办那个惹祸的瑞澂之外,朝廷不准备追究任何人的责任;三是现在皇帝最追悔莫及的,是大清的江山差点就让他葬送了,因此希望全国军民与皇室同心同德,以维护大清的千秋基业——最后这个意思既是核心也是要害,但也很可能让这份沉痛的检讨变成一则笑话,因为朝野内外谁都清楚,臣民们造反的目的,就是要把大清的基业连根拔除。

罪己诏最后把军民造反认定为听信了"匪徒煽惑",不知此时的清廷是否真的还不明白"天下臣民"因何反叛:

> 此时财政外交困难已极,我军民同心一德,犹惧颠危。倘我人民不顾大局,轻听匪徒煽惑,致酿滔天之祸,我中国前途更复何堪设想。朕深忧极虑,夙夜彷徨,唯望天下臣民,共喻此意。⑱

毫无疑问,朝廷"夙夜彷徨"的并不是"中国的前途",而是大清的前途。

至于中国的前途,造反者们早就设想得五彩缤纷了。

清廷在检讨自己的同时,颁发了另外一道改正错误的上谕,上谕宣布释放政治犯、解除党禁、言论自由,同时将孙中山、康有为、梁启超这些已流亡海外多年的"逆党头目"全部特赦了,还说他们曾经的反政府言论和行为虽然"不无微瑕"但统统"不无可原"——处于"颠危"之际的清廷,已经惊慌得不知道巴结谁才好了:

> 党禁之祸,自古垂为炯戒,不独戕贼人才,抑且消沮士气。况时事日有变迁,政治随之递嬗,往往所持政见,在昔日为罪言,而在今日则为谠论者。虽或遁亡海外,放言肆论,不无微瑕,究因热心政治以致逾越范围,其情不无可原。兹特明白宣示,特沛恩纶,与民更始,所有戊戌以来,因政变获咎与先后因政治革命嫌疑惧罪逃匿以及此次乱事被胁自拔来归者,悉皆赦其既往,俾齿齐民。嗣后大清帝国臣民,苟不越法律范围,均享国家保护之权利,非据法律不得擅以嫌疑逮捕。至此次被赦人等,尤当深自拔濯,抒发忠爱,同观宪政之成,以示朝廷咸与维新之至意。⑲

上谕颁布后,第一个被释放的政治犯,就是那个刺杀载沣未遂的汪精卫。

清廷无法想象,他们"特赦"的那些人,包括从海外归来的孙中山、梁启超等等,哪一个都不会"深自拔濯",更不可能对朝廷"抒发忠爱",他们统统是令大清王朝最后轰然坍塌的强有力的推手。

一九一一年十月三十日,自认为诸事已经考虑周全,未来的政治出路已经明了,且自己已经相当安全了的袁世凯,终于从老家那座深宅大院里走了出来。

袁世凯自彰德乘专车南下,进驻湖北孝感,开始了亲自督战。

与袁世凯同时到达武汉前线的是革命党人黄兴。

战局危急之际,黄兴的到来,起到了稳定军心的作用。

黎元洪专门做了一面大旗,上书"黄兴到"三个大字,然后派人骑马举旗在武昌和汉口的街道上来回奔跑,沿途欢声雷动。

清军对汉口发起攻击,民军在统领谢元恺和革命党人居正的率领下奋起反击。在清军的猛烈火力下,居正负伤,谢元恺阵亡。测绘学堂的学生军组成了敢死队,手持大刀,身背步枪,身上斜挂着敢死队的红带子。但是,除了死亡之外,民军无力阻挡清军一轮又一轮的猛攻。

十一月二日,汉口丢失。

清军占领汉口之后开始放火焚城。

无法得知焚城的命令是军事统帅袁世凯还是前线将领冯国璋下达的。或许根本没有正式命令而是清军官兵自发所为。

这场人类战争史上罕见的焚城大火整整燃烧了数天。

"大火中,繁华的中国贸易中心汉口,注定毁灭在这场中国人的战争中。"那位一直辗转于武汉三镇的英国传教士此时身陷于大火中,"好像一个人茫然地注视着一口煮沸的大锅,想到在耀眼的火焰背面,成千的人遗憾地与不久前还生活的地方作悲哀的告别,然后死去。穷人仿佛只能等死,所有的努力似乎都是空想。当一个人看到这一切,他只能流下伤心的泪。"埃德温·丁格尔认为,清廷政府军纵火焚烧城市的行为,是一种令人难以容忍的"国家的歇斯底里":

> 如果在四亿三千万人口中有五十万人无家可归,来哀求你,你会有什么感觉呢?当中国放火焚烧、进行屠杀、做文明人连做梦都不敢想的任何事情时,她向世界显示,过去她是野

蛮的。反对上帝的罪孽及故意彻底烧毁一座城市,恶意毁掉被积累起来的数百万英镑的财富,这都是我们不可思议的犯罪行为。对我们来说,这是最残忍的野蛮行径。对中国来说,这是一件好事,通过所谓的残酷行为,最真正的愚昧行动,最不道德的计谋,使所有的人明白,他们必须安分守己,政府的力量是强大的,他们要干好自己的本职工作,休想参加革命。成千的中国人为了他们坚持的利益而牺牲,财富遭到毁灭,这些事件不是一时头脑发热所致,而是整个国家歇斯底里的结果。[120]

清军进入汉口市区后,"恣意残杀,惨及妇孺,焚烧街市绵亘十余里"。为此,资政院上奏朝廷,要求将清军军官"按律治罪",并代表汉口百姓要求国家赔偿。此时的清廷,任人说什么只有赶快答应。五日,朝廷颁布上谕:"若如所奏情形,实属惨无人道,亟宜查明惩办。著袁世凯按照所奏各节,迅速确查,按律治罪。并著详查人民损失财产,由国家一律赔偿。"[121]——袁世凯到达前线的第一个军事举措,就是命令冯国璋全力猛攻汉口,放火行凶的正是袁世凯的北洋军,清廷的要求等于让袁世凯查办自己,这样的上谕岂不是一张废纸?

汉口火光冲天之时,袁世凯得到了他最想要的东西。

一九一一年十一月一日,以庆亲王奕劻为总理的皇族内阁全体辞职,清廷随即任命袁世凯为内阁总理。

史书记载:"命下之日,太后抱天子痛哭。"[122]

在距武昌首义不足一个月后,袁世凯从隐居状态迅速转变为开始执掌大清王朝的军政大权。

三日,清廷宣布立即召开国会。

这一天,湖北军政府开会总结汉口失守的教训。黄兴认为战事失利的原因是:一、新兵太多,难以指挥;二、军官军事素质低,且均不上前指挥;三、伤亡过大,疲劳过甚,士气不旺,特别是听见机枪声就跑;四、士兵中武汉本地人多,晚上都要回家,且多为临时召募,无法清查兵力;五、没有机枪,山炮质量低劣,武器远不及清军;六、清军训练有素,作战有秩序。与会者一致认为,黄兴以革命党人的名义指挥作战名不正言不顺,应该授予总司令的官职。于是,在黎元洪主持下,湖北军政府举行了"拜将"仪式：

> 秋高气爽,将坛中央竖大旗一面,上绣"战时总司令黄"六个大字。各机关团体部队官兵都列队肃立。首由黎元洪登坛讲话,激励称赞黄兴献身革命,屡经战阵,指挥若定,卓著功勋,特举为战时总司令。凡我将士,均应听其指挥调遣。语毕,请黄兴登坛,黎亲将印信、委任状、令箭等授与黄兴亲收,全场高呼万岁,欢声雷动。黄兴当众演说,略谓:"兄弟有三点意见与我同胞共勉:第一须努力,清兵拼死与我对敌,我若稍存畏缩,敌即攻入我心腹。临战时必须努力,后退者斩首示众。第二须服从军纪。纪律非绝对服从不可;倘不服从,命令何能贯彻执行。今后无论如何危险,皆须服从军纪,不得借故规避。第三须协同,若各存意见,互相摩擦,无论条件如何好,都不能成大事。太平天国的失败,是前车之鉴。"黄兴面色黧黑,乘马巡视全场一周,士兵举枪致敬,他在马上频频举手答礼,最后由黎元洪陪同返回都督府。[123]

根据目前的局势,黄兴提出的建议是:部队休整,等待湖南援军,然后向汉口实施反攻。

与此同时,袁世凯也电奏朝廷要求暂停进攻,他的理由是:

> ……匪在武昌、汉阳夹岸列炮,师舰稍逼,即有损伤。匪炮隐伏岸后,船炮命中綦难,只可击扰,助陆军声势,难得大效。陆军出发仅万余人,除拨守后路及伤亡外,应敌仅及万人,苦战七八日,坚守又数日,以万人分守江岸二十余里……拟就此兵力,谋攻汉阳,而顾此失彼,亦多涉险。两险并计,宜从其轻。反复筹思,策难万全。已饬令统将赶备粮弹,探查路径,并密授进攻方略。如黎逆数日后仍无降服确情,拟即督饬进取汉阳。若复此处,汉口自固。匪断接济,进图武昌,较易措手。[124]

十一月四日之后,武汉前线的态势是:清军占据汉口,民军占据武昌和汉阳,两军隔着长江和汉江对峙相望。

此时的大清朝廷几乎可以忽略不计了,因此,民军方面与之较量的已经不是清廷而是握有军政实权的袁世凯。

从军事上讲,民军兵力薄弱,袁世凯完全可以凭借北洋军的作战能力,一鼓作气拿下武昌和汉阳。但是,他却暂时停战了,他并不急于把民军赶走或者消灭,更不急于把长江南岸那个与清廷对立的新政权扼杀在摇篮里。袁世凯自有他的打算。

历史发展到此时,在众目睽睽之下,袁世凯成为唯一一个至关重要的人物——他既不归属于大清朝廷,更不归属于起义的革命党,他只归属于他自己。这是中国近代史上一个强悍的政治异类。如果中国传统的"乱世出豪杰"的说法还有些道理的话,那么,在整个"国家歇斯底里"的时刻,袁世凯更有理由踌躇满志了。

项城何以蠢拙至此

历史有理由相信,一九一一年武昌首义后,清廷关于速开国会、解除党禁和释放政治犯等一系列政策的连续出台,都是在按照袁世凯的政治意图行事,因为此时的清廷已丧失了决策和实施决策的能力。多年的政治经验使袁世凯深知,朝廷砍掉的脑袋越多,其生存危机就越重,在这样的时刻"剿抚兼施"是唯一可行的策略。于是,他一方面对荫昌——实际上也是对朝廷——说要"筹备完全,厚集兵力",以便将民军"一鼓荡平";[125]另一方面却在与民军方面"作议和之试探"。

刘承恩,袁世凯派出的与民军方面接触的密使。

此人是袁世凯的心腹幕僚,因曾在湖北新军中当过管带,与黎元洪也是旧交。

早在袁世凯没从彰德动身之前,刘承恩就被召到了袁氏庄园。随后,他出现在清军刚刚攻占的汉口,找到一个日本人代他向武昌传递信件。史料显示,通过日本人转给黎元洪的信共有三封,前两封的内容没有确切记载,在第三封信中刘承恩写到,既然朝廷已经颁布了罪己诏,并承诺立即实行立宪,清军与民军完全可以"设法和平了结",朝廷不但保证既往不咎,且凡是有用之人,都可以"相助办理朝政"。刘承恩还特别指出:"项城之为人诚信,阁下亦必素所深知,此次更不致失信于诸公也。"⑫⑥ 黎元洪询问军政府成员如何应对,大部分人主张不予理睬。但是,十一月四日,袁世凯电奏内阁称:"前日令营务处刘承恩及张彪等,致函黎元洪,招其归顺,使洋人送往。时接复书,称现在开会议,一二日定局再告,语气尚恭顺。然匪心叵测,备战仍不敢懈。"⑫⑦ 史料中确有黎元洪写给袁世凯的回信,只是语气未见任何"恭顺",倒是有点嬉笑怒骂的味道:

> 项城官太保麾下:某等之于公,原有汉种亲亲长长之名可以施之称谓。然侧闻公所悉,仍以未得满朝实加黄马褂为憾。想官太保之称,必为公所乐受,故今特如公之微意以称之。此非某等之媚公,乃本于公之心理病上,加以瞑眩之针砭也。

在历数首义获得天下拥护,清廷已经难以自保的形势后,黎元洪指出袁世凯现在"既不为汉,又不为满"的状态,是因为他"自私自为之心深固不摇"。黎元洪劝袁世凯归顺民军,说这样对他只有好处——黎元洪所说的"好处"令人惊讶,并非许诺给袁世凯高官厚禄,而是直接把民国大总统的职位给了他。或许,这就是袁世凯认为黎元洪"语气尚恭顺"的真正原因:

> 公果能来归乎?与吾侪共扶大义,将见四百兆之人,皆皈心于公,将来民国总统选举时,第一任之中华共和大总统,公固然不难从容猎取也。人世之荣名厚实,孰有更加于此者乎?⑫⑧

这是湖北军政府方面希望袁世凯出任民国大总统的最早的文字记载。

无法得知袁世凯读信后的反应,但有一点可以肯定,那就是袁世凯证实了自己的政治设想没有错。先不要说什么"民国大总统"——此时的袁世凯由于处境微妙十分避讳谈论这样的话题——誓要推翻清廷的起义者,没有将他视为势不两立的敌人,而是视为了"我们汉人"中的一员,仅此足以让袁世凯认定自己将胜券在握。

七日,刘承恩派侦探王洪胜从汉口过江面见黎元洪。黎元洪说:"和谈事,如在汉口作战以前,较为好办,现在为时已晚。要和,须将皇族集中居住,供以衣食,不得过问汉人之事。"王洪胜说,现在内阁的旗人都已辞职,袁世凯已出任总理大臣。黎元洪说:"宫保此时不应出来,前任直隶开缺,现因有乱事,又请宫保出来,满人何不自己带兵打仗?此时不将皇上推倒,随便言和,将来更无良法。"㉙黎元洪表达的信息很明确:大清政权必须倒台,不然中国就没有出路,历史也没有出路。当然,也不会让皇室成员饥寒交迫,找个地方让他们有吃有喝就是了,只要让汉人自己商量自己的事,什么都好办。

湖北军政府对于袁世凯的心思揣摩得很精确:如果现在清廷倒了,袁世凯便成了革命的敌人,不但其政治生涯将彻底完结,倘能保住性命晚景也注定凄凉。但是,如果新政权被消灭而清廷依然存在,对袁世凯能有什么好处吗?当年被赶出朝廷的事历历在目,一旦朝廷缓过气来,包括袁世凯在内的袁党们势必又在清除之列,不要说高官厚禄,脑袋能不能在脖子上都很难预料。因此,袁世凯最期望的现状是:双方都不要倒台,至少暂时不要出现意外,双方对峙的时间越长,留给他周旋的时间就越充裕,他实现自己政治设想的可能性就越大。所有的人都很清楚,袁世凯朝思暮想的,绝对不是救清廷于水火,而是他自己的政治前程。

就在黎元洪与袁世凯的信使对话的这一天,大清帝国的北方突然发生了一件大事,这件事差点破坏了袁世凯认为已经趋于成熟的政治谋划。

吴禄贞,清军第六镇统制,不但与革命党人有联系,与立宪党人关系更为密切。此刻,立宪派首领梁启超正策划用金钱收买皇家禁卫军,然后利用各省咨议局的政治势力发动一场里应外合的政变。梁启超之所以敢这样设想,据他说是因为"北方兵事,有熟人,亦有亲贵"。㉚"亲贵"指的是军谘府大臣载涛,而"军中熟人"指的就是吴禄贞。不属于北洋系的吴禄贞能出任北洋高官,是因为他给奕劻送去的那两万两银子。当时,他为了当上湖南或山西的巡抚,先将两万两银子在奕劻管家开的银号里换成一张存单,然后把存单当面送给了奕劻。没过几天,奕劻就有了回音,说是各省巡抚暂时没有缺位,只有保定的陆军第六镇统制空缺。吴禄贞很高兴,"认为做一个镇的统制,有实在兵权,而且保定离北京不远,将来攻取北京也容易。"㉛——吴禄贞与那个通电朝廷要求立宪的第二十镇统制张绍曾早有谋划,决定联合举事,以武力"攻取北京"推翻大清王朝。

但是,吴禄贞手上没有足够的兵力。

第六镇第十一协已归入冯国璋指挥的南下第一军,而且因为不是北洋出身,吴禄贞与第六镇的官兵一直关系疏远。正在这时,朝廷命令他指挥第六镇第十二协前去弹压宣布独立的山西革命党人。吴禄贞认为这是一个千载难逢的机会。他迅速奔赴石家庄,然后沿正太铁路直奔娘子关,秘密会晤了山西民军领导人仇亮。仇亮原是陆军部军制司二等科员,两人"把臂而谈,及于半夜",决定将仇亮率领的民军部队归吴禄贞调遣。吴禄贞回到石家庄后,秘密致电还在滦州的张绍曾,要求他"率第二十镇之兵来与第六镇相合",然后共同发兵京城,趁着北方清军兵力空虚将大清王朝一举捣毁。

十一月二日,吴禄贞在石家庄火车站截留了北洋军开往湖北的军火列车。这一行为令朝廷大为吃惊,但又不敢贸然撤换他,因为无论是袁世凯还是冯国璋的主力全部在武汉前线,一旦北方有变朝廷将万分棘手。于是,干脆封官许愿,任命吴禄贞为山西巡抚。不为所动的吴禄贞于七日在石家庄火车站内开会,向部下公开了他的行动计划,宣布不服从者军法从事,并给官兵分发了反叛时区别身份的缠臂白布条。晚上,吴禄贞就睡在车站里,尽管有人提醒他严防意外,可吴禄贞并没有在意。他把卫士马惠田叫来问:"听说你要杀我,你就杀吧!"马惠田急忙跪下:"统制待我甚厚,我天胆也不敢"。吴禄贞说:"谅你也不敢,起来去吧!"⑫但是,夜半时分,出事了:"吴方在行营司令部,批阅文牍,忽一短衣之差兵闯入,出勃朗宁手枪轰击。吴急呼侍卫,欲起觅所佩手枪,俱已不及,胸前及肘后已连中数弹。然即奋起格斗,掣得案上佩刀,格杀刺者六七人始仆。"⑬

凶手割下吴禄贞的头颅,瞬间消失在夜色里。

凶手正是马惠田。刺杀行动的具体指挥者是第六镇协统周符麟。

吴禄贞上任第六镇后,曾坚持撤换"烟瘾甚深"的第十二协协统周符麟,为此与陈荫昌公开闹翻,荫昌对他抱有强烈的戒心,直言:"你如有异志,我就杀了你!"⑭由于陆军部"坚不应允",周符麟始终没被撤换。此时,周符麟得知吴禄贞即将谋反,密电荫昌决定献上吴禄贞首级。荫昌回电:"事若成,当以万金赏。"是日,仇亮的部队屯兵于"七里之外的正太铁道附近",第六镇的部队"则屯于十里之后"。凶手闯入时,没有任何防备的吴禄贞"急觅逃路,已不可得"。吴禄贞的副官周维桢"在邻室,亦为所杀"。㉞

只有载涛认为,吴禄贞的被刺与袁世凯没有关系。

但是,大部分人都把幕后策划锁定在袁世凯身上。理由是:一、吴禄贞截留的是袁世凯急需的军火,这是对袁世凯后方的重大威胁。二、吴禄贞是反袁阵营中的重要一员,他与皇族中强烈反袁的良弼是日本士官学校同学,且皇族一直将吴禄贞视为牵制袁世凯的一枚棋子。三、吴禄贞不除对于袁世凯的政治前途来说多了一大障碍:"吴之种种布置,已为袁世凯和北京侦悉。袁其时虽住广水,而钳制载沣等逐步计划,早有成算,取得政权,即在指颐;若使吴直捣北京,进行颠覆,则满盘计划全空,尚有何戏可唱?"㉞——这是随荫昌南下的陆军部秘书科长恽宝惠的记述,想必有其可信度。

很难设想,如果吴禄贞的军事行动成功,清廷被袁世凯势力之外的新军推翻,一个新政权随即在北京宣布成立,那么,还在湖北境内与民军对峙的袁世凯将处在怎样一种尴尬的境地?进而推之,辛亥年的历史将又是怎样的一番模样?

被吴禄贞事件惊出一身冷汗的袁世凯,于十一月九日再次接到黎元洪的回信。黎元洪在信中依旧劝说袁世凯看清形势,不要再为那个没有前途的皇室效忠。黎元洪引用了孟子的话:"虽有智慧,不如乘势;虽有镃基,不如待时。"——虽然你精明过人,但善于利用形势才是大智慧;虽然你握着锄头,但看准时令节气才能种出好庄稼。

黎元洪本是朝廷命官,袁世凯给他写信并不令他意外,真正令他惊愕的是革命党人黄兴写给袁世凯的信。黄兴在信中告诉袁世凯,清廷所谓的下罪己诏、开放党禁、实行立宪和改组内阁,相对于目前形势来讲统统都是枝节问题,现在的根本问题是要推翻帝制创建共和。黄兴希望袁世凯不要对清廷抱有任何幻想,并语重心长地帮他回忆当年被赶出京城乃至差点丢掉性命的往事,劝说袁世凯不要被朝廷的重新起用冲昏了头脑:

……以明公个人言之,三年以前满廷之内政外交稍有起色者,皆明公之力。迫伪监国听政,以德为仇,明公之未遭虎口者,殆一间耳。此段痛心历史,回顾能不凄然!……迫鄂事告急,始有烛之武之请,满奴之居心,不诚令人心冷乎!近日北京政界喧传明公掌握兵权,当为朝廷之大害,是以满奴又有调明公回京组织内阁之命。夫撤万众之兵权,俾其只身而返,乃袭伪游云梦之故智,非所以扬我公,实所以抑我公;非所以纵我公,实所以缚我公也。⑬

接下来,黄兴表达了对袁世凯的期望:

……人才有高下之分,起义断无先后之别。明公之才能,高出兴等万万。以拿破仑、华盛顿之资格,出而建拿破仑、华盛顿之事功,直捣黄龙,灭此虏而朝食,非但湘、鄂人民戴明公为拿破仑、华盛顿,即南北各省当亦无有不拱手听命者。苍生霖雨,群仰明公,千载一时,祈勿坐失。⑬

大清帝国的满朝文武,包括袁世凯在内,都知道黄兴是地位仅次于孙中山的革命党的首领,革命党领导人竟然对他如此器重,说他完全有资格成为中国的拿破仑或者华盛顿,这着实令袁世凯意外。

利用袁世凯与清廷的矛盾争取他倒戈,并不是黄兴个人的天真。

这种热望在革命党人心中具有普遍性。

追求的仅仅是"排满"和"汉盛",革命党人的失败由此而注定。

接到黄兴来信的这天,袁世凯将前线的各项事宜安排妥当,然后动身进京奉旨组阁。

十一月十日,袁世凯的密使刘承恩、海军正参领蔡廷干,带着英国驻汉口领事葛福的介绍信,乘坐俄国驻汉口领事馆提供的小轮船渡江到达武昌。第二天,当他们走进湖北军政府时,出现在面前的是一大群军政府的各级领导——革命党人不愿让黎元洪单独与他们会商,而刘承恩和蔡廷干也没有开大会的任何准备。蔡廷干首先发言,他说袁世凯不愿用武力解决问题,目前中国最好的出路是君主立宪。刘承恩也跟着说,只要大家赞成君主立宪,两军就可以停火息战。他们的话引起了会场上的激烈反应,大多数军政府领导人表示必须创建共和,民军的军事将领还痛斥了谋杀吴禄贞的罪行,表示与袁世凯这样的人根本没有合作的可能性。刘承恩提醒各位说,如果双方僵持下去,恐怕会引起列强干涉。然后,他对君主立宪制作了一个有趣的比喻,说实行君主立宪制后,皇帝如同一座泥像,供不供奉以及如何供奉,权力在僧人而不在这座泥像:

> 朝廷仍拥帝位之虚名,人民已达参政之目的,所谓一举而两善存也。满人虽居心狡诈,然经此一番改革,大权均操之汉人。清帝号虽存,已如众僧供奉一佛祖。佛祖有灵,则皈依崇拜之;不然,焚香顶礼,权在僧人,佛祖亦无能为也。[139]

黎元洪表示,列强瓜分这种说法,也许可以吓唬天下人,但是吓唬不了湖北人,不要说列强无意也不敢瓜分中国,就是有这样的企图,哪个能保证留住朝廷就不受瓜分了? 说到君主立宪,谁也不能确保这里没有包藏着一个惊天大阴谋:现在袁世凯涣散民军之心,又挑拨各省之间相互冲突,目的就是等他能够坐收渔利的时候"驱逐满人,自践帝位"——黎元洪的这一判断,竟然被未来的历史验证了。接下来,黎元洪给袁世凯指出了一条光明大道,说这样的好事如果不做只能说明他愚蠢透顶:

> 即令返旆北征,克服汴冀,则汴冀都督,非项城而谁? 以项城之威望,将来大功告成,选举总统,当推首选。项城不此为之,乃行反间之下策,成否尚不可知。吾不知项城何以蠢拙至此! [140]

民军与袁世凯的最大分歧,在于实行君主立宪还是实行共和制。在这一点上,袁世凯和立宪党人的立场是一致的。

朝廷宣布解除党禁后,梁启超秘密回国,致力于创建君主立宪制:"用北军倒政府,立开国会,挟以抚革党,国可救,否必亡。"梁启超的行动方针是:"和袁、慰革、逼满、服汉。"[141]而另一位著名的立宪党人严复,因翻译赫胥黎的《天演论》而成为近代中国著名的启蒙思想家,他坚定地认为中国无论如何不能实行共和制,而保留帝制的充足理由是中国的文明发展还不够完善——这是贯穿于辛亥历史全程的最为重要的观点之一,也是关于中国近代社会发展走向的值得思索的观点之一:

1911

……政府以其总收入的三分之一用于改编军队,而摄政王完全凭借这支军队作为靠山,以为这样一来他就将壮丽的城堡建筑在磐石之上了。他自封为大元帅,让他的一个兄弟统率陆军,让他另一个兄弟统率海军,他认为这样至少不愁没有办法对付那些汉族的叛逆子民了。他做梦也不会想到,恰是他倚仗的东西有朝一日会转而猛烈地反对他……随后一切都失去控制,甚至北方的军队也杀机毕露。于是便有十月三十日的诏书,皇上发誓要永远忠实服从不久就要召开的国会的意愿。他发誓不让任何皇室成员进入内阁;他同意对所有政治犯甚至那些反对皇上的革命者实行大赦;宪法由议会制定并将被无条件接受。如果一个月前做到这三条之中的任何一条,会在清帝国发生什么样的效果啊……所有这些都太迟了……他们允许目前这个王朝在法律上存在呢,还是干脆将其废除代之以中华共和国呢,还是他们相互战斗到最后……现在没有人敢于预言。但依我愚见有一点可以肯定,即如果他们轻举妄动并且做得过分的话,中国从此将进入一个糟糕的时期……直截了当地说,按目前的情况,中国是不适宜有一个像美利坚共和国那样完全不同的、新形式的政府的。中国人民的气质和环境将需要至少三十年的变异和同化,才能使他们适合于建立共和国。共和国曾被几个轻率的革命者如孙逸仙和其他人竭力倡导过,但为任何稍有常识的人所不取。因此,根据文明进化论的规律,最好的情况是建立一个比目前高一等的政府。即,保留帝制,但受适当的宪法约束。[142]

显然,要让湖北军政府接受君主立宪制是不可能的。

袁世凯已经到达北京。

这是三年前他被皇族们赶出京城后第一次回到这里。

他的出现,似乎给所有人带来了希望,皇族们、绅商们、各国公使们以及他在京城中的幕僚们,所有人都期待着他能令时局起死回生。

袁世凯忙成一团,除了觐见太后、小皇帝和摄政王之外,他拜访了皇族所有的大员以联络感情,还拜会了各国公使以试探其政治立场。

但是,连续发生的一系列事件,令袁世凯无法从容地实施自己的政治谋略。先是得知海军倒戈的消息:不但甲午之后帝国政府花费巨额银两重建的海军瞬间化为乌有,而且据说海军的军舰已经开赴武昌准备支援湖北民军作战。接着,就接到了山东宣布独立的电报。各省宣布独立已不是什么新闻,只是山东新政权的都督让袁世凯有些不知所措——孙宝琦,原清廷山东巡抚,现为山东军政府都督,而他与奕劻和袁世凯都有儿女姻亲。最后,更令袁世凯心惊的消息传到了京城:另一个与他有儿女姻亲之人、川粤汉铁路督办大臣端方,被革命党人杀于四川资州。

端方,字午桥,号匋斋,满洲正白旗人,托忒克氏,生于一八六一年。曾中举人,初任职于工部。一九〇〇年,外国联军打入京城,慈禧太后逃亡西安,时任陕西布政使的端方忠实拱卫,深得慈禧宠信。不久之后,端方升任湖北巡抚兼代理湖广总督。一九〇四年调任江苏巡抚兼代理两江总督。一九〇五年,他成为清廷出国考察宪政的五大臣之一,回国后曾以《请定国是以安大计折》、《请平满汉畛域密折》等上奏力主官制改革,实行君主立宪。端方切望朝廷为国家政治"导以新希望",这位封疆大吏有着满族大员少有的远见卓识。但是,一九〇九年,刚刚上任直隶总督的端方,犯了个不大不小的错误:因为喜欢照相,他在东陵拍了慈禧移葬的场面。于是,因大不敬罪被免职。端方擅长书法,诗词歌赋尤佳,他本可以自此舒展自己的闲情雅致,但是到了帝国面临危机的时刻,他又被重新起用了,而且被赋予了一个危险的职务:川汉、粤汉铁路督办大臣。

一九一一年夏,四川大规模的保路运动爆发,端方奉命率湖北新军一部自武昌启程前往四川。部队行军至湖北宜昌时,新军官兵不愿意再往前走,端方急忙给每人颁发一枚银质奖章以笼络军心。部队到达四川重庆后,新军里的革命党人密谋杀掉端方然后起义。这时,武昌首义已经发生二十多天,因为路途中消息闭塞,新军官兵们还一无所知,而端方自然知道武昌发生了什么:"凡每到一处即派专员坐守,电局往来电文由彼译出,凡关于革军之件概匿而不发。"⑭十一月十三日,端方到达资州。此时,四川的形势日益危急,由于岑春煊托病迟迟不赴任,朝廷已任命端方为代理四川总督,只是他本人还没有获悉这项任命,而新军中的革命党人已经决定就地起义了。

1911

二十二日,全国各省相继独立之事已无法隐瞒,端方召开了军人会议。第三十一标标统曾广大代替端方讲话,他说端方原本也是汉人,后来才加入的旗籍,现准备把大家带出四川,到河南后宣布独立。官兵们表示反对,要求立即返回湖北。散会后,革命党人商议,先杀端方再回湖北。曾广大曾是端方的部下,得知官兵们要行动时,仍旧为端方说好话以求免其死。但是,革命党人拒不答应,认为端方虽然对大家不错,但无奈他是满人,又是清廷的钦差大臣,如果不杀他,就无法取信于武昌的革命同志。晚上,士兵任永森、卢保清、贾智刚、郭长富、汪启发、叶青山、戴昌盛等数十人来到端方行辕。当时,跟随端方的所有大员都已经跑了,只剩下随营照顾他的弟弟端锦。端锦,河南候补知府,曾留学日本,著有几卷本的《东西洋铁路纪要》,受邮传部委派赴国外考察路政刚刚回来,因为哥哥端方身体欠安才伴他一路西行。端方见士兵们来势汹汹,忙问有什么事,士兵们说要军饷。端方说已经预备了十万,士兵们说不够,请他到第十六协司令部所在地天上宫去议处。端方和端锦被带到天上宫,士兵们要求他俩并排坐在一条长木凳上。端方知道大祸临头了,他哀告说:"我们都是同胞,素极亲爱,若要官饷,自流井的四十万两银子马上可到。今天饶兄弟一命,将来国家定有相当办法。"新军士兵们说:"你今天之所以有此遭遇者,是你先辈人种下的祸根,投入旗籍,残杀汉人。这些血债,你是偿还的负责人。"⑭端方随即落了泪:

> "我本汉人陶姓,投旗才四代,今愿还汉姓何如?"众曰:"晚矣。"端方又谓:"我治军湖北,待兄弟们不薄,此次入川,尤特加厚。"众曰:"诚然,但此乃私恩,今日之事乃国仇。"话音未了,其他士兵大呼:"武昌起义,天下响应,汉族健儿,理应还鄂,效命疆场,是何端方,巧言蒙蔽,使我辈处于附逆地位。今天公仇为重,不杀你端方不是黄帝子孙。"卢保清仓卒间觅得菜刀一把,另有人将端方拖到院中阶石上,卢持刀向端方猛砍,因有衣领护颈,连砍十余刀,头才落地。端方死前连呼"福田救我"不止(曾广大,字福田)。任永森从排长汤日跻身上抢过指挥刀,杀死端锦。大家将两颗首级,装在子弹箱内,洒上石灰,以便带回湖北。端方兄弟尸身则塞入薄棺,大

书"端儿之尸"四字。⑭⑤

端方和端锦的头颅被新军士兵带到武昌交给了湖北军政府。

"一般志士,欲以端之首级置诸两湖劝业场中为陈列品,黄陂(黎元洪)不表赞同,且曰:'端抚鄂州,对于吾民尚无恶感。今彼已遭惨杀,即专制时代尚不能予以死后之罚,况共和国乎?'乃函封其首,又电至川督尹昌衡,检端遗骸运载至汉口,派员并其首赍送便阳,交端之家属葬之。"⑭⑥

宣统三年十一月十九日,清廷内阁颁布上谕:

> 奉旨:署四川总督端方,才尤敏练,学识宏达,由部属外任监司,洊膺疆寄。庚子之变,在陕西护抚任内,保卫维持,厥功甚伟。嗣充出使各国考察政治大臣,南北洋大臣。后因案革职。旋以候补侍郎充督办粤汉川铁路大臣。川中乱起,派令驰往查办,并署理四川总督。宣力有年,勤劳素著。兹因带队入川,中途遇害,死事情形惨不忍闻。殊堪悯恻。著加恩予谥,追赠太子太保,并赏给二等轻车都尉世职,照总督阵亡例从优赐恤,任内一切处分悉予开复,应得恤典该衙门查例具奏。灵柩回旗时,沿途地方官妥为照料,准其入城治丧。伊子外务部参事继先(端方之子)著以四品京堂候补,监生陶磐(端方之子)著以主事候补。伊弟三品衔河南候补知府端锦,随行入川,因救兄同时被害,尤属忠义可风。著照三品官员阵亡从优赐恤,以慰忠魂。钦此。内阁总理大臣表。⑭⑦

端方之死,给皇族们的心头蒙上了一层恐惧。

袁世凯怀着复杂的心情开始组阁。

不出所料,北洋亲信赵秉钧(民政大臣)、王士珍(陆军部大臣)、杨士琦(邮传部大臣)、梁士诒(邮传部副大臣)等都进入了内阁,立宪派著名人士张謇和梁启超虽没有就职,仍被袁世凯任命为农工商大臣和司法副大臣。

皇族在国家权力中心消失了,取而代之的是袁世凯。

这是大清王朝的最后一任内阁。

袁世凯内阁成立的前提,是载沣退出摄政王之位,这是不允许皇族干政的具体措施。

宣统三年十月十六日(一九一一年十二月六日)上谕：

> ……监国摄政王面奉隆裕皇太后懿旨：据摄政王面奏，自摄政以来，于今三年，用人行政多拂舆情，立宪徒托空言，弊蠹因而丛积，驯致人心瓦解，国势土崩。以一人措施失当，而今全国生灵横罹惨祸，痛心疾首，追悔已迟。倘再拥护大权，不思辞避，既失国民之信用，则虽摄行国政，诏令已鲜效力，政治安望改良，泣请辞退监国摄政王之位，不再干预政事。情词肫切，出于至诚。予深处宫闱，未闻大计。惟自武汉事起，各省响应，兵连祸结，满目疮痍，友邦商业并受影响。每一念及，寝馈难安。亟宜察内外之情形，定安邦之至计。监国摄政王性情宽厚，谨慎小心，虽求治綦殷，而济变乏术，以致受人蒙蔽，贻害群生。自应俯如所请，准退监国摄政王之位。所钤监国摄政王章，著即缴销。仍以醇亲王退归藩邸，不再预政。著赏给岁俸银五万两，由皇室经费项下支出。嗣后用人行政均责成内阁总理大臣、各国务大臣担负责任……[148]

据说，载沣被剥夺了摄政王之位后，退朝就伤心地哭了。在内阁法制院任职的汪曾武，那天途中与载沣的轿子相遇，他听见了年轻的摄政王的哭声：

> ……宣统三年秋八月，武昌革命起事，湖广总督瑞澂弃城而逸，朝命袁世凯督办军务，袁进退维谷。奕劻力言袁可削平大难，召之入京，命为内阁总理，削除摄政王号，以责任内阁故也。朝旨既下，摄政王载沣退朝大哭而出东华门。余适至内阁法制院，院在东华门外北池子，驱车入东华门，遇之途，御者以王出避道，余在车中犹闻其声，到院方知其事。[149]

在内阁总理袁世凯看来，皇族们的哭声并不重要，重要的是如何对待那个仍与清军对峙的湖北军政府。他的决定是：以军事压力为未来的谈判争取更大的政治筹码。

袁世凯组阁的第二天，一九一一年十一月十七日，冯国璋命令北洋军向民军发起猛攻。

与此同时,黄兴也下达了反攻汉口的作战命令。

湖北民军兵力不足,反攻作战主要由湖南增援而来的湘军承担。黄兴的作战计划是分三路进攻:第一路由步兵第三协协统成炳荣率部从武昌青山渡江,在汉口湛家矶登陆,向刘家庙实施攻击;第二路由步兵第六标标统杨选青率部乘装甲小火轮从汉阳出发,在汉口龙王庙登陆后,相机攻击前进;第三路由黄兴指挥驻扎在汉阳的各路部队,这支反攻作战的主力部队将分成三路:右翼为湘军第一协协统王隆中部,左翼为湘军第二协协统甘兴典部,步兵第五协协统熊秉坤部为总预备队。民军事先在断琴口架设了浮桥,十六日晚二十二时,黄兴率总司令部渡过断琴口浮桥。连日大雨,道路泥泞,过了江的黄兴并没有看见甘兴典的部队,找了半天才发现士兵们都躲在民房里避雨呢。黄兴命令他们立即回到攻击阵地上去。战斗在天亮时猝然开始。打先锋的学生军异常勇猛,两翼部队也陆续向前推进。接近中午的时候,清军的机枪射击猛烈起来,炮火也随之密集起来。突然,不知为什么,甘兴典部队中的几名士兵开始往后跑,由此导致大量的士兵跟着往后跑,甘兴典本人也骑在马上朝后狂奔。混乱令黄兴怒不可遏:

> 黄先生率领总司令部人员及督战队持刀拦阻兵士后退,并砍伤了几个后退的士兵。但溃兵汹涌而至,竟要向拦阻后退的人开枪射击。不得已,只好让他们后退。他们在后退途中,有些士兵被敌军打到我阵地后方的炮弹炸伤了,于是又惊慌起来,拼命抢渡浮桥。因人多桥断,溺水死者达数百人。⑬

直到天黑,民军才全部撤退回汉阳。

计划中的三路反击部署根本没有得到贯彻:第一路成炳荣部竟然把出击的方向搞反了,发现时已晚,官兵们在大雨中精疲力尽,再返回去谁也走不动了,而协统成炳荣下错命令的原因是他那天喝醉了。第二路杨选青部根本就没有行动,原因是杨协统正赶上那天结婚。更令黄兴不能容忍的是,甘兴典部莫名其妙地溃退下来后,依旧没有停止脚步,直接往湖南老家方向跑去了。

黎元洪下令,将成炳荣撤职,将杨选青正法。

湖北军政府同时致电湖南都督谭延闿,要求将那个跑回湖南的甘兴典就地正法。

汉口反击战从决策上就存在失误。正如黄兴的参谋长李书城所说：对训练有素的北洋军认识不足，作战前没有做到知己知彼，贸然攻坚犯了军事上的大忌。同时，如果不贸然反攻汉口，清军是不敢轻易攻击汉阳的，因为汉阳不但工事坚固，地形也有利于民军。只要保住汉阳，就能有更多的时间争取各省的响应和支援。但是，汉口反攻战斗的失利，倒让清军彻底弄清了民军的实力，汉阳转瞬间处在了危险之中。

汉阳的危险还来自于民军防守力量的不足。甘兴典部的逃亡使防守汉阳的王隆中部压力倍增。王隆中不但没有调整部署准备苦战，反而擅自将部队从汉阳开回武昌进行休整。李书城奉黄兴之命前去劝说，并设法筹集了五十万元的慰劳金送给该部。但王隆中坚持认为，部队经过多日的连续作战，兵员损失甚大，士兵疲乏过度，必须在武昌休息几日，才能再赴汉阳战场。

清军对汉阳的攻击突然开始了。

汉阳是武汉三镇的制高点，并且拥有大量的兵工厂，如果清军占领了汉阳，武昌几乎无法固守。这一点冯国璋很清楚："武汉者，南北之枢纽，水陆之咽喉，自古为兵争之地……今日之战，则重在汉阳。汉阳之大别诸山，俯瞰武汉，如釜底一丸，下掷则全城瓦碎，不待攻而自破矣。"[51]

二十日，清军各攻击部队到达指定位置并完成了攻击准备。

这一天，黄兴召开了军官会议决定死守汉阳。

同是这一天，英国传教士兼记者埃德温·丁格尔在武昌见到了黎元洪。他发现面对严峻的军事形势，湖北军政府并没有显现出不安，"政府人员在紧张地工作着，来自那座楼房的命令，正改变着整个中国历史的方向"。毫无疑问，湖北军政府是中国历史上"最廉洁、最勤奋努力、而且最有效率的政府"，虽然"远未达到完美的程度，但却是中国人公共生活中的巨大进步"。显然，这位英国人对黎元洪的印象很好，"很少有人能从一个在国家生活中默默无闻之辈变成政治知名度最高的人"，黎元洪的名声"现在已传遍了文明世界的每个角落"；"他了解人类的基本信仰，吸引了一些能干的人，他们打算把中国交还到中国人民手中"。

黎元洪用英语接受了武昌首义后第一位外国记者的采访:

"我们已经在比预料中更短的时间内把更多的省份聚拢在我们的新旗帜下,这证明,中国正期待采取这一步去推翻满清。"

"黎将军,为什么革命会爆发?您能简短地对我讲一下,您认为革命突然爆发的真实原因是什么?"

"数年以来,整个帝国充满着愤慨情绪,认为满清决不会带给中国人民公正……虽然革命比预料的要发生得早一些,但所有的中国人都明白,它的到来是迟早的事……中国一直在等待着首义者……只希望永远埋葬满清的统治……"

"您确信革命肯定成功,整个中国将效忠于共和派的旗帜下?"

"我个人渴望看到每个省作为一个拥有自己议会的自治省,但受全国性政府控制。我们的蓝本取自美利坚合众国。我们会像美国一样有一个总统控制各省议会。"

"您会推荐谁成为总统——也许是袁世凯?"

"啊,不。"黎迅速答道,"……我们一定会扫除满清,我想袁世凯不会变成我们的总统……我只是认识他,但我并不很了解他及他现在对中国的野心……也许袁世凯会在共和派中获得高位,但他现在只是观望。"[152]

黎元洪最后对这位英国记者说的话,因其见识远远超越于那个时代而格外令人敬重。黎元洪说:"事实上,我们渴望尽可能多的外国人到中国来。只有通过中国人和外国人的共同努力,中国的开放才能做得更好。我们意识到,新共和国只有通过与世界上其他国家更加自由的合作,中国的能源才能得到开发。我对我们的陆军、海军、国防、中小学和大学,都没有什么可担心的。我们最需要的是他们能帮我们增加财富。"[153]

黎元洪在武昌与英国记者侃侃而谈的同时,袁世凯在北京接受了英国《泰晤士报》记者莫理循的采访。采访文章登在二十一日的《泰晤士报》上,题目是《袁世凯论危机》,副题有两个:《有限君主还是共和国》以及《分裂的危险》。袁世凯认为,中国人的国民素质只适于君主立宪制,大多数的中国人,特别是占社会绝大多数的底层民众,并没有推翻皇室的意识与愿望,所以他很担心一旦皇室被推翻,动荡将使国家"陷于无政府之境"。那么,剥夺皇室实权,使其"仅存虚名",也许能确保整个国家的安全与平稳。袁世凯甚至还考虑到这样一种结局:"若今次革命推倒清室,将来守旧党必又起而革命,谋恢复帝制,似此国中扰乱不已,人人将受其害,数十年间,中国将无太平之日矣!"[154]

袁世凯对国民素质的担忧不无道理。

但是,几年之后,恢复帝制并非守旧党而是他自己。

袁世凯更为详尽的政见,发表在几天后的《时报》上。

袁世凯认为,革命党人总是指责中国专制,实际上中国专制得还不够彻底,从而导致政府不能尽负其责、百姓随意失信于政府,这才是中国政治的根本结症:

> 中国数百年来号称专制,其实即专制亦不完全,致民人不知尊敬政府,民人亦不明白政府应担责任。现在所有鼓动民人,而民人乐从者,无非曰不纳税、无政府耳,此亦有国无责任政府,数百年于兹之故。中国进步党中有两种人,一种主民主共和,一种主君主立宪。余不知中国人民欲为共和国民,是否真能成熟?抑现在所标之共和主义,真为民人所主持者也?中国情形纷扰,不过起于一二党魁之议论,外人有不能知其详者。故欲设立坚固政府,必当询问其意见于多数国民,不当取决于少数。除上所陈外,又各有利益,各有意见,学界、军界、绅界、商界各发议论,若任其处处各为一小团体,则意见不能融洽,或且发生瓜分之祸!清政府现在虽无收服人心之策,而已颁行宪法信条十九条,大权将在人民之手。故以限制君权之君主立宪政体与国民欲取以尝试不论是否合宜之他种政体比较,则君主立宪实为经常之计![155]

就在袁世凯呼吁建立"坚固政府"之际,位于武汉前线的北洋军对汉阳开始了猛攻。

二十四日,清军推进到仙女山、锅底山和扁担山一线,黄兴命令湘军协统刘玉堂在仙女山御敌。刘玉堂身先士卒,率部反击数次,不幸中弹阵亡。仙女山失守后,锅底山、扁担山也相继失守。为了挽回颓势,黄兴派出部队绕道袭击清军的后方,虽未明显奏效,但已让清军倍感压力。二十五日,民军方面显露不支。几次进攻受挫后,阵亡人数已达三百余人。在清军的迅猛推进下,民军的总司令部几乎成为前沿。二十六日,清军继续猛攻,民军纷纷后退,黄兴亲自督战,"并将后退者斩二十余人",可还是无法阻止后退的狂潮。湖北都督府副参谋长杨玺章自告奋勇率队出击,很快中弹身亡。民军不得已退至武昌,汉阳随即失守。

冯国璋致电内阁、军咨府、陆军部:

> 今日拂晓,攻击梅子山,十一点占领龟山,午后四点克复汉阳,因令严加防守。本日我军伤亡甚少,获匪枪炮无算。匪乘船向武昌逃窜,大半被我炮击及溺死,约千余人。兵工钢药等厂未被匪毁。工人溃散。派员查看,尚未回报。国璋谨肃。初七日。[156]

二十七日,湖北军政府听取了黄兴关于汉阳失守的报告。黄兴愤怒地谴责民军军官作战不力,但在场的军政府领导多认为是黄兴指挥不当。当晚,黄兴乘轮船东下,黯然离开武昌。

自十月二十八日到武汉,黄兴苦战月余,虽然汉口、汉阳相继失守,但民军的苦战吸引着北洋军主力,为全国各省的响应赢得了宝贵时间——"克强之功,不在守汉阳之孤城,而在其大无畏之精神。以未经教练之乌合残卒,含辛茹苦,抵抗冯国璋北洋熟练之雄师,因此稳定起义之武昌,促各省革命之崛起。"[157]此说颇为公允。

汉阳战场上一片狼藉。红十字会在寻找伤员时看见了这样的情形:"在粪坑和死水塘附近,我们发现了一些破帽子、军服,这些不幸的牺牲者都被扔了进去。成滩的血随处可见,子弹和子弹盒散落在地上,数以千计。七条没有枪托的机枪,成箱未启用的山炮弹,十五至三十颗炮弹积聚在一起,一片片尸骨、带血的绷带和其他的一切,都是这场战斗的残酷性的有力证据。"如同攻占汉口时一样,清军对平民进行了屠杀和抢掠,难民们企图乘船逃往武昌,他们的船在江中受到清军的机枪射击,难民们"坐着的时候,就已经被打得皮开肉绽了,现在他们死的时候呈坐状,互相挨得很紧。有些人侧倒在船的一旁,尸体挂在船舷上,随着木船笨拙地行驶而来回摇动。一些人被击中头部、肚子、手脚,疲倦地躺在船尾,激流正冲击着船舱。他们躺在那儿,脸浸在水里,躺着的时候就被淹死了"。⑱

汉阳的丢失致使武昌岌岌可危。

二十九日,设在蛇山脚下的都督府遭到清军炮击,黎元洪在参谋们的簇拥下往洪山方向撤退。一位军务参谋奉黎元洪之命去寻找孙武等人,准备商议武昌防御问题,等参谋回来的时候发现黎元洪已不见了,他骑马一直追到三十里外的卓刀泉关帝庙,才看见黎元洪的马拴在庙外——"我冲进去,见黎夹着一块猪耳朵正在吃早饭,见我即说:'你来吃饭,吃猪耳朵。'"⑲黎元洪坚持要把都督府撤退到更为安全的葛店去,于是都督府的人马又走出了三十里。突然,后面有人快马追来,来人报告说,袁世凯的代表在英国领事的陪同下前来议和,请黎大都督赶快回武昌去。

这是湖北军政府自武昌首义以来最为彷徨无定的时刻:

> 此数日中,武昌已成无政府状态。都督府顾问兼编制部长汤化龙先已化龙而去,理财部长胡瑞霖托招募公债,挟多金去沪。孙武本人留在城中,他的家属却在别处安置。残散士兵,满街都是,居民逃散,家人相寻,机关员役,所存无几,四方投效的人,有的还在上书言事,有的行装甫卸即后悔不应入此危城,起义人员有的说都督去则去耳,我们自有人在,意在孙武;有的说何患无都督,某人可信任,意在张振武。在此种情况下,黎元洪及其左右亲信,诚恐都督一席有变,所以不请自回。⑳

清军攻占汉阳后,完全有能力一举拿下武昌,袁世凯却再次命令冯国璋停止攻击。袁世凯的这道命令,不但令湖北军政府意外,眼看将立殊勋的冯国璋也很不情愿。

袁世凯的政治智慧,远不是黎元洪和冯国璋能够相比的。

就在黎元洪跑到小庙里吃猪耳朵的时候,汉口的租界里已聚集起全国各省派来的代表——他们根本不管清军是否要进攻武昌,也不管湖北军政府是否能守住武昌,他们正在讨论一件具体而又急迫的事:未来中华民国的首都到底建在中国的哪座城市里?

早在十一月十日,黎元洪就通电已经宣布独立的各省都督,让他们派代表来武汉商议组织临时中央政府之事。因为如果不成立中央政府,哪怕是临时的,各省都督府就还是一个造反团体。然而,就在黎元洪通电发出的同时,江苏、浙江也联合通电各省,邀请代表到上海会商组织临时政府事宜。结果,产生了到底在哪里开会才算正宗的争执。黎元洪自然主张在武昌,因为武昌是首义地点;但江浙方面认为上海交通便利,况且武昌目前在炮火之下,并不是一个开会的好地方。经过反复争执,二十日,各省代表作出决定,"承认武昌为中华民国中央军政府,以鄂军都督执行中央政务",同时也表达了"政府设在武汉,议会则设在上海"的意见。二十三日,汉阳战斗正酣,武昌方面派出的代表居正、陶凤集亲自到达上海,邀请代表们奔赴武汉。

三十日,各省代表躲在汉口的租界里,于隆隆炮声之中开始开会。

汉口会议最终形成的重要决议有二:一是讨论并通过了临时政府组织大纲;二是"如袁世凯反正,当公推为临时大总统"。

关于中华民国的首都,汉口会议始终争论不休。有人主张建在上海,遭到章太炎等代表的强烈反对。正争论时,突然传来南京被民军占领的消息,于是又有人提出应该建都南京。黄兴、宋教仁、章太炎以及江苏都督程德全、浙江都督汤寿潜等人都参加了会议,这个由革命党人、立宪党人以及绅商们组成的与会成员注定莫衷一是。十二月四日,在各方都作出妥协后,会议决定未来的首都定在南京——从武汉、上海两派代表的立场上看,南京无论从心理上还是在地理上,都处于折中的位置。

接着,饱受炮声袭扰的代表们又乘船奔赴南京。

在两军交战的情况下,这群兴致勃勃地商议如何推翻朝廷另立政府的代表们,能够在上海至武汉、武汉至南京之间往来穿梭且安全无恙,不能不说是一个奇迹。个中原因如果不从袁世凯那里寻找几乎不可解释。

袁世凯已经看到了大势所趋。

十一月三十日,仅仅三个小时之内,袁世凯连续七次致电冯国璋,命令前线的北洋军停止一切进攻。其中的一封电报,表明了袁世凯此刻正在期待什么:

> 不得汉阳,不足以夺民军之气;不失南京,不足以寒清军之胆。[161]

这就是袁世凯需要的最有利的局面:攻下了汉阳,让湖北军政府和全国宣布独立的省份都认识到袁世凯强大的军事实力;同时,之所以任由民军攻占南京而不去反攻,目的是让清廷知道民军的厉害——只有在民军和清廷两方面都害怕的情况下,袁世凯才能坐收渔翁之利。

随着局势的变化,列强们的立场已经从不希望清廷倒台转变为支持袁世凯一统天下。列强们知道,用武力不可能维持大清帝国的旧貌,唯一的办法是"调和南北,使南方接受在清王朝减弱的统治下的立宪政府"。[162]列强们需要依靠袁世凯维护他们在华的最大利益。与袁世凯交往多年的英国公使朱尔典早在十一月间便与他达成了三点默契:一、立即停战,二、清帝退位,三、袁世凯为大总统。显然,前两项是第三项的铺垫——英国人在中国近代史中的诡秘行径和对中国政治的涉足之深,令人感叹。

向湖北军政府传达袁世凯议和意向的,是朱尔典指使下的英国驻汉口领事葛福。十二月一日,葛福派他的部下盘恩带着议和秘密条款渡江前往武昌试图面见黎元洪。盘恩一直追到洪山也没把黎元洪追上,只能与留守在武昌的革命党人蒋翊武和吴兆麟商量。正在担心清军将要进攻武昌的革命党人得知袁世凯要求议和后,大大地松了一口气。问题是,盘恩带来的议和条款,要湖北军政府盖上大印才能生效。于是,蒋翊武和吴兆麟给军政府留守人员打电话,军政府里只剩下了军务部职员高楚观和张汉仆,两个人商量了一下,一个人草拟条文,另一个人急急忙忙地临时刻了一枚都督印,盖完章已是半夜,盘恩拿着盖了章的议和条款当即返回汉口。

黎元洪不但没有追究私刻都督印之事,而且还很高兴地返回了武昌城。

更让黎元洪感到意外的是,一个名叫朱芾皇的人求见,声称带有汪精卫的密信。汪精卫在密信里说,他已经与袁世凯商量妥当,双方都不打仗了,等袁世凯逼迫清廷退位后,选举袁世凯为大总统。汪精卫注定是个屡有惊人之举的人物。清廷宣布释放政治犯,汪精卫出狱后立即受到袁世凯的特别优待,袁世凯还指令其长子袁克定与汪精卫订立了金兰兄弟誓盟。同是袁克定换帖把子兄弟的同盟会员朱芾皇,此次身负袁世凯和汪精卫的双重委托来到武汉。黎元洪很快就派人陪同朱芾皇去汉口,请俄国领事奥斯特罗维尔霍夫充当中间人,以便与冯国璋商谈停战事宜。冯国璋既没有接到袁世凯的电报,也没有得到袁世凯的密令,于是他认为朱芾皇是个骗子或者是个奸细,决定把他立即枪毙。但是,冯国璋的参谋长建议他给袁世凯打电报询问一下。袁世凯自然不会向冯国璋透露如此机密的内幕,其闪烁其辞的回电弄得冯国璋一头雾水,只好把朱芾皇放了了事。脱险之后的朱芾皇给湖北军政府方面写了一封信,说"不出三天,必有好音"。[163]

双方暂时约定的停战时间是十二月二日,限期是三天。

三天很快过去,接着又商议延长十五天。

经过双方签字的停战条款是:

一、停战十五日,由西历十二月初九日即十月十九日早八点钟起,至二十四日即十一月初五日早八点钟止,期内除秦晋蜀三省另有专条外,两军于各省现在驻兵地方,一律按兵不动。

二、袁总理大臣派唐绍仪尚书(邮传部尚书)为代表,与黎大都督或其代表人讨论大局。

三、因秦晋蜀三省电报不通,恐难即日停战,是以所有以上停战条件与该三省无涉;惟停战期内,两军于该三省各不加增兵力或军火。[164]

一九一一年十二月十二日,各省代表在南京召开第一次大会。代表们首先需要决定的是:由谁出任军事首脑。因为事先曾承认武昌为中央军政府所在地,以及委托鄂军都督府执行中央军政府事务,黎元洪自然认为自己是首脑。但是,当决定建都南京后,代表们又变了,一致推举黄兴为大元帅,黎元洪为副元帅。结果,黎元洪不愿意,黄兴又力辞不干。代表们只好再次作出决议,改黎元洪为大元帅,黄兴为副元帅;黎元洪驻守武昌,黄兴暂在南京行使大元帅之职。接着,开始推举政府首脑,也就是未来的大总统人选。历史自这一刻起开始显得怪异起来。代表们提出的候选人是:一、黎元洪,二、黄兴,三、袁世凯,四、孙中山。有史料称,代表章太炎提出的民国大总统候选人是现任大清皇帝溥仪。

将力主推翻的皇上列入未来民国大总统候选名单,固然荒谬得离谱,但是,清廷内阁总理大臣袁世凯出现在候选名单上也是一个危险的信号。立宪党人自不必说,革命党人对袁世凯抱有期望的也不在少数。除了已经与袁世凯达成默契的汪精卫之外,黄兴在十二月九日致汪精卫的电报中再次表达了这样一种意愿:

> 项城雄才英略,素负全国重望,能顾全大局,与民军为一致之行动,迅速推倒满清政府,令全国大势早定,外人早日承认,此全国人人所仰望。中华民国大统领一位,断推举项城无疑……⑯

这是中国近代史上的尴尬时刻。

正如黄兴所担心的那样,民国一日不宣布成立,大总统一日不上任,所有的起义以及响应就仍然停留在大清帝国反叛者的处境里,列强们也不会承认没有名目的新政权,革命就不能说是大功告成。因此,反叛者急需一个在全国乃至世界都具有威信力的临时政府大总统。但仅从候选人名单上看,大清皇帝可不予理睬,黄兴力辞不就,黎元洪缺乏众望,袁世凯现在还是一个敌人,那么又该如何是好呢?

"如袁世凯反正,当公推为临时大总统",这是各省代表——其中不少代表是革命党人——经过表决的公意。或许在此时,大多数人都对袁世凯依旧将自己的命运与那个行将灭亡的清廷捆绑在一起而感到困惑。难道袁世凯不知道拿破仑和华盛顿吗?难道他不知道"开国大总统"是一个千载难逢、名垂千古的殊荣吗?难道真如黎元洪所说没人知道"项城何以蠢拙至此"吗?

就在历史彷徨无定的时刻,突然传来的一个消息使事情似乎出现了转机。尽管这个消息令一些人更加彷徨无定,但至少可以暂时结束那段彷徨无定历史。

这个消息是：孙中山回来了。

历史的赌注

孙中山是在美国科罗拉多州一个名叫丹佛的小镇上得知武昌首义的消息的。

史书对孙中山在一九一一年十月间的行踪记述向来有异。《辛亥前美洲华侨革命运动纪事》称："国内武昌革命爆发，翌日，两路筹款员不期而遇于堪萨斯，不在沿途下车，而直往纽约办理外交事宜。"⑯——孙中山是分两路在美国筹款者之一，但是堪萨斯距离丹佛甚远，此说显然与孙中山亲笔所撰《革命原起》中的记述相悖：

> 武昌起义之次夕，予适行抵美国科罗拉多省之丹佛市。十余日前，在途中已接到黄克强在香港发来一电，因行李先运送至此地，而密电码则置于其中，故途上无由译之。是夕抵埠，乃由行李捡出密码，而译克强之电。其文曰："居正从武昌到港，报告新军必动，请速汇款应急"等语。时予在丹佛，思无法可得款，随欲拟电之令勿动。惟时已入夜，予终日在车中体倦神疲，思虑纷乱，乃止。欲于明朝睡醒，精神清爽时，再详思审度而后复之。乃一睡至翌日午前十一时，起后觉饥，先至饭堂用膳，道经回廊报馆，便购一报携入饭堂阅看。坐下一展报纸，则见电报一段曰："武昌为革命党占领。"如是我心中踌躇未决之复电，已为之冰释矣。乃拟电致克强，申说复电延迟之由，及予以后之行踪。遂启程赴美东。⑰

孙中山没有提及与他一起到达丹佛的还有什么人。

十月十二日那天，他在丹佛的那间小旅馆里一直睡到中午时分，醒来后才得知武昌首义的消息。

武昌起义无疑是震动西方的一个大事件。

1911

起义本身不具新闻性,可"武昌为革命党占领"确是惊人的消息。此前造反的革命党人还从来没有占领过中国的任何一座城市。

孙中山从丹佛回到纽约,即刻成为媒体关注的焦点。媒体对他下一步的行踪做了若干预测,普遍认为他定会迅速回国。

十月十五日,就在袁世凯致电朝廷说自己无法赴任湖北的那一天,中国之外的世界舆论对孙中山的报道连篇累牍:

旧金山电云:旅美华侨已捐集美金洋二十万,以济革命军,孙逸仙现在美国召集大会议,定明日庆祝革命之成功。[168]

东京电云:闻孙逸仙已由美国挟有巨资,启程回国。[169]

旧金山电云:中国革命党首领孙逸仙声言,必须推翻目下之满洲政府以组成共和国,彼将有为将来共和总统之希望。孙已于西历十月十六日由丹佛启程赴太平洋海滨,并在该处募集捐款以助革命党,旧金山华侨已捐集三十万元。[170]

英国《每日电讯报》:在纽约有七千华人,而在加利福尼亚有将近五万华人。芝加哥的华人不到一千。几十名受到美国民主精神熏陶的中国青年人已毕业于芝加哥大学,准备随孙逸仙博士回中国……[171]

但是,令所有人不解的是,孙中山并没有立即回国。

这始终是一个众说纷纭的历史话题,因为孙中山的行为已超出了一般人的寻常思维:在革命即将成功的时刻,他的回国必将极大地推动革命进程,同时也能避免革命进程中发生各种政治意外——后来的历史证明,意外确实因为他的迟迟不归而屡屡发生。而孙中山自己的解释是:他本可以二十天左右赶回国,亲自参加战斗"以快平生";但他又认为自己能够为革命尽力的,不在疆场而在"樽俎之间"——"樽俎之间"本意是宴会,孙中山指的是"应酬",即他需要在外交上与列强们应酬:

> 时予本可由太平洋潜回,则二十余日可到上海,亲与革命之战以快平生。乃以此时吾当尽力于革命事业者,不在疆场之上,而在樽俎之间,所得效力为更大也。故决意先从外交方面致力,俟此问题解决而后回国。[172]

这一解释依旧无法令人解惑。

十月二十六日,孙中山向日本友人鹤冈永太郎透露了他的行动计划,想必这个计划令日本人都大吃一惊,因为孙中山在强调了"目前华中起义,系由本人所指挥"之后,[173]接下来的打算竟然是绕行地球一周:先从美国横跨大西洋到伦敦,然后去德国和法国等欧洲国家活动,再从欧洲经印度洋返回亚洲,如果日本政府允许他登陆的话,他先横渡太平洋回到美国,再取道美国西雅图前往日本。诚然,尽管列强们已经宣布中立,但也不排除有干涉的危险,特别是日本和俄国声称"若革命及于满洲,日、俄两国将不与列强相商,立即出兵"。[174]孙中山详细分析了列强们各自所持的立场:美、法两国是同情中国革命的,德、俄两国是反对中国革命的,日本是民间同情而政府反对,只有英国是民间同情而政府未定。但是,无论如何,既然孙中山明确知道自己必须回国,那么,他绕行地球一周的决定还是令人费解。如果他认为确有必要去为新政权的外交和财政事务奔走,他从美国动身的时间是十一月二日——那一天汉阳失守,武昌城岌岌可危——远在美国的他如何得出了起义已经成功需要进一步进行外交斡旋的结论呢?

武昌起义的第二天,《纽约时报》登出关于中国革命的社论,社论称"只有袁世凯是唯一能将和平与秩序给与中国的人"。[175]

想必孙中山也会看到这张报纸。

对列强怀有一种不可克服的恐惧心理,是辛亥年间革命党人共同的心理弱点。这一弱点导致他们的行为超乎常理。列强干涉的可能性确实存在,根本的问题更在于,革命党人找不到能够抵抗干涉的途径,他们也没有抵御干涉的力量。

为了得到美国政府的支持,孙中山写信给美国国务卿要求会晤,但是没有得到任何回音。在这种情况下,他离开美国开始了全球大巡游。

孙中山豪情满怀。

到达伦敦后,他对英国记者说:"倘国人召彼前往组织中央政府,以总理一席属之,彼必乐为效力。"[176]

孙中山确定无疑地认为,他是中国革命的当然领袖,他很愿意回国去当新政权的首脑。但是,他很快就发现自己陷入了一个尴尬的政治困境中:对中国政局有着重要影响的英国政府,其政治立场与美国《纽约时报》所持的一样——列强们从来没有对孙中山在中国的政治地位表示过认同。

孙中山来英国的目的,除了想得到英国政府的贷款,以便回国后供新政权之需外,还想阻止四国银行团按照与清政府签订的合约向清廷提供贷款。然而,到了英国,他才发现,这一点根本用不着他操心,英国政府已经停止了向清廷支付贷款,原因是在驻华公使朱尔典的建议下,英国政府在清廷与袁世凯之间选择了后者,停止支付贷款是迫使清廷向袁世凯交权的手段之一。英国方面明确地告知孙中山:"所有外国人以及反满的团体,都可能给予袁世凯以总统的职位——假如他能够驱逐满清并赞成共和。"⑰在英国政府的眼里,孙中山并不是个符合英国在华利益的可靠代言人,他仅仅是个"理论性的与喜说大言的政治家"而已。

英国政府的态度显然严重影响了孙中山的情绪。他回国就任新政权首脑的乐观与自信迅速降温。在与伦敦《海滨杂志》记者的谈话中,孙中山的态度大变:"不论我将成为全中国名义上的元首,还是与别人或那个袁世凯合作,对我都无关紧要。我已做成了我的工作,启蒙和进步的浪潮业已成为不可阻挡的。中国,由于它的人民性格勤劳驯良,是全世界最适宜建立共和政体的国家。在短时间内,它将跻身于世界上文明和爱好自由国家的行列。"⑱

孙中山致电民国军政府:

> 《民立报》转民国政府鉴:文(孙文)已循途东归,自美徂欧,皆密晤要人,中立之约甚固。惟彼人半未深悉内情,各省次第独立,略致疑怪。今闻已有上海议会之组织。欣慰。总统自当推定黎君。闻黎有请推袁之说,合宜亦善。总之,虽宜推定,但求早巩固国基。满清时代,权势利禄之争,吾人必久厌薄。此后社会当以工商实业为竞点,为新中国开一新局面。至于政权,皆以服务视之为要领。文临行叩发。⑲

这是一封重要的历史文件。

孙中山第一次正式表示:自己对回国任新政权首脑并不刻意追求,支持黎元洪也同样支持袁世凯出任民国首脑。

从个人品质上看,这或许是一种境界。

从革命的角度上看,这确是一种无奈。

首脑之事可先放一边,还是钱最为实际和重要。孙中山认为,现在国内的革命领导人,没有一个拥有大量资产,尽管他们都是出类拔萃的人物,但国内革命的任何行动需要的还是钱——"中国革命运动目前的状况,恰似一座干燥树木的丛林,只需星星之火,就能腾起熊熊烈焰。这火星便是我所希望得到的五十万英镑。"[180]

孙中山在英国没能得到一分钱。

十一月二十一日,他到达法国巴黎。在访问了政界和报界人士后,他向法国东方汇理银行总裁西蒙请求贷款,遭到了明确拒绝。"不行,至少目前无法立即照办,"西蒙说,"四国银行团对此态度完全一致。银行团和他们的政府决定就财政观点方面严格采取中立,在目前情况下既不发行贷款,也不预付款额。"[181]

一无所获的孙中山离开巴黎前往亚洲。在横渡印度洋的漫长航行中他改变了计划,他没有绕道美国西雅图然后去日本,而是于十二月二十一日在香港登陆。胡汉民、廖仲恺、谢良牧等以及同盟会员李杞堂、陈少白、容星桥等前往迎接。随即,孙中山便与迎接他的革命党领导人发生了矛盾。

胡汉民等人认为,清政府大势已去,所依赖的不过是袁世凯的数万兵力,而袁世凯是居心叵测之人不能信任。现在,沪、鄂两地军政府之间存在严重分歧,内部矛盾也很激烈,如果孙中山去上海或是南京,势必会被推举为大总统。只是,这个大总统没有军队,而且要面对复杂的矛盾,号令怕是很难得到施行。如果袁世凯的军队大举南下,几个月之内不可能荡平东南,那么孙中山可先到广州,以广东为根据地抓紧时间整训军队,然后出兵北伐,或许可以实现全国真正的南北统一。应该说,胡汉民的说法具有相当的合理性,如果孙中山采纳了这个建议,未来的历史如何演进值得期待。

但是,孙中山不同意,他要立即去上海。

孙中山的观点是:现在中国最重要的问题是无政府,只有尽快建立起全国统一的革命政府,才能迅速达到彻底推翻大清王朝的目的。就形势而论,沪宁是前方,不上前方而退守广东,等于避难就易,对不起革命同志的翘首盼望。袁世凯固然不可信任,但可以"因而利用之,使推翻二百六十余年贵族专制之满洲",这样远胜于我们"用兵十万"。我们所恃的是人心,袁世凯所恃的是军力,为什么不用我们所长而用所短?

列强们对袁世凯的公开支持是影响孙中山的重要因素。

利用袁世凯的力量对大清王朝实施最后一击,从而避免功亏一篑的可能和大规模的流血战争,最终达到推翻帝制的革命目的,这或许是孙中山可以采取的最合理的策略了。但是,始终萦绕在辛亥历史中的一个核心问题是:革命的最终目的是什么?仅仅是推翻满清王朝吗?

一九一一年十二月二十五日,孙中山在蒙蒙细雨中抵达上海。

孙中山受到了各界的热烈欢迎。

当时,关于民国政府的政治与军事首脑之争"尚未结局",不同阶层不同派别的人都感到"进退维谷",孙中山的到来令各方以为问题也许可以"顺利解决"了。

孙中山住进宝昌路四〇八号。

各省都督纷纷来电,内容大同小异,皆沉浸在"大局可定"的欢欣中。

接着,就有舆论说,孙中山带回了很多钱,甚至还带回了军舰。章太炎说:"逸仙返,甫抵岸,自谓携兵舰四艘至,且挟多金。"[182]谭人凤则说:"迨中山到沪,大开宴会,侈谈清廷借款已被破坏,民军方面如何渴望列强投资。而其代为吹拍者,又谓业带款项若干,且有外国兵船许与帮助。"[183]"革命不在金钱,而全在热心。"孙中山在回答《大陆报》的采访时说,"吾此次回国,未带金钱,所带者精神而已。"[184]

但是,孙中山很快就会知道,他所面临的是怎样一种局面。

当他还在印度洋上颠簸的时候,袁世凯与民国军政府的议和已经开始。

显然,议和从一开始就与孙中山是否回国没有任何关联。

十二月七日,清廷颁布上谕:

> 现在南北停战,应派员讨论大局,着袁世凯为全权大臣,由该大臣委托代表驰赴南方,切实讨论,以定大局。[185]

袁世凯即刻委托唐绍仪为他的全权代表。

唐绍仪,孙中山的同乡,却与袁世凯交往甚久。同治十三年官费留学美国,毕业于哥伦比亚大学。回国后先在天津税务衙门任职,随后被派往朝鲜办理税务,得以结识跟随庆军驻扎在朝鲜的袁世凯。袁世凯在天津小站训练新军时,他曾协助新军营务处总办徐世昌办理营务。后历任外务部右侍郎,沪宁、京汉铁路总办和邮传部左侍郎。一九一〇年任邮传部尚书。直到一九三八年在上海寓所被国民党特务用斧头砍死,唐绍仪的人生经历几乎就是民国上半叶风起云涌的政治史的缩写。此时,这位学贯中西的朝廷大员凭借着袁世凯的信任而踌躇满志。

北方议和代表团出发前,在北京锡拉胡同的袁宅受到袁世凯的接见。袁世凯在讲话中表达了他始终"以社稷朝廷为念"的赤诚,并强调"南方的民党很猖狂,我们总要想出确保社稷的完全之策"。然后,他自问自答地说:"诸位想想到底采用什么国体最为恰当?我是主张现在实行君主立宪最为恰当,将来国民程度渐渐开通,懂得共和的真谛,再慢慢改为共和政体。"袁世凯一开始就传达了这样一个信息:他虽主张君主立宪,但也不反对将来共和。袁世凯的这一立场深藏政治谋略,在场的代表们心知肚明但谁也不吭声。

十二月九日,黎元洪致电上海都督府:

> 沪都督转伍先生廷芳鉴:清袁内阁派唐绍仪为代表,来鄂讨论大局。十一省公推先生为民军代表,与之谈判,此举关系至重,元洪已专托苏代表雷君奋前往迎迓,务望辱临,至为盼祷。黎元洪叩印。[186]

伍廷芳,祖籍广东,父亲在南洋经商,他出生在新加坡,十三岁入香港保罗书院,曾在香港高等审判庭当翻译。一八七四年自费到英国留学,取得大律师资格。回到香港后,任法官兼香港立法局议员。他与李鸿章交往密切,曾被召入直隶总督府办理洋务,随后出任大清帝国驻美国、西班牙、秘鲁等国公使。一九〇二年回国后进入朝廷中枢,先后任修订法律大臣、会办商务大臣、外务部右侍郎和刑部左侍郎。武昌首义爆发后,他写信给载沣和奕劻,劝说清帝退位。上海被民军占领后,他与革命党人陈其美和立宪党人张謇等组成"共和统一会",致力于推翻帝制实现共和。

1911

黎元洪认为,在武汉两军依然对峙的状态下,非伍廷芳不足以担此重任,因为他"学问纯深,阅历素优,洞悉外交机宜"。⑱但是,伍廷芳不愿意来汉口,他并不认为自己是鄂军的代表,他一直是江浙立宪党人的代表,而且他认为南北议和的地点应该在上海。袁世凯却认为,要谈就在武汉谈,因为武汉的黎元洪已顺服,且清军在武汉前线占据着军事优势,兵临城下的局面对谈判只有益处。

十二月十一日,唐绍仪到达汉口。

伍廷芳却迟迟不来。

黎元洪只好自己出面。

双方见面地点,选在了武昌城外一家毡呢厂里,见面的形式是一起吃一顿西餐,西餐的餐具是从英国使馆和英国商人那里借来的。吃完西餐后,达成的唯一成果是:还是去上海谈为好。

唐绍仪的随员们没有参加西餐会,而是去拜访了清军前线总指挥冯国璋。冯国璋的指挥部设在汉口大智门火车站的一节车厢内,令代表们惊讶的是,这位袁世凯的心腹大将直到现在还不理解袁宫保的政治意图。冯国璋一个劲地埋怨说:"民军败退以后都已向上游四散,武昌民军寥寥无几,我军又将两岸大小红船全部调集北岸,长江随时可渡,武昌唾手可得。如要议和,我看最好让我先克复了武昌,三镇在握,再同他们城下议和,岂非必操胜券?"议和代表们没人敢说出袁世凯的企图,只好含糊其辞地劝慰冯国璋:"恐怕宫保也有他的心事,日子长了总会明白的。"⑱

黎元洪派出的代表是温宗尧、汪精卫、王正廷、钮永建和胡瑛。最奇怪的是,汪精卫同时也是袁世凯任命的议和代表之一。值此决定国家政治命运的关键时刻,汪精卫有何殊才致使敌对双方同时认定他堪当此任?在武昌开往上海的轮船上,大家"看见了一位美少年",后来"才知就是名赫一时的谋炸摄政王载沣的汪兆铭"(汪精卫,字兆铭)。除了"美少年"汪精卫之外,那些曾被朝廷描绘为"逆匪"的南方议和代表个个光鲜时髦。胡瑛头上戴着一顶洋式帽子,眼镜斜搭在短而粗的鼻梁上,身上穿的是漂亮的裘皮绸服。因为"天气寒冷,他穿了三件这样的衣服,最外面一件是蓝色的,金光闪闪,缀有花朵"。另一位革命党人代表孙发绪则是"一个贵族气质的绅士,他整洁地穿着最新流行款式的洋服:绿色花呢长大衣,一顶垂边布帽、手套、拐杖和其他显示其派头的东西"。英国传教士埃德温·丁格尔当时也在船上,他认为这些南方革命党人的代表们"从自己身上除去了一切中国的东西,虽然在内心、在言论、在想法上他们都仍是中国人"。[189]南方议和代表的政治态度很坚定,那就是废除大清王朝的目标绝对没有商量的余地,如果议和改变了这一目标他们将重新发动流血的革命。至于袁世凯,代表们"沉默了一会儿"说:

> 我们对袁世凯的态度可以概括为一句话。如果他顽固地支持清王朝而反对人民的愿望,他是注定要失败的。他也许可以短时间地强奸民意,但任何人都无法挡住人民前进的道路——无论他多么能干。另一方面,机会已呈现在袁世凯面前。如果袁能顺应民心果敢地结束清王朝的统治,他将获得人民永远的谢忱。那将说明他是一个明智的人。[190]

袁世凯的北方代表们原来认为,到了上海总比到处是革命党的武昌安全,但他们很快就发现自己依旧处在革命党的威胁之下。他们住进上海都督府指定的沧州饭店,由于饭店的主人是考取过进士的刘学洵——就是当年奉慈禧太后之命到日本刺杀康有为的那个清廷密使——安全应该不成问题,但是"不到两三天就接连出了些事。起先是顾鳌被他们拘禁起来。顾出事后,杨度一面请巡捕房对他予以人身自由的保护,一面自己也躲起来了。又有人恫吓副总代表杨士琦,要剪掉他的辫子,于是杨赶紧走避到亲戚家去,不仅不敢出屋,以后简直就没露过面。其余的代表,也有打电报向北京暗通消息的、问讯的,也有私自溜出上海的。由于代表们这样自由四散躲避,所以见面的机会很少,到了上海后就没聚会过一次,因此当时究竟有多少代表留在上海,都做了些什么,遭遇到哪些困难,也就不得其详了"。[191]

当事人的记述想必不会捏造。

如果真是如此,这叫什么代表团?

各省代表根本没参加任何一次会谈,所谓南北两个代表团之间的议和,实际上就是以唐绍仪与伍廷芳为首的少数人的关门磋商。

唐绍仪和伍廷芳有着相似的人生经历。他们都留过学,回国后都曾在朝廷里任职。从这两个主要人物看,没人认为这样的议和会成为一场争吵。唐绍仪口头上坚持君主立宪的立场,但时刻暗示只要条件允许共和也是袁世凯可以接受的政治制度;伍廷芳则表面上宣称与君主立宪势不两立,但也不断暗示只要能让朝廷下台袁世凯将前途无量。

议和正式开始前,唐绍仪带着副代表杨士琦拜访了伍廷芳,这次拜访的私下寒暄,可以看作是议和的全部实质性内容。伍廷芳上来就声明,对于朝廷,他的感恩比起二位来有过之而无不及——"鄙人一书生历仕两朝,累擢至卿贰。所谓天恩高厚,臣下宜感激零涕衔结以报者。"但是,时过境迁,而今"幼主无知,贵胄弄权,庶政不修,疆吏解体,义师蜂起,海内骚然",[102]这种形势怎么能允许天下还是大清王朝的呢?

> 为今之计,惟推翻清室,变易国体,以民主总揽统治权,天下为公,与民更始。舍是别无他策,足以维系人心,扶持国是。二公爱国之殷,不让廷芳,忠君之诚,或且过之。宜速谏君让国,自保安全。

杨士琦的回话很直接,他说袁世凯完全可以左右小皇帝和皇太后,只是他现在还有点犹豫,只要我们努力"疏通",相信他能当机立断:

> 公之议论,深表同情。上方冲龄,政权悉操项城手。而项城之言,实足以左右太后。不佞愿与少川(唐绍仪,字少川)共负疏通之责。以国家安危,民生利害,个人得失说项城。难免其不怀故主之恩,因循犹豫。然大厦将圮,讵一木可支。臆度项城,必能当机立断,以天下为己任也。

唐绍仪则说,他和杨士琦虽然秉承袁世凯的旨意坚持君主立宪,但他们本人都是美式共和体制的爱慕者,因此与伍廷芳之间没有根本性的政见分歧:

> 美利坚之平民政治,吾侪游学此邦时即已醉心。洎奉使新大陆,益悟其共和政体之有利于国计民生,更复倾倒不置。杏城(杨士琦,字杏城)吾挚友,亦君故交,虽未曾远渡欧美,故尝涉足南洋群岛,安抚侨民,深谂外人以吾国积弱,慢肆欺侮,不平之愤,时露颜表。即归国,恒为余言专制不可立国,引

子舆氏民贵君轻之说,与美利坚共和成绩相印证,实惬我心。

是吾二人之素志,初非有异于公也。⑲³

话说到这个份上,议和还有什么悬念?

既然双方都希望袁世凯当机立断,那么议和就剩下一些枝节问题了。

唐绍仪与伍廷芳的议和会谈进行了五次。没有是君主立宪制还是共和制的争执,主要谈的是如何使共和制得以顺利实现。伍廷芳已经把话说得很清楚了,只是要看袁世凯的态度和行动了。感到困难的是唐绍仪,因为袁世凯既不能公开宣布他背叛清廷,更不能公开开列只要他当大总统就拥护共和的议和条件,这种微妙的处境考验着唐绍仪的政治智慧。唐绍仪想出的办法是:建议召开国民议会来解决国体问题,也就是说用"国民公意"的名义让袁世凯顺利地当上大总统。伍廷芳立即表示赞成。

一九一一年的最后一天,南北双方议和代表达成的协议是:"伍代表提议国民议会在上海开会,日期定在十一月二十日(西历一九一二年一月八日),唐代表允电达袁内阁,请其速电复。"⑲⁴

一切似乎非常顺利,只等着一月八日的选举。

当然,选举的结果已经商议好了,袁世凯将成为中华民国大总统。

但是,无论是南方代表,北方代表,还是袁世凯,都没能等到选举日的到来。

就在双方达成协议的当天,袁世凯突然宣布停止议和,同时罢免唐绍仪的议和权,而位于武汉前线的北洋军的大炮又开始了对武昌城的猛烈轰击——让袁世凯最不能容忍的事情突然发生了:中华民国临时政府大总统已经有人就任,不是他,而是那个几乎被他长期忽略的漂泊者孙中山。

孙中山到达上海的第二天,即一九一一年十二月二十六日,同盟会领导人召开了最高干部会议,议定大总统人选以及实行总统制还是内阁制。显然,孙中山的归国令革命党人意识到,大总统的职位完全可以不旁落他人。关于是否推举孙中山为大总统,革命党人内部也有分歧。据胡汉民说,宋教仁早就有意推举黄兴为大总统,自己出任内阁总理。

章太炎则称,若推举总统,"以功则黄兴,以才则宋教仁,以德则汪精卫"。[105]但是,无论是宋教仁,还是章太炎,他们两人都左右不了局面,大多数人对于推举孙中山为大总统没有异议。接着,在实行哪种执政形式的问题上,宋教仁与孙中山发生了激烈争执。宋教仁主张实行内阁制,认为这才是彻底的民主政体;孙中山认为,目前是非常时代,必须实行总统持有实权的总统制:"内阁制乃平时不使元首当政治之冲,故以总理对国会负责,断非此非常时代所宜。"[106]双方各持己见,争得面红耳赤,仍旧没有结果。当晚,黄兴、宋教仁启程去南京。

历史正处在黎元洪、黄兴、袁世凯都无法成为国民政府首脑的时刻,而就在这时候孙中山回来了。国人都知道他长期致力于推翻满清,加之同盟会各同志不遗余力的鼓动,因此,聚集在南京的各省代表并不反对孙中山出任民国政府第一任大总统。只是,之前唐绍仪在汉口时曾向各省代表表示,如果推举袁世凯为大总统,袁世凯就会赞成共和,因此各省代表作出了大总统职位暂时空缺的决议。现在,如果推举孙中山为大总统,那么只能用"临时大总统"的名义,不然袁世凯必将成为国民政府最大的敌对力量,况且目前也只有袁世凯的实力能够彻底推翻大清王朝。关于这一敏感问题,孙中山在上海接见南京来的代表时作了如下回答——这是一份重要的历史记录,足以表明孙中山已处在一种难以言表的尴尬局面中:

> 同人谓:代表团拟举先生为临时政府大元帅,先生之意如何?
>
> 先生答:要选举,就选举大总统,不必选举大元帅,因为大元帅称,在外国并非国家之元首。
>
> 同人谓:代表会所议决的临时政府组织大纲,本规定选举临时大总统,但袁世凯的代表唐绍仪到汉口试探议和时,曾示如南方能举袁为大总统,则袁亦可赞成共和。因此代表会又决议此职暂时留以有待。
>
> 先生答:那不要紧,只要袁真能拥护共和,我就让给他。不过总统就是总统,临时字样,可以不要。
>
> 同人谓:这要发生修改组织大纲问题,俟回南京与代表会商量。

先生又谓:本月十三日为阳历一月一日,如诸君举我为大总统,我就打算在那天就职,同时宣布中国改阳历,是日为中华民国元旦,诸君以为如何?

　　同人答:此问题关系甚大,因中国用阴历,已有数千年的历史习惯,如毫无准备,骤然改用,必多窒碍,似宜慎重。

　　先生谓:从前换朝代,必改正朔、易服色,现在推倒专制政体,改建共和,与从前换朝代不同,必须学习西洋,与世界文明各国从同,改用阳历一事,即为我们革命成功第一件最重大的改革,必须办到。

　　同人答:兹事体大,当将先生建议,报告代表团决定。[197]

孙中山执意要在一九一二年一月一日就职。

时间因此显得十分紧迫。

黄兴和宋教仁到达南京后,立即召开各省代表会议,黄兴提出了三条议案:一、改用阳历;二、起义时以黄帝纪元,今应为中华民国纪元;三、组织政府采用总统制。前两项经过辩论后得以通过,只是代表们建议不要禁止在阳历下注明阴历和节气。讨论第三项议案时,宋教仁依旧坚持实行内阁制,并历数总统制将会导致专权的弊端。最后在黄兴的主持下,多数代表还是赞成了总统制。只是,关于是否保留"临时"二字,多数代表认为,各省还有尚未独立者,正式宪法也没有颁布,现在选举的大总统必须冠以"临时"二字。

尽管孙中山将成为临时大总统,各省代表还是不那么放心,他们特别致电黎元洪:"代表团决议于十日(西历二十九日)开选举临时大总统会,再由被选者电告袁内阁,如和议成立,即当避席。"代表们在此使用了文雅的"避席"一词,实际上就是谁被选举为临时大总统,如果议和成功必须让位于袁世凯。黎元洪回电:"希望和平了局,无论何人为总统,皆所欢迎。"[198]

身处武昌的黎元洪唯恐议和破裂。

此刻的武昌仍处在北洋军的炮口之下。

十二月二十九日,江苏、浙江、福建、广东、广西、湖南、湖北、江西、安徽、河南、直隶、奉天、山东、陕西、山西、四川、贵州,十七省代表齐聚南京,用无记名投票的方式正式选举临时大总统。

候选人是：孙中山、黎元洪、黄兴。

到会的十七省代表每省一票。

开票结果是：孙中山十六票，黄兴一票。

"众即起立欢呼中华共和国万岁三声。是时音乐大作，在场代表及列席之军、学各界，互相庆贺。会中复以组织临时政府。刻不容缓，即推正副议长汤尔和、王宠惠等赴沪恭迓孙中山，并有代表会将选举结果电告孙中山及各省。"[199]

孙中山给南京的回电十分客气：

> 南京各省代表会诸公鉴：电悉。光复中华，皆我军民之力，文子身归国，毫发无功。竟承选举，何以克当？惟念北方未靖，民国初基，宏济艰难，凡我国民皆具有责任。诸公不计功能，加文重大之服务，文敢不黾勉从国民之后。当刻日赴宁就职。先此敬复。孙文叩。[200]

除同时给各省都督府、武昌的黎元洪等发出电报外，孙中山发给袁世凯的电报措辞最值得关注。按照常理，对于新政权来讲，此时的袁世凯是敌对的大清王朝的代言人，是与新政权处于交战状态的军队的最高统帅，孙中山本没有给他发电通报的任何必要，但是孙中山的电报抬头便是"袁总理"——既然民国已立，大清王朝本应不再合法，如果朝廷的总理大臣依旧，中华民国是个什么性质的政权？

孙中山的电报措辞之谦恭令人不安：

> 北京袁总理鉴：文前日抵沪。诸同志皆以组织临时政府之责相属。问其理由，盖以东南诸省久缺统一之机关，行动非常困难，故以组织临时政府为生存之必要条件。文既审艰难，义不容辞，只得暂时担任。公方以旋转乾坤自任，即知亿兆属望，而目前之地位尚不能不引嫌自避；故文虽暂时承乏，而虚位以待之心，终可大白于将来。望早定大计，以慰四万万人之渴望。孙文。[201]

湖北省代表张国淦日记记载：

> 孙中山到上海，与唐绍仪一同来沪参加南北议和之汪兆

铭(汪精卫)、魏宸组时来报告消息。孙选为临时大总统,盛传北方将派大兵渡江。十一月一日(西历十二月三十日)深夜,汪、魏两人仓皇来言:"中山先生拟日内去南京就职,北方果用武力,倘有危险,如何下台?"我言:"外间传中山有若干兵、有若干饷。"汪言:"纯是空气,但带有革命精神耳。"我言:"北方有多年根据,项城又老于兵事,即使有兵有饷,此时亦不足与抗。须知项城以北方兵力威胁南方,又以南方民气恫吓北廷,如大兵渡江以后,便无文章可做。中山去宁决无危险。但出项城意外,其心中不痛快耳。"汪、魏约我到孙处,我是初次见面,又剖切言之。孙频点头称是。孙态度和蔼,说话极诚恳,一再介绍我加入同盟会,并邀同去南京参加政府。我言:"本人向在北方,未曾公然作革命运动,忽而加入,不知者以为猎官,于个人做人极有影响。好在革命事业,在党外亦可帮忙。"孙决定去南京就职。[202]

一九一二年一月一日,孙中山乘专车从上海到达南京。

南京各界欢迎者多达数万人。

炮台、兵舰鸣放大炮二十一响。

孙中山乘坐扎花马车抵达总统府。

晚十一时,就职典礼正式开始。

孙中山宣读就职誓词,其中特别强调了他这个大总统是暂时的:

> 颠覆满洲专制政府,巩固中华民国,图谋民生幸福,此国民之公意,文实遵之,以忠于国,为众服务。至专制政府既倒,国内无变乱,民国卓立于世界,为列邦公认,斯时文当解临时大总统之职,谨以此誓于国民。[203]

宣誓完毕,孙中山发布《临时大总统就职宣言》,由胡汉民代读。

然后军人代表致颂词,最后大家三呼万岁,典礼结束。

这是新的一年,公元一九一二年的第一天。

这一天,世界发现在中国同时存在着南北两个政府。

除了那个处境难堪的清廷之外,北面政府首脑是内阁总理袁世凯,南面政府的首脑是临时大总统孙中山。

1911

孙中山要做的第一件事是建立临时政府执政机构。

各部部长名单由孙中山提出,交各省代表会议讨论。

按照宋教仁的建议,政府部长应全部启用革命党人,坚决不用旧官僚。孙中山没有采纳,他提出了一个折中方案:陆军部长黄兴、海军部长黄钟瑛、外交部长王宠惠、内务部长宋教仁、财政部长陈锦涛、司法部长伍廷芳、交通部长汤寿潜、实业部长张謇、教育部长章太炎。一部分代表坚决反对宋教仁,理由是他主张内阁制,有当内阁总理的野心;也有人反对王宠惠,说他资格不足;更多的人反对章太炎,说他言语太张狂。争论不休之时,黄兴向孙中山建议,部长取其名,次长取其实,让出几个没有实权的部长位置,以便平衡各方面的利益。孙中山认为外交部长坚决不能改,其他的都可以商量:"外交问题我欲直接,秩老长者,诸多不便,故用亮畴(王宠惠,字亮畴),可以随时指示,我意甚决。"[204]

最后各省代表表决通过的南京临时政府名单是:

陆军部总长黄兴,次长蒋作宾;

海军部总长黄钟瑛,次长汤芗铭;

司法总长伍廷芳,次长吕志伊;

财政总长陈锦涛,次长王鸿猷;

外交总长王宠惠,次长魏宸组;

内务总长程德全,次长居正;

教育总长蔡元培,次长景耀月;

实业总长张謇,次长马君武;

交通总长汤寿潜,次长于右任。

"部长只有陆军、外交、教育为同盟会党员;余则清末大官、新同情革命者也。惟次长悉为党员。"[205]

一月三日,孙中山致电黎元洪,告知临时参议院已选举他为副总统。

袁世凯恼怒了。

就在孙中山任职的第二天,袁世凯致电伍廷芳:"国体问题既由国会解决,乃闻南京忽已组织政府,显与前议相背,此次选举总统,是何用意?"[206]接着,他批准了唐绍仪和北方各省议和代表的辞呈,并电告伍廷芳以后关于议和之事,南京政府须直接与他本人往返电商。在给孙中山的回电中,袁世凯明确表示北方不承认南京临时政府,因为连国家实行什么政体还没有最后决定:"君主、共和问题现方付之国民公决,所决如何,无从预揣,临时政府之说,未敢与闻。"[207]袁世凯的幕僚和部下更是到处扬言:"此后之战,皆为项城,非为满洲。"[208]也就是说,以后民军与之交战的不再是清廷而是袁世凯。

一月四日,孙中山回电袁世凯,几乎是指天发誓地说明,自己当上临时大总统完全是暂时的,绝对没有欺骗袁世凯的意思,大总统的位置绝对是在等着袁世凯的:

> ……文不忍南北战争,生灵涂炭,故于议和之举,并不反对。虽民主、君主不待再计,而君之苦心,自有人谅之。倘由君之力,不劳战争,达国民之志愿,保民族之调和,清室亦得安乐,一举数善,推功让能,自是公论。文承各省推举,誓词俱在,区区之心,天日鉴之。若以文为有诱致之意,则误会矣。[209]

有确切史料表明,孙中山有使用武力北伐的准备。

他在给同盟会员、广东副都督陈炯明的电报中指出:"议和无论如何,北伐断不可懈。"在给黎元洪的电报中,孙中山甚至已对北伐用兵作了部署:以湘、鄂为第一军,由京汉铁道前进;宁、皖为第二军,向河南前进,与第一军会合于开封、郑州之间;淮、扬为第三军,烟台为第四军,向山东前进,会于济南、秦皇岛之间;合关外之军为第五军,山西、陕西为第六军,向北京前进。"一、二、三、四军即达第一之目的,复以第五、六军会合,共破虏巢。和议一破,本总统当亲督江皖之师,此时毋庸另委他员"。[210]

得知武昌起义爆发后,孙中山曾认为此次成功实属万幸:"如果总督瑞澂不逃,统制张彪不走,那么,清军各级指挥官就不会四处远飏,地方政府仍然可以控制局势。"[211]因此,仅仅过了两个多月,自己便当上了中华民国临时大总统,他确实有恍如隔世之感。孙中山担心武昌起义的成功"太过迅速",国人还未能知晓"前赴后继之人及共和之价值";革命政权将面对"满清遗留下之恶劣军阀、贪污官僚及土豪地痞等",如果不能迅速"将此等余毒铲除","遗害民国之种种祸患未有穷期"。[212]

但是,无论是战还是和,无论是庆幸还是忧虑,新的时代就这样开始了。

中华民国临时政府,它还不是一个国家的政府,它的辖区仅仅是从一片国土上分裂出来的一块地盘——但是,能够称之为"中华民国"就足以令为推翻帝制而不懈奋斗的人欢呼雀跃了。

《申报》一九一二年元旦刊文:

> 今日为新中华民国新元旦,孙总统新即位,我四万万同胞如新婴儿之新出母胎,从今日起,为新国民,道德一新,学术一新,冠裳一新,前途种种新事业,胥吾新国民之新责任也……祝我新国民万岁!新民万岁!新总统万岁![213]

一个月前,孙中山抵达法国的时候,曾散步至巴士底广场,广场上的圆柱顶上高擎火炬的自由神像在斜阳下闪闪发光。在巴士底狱遗址的前方,竖立着一块牌子,上面镌刻着这样一句话:

大家在这里跳舞吧!

无论如何,流血捐躯已是往事,胜利总是令人喜悦的。

历史本身就是一个舞台,作为胜利者,难道不该舞之蹈之么?

明孝陵前的倾诉

中华民国临时大总统孙中山的执政生涯仅仅维持了三个月。

与所有新政权总会给民众带来惊喜一样,民国的开端如同一场大戏的开场锣鼓令人期待。

南京临时政府成立后,唐绍仪、蔡元培、宋教仁、汪精卫等人立即组织了社会改良会,其宗旨是:既然民国成立了,首先就要"训练国民",使之具备"国民的资格"——仅有大总统,而没有国民,算是什么中华民国?社会改良会发表宣言,认为要培养共和思想、确立"国民之人格",就要破除"君权"和"神权"两大障碍,而破除的利器是人道主义和科学知识:

> 尚公德,尊人权,贵贱平等,而无所谓骄谄,意志自由,而无所谓徼幸,不依法律所不及而自恣,不依势力所能达而妄行,是皆共和思想之要素,而人人所当自勉者也。我国素以道德为教义,故风俗之厚,轶于殊域,而数千年君权之影响,迄今未沫,其与共和思想抵触者颇多,同人以此建设兹会,以人道主义去君权之专制,以科学知识去神权之迷信,条举若干事,互相策励,期以保持共和国民之人格,而力求进步,以渐达于大道为公之盛,则斯会其嚆矢矣。[214]

无论用怎样挑剔的眼光,也不能否认上述文字一语中的:君权和神权是两大枷锁,锁闭了中国人数千年的自由之魂。

灵魂如何解放?

新政权的执政者首先想到了教育。

教育总长蔡元培请来商务印书馆的蒋维乔先生,加上一个会计,三个人去南京组织教育部,但是他们去晚了。"南京旧日之官署"早已被其他各部"占用"。蔡元培去见孙大总统,请拨房屋为教育部办公之地。孙中山的答复是:"此须汝自己去觅。"蔡元培"连日奔走,一无办法。适与马君湘伯遇,马时为江苏都督府之内务司长,其办公处在碑亭巷。马云:'内务司楼上,尚有空屋三间,可借与教育部。'于是教育部在此成立"。[215]

一九一二年一月九日,在三间小屋里办公的民国教育部,颁布了《普通教育暂行办法》和《普通教育暂行课程之标准》——帝制下的教制不能沿用了,可学堂总不能停课吧。《普通教育暂行办法》共四条,主要规定是:从前各项学堂,均改成学校;从前的监督、堂长,以后一律称呼校长;初等小学可以男女同校;各种教科书必须符合共和宗旨,清政府颁布的教科书一律废止;民间通行的教科书也不能有尊崇朝廷的内容。《普通教育暂行课程之标准》共十一条,规定中小学加强自然科学的比重以及法制、经济等新课程。至于高等教育,在规程没有颁布之前课程照旧,但《大清会典》、《大清律例》、《皇朝掌故》、《国朝事实》及其他有碍民国精神的课程一律废止。

该年出版的新教科书中,提出了两个中国人前所未闻的概念:忠于国家而不忠于个人,官员是全体国民的公仆。

1911

> 今则共和定为国体,总统尚且为公仆,无君权可言。凡为国民及民之国服务,议国是者,无所谓忠于君,要不可不忠于国。君一个也,国则人人共有之国也。排大难,决大疑,忠也;执干戈,卫社稷,忠也;各事其事,勉为良民纳税当兵之义务,亦忠也。得非一人之国,而同有国家之责任,忠于国家即不啻于忠于己也。[216]

仅这一项修身课,中国人至今尚需攻读。

新政权颁布频率最为密集的法令均涉及风俗改革。

首先解决的是一直困扰近代中国的一个大问题:中国男人头上顶着的那条辫子。从戊戌变法时康有为提出剪辫子,直到民国成立前一个月清廷允许民众剪辫子,中国男人的辫子早已不是什么单纯的风俗问题了。剪辫子的浪潮在一九一一年与一九一二年交替之间达到高潮,引领这股浪潮的是全国各地的绅商们和新式学堂的学生们。民国成立之后,孙中山签署了《命内务部晓示人民一律剪辫令》:

> 满虏窃国,易于冠裳,强行编发之制,悉从腥膻之俗。当其初,高士仁人,或不屈被执,从容就义;或遁入缁流,以终余年。痛矣先民,惨罹荼毒……今者满廷已覆,民国成功,凡我同胞,允宜涤旧染之污,做新国之民。兹查通都大邑,剪辫者已多,至偏乡僻壤,留辫者尚复不少。仰内务部通行各省都督,转谕所属地方,一体知悉。凡未去辫者,于令到之日,限二十日一律剪除净尽。有不遵者以违法论。该地方官毋稍容隐,致干国纪。又查各地人民,有已去辫,尚剃其四周者,殊属不合。仰该部一并谕禁,以除虏俗,而壮观瞻。此令。[217]

上海首先响应。

一九一二年一月十五日,上海各界剪辫子大会在张园召开,据说参加者有四万之众。会场上"中设高台,旁列义务剪发处,理发匠十数人操刀待割。其时但闻拍掌声,叫好声,剪刀声,光头人互相道贺声"。[218]但是,历史的经验证明,要在中国民间推行一个法令,不出几条人命是不行的。江南湖口"有军士数十人手持并州快剪,见脑后有垂豚尾者辄行剪去,一时被剪愚民有抱头哭泣者,有反唇相詈者……有乡民游某人入城完粮,被差役拉住其发欲硬行剪去,乡民不从,两相争扭,致铁剪尖端戳入喉际,立即倒地……"。[219]国人抗拒剪辫子,除了遗老遗少对王朝的忠诚,百姓们"肤发受之父母"的观念,还有一个原因值得注意,那就是很多人担心"截发容易留发难,万一大清复辟,视无辫者为革命党,必有杀身之祸"。[220]——身处与政治毫无瓜葛的穷乡僻壤,却永远在未雨绸缪中惶惶度日,这是中国农民自古以来的生存怪象。

辫子问题解决了,另一个严重问题随之显现,那就是大清朝的长袍马褂,其性质几乎与辫子一样,所以民国的国民必须易服。历史到了这个时候,国人才惊讶地发现,最具文化传统的汉民族,却是这个世界上服饰观念最为含混的民族,汉族文化强大的同化力在同化了别人的同时,也模糊了自己或是被别人所模糊——穿什么才"最汉族"?一八七五年,大清帝国直隶总督李鸿章,曾与来访的日本人谈到中国的服饰问题,这场谈话被日本外务省作为官方外交对话记录了下来。李鸿章对日本人在明治变革中抛弃了自己民族的服饰而喜欢上西装感到不解,认为这样容易令国人忘了祖宗,他说:"服装是激起对祖先的神圣回忆的事物之一。"而日本人认为,他们的优点是善于吸收外来文化,比如服装,"大约一千年前,他们改穿中国服,因为他们当时发现中国服比原来的穿着要好"。李鸿章立即产生了自豪感,他说既然穿上了中国服,就应该继续下去:"它很方便。而且完全可以用贵国产的材料制作。"日本代表随后的反驳让李鸿章颇感尴尬:"你们四百年前的祖先,谁也不愿意改成本朝开始后改变的服饰(即留辫子),但毕竟发生了变化,不过你们的这种变化是强加给你们的,尽管你们不喜欢它。"[221]

民国初立,立即有人主张大家都穿西装。什么是西装?国人理解不一,于是城镇中到处是奇装异服。洋服的盛行随即遭到激烈反对,有人认为西装不适于中国人的习惯:"华人惯服丝绵羊皮,今如西式之衣,层层均系单夹,于天寒亦殊有碍。"更重要的是,中国的商人坚决抵制:"倘改西装,衣帽用呢,靴鞋用革,则中国不及改制呢革,势必购进外货,利源外溢,导致农失其利,商耗其本,工休其业。"[222]有人提出了一个折中的建议,要求一律用国产布料制作西装,说这样既改革了又爱国了。孙中山表示赞同。他在给商人们的回信中说:"此等衣式,其要点在于卫生,便于动作,宜于经济,壮于观瞻。同时,又须使丝业、农业各

界力求改良,庶衣料仍不出国内产品。"㉓大总统的这种亲民立场很受欢迎,《申报》即刻刊出了一首《改装五更调》:

> 讨哈外国好,弗算好同胞,
> 大家要齐心,吓吓得而喂,
> 奉劝爱国人,华货出来蛮齐整,
> 快欢迎,仿大衣吓,绸缎最闻名,
> 吓吓得而喂,帽子用绸绫。㉔

服饰的改革依旧与中国最广大的穷苦百姓无关。绝大多数中国百姓一辈子都没有穿过绫罗绸缎,也不知道西装是个什么东西,更想不到帽子能用绸缎制作。寒夜时分,纺车嗡嗡地转动,织出的农家粗布简单地缝起来,短衫宽裤,没有什么特别的样式,如果不是衣衫褴褛,身上再没有一块补丁,就相当体面了。另有一部分社会中层人士也长久地抵制西装,他们固执地穿中式长衫,认为这就是祖先的代表性服饰——如今,中国穿长衫的只有相声演员,而在最偏僻的县镇乡村却流行着西装,好在用的都是国产布料。

除了服饰改革之外,孙中山签署的一系列改革法令,实际上就是一个"禁止系列":禁止鸦片、赌博、刑讯、缠足、买卖人口等等;禁止磕头,禁止使用大清朝官场上的"大人"、"老爷"等称谓,孙中山要求国人统统改称"先生"或者"君",遇到"先生"或"君"的最高礼节是三鞠躬。

孙中山的护卫郭汉章回忆道:

> 有一位姓萧的盐商,年纪在八十以上,特地从扬州专程到南京来想瞻仰一下大总统的丰采。他走进府门,正在向传达室苦苦哀求,刚好我走过去,就向传达员了解情况。传达员对我说:"我问他有什么公事要见大总统,他说没有什么公事,只想看看民主气象。我又问他有没有什么意见书提出,他说也没有。大总统公事忙得很,哪有工夫接见他呢?可是他还是不肯走。"我见他八十多岁,又是从外地专程来的,就对他说:"你等一等,我去给你报告一下。"我便进去向中山先生报告。中山先生说:"好,你请他进来,我很愿意接见他。"我当即把这位萧老扶将进来,领他到了中山先生面前,对他说:

"这就是大总统。"中山先生含笑起立,正准备和他握手,他已放下手杖,跪下去对着大总统恭恭敬敬地行起从前见专制君主的三跪九叩首的旧礼节来。中山先生连忙拉他起来,请他坐下,亲切地和他谈话,最后告诉他:"总统在职一天,就是国民的公仆,是为全国人民服务的。"萧老问道:"总统若是离职后呢?"中山先生说:"总统离职后,又回到人民的队伍里去,和老百姓一样。"萧老告辞,中山先生送到办公室门口,吩咐我派人叫部车子到总统府来送他回到旅馆里去。这时,这位萧老高兴极了,笑着说:"今天我总算见到民主了。"㉒㉕

南京临时政府发布的最重要的文告是宣布中华民国奉行天赋人权:

> 天赋人权,胥属平等。自专制者设为种种无理之法制,以凌铄斯民,而自张其毒焰,于是人民之阶级以生。前清沿数千年专制之秕政,变本加厉,抑又甚焉。若闽粤之疍户,浙之惰民,豫之丐户,及所谓发功臣暨披甲家为奴,即俗称所谓义民者,又若剃发者,并优倡隶卒等,均有特别限制,使不得与平民齿。一人蒙垢,辱及子孙,蹂躏人权,莫此为甚。当兹共和告成,人道彰明之际,岂容此等苛令久存,为民国玷。为此特申令示,凡以上所述各种人民,对于国家社会之一切权利,公权若选举、参政等,私权若居住、言论、出版、集会、信教之自由等,均许一体享有,毋稍歧异,以重人权,而彰公理。㉒㉖

给予社会最底层者公私权利以及平等的社会地位,这令民国初建的那段时光充满前所未有的温存。

但是,民国并没有给予大总统以温存。

孙中山度日如年。

临时政府成立的第四天,孙中山以临时大总统的名义发表《宣告各友邦书》,以恳求的语气要求各国尽快承认南京临时政府:"吾中华民国全体,今布此和平善意之宣言书于世界,更深望吾国得列入公法所认国家团体之内,不徒享有种种之利益与特权,亦且与各国交相提挈,勉进世界文明于无穷……"㉒㉗

但是,各国没有反应。

过了几天,外交总长王宠惠照会各国,再次请求予以承认。各国还是没有反应,好像这片国土上根本没有发生中华民国成立这件事一样。

二月八日,在会见美国记者麦考密克和美国驻华公使馆参赞邓尼时,孙中山表露出明显的焦躁:

> ……我们是不合法的。我们有三亿六千万人民,我们在十五个省行使权力——远达缅甸边境。我们有政府,但不合法,我们不能继续这样下去。人民已在督责我们,他们不了解列强为什么不承认我们,他们不了解我们的外交问题。你知道排外情绪到处都是,它可能爆发,我们无法阻止它——我们无法向那些督责我们的中国人解释。世人都很友善——欧洲人都够朋友,但我们需要的是承认,你们应该承认我们。[228]

两天之后,邓尼正式回复孙中山,美国不承认南京临时政府。

美国态度明确;英、法两国始终没有表态;日本不但坚决反对,且扬言要用武力维持中国的君主政体;俄国人在与日本人密谋后认为,"只要日、俄两国政府能显示出强硬态度,对中国共和政府不予承认,其他列强恐亦不会急于承认。至少法国政府将与俄国政府采取同一立场"。[229]

不被国际社会承认的政权是孤立无援的。

在必须面对袁世凯强大的北洋军的局势下,不被国际社会承认对于南京临时政府来说还是十分危险的。

令孙中山更加焦虑的危险来自内部。

同盟会的涣散由来已久。之前在反清目标下得以勉强维持,现在革命成功了,目标失去使危机顿时显现。一部分革命党人倡言"革命军起,革命党消",主张取消同盟会。虽然口号的提出者是章太炎,但暗中鼓动的立宪派无法脱离干系。张謇就是积极宣传者之一。他认为全国统一,除了军事统一外,第一要务就是取消同盟会。立宪派对革命党及其组织存有历史成见可以理解,令人费解的是这一主张在革命党内部竟然也颇有市场。同盟会要员宋教仁、谭人凤、陈其美等人开始策划成立新的政党,以便与同盟会划清界限;而另一些同盟会要员汪精卫、胡瑛等人已经和张謇、伍廷芳、赵凤昌等立宪派要员联手成立了一个与同盟会对立的政治组织,名为"共和统一会"。从理论上讲,革命成功了,应该加强同盟会的组织建设,以便为巩固政权奠定坚实的政治基础;但事实却恰恰相反,作为革命主要推动力的同盟会反而成了众矢之的,这让包括孙中山在内的一批革命者感到"莫名其妙":"武昌起义后,十二月间我到上海,有一种很怪的意气,此意气为何?即是一班官僚某某等及革命党某某等人所倡言的'革命军起,革命党消'是也。当时这种言论的意气充塞四周,一唱百和,牢不可破,我实在是莫名其妙,无论如何大声疾呼,总唤不醒。"[230]

民国成立后,许多革命党人开始追名逐利,拉帮结伙,跑官要官的事时有发生,没有弄到官职就自立门户与南京对抗。更有甚者,革命党人内部开始互相残杀。黎元洪与武昌首义主要领导人之间的矛盾已不可调和,在武昌首义中并肩作战的共进会与文学社之间的矛盾也逐步升级。湖北军政府内部愈演愈烈的分裂,最终引起了革命组织下层成员的不满,他们秘密联络武昌教导团、将校补充团、义勇团、学生军和武昌城内的数千驻军,竟然在一九一二年二月间发动了一场"二次革命",将湖北军政府的都督府和军务部包围。黎元洪利用革命组织的内部矛盾,将在都督府内任职的革命党人纷纷撤职,并把暴动的罪责加在文学社成员身上,竟然斩杀了数十人并暴尸示众。

孙中山曾试图整顿同盟会。他召开了同盟会会议,修订了同盟会暂行章程,发表了同盟会宣言。从宣言中可以看出,孙中山意识到再不大力整顿,同盟会将成为民国的一大祸害:"贪夫败类,乘其间隙,遂作莠言,以为鼓簧,汉奸满奴则又冒托虚声,混迹机要,在临时政府组织之际其祸乃大著。"[231]但是,没有史据表明孙中山的整顿取得了明显效果,确凿的证据却是孙中山本人的威信日益下降。当初,各省代表之所以同意推举他为临时大总统,实用主义的因素占据了很大比重,即可以借孙中山的回国打破组织临时政府人选上的僵局;可以利用孙中山的声望来获取各列强国对中华民国的承认;可以利用孙中山从海外带来的巨款缓解临时政府将要面临的财政困难。因此,当这一切期待没能获得结果时,各省代表们开始不满了,认为孙中山"只是'放大炮'"。[232]

南京临时政府总统府军事秘书李书城回忆:

1911

当时黄先生（临时政府陆军部总长黄兴）所担心的是军费开支浩大，并且需用甚急。某晚，黄先生约我同见孙先生，询问向英、美借款事有无头绪。孙先生当时正在看外国报纸。他放下报纸回答说："外国人曾向我说过，只要中国革命党取得了政权，组织了政府，他们就可同中国革命党的政府商谈借款。我就职以后，曾向他们要求借款，并已电催过几次，昨日还曾发电催问，请他们实践诺言。但今日是星期六，明日是星期日，外国人在休假日是照例不办公的，明日不会有复电，后天可能有复电来，我再告诉你。"黄先生出来后，默默无言，似乎心中很着急的样子。以后他未再向孙中山询问借款事，只是求助于上海的资本家张謇等暂时应付急需。以后又过了几个星期，一直到总统府取消，外国借款还是杳无回音。在向外国借款的问题上，孙先生比较乐观，而黄先生则认为，外国政府如果攫取不到中国的特权，是不肯借款给我们的。[23]

逼迫孙中山让位的局面开始显现了。

汪精卫，这个在革命党内声望很高的年轻人，曾经在深夜里找到孙中山，直截了当地请他让位于袁世凯。汪精卫的理由是：如果袁世凯得不到权位，北洋军就会大举南下，收复武汉之后再攻取南京。孙中山认为，示人以弱不是革命党人的风格，要有宁可玉碎不做瓦全的精神。汪精卫"忿然作色"地指摘孙中山这是想当皇帝：

> "先生岂欲作洪秀全第二，据南京称帝以自娱，违背驱除鞑虏之誓言乎？"孙公听毕，勃然变色，问汪："然则你以为非退让不可乎？"汪应曰："然。此次他据优势，固适可而止，自愿回军逼走清廷，乃是北方对我屈服，并非我向他求和，将来后世自有公论。先生若非为自计，何不效法尧舜，犹胜于征诛而有天下之汤武，又可免陷太平天国之覆辙。我以为此乃面面俱全之策，不可预存成见，以误大局，先生以为然否？"[24]

通过革命取得的政权，靠什么才能得以巩固？

最让孙中山焦头烂额的还是钱。

新政府需要钱来维持运转，多少钱才够呢，孙中山认为至少需要五个亿。他自香港启程赴上海,也就是他对记者说"予不名一钱,所带回者,革命之精神耳"的那天,他曾私下里对日本友人山田纯三郎说:"帮忙搞点钱吧","越多越好","一千万、两千万都可以"。[235]

临时政府成立前,孙中山曾邀请张謇出任财政总长。张謇与孙中山当面算了一笔账,精通财务的大实业家认为,要维持临时政府的基本运转,每年至少需要一亿两千万两。只是,临时政府的收入充其量只有四千万两,尚有八千万两的缺口。张謇认为,临时政府成立,首先是为让各国承认中国的共和政权;而各国能否承认,首先要看这个政府的权力是否牢固;政府权力的牢固"首在统一军队,次在支配财政,而军队之能否统一,尤视财力之强弱为断"。[236]张謇对孙中山说,暂且不论军队,仅一笔财政,就足以让临时政府举步维艰:

> 财政岁出大宗,曰赔款,曰海陆军费,曰行政费;赔款除铁路抵借外,计每年需四千万至五千万两……中央行政并外交费用,至少需每年三千万两。如是估计,中央政府每年支出以极少之数核计,须有一万二千万两……入款之可恃者,海关税三千万两,两淮盐务约可得一千万两……除此以外,无丝毫可恃之款……通计各省财力稍裕者,除江苏外,惟浙江广东二省或可量为挹注……然则此每年所短八千万两之款,于何所求,将责之财政部长一人……操何术以应付,将欲息借外债,则政府初成立之时,无巩固之权力,各国安肯承借……下走(指张謇本人)虽不能担任财政,但有二问题可资研究……一,各省代表均集南京,请将以上约计数目,及每年所短八千万两,宣告各代表,询问自明年起,每省能担任若干万两,务必确实答复……除该省行政及军队费用外,能以若干供给中央……二,孙中山先生在外洋,信用素著……能否于新政府成立后,担任募集外债一万万两或至少五千万两以上。两问题如可立时解决,则无论何人均可担任临时政府财政之职,不必下走(指张謇本人)……[237]

张謇最后出任南京临时政府实业总长,而他提出的两个筹款方式都不可能实现。

1911

孙中山欧洲之行的目的之一就是借钱,结果一分钱也没借到,更何况要借"五千万两以上"。另外,所谓的各省,实际上民国能控制的只有南方几省,而各省都督在财政上对临时政府根本不支持,孙中山多次催款均收效甚微。不仅如此,他们还反过来向中央要钱。安徽都督孙毓筠曾派专使来南京,言安徽需求甚急只好求助政府,孙中山当即批给安徽二十万,安徽专使拿着大总统的批条到财政部领款,财政部的答复是:政府"库仅存十洋"。——堂堂中华民国的中央财政只剩十块大洋,这实在令人难以置信。

国库空空是事实。因为原本可以确保的政府收入——关税三千万和盐税一千万——根本收不上来。革命爆发后,关税减收,各国恐慌,列强们迅速成立了一个以关税作抵押以偿还各国贷款和合约赔款的联合小组,关税就这样全部落在了洋人手里。至于盐税,虽然两淮盐场在临时政府的控制区域内,但是两淮盐场的总理是张謇。张謇从一开始就禁止临时政府动用盐税:"所收盐税已经指抵洋债者——千万不可擅行挪用,以免引起外交困难问题。"[28]

没有钱,不能组织起有战斗力的军队保卫新生政权,就连政府各部门正常地履行执政职能也不可能。孙中山为此绞尽脑汁:先是发行军用钞票一百万,由于政府信用不够,市面上马上出现了钱业和米业的歇业,只有作罢。又试图发行中央公债一亿元,虽然年息八厘并有各省田赋作保,但还是没人买,最终只售出了七万多元。如果借外债,就需要抵押物,先拿苏浙铁路作为抵押,与日本大仓洋行签订了三百万日元的借款合同;又拟用广东铁路作为抵押,由于股东们的联合反对,策划中的借款没能成功。

随后,引起巨大风波的是临时政府拟用汉冶萍公司作为抵押再行借款。汉冶萍公司是当时中国综合铁矿、煤矿、炼钢为一体的大型企业,经理是大清帝国官商兼办的盛宣怀。武昌首义爆发后,盛宣怀逃往日本。为了解决临时政府的财政困难,孙中山派人到日本去找盛宣怀,盛宣怀正想通过讨好日本政府保住自己的产业,于是双方策划了中日合办汉冶萍公司以取得日方贷款。临时政府和盛宣怀分别在南京、神户与日本三井和正金财团签订了内容相同的合办草约,规定双方合资三千万元,由公司转借临时政府五百万元。由于对中国主权的严重损害,草约受到各界强烈反对。章太炎等人力劝废约:"大冶之铁,萍乡之煤,为中国第一矿产,坐付他人,何以立国? 公司虽由盛宣怀创办,而股本非出一人,地权犹在中国,纵使盛宣怀自行抵押,尚应出而禁制,况可扶同作事耶?"㉟反对最为激烈的是实业总长张謇,他认为其他的商业项目都可与外国人合资,唯独铁厂铁矿不行;如果铁厂铁矿非要与外国人合资,唯独与日本人不行——"日人处心积虑以谋我,非一日矣。然断断不能得志,盖全国三岛,无一铁矿,为日本一大憾事。而我则煤铁之富,甲于五洲,鄙人尝持一说,谓我国铁业发达之日,即日本人降伏我国旗下之日,确有所见,非过论也。"㊵

张謇力谏不得,愤然辞职。

然而,孙中山也是万般无奈,因为"每日到陆军部取饷者数十起",仍在武汉前线的部队也"时有哗溃之势"。㊶

最后,在各方的巨大压力下,孙中山停止了此项合约。

一九一二年二月三日,孙中山、胡汉民会见了日本政界和财界的联络人森恪,商谈如何取得日本财政援助的问题。陪同会见的还有宫崎寅藏和山田纯三郎。森恪竟然提出了这样一个建议:日本认为满洲最终难由中国独力保全,为防止俄国人率先南下,南京临时政府可将满洲"完全委托给日本之势力",以此换取日本对中国革命的援助。并建议由孙中山或黄兴亲自赴日,与日本政界元老桂太郎商定此事。对于这个居心叵测的建议孙中山竟然答应了:

> 先生表示:"余等希望将满洲委托给日本,而日本给革命以援助";但对前次日本对中国革命的冷淡之态度不满。先生并向森恪说明自己之处境及最近革命政府财政至困之情况:"万一此数日间无足够资金以救燃眉之急,许多军队要离散,革命政府遭瓦解的命运",故不可能秘密赴日。"作为最后办法,在革命政府最后崩溃以前,在军队离散以前,与袁世凯缔结和议,抑止天下大乱,以后慢慢筹集军费,再图大举"。但若能获得足够资金以防止军队溃散,则将在日后实行当初之计划以武力排袁。如在阴历年底得不到一千五百万元,则只有把政权让给袁世凯。先生希望日本方面提供至急的现金,以防止军队之溃散;表示在军队稳定后本人或黄兴可往日

本会见桂太郎以商定革命政府前途大计及满洲问题。㉒

孙中山的意思很清楚：给钱，临时政府就不与袁世凯议和，甚至可以武力统一中国；不给钱，临时政府就只能交出政权。

这次谈话的基本内容，被心情激动的森恪整理成电文发回日本国内，电文中有这样的叙述："若五日内两项借款无望，则万事皆休，孙黄将与袁世凯和议，可能授袁世凯政权。孙答应租借满洲，日本为防止革命军之解散，在汉冶萍公司五百万元外，应立即借以千万元，以中止与袁世凯和议，故孙文或黄兴为了满洲之契约将到日本一行。钱款不到手中，恐军队解散，南京动摇。孙文答应'满洲之事如有意实行，在四日之内，汇以千万并电告，则可与袁中止和议'。"㉓

令孙中山万万没有想到的是，日本政府的态度是：一、不能汇钱，二、孙中山须向袁世凯妥协，三、孙中山或黄兴可来日本商谈委托满洲之事。

在中国近代史中，日本对中国的欺凌无以复加。

难以为继的孙中山只剩下一条出路：与袁世凯议和。

南京临时政府成立后，袁世凯宣称，之前南北有协约，议和以君主立宪为前提，现在南方擅自决断共和政体，且率先组织政府选举大总统，这是有悖于南北协约的。然而，袁世凯坚决反对南京临时政府，又并非出于他渴望保住清廷皇室。位于武汉前线的冯国璋在他的命令下，一会儿重炮齐轰，一会儿偃旗息鼓。冯国璋实在不明白何以要这样软磨硬泡，直接去电京城询问袁世凯的真实意图。袁世凯的回复是："君知拔木之有术乎？专用猛力，木不可拔。即拔，木必折断。惟用左右摇撼之一法，摇撼不已，待至根土松动，不必用大力，一拔即起。"㉔

袁世凯反复示意唐绍仪，让他通过伍廷芳证实一件事。

这件事成为袁世凯以后所有行为的唯一依据。

一月十四日，伍廷芳致电孙中山：

> 顷接唐绍仪君来言，得北京确实密电，现在清廷正商筹退处之方，此后如何推举，苟不得人，则祸变益巨，前云孙君肯让袁君，有何把握，乞速详示云云。廷（伍廷芳）即告以孙君肯让，已屡经宣布，决不食言，若清帝退位，则南京政府即可发表

袁之正式公文。至此后两方政府如何合并,可由两方协商决定。㉕

孙中山当即回电:

> 如清帝实行退位,宣布共和,则临时政府决不食言。文即可正式宣布解职,以功以能,首推袁氏。㉖

既然孙中山的让位已经没有悬念,袁世凯要做的只剩下一件事了:小皇帝可以忽略不计,必须让皇太后同意皇帝退位,同时让那些顽固的皇室亲贵们闭嘴。

袁世凯不断地向隆裕要钱,说没有军饷前线官兵就可能哗变,弄得"库储已空"的大清皇室惶惶不可终日。同时,袁世凯每天派人往宫中送报纸,这张报纸是他和徐世昌联手"创办"的,报上刊登的所有的"消息"只为让大清皇室感到末日来临:

> ……孙文在美国动身回国做临时大总统的时候,美国政府送了他三只军舰,还有华侨捐资制造的军舰十多只。官兵都是华侨子弟,有美国人训练而成。军舰大,装备全,并聘请美国人在舰上指挥。孙文回国后,这些军舰在威海卫军港。和议如果再延宕不决,海军就要进攻天津、北京。城破之日,恐怕就要玉石俱焚了。㉗

皇族中的一些顽固分子心有不甘,声称"八旗子弟世受国恩,断不忍坐视君主逊位,任彼革党强以共和虚名欺蒙。倘革党等仍不反正。东省八旗子弟定必组织决死队,附入北军,定期南征,与伊以铁血相见"。㉘隆裕当真了,马上责令东三省总督赵尔巽:"查明情形,究竟能编练若干营?何时可以成军开拔?迅即奏闻。"㉙惊慌不已的皇太后应该明白,此刻八旗子弟"铁血相见"的豪言壮语仅仅是样子,他们除了提笼架鸟捧戏子之外,谁还能有勇气和胆量拿起枪杆子?

袁世凯很容易就让皇室亲贵闭嘴了,他的办法是让他们出钱。在袁世凯的指使下,北洋军的高级将领们由直隶提督姜桂题领衔致电内阁。电奏说,在银行里至少有四千万两白银存款的亲贵们要明白,朝廷存在他们的财产就存在,朝廷倒了他们就什么也没有了,国难当头的时

1911

刻亲贵们理应"以财产报国",如果谁舍不得拿出银子就按"徇私误国"论罪。这一署名为姜桂题、冯国璋、张勋、张怀芝、曹锟、王占元、陈光远、李纯、潘榘楹、吴鼎、王怀庆、洪自成、周符麟、聂汝清、张作霖的通电,堪称煞有介事的妙文:

> 革党坚持共和。我北方将士十余万人均主君宪。现奉懿旨,将君主民主付诸公决。然革党强横,断不容有正式选举,则必仍徇少数人私见,偏主共和。我将士往返电征意见,均主死战,并已将利害电知唐伍两代表。然言战必先筹饷。军兴以来,朝廷屡发内帑,已将告罄。懿亲与国同休戚,亦应将私有财产全数购置国债,以充军用。懿亲以财产报国,军人以性命报国,国存则款仍有着,国亡则财可杀身。明季覆辙,可谓殷鉴。方今时局危迫,饷源枯竭。现闻北京外国银行有现银不下三四千万两,统为亲贵大臣所存放。应请旨饬下各亲贵大臣分别提回,接济军用,作为国债。并饬下度支部妥定章程,以便事后归还。毁家纾难,自好者犹慷慨为之,况各亲贵大臣世受国恩,岂宜吝此区区。倘有不知大礼,揹勒阻抑,或故意隐匿,不将所有现款全数实报者,并请从严治罪,以徇私误国论。果能凑集大宗巨款,庶饷源既裕,战备有资。我大小将士即牺牲性命,亦甘之如饴矣。事迫势危,不胜悚惶待命之至。谨请代奏。㉙

让亲贵们把钱拿出来等于要他们的命。

如果想保住自己的命根子,还是离"铁血"远点为好。

一九一二年一月十六日,南京临时政府成立半个月后,袁世凯以全体阁员的名义密奏隆裕要求清帝退位。

那一天,在故宫养心殿的东暖阁里,"隆裕太后坐在靠南窗的炕上,用手绢擦眼,面前地上红毡子垫上跪着一个粗而胖的老头子,满脸泪痕"。年仅五岁的小皇帝溥仪坐在太后的右边,不明白他面前的大人们为什么哭。溥仪后来回忆道:"殿里除了我们三,别无他人,安静得很,甚至胖老头抽鼻子的声音我都听见了。他边抽缩鼻子边说话,说的什么我全不懂。后来我才知道,这个胖老头就是袁世凯。"㉛

袁世凯呈给隆裕的密奏,除了继续吓唬之外,还建议皇太后读一读法兰西革命史:"……海军尽叛,天险已无,何能悉以六镇诸军防卫京津……东西各邦,有从事调停者,以我只政治改革而已,若等久事争持,则难免无不干涉,而民军亦必因此对于朝廷感情益恶。读法兰西革命之史,如能早顺舆情,何至路易之子孙,靡有孑遗也……"[22]袁世凯用奏折警告大清皇室:如果不能主动退位,皇室子孙命都难保!

隆裕当即决定召集御前会议。

袁世凯出宫之后,心情顿时疏朗起来。

但是没过多一会儿,他也被吓坏了:马车刚出东华门走上东安门大街,突然从街边投来一颗炸弹。炸弹落地时,马车已过弹着点,袁世凯并未受伤,但卫队营长、内尉差官和一名骑兵卫士都被炸死,右侧辕马也被炸伤。马车飞速回到袁世凯的住处,受伤的右辕马倒在了家门口。事后查明,刺客中有的是同盟会员,有的是北方革命小团体成员,他们一致反对同盟会妥协,认为袁世凯一日不除,民主共和一日不能实现。军警逮捕了多人,当晚便处决了杨禹昌、张先培、黄之萌三人。

刺杀未成,反而在政治上帮助了袁世凯,因为坊间舆论多称刺客是孙中山派来的,这至少平息了亲贵们对袁世凯暗中勾结孙中山的指责。

无论如何,袁世凯还是很害怕。

他"听从家里人的劝告,搬到地窖子里办公去了"。[23]

第二天,即一月十七日,御前会议在宫内召开。

这实际上是个王公会议,醇亲王、庆亲王、蒙古王公等悉数到场,袁世凯因为昨天被炸未到,派来的代表是赵秉钧(民政大臣)和梁士诒(邮传大臣)。会议一开始,气氛就显得很怪异,"群臣列坐,二三刻钟之久,惟彼此闲谈,不提及国事"。宗室溥伟实在按捺不住,问赵秉钧到底要议何事,赵秉钧说由于革命党势力强大,袁总理准备在天津成立一个临时政府,与南京临时政府对抗。溥伟认为这一决定实在荒唐,如果朝廷在北京都无力抵抗南京,难道在天津就能抵抗了不成?

> 朝廷以慰亭(袁世凯,字慰亭)为钦差大臣,复命为总理大臣者,以其能讨贼平乱耳。今朝廷在此,而复设一临时政府于天津,岂北京之政府不足恃,而天津足恃耶?且汉阳已复,

正宜乘胜而痛剿,乃罢战议和,此何理耶?㉔

梁士诒的回答是:汉阳虽已克复,但各省纷纷响应革命党,北方军饷军械都缺,将政府挪到天津是怕吓着皇上。

溥伟说,从前捻军之乱,清廷用兵将近二十年才平定,其间从未有过议和之举,更没有过另设政府的谋划。今天革命党的势力远不及捻军,何以迅速就议和了呢?如果遇到叛乱只有议和,朝廷当初又何必召袁世凯出山?

话题指向了袁世凯,不吭声的庆亲王开口了:"议事不可争执,况事体重大,我辈亦不敢决,应请旨办理。"庆亲王说完,站起来就走,于是大伙也就跟着散了,只把愤怒而伤心的溥伟留在了会场上——"呜呼!群臣中无一人再开言为余助者,是可痛矣。"㉕

没有参加会议的袁世凯在家里忙得很。表面上他已将议和代表唐绍仪免职,实际上唐绍仪与伍廷芳在上海的私下磋商从来没有停止过。袁世凯通过唐绍仪明确表示,他可以迫使清帝退位,但他附加了一个条件:清帝退位后二日内,南京临时政府即行取消。袁世凯的这一建议令孙中山格外愤怒:"吾人以袁氏前既有可疑之状,今又有此举,莫不为之惊讶。"㉖

袁世凯的心思很清楚:他不愿意成为中华民国第二任总统,或者即便他是首任中华民国大总统,他也不愿意接受南京临时政府的选举和任命。他最理想的设计是:清帝退位后,南京临时政府解散,让那个革命党人的政府从此彻底消失。袁世凯极力避免的是给历史留下这样一种记载,即他是从南京临时政府那里得到大总统职位的,他的大总统职位是革命党人造反的结果。他认为,他应该从大清王朝那里得到政权。在中国的政治词汇中这叫"禅让"——只有这样,才名正言顺,才堂而皇之。袁世凯要证明自己与革命党没有任何关系,过去没有,现在没有,以后也没有,他绝不是中国历史上颠覆前朝的乱臣贼子。

一月十八日,孙中山通过伍廷芳向袁世凯开列了清帝退位后的让位条件:"一、清帝退位,其一切政权同时消灭,不得私授于其臣。二、在北京不得更设临时政府。三、得北京实行退位电,即由民国政府以清帝退位之故电闻各国,要求承认中华民国,待各国之回音。四、文(孙文)即向参议院辞职,宣布定期解职。五、请参议院公举袁世凯为大总统。"㉗孙中山开列的条件的关键是:清帝退位之后,只有各国承认中华民国,中华民国在国际上有了合法性,他才会让位给袁世凯。孙中山的担心是有道理的:如果南京临时政府未被各国承认,他就把大总统的职位让给袁世凯,就无论如何也推导不出这样一种政治结果,即袁世凯是中华民国南京临时政府选举和任命的大总统。因为从一个非法政权那里得到的任何职位在国际上都是不合法的。如果不强调和坚持这一点,当清帝退位后,袁世凯当上了大总统,支持他的各列强国定会不承认袁世凯政权与南京临时政府有任何关联,而必认定袁世凯的政权是大清皇帝"禅让"的结果。那么,从国际法上讲,袁世凯的政权,就是一个由袁世凯创建的新政权。如果这样,以往的革命还有什么意义?包括孙中山在内的所有革命者在历史上该被列入哪类人物?

一月十九日,大清王朝的一个重要日子,这天隆裕皇太后再次召集御前会议,以最后决定王朝的最终命运。宗室溥伟依旧参加了会议,由于他是个长期游离于政局之外的人,因此会议开始前载泽向他悄悄交代:冯国璋有电报来,称只要发三个月的军饷,他就能打败革命党。一会儿你先说我再补充,以便让太后知道内情。接着,醇亲王载沣对溥伟说,今天的会,庆亲王本来不许你参加,如果有人问,你就说是自己要来的。养心殿里坐满了王公大臣:醇王、睿王、肃王、庄王、载贝勒、涛贝勒、朗贝勒、载泽、那王、贡王、帕王、宾图王等等。隆裕上来就问:"你们看是君主好,还是共和好?"大家齐声说君主好,但接下去便不再吭声了。载泽突然说,冯国璋来电,前线"军气颇壮",如能再给三个月的军饷,他"情愿破贼"。隆裕一听这话就有了眼泪:"现在内帑(国库的存款)已竭,前次所发之三万现金,是皇帝内库的,我真没有了。"被袁世凯吓了很长时间的隆裕已经很务实了:"胜了固然好,要是败了,连优待条件都没有,岂不是要亡国么?"溥伟一下子恼怒了:"优待条件是欺人之谈,不过与迎闯贼不纳粮的话一样,彼是欺民,此是欺君!"太后默然,良久曰:"你们先下去罢。"几位王公临出门时,像嘱咐小孩一样嘱咐隆裕,说一会儿内阁国务大臣们要来,对他们说话一定要谨慎,绝不能轻易答应他们的要求。皇太后说:"我知道了。"㉘

御前会议就这样散了。

什么也没决定。

此时的清廷,只剩下了小皇帝与皇太后,可谓孤儿寡母。还有就是已经不能有任何实际作为,甚至舍不得自家的一两银子以保大清的王公亲贵。在这种情况下,袁世凯要对付的只剩下南京临时政府了,更何况那个政权已因经费捉襟见肘、国际不予承认、内部严重的妥协倾向而难以为继。

朝廷开会的时候,袁世凯通过唐绍仪对孙中山开列的条件作了答复。关于必须得到各国承认一条,袁世凯认为,要求各国承认可以,但不必列为孙中山让位的条件之一。

孙中山复电伍廷芳,将让位袁世凯的条件说得更加明确了:"一、清帝退位,系帝制消灭,非止虚名。二、袁须受民国推举,不得由清授权。三、袁可对中外发表政见,服从共和,以为被举之地。四、临时政府不容有两,以避竞争,今清帝退位后,民国政府当然统一。五、袁可被举为实任大总统,不必用临时字样。如此始得民国巩固,南北一致。"孙中山再次特别强调了得到各国承认的重要性:"各国承认中华民国之后,临时总统辞职,请参议院公举袁为大总统。此于民国安危最有关系,在所必争,请唐告前途当计及远大,毋生异议。盖袁不得于民国未举之先,接受满清统治权以自重。当清帝退位,民国临时政府当然统一南北,则外国必立时承认,此期间甚短促。文(孙文)之誓词以外国承认为条件,为民国践行此条件,立即退让,举袁为实任大总统,则文与袁俱不招天下之反对也。"㉙

袁世凯陷入了两难境地:御前会议没有结果,他没有得到朝廷关于清帝退位的切实承诺,他不能用强硬的方式强迫亲贵中的主战派软化立场,更不能从他自己的嘴里说出"清帝必须立即退位"这样的话。更重要的是,袁世凯明白,无论从政治上还是军事上讲,因为全国各省起而响应,以致南北实力已经不相上下,如果真的开战,北方未必有全胜的把握,那样一来结局怎样还很难预料,他不想让眼看到手的大总统职位因此丢失。

一月二十七日,孙中山连续发表电文,对袁世凯展开了猛烈抨击,说袁世凯不但耽误了共和,也耽误了清帝享受优待的权益,甚至表示决心一战以"灭袁氏":

电一：

>……本总统甚愿让位于袁,而袁已允照办,岂知袁忽欲令南京临时政府立即解散,此则为民国所万难照办者。盖民国之愿让步,为共和,非为袁氏也! 袁若尽力共和,则今日仍愿相让。当袁氏闻民国愿举为总统之消息后,即一变其保清之态度,而力主清帝退位,至前此所议国民大会一节亦复尽行抹却。既而知民国必欲其实行赞成共和而决不肯贸然相让,坠其诡计,则袁氏又复变态矣! 盖袁氏之意,实欲使北京政府民国政府并行解散,俾得以一人而独揽大权也。[260]

电二：

>……此次议和,屡次展期,原欲以和平之手段,达到共和之目的。不意袁世凯始则取消唐绍仪之全权代表,继又不承认唐绍仪于正式会议时所签允之选举国民议会以决国体之法。复于清帝退位问题,业经彼此往返电商多日,忽然电称并未与伍代表商及等语。似此种种失信,为全国军民所共愤。况民国既许以最优之礼对待清帝及清皇室,今以袁世凯一人阻力之故,致令共和之目的不能速达,又令清帝不能享逊让之美名,则袁世凯不特为民国之蠹,且实为清帝之仇。此次停战之期届满,民国万不允再行展期,若因而再启兵衅,全唯袁世凯是咎! 举国军民,均欲灭袁氏而后朝食。[261]

袁世凯心情焦灼,他再次指示北洋军高级军官发表通电,表明其拥护共和的立场誓死不移,同时又威胁皇室亲贵,说如果他们顽固到底,北洋将领将领兵杀入京城。

就在这时候,一件令皇室亲贵们胆战心惊的事突然发生了:维护满清政权的核心人物之一良弼于京城被刺身亡。良弼,满洲镶黄旗人,爱新觉罗氏。曾留学日本士官学校,毕业后入清政府陆军部,后成为军学司司长,参与组建新军、军制改革。皇家禁卫军成立后,出任第一协统领兼镶白旗都统。他反对起用袁世凯,主张镇压武昌起义。刺客彭家珍是川籍同盟会员,那天他身穿新军统制军服,冒充别人的名字来到良弼家求见。见面后,他突然掏出一枚炸弹并引爆,他和良弼同时倒在了血泊中。虽然有史料把刺杀事件说成是袁世凯指使的,但不可否认的是,刺杀行动使顽固的皇室亲贵们肝胆俱裂,王公大臣纷纷携带家眷财产逃出京城,反对清帝退位的声音顿时消失。

清帝退位已成定局。

彭家珍被视为促使清帝退位的最后的英雄。

他与刺杀袁世凯未成而被杀的杨禹昌、张先培、黄之萌三人合葬于北京三贝子公园内。

十年后,一个名叫胡适的北大教授为他们四人写了一首歌词:

> 他们是谁?
> 三个失败的英雄,
> 一个成功的好汉!
> 他们的武器:
> 炸弹!炸弹!
> 他们的精神:
> 干!干!干!
>
> 他们干了些什么?
> 一弹使奸雄破胆!
> 一弹使帝制推翻!
> 他们的武器:
> 炸弹!炸弹!
> 他们的精神:
> 干!干!干!
> ……[202]

朝廷赶紧颁布谕旨:"内阁总理大臣袁世凯,公忠体国,懋著勤劳。自受任以来,筹划国谟,匡襄大局,厥功尤伟,著赐封一等侯爵,以昭殊奖,毋许固辞。"[203]清廷自知已经没有任何权威,预料到袁世凯必会"固辞"。的确,袁世凯已经无需这样的册封了。他在谢恩折上称:"迭奉恩旨,未敢坚辞。恳俟时局稍定,再行受封。"[204]——袁世凯心里很清楚,大清王朝已没有讨价还价的余地。一旦"时局稍定",就不是他接受朝廷册封的问题了,而是该朝廷接受他的恩典了。对于袁世凯的"谢恩",清廷的回复只剩了三个字:"知道了。"

二月三日,清廷接受了退位优待条件。

袁世凯立即向南京建议,停战一个星期以便恢复议和,停战期自二月四日至二月十一日。

伍廷芳电告袁世凯:如果十一日上午八时停战期满,南京临时政府仍未得到清帝退位的消息公布,之前确定的优待皇室的所有条件全部作废。

二月三日那天,当袁世凯把草拟好的退位诏书呈给隆裕时,"太后大哭,坚不用玺",袁世凯想方设法,最后甚至命令"内监恫吓",宣统皇帝的大红御玺才盖在退位诏书上。

十日,袁世凯再次入宫,"太后执宣统皇帝手,长跪哀求,愿尔保我母子性命",宫内"群臣俱痛哭失声"。当然,袁世凯也跟着哭了。㉓

十一日过了,十二日到了,北京还没有确切的消息。

孙中山电告伍廷芳,让其转告袁世凯,期限可以宽限两天,但如果十五日中午十二点前清帝仍不退位,则收回所有的优待条件。

电报刚刚发出,清帝宣布退位。

这是西历一九一二年二月十二日,农历辛亥年十二月二十五日。

隆裕太后在乾清宫颁布退位诏书的情形,被参加这一仪式的护卫武官唐在礼记录了下来,使我们得以在百年之后大略得知那个中国近代史上重要时刻的情景——

入宫接受诏书的是袁世凯内阁的十位大臣:外交大臣胡惟德、民政大臣赵秉钧、度支大臣绍英、陆军大臣王士珍、海军大臣谭学衡、邮传大臣梁士诒、学部大臣唐景崇、司法大臣沈家木、工农商大臣熙彦和理藩大臣达寿。十位大臣被四位武官护卫着,除了唐在礼之外,另外三名武官分别是姚宝来、刘恩源和蔡成勋——"大臣们仍旧戴着翎顶,穿着袍套。我们四人穿着军装,配着军刀。"㉔穿戴整齐的十四个人,早上在东华门集合的时候,个个神情紧张,他们怕顽固派来与他们拼命。但是,那个早晨,紫禁城内外一片寂静。

进入乾清宫不一会儿,隆裕皇太后和小皇帝溥仪出来了。外交大臣胡惟德领着全体内阁成员向皇帝和太后鞠了三个躬——"这是大臣们上朝改变礼节的第一次。"隆裕点了点头,作为还礼。然后她"落座在正中的宝座上,溥仪坐在旁边的另一把椅子上"。胡惟德走上前一步说:"总理袁世凯受惊之后身体欠安,未能亲自见驾,所以叫胡惟德带领各国务大臣到宫里来给太后请安,给皇上请安。"隆裕轻声说了句:"是。"沉默了一会,她把预先写好的诏书拿出来说:"袁世凯世受皇恩,把这样的局面应付到今天,为国家为皇室都出了不少力。如今议和能使南方满意,做到优待皇室等等的条件,也是不容易的。我和皇上为了全国老百姓早一天得到安顿,国家早一天得到统一,过太平日子不打仗,所以我按照议和的条件把国家的大权交出来,交给袁世凯办共和政府。今天颁布诏书,实行退位,叫袁世凯早点出来,使天下早点安宁吧。"隆裕一边说着,一边慢慢站起来,把手里的诏书递向胡惟德:"胡惟德,你把我的意思告诉袁世凯,这道诏书也交给他吧。"胡惟德连忙恭敬地走到隆裕的座前,"鞠着躬双手把诏书接过来"。胡惟德对隆裕说:"现在大局的情形是如此,太后睿明见远,顾全皇室,顾全百姓,袁世凯和群臣百姓岂有不知,决不会辜负太后的一番慈衷善意。况且优待条件已经确定,今后必然做到五族共和。今后这个天下就是大家的太平天下了。敬祈太后保重,太后放心。"胡惟德的话说完后,整个乾清宫内静悄悄的,隆裕"脸上露出凄惨的样子"。㉗

大清王朝就这样最后一次退朝了。

一年以后,隆裕离世,临终之言是:孤儿寡母,千古伤心。睹宫宇之荒凉,不知魂归何所。

内阁大臣们走出乾清宫时没有一人言语。

出了宫,胡惟德直奔位于石大人胡同的外交大楼。

袁世凯正在那里等候消息。

胡惟德刚到,袁世凯就出来了,在他"恭恭敬敬地向诏书鞠躬"后,胡惟德将诏书递了过去,袁世凯"双手接过,随即将诏书打开,但并未宣读,就慢慢地把它放在大帖架上陈列起来"。胡惟德着重"转述了隆裕关联袁世凯的几句话",即"太后把国家大权交给宫保,请宫保早日组织共和政府"。袁世凯说:"是。"当天晚上,"袁世凯就在外交大楼里剪了发辫"。㉘

袁世凯致电孙中山、南京临时政府参议院、各部总长以及仍在武昌前线的黎元洪,说他已经拿到大清皇帝的退位诏书,诏书"宣布之日"就是"帝政之终局,即民国之始基"。袁世凯表示:"共和为最良政体,世界之多公认。今由帝政一跃而跻及之,实诸公累年之心血,亦民国无疆之幸福。"然后,他特别说明自己"极愿南行",以便与参议员们"共谋进行之法"。但是,"因北方秩序,不易维持,军旅如林,须加布置,而东北人心,未尽一致,稍有动摇,牵涉各国",[269]所以希望南京方面体谅他不能南下的苦衷。

宣统三年十二月二十五日,即一九一二年二月十二日,《清室优待条件》公布:

> 今因大清皇帝宣布赞成共和国体,中华民国于大清皇帝辞退之后优待条件如左:第一款,大清皇帝辞位之后,尊号仍存不废,中华民国以待各外国君主之礼相待。第二款,大清皇帝辞位之后,岁用四百万两,俟改铸新币后改为四百万元,此款由中华民国拨用。第三款,大清皇帝辞位之后,暂居宫禁,日后移居颐和园,侍卫人等照常留用。第四款,大清皇帝辞位之后,其宗庙陵寝永远奉祀,由中华民国酌设卫兵妥慎保护。第五款,德宗崇陵未完工程如制妥修,其奉安典礼仍如旧制,所有实用经费均由中华民国支出。第六款,以前宫内所用各项执事人员可照常留用,惟以后不得再召阉人。第七款,大清皇帝辞位之后,其原有之私产由中华民国特别保护。第八款,原有之禁卫军归中华民国陆军部编制,额数俸饷仍如其旧……[270]

第二天,南京临时政府收到了清帝颁布的退位诏书。
宣统三年十二月二十五日懿旨:

> 朕钦奉隆裕皇太后懿旨:前因民军起事,各省响应,九夏沸腾,生灵涂炭,特命袁世凯遣员与民军代表讨论大局,议开国会,公决政体。两月以来,尚无确当办法,南北暌隔,彼此相持,商辍于途,士露于野。徒以国体一日不决,故民生一日不安。今全国人民心里多倾向共和,南中各省既倡议于前,北方诸将亦主张于后,人心所向,天命可知。予亦何忍因一姓之尊

荣,拂兆民之好恶。是用外观大势,内审舆情,特率皇帝将统治权公诸全国,定为共和立宪国体,近慰海内厌乱望治之心,远协古圣天下为公之意。袁世凯前经资政院选举为总理大臣,当兹新旧代谢之际,宜有南北统一之方,即由袁世凯以全权组织临时共和政府,与民军协商统一办法。总期人民安堵,海宇乂安,仍合满汉蒙回藏五族完全领土为一大中华民国,予与皇帝得以退处宽闲,优游岁月,长受国民之优礼,亲见郅治之告成,岂不懿欤。钦此。[21]

至少从退位诏书的措辞上看,袁世凯还是接受的大清王朝的"禅让",而与南京临时政府没有什么必然的关联。退位诏书措辞的关节点是:一、以朝廷任命的口吻宣布由袁世凯组织临时政府;二、让袁世凯组织临时政府的理由是,他是大清王朝资政院选举的总理大臣。

但是,统治中国长达二百六十八年的大清王朝覆灭了。

从那个时刻起,中国数千年帝制制度的历史终结了。

一九一二年二月十三日,孙中山向南京临时政府参议院提出辞呈,并同时推举袁世凯出任临时大总统。

十四日,孙中山率领各部总长和次长赴参议院集体辞职。

十五日,参议院召开选举大会,选举袁世凯为中华民国临时大总统。

十七省代表投票,袁世凯获得十七票。

这一天,孙中山去了紫金山里进谒明孝陵。

有人提醒孙中山,参议院选举大总统是大事,临时大总统怎可不参加?孙中山说他是故意躲开的,因为他听说"军中有持异议者",恐怕他们"于选举之顷,有所表示,其意不愿我辞职,又不满于袁世凯也"。并且,如果袁世凯没有获得通过,天下人必怀疑是他以"军队维持个人地位","故特举行祭告,移师城外"。[22]

从紫金山回来,孙中山致电袁世凯,祝贺他被选举为临时大总统:

今日三点钟由参议院举公为临时大总统,临时政府地点定在南京。现派专使奉请我公来宁接事。民国大定,选举得人,敬贺。[23]

这份祝贺电至今读来依旧令人伤感。

就在南京临时政府参议院的议员们为"一致选举袁世凯为临时大总统"而欢呼的时候,孙中山正率领着各部及右都尉以上的将校,在数万士兵的簇拥下和各国领事们的参观下,肃穆地站在了明孝陵前。

无法揣摸孙中山此时的心情,但可以肯定的是他心绪满腹。

站在埋葬着明代开国皇帝朱元璋和他的马皇后的陵墓前,除了证明自己是一个了不起的汉族人之外,一直以"驱逐鞑虏,恢复中华"为革命目标的孙中山最想告诉祖先的是什么?

没有了皇帝的中国历史由此开始了。

注 释:

① ② 贺觉非、冯天瑜《辛亥武昌首义史》,湖北人民出版社。

③ 李春萱《辛亥首义纪事本末》,引自贺觉非、冯天瑜《辛亥武昌首义史》,湖北人民出版社。

④ ⑤ 贺觉非、冯天瑜《辛亥武昌首义史》,湖北人民出版社。

⑥ 詠簪《武昌两日记》,引自中国史学会主编《辛亥革命》(五),上海人民出版社、上海古籍出版社。

⑦ 李西屏《武昌首义纪事》,引自贺觉非、冯天瑜《辛亥武昌首义史》,湖北人民出版社。

⑧ 刘心田《彭刘杨三烈士就义目睹记》,引自中国人民政治协商会议全国委员会文史资料委员会编《辛亥革命亲历记》,中国文史出版社。

⑨ 许寅、王铿《廖克玉谈辛亥见闻》,引自中国人民政治协商会议全国委员会文史资料委员会编《辛亥革命回忆录》(八),文史资料出版社。

⑩ 贺觉非、冯天瑜《辛亥武昌首义史》,湖北人民出版社。

⑪ 姜泣群编《民国野史》上,江苏广陵古籍刻印社。

⑫ 詠簪《武昌两日记》,引自中国史学会主编《辛亥革命》(五),上海人民出版社、上海古籍出版社。

⑬ 贺觉非、冯天瑜《辛亥武昌首义史》,湖北人民出版社。

⑭ 《湖北革命实录长编》,引自中国人民政治协商会议湖北省暨武汉市委员会等编《武昌起义档案资料选编》下卷,湖北人民出版社。

⑮ 詠簪《武昌两日记》,引自中国史学会主编《辛亥革命》(五),上海人民出版社、上海古籍出版社。

⑯ 故宫档案馆《宣统三年八月十九日湖广总督瑞澂致内阁军谘府陆军部请代奏

⑰ 故宫档案馆《宣统三年八月二十日上谕》，引自中国史学会主编《辛亥革命》（五），上海人民出版社、上海古籍出版社。

⑱ 曹亚伯《武昌起义》，引自中国史学会主编《辛亥革命》（五），上海人民出版社、上海古籍出版社。

⑲ 熊秉坤《武昌起义谈》，引自中国史学会主编《辛亥革命》（五），上海人民出版社、上海古籍出版社。

⑳ 吴兆麟《辛亥武昌革命工程营首义始末记》，引自贺觉非、冯天瑜《辛亥武昌首义史》，湖北人民出版社。

㉑ 熊秉坤《前清工兵八营革命实录》，引自中国人民政治协商会议湖北省暨武汉市委员会等编《武昌起义档案资料选编》上卷，湖北人民出版社。

㉒ 熊秉坤《武昌起义谈》，引自中国史学会主编《辛亥革命》（五），上海人民出版社、上海古籍出版社。

㉓ 熊秉坤《辛亥首义工程营发难概述》，引自贺觉非、冯天瑜《辛亥武昌首义史》，湖北人民出版社。

㉔ 曹亚伯《武昌起义》，引自中国史学会主编《辛亥革命》（五），上海人民出版社、上海古籍出版社。

㉕㉖ 诸义平《第二十九标首义纪实》，鲁祖珍《第三十标辛亥首义事略》，引自贺觉非、冯天瑜《辛亥武昌首义史》，湖北人民出版社。

㉗ 陶炬、周登瀛、黄兆奎《炮队武昌起义及阳夏战斗记略》，引自中国人民政治协商会议湖北省暨武汉市委员会等编《武昌起义档案资料选编》上卷，湖北人民出版社。

㉘ 熊秉坤《辛亥首义工程营发难概述》，引自尚明轩主编《孙中山的历程》，解放军文艺出版社。

㉙ 朱峙山藏札·鲁祖珍的信，引自尚明轩主编《孙中山的历程》，解放军文艺出版社。

㉚㉛ 许寅、王铿《廖克玉谈辛亥见闻》，引自中国人民政治协商会议全国委员会文史资料委员会编《辛亥革命回忆录》（八），文史资料出版社。

㉜㉝㉞㉟ 曹亚伯《武昌起义》，引自中国史学会主编《辛亥革命》（五），上海人民出版社、上海古籍出版社。

㊱ 贺觉非、冯天瑜《辛亥武昌首义史》，湖北人民出版社。

㊲ 曹亚伯《武昌起义》，引自中国史学会主编《辛亥革命》（五），上海人民出版社、上海古籍出版社。

㊳ 《湖北革命实录长编》，引自中国人民政治协商会议湖北省暨武汉市委员会等编《武昌起义档案资料选编》下卷，湖北人民出版社。

㊴ 胡石庵《湖北革命见闻记》，引自尚明轩主编《孙中山的历程》，解放军文艺出版社。

㊵ 梅兰芳《戏剧界参加辛亥革命的几件事》，引自中国人民政治协商会议全国委

员会文史资料委员会编《辛亥革命亲历记》,中国文史出版社。

㊶ 故宫档案馆《武昌起义清方档案》,引自中国史学会主编《辛亥革命》(五),上海人民出版社、上海古籍出版社。

㊷ 郭孝成《直隶革命记》,引自中国史学会主编《辛亥革命》(六),上海人民出版社、上海古籍出版社。

㊸ 冯耿光《荫昌督师南下与南北议和》,引自中国人民政治协商会议全国委员会文史资料委员会编《辛亥革命回忆录》(六),文史资料出版社。

㊹ 剑农《武汉革命始末记》,引自中国史学会主编《辛亥革命》(五),上海人民出版社、上海古籍出版社。

㊺㊻ 李书城《我对吴禄贞的片断回忆》,引自中国人民政治协商会议全国委员会文史资料委员会编《辛亥革命回忆录》(五),文史资料出版社。

㊼ 冯耿光《荫昌督师南下与南北议和》,引自中国人民政治协商会议全国委员会文史资料委员会编《辛亥革命回忆录》(六),文史资料出版社。

㊽ 故宫档案馆《武昌起义清方档案》,引自中国史学会主编《辛亥革命》(五),上海人民出版社、上海古籍出版社。

㊾ 冯耿光《荫昌督师南下与南北议和》,引自中国人民政治协商会议全国委员会文史资料委员会编《辛亥革命回忆录》(六),文史资料出版社。

㊿ 梅兰芳《戏剧界参加辛亥革命的几件事》,引自中国人民政治协商会议全国委员会文史资料委员会编《辛亥革命亲历记》,中国文史出版社。

51 恽宝惠《辛亥杂忆》,引自中国人民政治协商会议全国委员会文史资料委员会编《辛亥革命回忆录》(八),文史资料出版社。

52 剑农《武汉革命始末记》,引自中国人民政治协商会议全国委员会文史资料委员会编《辛亥革命》(五),上海人民出版社、上海古籍出版社。

53 梅兰芳《戏剧界参加辛亥革命的几件事》,引自中国人民政治协商会议全国委员会文史资料委员会编《辛亥革命亲历记》,中国文史出版社。

54 剑农《武汉革命始末记》,引自中国人民政治协商会议全国委员会文史资料委员会编《辛亥革命》(五),上海人民出版社、上海古籍出版社。

55 金毓黻编《宣统政纪》卷三十,引自来新夏等著《北洋军阀史》上册,南开大学出版社。

56 李宗一《袁世凯传》,引自来新夏等著《北洋军阀史》上册,南开大学出版社。

57 冯耿光《荫昌督师南下与南北议和》,引自中国人民政治协商会议全国委员会文史资料委员会编《辛亥革命回忆录》(六),文史资料出版社。

58 溥伟《让国御前会议日记》,引自中国史学会主编《辛亥革命》(八),上海人民出版社、上海古籍出版社。

59 故宫档案馆《武昌起义清方档案》,引自中国史学会主编《辛亥革命》(五),上海人民出版社、上海古籍出版社。

60 故宫档案馆《武昌起义清方档案》,引自中国史学会主编《辛亥革命》(五),上海人民出版社、上海古籍出版社。

(61) 故宫档案馆《武昌起义清方档案》，引自中国史学会主编《辛亥革命》（五），上海人民出版社、上海古籍出版社。

(62) 曾业英《汤化龙》，引自李新、孙思白主编《民国人物传》第二卷，中华书局。

(63) 曹亚伯《武昌起义》，引自中国史学会主编《辛亥革命》（五），上海人民出版社、上海古籍出版社。

(64) 万鸿喈《酝酿黎元洪出任都督》，引自鲁永成主编《民国大总统黎元洪》，中国文史出版社。

(65) 张振鹤《黎元洪》，引自李新、孙思白主编《民国人物传》第二卷，中华书局。

(66)(67)(68) 曹亚伯《武昌起义》，引自中国史学会主编《辛亥革命》（五），上海人民出版社、上海古籍出版社。

(69) 〔英〕埃德温·丁格尔《辛亥革命目击记》，刘丰祥、邱从强等译校，中国青年出版社。

(70) 袁庙祝鮀辑《辛亥革命征信录》，引自中国史学会主编《辛亥革命》（五），上海人民出版社、上海古籍出版社。

(71) 曹亚伯《武昌起义》，引自中国史学会主编《辛亥革命》（五），上海人民出版社、上海古籍出版社。

(72) 张难先《都督府之组织设施及人选》，引自中国史学会主编《辛亥革命》（五），上海人民出版社、上海古籍出版社。

(73)(74) 曹亚伯《武昌起义》，引自中国史学会主编《辛亥革命》（五），上海人民出版社、上海古籍出版社。

(75) 〔澳〕骆惠敏编《清末民初政情内幕》上，刘桂梁等译，知识出版社。

(76) 李新主编《中华民国史》第一编，全一卷（下），中华书局。

(77) 张难先《都督府之组织设施及人选》，引自中国史学会主编《辛亥革命》（五），上海人民出版社、上海古籍出版社。

(78) 故宫档案馆《武昌起义清方档案》，引自中国史学会主编《辛亥革命》（五），上海人民出版社、上海古籍出版社。

(79) 故宫档案馆《武昌起义清方档案》，引自中国史学会主编《辛亥革命》（五），上海人民出版社、上海古籍出版社。

(80) 故宫档案馆《武昌起义清方档案》，引自中国史学会主编《辛亥革命》（五），上海人民出版社、上海古籍出版社。

(81) 陈国权译述《新译英国政府刊布中国革命蓝皮书》，引自中国史学会主编《辛亥革命》（八），上海人民出版社、上海古籍出版社。

(82)(83) 冯年臻《袁世凯真传》，辽宁古籍出版社。

(84) 袁静雪《我的父亲袁世凯》，引自吴长翼编《八十三天皇帝梦》，文史资料出版社。

(85) 郭孝成《陕西光复记》，引自中国史学会主编《辛亥革命》（六），上海人民出版社、上海古籍出版社。

⑧⑥ 《山西辛亥革命中的哥老会》，引自中国人民政治协商会议全国委员会文史资料委员会编《辛亥革命回忆录》（五），文史资料出版社。

⑧⑦ 张奚若《回忆辛亥革命》，引自中国人民政治协商会议全国委员会文史资料委员会编《辛亥革命回忆录》（一），文史资料出版社。

⑧⑧ 《山西辛亥革命中的哥老会》，引自中国人民政治协商会议全国委员会文史资料委员会编《辛亥革命回忆录》（五），文史资料出版社。

⑧⑨ 郭孝成《陕西光复记》，引自中国史学会主编《辛亥革命》（六），上海人民出版社、上海古籍出版社。

⑨⓪ 李新主编《中华民国史》第一编，全一卷（下），中华书局。

⑨① 郭孝成《山西光复记》，引自中国史学会主编《辛亥革命》（六），上海人民出版社、上海古籍出版社。

⑨② 蔡锷《滇省光复始末记》，引自中国史学会主编《辛亥革命》（六），上海人民出版社、上海古籍出版社。

⑨③ 子虚子《湘事记》，引自中国史学会主编《辛亥革命》（六），上海人民出版社、上海古籍出版社。

⑨④ 李静之《谭延闿》，引自李新、孙思白主编《民国人物传》第二卷，中华书局。

⑨⑤⑨⑥⑨⑦ 子虚子《湘事记》，引自中国史学会主编《辛亥革命》（六），上海人民出版社、上海古籍出版社。

⑨⑧ 周天度《焦达峰》，引自李新、孙思白主编《民国人物传》第一卷，中华书局。

⑨⑨ 邹鲁《湖南光复》，引自中国史学会主编《辛亥革命》（六），上海人民出版社、上海古籍出版社。

⓵⓪⓪ 周天度《焦达峰》，引自李新、孙思白主编《民国人物传》第一卷，中华书局。

⓵⓪① 黄德昭《陈其美》，引自李新、孙思白主编《民国人物传》第一卷，中华书局。

⓵⓪② 程潜《辛亥革命前后回忆片段》，引自中国人民政治协商会议全国委员会文史资料委员会编《辛亥革命回忆录》（一），文史资料出版社。

⓵⓪③ 曹亚伯《武昌起义》，引自中国史学会主编《辛亥革命》（五），上海人民出版社、上海古籍出版社。

⓵⓪④⓵⓪⑤ 谭人凤《石叟牌词序录》，引自李新主编《中华民国史》第一编，全一卷（下），中华书局。

⓵⓪⑥ 剑农《武汉革命始末记》，引自中国史学会主编《辛亥革命》（五），上海人民出版社、上海古籍出版社。

⓵⓪⑦ 车吉心主编《民国轶事》第三卷，泰山出版社。

⓵⓪⑧⓵⓪⑨⓵①⓪⓵①① 〔英〕埃德温·丁格尔《辛亥革命目击记》，刘丰祥、邱从强等译校，中国青年出版社。

⓵①② 贺觉非编著《辛亥武昌首义人物传》下册，中华书局。

⓵①③ 熊秉坤《武昌起义谈》，引自中国史学会主编《辛亥革命》（五），上海人民出版

⑭⑮⑯⑰ 故宫档案馆《武昌起义清方档案》,引自中国史学会主编《辛亥革命》(五),上海人民出版社、上海古籍出版社。

⑱ 故宫档案馆《关于预备立宪的谕旨与奏折》,引自中国史学会主编《辛亥革命》(四),上海人民出版社、上海古籍出版社。

⑲ 故宫档案馆《关于预备立宪的谕旨与奏折》,引自中国史学会主编《辛亥革命》(四),上海人民出版社、上海古籍出版社。

⑳ 〔英〕埃德温·丁格尔《辛亥革命目击记》,刘丰祥、邱从强等译校,中国青年出版社。

㉑ 故宫档案馆《武昌起义清方档案》,引自中国史学会主编《辛亥革命》(五),上海人民出版社、上海古籍出版社。

㉒ 王树枏《武汉战纪》,引自中国史学会主编《辛亥革命》(五),上海人民出版社、上海古籍出版社。

㉓ 周武彝《陆军第三中学参加武昌起义经过》,引自中国人民政治协商会议全国委员会文史资料委员会编《辛亥革命回忆录》(七),文史资料出版社。

㉔ 中国第二历史档案馆编《中华民国史档案资料汇编》第一辑,江苏人民出版社。

㉕ 中国第二历史档案馆编《中华民国史档案资料汇编》第一辑,江苏人民出版社。

㉖㉗ 张国淦《辛亥革命史料》,引自贺觉非、冯天瑜《辛亥武昌首义史》,湖北人民出版社。

㉘ 李西屏《辛亥年的黎元洪》,引自鲁永成主编《民国大总统黎元洪传》,中国文史出版社。

㉙ 贺觉非、冯天瑜《辛亥武昌首义史》,湖北人民出版社。

㉚ 丁文江、赵丰田编《梁任公先生年谱长编》(初稿),中华书局。

㉛ 李书城《我对吴禄贞的片断回忆》,引自中国人民政治协商会议全国委员会文史资料委员会编《辛亥革命回忆录》(五),文史资料出版社。

㉜ 元柏香《吴禄贞被刺事件鳞爪》,引自中国人民政治协商会议全国委员会文史资料委员会编《辛亥革命回忆录》(八),文史资料出版社。

㉝ 许指严《新华秘记》,引自荣孟源、章伯锋主编《近代稗海》第三辑,四川人民出版社。

㉞ 载涛《吴禄贞被刺真相》,引自中国人民政治协商会议全国委员会文史资料委员会编《辛亥革命回忆录》(八),文史资料出版社。

㉟ 郭孝成《山西光复记》,引自中国史学会主编《辛亥革命》(六),上海人民出版社、上海古籍出版社。

㊱ 恽宝惠《袁世凯再起与吴禄贞被刺》,引自吴长翼编《八十三天皇帝梦》,文史资料出版社。

⑬⑰ 石彦陶、石胜文《黄兴传》,人民出版社。

⑬⑱ 房德邻《清王朝的覆灭》,河南人民出版社。

⑬⑨⑭⑩ 郭孝成《议和始末》,引自中国史学会主编《辛亥革命》(八),上海人民出版社、上海古籍出版社。

⑭① 丁文江、赵丰田编《梁任公先生年谱长编》(初稿),中华书局。

⑭② 〔澳〕骆惠敏编《清末民初政情内幕》(上),刘桂梁等译,世界知识出版社。

⑭③ 佚名《鄂军教导团历史》,引自中国人民政治协商会议湖北省暨武汉市委员会等编《武昌起义档案资料选编》上卷,湖北人民出版社。

⑭④ 丁振华《记鄂军杀端方与回援武昌》,引自中国人民政治协商会议全国委员会文史资料委员会编《辛亥革命回忆录》(二),文史资料出版社。

⑭⑤ 贺觉非、冯天瑜《辛亥武昌首义史》,湖北人民出版社。

⑭⑥ 《黎黄陂轶事》,引自车吉心主编《民国轶事》第三卷,泰山出版社。

⑭⑦ 故宫档案馆《四川铁路案档案》,引自中国史学会主编《辛亥革命》(四),上海人民出版社、上海古籍出版社。

⑭⑧ 故宫档案馆《关于南北议和的清方档案》,引自中国史学会主编《辛亥革命》(八),上海人民出版社、上海古籍出版社。

⑭⑨ 汪曾武《劫余私志》,引自荣孟源、章伯锋主编《近代稗海》(三),四川人民出版社。

⑮⓪ 李书城《辛亥前后黄克强先生的革命活动》,中国人民政治协商会议全国委员会文史资料委员会编《辛亥革命回忆录》(一),文史资料出版社。

⑮① 王树枏《武汉战纪》,引自中国史学会主编《辛亥革命》(五),上海人民出版社、上海古籍出版社。

⑮②⑮③ 〔英〕埃德温·丁格尔《辛亥革命目击记》,刘丰祥、邱从强等译,中国青年出版社。

⑮④ 白蕉《袁世凯与中华民国》,中华书局。

⑮⑤ 白蕉《袁世凯与中华民国》,中华书局。

⑮⑥ 故宫档案馆《武昌起义清方档案》,引自中国史学会主编《辛亥革命》(五),上海人民出版社、上海古籍出版社。

⑮⑦ 居正《辛亥札记·梅川日记合刊》,引自朱育和、欧阳军喜、舒文《辛亥革命史》,人民出版社。

⑮⑧ 〔英〕埃德温·丁格尔《辛亥革命目击记》,刘丰祥、邱从强等译,中国青年出版社。

⑮⑨ 邓汉祥《武昌首义亲历记》,引自中国人民政治协商会议全国委员会文史资料委员会编《辛亥革命回忆录》(七),文史资料出版社。

⑯⓪ 查光佛《武汉阳秋》,引自贺觉非、冯天瑜《辛亥武昌首义史》,湖北人民出版社。

⑯①⑯②⑯③ 贺觉非、冯天瑜《辛亥武昌首义史》,湖北人民出版社。

⑯ 故宫档案馆《关于停战的清方档案》,引自中国史学会主编《辛亥革命》(八),上海人民出版社、上海古籍出版社。
⑯ 朱育和、欧阳军喜、舒文《辛亥革命史》,人民出版社。
⑯ 陈锡祺主编《孙中山年谱长编》上册,中华书局。
⑯ 孙中山《革命原起》,引自中国史学会主编《辛亥革命》(一),上海人民出版社、上海古籍出版社。
⑯⑯⑰ 袁庙祝蛇辑《辛亥革命征信录》,引自中国史学会主编《辛亥革命》(五),上海人民出版社、上海古籍出版社。
⑰ 陈锡祺主编《孙中山年谱长编》上册,中华书局。
⑰ 孙中山《革命原起》,引自中国史学会主编《辛亥革命》(一),上海人民出版社、上海古籍出版社。
⑰ 中国社会科学院近代史研究所中华民国史研究室主编《日本外交文书选译——关于辛亥革命》,邹念之编译,中国社会科学院。
⑰ 王芸生《六十年来中国与日本》第六卷,生活·读书·新知三联书店。
⑰ 吴相湘《孙逸仙先生传》,引自房德邻《清王朝的覆灭》,河南人民出版社。
⑰⑰ 尚明轩主编《孙中山的历程》,解放军文艺出版社。
⑰⑰⑱ 陈锡祺主编《孙中山年谱长编》上册,中华书局。
⑱ 陈锡祺主编《孙中山年谱长编》上册,中华书局。
⑱⑱ 陈锡祺主编《孙中山年谱长编》上册,中华书局。
⑱ 朱育和、欧阳军喜、舒文《辛亥革命史》,人民出版社。
⑱⑱⑱ 观渡庐编《南北议和史料》,引自中国史学会主编《辛亥革命》(八),上海人民出版社、上海古籍出版社。
⑱ 冯耿光《荫昌督师南下与南北议和》,引自中国人民政治协商会议全国委员会文史资料委员会编《辛亥革命回忆录》(六),文史资料出版社。
⑱⑲ 〔英〕埃德温·丁格尔《辛亥革命目击记》,刘丰祥、邱从强等译,中国青年出版社。
⑲ 冯耿光《荫昌督师南下与南北议和》,引自中国人民政治协商会议全国委员会文史资料委员会编《辛亥革命回忆录》(六),文史资料出版社。
⑲⑲ 甘簏《辛亥和议之秘史》,引自中国史学会主编《辛亥革命》(八),上海人民出版社、上海古籍出版社。
⑲ 陈锡祺主编《孙中山年谱长编》上册,中华书局。
⑲ 朱育和、欧阳军喜、舒文《辛亥革命史》,人民出版社。
⑲⑰ 陈锡祺主编《孙中山年谱长编》上册,中华书局。
⑱ 杜春和、林斌生、丘权政编《北洋军阀史料选辑》上册,中国社会科学出版社。
⑲⑳㉑ 陈锡祺主编《孙中山年谱长编》上册,中华书局。
㉒ 杜春和、林斌生、丘权政编《北洋军阀史料选辑》上册,中国社会科学出版社。
㉓ 陈锡祺主编《孙中山年谱长编》上册,中华书局。

㉔㉕ 陈锡祺主编《孙中山年谱长编》上册,中华书局。

㉖ 杜春和、林斌生、丘权政编《北洋军阀史料选辑》上册,中国社会科学出版社。

㉗ 陈锡祺主编《孙中山年谱长编》上册,中华书局。

㉘ 贺觉非、冯天瑜《辛亥武昌首义史》,湖北人民出版社。

㉙ 陈锡祺主编《孙中山年谱长编》上册,中华书局。

㉚ 陈锡祺主编《孙中山年谱长编》上册,中华书局。

㉛ [美]薛君度《黄兴与中国革命》,杨慎之译,湖南人民出版社。

㉜ 陈锡祺主编《孙中山年谱长编》上册,中华书局。

㉝ 房德邻《共和与专制的较量》,河南人民出版社。

㉞ 朱育和、欧阳军喜、舒文《辛亥革命史》,人民出版社。

㉟ 蒋维乔《辛亥革命见闻》,引自中国史学会主编《辛亥革命》(八),上海人民出版社、上海古籍出版社。

㊱ 缪文攻《中学修身教科书》,引自房德邻《共和与专制的较量》,河南人民出版社。

㊲ 孙文《临时政府文件辑要》,引自中国史学会主编《辛亥革命》(八),上海人民出版社、上海古籍出版社。

㊳ 闵杰《近代中国社会文化变迁录》第二卷,浙江人民出版社。

㊴ 罗检秋《近代中国社会文化变迁录》第三卷,浙江人民出版社。

㊵ 陈逸芗《故乡兴化见闻》,引自中国人民政治协商会议全国委员会文史资料委员会编《辛亥革命回忆录》(八),文史资料出版社。

㊶ [美]费正清编《剑桥中国晚清史》下卷,中国社会科学出版社。

㊷ 罗检秋《近代中国社会文化变迁录》第三卷,浙江人民出版社。

㊸ 陈锡祺主编《孙中山年谱长编》上册,中华书局。

㊹ 罗检秋《近代中国社会文化变迁录》第三卷,浙江人民出版社。

㊺ 郭汉章《南京临时大总统府三月见闻录》,引自中国人民政治协商会议全国委员会文史资料委员会编《辛亥革命回忆录》(六),文史资料出版社。

㊻ 孙文《临时政府文件辑要》,引自中国史学会主编《辛亥革命》(八),上海人民出版社、上海古籍出版社。

㊼ 孙文《临时政府文件辑要》,引自中国史学会主编《辛亥革命》(八),上海人民出版社、上海古籍出版社。

㊽ 陈锡祺主编《孙中山年谱长编》上册,中华书局。

㊾ 中国社会科学院近代史研究所中华民国史研究室主编《日本外交文书选译——关于辛亥革命》,邹念之编译,中国社会科学院。

㊿ 房德邻《共和与专制的较量》,河南人民出版社。

㉛ 尚明轩主编《孙中山的历程》,解放军文艺出版社。

㉜㉝ 李书城《辛亥前后黄克强先生的革命活动》,引自中国人民政治协商会议全国委员会文史资料委员会编《辛亥革命回忆录》(一),文史资料出版社。

㉞ 邓警亚《汪精卫误国记》，引自中国人民政治协商会议全国委员会文史资料委员会编《辛亥革命回忆录》（八），文史资料出版社。

㉟ 杨天石《从帝制走向共和》，社会科学文献出版社。

㊱㊲ 张孝若《南京政府成立》，引自中国史学会主编《辛亥革命》（八），上海人民出版社、上海古籍出版社。

㊳㊴㊵㊶ 朱育和、欧阳军喜、舒文《辛亥革命史》，人民出版社。

㊷㊸ 陈锡祺主编《孙中山年谱长编》上册，中华书局。

㊹ 白蕉《袁世凯与中华民国》，中华书局。

㊺㊻ 陈锡祺主编《孙中山年谱长编》上册，中华书局。

㊼ 杨家彬《袁、徐双簧》，引自吴长翼编《八十三天皇帝梦》，文史资料出版社。

㊽㊾ 故宫档案馆《武昌起义清方档案》，引自中国史学会主编《辛亥革命》（五），上海人民出版社、上海古籍出版社。

㊿ 故宫档案馆《武昌起义清方档案》，引自中国史学会主编《辛亥革命》（五），上海人民出版社、上海古籍出版社。

㉑㉒ 溥仪《我的前半生》，群众出版社。

㉓ 袁静雪《我的父亲袁世凯》，引自吴长翼编《八十三天皇帝梦》，文史资料出版社。

㉔㉕ 溥伟《让国御前会议日记》，引自中国史学会主编《辛亥革命》（八），上海人民出版社、上海古籍出版社。

㉖㉗ 陈锡祺主编《孙中山年谱长编》上册，中华书局。

㉘ 溥伟《让国御前会议日记》，引自中国史学会主编《辛亥革命》（八），上海人民出版社、上海古籍出版社。

㉙ 陈锡祺主编《孙中山年谱长编》上册，中华书局。

㉚㉛ 白蕉《袁世凯与中华民国》，引自荣孟源、章伯锋主编《近代稗海》，四川人民出版社。

㉜ 胡适《尝试集》，人民文学出版社。

㉝㉞ 中国第二历史档案馆编《中华民国史档案资料汇编》第一辑，江苏人民出版社。

㉟ 汪曾武《劫余私志》，引自荣孟源、章伯锋主编《近代稗海》（三），四川人民出版社。

㊱㊲㊳ 唐在礼《辛亥前后我所亲历的大事》，引自中国人民政治协商会议全国委员会文史资料委员会编《辛亥革命回忆录》（六），文史资料出版社。

㊴ 陈锡祺主编《孙中山年谱长编》上册，中华书局。

㊵ 故宫档案馆《关于南北议和的清方档案》，引自中国史学会主编《辛亥革命》（八），上海人民出版社、上海古籍出版社。

㊶ 故宫档案馆《关于南北议和的清方档案》，引自中国史学会主编《辛亥革命》（八），上海人民出版社、上海古籍出版社。

㊷㊸ 陈锡祺主编《孙中山年谱长编》上册，中华书局。

第五章

共和舞会

一个非常别扭的国家 / 春草怒生
人民全数安乐 / 民国国会万岁 / 共和舞会

1911

一个非常别扭的国家

对于袁世凯,孙中山始终抱有巨大的戒心。

袁世凯被选为临时大总统后,南京临时政府参议院根据孙中山的要求通电全国,强调"新总统未莅宁受任之前,孙总统暂不解职"。①——这句电文中包含着两个重要信息:一、孙中山虽提出辞职,但不意味着已被解职;二、袁世凯虽已当选,但必须到南京就任。在写给临时政府参议院的辞呈中,孙中山附加了自己让位后袁世凯必须遵守的三个条件:一、临时政府设在南京;二、俟参议院举定的新总统到南京受任时,临时大总统及国务各员乃行辞职;三、《临时约法》为参议院所制定,新总统必须遵守已颁布的一切法制规章。针对清帝《退位诏书》中"即由袁世凯以全权组织临时政府,与民军协商统一办法"的措辞,孙中山仍以临时大总统的名义再次强调:"共和政府不能由清帝委任组织",并警告说"若果行之,恐生莫大枝节"。②

"莫大枝节"是一种很严重的措辞。

包括孙中山在内,革命党领导人始终认为,他们持有一张很硬的底牌:无论袁世凯多么令人不放心,只要他能来南方任职,就将被远远调离开他拥有牢固根基的北方;即使他要带亲信幕僚,想必也无法将整个北洋军带来;如果再用有关条文将他的总统权力削减到最低,料他是无法横生出"莫大枝节"的。

孙中山要求袁世凯南下就职的正当理由是:中华民国的首都定在南京,大总统不在首都办公又能上哪去?

尽管孙中山反复强调袁世凯南下就职的重要性,但是,一九一二年二月十四日,临时参议院在讨论孙中山提出的临时政府必须设在南京的让位条件时,还是出了意外。代表们投票进行表决,参议院有效票共二十八张,其中一票主张在天津、两票主张在武昌、五票主张在南京,剩下的二十票都投给了北京——孙中山提出的条件,被临时参议院以多数票否决了。

孙中山勃然大怒。

革命党人占据多数的参议院,怎么总是做出令人费解的事?

反对定都南京的有不少同盟会员,其中以宋教仁和章太炎为主要代表。章太炎为建都南京列举了五项害处,其观点不可谓没有道理:

> 中国幅员既广,以本部计,燕京虽偏在北方,以全邦计,燕京则适居中点,东控辽、沈,北制蒙、回,其力足以相及。若徙处金陵,威力必不能及长城以外,其害一也。北方文化已衰,幸有首都,为衣冠所辐辏,足令蒸蒸丕变。若徙处金陵,安于燠地,苦寒之域,必无南土足音,是将北民化为蒙古,其害二也。逊位以后,组织新政府者,当为袁氏,若迫令南来,则北方失所观望。日、俄已侵及东三省,而中原又失重镇,必有土崩瓦解之忧,其害三也。清帝尚处颐和园,不逞之徒,思拥旧君以倡乱者,非止一宗社党也。政府在彼,则威灵不远,足以镇制;若徙处南方,是纵虎兕于无人之地,非独乱人利用其名,蒙古诸王,亦或阴相拥戴,是使南北分离,神州幅裂,其害四也。东交民巷诸使馆,物力精研,所费巨万,若迫令迁徙,必以重资赔偿,民穷财尽之时,而复糜此巨币,其害五也。今北方诸议者,咸思改宅天津,其实犹不如仍旧,而况金陵南服偏倚之区,备有五害,其可以为首善之居哉!③

黄兴反驳的观点是:袁世凯虽然已与清廷脱离关系,但他"尚与清帝共处一城"。民国政府如果屈就迁都北京,"有民军受降之嫌,军队必大鼓噪"。"且临时政府既立,万不能瞬息取消"。④因此,在南北统一之政府未立以前,临时政府仍应设在南京。

据说,在参议院会议上极力鼓吹定都北京的,有一个名叫李肇甫的同盟会员。得知这一消息后,孙中山大骂李肇甫,并要求参议院立即复议改正;而黄兴更是声称如果参议院不改正,"将以宪兵入院,缚所有同盟会员去"。⑤

那一天把在总统府秘书处工作的吴玉章忙得团团转:

> 中山先生和黄兴知道这件事以后,非常生气,当天晚上把李肇甫叫来大骂了一顿,并限次日中午十二时以前必须复议改正过来。十五日晨,秘书处把提请复议的咨文作好后,需要总统盖印,而这时总统已动身祭明孝陵去了,我急着去找黄兴,他也正在穿军装,准备起身到明孝陵去。我请他延缓时间,他说:"过了十二点,如果还没有把决议改过来,我就派兵来!"说完就走了。这怎么办呢?只好去找胡汉民。好容易才把他找到,拿来钥匙,开了总统的抽屉,取出他的图章盖了印,把咨文发了出去。同时,通知所有的革命党人,必须按照孙中山先生的意见投票。经过我们一天紧张的努力,当天召开的参议院会议,终于把十四日的决议纠正过来了。⑥

尽管有人抗议以强制命令推翻参议院已通过的决议违背了共和原则,但复议投票时,有效票为二十七票,其中十九票主张南京,六票主张北京,两票主张武昌。于是参议院回复孙中山,临时政府仍设在南京。据说,复议投票时争执激烈,一位同盟会参议员甚至威胁:"此案如不获通过,则将身殉会场。"⑦

二月十五日,袁世凯回电孙中山,这便是历史上著名的"咸电":

> 南京孙大总统、黎副总统、各部总长、参议院、各省都督、各军队长鉴:清帝辞位,自应速谋统一,以定危局,此时间不容发,实为唯一要图。民国存亡,胥关于是。顷接孙大总统电开,提出辞表,推荐鄙人,属速来宁,并举人电知临时政府,畀以镇安北方全权各等因,黄陆军总长暨各军队长电招鄙人赴宁等因,世凯德薄能鲜,何敢肩此重任。南行之愿,真(十一日)电业已声明,然暂时羁绊在此,实为北方危机隐伏,全国半数之生命财产,万难恝置,并非由清帝委任也。孙大总统来电所论,共和政府不能由清帝委任组织,极为正确。现在北方

各省军队暨全蒙代表,皆以函电推举为临时大总统,清帝委任一层,无足再论。然总未遽组织者,特虑南北意见因此而生,统一愈难,实非国家之福。若专为个人职任计,舍北而南,则实有无穷窒碍。北方军民,意见尚多分歧,隐患实繁。皇族受外人愚弄,根株潜长,北京外交使团向以凯离此为虑,屡经言及。奉、江两省,时有动摇,外蒙各盟,迭来警告,内讧外患,递引互牵。若因凯一走,一切变端立见,殊非爱国救世之素志。若举人自代,实无措置各方面合宜之人。然长此不能统一,外人无可承认,险象环集,大局益危。反复思维,与其大总统辞职,不如世凯退居,盖就民设之政府,民举之总统而谋统一,其事较便。今日之计,惟有由南京政府将北方各省及军队妥筹接受以后,世凯立即退归田里,为共和之国民。当未接受以前,仍当竭智尽愚,暂维秩序。总之,共和既定之后,当以爱国为前提,决不欲以大总统问题,酿成南北分歧之局,致资渔人分裂之祸。已请唐绍仪代达此意,赴宁协商,特以区区之怀,电达聪听,惟亮察之为幸。袁世凯,咸。⑧

咸,电报代码,即十五日。

袁世凯不能南下就职的理由充满挑衅的味道。特别是"由南京政府将北方各省及军队妥筹接受"一句充满杀气:只要南方有本事将北方的军队一并接受——所谓北方的军队,主体当然是袁世凯的北洋军——他就"退归田里"去当农民。这等于在提醒孙中山,如果南方一意孤行,即使袁世凯答应,北洋军也不会答应。

袁世凯敢于这样说话,是由于他在舆论上占有优势。

就建都地点问题而言,全国各方主张北京的浩大声势,远非孙中山所能抗拒。各省的都督、军队的将领,甚至宗教界都呼吁建都北京,其理由综合起来大约是:一、北京是古都,交通、文化和都市规模都已具备,不需要另行花费巨资修建新都;二、北京的地理位置便于控制边疆各省,特别是北方边远省份,对于国家安全有利;三、大清王朝的遗老遗少们还在北京,民国不坐镇于此,王朝就有死灰复燃的危险;四、外国在北京的使馆经过多年建设已成规模,如果迁都,必然遭到各国的反对,民国政府还须额外赔偿他们的损失;五、一旦首都迁移,北方军队就有可能生变;六、从中国的历史上看,建都南方大多不如建都北方好,中国人向来有南迁偏安之说。

十七日,孙中山复电袁世凯,依旧坚持让他南下。

为了造成袁世凯非南下不可的局面,孙中山十八日再次致电袁世凯,说南京临时政府准备派由教育总长蔡元培为专使,由外交次长魏宸组、海军顾问刘冠雄、参谋次长钮永建、法制局长宋教仁、陆军部军需局长曾绍文、步兵第三十一团团长黄恺元、湖北外交司司长王正廷和前南北议和参赞汪精卫等组成的专使团,专程前往北京欢迎袁世凯南下就职。

孙中山写了一封亲笔信,让蔡元培带给袁世凯:

> 慰亭先生鉴:文(孙文)服务竭蹶,艰大之任,旦夕望公。以文个人之初愿,本欲借交代国务,薄游河朔。嗣以国民同意,挽公南来,文遂亦以为公之此行,易新国之视听,副舆人之想望,所关颇巨。于是已申命所司缮治馆舍,谨陈章绶,静待轩车。现在海内统一,南北皆有重要将帅,为国民之心膂,维持秩序之任,均有所委托,不必我辈簿书公仆,躬亲督率。今所急要者,但以新民国暂时中央机关之所在,系乎中外之具瞻,勿任天下怀庙宫未改之嫌,而使官僚有城社尚存之感。则燕京暂置为闲邑,宁府首建为新都,非特公之与文,必表同意于国民,即凡南北主张共和及疾首于旧日腐败官僚政治之群公,宁有问焉?至于异日久定之都会,地点之所宜,俟大局既奠,决自正式国论,今且勿预计也。总之,文之志愿,但求作新邦国,公之心迹,更愿戮力人民,故知南北奔驰,公必望其自暇。嗟乎!我辈之国民,为世界贱视久矣,能就民国之发达,登我民于世界人道之林,此外岂尚有所恤乎?公之旋转之劳,消磨其盛年,文亦忽忽其将衰,耿耿我辈之心,所足以资无穷之方来者,惟尽瘁于大多数幸福之公道而已。公其毋以道途为苦,以为勉强服务者倡。公旗南莅,文当依末光,左右起居,俾公安愉。俟公受事而文退。翘盼不尽。⑨

孙中山言辞恳切,但他提出的不宜建都北京的理由,仅仅是"勿任天下怀庙宫未改之嫌,而使官僚有城社尚存之感",这显然单薄而牵强。

二十一日,蔡元培一行启程北上。

孙中山随即接见了英国《泰晤士报》记者福来萨,对袁世凯的南下表示出乐观的态度——

> 前天我同孙逸仙一起吃茶,长谈很久。不巧王宠惠(外交总长)始终在座,很不利于交谈。看来孙对于袁将于两星期内来此表示满意。他们从北京私下里了解到一些袁的看法。他们说袁本人不愿意留在北京而且赞同迁都。他们说袁不愿意公开讲这些话,他们也不希望我把这些话发表出去——当袁到来时,孙将同他会晤,而且无论到哪里去都要亲自陪伴他,以防狂热分子可能掷炸弹。他们的想法是袁氏来此将不带卫队,因此要靠革命党方面负责保卫工作。⑩

但是,二十二日,孙中山的心情重新恶劣起来。

这一天,由于袁世凯即将成为临时政府大总统,不少革命党人觉得革命的理想并没有实现,由此想起了在革命中死难的烈士,四川籍的革命党人决定召开一个烈士追悼会,以排遣心中的幽愤。孙中山应邀参加追悼会,并以大总统的名义签署命令,追赠邹容、喻云纪、彭家珍为大将军,谢奉琦为中将。但是,章太炎带到会场上的一副挽联,令追悼会的气氛顿时紧张起来,挽联上写着:"群盗鼠窃狗偷,死者不瞑目;此地龙蟠虎踞,古人之虚言。"章太炎意思是,南京临时政府里全是些鼠狗之辈,南京更不是一个适合建都之地。如此激烈的内部对抗,令发起追悼会的革命党人更感绝望:

> 死者已经安置完了,活着的人怎么办呢?我们秘书处的人,决计不到袁世凯那里去做官。邓家彦因对议和非常不满,一定要出去办个报纸,反对袁世凯。又有人提出继续出洋留学,完成以前未竟的学业,大家都很赞成。当时蔡元培在做教育部长,经过他的批准,大批革命党人获得了公费留学的资格,接着便纷纷放洋而去。⑪

当日,孙中山给章太炎写信,再次解释了为什么要定都南京,劝告章太炎"毋过操刻酷之论"。同时,孙中山还电告盛宣怀,解除中日合办汉冶萍公司的合约——临时政府的财政困难留给袁世凯解决吧,孙中山已经身心疲惫。

二十八日,蔡元培一行到达北京。

蔡元培知道请袁世凯南下是一个极其艰难的任务,因此专使团把能想到的困难都一一预想了,甚至包括他们可能会被当作人质扣押于北京。但是,出乎意料,专使团到达北京后,受到了最隆重的欢迎。第二天,袁世凯会见了专使团,蔡元培非但没有听到半句拒绝南下的话,袁世凯还非常诚恳地与他们探讨了南下的路线问题。他说他打算顺着京汉铁路南下,先到武昌去会见黎元洪副总统,然后乘轮船顺长江东下到达南京,袁世凯甚至还与专使团商量了他离开北京后让谁留守的问题。袁世凯的态度让专使团成员有些精神恍惚。

咸电中的威胁口吻人人皆知,北京也充斥着反对南下的舆论,难道这一切都是一场虚惊?

北京的政治氛围顿时显得诡异起来。

诡异的气氛从袁世凯下令为欢迎南京专使团连续三个晚上举行提灯游行开始。专使团到达北京的前一天晚上,提灯游行的队伍稀稀落落,口号也喊得零零落落,除了"中华民国万岁"之外,还有人高喊"我们要定都北京"。游行中,有人拿着剪刀专门寻找头上还有辫子的人,结果引起激烈的争吵和疯狂的扭打,弄得不像欢迎游行而如同街头打群架。第二天——蔡元培一行到达的那个晚上——由于警察事先挨家挨户地通知,保证绝对不许强行剪辫子,参加游行的人似乎多了一些。游行的目的地有两个,一个是东城石大人胡同袁世凯府邸所在的外交部大楼,另一处是南京专使团下榻的煤渣胡同迎宾馆。因为不剪辫子,游行没出什么事,只是还是有人高喊"建都北京"。第三天,二十九日晚上——这是三天游行中的高潮,人也更多了些,但当游行队伍正在行进的时候,城东方向突然传来乒乒乓乓的响声,大家说这可能是在放礼炮,话音未落,一股人流斜冲过来,高喊着:"宫保要走了!"游行队伍顿时乱了,人们在互相拥挤和踩踏中得知了一个可怕的消息:京城发生了兵变。

那天晚上专使团照例在出席宴会。

宴会结束,专使们刚回到宾馆,就听见城东方向传来了不寻常的声音,从宾馆的窗户向外看去,有的地方已经火光冲天。

兵变的地点在朝阳门外。

很快,就有乱兵闯进宾馆,专使团成员一团惊慌。有人说隔壁是座教堂,那里有洋兵保护,乱兵不敢进去,赶快到那里躲一躲,于是搬来了梯子,专使们登着梯子越过墙头藏进教堂里。蔡元培、汪精卫、范绩熙三人没走,躲在房间的暗室里熄灯静坐,任凭乱兵把屋内财物抢劫一空。眼看着局面越来越乱,蔡元培先到一位美国友人家中躲避,然后被美国人护送到了位于东交民巷的六国饭店。不一会儿,各位专使也陆续逃到六国饭店,所有人的文件财物荡然无存。

兵变的部队是驻扎在朝阳门外东岳庙的曹锟的第三镇。兵变的理由据说是上司裁了这个镇官兵的部分军饷。按照陆军部的发饷规章,凡是出征的官兵,从出征之日起一律发双饷,任务完成后回到原驻防地,双饷待遇随即撤销。武昌起义后,北洋新军第一、第四镇开赴前线,第三镇自长春开赴北京负责近畿防务,三个镇的官兵一律享受双饷。南北议和之后,前线的部队回防,双饷自然也就没了。但是,第三镇没有撤回长春,依旧驻守在北京,可他们的双饷也被陆军大臣王士珍撤销了。第三镇的官兵们认为他们仍在执行战斗任务,双饷不应该撤销,于是持枪冲出营房,一边抢掠一边喊:"不成了! 不成了! 国家用不着我们了,趁早弄点盘缠回家吧!"这是一个恐怖的夜晚。第三镇的炮兵首先开了炮,炮声中乱兵拥进朝阳门。在抢掠了朝阳门附近的店铺之后,一股兵奔向东四,一股兵奔向北新桥,一股兵奔向东单,凡是金银首饰店、饭馆、杂货铺和当铺等商家无一幸免,东安市场和东四牌楼也被纵火点燃。

兵变发生时,袁世凯的幕僚们正在迎宾馆里吃饭。

突然听到响声,幕僚们以为临近元宵节市民在燃放爆竹。

在判断出这是来复枪的声音后,大家纷纷跑到宾馆大厅询问出了什么事。

接着,幕僚们看见了袁世凯:

> 袁世凯时亦下楼,见火光烛天,须臾电灯忽然熄灭,袁乃现惊惶失措之状,屡次问西直门外情况如何,西直门已否关

城? 盖因禁卫军四大旅除冯国璋带去一部分外,均驻在西苑,时传不稳之讯,恐其一同哗变。其后各方电话陆续而至,乃仅是城内第三镇的兵及袁之卫队,袁此时发怒云:"这还得了!快拿我的家伙来,我去打他们!"⑫

幕僚叶恭绰奉命去寻找南京的专使们。

他雇了一辆人力车,穿过混乱的街道到达六国饭店:

> 我进六国饭店见到蔡元培、汪精卫、曾绍文、黄恺元等,样子很狼狈,有穿鞋无袜的,有未及穿鞋逃出的。汪精卫即云:"看此情形,袁氏南下就职是做不到了,我们已决议电向南京报告。"我略与周旋,致慰问之意,未谈到任何具体问题,仿佛记得蔡元培静默不大发言,汪精卫比较活跃,似为代表团骨干。⑬

叶恭绰向京汉铁路局长郑清濂借了三千块钱让专使们置办衣物。

专使们稍安之后便陷入了这样一个困境:如何再向袁世凯提出让他南下就职一事?

"袁氏南下就职是做不到了。"汪精卫的这句话值得注意。这句结论性的话是有充分根据的:现在乱兵还在四处抢劫放火,京城混乱得如同当年八国联军打进城一样,铁的事实足以证明,袁世凯只要一走,北方的军队就会出问题。如果现在谁还坚持让袁世凯南下,不是显得很荒唐很不符合实际吗?

没有确凿史据表明,这场兵变是袁世凯亲自策划的。

但是,由于兵变发生的时间不早不晚,众多的回忆史料便显得对袁世凯十分不利。比如,兵变发生后,袁世凯一面表示要去"打他们",一边给他的亲信军官江朝宗、姜桂题下令说:"你们要调度好自己的军队,必须防守好自己的防卫地带,切不可擅离防地去打变兵。只要你们守好自己的驻防地区,不叫变兵进来,北京城就乱不了。"⑭袁世凯实施弹压的命令,第二天下午才下达,如此延迟也是不合常理的。另外,参加兵变的除了第三镇的官兵外,还有以段芝贵为司令官的袁世凯的卫队。卫队是最可信任的部队,也没有撤销双饷的问题,如果没有得到指令或者暗示,他们参加兵变的动因是什么?再有就是,第三镇发生兵变也不尽合理,因为第三镇统制曹锟是袁世凯最信任的将领。据第三镇参谋官杨雨辰回忆,兵变的那天晚上,曹锟曾通知高级军官一律到帅府园胡同的第三镇司令部开会。但与会者在那里等了很久却没见曹锟来,后来有人传话说曹统制被袁大总统叫去了。就在众军官等待的时候,兵变了,所有的高级军官都不知道发生了什么以及为什么会发生。还有一则史料具有相当的可靠性,即兵变发生后,曹锟曾跑到袁世凯那里去,但其报告词却显得有些蹊跷,此事为唐绍仪亲眼所见:

> 当时兵变发生,南方代表束手无策,促予黎明访袁。予坐门侧,袁则当门而坐。曹锟戎装革履,推门而入,见袁请一安,曰:"报告大总统,昨夜奉大总统密令,兵变之事,已办到矣。"侧身见予,亦请一安。袁曰:"胡说,滚出去。"予始知大总统下令之谣不诬。⑮

有确凿史据表明,袁世凯的大儿子袁克定,是兵变的主要幕后策划者。据知情者回忆,二月二十一日,袁克定召集曹锟等人在他的公馆里开了个秘密会议。袁克定极力煽动第三镇的恐慌情绪,说南边坚持要大总统南下就职,大总统一走兵权就得交给别人,听说南京要派留守府军事顾问王芝祥来当直隶总督。大总统只能带一标人去南京作为卫队,其余的人或是被淘汰或是被调走。袁克定的这些直接关系到个人前途的话说得大家很是动容,因为大家都愿意跟着袁世凯,那个南京派来的王芝祥如何能靠得住?接着,袁克定出了这个主意:等南京专使来的时候,把他们统统吓回去。二十三日,袁克定又召集曹锟等人密谈,谈的还是袁世凯南下的问题。袁克定说,经过太平天国战争,南京城已破烂得不像样子,南蛮子把大总统骗到南京,实际上是想对他实施软禁,下手害了也说不定呢。第三镇参谋官杨雨辰参加了这次密谈——

> 袁克定启发了半天,大家还是没人吭声,于是曹锟就说:"我想这件事他妈的好办。只要去几个人,把专使的住处一围,一放枪,大伙儿嘴里再嚷嚷:'宫保要走了,我们没人管了。'只要咱们一吓唬,他们就得跑。"袁克定听了,不住点头说:"只要你们一闹,把他们吓跑了,那就好办了。到那时候,外交使团能出来说话,不放总统南下。这样建都北京就不成

问题了,王芝祥也不敢来接直隶总督了。"⑯

从常理上讲,这场兵变犹如低级闹剧,袁世凯亲自策划的可能性不大。他已经被选举为临时大总统,他已经得到各方的一致拥护,即使关于建都问题有分歧,除了北方的舆论外,孙中山身边的章太炎、宋教仁以及武昌的黎元洪都持反对态度,因此袁世凯完全可以使用其他方式而不必大张旗鼓地冒险搞兵变。袁世凯是军人出身,知道兵变不是一件小事,闹不好很可能一发不可收拾。但是,兵变也确实给袁世凯不南下提供了及时有力的支持。只是,真刀真枪的满城乱兵也不免令他有些后怕。

兵变的那天,《泰晤士报》驻京记者莫理循,正沿着现在名叫王府井的那条大街行走,他看见自己住宅附近的房子已经起火,"街的对面是北京最大的市场,这个庞大的建筑物连同里面一个占地若干英亩的戏院也被大兵放火烧了"。乱兵很快控制了整个东城,他们挨家挨户地抢劫,不少人家因为油灯被撞倒而燃起大火——"当然也有许多是故意纵火,造成的破坏远远大于劫掠。"莫理循一直认为第三镇"是可以完全信赖的"部队,但如今眼见着官兵们把抢来的东西"堆放在大总统眼皮底下的外务部大院里",他以为这一景象"真是可怕得很",而且"军官比当兵的更坏,因为他们是在指挥抢劫"。莫理循说:"中国的未来完全取决于如何处理这个局面。如果采取和稀泥的办法,向人们行贿堵住他们的嘴,那么这个国家就完蛋了。"⑰

混乱的兵变中,有一个现象引起了莫理循的注意:"满洲人的住宅没有受到破坏,也没有满洲人开的店铺遭到抢劫,也没有企图闯进任何满洲亲王的大宅院,当然包括皇宫。皇太后的父亲、惠徵公爷的府邸,被第三镇的炮手洗劫并纵火焚毁,他一家逃到紧邻的日本的西本愿寺去避难。不过,只有这一个例外。"莫理循得出的结论是:"一定是因为有所惧而使得汉人不去触动满人的财产。目前在北京的满人士兵在数目上大大超过汉人,至少是四比一。他们是一伙怯懦、颓废、柔弱的人,否则他们满可以趁机做出一番恢复王朝的大事。"⑱

兵变很快蔓延:三月二日晚上,北京的火车开往天津,"车上跳下来乱兵四五十人,一下车即乱放一阵排枪,新火车站于是起火,接着大胡同、老洋钱厂、造币厂等同时起火,枪声四应,各繁盛街市富商大贾和新旧洋钱厂均遭焚掠。先是兵,后是匪,还杂有少数巡警,沿街挨户抢掠。北京乱兵陆续到天津,前后共达二千余人,正式抢掠,颇有组织。在三月二日晚间,以鸣铜管线枪为号,第一次鸣铜管是准备,第二次鸣铜管即砸抢各商店,第三次鸣铜管便将细软一律抢齐,劫夺火车开往东三省。"⑲同时遭到灭顶之灾的还有保定:"开始是淮军和一个剪短发的人口角,然后淮军出动搜捕短发人,驻东关的第二镇兵士趁机肇乱,以煤油将城门烧毁,到处抢掠烧杀,风大火大,西街被祸最惨,由西门至二道口一带都成灰烬,满城枪声如爆竹,哭声彻天,十室九空,连各医院所存衣物均遭洗劫。自三月一日至五日,连续遭难,疮痍满目,瓦砾如山,且蔓延至附近十数县。"⑳

三月一日,袁世凯派出的弹压部队上了街,兵变的第三镇已奉命开出京城,移动到良乡、琉璃河和涿州去了。执法队在街上抓了不少人,统统不是第三镇的官兵——"遇见行人手里拿着包裹物件,行色仓皇的,立刻吩咐卫兵抓过来,就地正法,并把人头挂在通衢示众。有用三根竹竿或木杆支个架子悬挂人头的,也有直接挂在电线竿上的。在东四、灯市口、西单、西四、前门桥南都挂有血淋淋的人头,以示袁大总统坚决维护治安、杀一儆百的决心,被杀的不下三四十名。"㉑

二十世纪初,世界上还有哪个国家的都市里,不断有血淋淋的人头高高悬挂?

外国记者认为,并不懂得共和真谛的中国人却在为"共和"倾轧和拼杀,中国确实是一个"难以用西方思想去评价的非常别扭的国家"。

日本记者佐原笃介致信英国记者莫理循:

> 无论如何,我对共和制的中国没有信心,因为中国人无论地位高低,就其禀性和气质来说,个个都是小暴君。可是在目前,中国人几乎满脑袋都是可以从共和制得到福赐的想法。而不知道共和制为何物,而且他们盲目行事,与他们争论也无用。我的看法,对中国人撒手不管,让他们尝到苦痛,然后会有一个政党出来挽救时局,唤醒并拯救民众。

> 没有皇帝,袁永远无法治理这个国家……我希望列强能认识到中国没有皇帝的严重事态和中国建立共和是不可能的事。你亲眼见到了北京及其邻近地区发生骚乱的实际状况。

远东人民、特别是中国习惯于受专制君主的统治。皇帝在东方像上帝一样,没有皇帝就不可能把人民团结在一起。我要说,中国太可怜了! 中国真是一个难以用西方思想去评价的非常别扭的国家!㉒

兵变平息后,北洋军高级将领发布通电,声称"临时政府必应设在北京,大总统受任必暂难离京一步"。㉓同时,北方的各种社会团体也纷纷致电南京临时政府,指责在建都问题上的争执酿成了此次兵变惨祸,声称如果袁世凯南下,"我等敢决数十万之同胞,必攀辕卧辙,号哭不放"。㉔袁世凯的幕僚们更是不断地提醒南京专使团成员:"现在全国倡言革命,人心动荡,北方秩序很难维持,像目前这种情形,如果不能及时地调度、弹压,确保地方的安谧,就很容易引起外国对我国用兵的祸事,这一点是应该切实注意的。"㉕而列强们似乎有意配合了这种舆论,三月一日,英国路透社专电:"此次兵变之直接原因,实由南京各政家与袁争持意见,不信任袁,务须要求袁到南京宣誓"。"南京各政家之坚持,全系意气用事,并未为大局着想,今北方果以此而召扰乱,此节于共和前途危险至大"。㉖驻京外国公使团遂决定"对现存统治当局给与道义上的支持",㉗而支持的方式是派出七百多名各国士兵在北京街头巡逻,同时再从天津调集一千多名士兵增援京城里的使馆卫队。

武昌的黎元洪向各省发出通电,宣称:"舍南京不至乱,舍北京必致亡,纵金陵形势为胜燕京,犹当度时审势,量为迁就。"㉘黎元洪甚至断言,如果再争执不下,必将导致兵亡、民亡、国亡、种亡。

孙中山对北京兵变的第一反应是,派兵北上帮助袁世凯平息变乱。他甚至电告北京说南京已做好派兵北上的一切准备。四日,袁世凯复电称,局势已经稳定,无须南京"远劳师旅"。

南京的专使们终于明白,不但建都南京和袁世凯南下均无可能,就是南京派军队来北方的打算也是极其危险的——不要说北京的外国公使对南方军队北上万分敏感,仅就北洋军来讲南方军队的北上无异于两军接战。蔡元培连续致电孙中山,详细报告北京的局势,建议南京方面改变初衷:"内变既起,外人干涉之象亦现。无政府之状态,其害不可终日。于是一方面袁君颇不能南行,而一方面则统一政府不可不即日成立,在事实上已有不可之易之理由。培等会议数次,全体一致,谓不能不牺牲我等此来之目的,以全垂危大局。"蔡元培向孙中山提出两条建议:"一、消灭袁君南行之要求;二、确定临时政府之地点为北京。"而让袁世凯在北京就职的具体办法是:"袁君在北京行就职式,而与南京、武昌商定内阁总理,由总理在南京组织统一政府,与南京前设之临时政府办交代。"㉙

这几乎是唯一的也是最后的妥协办法。

这个妥协的底线是:无论袁世凯南下还是不南下,民国政权的交接必须在南京进行,因为这象征着袁世凯是从南京临时政府手里而不是前大清王朝那里得到的权力。

五日,孙中山回电,对蔡元培的建议表示同意,电报措辞充满无奈、忧虑,乃至愤怒:

> ……至统一组织成,任袁公便宜定夺。文(孙文)原主北京不可建立政府,正因在外人势力范围之中。今日本等纷进兵,尤非昔比。公等亦持苟且之见,夫复何言!此时在北组织,直自投罗网,甚恐将来为高丽、安南之续。惟文此时若再争之,必致强拂众论,而有所恋图。故文欲于十日内办到解职,昭示天下。仍望项城远虑,不必觅北方之见。今北方仅军队小动,南方人心犹未统一,项城既不南下,临时政府又瞬息迁移,如何可使异日不致分离?仍望见教。㉚

电报足以表明孙中山处在怎样的难言之苦中。

中国近代史在这一刻呈现的怪象犹如一团乱麻。

《巴黎日报》专电:"中国现势离奇,颇难得其真相。孙袁胜负,任何方面,皆不可统一中国。各省互相猜忌,互相妒视,即有贤者,亦专为其本省利益,锱铢较量,无肯牺牲公益、顾全大局之人。"

三月六日,南京临时政府召开会议,对袁世凯在北京就职进行表决。会场上坐着袁世凯派来的代表侍从武官唐在礼和教育次长范源廉。从北京出发的时候,袁世凯曾当面交待:"到南京对他们把北方的情形说一说,我看你们只要说一说就行了。"果然,会场上的局面出乎意料:

> 我们到达会场的时候,会议好像是早已召集好准备开始

的样子。中山先生带着我和范到讲台上坐下。不久,孙先生起立宣布开会,并且向与会的议员等介绍我和范,约略地说明了我们的来意。这时范就把我们离京以前由袁授意叫范拟就的一个简单发言稿递到我手里,由我站起来向参加会议的议员们先读了一遍,大意谓:"自世凯被选为临时大总统以来,南京临时政府一再敦促南下就职,并于二月十八日特派专使北上迎接,自当早日南下,以副公等厚意。奈北方局势颇不稳定,各省官长及军队等函电频来,咸欲世凯暂勿离京,以维大局,甚至有妄以哗变劝阻世凯南下者。此风殊不可长,为亟弭此风,不拂众意,遂不克离京南下就职。谅诸公等必以国是为重,不拘礼仪,从权考虑,俞允许世凯在北京宣誓就职"等语,也不过短短十几句话。我刚刚读完,台下议员们一致鼓掌表示同意,这倒使我出乎意料之外。㉛

莫名其妙的"一致鼓掌"之后,南京临时政府参议院通过了决议:"一、参议院电知袁大总统允其在北京受职;二、袁大总统接电后,即电参议院宣誓;三、参议院接到宣誓之后,即复电认为就职,并通告全国;四、袁大总统既受职后,即将拟派之国务总理及各国务员之姓名,电知参议院,求其同意;五、国务总理及各国务员任定后,即在南京接收临时政府交代事宜;六、孙大总统于交代之日,始行解职。"㉜

所谓六条,只是最后的面子而已。

两天后,袁世凯就把就职誓词发来了:

> 南京参议院公鉴:麻(六日)电悉。所议六条,一切认可。凯以薄德,忝承推举,勉任公仆义务,谨照三月初六日参议院议决,照第二条办法,电达宣誓。下开宣誓词,请代公布。其文曰:民国建设造端,百凡待治。世凯深愿竭其能力,发扬共和之精神,涤荡专制之瑕秽!谨守宪法,依国民之愿望,蕲达国家于安全强固之域,俾五大民族,同臻乐利。凡兹志愿,率履勿渝!俟召集国会,选定第一期大总统,世凯即行解职。谨掬诚悃,誓告同胞。大中华民国元年三月初八日,袁世凯。㉝

袁世凯提议的内阁总理是唐绍仪。

革命党人曾经提出，如果袁世凯组阁，其内阁总理必须是同盟会员，这一主张遭到袁世凯的拒绝。面对袁世凯提出的这个人选，列席南京参议院会议的赵凤昌认为，第一任内阁总理必须是袁世凯和孙中山同时信任的人，这个人也只有唐绍仪最为合适。他说他可以劝说唐绍仪加入同盟会，如果唐绍仪愿意就双方兼顾——"孙文、黄兴同时鼓掌，表示欢迎绍仪入盟，同时即决定请唐绍仪为国务总理。"㉞赵凤昌，曾以张之洞重要幕僚的身份而为大清政客们所看重，辛亥年前后成为立宪党人最具影响力的幕后人物。在这个问题上，赵凤昌是否与袁世凯事先作了沟通，没有确凿证据。如果有某种沟通的话，也完全符合常理。此时的立宪党人至少在抑制革命党人上，与袁世凯的政治立场是一致的。难以理解的是：难道将唐绍仪拉进同盟会，就等同于同盟会与袁世凯分掌权力了吗？孙中山与黄兴"同时鼓掌"的兴奋由何而来？

"街面上的尸体都被运走了，这个平静的城市于三月十日见证了中华民国第二任临时大总统袁世凯的就职典礼"。英国记者莫理循在下午两点的时候赶到了外交部礼堂，"在礼堂里，前清的贵族们满意地目睹了这个伟大的新政权正式建立。这个良好的政府保护了他们的生命、岁俸和财产"。但是，莫理循不认为袁世凯的就职仪式有多么隆重，他草草记录下的仪式程序是：

一、赞礼官宣布就职仪式开始。

二、袁世凯入场，像鸭子一样摇摇晃晃地走向主席台，他体态臃肿且有病容。他身穿元帅服，但领口松开，肥胖的脖子耷拉在领口上，帽子偏大，神态紧张，表情很不自然。

三、有人呈上一份大号字体的文件，他紧张地宣读就职誓言——宣誓完毕，他将文件交给趋步上前的蔡廷干（袁世凯英文秘书）。军乐队演奏新国歌。

四、蔡廷干致欢迎辞。

五、袁世凯致答谢辞，措辞相当谦逊。

六、人们排队经过袁世凯面前，对他弯腰致敬。第一批过来的是两个喇嘛，他们先后给袁世凯献上白色和蓝色的哈达，紧跟着的是两名蒙古人（据说是亲王），他们呈上用丝绸包着的画像。

七、会场秩序井然。

八、不再有磕头之礼。

袁世凯与所有代表一一握手。

没有人穿官服——中国人穿戴一般都很简单。㉟

第二天,三月十一日,孙中山在南京颁布了《中华民国临时约法》。《临时约法》自二月七日开始起草,经过一个月的讨论修改,终于得以在临时参议院获得通过。它与武昌首义后制定的《临时政府组织大纲》最大的不同点是:《临时政府组织大纲》采取的是总统制,而《中华民国临时约法》采取的是责任内阁制。

虽然同为宪政政体的政权组织形式,但实行内阁制意味着:内阁由议会产生,内阁对议会负责、受议会监督、定期向议会报告工作;而实行总统制则意味着:总统为国家元首和政府首脑,行使国家最高行政权力;总统须向议会报告国务,对议会通过的法案可以行使一定限度的否决权,但是无权解散议会。

当初,南京临时政府成立前,宋教仁坚持内阁制,孙中山坚持总统制,他的理由是要想巩固新政权必须给与总统更大的实权。而今,因为担心袁世凯权力过大或是滥用职权,孙中山匆匆主持制定了《临时约法》,他只有用内阁制这个最后的办法来限制袁世凯了。

孙中山郑重宣布:在正式宪法颁布之前,《临时约法》具有与宪法同等的效力。《临时约法》规定,中华民国之主权属于全体国民;全体国民一律平等;无种族、阶级和宗教的区别;国民享有人身、居住、财产、营业、出版、集会、结社、信仰、迁徙的自由;有请愿、陈诉、诉讼、考试、选举和被选举的权力;有依法纳税、服兵役等义务。中华民国政府的组织形式是:以参议院、临时大总统、国务院和法院行使其统治权。参议院有立法、质问、复议、弹劾等权力,临时大总统由参议院选举产生——《临时约法》中的众多规定,都是为了一个目的:用责任内阁制防止袁世凯独裁。

袁世凯没有对《临时约法》提出异议,这或许有些出乎南京方面的预料——袁世凯之所以没有异议,并不是他赞成那些内容,也不是他决定严格遵守,而是他并不认为一纸条文就能约束了他。在崇尚实力的袁世凯的眼里,《临时约法》形同一堆废纸。

此刻,袁世凯需要操心的是第一任内阁的人选。

得到双方认可的总理唐绍仪,带着内阁成员名单到达南京,请求参议院付诸表决。

三月二十九日,南京参议院就此名单进行表决。

统计后确定,有效票三十八票,其投票结果是:

外交总长陆徵祥,二十八票;

内务总长赵秉钧,三十票;

陆军总长段祺瑞,二十九票;

海军总长刘冠雄,三十五票;

司法总长王宠惠,三十八票;

教育总长蔡元培,三十一票;

财政总长熊希龄,三十票;

农林总长宋教仁,三十四票;

工商总长陈其美,二十四票;

交通总长梁如浩,十七票。㊱

除交通总长梁如浩未获半数之外,其余均获通过。

第二天,袁世凯正式任命了内阁各总长。

交通总长没有重新投票,由总理唐绍仪暂时兼任。

袁世凯组成的内阁,看上去似乎照顾了各方面。陆徵祥是无党派外交官,熊希龄是君主立宪派,袁世凯的亲信只有赵秉钧、段祺瑞和刘冠雄三人,而革命党却有蔡元培、陈其美、王宠惠和宋教仁四人。可明白的人都知道,这份名单必出自袁世凯的精心策划:唐绍仪是他的老朋友,陆徵祥实际上是他的附庸,而立宪派人士熊希龄在同盟会与袁世凯之间当然会选择后者。因此,袁世凯实际上掌握了六个最为重要的部门:总理、外交、内务、陆军、海军、财政;而革命党人所占据的教育、农林、司法和工商四部,不但在内阁里构不成半数席位,且都是并不重要的"冷衙门"。

一九一二年四月一日,孙中山正式解职。

他在参议院致解职词,表示今后他要尽的是一个国民的"天职",以"促进世界的和平":

> 本大总统解职之后,即为中华民国之一国民,政府不过一

极小之机关,其力量不过国民极小之一部分,大部分之力量,仍全在吾国民。本大总统今日解职并非功成而退,实欲以中华民国国民之地位,与四万万国民协力造成中华民国之巩固基础,以冀世界之和平。㊲

参议院致了答词,在颂扬孙中山推翻清廷、结束帝制、创立民国的丰功伟绩后,希望他能够像罗斯福总统解职之后那样为国人的幸福而努力:

> 民国之成立也,先生实抚育之;国民发扬光大也,尤赖先生牖启而振迅之;苟有利于民国者,无间在朝在野,责任一也。罗斯福总统解职后,周游演说,未尝一日不拳拳与阿美利加合众国,愿先生为罗斯福,国人馨香祝矣。㊳

无论致词还是答词,均情真意切。

之前所有的奔走呐喊与流血捐躯,最终得到的却是这样一个结果。

袁世凯就任临时大总统后,有人劝他把皇室迁到热河或者奉天去,好将紫禁城腾出来让大总统搬进去。据说,袁世凯算了一卦,这样做并不吉利。他把他的办公和起居地点,选在了紫禁城旁边的中南海。此时,退位的清室已从中南海退居紫禁城内,东西两宫的范围仅在乾清门以北、神武门以南。因为中南海没有单独的大门,出入要走紫禁城的西苑门,袁世凯认为这很不方便,于是下令在临长安街的一侧开一座大门。临街的宫墙边,有一座乾隆时为"安置回族香妃"盖的楼,名为宝月楼。宝月楼没有门,袁世凯把这座楼改建成一座门楼,门楼下面开的大门名为"新华门"。㊴

中南海里水光潋滟,杨柳轻拂,曲径回廊。

还在袁世凯是大清王朝重臣的时候,他曾因接受皇帝和太后的召见进过这里,这里是他梦想中的天堂。

孙中山梦想中的天堂是南京的紫金山。

正式解职的那一天,在卫士的陪同下,他与胡汉民一起登上了紫金山:

> 中山先生四面一看,指着对面遥远的方山和环绕着前面的秦淮河对我们说:"你们看这里的地势比明孝陵还要好,有

山有水,气象雄伟,我真不懂当初明太祖为什么不葬在这里?"胡汉民说:"这里真比明孝陵好,拿风水来说,前有照,后有靠,左右有沙怀抱,前面有秦淮河环绕着,真是一方大好墓地。"我虽然不懂地理,听到中山先生和胡汉民谈得头头是道,我也觉得这个地方真是一块好墓地。中山先生接着带笑说:"我将来死后葬在这里,那就好极了。"胡汉民笑说:"先生怎么想到这个上面来了?"我也觉得心里很难过。⑩

历史确实让人很难过。

难过之处在于:当你认为把世间时事看明白的时候,却突然发现依旧被蒙在鼓里。

刚刚诞生的中华民国,不但用西方思维评价起来"非常别扭",即使用典型的中国人的思维方式来评价,也很难说它是一个正常的国度。如果依旧觉得日子没有什么异样的话,或许是因为在这个世界上中国人对新生与灭亡的理解确实是别具一格。

春草怒生

"湘鄂之野,吴越之区,百粤之地,蜀滇之中,秦晋之间,无工商无士庶,莫不现一种自由之风、共和之气。"㊶

民国之初,至少在临时大总统袁世凯尚未"转正"之前,中国近代史上十分罕见地出现了一段民主政治。这段历史如同寂静甚久的暗夜陡然出现礼花般的流星雨一样,国人面对如此纷乱而灿烂的景象怎能不愕然仰望?

"自由之风"、"共和之气"包罗万象,最令国人兴奋的是政治结社的全面解禁。以往中国所有朝代的帝王都坚定地认为,民间政治结社的最终目的只有一个,那就是企图颠覆现政权,因此对于结社者格杀勿论。再者,"君子不党"是中华典籍中的教导,国人对结为朋党向为不齿,认为那是心怀叵测之举,不为造反还能为什么?

政党政治不是也不可能是国产。

1911

国人对政党政治的所有知识,无一不是从外国学来的。

就其基本特征来讲,只要本着一定的政见,抱有一种政治宗旨,并参与国家政府权力的竞争,任何团体都可以算做是政党。

近代中国的政党狂热,风靡于一九一二年孙中山与袁世凯交接权力之际。

至少在政党热刚刚兴盛的时候,绝大部分中国人依旧不知道什么是政党,有限的知识仅限于戊戌变法期间维新派的微弱灌输。梁启超、严复等人曾通过他们办的报纸刊物,热情地推介西方政党的性质和社会功能,众口一词地高度赞许英、美等国实行的两党制。但是,在中国,政党政治从一开始就受到抵制,特别是一些出洋留学的中国青年,对西方的政党政治抱有很深的成见,认为西方宪政制度下的议院活动,不过是几个寡头的暗箱操作,其所谓的民选更是贿赂公行的产物。早在一八七七年,一位名叫马建忠的留法学生,给时任直隶总督的李鸿章写过一封信,直言不讳地披露了西方政党制度下的政坛游戏规则,即使一百多年后读来此信仍可谓充满情趣:

> 英之有君主,又有上下议院,似乎政皆出此矣;不知君主徒事签押,上下议院徒托空谈,而权柄操之首相与二三枢密大臣。遇有难事,则以议院为藉口。美之监国,由民自选,似乎公而无私矣;乃每逢选举之时,贿赂公行,更一监国,则更一番人物。凡所官者,皆其党羽,欲望治得乎?㊷

但是,梁启超们坚定地认为,国家要进步,就要有政党,特别是要想成为宪政国家,没有什么都可以,就是不能没有政党。近代中国立宪派自保皇会开始,相继成立的宪政会、政闻社等政治团体,实际上已是中国近代政党的发端。

政党的功能是什么?

国人的认识歧异丛生。

有人认为中国的专制政治十分顽固,向来不顾舆论,独断专行,固守积习,千百年来缺乏鞭策,因此政党是用来对抗政府的;也有人认为成立政治团体的目的不是针对政府,而是为了指导国民,与其让肤浅的国民妄谈政治,不如有个团体加以引导,政党吸收的党员越多,其达成的教育面就越宽;还有一些人与西方观念接轨,认为政党是用来搞政党政治的,所谓政党政治,就是以团体的力量在议会中争取多数,而在宪政制度下占多数议员份额的党可以掌权——至少是分享权力——即让政党成为实现政治理想的合理途径。

"集会结社,犹如疯狂,而政党之名,如春草怒生。"㊸

民国初立,绅士们心情欢愉,欲望丛生,政党热潮猝然爆发,成为中国近代史上令人匪夷所思的社会奇观。

由于受君子群而不党的传统思维影响,以前国人不愿称自己的团体为"党",大多叫做"会"或者"社",现在纷纷改称"党"了。几个地方名流绅士,就可以成立一个党;几个行业同仁,也可以成立一个党;三五个人喝茶的时候又一个党诞生了。在这种极其时髦且确有好处的流行趋势面前,没有人愿意落后形势而错过大好时机。在党的名目上,除了共和党、民主党、社会党、革命党等等外,航空业的团体叫"航业党",提倡道德修养的叫"侠义党"……民国初建,全国到底诞生了多少党?有人认为"几至近百",也有人估计"高达三百多个"。根据台湾学者张玉法所著《民国初年的政党》一书附录的统计表计,截止到一九一三年底,全国的党竟然达到六百八十二个。其中政治类的三百一十二个,联谊类的七十九个,事业类的七十二个,公益类的五十三个,学术类的五十二个,教育类的二十八个,慈善类的二十个,军事类的十八个,宗教类的十五个,国防类的十四个,进德类的九个,其他名目不清的十个。

> 这些小党派往往是少数几个人,甚至一个人所发起,拉拢几个同志和可资号召的军政界人,就发表宣言,招收党徒,到处活动。有的是为了拥护一个领袖共谋富贵而组织的,有的是为了趁机拥进行政机关、争几个人的地位而组织的,有的则是为了对抗其他集团而组织的。各个小党派都纷纷派人进行联络工作,有些人为许多党派争取罗致的对象,他们的名字同时出现在好几个党派的文件上。这些党派并没有固定的政治纲领,挂着"共和"的招牌,哪里有势可借、有利可图便趋向哪里,因而旋生旋灭,旋合旋分。其中有许多到现在只剩下一纸宣言和简章,究竟实情怎样,已经很少有人知道了。㊹

还是那些大党风光。

一九一二年五月,共和党成立不到半年,加入者蜂拥而至,党证已经发出去六万,仍是供不应求,以致印刷党证的工厂"日制千枚,恒苦不足应用"。㊺社会党成立于一九一二年一月,也是仅仅半年之内,支部发展到四百多个,党员竟达二十万人。同盟会作为老牌的革命党,在南京临时政府成立之后,国人更是趋之若鹜。那时候,绅士名流如果不是党员,如同不是正经人一样耻辱:"党会既多,人人无不挂名一党籍。遇有不识者,问尊姓大名而外,往往有问及贵党者。"㊻——清帝退位后,北京街头百姓见面,作揖握手甚至打千请安后,还必须问一句"您贵党"?

除了京城人的礼节周全外,这该是怎样一幅国泰民欢的社会景象?

绅士名流、社会贤达个个手忙脚乱。他们的本党不断改组,如同细胞分裂一样,又派生出很多的党,于是他们都不止是一党身份,"伍廷芳、那彦图、黄兴有一个党籍,黎元洪、陆建章有九个党籍,熊希龄、赵秉钧有八个党籍,陈其美、王人文、唐绍仪、王宠惠、景耀月、张謇、于右任、孙毓筠有七个党籍,梁士诒、汤化龙、谷钟秀、杨度、程德全、胡瑛有六个党籍,汪兆铭、温宗尧、章炳麟、王赓有五个党籍,刘揆一、李平书有四个党籍,梁启超、孙洪伊有三个党籍"。㊼

赵秉钧对记者解释了他为什么有这么多的党籍:"我本不晓得什么叫做党的,不过有许多人劝我进党,统一党也送什么党证来,共和党也送什么党证来,同盟会也送得来。我也有拆开来看的,也有撂下其不理的,我何曾晓得什么党来?"㊽——赵秉钧,前清的民政部尚书,民国的内务总长,而且他很快就要成为内阁总理了,连他都"何曾晓得什么党",还有谁能把"党"说清楚?

国人疯狂地入党,决不是政治驱动,而是利益驱使。

"革命成功,民国初定,各派群起组织政党,以期争夺政权。"㊾

绅士们根据所在地区最高长官的党派而选择自己的党,市面上开始流行"不在党者不得任官"的说法,于是入党和当官合并成一回事。有外国人直截了当地说,中国人之所以非要拿个党证,是因为"无官者借党而可得官,有官者因党而不失官":

> 东西洋留学青年,学实业者寥寥,大抵皆法政家,谋归国

而得官，于是政党多、报馆多。无官者借党而可得官，有官者因党而不失官。不得官者借报以詈官，即得官者倚官而办报。政党也，报馆也，有谩骂者，有狐媚者，无非欲得官而已。(50)

尽管政党纷杂，无非是激进与保守两派。

民国初建时的各色党派都在历史上留下了痕迹。

按照通常的逻辑，政党政治是宪政制度的必然，通过两党或多党的竞争，在宪政制度的框架下，谋求政治生态的平衡，保持政权运行的活力。但是，政党竞争一到中国，即刻成为政治集团间的恩怨仇杀，以致"党争"之乱此起彼伏，刀枪相见的倾轧酿成了桩桩血案。

孙中山说："一国之政治，必赖有党争，始有进步。"(51)

孙中山说："政党之作用：一以养成多数者政治上之智识，而使人民有对于政治上之兴味；二组织政党内阁，执行其政策；三监督或左右政府，以使政治之不滥乎正轨，此皆共同活动之精神也。"(52)

孙中山说："党争须在政见上，不可在意见上。争而出于正当，可以福民利国，争而出于不正当，则遗祸不穷。"(53)

但是，中国历史上的党争实际上就是指朋党斗争，是利益、门第、意气，乃至势力范围的争斗，这一历史传统不是标榜了"共和"便能了断的，而中国的绅士们正是传统的正宗继承者。况且，政治文明程度最终是由经济文明程度决定的。民初的中国，近代化经济发展低下，地主阶级占据统治地位的小农经济稳固如山，资本主义难以壮大到能够承担近代政治变革的程度。因此，在不成熟的阶级层面上产生的政党自然发育不良。利欲熏心，虚张声势，沽名钓誉，相互倾轧，社会成分复杂纷乱的党员们把民初的党争搞得黑幕重重，致使中国近代的党争远非世界通行意义上的政治竞争。

有人曾非常严肃地想到政党与道德的问题，并提出了"党德"这一概念：

政党者，最当分别于公私之界限者也。

政党者，为一国不为一人，若为一人而利用其党是结党而营私者也。

政党者，当以理为是非，而不可以以党为是非者也。

1911

政党者，发于爱国之热诚，如母之爱其子。不自知其何故而有所不能已者也。

政党者，奉主义以进退，而当有硬派的典型者也。其进也，以得行其主义之故则可受禄位，不可枉其主义以求禄位者也。其退也，以不得行其主义之故，则并其禄位而辞之。不可以贪禄位之故而取中庸模棱之习，以自枉其主义者也。

政党者，功名事业之热心家。虽然必以道德为发生功名事业之根本者也。

政党者，以人才为性命，不可有嫉妒排弃人才之心者也。

政党者，不可造作言语，淆乱听闻以自取利而害人者也。

政党者，必伸己之意见也。虽然有时亦当容人之意见者也。

政党者，必当有服从之德者也。

政党者，当置重于信用，不可口言而行相违者也。

政党者，与其政敌之斗争以公义为范围，而不涉私憾者也。

政党者，其斗争皆文明而无野蛮乱暴之行为者也。

政党者，日言权利之事。虽然当于权利之外别有高尚之思想者也。

政党者，必当有胆量才能智识学问道德之五者，然则前四者之事，可有可缺，而惟道德则不可缺也。然有道德矣，于前四者中或仅有其一而缺其余尚不失为有用之才；若有前四者而无道德，则其人不足取也。

政党者，不为畏惕，不为利疚者也。

政党者，不可有阴险诡诈偏颇私曲之行，而当开诚心布公道。有光明坦白之气象者也。

政党者，必当有地负海涵之量也。

政党者，必刚毅而兼含协和之德者也。

政党者，当坐言起行，直进迈往。虽遭如何之困苦艰难，而常有不屈不挠之精神。必求达其目的而后已者也。

政党者，重公德而问其私德者也。故夫政党而攻击人之

> 公行则可,指摘人之私行则不可。人之于政党也亦然。
>
> 政党者,当持公论,奉正义,以浩然行于天地之间,而有孟子养气之概者也。
>
> 政党者,当具大公无我之心,无疚于神明而得清夜,中至大安心之乐境者也。㊴

必须强调的是,上述文字发表于大清皇帝尚在位的一九〇七年。

民初的政党,无论标榜什么样的宗旨,都与最底层的中国百姓没有任何关系。即使在民国建立后,占全国人口绝大多数的农民和城镇居民,依旧生活在极端贫困之中,起居衣食与生老病死毫无保证。因此,无论政党热潮如何滔天,中国百姓始终一脸麻木。对于国家来讲他们不需要政党政治,他们还不知民国为何义、政党为何义、文明为何义,他们的绝大多数甚至不识字。在这种情况下,中国不但不可能形成政党政治的正常机制,纷杂的党员们所梦想的民主政治,也只能是一场梦呓。

政党涉及权力。

在中国只要涉及权力分配,怪异的情形便会层出不穷。

《临时约法》规定,民国政体是责任内阁制,在国会没有正式召开之前,内阁就是最高权力机构,而内阁的组成令袁世凯焦头烂额。

民国初年的内阁,在极短的时间内,走马灯般地经历着倒台、重建、再倒台、再重建的混乱过程,堪称世界政治史上前所未有。

一九一二年三月,唐绍仪内阁组阁,由于阁员由袁世凯的嫡系、同盟会员以及共和党人混合而成,而共和党人支持袁世凯,因此内阁的立场被一分为二。唐绍仪首先遇到的困难是财政紧缺。北京临时政府每月必须的经费为三百五十万元,但政府收入总计平均每月不足八十万元。那时候,奉命留守南京的黄兴管辖的近三十万官兵需要遣散,遣散费至少要二百五十万。唐绍仪两手空空,唯一的办法是对外借款。清末,由英、美、德、法组成的银行团垄断大清帝国借款一事,一向是中国有志之士、有识之士的心头之恨,唐绍仪决心打破这个垄断,他与比利时财团签订了借款合同。合同签订后,四国银行团大哗,不断地向袁世凯施压,逼迫唐绍仪转签借款合同。但是,当唐绍仪被迫转而与四国银行团协商时,列强们开始附加额外要求,比如借款不得用于满蒙地区,借款须由借款国派员监督使用等等,唐绍仪只有断然拒绝。无奈之下,有人提议由财政总长熊希龄出面,直接与四国银行团打交道。谁知面对熊希龄,四国银行团不再有任何附加条件。于是,共和党人和袁世凯的嫡系大肆攻击唐绍仪。这时候,同盟会内部也发生了分歧,有人认为除了向列强借款之外别无出路,有人认为为了国家可以动员官兵不要钱而自行遣散,更有人主张全民捐款以救国家。同盟会的主张,不但令主持借款的熊希龄大为不满,也与本倾向同盟会的唐绍仪发生了摩擦。焦头烂额的唐绍仪于五月下旬提出内阁全体辞职,袁世凯不同意,由此引发了唐绍仪与袁世凯的矛盾。本来内阁就没钱,根据优待条件,每月还需给皇室钱,唐绍仪只好拖欠,弄得清室的内务府大臣世续三天两头地来找。唐绍仪认为,即使有钱,也要先解决军队遣散和政府运转等当务之急,清室的钱等财政缓解之后再给不迟,谁知袁世凯命令交通部从铁路费中拿出十五万两先送到皇宫去,这又引起了唐绍仪的极大不满。唐绍仪与袁世凯最终闹翻,起因是人事问题,人事安排同样是党争的结果:早在唐绍仪南下南京接收临时政府时,南京临时参议院曾通过了一个接受北方统治权的法案,试图安排同盟会员或立场与同盟会相近的人担任北方各省都督,目的是往袁世凯的地盘里"掺砂子"。当时直隶都督的人选是王芝祥。王芝祥原是旧军队的将领,辛亥年革命中反正,曾任广西副都督,现在南京任黄兴手下的第三军军长。这一任命,是唐绍仪、孙中山、黄兴联名向袁世凯推荐的。袁世凯很清楚同盟会的目的,他没有经过内阁讨论就任命了张锡銮(前清廷陕西巡抚)为直隶都督,并说都督我已经任命了,如果不同意就先取消大总统的任命。更有甚者,袁世凯在内阁总理没有签署的情况下,发布了王芝祥为"南方军宣慰使"的任命。这实际上已是执意要让唐绍仪在革命党人面前下不来台。

一九一二年六月十五日,唐绍仪留下一张请假条,说他生病了需要调理,请袁世凯另行任命一位总理。然后,他乘上一辆人力车来到火车站,登上火车跑到天津去了。

唐绍仪内阁,仅仅生存了三个月。

五天之后,同盟会、共和党、统一共和党举行联席会议,讨论唐绍仪走后新内阁的组成问题。同盟会认为,内阁的混乱,完全是"党争"纷起的结果,因此主张成立"政党内阁"。换句明白话说,就是成立一个完全由同盟会员组成的内阁:"夫以国务院之中,而有此背道而驰之两派,乌得不机关停滞,万事丛脞。欲救其弊,非去一派而全委权于对峙之一派不可。我等甲派之人,自然以甲派之为善,然即使尽去甲派,而专任乙派,并必差胜于甲乙两派之混合也。"㊺——同盟会宣布,要不就让他们单独组阁,要不就让别的党组阁,同盟会员决不参加,因为只有保持内阁的一党性才不会出乱子:"唐内阁成立以来,一切内务不能着着进行,实因党派混杂、意见不一之故。盖非纯粹政党内阁,当然有此弊端。"㊻同盟会所以敢于这样主张,基于他们"舍我其谁"的盲目自信:同盟会是第一大党,党员已达五十五万之众,那么在眼下的中国,除了同盟会还有哪个党有力量单独组阁？共和党人即刻看穿了同盟会的意图,坚决主张成立一个"超然内阁",意思是哪个政党也别争,让无党派人士组成内阁,省得各党在内阁里争来争去。统一共和党则赞成"超然内阁"的建议,但反对共和党提出的"总理必举总统信任者"的主张。结果是,三党人士一起到袁世凯那里请示,袁世凯回答得十分坚决:政党内阁和超然内阁都不行,都不适应当前的民国,因为无论哪个党单独组阁,或者一律由无党派人士组阁,与国务大员相匹配的人才远远不够。只有不分党派,广选人才,才能保证内阁的执政能力与行政水平。

袁世凯确实不喜欢政党搞的那些玩意儿:

> 余奉告诸君当放大眼光从中国全局着眼,断不可沾沾于一党关系,亦不能硬以平和时代政党更迭消长成例适用于今日危急存亡之中国。总须大家破除成见,协力同心,共同建设,为国务员者以热心任事为主,须有自信力,万不可轻听局外褒贬,以为进退;为议员、为国民者当体当局者之苦衷,力与维持,不宜以党派意见拘束而牵制之,使其无发展之余地,如是则中华民国庶有完全之日乎？㊼

六月末,袁世凯推出陆徵祥组织新内阁。

同盟会见单独组成内阁无望,原唐绍仪内阁中的同盟会员教育总长蔡元培、司法总长王宠惠、农林总长宋教仁和工商次长王正廷联袂辞职。熊希龄和施肇基虽不是同盟会员也"以他故辞"。

袁世凯对他们恳切地说:"我代表四万万国民慰留你们。"

蔡元培回答时表情郑重:"我代表四万万国民,请总统准许我们辞职。"㊸

双方的诚恳和郑重都有一些夸张。

他们哪一方能代表四万万国民?

袁世凯之所以推出陆徵祥,是接受了共和党人的意见,即标榜这个内阁既不是袁系也不是同盟会或其他党派。陆徵祥,上海人,无党派人士,早年毕业于同文馆,会英、法、德、俄四国语言,曾跟随大清国驻俄、德、澳、荷四国钦差大臣许景澄当翻译,回国后一直承办清廷的各种外交事务,民国成立前出任大清帝国驻俄公使。由于很少在国内,对于纷乱的政治怪象,陆徵祥绝对"超然",而袁世凯看中的正是这一点。既然陆徵祥对政坛两眼一摸黑,他也就没有与大总统争权夺利的任何可能性了。

七月十八日,参议院通过了陆徵祥任内阁总理的议案。

当日,陆徵祥以内阁总理的身份,向参议院提交了新阁员名单以求表决通过。同时,他还发表了自己的就职演说。究竟是一位颇有国际声誉的外交家,议员们都认为应该洗耳恭听,可是他们听到的却是这样一番话:

> 徵祥二十年来一向在外,此次回来又是一番新气象。当在外洋之时,虽则有二十年,然企望本国之心一日不忘。公使三年一任之制尚未规定,所以,二十年中,回国难逢机会。然每遇中国人之在外洋者,或是贵客,或是商家,或是学生,或是劳力之苦民,无不与之周旋。因为,徵祥极喜欢本国人……本国朋友非常之少,尚望诸君子以徵祥在外洋时周旋本国人来对待徵祥,则徵祥非常厚幸。二十年间,第一次回国仅三个月,在京不过两星期;第二次回国还是在前年,在本国有十一月左右。回来之时,与各界之人往来颇少,而各界人目徵祥为一奇怪人物。而徵祥不愿吃花酒,不愿恭维官场,还有亲戚亦不接洽,谓徵祥不引用己人,不肯借钱,所以交际场中极为冷淡。此次以不愿吃花酒,不愿恭维官场,不引用己人,不肯借

钱之人,居然叫他来办极大之事体,徵祥清夜自思,今日实生平最欣乐之一日。⑤⑨

陆徵祥的口音中夹杂着零碎的上海方言,文法又是外语句式颠三倒四的结构,加上他的声音很低,好像在喃喃自语,不认真听一时根本不明白他在说什么。陆徵祥演说完毕,参议员们琢磨了一会儿后,全场大哗。议员们认为这位新总理确实是个奇怪之人,弄不好神经还有点毛病。他们的第一直觉是:这个连中国话都说不好的人,绝对不是一个当总理的料。可也有人认为,这才是真正正常的人,陆徵祥的这番话比起那些高谈阔论,就如同金子与狗屎的区别。好在袁世凯坚决支持陆徵祥,参议员暂时没有提出罢免案。但是,在表决陆徵祥提交的内阁成员名单时,参议员们以不信任总理为由,将其中六名新阁员全部否决了,他们是:财政总长周自齐、司法总长章宗祥、教育总长孙毓筠、农林总长王人文、工商总长沈秉堃、交通总长胡惟德。

参议院里群情激愤的场面将毫无政治经验的陆徵祥吓坏了。

他无从知晓自己究竟错在哪里,于是干脆住进医院不出来了。

新总理躲了起来,没能参加组阁的同盟会员再次呼吁组织政党内阁,但其内部意见很不统一:有人主张由宋教仁出来组阁;有人主张由黎元洪出来组阁;还有人主张由统一共和党党员蔡锷出来组阁,理由是蔡锷与共和党人关系不错,由他出面组阁不会有更多的人反对。

袁世凯忍无可忍了。

他频繁地召见政界和军界代表,说内阁流产等于无政府,无政府就会引发国际危机。在他的策动下,一些党派首领以及北洋军将领向参议院发动了集体炮轰,一致指责参议院蓄意破坏民国,是一群居心不良专门捣乱的家伙,不给他们点颜色看看就不知道天高地厚。于是,社会上开始流传通电和传单,有的说要暗杀议长,有的说要用炸弹对付议员,参议院还接到了军警们要暴动的匿名电话。在千奇百怪的威胁面前,议员们害怕了,很多议员开始拒绝出席会议。最为极端的是章太炎等人,他们通电主张让袁世凯独断专行,说当年大清亡于立宪,现在民国将亡于共和:

……用一人必求同意,提一案必起忿争,始以党见忌人,终以攻人利己。财政部官制议二月而不成,六总长名单以众妒而反对,裁兵之案延宕逾时,省制之文磋磨累月。以至政务停顿,人才淹滞,名曰议员,实为奸府。时不待人,转瞬他族入主。当是时,议员已各鸟兽散矣,尚能为国民负责任耶?追念前清之亡,既由立宪;俯察后来之祸,亦在共和……大总统总揽政务,责任攸归,当此危急存亡之秋,国土之保全为重,民权之发达为轻,国之不存,议员托焉。宜请大总统暂以便宜行事,勿容拘牵约法,以待危亡……⑥

袁世凯对政党之争已深恶痛绝,他以通令的方式发出了警告:

民国肇造,政党勃兴,我国民政治之思想,发达已有明征,较诸从前帝政时代,人们不知参政权之宝贵者,何止一日千里。环球各国,皆恃政党与政府相须为用,但党派虽多,莫不以爱国为前提,而非参以个人之意见。我国政党,方在萌芽,其发起之领袖,亦皆一时人杰,抱高尚之理想,本无丝毫利己之心,政见容有参差,心地皆类纯洁。惟党徒既盛,统系或岐,两党相持,言论不无激烈,深恐迁流所极,因个人之利害忘国事之艰难。方今民国初兴,尚未巩固,倘有动摇,则国之不存,党将焉附?无论何种政党,均宜蠲除成见,专趋于国利民福之一途。若乃怀挟阴私,激成意气,习非胜是,飞短流长,蔑法令若弁髦,以国家为孤注,将使灭亡之祸于共和时代而发生,揆诸经营缔造之初心,其将何以自解?兴言及此,忧从中来,凡我国民,务念阋墙御侮之忠言,怀同室操戈之大戒,折衷真理,互相提携,忍此小嫌,同扶大局,本大总统有厚望焉!⑥

七月二十五日,在袁世凯的要求下,陆徵祥再次向参议院提交了新内阁名单。六位新阁员是:财政总长周学熙、教育总长范源廉、司法总长许世英、农林总长陈振先、工商总长蒋作宾和交通总长朱启钤,除了蒋作宾之外其余均获通过。随即,袁世凯提名,由同盟会员刘揆一出任工商总长。因为同盟会规定,会员不得参加不是由同盟会单独组阁的内阁,刘揆一立即退党了。

僵持了一个月的无内阁状态结束了。

在争执中,袁世凯无疑是最大的赢家。他已经完全掌握了权力运作的主动。同时,他利用没有内阁的一个月的空隙,一口气将全国各省的都督全部重新任命了:湖北都督黎元洪,湖南都督谭延闿,江西都督李烈钧,福建都督孙道仁,浙江都督朱瑞,江苏都督程德全,安徽都督柏文蔚,广东都督胡汉民,广西都督陆荣廷,四川都督尹昌衡,贵州都督唐继尧,云南都督蔡锷,直隶都督冯国璋,奉天都督赵尔巽,吉林都督陈昭常,黑龙江都督宋小濂,山东都督周自齐,河南都督张镇芳,山西都督阎锡山,陕西都督张凤翙,甘肃都督赵惟熙,新疆都督杨增新。

只是,陆徵祥确实不是干总理的料。他无力解决财政危机,更无力平衡党争派系,议员们处处给他难堪,而他必须按照袁世凯的旨意办事。没过多久,知难而退的他向袁世凯提出了辞呈。

九月二十二日,袁世凯下令免去陆徵祥的总理职务,由原内务总长赵秉钧继任。

与唐绍仪内阁一样,陆徵祥内阁的寿命也是三个月。

赵秉钧,河南临汝人,自甲午年起一直追随袁世凯,是袁世凯的绝对嫡系。

同盟会终于明白,不但自称第一大党没有用,由于意气用事还失去了内阁中的所有席位,现在只能以在野党的身份重整旗鼓了。于是,在激进的同盟会员眼里,袁世凯无异于一个专制人物:

> 吾国民注意唐内阁之倒,既为袁世凯逼之使倒;此次之内阁,又为袁世凯逼之使称,则今日之中国,虽名为共和,有立法机关之参议院,有执政机关之国务院,有全国国民公共遵行之约法,而实则,运用之能力、手腕,合集之于袁世凯一人。岂特陆徵祥一人为袁世凯之掌上物哉!国务员也,参议员也,皆袁世凯之掌上物也!全国国民,皆袁氏室中之陈设、园中之花草也。嗟乎!时局至此,而犹曰共和,犹曰有参议院,吾虽至愚,亦决不忍至出此!㊷

袁世凯立即对上述抨击加以解释和反驳,他说自己已进入"衰朽之年",本愿"退休田里,共享升平",但是国民殷切地将重任委托给了他。当初,"共和宣布之日,即经通告天下,谓当永远不使君主政体再见于中国"。可是,"近日以来,各省无识之徒,捏造讹言,摇惑视听",污蔑他要当法兰西的拿破仑。"其用心如何,姑置不问",虽有一半人是出于误解,另一半则必是出于故意。"民国成立,迄今半年,外之列强承认,尚无端倪,内之各省秩序,亦未恢复",作为大总统,他只有力挽危急,尽心维持,已经极其"委曲求全",而那些局外人"终难开怀以相谅"。殊不知自己既然已经承担起"国民之委托",岂敢"致民国前途于不可收拾"?因此,凡是我国国民,"当以救国为前提,则自能见其大,万不宜轻听悠悠之口,徒为扰乱之阶。若乃不逞之徒,意存破坏,借端荧惑,不顾大局,则世凯亦惟有从国民之公意,与天下共弃之"![63]

袁世凯的意思很明白:各种党派的"不逞之徒",如果再胡闹下去,为了遵从"国民之公意",他就要不客气了。

袁世凯确实身心疲惫。

他的"日子很不好过。他累死了,他患了严重的失眠症,就职以来益形苍老"。[64]

莫理循给袁世凯的英文秘书蔡廷干写了一封信,建议大总统去按摩一下:

> 一定要找到人给总统按摩。总统每天接受半小时熟练的按摩,会使他的体质健康大为改观。这会使他年轻几年,按我们的看法,在一两个星期里他就会感觉像另外一个人似的。但是必须由技术精湛的人来按摩,能够在早晨总统起床前按摩最好。就在他平躺在床上尚未起来的时候,他可以让人从脚趾按摩到头顶,享这样的治疗半小时的功效等于两小时的体育锻炼……附函寄上此间一位日本按摩师的名片,他每小时收费一美元,我敢说这种疗法的功效是无法估计的。你根本想象不到它会使血液循环和总的兴奋感觉有多么不同。[65]

无法得知按摩之后"总的兴奋感觉"到底是一种什么感觉。

有一点可以肯定:这块国土上已经撒下品种繁多的种子,正值风和日丽,雨水丰沛,谁能阻止遍地春草的怒生?

或许,接下来该是万紫千红了。

人民全数安乐

那个几乎被争夺内阁席位的党员同志们遗忘了的人——孙中山——此时却有另一番忧虑与兴奋。

对于政坛的混乱,孙中山不以为然,他认为"混合内阁"这种政治格局引发党派纷争,是西方民主国家常有的事情,最好的解决办法是将纷杂的小党统一成一个强有力的大党,以实现在宪政制度下监督政府的职能。他说:"一国政党之兴,只宜二大对峙,不宜小群分立。""事实上,中国的党、社已经太多,最好他们能联合成两三个有力的大党。""改造国家,非有很大力量的政党,是做不成的;非有很正确共同的目标,不能够改造得好的。"⑥

孙中山最为忧虑的,是革命成功后百姓的生活是否得到了改善。

正式宣布解职的前三天,孙中山签署了一份通令,列举了革命胜利后新当权者利用手中权力横行乡里、欺凌人民的种种恶行,通令的适时发布足以表明孙中山并不认为中国百姓的日子比革命前有了实质性的改善。为此,他鼓励受到冤屈的百姓来南京上访:

> 此次改革,原为救民水火,乃闻各省光复以来,各地方行政长官及带兵将领,良莠不齐,每每凭藉权势,凌轹乡里。有非依法律辄入人民家宅,搜索银钱、衣物、书籍据为己有者;有托名筹饷强迫捐输,甚且掳人勒赎者;有因小怨微嫌,而擅行逮捕人民,甚或枪毙籍没以快己意者。排挤倾陷,私欲横溢,官吏放手,民人无依。若不从严缔治,将怨郁之极,铤而走险,恐非地方之福。现在地方官制尚未颁行,各省都督具有治兵察吏之权,务须严饬所述,勿许越法肆行。一面出示晓谕人民,有受前项疾苦者,许其按照临时约法来中央平政院陈诉,或就近向都督府控告。一经调查确实,立予尽法惩治,并将罪状宣示天下,以昭徵戒。⑥⑦

正式宣布解职的前一天,在南京同盟会举行的饯别会上,孙中山强调现在尚有比政治更要紧的事:"中华民国成立,民族、民权两主义均达到,惟有民生主义尚未着手。"孙中山把实现民生主义称为社会革命,认为"未经社会革命一层,人民不能全数安乐,享幸福的只有少数资本家,受痛苦的尚有多数工人"。所以,正式解职后,孙中山到达上海,在回答《文汇报》记者提问时,他再次表示如今政治革命已告一段落,他将用和平的办法"发起一更巨大之社会革命"。⑱

孙中山的社会革命到底是一场什么性质的革命?

大多数中国人无从知晓。

但有一点可以肯定,那就是人民"全数安乐"的景象令人向往。

一九一二年四月八日,在汪精卫、胡汉民、章士钊和廖仲恺等人的陪同下,孙中山到达武汉——这是他首次到达辛亥首义的发起地——他受到了武昌首义的重要人物黎元洪、孙武和蒋翊武等人的迎接。

但是,孙中山在武汉各界欢迎会上的演讲却招来了非议。

孙中山说,现在自由的口号满天飞,这里面存在一个误解。自由是专门给人民享用的,不是军人和官吏的专利,可现在所谓的"自由",人民并没有得到,军人和官吏却在肆意享受:

> 自光复以来,共和与自由之声,甚嚣尘上,实则其中误解甚多。该共和与自由,专为人民说法,莫非为少数军人与官吏说法。倘军人与官吏,借口于共和与自由,破坏纪律,则国家机关万不能统一。⑲

孙中山的演讲,令武昌的那些革命功勋颇为不解。黎元洪说:"武汉之局,方忧动摇不安,先生奈何言此?"孙武等人更是到处分发传单,说孙中山的民生主义是在主张"第二次革命",这种社会革命理论"不啻为武汉间流氓暴动之导火索"。⑳

旨在让大多数人民享受平等和自由的社会革命,何以被革命功勋们理解为"流氓暴动之导火索"?

这是辛亥革命期间最令人困惑的现象之一。

孙中山在演说中强调民生主义就是国家社会主义:

> 本会之民族主义,为对于外人维持吾国民之独立;民权主

义,为自谓排斥少数人垄断政治之弊害;民生主义,则排斥少数资本家,使人民共享生产上之自由。故民生主义者,即国家社会主义也。⑦

"国家社会主义"一词源于欧洲,普遍认为它是一种企图利用国家政权进行社会改良的资产阶级政治理念。不知孙中山是否清醒地认识到,欧洲国家社会主义的政治主张,是建立在工业化和资本化发展到一定阶段上的,而民初中国的主要社会矛盾决不是资本主义高度发展导致的。可孙中山认为,正是因为"中国没钱","没有资本家",才需要提前警惕资本的垄断——先行实现主要经济领域里的国有化是警惕的唯一手段——这种思维无论在现实性还是可行性上,个中逻辑都颇难推理。

在前往福建、广东、香港等地宣传国家社会主义的行程中,孙中山不断地接到袁世凯邀请他进京商谈国事的电报。

孙中山没有理由拒绝,只是他先后几次推迟了行期,直到六月初才决定动身北上。他对记者阐述其北上的目的是:一、调停党派之间的纷争;二、让北方了解民生主义;三、为使偏远的满蒙地区了解共和真谛拟"遍游一次";四、因外债导致政坛风波频起,拟将竭力提倡国民捐款;五、代表海外华侨要求参政议政的权利;六、与内阁总理商量鼓励南洋华侨捐款的办法。

显然,在所有的方面,孙中山都过于自信和乐观了。

就在孙中山即将北上的时候,京城发生了一件震惊政坛的事:武昌首义的主要领导人之一张振武被袁世凯捕杀了。

这是民国建立以来,第一桩凭借个人意志公然违法杀人的政治血案。

张振武,字春山,湖北竹山人,生于一八七〇年。早年入湖北师范学堂,毕业后任小学教员。甲午年,变卖家产自费东渡日本留学,入早稻田大学学习法律和政治,期间加入同盟会。回国后辗转于各地教学,一九一一年在武汉加入共进会,"负责经管财务,筹款购运军火,不足之数由他变卖私产捐助"。⑦武昌首义后,起义官兵拟推举黎元洪为都督,张振武是坚决反对者之一,他对起义临时军事总指挥吴兆麟说:"此次革命,虽将武昌全城占领,而文武大员,均已潜逃一空,未杀一个,以壮声威。革命军对于清臣,未免宽容过度。但革命非彻底将清廷余孽大杀一次,将来必为国家之祸,革命乃是有名无实……不如先将黎元洪斩首示众,以扬革命军神威,使一班忠于异族清臣,皆为胆落……"⑬汉阳作战期间,张振武是强硬的主战派,且亲自率队赴前线督战。及至汉阳失守,武昌危急,黎元洪出走,张振武立刻建议废除黎元洪另举贤能,声言放弃武昌者格杀勿论——"张为人直率,礼节多疏忽,有时对黎元洪拍案怒骂,为黎所不悦。"⑭民国建立后,湖北党人迅速分化,内部屡屡同室操戈,而试图削弱党人力量的黎元洪不断渔翁得利。就在孙中山离开武汉之后不久,湖北文学社骨干祝制六等人组织了秘密团体,企图再次以武力推翻湖北军政府。但是,由于有人告密,黎元洪逮捕了大批党人,并将祝制六等人杀害。本来就对黎元洪存有成见的张振武更加绝望了。他认为革命并没有最后成功,"民主"与"共和"的中国并没有出现,他痛恨党同伐异、尔虞我诈的政坛,认为之前所有志士"破产舍生"如果仅仅"获此恶果"不禁令人"实深汗颜"。⑮为此,他将黎元洪和袁世凯一并列为再次革命的对象,直言不讳地表示要想取得真正的胜利,"革命非数次不成,流血非万万人不可"。异常激烈的言辞使张振武成为黎元洪的心头之恨。

袁世凯出任大总统后,宣布民国政府要"广揽起义人才",黎元洪终于等到了时机,他立即将张振武推荐到了北京。按照张振武的本意,他并不拒绝北上,他想从袁世凯那里得到一个东北或西北屯垦的职务,并索要一笔巨款,然后逐渐组织起自己的军队。而老奸巨猾的袁世凯无论如何也不能让他在北方得到一块地盘。袁世凯给了张振武一个含糊的官职:蒙古调查员。张振武十分不满,只身返回武汉。黎元洪担心回到武昌的张振武另有企图,可不久之后袁世凯又给了张振武总统府顾问一职。一九一二年八月八日,张振武和湖北将校团团长方维等四十余人一起入京。随后,武昌方面的孙武等人也陆续到京。一时间,湖北党人的要员们几乎悉数聚集于京城。

正想大干一场的张振武,并没有想到自己已大祸临头。

十三日晚,袁世凯收到黎元洪发来的一封密电,他亲自对照密码本自行译出电文,阅毕神色紧张。黎元洪直言不讳地请求袁世凯将张振武在京正法。黎元洪在电报中历数张振武的"罪行":"怙权结党,桀骜自恣,赴沪购枪,吞蚀巨款","蛊惑军士,勾结土匪,破坏共和,昌谋不轨"。黎元洪不但请求袁世凯将张振武"立予正法",而且要求将其随行"一律处决,以昭炯戒"。电报的最后,黎元洪的自责之辞万分恳切:"元洪貌然一身,托于诸将士之上,阘茸尸位,抚驭无方,致起义健儿变为罪首,言之赧颜,思之雪涕,独行踽踽,此恨绵绵,更乞予以处分,以谢张振武九泉之灵。尤为感祷!临颖悲痛,不尽欲言。"㊄

袁世凯一喜一愁:喜的是终于可以除掉这个飞扬跋扈的张振武了,愁的是如何才能避免自己承担责任呢?为了再次印证杀张振武是黎元洪的真实意图,袁世凯向黎元洪去电询问此事是否是他本人的主张?黎元洪回电确定后,袁世凯下达了一个命令,这是一道发给陆军部的命令,文字虽然有些啰嗦,但每一个字都埋伏着用处:

> 查张振武既经立功于前,自应始终策励,以成全之,乃披阅黎副总统电陈各节,竟渝初心,反对建设,破坏共和,以及方维同恶相济,本大总统一再思维,诚如副总统所谓爱既不能,忍又不可,若事容忍,何以慰烈士之灵魂?不得已即著步军统领、军政执法处总长遵照办理。㊆

命令全篇没有一个"杀"字,最后特别申明,大总统是在"不得已"的情况下按照副总统的意思"办理"此事的。

张振武对此毫无察觉。

十五日——袁世凯下达诛杀令的当日——晚上六点钟,张振武出席了一个宴会,然后又做东宴请北洋军主要将领于六国饭店。驻京总司令段芝贵在座,他已得到杀张振武的命令,因此一席未终就推说有事提前离开了。段芝贵走后,知道内情的北洋军将领们也先后退席。张振武离开六国饭店时,已过晚上二十二时。由六国饭店出来的是三辆马车,张振武的马车居中。行至大清门旁边的棋盘街时,两旁埋伏的绊马索缠住了马蹄。接着,一把指挥刀砍碎了张振武马车的玻璃窗,张振武被拖下车,五花大绑地推上另一辆大车。沿途军警戒严,行人被驱散,店铺灯火熄灭,张振武被押往位于西单牌楼旁边的军法处。在这里他见到了军法处长陆建章。张振武质问为什么突然实施逮捕,并要求释放随行人员和马夫。陆建章拿出了黎元洪的电报,张振武看后愤怒地大声喊:"死吧!看你们能横行多久!"陆建章随即挥手,军士们一拥而上将其推出。张振武被绑在军法处西院的木桩子上,他此生的最后一句话是:"不料共和国如此黑暗。"⑧话音未落,身中两弹,一弹中腹部,一弹中肩部。

张振武的突然被杀引起舆论大哗。

参议院开会时,议员们纷纷提出质问,有人甚至当场嚎啕大哭。

杀张振武的军令由袁世凯签发,于是发生了一个法律上的问题:上一任内阁总理唐绍仪,正是因为袁世凯没经内阁同意签发人事命令而辞职的,因为袁大总统违反了《临时约法》;这一次,袁世凯用的是军令,交由陆军部执行,这算不算违反了《临时约法》呢?参议员为此吵成一团,住在医院里的内阁总理陆徵祥听说后,连续提出辞呈,坚决不愿卷入此事。参议院则要求陆军部总长段祺瑞前来接受质询。段祺瑞不敢来,总统府数次送来的答辩书都被议员们认为是敷衍。最后只好由法制局长代表段祺瑞前来接受质询,结果这位局长被参议员们哄了出去。参议院此时已分成两派,一派主张弹劾政府全体,一派主张只弹劾陆徵祥和段祺瑞,意见无法统一。

让黎元洪感到尴尬的是,本以为袁世凯会为他保守秘密,谁知袁世凯把他的电报一字不漏地泄露了出去。无奈之下,黎元洪只好发表通电,公布张振武的十五条罪状。除了在购买枪支中"浮用滥报"和勾结逆党"密谋起事"两项重罪之外,所举事例全是些琐事,比如纳良女为妾,每次进都督府都带枪,勒索商会以充军饷等等。黎元洪再三强调,杀张振武是维护共和的必须。黎元洪的文案师爷,以善于起草骈体风格的电文著名,这道宣布张振武罪状的通电,依旧延续了用词晦涩、含义曲折、长篇累牍的文风,电报最后悲伤地陈述了黎元洪如何为革命操劳得大口吐血,并声明副总统已产生了离开是非之地解甲归田的想法:"朽索奔驹,幸逾绝险,积劳成疾,咯血盈升,俯仰世间,了无生趣;秋荼向甘,冻雀犹乐,顾瞻前路,如陷深渊,自时厥后,定当退避贤路,伫待严谴。倘肯矜其微劳,保此迟暮,穷山绝海,尚可栖迟,汉水不渊,方城无缺,虽死之日,犹生之年,世有鬼神,或容依庇,下世之日,庶知之心。"⑨华丽而古怪的通电发表后,袁世凯给张振武家送来三千元抚恤金,黎元洪也拿出了两千元,而且还下令每月给张家三十元的生活补助,直到张振武的儿子成年自立时为止。张振武的灵柩运抵武昌时,黎元洪专门写了一副挽联:"为国家缔造艰难,功首罪魁,后世自有定论;幸天地监临上下,私情公谊,此心毋负故人。"⑧——袁世凯和黎元洪在超越法律擅自杀人之后又大行抚恤的举动,令本已哗然的舆论一时间有点不知所措。

只有黎元洪自己知道他上了袁世凯的当。

袁世凯公开了黎元洪的电报,等于向全国指明谁是杀人的主犯,这严重损害了黎元洪的声望。同时,袁世凯确实为黎元洪清除了一个威胁,黎元洪由此又欠了袁世凯一份人情。更重要的是,袁世凯借此瓦解了湖北党人的势力,迫使黎元洪不得不依附于自己。

最终,无论参议院的质询如何愤怒,也无论袁世凯的敷衍搪塞和黎元洪的强词夺理是多么的外强中干,民国开国后的第一冤案不久便无声无息了。

张振武事件的极端恶劣性在于不受法律约束而杀人。

这在帝制专制时代不是什么异常之事,但现在已是号称共和政体的民国了——对共和精神的恣意破坏,此例一开后患无穷。

令人意外的是,即将北上的孙中山并不认为张振武事件多么严重。他认为为了维护南北团结的大局,袁世凯迫于黎元洪的电报请求而为之,没有什么大错。他在给黄兴的电报中说:"以弟所见,项城实陷于可悲之境遇,绝无可疑之余地。张振武一案,实迫于黎之急电,不能不照办。中央处于危疑之境,非将顺无以副黎之望,则南北更难统一,致一时不察,竟以至此。"⑧孙中山甚至认为,不能说张振武无罪,只是杀他的方法不当:

> 据我观之,张(张振武)、方(方维)不得谓无罪。但在鄂都督,似当就地捕拿,诛之于武昌,即不生此问题。假手于中央,未免自无肩膀。而民国草创时代,法律不完,这样政府既接电报,若无依据,以致惹起反对。吾谓中央政府当日应将张、方拿获,解去武昌为上策;否则,亦当依法审判。而中央政府又不在行,故吾谓鄂、京两方皆有不当处。⑧

张振武被杀两天后,孙中山自上海启程北上,随行者有卢夫人和同盟会员居正等十余人。

八月二十三日,孙中山抵达天津。他向迎接的记者表示,此次北京之行"不外调和南北感情,巩固民国基础","至于外交、财政、内政各事,若袁总统有问,余必尽我所知奉告袁总统,以期有所裨补;如袁不问及,余亦不便过问"。[83]

第二天下午,孙中山抵达北京。

袁世凯命令打开正阳门,按照迎接国家元首的规格欢迎孙中山——"上自总统,下至庶民,莫不郑重其事,一切布置整整齐齐。结彩悬灯,铺张扬厉,诚空前绝后之盛况也。孙到时,市民塞巷填街,观者如堵。政学绅商军诸界,排班列队,鼓舞欢腾,实极一时之盛。"[84]在车站与前来欢迎的政府官员和各团体代表见面后,孙中山乘袁世凯为他准备的朱漆金轮马车由正阳门入城直抵总统府,袁世凯亲自出迎。

洗尘宴会八点开席,袁世凯亲为把盏,致词极为谦逊有礼:"刻下时事日非,边警迭至,世凯识薄能鲜,望先生有以教我。"孙中山作答词:"如有所识,自当贡献。""惟自军兴以来,各处商务凋敝,民不聊生,金融滞塞,为患甚巨。挽救之术,惟有兴办实业,注意拓殖,然皆恃交通为发达之媒介。故当赶筑全国铁路,尚望大总统力为赞助。"[85]这是孙中山与袁世凯两人平生第一次见面,但似乎一见如故。宴会散后袁世凯对身边的人表示,自己与孙先生大有相见恨晚之慨;而孙中山更是语出惊人:"袁总统可与为善,绝无不忠民国之意,国民对袁总统,万不可存猜疑心,妄肆攻讦,使彼此诚意不孚,一事不可办,转至激迫袁总统为恶。"[86]

怀着这种愉悦的心情,第二天上午,孙中山前往湖广会馆参加活动。车辆行进的路上,他发现自己被大批随从和马队前呼后拥,沿途街道两边布满了军警,孙中山顿时发了脾气,说自己"虽系退位总统,不过国民一分子",如此这般他"甚觉不安",倘若不能将"随从马队及沿途军警一律撤去",他只能在北京"小住一二日即他去矣"。[87]——共和的目的不是让"人民全数安乐"吗?人民连在街上行走的权利都没有,安乐又在哪里?

袁世凯闻讯后撤除了军警。

孙中山前往湖广会馆是要参加一个新的"政党"——国民党——

的成立大会。

史论对一九一二年组建国民党贬者甚多。这是一次失败的组党,而且从两年后便重新组建"中华革命党"的角度看,此次组党活动在中国国民党的党史中也相当短暂。大多数史论认为,一九一二年间国民党的组建与孙中山无关,或者说他即使参与了也只是勉强承诺而已。孙中山是西方政党政治运作模式的崇拜者。早在他就任中华民国临时大总统的时候,他就改组了同盟会以求其适应时代的发展,至少他企图将同盟会从过去的秘密组织转变为一个公开的政党。孙中山始终认为,无论民主立宪还是君主立宪,都需依赖政党运行而存在,英、美两党制的运行方式是世界上最完美的政党之果,所以政党之间的党争没有什么不好——"当此共和时代,无论政党民党,有互相监督、互相扶持之责。政府善则扶持之,不善则推翻之。"[88]在此次国民党组建之前,孙中山和黄兴就曾提出与其他党派合并成立一个大党。因此,国民党的组建实为孙中山的初衷,有宋教仁的话为证:"此次国民党之合并成立,全出于孙、黄二公之发意,鄙人等不过执行之。"[89]

在民初出现的政党热中,有案可查的名叫"国民党"的政党至少有三个。一九一二年四月,上海潘鸿鼎等人在伍廷芳、温宗尧的赞助下成立了国民党。主张在政治体制上、执政理念上一律以美国为样本,"在全国统一政治下,以人民为国家主体,保护其固有权利,发扬共和精神"。[90]这个国民党的党员仅有百人而已。五月,民社、统一党、共和建设讨论会、民国公会、国民协进会、国民协会、民国共进会等七个团体商议合并为国民党,但是由于共和建设会和国民协会对合并条件不满意,剩下的五个团体加上潘鸿鼎的国民党又合并成共和党。不久,共和建设会和国民协会转而与统一共和党、国民公党等商议合并组党,定名为国民党,由于宋教仁联合同盟会和各党派也组成了一个新的政党,取名也叫国民党,于是他们的组党计划流产。

一九一二年间国民党的组建,实际操作者是宋教仁。

退出唐绍仪内阁后,热衷于政党政治的宋教仁一心要组织起一个大党,以便在议院中与袁世凯进行政治对抗。

当时,以云南都督蔡锷为首领的统一共和党有了与同盟会联合的意向,宋教仁认为这是一个大好时机,但在召集同盟会员进行讨论的时候却遭到了反对。大多数人认为,改名将会导致分裂,"同盟会"三个字注满了革命烈士的鲜血,宁死也不能改变名称。不过,反对者大多只是反对改变政党的名称而已,并不反对对同盟会进行改组。随着袁世凯对统一共和党的打压,蔡锷一方与同盟会联合的愿望日益迫切。统一共和党提出的联合条件是:一、必须变更同盟会这一名称,二、废除民生主义的政治主张,三、改良内部组织。正当双方加紧磋商的时候,上海的国民公党也表示愿意加入,他们提出了"取消男女平权"的条件。三党经过具体讨论后决定:一、保持政治统一,二、发展地方自治,三、励行种族同化,四、采用民生政策,五、维持国际和平。之后,北京的国民共进会和共和实进会也愿意加入,五个团体遂于八月十三日发布了组党宣言:"吾中国同盟会、统一共和党、国民公会、国民共进会、共和实进会相与合并为一,舍其旧而新是谋","其名曰国民党"。[91]

国民党宣言声称,按照西方政党政治的理念,国家议会和政府是由少数优秀分子出面组织的,这些优秀分子是以政党成员的面目出现的:

> 天相中国,帝制殄灭,既改国体为共和,变政体为立宪,然而共和立宪之国,其政治中心势力不可不汇之于政党。今夫国家之所以成立,盖不外乎国民之合成心力……惟是国民合成心力之作用,非必能使国民人人皆直接发动之者……是故有优秀特出者焉……在法律上,则由此少数优秀特出者组织议会与政府,以代表全国之国民;在事实上,则由此少数优秀特出者集合为政党,以领导全部之国民。[92]

为什么要联合组成大的政党?

只为组织责任内阁而不必争当大总统:

> 且夫政党之为物……苟具有巩固庞大之结合力与有系统、有条理、真理不破之政见,壁垒既坚,旗帜亦明,自足以运用其国之政治,而贯彻国利民富之蕲向,进而组织政府,则成志同道合之政党内阁(责任内阁制之国,大总统常立于超然地位,故政党不必争大总统,而只在组织内阁)。以其所信之政见,举而措之裕如,退而在野,则使他党执政,而己处于监督之地位,相摩相荡,而政治乃日有向上之机。[93]

这种对政党政治和政党内阁的追捧充满了绚丽的想象。

问题的关键在于:无论纠集了多少党员,包括国民党在内,民初政坛上的所有政党,是否可以算得上是近代严格意义上的政党?

国民党成立后,从党员数量上讲,可谓第一大党,可以预见在参议员的选举中必定能够占据多数席位。但是,从政党的角度看,国民党实际上是个成分复杂的大杂烩。激进的革命者、温和且无确定宗旨的中庸主义者、保守的改良主义者、新式和旧式的知识分子、新产生和历史遗留的各色官僚和大地主、资本相对雄厚的绅商,甚至还有在革命中产生的出身卑微但此时居功自傲的新权贵们,很难想象这些人在政治方向和革命志向上能够取得一致。他们聚集在一起高谈阔论,觥筹交错,无非是秉承着"人多力量大"的古训以壮声势。指望这样的政党在国家政治生活中"相摩相荡",以达到"政治乃日有向上之机"的效果,几近天方夜谭。

从革命党的角度讲,此刻的国民党与同盟会有了本质的区别。为了扩张党的势力,同盟会接受了其他党派团体的政治主张,在原则问题上作出妥协让步,其中最重要的就是抛弃了三民主义。统一共和党本由清末的立宪党人组成,他们决不会接受同盟会的革命名义,他们联合的首要条件就是排斥同盟会的革命性。在三民主义中,对中国最具现实意义的是民生主义,而组成政党的绝大多数社会上层人物,决不会允许下层民众"惦记"他们的财产,他们不认为革命的目标是实现社会公平,反而认为没有什么比"杀富济贫"更不能容忍的了。为此,宋教仁特意解释了同盟会的民生主义:"他党多讥为劫富济贫,此大误也。夫民生主义,在欲使贫者亦富。如能行之,即国家社会政策,不使富者愈富,贫者愈贫,致有劳动家与资本家之冲突也。"[④]显然,这样的解释无法令绅士们释怀。妥协之后,在《国民党宣言》中,三民主义被改成了"民生政策",定义为"以实施国家社会主义,保育国计民生,以国家权力使一国经济发达均衡而迅速"。[⑤]正因为如此,对于组建国民党一事,同盟会的元老们,特别是与中部同盟会向来有隔阂的"广东派"胡汉民、廖仲恺、汪精卫等人,不但不热心,甚至颇有非议。

但是,无论如何,宋教仁达到了壮大党势的目的,要求加入国民党的人络绎不绝。前清贵族溥伦入党,为满人入党的首倡。对政党政治颇感兴趣的黄兴,热情邀请袁世凯身边的杨度、赵秉钧等人加入国民党,甚至当面劝说袁世凯也成为一名国民党员。袁世凯当面没有拒绝,私下里不屑地对杨度说:"你看我像个革命党吗?"而赵秉钧稀里糊涂地答应了,尽管事后他不承认自己加入过国民党,但有人证明他确实填了一份入党申请书。杨度则给黄兴发去一封电报,提出了他的入党条件:国民党通电全国公开宣布放弃政党内阁的政治主张。这一条件显然出于袁世凯的授意,因为袁世凯始终认为主张政党内阁的目的,就是为了遏制他的权力。杨度确是个奇特的人物,除了把入党当作一桩交易外,他的电报多少有一点挑衅的意味——组党是为了实现政党内阁,如果宣布放弃这一主张,闲得没事成立个党干什么?

> 前承不遗,邀入国民党,只才识无似,未敢遽诺。近日京中贵党干部诸君继续招邀,议及党略,度以为贵党以前之经过,及以后之行动,皆不免于困难者,实为政党内阁所缚。虽云根据学理,然贵党从前对于项城尚未充分信用,含有防闲政策,亦事实之昭然。度意此后贵党对于民国,对于总统,宜求根本解决之方,若不信袁,则莫如去袁,而改举总统。度必劝隐,袁必乐从。若能信袁,则莫如助袁,而取消政党内阁之议,宣布全国,以求实际沟通,度方可有效力之处。若仍相挟持,互生疑虑,实于国家大计有损,非上策也。度姑以党外之人预为建议,自分于贵党党员,关系甚浅,不敢轻于投身,乞公据度此电,通电全国贵党本部支部,征集意见,若多数赞成鄙意,见诸实行,方敢追随左右,不仅以此觇贵党之方针,且以此卜一身之信用。进退所关,伏维裁查是幸。⑯

尽管孙中山对组党给以了支持,但他并没有更深地参与组党工作。

孙中山将国民党的组建比喻为"中华民国富强之嚆矢"。在写给同盟会员的信中他说:"同盟会破坏于先,国民党建设于后,改数千年之旧惯,辟二十世纪之新国,抚今思昔,最快平生。"⑰

到达北京的第二天,孙中山参加了国民党成立大会,当主持人报告诸党合并的情况时,会场上突然发生了混乱,先是有人反对国民党这个名称,主张叫民主党,争吵了半天,在大多数人不同意的情况下作罢。

接着,一位女士登上主席台,愤怒地谴责在宣言中删除了男女平权的条款,说这辜负了女同盟会员多年的奋斗之志。女士声色俱厉演说的时候,刚好宋教仁就在她的身边,这位激愤得无法自控的女士举起手中的扇子对宋教仁"实施了攻击"——可能是用扇子敲打了宋教仁的脑袋。当时《民立报》的报道说,会场发生了"暴烈举动"。至于"暴烈"到何种程度,不得而知。乱了一阵子后,孙中山发表了演讲。他对国民党的成立表示了祝贺,但对修改三民主义却耿耿于怀,说有人把民生主义解释为杀富济贫,这是极其荒谬的,民生主义不是"杀富",而是防止"以其富害人"。孙中山举的例子是西方的股市:资本家以少量资金吸收平民的大量资金,最后导致广大平民受到损失,这就是"与其富害人"。现在中国还没有资本家,但要防备将来有了之后平民受害。最后,大会进行了党的理事的选举,孙中山得票一千一百三十,黄兴得票一千零七十九,宋教仁得票九百一十九。孙中山被推为理事长,但他再三推辞,于是决定党务交由宋教仁代理。

国民党仅存在了一年零两个月,一九一三年十一月被袁世凯勒令解散。

> 当组织国民党之时,我已经辞了临时大总统。我当时观察中国形势,已经承认吾党立于失败之地位。我当时极为悲观,我以为在吾党成功之时,吾党所抱之三民主义、五权宪法尚不能施行,更复有何希望?所以只有放去一切,暂行置身事外。后来国民党成立,本部设在北京,推我为理事长,我决意辞却。当时不独不愿意参加政党,而且对一切政治问题亦想暂时不过问。但一般旧同志以为我不出面担任理事长,吾党就要解体,一定要我出来担任。我当时亦不便峻却,只得答应用我的名义,而于党事则一切不问,纯然放任而已。[98]

孙中山的上述回忆,显然是国民党被解散之后的写下的。

就在国民党成立的当天,孙中山对外宣布了自己的政见,其中的两条显然有违于国民党的宣言:"一、男女平权,二、大铁道计划,三、尊重议院,四、南北万不可分离,五、大局急求统一,六、报界宜造成健全舆论,七、决不愿居政界,惟愿做自由国民。"[99]——无论国民党在政治原则上作出什么妥协,孙中山个人决不妥协。

孙中山与袁世凯相处融洽,简直到了无话不谈的地步。史料显示,他在北京逗留期间,除参加国民党成立大会那天以及到张家口的几天之外,每天都与袁世凯会晤,会晤的次数有十三次之多:"每次谈话时间自上午四时至晚十时或十二时,更有三四次谈至二时后者。每次会晤,只孙、袁及梁(梁士诒)三人,有二次国务员在座,有三次总理在座,府院秘书长同在座,屏退侍从,所谈皆国家大政中外情形,论事最为畅洽。"⑩会晤的时间竟然从凌晨四点开始直至午夜时分,可谓促膝长谈,而且两人之间几乎无一事不英雄所见略同。有一次,孙中山谈及"耕者有其田",原以为袁世凯会反对,没想到大总统满口赞同。最后,这种天衣无缝的融洽,令孙中山都感到有点不对劲儿了,他在回宾馆的路上把心中的疑惑向送他的梁士诒说了出来:

> 先生问梁:"我与项城谈话,所见略同,我之政见,彼亦多能领会,惟有一事,我至今尚疑,君为我释之。"梁问:"何也?"先生曰:"中国以农立国,倘不能于农民自身求彻底解决,则革新匪易;欲求解决农民自身问题,非耕者有其田不可。我说及此项政见时,意以为项城必反对。孰知彼不特不反对,且肯定以为事所当然,此我所不解也。"梁对曰:"公环游各国,目睹大地主之剥削,又生长南方,亲见佃田者之痛苦,故主张耕者有其田。项城生长北方,足迹未尝越大江以南,而北方多数自耕农,佃农少之又少,故项城以为耕者有其田系当然之事理也。"先生大笑。⑪

没有史料证实,此时的袁世凯对孙中山采用的是敷衍或是诡计。面对孙中山,袁世凯至少是请教与试探各半。"孙文"一词曾频繁出现在清廷严饬捉拿的奏折和电报中,袁世凯对其人早已烂熟于心,如今面对过去的敌人和前任临时大总统,袁世凯的试探之心自不必说。但是,除了曾在朝鲜的军营里待过几年外,袁世凯至死连长江都没有南渡过,因此他对世界的认知是有局限的,他显然有了解世情的渴望与需求,毕竟统治一个巨大的国家是一份沉重的压力。不过,有一点可以肯定,袁世凯绝对抱有在任何问题上都附和孙中山的想法。比如"耕者有其田",在中国是天大的事,要做到这一点,非天翻地覆不可能实现,而袁世凯之所以不管不顾地附和孙中山,是因为现在他是临时大总统,而孙中山连个在野党魁都算不上,已不可能对他构成任何威胁,只要这位举世闻名的大革命家心情愉快,任何问题都不值得与他理论、争辩、反驳,这样做除了自己能得到好名声之外还能损失什么?

只有北洋军军官们不喜欢孙中山。他们仍把孙中山视为大总统宝座的窥视者,袁大总统是他们的身家性命、人生荣耀和升官发财的靠山,他们不允许对袁大总统有威胁的人在京城里堂而皇之地出头露面。二十八日晚,袁世凯再次宴请孙中山,宴会规模宏大,北洋军军官们应邀出席。宴会刚开始不久,军官们就发难了。根据梁士诒的判断,发难是"预先布置好的"。更为奇怪的是,在场的袁世凯和段祺瑞始终没有任何制止的意图:

> 中山到京后第三天,袁世凯在迎宾馆设筵为盛大欢迎,到者有四五百人。在大厅布置U形餐案,孙及其随员北面南向坐,袁及内阁阁员及高级官吏皆北向坐,北洋一般军官坐在东西两排,孙、袁在正中对坐。入座后说了一些普通客套话,吃过一个汤,第二个菜方送上来,便听到西南角上开始吵嚷,声音嘈杂,说的都是"共和是北洋之功",随着又骂同盟会,认为是"暴徒乱闹"。随后东南角也开始响应,并说"孙中山一点力量也没有,是孙大话,是孙大炮"。这时两排的军官已经都站起来,在吵嚷的同时,还夹杂着指挥刀碰地板、蹬脚和杯碟刀叉的声响,但都站在自己的座位上呼喝乱骂。中山态度还是从容如常,坐在他旁的秘书宋霭龄等也不理会。仍照旧上菜,只是上得很慢。我当时想袁或段(陆军总长)该说一说,你们不能胡闹,但他们始终没作声。闹了有半小时左右,似乎动作很有步骤,从当时的情形看,显然是预先布置好的。起头的是傅良佐等,想在吵嚷时等中山或他的随员起向答辩,便借机由北洋军人侮弄他一番。但出乎意料的是中山等始终没加理睬,若无所闻。筵宴终了,孙、袁回到厅旁休息室,厅内便又大乱起来,北洋军人离开座位肆意乱吵,非常得意,很久才逐渐散去。中山来京时,我每天在上下午在国务院办公后都到

迎宾馆,经过这一场的第二天,我到他那里向他表示:北洋军人都是老粗,程度太不够。但中山却仍和往常一样,并对我说,这没什么关系,态度丝毫没变。⑩

孙中山不认为"预先布置"者是袁世凯。他对袁世凯赞扬有加,认为中国需要具有雄才大略的政治家,袁世凯的大总统地位至少十年之内无人可以替代:"维持现状,我不如袁;规划将来,袁不如我。为中国目前计,此十年内,仍宜以袁氏为总统,我专尽力于社会事业。十年以后,国民欲我出来服役,尚不为迟。"⑩

就在北洋军闹事的第二天,袁世凯再次宴请孙中山,参议院的议员们参加了宴会。由于没有北洋军在场,气氛欢洽之极。袁世凯起立致词,对孙中山大加赞颂:"中山先生提倡革命,先后历二十余年,含辛茹苦,百折不回,诚为民国第一首功。"⑩孙中山在答词中称赞袁世凯不但"善于练兵",而且"富于政治经验"。两人在致词的最后,都喊出了口号,袁世凯喊的是"中山万岁!"孙中山则喊:"袁大总统万岁!中华民国万岁! 五大民族万岁!"⑩

袁世凯高呼"中山万岁",有真诚的成分,因为他彻底放心了。首先,他最担心的南北统一问题得到了相当程度的承诺,无论孙中山是不是党魁,他在中国南方的政治影响无人可比;其次,能够威胁自己大总统职位的只有孙中山,而今孙中山不但明确支持他当大总统,而且还明确支持他连任大总统。再者,袁世凯彻底摸清了孙中山的底细,他再也不会认为孙中山能够成为自己的对手。他对身边的亲信这样说:"有人说他是个英雄,在我看来,简直没有道理。休说政治军事上,无丝毫经验,连世务人情,还不大懂呢!"⑩

此刻的孙中山渴望摆脱一切"世务人情",因为他心怀一个梦想,这个梦想建立在这样一个认知上:政治革命已经完成,或者说已经取得了最后胜利,现在的问题是要利用和平搞建设。海外流亡多年,孙中山对西方发达国家经济规模的宏大、社会财富的充裕、国力的强盛和人民生活质量的进步始终充满了复杂的情绪。在羡慕之余,他长久地梦想着自己的祖国——一个幅员辽阔、资源丰富、人口众多的大国——能够在国家财富上迅速赶上列强,他认为那才是使中华民族屹立于世界民主之林,子孙万代享有大国国民荣耀的唯一途径。"人民全数安乐",

是政治地位的平等,更是经济地位的平等,经济发展的目的不是产生出多少巨富的资本家,而是让"全数人民"口腹得以满足,衣着整洁光鲜,活得如同绅士般具有尊严。然而,奇特的是,孙中山把他的伟大的梦想建立在一项巨大的工程上,即在中国大地上修建很多很长的铁路。

无法确定孙中山的铁路狂想是何时产生出来的。

从卸任的那天起,孙中山就到处宣传他的大铁路计划。他固执地认为:"交通为实业之母。国家之贫富,可以铁路之多寡定之;地方之苦乐,可以铁道之远近计之。"⑩进京之后,他对参议院的议员们说:"袁总统才大,予极盼其为总统十年,必可练兵数百万,其时予所办之铁路二十万里亦成,收入每年有八万万,庶可与各国相见。"⑩袁世凯答应了孙中山修建铁路的计划,但是袁世凯没有问也不需要问及铁路怎样才能修得起来,因为连旁听的梁士诒都感到孙中山的计划充满狂想,为此他提醒孙中山既然袁世凯答应了就须落实:

> 我说:"现在中国情形办十万里铁路,非筹巨款不可,是否用督办名义全权去筹?政府能否切实做主始终信任?必须坚定没有动摇才能着手。趁这回结结实实地商量明白,这事不是空话所能做的,不然督办全国的名义也只等于零,结果一个款也筹不着,一条路也不能办。"中山说:"袁总统意见很诚恳的,不会有虚假的。"我说:"还是趁你在北京的时候把这些说结实些吧!"⑩

孙中山的铁路计划之庞大令人惊骇。这一计划包括贯穿中国国土的三大干线:"一、南路:起点于南海,由广东而广西、贵州,走云南、四川间,通入西藏,绕至天山之南;二、中路:起点于扬子江口,由江苏而安徽,而河南,而陕西、甘肃,超新疆而迄于伊犁;三、北路:起点于秦皇岛,绕辽东,折入于蒙古,直穿外蒙古,以达于乌梁海。"⑩

澳大利亚人端纳,是一位在中国生活了很长时间的新闻记者,先后就职于《德臣西报》和《纽约先驱报》。他与孙中山相识很早,后来又当过张作霖和蒋介石的顾问,参与了中国近、当代史上很多重要的历史事件。有一天,孙中山与端纳交谈时,说他准备将自己"完全献身于发展铁路"。他从办公室拿出一幅大地图,铺展在地板上给端纳看,"这是

1911

一张包括西藏、蒙古和中国最西部边界的地图"。端纳认为他"看到了最能说明一个人性格的证据",这张大地图足以说明孙中山"不仅是个疯子,而且比疯子还要疯",因为他的铁路修建计划"丝毫不讲实际,缺乏普通常识,而且他对于自己现在倡议的事业缺乏最基本的概念"。孙中山手里拿着一支毛笔和一块墨,一边给端纳讲述,一边随心所欲地在大地图上"画满了许多线路"。"他用双线表示沿着海岸线从上海到广州的铁路干线,又从那里穿过崇山峻岭通往拉萨,再向西绕来绕去伸到西部边界渐入新疆,再穿出去到达蒙古。他的另一条干线是从上海到四川再到拉萨。他还有一条铁路是沿着戈壁沙漠的边缘进入蒙古。其他几条线路是通向北方、西北和东北的。各省都有很多支线"。孙中山绘制的这幅地图,让端纳对他面前的这位革命领袖困惑不解,"因为只要有钱和充分的时间,他画的每一条铁路和更多的铁路都可以建成"。但是,钱和时间在哪里?而孙中山竟然认为,只要"他画出了这些条铁路线,外国资本家就会给他足够的钱把这些铁路在五年到十年的时间里全部建成"。他甚至认真地问端纳:"你认为外国资本家会给这些钱吗?"端纳反问道:"条件是什么?"孙中山回答说:"我们给他们以筑路权和由他们经营这些铁路四十年的权利,四十年期满后把铁路完整地无偿地交还给中国。"端纳告诉孙中山:"除非有一个稳定的政府,否则,哪怕是在人口最多的省份里修筑一条最实用和最有利可图的铁路,也没有任何希望得到一文钱的外国投资。"让端纳大吃一惊的是孙中山"竟然说出这样话来":"政府稳定与否有什么关系,只要各省同意就成。"端纳不再说什么了,因为在他看来,孙中山犹如一个狂人——"他可以在这个愚昧的国家里鼓吹排外主义、社会主义和十几种其他什么主义,并且认为因为他孙逸仙一挥手,全世界的资本家都会打开钱包,把金币抛撒在中国的焦土上……"⑪

近代以来,在中国的国土上,由铁路引发的悲惨事件数不胜数。铁路对于近代中国人来讲,真是一个古怪的东西。庚子事变初期的义和团运动,中国的农民们千方百计地与洋人修建的铁路过不去。铁路本身没有什么错误,它是工业化和现代化的重要标志。只是,当时不要说西藏和新疆这些世界上海拔最高的雪域高原,根本没有修建铁路的任何可能性;即使是一马平川的华北平原,仅就当时的中国而言天文数字的修建资金从何而来?孙中山想依靠外国投资,端纳说得很实际,投资是需要回报的,中国是一个落后的农业国,薄弱的近代工业根本没有那么多的运输需求,即便把这个庞大的铁路网修成了,火车拉什么?靠什么赚钱?至于要把铁路修到西藏去,端纳刻薄地讽刺道:"除非全世界要在地球屋脊上去搞夏季旅游,或者是给达赖喇嘛在他想逃跑的时候使用。"[112]

"中国乃极贫之国,非振兴事业不能救贫。"[113]

只是,孙中山并不真正了解自己的国家——"这是一个欠债的国家,一个接着一个的贷款使它负债累累"。"庚子赔款已经拖欠了一年",没人知道"列强是否会听之任之"。聆听了孙中山的大铁路计划的外国人说:"我们真希望孙逸仙在出国前能在中国大地到处走走,亲眼看看他的国家目前的处境。"[114]

孙中山不是疯子。

在不切实的情形下,唯一令人动容的是"人民全数安乐"的志向。

在孙中山的动员和邀请下,黄兴到达北京。

显然,民众对黄兴的崇敬决不亚于孙中山,因为黄兴被称为"中国革命之拿破仑":

> 皇宫附近的街道上布满了岗哨,蒙古骑兵伫立在车站外面的露天广场上,卫队沿着月台排列成行,迎候列车……还有一些少妇和少女,像团队一样整队肃立,她们来自新式学校,到这里来向革命军统帅致敬……月台上站满了不计其数的中国人,也有少数外国人,他们都渴望一睹"中国革命之拿破仑"的风采。远处喷着浓烟,最后,火车在站上停下来了。乐队高奏国歌。人人拥向车厢门口去欢迎黄兴。他步出车厢,站在四十人组成的贴身卫队中间——他们身穿西服,据说身上藏有炸弹。[115]

与孙中山一样,这位革命领袖与袁世凯几乎天天会面,畅谈的气氛也相当融洽。袁世凯赞扬黄兴"光明磊落,一片血诚"。与孙中山不同的是,黄兴在政治上保持着较为清醒的头脑,他劝袁世凯接受责任内阁的政治样式,并希望由国民党组织政党内阁。

经过会谈,袁世凯、孙中山、黄兴拟定了八大政治纲领。这个缺乏任何实质内容的所谓"政纲",可以视为袁世凯迎合孙中山的一个华而不实的文本:

> 民国统一,寒暑一更。庶政进行,每多濡缓。欲为根本解决,必先有确定之方针。大总统劳心焦思,几废寝食。久欲联合各政党魁杰,捐除人我之见,商榷救济之方。适孙中山、黄克强两先生先后莅京,过从欢洽,从容讨论,殆无虚日。因协定内政大纲八条,质诸国务院诸公,亦翕然无间。乃以电询武昌黎副总统,征其同意。旋得复电,深表赞成。其大纲八条如左:
>
> 一、立国取统一制度;
>
> 二、主持是非善恶之真公道,以正民俗;
>
> 三、暂时收束武备,先储备海陆军人才;
>
> 四、开放门户,输入外资,兴办铁路矿山,建置钢铁工厂,以厚民生;
>
> 五、提倡资助国民实业,先着手于农林工商;
>
> 六、军事、外交、财政、司法、交通,皆取中央集权主义,其余斟酌各省情形,兼采地方分权主义;
>
> 七、迅速整理财政;
>
> 八、竭力调和党见,维持秩序,为承认之根本。
>
> 此八条者,作为国民、共和两党首领与总揽政务之大总统之协定政策可也。各国元首与各政党互相提携,商定政见,本有先例。从此进行标准,如车有辙,如舟有舵,无旁挠,无中阻,以专趋于国利民福之一途,中华民国庶有豸乎!此布。[119]

一九一二年九月十七日,孙中山心满意足地离开了北京。

这是他第二次来北京。

孙中山一生三次到京。第一次是在一八九四年,他赴天津求见李鸿章失败来北京漫游;第三次是十三以年后的一九二五年,那一次他到京之后不久病逝于此。

此时的孙中山又多了一个头衔:袁世凯任命他为全国铁路督办。

他开始以旺盛的精力和巨大的热情在全国宣传庞大的铁路修建计划。

但是,一个消息陡然改变了孙中山的梦想。

一九一三年三月二十二日,那一天他正在日本长崎访问。他先后出席了基督教青年会、华侨欢迎会、长崎官民欢迎会以及长崎中国留学生招待会。俄国的《真理报》刊登了列宁的文章,题目是《中华民国的巨大胜利》,列宁认为孙中山成功访问日本,证明中华民国的国际地位得到了提升:

> 在美国的影响下,日本也改变了对中国的政策。起初日本甚至不允许孙中山到日本去!现在他去了,日本所有民主主义者都热烈地欢迎同共和中国建立联盟;同中国缔结联盟已经提到日程上来了。日本的资产阶级像美国资产阶级一样,懂得对中国实行和平政策比实行掠夺和瓜分中华民国的政策更有利。⑪

列宁和孙中山一样,都是乐观主义者。

就在那一天,孙中山接到了黄兴的电报:国民党重要领导人宋教仁于两天前被刺身亡。

虽然案件正在调查和侦破中,但大部分舆论都将幕后凶手指向袁世凯。

这无疑是一个巨大的打击。

看来,"袁大总统万岁"的口号喊得有些草率了,而"人民全数安乐"的前景更是转瞬间变得遥不可及。

民国国会万岁

一九一三年三月二十日晚,宋教仁从上海搭乘火车回京。他在车站专门为议员设的贵宾室里休息了片刻,然后在送行人员的簇拥下准备登车。一行人由进站检票口鱼贯而入的顺序是:吴仲华、拓鲁生、黄兴、陈劲宣、宋教仁和廖仲恺。在检票口,宋教仁伸手去取检票员剪过的车票时,枪声响了。

人们还没有反应过来,宋教仁用手摸着他的腰部说:"我中枪了,有刺客。"

不远的地方,一个穿黑呢子军装的矮个子男人从人群中转身逃走。

这时,于右任从贵宾室冲出来,他迅速跑到停车场找到一辆车,将宋教仁送到了沪宁铁路医院。

宋教仁的神志很清醒,他拉着于右任的手说:"我痛得很,恐怕活不下去了,现在有三件事奉托:一、所有在南京、北京和东京存的书,全部捐入南京图书馆;二、我家很穷,老母尚在,我死后请各位替我照料;三、请各位继续奋斗救国,勿以我为念放弃责任。"[118]

深夜十二时三十分手术开始。

两位外国医生将子弹头从宋教仁的小腹里取出来的时候发现弹头有毒。宋教仁痛苦万分,呻吟不止。一个多小时后,进行了第二次手术,将肠子缝补清洗并缝合伤口。宋教仁"几度昏厥",但神志依旧没有彻底丧失,他反复说:"我为了调和南北,费尽苦心,可造谣者和一般人民不知原委,每多误解,我真死不瞑目。"[119]

最后时刻,宋教仁托黄兴代拟一电文,电报是打给袁世凯的:

北京袁大总统鉴:仁本夜乘沪宁车赴京,敬谒钧座,十时四十五分在车站突被奸人自背后施枪弹,由腰上部入腹下部,势必至死。窃思仁自受教以来,即束身自爱,虽寡过之未获,从未结怨于私人。清政不良,起任改革,亦重人道、守公理,不敢有一毫权利之见存。今国基未固,民福不增,遽尔撒手,死有余恨。伏冀大总统开诚心,布公道,竭力保障民权;俾国家得确定不拔之宪法,则虽死之日,犹生之年。临死哀言,尚祈鉴纳。宋教仁。[120]

宋教仁的伤势迅速恶化。凌晨四时,他已不能说话,逐渐黯淡下去的双眼茫然地环顾四周。黄兴在他耳边说:"我们会照料你的一切的,你放心去吧!"[121]宋教仁眼里滚出泪珠,闭目气绝。

黄兴、于右任、陈其美等抚尸大哭。

宋教仁,湖南桃源人,一八九九年入漳江书院,一九〇三年考入武昌普通中学堂,一九〇四年与黄兴、刘揆一在长沙创立华兴会,之后策划长沙武装起义,起义失败后逃亡日本,先后入政法大学、早稻田大学学习法政。同盟会在日本成立后,出任司法检事长。一九一一年一月回国,四月到香港筹备广州起义,七月到上海成立同盟会中部总会,被推举为总务干事。一九一二年任南京临时政府法制院院长,临时政府北迁后任农林总长,后辞职。死时年仅三十一岁。

宋教仁被刺事件占据了所有报纸的头条位置,因此国人没大注意那天袁世凯发出的一条指令:"自即日起施行新闻检查制度。倘有故违,立即派员究办。"[122]

至少从宋教仁发给北京的电文上看,他没有对袁世凯产生丝毫怀疑。

或许在事件发生的那一瞬间,谁也不会有这样的念头。

事件的发生过于突然了。当时,人们仍沉浸在持续了好几个月的政治游戏中。这场游戏是那样的富有喜剧性,宋教仁的被刺犹如剧情戛然而止,令人难受得几乎喘不过气来。

这场游戏实际上自袁世凯就任临时大总统时就开始了。

按照《临时约法》第五十三条规定,十个月之内由临时大总统召集国会,进行国会议员选举。一九一二年四月二十九日,北京临时参议院开始讨论国会组织及选举法大纲。讨论刚一开始,就遇到一个问题:按照一般的宪政原理,国会法和选举法都应源于宪法。从程序上讲,先有宪法而后才能组成国会选举议员。但是,议员们对召开国会已是心急火燎,他们几乎一致地认为,制定出一部宪法至少需要几年时间,现在民国急需的并不是宪法,而是正式的国体和稳定的政府。在大多数人同意的前提下,临时参议院把立法程序作了个颠倒:先产生国会,再确定宪法——不能说参议员们有意破坏立法程序或心怀政治阴谋,只能说他们对"临时政府"的"临时"二字甚为忧虑,另一个就是对民主政治的理解几近天真——后来的历史证明:国会倒先是开了,可中华民国的宪法始终没能制定出来,直到三十六年后的一九四七年,民国政府才弄出一部共和制的国家宪法,而这部宪法仅仅生存了一年多便寿终正寝了。

自中华民国成立,在近四十年的光景中,一个国家竟连一部正式的宪法都没有,这种古怪的现象不仅在世界政治史上极为罕见,也可以解释为什么在中华民国的历史上这个国家总是充斥着种种令人匪夷所思的怪事。

参议员们热情高涨,他们做什么事都效率很低,惟在召开国会的问题上进展迅速。很快,临时参议院通过了《国会组织法大纲》、《国会选举法大纲》、《参议院议员选举法》、《众议院议员选举法》和《省议会议员选举法》等一系列相关文件。最后确定的日期是:一九一二年十二月十日众议院初选,一九一三年一月十日复选;一九一二年十二月六日省议会议员初选,一九一三年一月六日复选;然后选举参议员。

大清王朝倒台之前,清廷主持过类似的选举,成立各省咨议局,同时组成中央资政院,但那算不上是真正意义上的宪政选举。从两院制选举的角度讲,这次选举是中国历史上的第一次,因此具有十分重要的意义。

根据《国会组织法大纲》,国会由参、众两院组成。众议院由各地方选举的省议员组成,各省议员的名额分配按照人口多寡而定,大约是每八十万人选举一名议员,人口不满八百万的省份给十个名额,全国总计五百九十六名众议员。参议员由各省议会,青海、西藏和蒙古选举会选举产生,蒙古二十七名,西藏十名,青海三名,其他各省每省十名,全国总计二百七十四名参议员。众议员任期三年,期满后全部改选;参议员任期六年,期满后每两年改选三分之一。

选举没有采用全民普选制。

尽管有人提出这一建议,但是连提出者也清楚,在根本不知民主为何物的中国,实行普选制几近天方夜谭。中国只能实行限制选举制。所谓限制选举,即对有选举权和被选举权的选民资格作出某种限制。临时参议院作出的限制是:首先必须是年满二十一岁的中国男子,女人一律既没有选举权也没有被选举权。个别议员对此提出异议,临时参议院连付诸表决的兴趣都没有就彻底否决了。其次是年纳直接税两万元以上者和有价值五百元以上不动产者。所谓"直接税",包括田赋、所得税和营业税。民初的中国不存在所得税和营业税,于是直接税只有田赋一项,纳税者也只能是地主和其他形式的土地拥有者。而对于没有田产的城镇各阶层人士,以不动产数额为限制,五百元的标准并不是什么了不得的数字。可临时参议院规定的不动产,只包括房产、田产和船舶三项,其余的一概不算。当时中国的城镇居民,特别是商人,大多以租赁方式从事经营活动,没有田产也少有固定房产,显然这些人均不在合格的选民之列。再有就是必须具有小学以上文凭。民初的中国,有小学以上文化程度的人就可被称为"知识分子",因为那时绝大多数中国人不是彻底的文盲,就是勉强认识几个字而已。除此之外,剥夺公权者、宣告破产者、有精神病者、吸食鸦片者、不懂汉语者、现役军人、行政司法官吏、巡警、僧道和其他宗教人员、小学教员、学生、办理选举事务者等等,都没有选举和被选举的资格。

在参议员选举时,还有一条限制,即必须年满三十岁。

按照上述所有限制,在民初的中国,有选举权和被选举权的人还剩多少?

耐人寻味的是,旨在保护资产阶级民主权利的西方限制选举法,被移植到中国来却限制了相当一部分工商资产者,仅从这一点便可以看出,将民初中国的民主选举定性为"资产阶级民主政治的尝试"是多么的勉强。当时,中国的资产阶级弱小得甚至连称之为一个"阶级"的资格都没有,无论是经济势力还是政治力量,他们均无法与占主导地位的地主阶级和自由化了的地主阶级知识分子抗衡。民初由地主阶级、自由化知识分子、新旧官僚和少量资产者组成的中国社会最强大、最稳固的阶级和阶层,办起任何事来总是有足够的自信掌控天下——资产阶级的限制选举法限制了资产阶级的权利,这是中国近代史上独有的现象,它从一个侧面证明中国政治文明的进步将是一个艰难的过程。

尽管如此,中国历史上的第一次国会选举,还是显示出缤纷的中国特色。

与西方议会选举一样,民初的国会选举主要在各政党之间进行。

尚在选举的筹备阶段,各党派就已经摩拳擦掌了。

国民党所有的工作,都围绕着争取议会竞选胜利而进行。他们在大量吸收党员的同时,格外注意发展那些具有议员选举资格的人,为此党内专门成立了负责选举事务的选举科。以黎元洪为首的共和党和以梁启超为首的民主党的口号是"宁可不做官也要当议员"。所有的政党都心知肚明:如果本党在国会选举中占据优势,内阁和各省行政首脑的位置自然就可近水楼台。作为袁世凯最亲近的党派,以章太炎为首的统一党唯一的目标,就是要防止国民党在选举中取胜,因为只有在国会占据多数议员席位的党才有资格组阁,国民党人要是出面组阁还能有统一党什么油水?

选举正式开始前,各党派纷纷进行公开演说,演说场地在中国以茶馆为最佳,有时一个茶馆里同时有几个党派的竞选人。演说前先敲锣后吆喝,其形式与民间马戏班子表演的开场无异。后来当选为参议员的王绍鏊回忆道:

> 我在江苏都督府任职期间,曾抽暇到江苏的苏、松、太一带作过四十几次的竞选演说。竞选者作竞选演说,大多是在茶馆里或者其他公共场所里。竞选者带着一些人,一面敲着锣,一面高声喊:"××党×××来发表竞选演说了,欢迎大家来听呀!"听众聚集后,就开始演说。有时,不同政党的竞选者在一个茶馆里同时演说,彼此分开两处各讲各的。听讲的人大多是士绅和其他中上层人士。偶尔也有几个农民听讲,但因讲的内容在他们听来不感兴趣,所以有的听一会儿就走开了,有的坐在那里也不听。[123]

由于对近代民主政治的无知、对选举规则的陌生以及对选举活动的淡漠,即使是限制范围内的民主选举,在中国也被弄得如同一场闹剧。那些有一定学历和资产的人,并不认为选举是严肃的事,他们嫌一张张地填写选票麻烦,干脆让一个人代替填写,结果所有选票的内容都是一样的:"有百余人围一桌中,有执笔飕飕疾书者,且书且语于众曰:我来替你们写吧。须臾写毕百余票,皆一式无少异。众拥至投票处,有二百几十双手争投票,票匦几破。忽一人自怀中出票一大卷,向票门猛塞,不能入,乃去匦盖,众票一时并掷,相与称快。"[124]大多数选民虽然登记了,却并没有参加投票,因为不需要他们了,已经有人把成百上千张的选票独办了——几位头面绅士先讨论谁该当选,然后按照选民人数集中填写选票,最后把选票一股脑全部塞进票箱。安徽省一个姓干的人家,在选举中出了名,因为这家人霸道得可以,不但垄断了所在地的所有选票,而且根本不宣布选举日期,家里的几个男人纠集在一起跑到省城,老子投了省议会选票五百张,女婿投了省议会选票二百张,儿子投了众议院选票九百张。最能显示这家人威风的是,这家人勒令所有的选民必须填他们㊝——如果不是大地主何以如此财大气粗?

至于空白选票,有人藏起来一部分——或许可以卖钱?西方的政治选举也有贿赂之事,但在中国这种事做得格外坦然。选票如同商品一样被明码标价,初选选票便宜些,价格从几角钱到几块钱不等;复选选票贵一些,少则几十元,多则几百上千元。各党派都拿出大量的资金支付这笔费用。有的小党没钱,就向党员保证,只要投了某人的票,就可以免交党费。湖北因为贿选闹出了诉讼案件:"大名鼎鼎之汤化龙,亦被初选当选人吴宝瑛控其捐骗票价不付。云未投票前,汤即面许以三百元酬投票之劳。投票后,仅只给予二十元。此案始控于黄冈地方检察厅,不理后,又在高等厅具控。"㊝实际上,汤化龙应允的三百元已经打了埋伏,因为湖北初选选票的价格是四百元。

"君主专制,贾卖御史;富豪专制,典卖议员。"㊝

一九一三年三月,第一届国会议员选举基本结束。

选举结果是:众议院席位五百九十六个,其中国民党得二百六十九席,共和党得一百二十席,统一党得十八席,民主党得十六席,无党派得二十六席,跨党者得一百四十七席。参议院席位二百七十四个,其中国民党得一百二十三席,共和党得五十五席,统一党得六席,民主党得八席,无党派得四十四席,跨党者得三十八席。㊝

国民党获得大胜。

民初的国会选举,不但与普通百姓没有任何关联,就连当时的一些重要政治人物也没有参加选举。昔日的立宪领袖、共和党首脑张謇根本就没露面,他经历了太多的政治风波,从心底认为国会的成功与否与中国的强盛无关。孙中山在选举期间也没有任何举动,只是获悉国民党取胜的时候,他才打电报祝贺了几句,他满脑子都被大铁路计划占据了。在袁世凯的政治集团中,徐世昌、梁士诒等重量级人物也没有参选,北洋系的高级将领们更是销声匿迹了一般。袁世凯政治集团的内部,有一个比较统一的观念,那就是政治势力是由军事实力决定的,他们对绅士们的政治游戏从来不屑一顾,他们不需要通过选举获得什么,也不认为选举结果会让他们失去什么,他们能够容忍这场游戏存在和进行已经是非常宽宏的民主了。

国民党方面,只有宋教仁为选举费尽心血。

宋教仁固执地认为,如果以第一大党控制政治局面,实现政党政治,组织责任内阁,所有的卑鄙、龌龊和阴谋,都将在政党政治面前没有立足之地,中国从此将成为世界上最伟大的共和政体的民主国家。

为了国民党在选举中取胜,宋教仁离京进行竞选活动。他把话说得公开而明确:"我们要在国会里头获半数以上的议席,进而在朝,就可以组成一党的责任内阁;退而在野,也可以严密监督政府,使它有所惮而不敢妄为,应该为的,也使它有所惮而不敢不为。"[129]宋教仁明确的政治目的,至少有两点令袁世凯如鲠在喉:国民党一旦成为第一大党,在国会中取得多数议员席位,遏制的目标明白无误的是袁世凯;同时,宋教仁坚持责任内阁,这等于宣布与袁世凯期望的总统制抗衡到底。宋教仁离京前,袁世凯派人送来了一套西装和一张五十万元的支票,宋教仁把西装留下,把支票退了回去,理由是"仁退居林下,耕读自娱,有钱亦无用处"。袁世凯对身边的人说:"他藐视我了,他显然表示是要和我做对头。"[130]

宋教仁出京之后,在长沙、武汉、南京、上海等地发表演说,宣传政党政治的政见,抨击袁世凯政府,认为民国创建以来"几无善状可述",财政无计划,外交无能力,这样一个"不良政府"急需聘请医生来诊治,而能够尽到"医生"职责的只有国民党人。宋教仁毫不隐讳地表示,未来责任内阁总理非己莫属,他将尽心尽责地维护民主政治的实施,而目前实现政党政治和组织责任内阁的最大障碍正是袁世凯——"不久的将来",袁世凯也许会"撕毁约法背叛民国",那样一来,就是他"自掘坟墓、自取灭亡的时候"了。[131]虽然在同盟会领导层中,宋教仁被认为是与袁世凯关系比较好的,但他还是毫不隐讳地指出袁世凯是个"狡诈绝伦的奸雄",未来只有国会能够驾驭这个"奸雄":"民主国家的主权是在国民,国民的代表是国会。国家的政务,完全由内阁处理,而内阁的产生不经国会通过是不行的。至于总统只是一个虚君而已,任他如何狡猾,也是作恶不起的。我党只要好好地控制国会,便能驾驭袁世凯了。"[132]

对于宋教仁的抨击,袁世凯无法保持沉默。他雇人用匿名的方式批驳宋教仁,说宋教仁为了当总理不择手段:"谓以总统有意见乎?吾见其运动内阁,当时媚事总统,惟恐勿至,水乳相融,已无间隙。谓与现在执政有宿怨乎?吾见运动内阁,当时款宴访问,几无虚夕。钝初(宋教仁,字钝初)交际能名,轰传流辈,声气相投,已无隔膜。然则其太息痛恨,力诋狂詈,正自有故……一发泄旧愤,一排挤旧人,夫然后目的可偿,总理可望。其手段奇,其用心苦矣!"[133]

宋教仁在报纸上与"匿名氏"公开论战,不少人劝他小心一点,宋教仁听罢笑得眼泪都出来了——他狂笑不止之时,距遇刺身死不足一天:

> 三月二十日那一天,我到他处坐谈,于佑任和陈其美也来了。于右任对宋说:"这几天不再见有匿名氏的反驳了。"宋靠在沙发上,仰天大笑地说:"从此南人不复反矣。"语后,又狂笑不止。他的眼角上都笑出泪来了。我过去还没见他如此狂笑过,足见他得意忘形的情形。陈英士(陈其美,字英士)便插嘴说:"钝初,你不要快活,仔细他们会用暗杀的手段对付你。"宋更加狂笑说:"只有我们革命党人会暗杀人,哪里还怕他们来暗杀我们呢?"于右任也警告他说:"的确你要仔细。你明天晋京,还是坐海船去比较稳妥些。"宋说:"那太慢了。我一定坐津浦路火车去。"[134]

宋教仁嫌轮船慢的原因是:根据袁世凯三月十九日发布的命令,民国国会将在四月八日正式开幕,而国民党已经在选举中取得了胜利,宋教仁回京组阁的心情极其迫切。袁世凯发布命令的第二天,他就决定立即北返,临行前友人再次提醒他小心,宋教仁说:"无妨。吾此行统一全局,调和南北,正正堂堂,何足畏惧。国家之事,虽有危害,仍当并力赴之。"[135]

总在"并力赴之"的宋教仁,也许在中弹的那个瞬间,才感到了茫然无助。

带毒的子弹足以证明有人决心把他从这个世界上彻底清除。

国民党人黄兴和陈其美,联名致函上海公共租界总巡捕卜罗斯和闸北警察局长龚玉辉,请他们全力缉拿真凶,并承诺赏银一万元。重赏之下,租界总巡捕房和闸北警察局的侦探们倾巢出动,当天便掌握了一条重要线索:国民党人张秀全报告,前几天一个字画商对他的卫兵邓文斌说,刺杀一个人可得千元,并保证万一被捕后无事,问邓干不干,邓没有答应。根据这条线索,侦探们找到了那位字画商,字画商说一个姓应的人请他寻一个胆大之人,姓应的还拿出一张照片说要杀的就是这个人,字画商记得照片的背后有"宋渔父"三个字。宋教仁,号渔父。侦探们迅速查明那个姓应的名叫应桂馨,前清时是上海的一个大流氓,曾花钱捐过一任候补知县。大清王朝垮台后,他在上海军政府当过谍报科长,又到南京临时政府卫队混过一阵子,后投靠袁世凯的内务部秘书洪述祖,当上了江苏省巡查长和共进会长。巡警随即在一家妓院将应桂馨逮捕,并在应公馆内将那个胆大的凶手武士英抓获。从应公馆内搜出的证据是:手枪两支,应桂馨与洪述祖以及赵秉钧的往来密电若干。

案件真相大白,武士英对受应桂馨指派带四名凶徒到火车站行刺宋教仁供认不讳。然而,在应公馆搜查出的函电不但证明应桂馨确是坐镇上海指挥刺杀的主犯,也将中华民国内阁总理赵秉钧和临时大总统袁世凯牵涉成重要嫌犯。

全国舆论大为震惊,国民党人如梦初醒。

三月二十五日上午,从日本归来的孙中山抵达上海。

当晚,国民党人在黄兴寓所召开了紧急会议。

关于国民党高级领导人对宋案所持的处理意见,史料记述相互矛盾。《民立报》载:"至黄克强先生家,相见泪下,谓不意海外归来,失此良友,为党为国,血泪皆枯。并言此事务须彻底根究。惟吾人对于此案,尤当慎重,一以法律为准绳。"⑬按照此说,孙中山认为,应该走法律程序对此案予以追究。这一说法被日本驻上海领事发给国内的电报所证实:"先生在谈话中表示,宋教仁暗杀事件,事颇重大。昨朝返沪以来,根据收到之报道,其数虽少,而出自袁世凯唆使之证据,历历在目……袁以大总统之高位,尚用此种卑劣之手段,实所不能容忍。就本人而言,亦早已一步亦不退让。昨日以来,与党之有力者,决意无论如何按正当之手段诉之于世界之公议。即考虑使议会按照预期集会,一开头即弹劾袁之丧失立场,而假若我党主张之政党内阁方针得到贯彻,则陈述大总统乃一傀儡而已,任何人均可当之。"[137]但是,根据孙中山自己的回述,当黄兴等人主张法律解决时,他曾坚持主张武力解决:"及至宋案发生,一般同志非常愤激,然亦未有相当办法,遂联同致电日本,促我回国。我回上海时,见得宋教仁之被杀,完全出于袁世凯之主使,人证物证皆已完备"。"于是一般同志,问我有何办法?我谓事已至此,只有起兵。因为袁世凯是总统,总统指使暗杀,则断非法律所能解决,所能解决者只有武力。但一般同志误以为宋教仁之被杀是一人之事,遂以为不应因一人之事而动天下之兵,我极力劝各位同志,要明白宋教仁之被杀并非一人之事,切勿误认,除从速起兵以武力解决之外,实无其他办法。"[138]

按照陈其美的回述,孙中山就处理宋案提出两个办法:一是与日本人联合,以便在孤立袁世凯的同时,增强国民党人的实力。二是迅速开战,因为袁世凯掌握着国家政权,可以发号施令调兵遣将,国民党人只有"出其不意,攻其不备",以迅雷不及掩耳之势先发制人。孙中山决心再次革命,理论上是正确的,但他必须面对这样一个现实:现在的国民党,已不是昔日具有革命精神的同盟会,不但内部涣散分裂,不少党员由于当上了薪水很高的议员而不再有革命热情。况且,如果需要使用武力,国民党掌握的"武力"又在哪里?现在已是民国,袁世凯固然不遵守法律,可国民党人起兵造反是否合法?更重要的是,依靠日本人的力量将袁世凯赶下台是一个危险的念头。孙中山为此真的约见了日本驻上海总领事,希望各国对袁世凯施加压力。日本总领事认为这样做似有不妥,有干涉中国内政的嫌疑。孙中山的回答令日本总领事大吃一惊:"压力虽迄未实行,怯懦之袁世凯或可能直接透露退让之意,然则允诺与十分之名誉使之退却而获圆满之解决,此在具有半独立国外观之中国而言,殆不属于干涉内政也。"[139]且不说中国近代以来的历史足以证明,对列强,特别是对日本人抱有幻想将给中华民族招致远大于暗杀一个党人的灾难,仅就孙中山并不认为此时的中华民国是一个完整的主权国家而只是个"半独立国"而言,以及对袁世凯在外国人的压力下很可能"退让"这一政治判断上看,孙中山的幼稚令人咋舌。

国民党人开始寻求法律上的解决。

因为证据确凿,公共租界法庭将案件移交中国法庭审理。按照黄兴、陈其美等人的主张,拟在上海成立特别法庭公开审理此案,但这一建议受到总统府秘书长梁士诒和司法总长许世英的反对,案件只好交给上海地方检察厅审理。就在上海地方检察厅准备开庭的时候,凶手武士英突然在狱中死了。黄兴和陈其美忍无可忍,在他们的强烈要求下,武士英死后的第二天,江苏都督程德全和民政厅长应德闳向社会公布了宋案的主要证据,共四十四件。这一无奈之举旨在将案情真相暴露于光天化日之下。公布的证据中,涉及总理赵秉钧和临时大总统袁世凯的部分,是应桂馨、洪述祖在刺杀案发生前后的部分来往函件。如果这些函件是真实的话,无论在这个世界上的哪个国家,无论这个国家的政体是民主立宪还是帝王专制,也无论这个国家的法律如何软弱无能,赵秉钧和袁世凯也都难逃雇凶杀人之罪:

> 二月一日,洪述祖致应犯函,有"大题目总以做一篇激烈文章,方有价值"等语。
>
> 二月二日,洪致应犯函,有"要紧文章,已略露一句,说必有激烈举动,吾弟须于题前经密电老赵,索一题目"等语。
>
> 二月四日,洪致应犯函,有"冬电致赵处,即交兄手,面呈总统。阅后色颇喜。说弟颇有本事,既有把握,即望进行云云。兄又略提款事,渠说将宋骗案情及照出之提票式寄来,以为征信。望弟以后用川密与兄"等语。
>
> 二月二十二日,洪致应犯函,有"来函已面呈总统总理阅过,以后勿通电国务院。因智老已将应密电本交来,恐程君不机密,纯令归兄一手经理,请款总要在物件到后,为数不可过三十万"等语。
>
> 三月十四日,应犯致洪述祖应密寒电,有"梁山匪魁,顷又四处扰乱,危险实甚。已发紧急命令,设法剿捕。乞专程,候示"等语。
>
> 三月十九日又致应犯电,有"事速进行"一语。
>
> 三月二十日半夜两点钟,即宋前总长被害之日,应犯致洪述祖川密号电,有"二十四分钟所发急令已达到,请先呈报"等语。
>
> 三月二十一日,又致洪川密个电,有"号电谅悉。匪魁已

灭,我军一无伤亡,堪慰。望转呈"等语。

三月二十三日,洪述祖致应犯函,有"号个两电均悉,不再另复。鄙人于四月七号到沪"等语。[140]

由于主要案犯洪述祖尚未逮捕,加上北京方面处处阻挠,宋案迟迟无法开庭。神经最紧张的当属总理赵秉钧。宋教仁被刺的消息传到北京时,他正在主持内阁会议,听闻消息后"大惊变色"。不一会,他便被袁世凯召去了。赵秉钧走后,司法总长许世英突然问在场的阁员们:"院中近来曾接上海密电否?"秘书恩华回答说,曾接到过一次,但电报所用密码的专用密码本只有总理才有,他曾到总理处取来译电,内容仅有"某日到沪"一句。只是,当他把译出的电报和密码本一起呈给总理时,总理说:"以后如有特别密电来院,其密电本不在秘书厅者,即将原电径送我处自译。"自那以后,就不见有上海的密电了。事后得知,总理秘密之事均由内务部洪述祖等秘书办理。[141]

国民党人要求赵秉钧接受质询,赵秉钧托辞有病坚决不去。

上海地方检察厅传唤赵秉钧来沪,袁世凯恼羞成怒地对赵秉钧说:"他传他的,你干你的,看他其奈你何。暗杀一个人,他们就这样闹。马上我大举南征,少不得整千整万地杀,看他们其奈我何。"[142]

突然间,上海街头开始流传一则骇人的消息:宋案的真正凶手是黄兴和陈其美,这两个人已组织了一个名叫"血光团"的恐怖组织。紧接着,一位名叫周子儆的人,自称是女子暗杀团团长,说她奉了血光团团长黄兴的命令从事政治暗杀,现在幡然悔悟,所以自动到北京地方检察厅自首。北京地方检察厅据此委托上海租界法庭传唤黄兴出庭对质。谁知,黄兴一经传唤立即到庭,并表示以后随传随到。黄兴说:"诬蔑我个人之不足惜,危害中华民国则大足惜。"[143]

宋教仁被刺案的本来面目开始变得模糊起来。

袁世凯是否是宋教仁被刺案的主使者史无定论。

宋案发生后,袁世凯一个劲地喊法纪何在,他电饬江苏都督程德全、民政厅长应德闳:"穷究主名,务得确情,按法严办。"[144]但是,当赵秉钧委托京师警察总监王治馨前去接受国民党人的质询时,面对国民党人的群起攻之,王治馨当场表示:"杀宋决非总理,总理不能负责,此责自有人负。"谁知这句话第二天就见了报,袁世凯看后十分愤怒:"如此措词,太不检点,王治馨可恶,赵总理何以任其乱说,登报后也不声明更正。"⑬——王治馨仅说了一句"自有人负责",怎么就令袁世凯声色俱厉呢?

史料中记载着洪述祖与袁世凯的两次见面,还是那个京师警察总监王治馨说的:

> 民国二年三月二十九日,偕程仲渔(程克,字仲渔)访赵智庵(赵秉钧,字智庵)。王奇裁(王治馨,字奇裁)亦在。王云:"洪述祖于南行之先,见总统一次。说:'国事艰难,不过是二三反对人所致,如能设法剪除岂不甚好?'袁曰:'一面捣乱尚不了,况两面捣乱乎?'话止如此。钝初(宋教仁)被难后,洪自南来,又见总统一次。总统问及钝初究竟何人加害,洪曰:'这还是我们的人替总统出力。'袁有不悦色,洪出府即告假赴天津养病。"仲渔加一句说:"哪里是养病,借此逃脱耳!"⑭

京师警察总监王治馨很快就被袁世凯处决了,原因是贪污五百块大洋。

宋案涉及的人,除凶手武士英莫名其妙地死在狱中外,其余的人后来也都死得稀里糊涂。

应桂馨被一帮流氓从狱中劫到了山东青岛。不久,他因为自己没有在此事件中获利而心有不甘,于是通电全国要求给他平反,并跑到北京要求袁世凯履行付给他报酬的承诺。袁世凯本来想给他一笔钱了事,但这个狂妄的家伙坚决要求一枚勋章。袁世凯火了。一九一四年三月的一天,应桂馨在北京的住宅遭到搜查,他明白大事不妙,赶快离开了北京,但他跑得不够快,被军法处的侦探长郝占一和侦探王双喜杀死在津京列车的头等车厢中。

这两个杀死应桂馨的侦探不久也死了。侦探长郝占一后来被派往山西任职,被袁世凯任命的山西都督,即那个杀死张振武的军法处长陆建章所杀。而陆建章后来被袁世凯的亲信徐树铮所杀。另一个侦探王双喜死得更加离奇,据说他听闻郝占一被杀后,在北京的一家旅馆里精神失常,于幻觉丛生中没有任何明白原因地死了。

洪述祖谨慎得多,他一直避居青岛,直到一九一八年才化名定居上海。但是,因为一桩债务,他到租界巡捕房交涉,恰恰撞上了昔日宋教仁的秘书刘白和宋教仁十五岁的儿子宋振吕,洪述祖径直被送到了法院。被转送北京后,法院以主使他人杀人的罪名,于一九一八年四月判他无期徒刑。洪述祖不服,提出上诉,重新审理后改判为绞刑。施行绞刑时,本来不该尸首分离的,洪述祖的脑袋却被绳索活生生地拽了下来,堪称一件怪事。

总理赵秉钧辞职后,曾就任直隶都督。当他得知应桂馨在火车上被杀时,因为那列火车行驶在他管辖的地盘上,他没有请示袁世凯便下令缉拿凶手。凶手没缉拿到,一个月后,这位袁世凯昔日的心腹,第一任民国内阁总理,竟然在天津的督署里突然中毒七窍流血即刻死亡,时年五十一岁。

宋教仁被刺案就这样不了了之了。

《泰晤士报》驻京记者莫理循认为,在那样的时候案子调查没有进行下去,反而保住了政府的尊严与民国的声誉,只是像张振武一样,宋教仁的遗体成了"袁世凯走向独裁的另一块垫脚石"。

一九一三年四月八日,中华民国第一届国会如期开幕了。

是日,参、众两院的议员们个个满面红光,精神饱满。两院共八百七十个席位,当天参议院到会一百七十九人,众议院到会五百零三人,共计实到六百八十二人。内阁总理和中外来宾列席会议,袁世凯没有出席,他派来的是总统府秘书长梁士诒。上午十一点,国会开幕典礼开始,礼炮鸣一百零八响。轮到梁士诒代表袁世凯致词时,出了乱子。议员们以袁世凯没有到会为由,拒绝梁士诒为其代读贺词,梁士诒尴尬地在台上站了一会儿,只好把袁世凯的贺词放在讲台上,然后下台了。

袁世凯的贺词是:

> 中华民国二年四月八日,我中华民国第一次国会,正式成立,此实四千余年历史上莫大之光荣,四万万人亿万年之幸福。世凯亦国民一分子,当与诸君子同声庆幸!念我共和民国,由于四万万人民心理所缔造,正式国会,已本于四万万人民心理所结合,则国家主权,当然归之国民全体。但自民国成立,迄今一年,所谓国民直接委任之机关,事实上尚未完全。

1911

今日国会诸议员,系国民直接选举,即系国民直接委任,从此共和国之实体,藉以表现,统治权之运用,亦赖以完满进行。诸君子皆识时俊杰,必能各抒谠论,为国忠谋。从此中华民国之邦基,益加巩固,五大民族人民之幸福,日渐臻进,同心协力,以造成至强大之民国;使五色国旗,常照耀于神州大陆,是则世凯与诸君子所私心企祷者也。谨至颂曰,中华民国万岁!民国国会万岁!⑭

袁世凯特别强调了"直接选举",因为他知道自己将面临一个重要的关节点:中华民国国会一旦开幕,就意味着北京临时参议院解散,意味着他这个临时大总统不复存在。此刻的袁世凯连议员都不是,真的只是"四万万国民之一分子"而已。

从善良的意愿上设想,国会开幕后,公平地选举两院议长,选举正式大总统,从而建立起公正、高效的政府,以便得到各国的承认,展开国内的各项建设,民国的历史就能走上正轨了。但是,当国会开始选举两院议长时,人们目睹的却是烽烟滚滚的战斗场面。首先,是采用记名投票还是无记名投票,议员们为此打得昏天黑地。共和党、民主党和统一党抱成一团,坚决主张无记名投票,说这是民主的重要原则;可国民党坚决主张记名投票,理由是防止有议员受贿舞弊。争吵持续了半个月,仍未分出胜负。最后,只有用投票来决定选举议长的投票方式。结果是:参议院议长选举采用记名式,众议院议长选举采用无记名式。四月二十五日,国民党在参议院议长选举中大胜,用记名方式选出的正、副议长张继和王正廷都是国民党人。众议院议长选举时,尽管国民党员议员占据多数,但第一次投票,民主党的汤化龙和国民党的吴景濂得票都未超过半数,第二次投票仍旧如此,第三次投票形势突转,汤化龙战胜了国民党人吴景濂当选,而副议长是共和党人陈国祥。

两院议长选举中充斥着行贿受贿,议员买卖成为当时的时髦行当,且价格极其不稳定:

> 二十一、二十二日,脱党者不过五千元,跨党者不过三千元,投汤者不过两千元。及以后,价忽飞涨,且皆现洋交易,概不赊欠。此时脱党、跨党已不成问题,专门营业注重买票,一

票竟有居奇至万元者。三十日早,竟许某君以陆军中将,并现洋两万元。更托某君做捐客,临时一万元一张,购得四票,而国民党乃完全失败。其诱人之法,更有奇者,如逢投票之日,倘不出席,游万牲园一日,则送洋一千元,打麻雀或投废票一张,亦送洋一千元。[148]

中国人的上流社会——那些身穿礼服面目光鲜的绅士们——口诵道德时风雅端庄,下手交易时面目狰狞。

议员们有理由在本职岗位上表现得殚精竭虑。

民国议员的薪水和津贴高得吓人。英文《北京日报》为民国议员的日常支出列了一张预算表,其中表示数额的货币种类为美元:一辆胶皮轮马车的租金,一百;房租,一百;私人秘书的工资(可能是其连襟),四十;会计的工资(可能是其小妾的兄弟),五十;仆役的工资(可能是其舅舅),四;两名门房的工资,八;四名厨师和仆人的工资,十六;两名女仆的工资,十;妾用的新式胶皮轮马车的租金,一百四十;妾的支出,一百;妾的马车夫所需衣服及消费,八十;为获得议长职位设宴款待宾客的费用,二百;向当地报界行贿,一百;歌舞厅的享用,一百;给妓女的礼物和小费,三百;香烟,八十;威士忌等洋酒,八十;赌博,一百;梳洗用具费用,十;公共浴池、理发等费用,三十;药品等,一百二十;女仆的小费等,二十一。参议员们自己投票,通过了参议员年薪为六千美元的议案。英文《北京日报》指出:中国的议员们把大部分钱财挥霍在前门外的妓院里。为此,每天都有一位敲钟人在妓院外来回走动,以提醒议员们"回到议院去履行职责",而京城里的报纸对这位敲钟人的尽职大加赞赏。[149]

袁世凯也没闲着,他派人去天津,将大人物梁启超请到了北京。

袁世凯对梁启超仰慕已久,国内的绅士们以及知识分子更是对梁启超抱有热望。一九一二年十月八日,当流亡多年的梁启超从日本抵达天津时,他受到了英雄般的欢迎。从政界要人到黎民百姓,每天前来拜见他的人达数百次。张謇、黄兴等人也赶到天津,希望与他见上一面,等候三日,梁启超也没能挤出时间。梁启超策划着将共和党与民主党合并,组成一个能够与国民党抗衡的大党。回国半个月后,他到达北京,欢迎的盛况比天津更烈,袁世凯专门设宴款待,并与之私下会晤甚久。袁世凯承诺:每月付给梁启超生活费三千元;如果他能够成立一个大党,就资助二十万元的活动经费。社会各界的欢迎和崇拜,袁世凯的礼遇和厚待,这一切都让梁启超有些飘飘然,他发现即使他一向反对的暴力革命取得了成功,即使他极力主张的君主立宪没能实现,他在国内依旧有着比孙中山高得多的知名度。在写给女儿的信中,梁启超的受宠若惊跃然纸上:

> ……都人士之欢迎,几于举国若狂,每日所赴集会,平均三处,来访之客,平均每日百人。吾除总统外,概不先施,国务员自赵总理以下至各总长,旧官吏如徐世昌、陆徵祥、孙宝琦、沈秉堃之流,皆已至,吾亦只能以二十分钟谈话为约……此十二日间,吾一身实为北京之中心,各人皆环绕吾旁,如众星之拱北辰。其尤为快意者,即旧日之立宪党也。旧立宪党皆以自己主张失败,嗒然气尽,吾在报界欢迎会演说一次,各人勇气百倍,旬日以来,反对党屏息,而共和、民主两党人人有哀鸣思战斗之意矣。国民党经此刺激,手忙脚乱,其中大部分人皆欲来交欢,其小部分则仍肆攻击,党中全无统一,狼狈之态尽露……此次欢迎,视孙、黄来京时过之十倍,各界欢迎皆出于心悦诚服,夏穗卿丈引《左传》言,谓国人望君如望慈父母焉。盖实情也。孙、黄来时,每演说皆被人嘲笑(此来最合时,孙、黄到后,极惹人厌,吾乃一扫其秽气),吾则每演说令人感动,其欢迎会之多,亦远非孙、黄所及……然吾实不能居京,居京则卖身于宾客而已。吾从今日起,拟谢客十日,未知能否?然所欠文字债,已如山积,亦非能安逸矣。吾相片即印一百张寄来,商报密码、美洲密电码亦寄来……⑭

这位自戊戌年间一直试图推动中国历史前进的人物,国人不但需要聆听他的言论,阅读他的文章,还需要看见他的形象。

得到袁世凯的支持后,梁启超为组党之事而努力。四月十六日,他参加了共和党、民主党和统一党联合举办的恳亲大会,他呼吁大家尽快实现联合以在议会斗争中增强实力。三党在两院议长选举中,已看到了与国民党抗衡的重要,于是很快达成一致意见。五月二十九日,三党举行党员大会,宣布三党合一成立进步党。进步党的纲领是:一、取国家主义,建立强善政府;二、尊人民公意,拥护法赋自由;三、应世界大势,增进平和实利。大会选举黎元洪为理事长,梁启超、张謇、伍廷芳、孙武、那彦图、汤化龙、王赓、蒲殿俊、王印川为理事。

至此,民国完成了两党政治的构架,实现了两党政治的目标。

毫无疑问,这是袁世凯愿意看到的结果。

在袁世凯看来,所谓两党对峙,一个党是他可以操纵的,一个党是他有能力肢解的,至于何时操作与何时肢解由他决定。

梁启超为组成进步党而奔波,国民党在为法律解决宋案而呼号,谁也没注意袁世凯突然作出了一个重大决定:四月二十六日,在未经国会讨论通过的前提下,他私自与英、德、法、俄、日五国银行团签订了高达两千五百万英镑的借款合同。消息一经传出,黄兴当即通电反对借款,参议院国民党议长和副议长张继和王正廷也通电表示反对。二十九日,国民党人占据优势的参议院正式否决了借款合同。接着,湖南都督谭延闿、江西都督李烈钧、安徽都督柏文蔚和广东都督胡汉民——四位国民党都督——联名通电反对。孙中山更是致电各国政府,呼吁不要借款给袁世凯——国民党人反对的不是借款本身,而是总统蔑视国会存在的擅自行为。如果任袁世凯凌驾于国会之上,国民党人在国会占据的优势还有什么政治意义?刚刚组建的进步党,为了迎合袁世凯的意图,对剑拔弩张的时局提出了三点主张:一、拥护袁为正式大总统的唯一人选;二、大借款不能反对,只可监督用途;三、宋案靠法律解决。

五月三日,袁世凯发文为宋教仁案和大借款合同定了性,并命令各省军政当局维持治安:

> ……近日迭接各处电文,语极离奇,淆人耳目。一为前农林总长宋教仁被刺案,因洪述祖与应夔丞来往函件,影射国务总理赵秉钧;一为五国借款告成,误认议院未经通过,并疑及监督财政,视虎杯蛇,深堪骇异。宋教仁被刺一案,业经赵秉钧通告说明,五国借款一案,亦由财政总长详细宣布,阅者酌理准情,当能了然于两事之真相。乃有不问是非,不顾虚实,竟将立法、行政、司法各机关一笔抹倒,凭个人之成见,强举世以盲从,直欲酿成绝大风潮,以遂其颠覆政府、扰乱大局之计,

岂共和国民当如是耶？……为此通令各省督、民政长，通行晓谕，须知刑事案件，应俟司法机关判决；外债事件确经前参议院赞同，岂容散布浮言，坐贻实祸。本大总统有维持治安之责，何敢坐视扰攘，致无以对我国民也。此令！[151]

同一天，袁世凯通令严查图谋发动"二次革命"的不轨党徒，称近日看到外电报道有人在上海募捐筹款，企图发动"二次革命"颠覆中央政府。虽然只是传闻，岂能坐视以待，倘若真如外电所言，"奸人乘此煽乱，酿成暴动，则是扰乱和平，破坏民国，甘冒天下之不韪"。本大总统在任一天，就有"捍卫疆土，保护人民"，"除暴安良，执法不贷"之责。因此特令各行省都督、民政长，如遇"不逞之徒，潜谋内乱，敛财聚众，确有实据，立予逮捕严究"。[152]

袁世凯之所以向列强借款，主要目的是筹集军费和购买武器，其军事镇压部署已经制定完毕：北洋军将于汉、津浦两铁路线集中，对湘、赣、皖、苏发起作战，并以海军策应长江沿岸。在完成基本的军事调动后，袁世凯的态度强硬起来。五月十五日，他取消了黄兴的陆军上将的资格；六月九日至三十日，他接连罢免了三个由国民党人任职的省级都督，即江西都督李烈钧、广东都督胡汉民、安徽都督柏文蔚。袁世凯已经可以公开威胁国民党了。

……现在看透孙、黄，除捣乱外无本领。右是捣乱，左又是捣乱。我受四万万人付托之重，不能以四万万人之财产生命听人捣乱。自信政治军事经验，外交信用不下于人，若彼等力能代我，我亦未尝不愿，然今日诚未敢多让。彼等若敢另行组织政府，我即敢举兵征伐之。国民党诚非尽是莠人，然其莠者，吾力未尝不能平之……[153]

面对袁世凯的咄咄逼人，"国民党同志意见分歧，纷扰于内；敌党政客皆倾向于袁世凯，构陷于外——事实上南方人心涣散，军事上已成被动局面"。[154]孙中山让胡汉民在广东发难，胡汉民以时机未到予以拒绝；孙中山又命陈其美宣布上海独立，陈其美说上海是个小地方很难与袁世凯抗衡。而黄兴不主张武力解决，因为国民党人并没有武力对抗袁世凯的任何准备。就在这时候，国民党人汪精卫、蔡元培自欧洲回国,他们立即与张謇等人一起试图调和南北矛盾,以避免战争。六月十二日,张謇致电袁世凯,表示拟请大总统发令"禁止谣传",声明孙中山与黄兴决不会"破坏民国大局"。[155]张謇还向袁世凯报告了他和汪精卫草拟的调和条件:一、为顾全大局,国民党将"决举袁公为正式大总统";二、被罢免的都督"临时期内暂不撤换";三、宋教仁遇刺案问罪就到洪述祖、应桂馨为止,不再主张赵秉钧到案接受质询。张謇明确表示,以上条件当面给孙中山、黄兴和蔡元培看过。袁世凯回电:"自共和成立以来,待遇伟人(指孙、黄)倾诚结纳……倘伟人果肯真心息兵,我又何求不得。如佯谋下台,实则猛进;人非至愚,谁肯受此?"[156]

袁世凯已经不愿意退让了。

一九一三年六月十二日,孙中山交给黄兴五万元,让他部署讨袁军事行动。黄兴即刻在上海、南京等地进行布置,同时派人到湖北组织机关,谭人凤则回到湖南运动军队。

国民党人知道他们已无路可退。

七月十二日,在孙中山的策划下,李烈钧潜回江西湖口,成立了讨袁总司令部,发布了讨袁檄文:

> 民国肇造以来,凡吾国民,莫不欲达真正共和目的。袁世凯乘时窃柄,帝制自为。灭绝人道,而暗杀元勋;弁髦约法,而擅借巨款。金钱有灵,即舆论公道可收买;禄位无限,任腹心爪牙之把持。近复盛暑兴师,蹂躏赣省,以兵威劫天下,视吾民若寇仇,实属有负国民之委托。我国民宜亟起自卫,与天下共击之![157]

该日,讨袁军和北洋军在江西德安接战,史称"二次革命"爆发。

在被袁世凯称为"四千余年历史上莫大之光荣"的中华民国第一届国会中,参、众两院的议员以国民党人为多数,且参议院的正、副议长都是国民党人,国民党作为第一大党几乎可以被视为执政党。可是国会刚开幕几个月,这个党却与政府开始了武力对抗,这样的历史着实让人心绪如麻。

只是,无论如何,愤怒的国民党人——至少是一部分国民党人——发扬着昔日同盟会用几颗自制炸弹和几支手枪就对一座城池发起进攻的精神,决心为他们的政治荣誉而战!

共和舞会

孙中山以袁世凯任命的"全国铁路督办"的头衔访问日本归国不足百日,便以袁世凯下令通缉的政治犯的身份再次奔向了那个岛国。

由孙中山主导的"二次革命",自发动到失败,就时间之短促和行为之草率而言,甚至算不上一次革命。

无论政治还是军事,国民党都没有与袁世凯抗衡的实力。

国民党的力量主要集中在南方五省。

广东方面,自胡汉民任都督后,副都督陈炯明与他面和心不和,袁世凯又有意任命陈炯明为广东护军使,不但加强了他的实权,也刻意扩大了两人的矛盾。广东军队只有两个师加一个旅,兵力单薄,而驻守梧州的副护军使龙济光,是袁世凯安插在南方的一支机动部队,随时准备应对不测。胡汉民被袁世凯撤职后,被任命为西藏宣慰使,他不但没有拒绝,还向袁世凯请示赴藏方略,并申明国民党人在借款问题上的抗争仅属谏言性质。袁世凯任命陈炯明继任都督后,广东已不可能在革命中承担重任。

江苏都督程德全是一个老官僚,在政治上与国民党没有合作的基础。江苏军队有三个师,第一、第三师兵员残缺,战斗力不强,只有第八师具有一定的作战能力,但师长陈之骥虽然是老同盟会员,却又是袁世凯心腹干将冯国璋的女婿。很难想象一旦发生反袁战斗这位师长将如何表现。扬州有个军长叫徐宝山,是辛亥革命期间自我任命的,南北议和后被袁世凯收买,袁世凯允许他以军长的名义驻扎扬州。为了除掉这个隐患,国民党人冒充古董商人给徐宝山邮寄了一个古瓷花瓶,当徐宝山将邮件箱打开时,里面安装的炸弹爆炸了。但是,袁世凯在江苏还有一个心腹,即江北提督蒋雁行。

安徽都督柏文蔚是国民党人,但驻扎在安徽的第一师师长胡万泰已被袁世凯收买,驻守在皖北的倪嗣冲的淮军也完全听命于袁世凯。

袁世凯早就准备用胡万泰取代柏文蔚,柏文蔚被解除都督一职后,接任者孙多森是大清帝国著名状元相国孙家鼐的侄孙,当年袁世凯任直隶总督时,他曾任直隶劝业道,显然他也必定站在袁世凯一边。

除此之外,湖南都督谭延闿虽是同盟会员,但他不但与进步党关系密切,且与袁世凯和黎元洪都有私密的联络通道。湖南军队的力量也非常单薄,只有一个旅加两个混成团。江西的兵力为两个师加两个团,除其中的一个团较有战斗力外,其余的师、团都是未经过训练的部队,很难承担重大的作战任务。北方的山西都督阎锡山和陕西都督张凤翙,虽然都是在辛亥革命间起到重大作用的同盟会员,但此时都已投靠袁世凯。浙江都督朱瑞与段祺瑞关系密切,福建都督孙道仁是个油滑多变的老官僚,四川、云南和贵州三省都是进步党人的地盘,特别是云南都督蔡锷是进步党的主要领导人,而广西都督陆荣廷向来就对国民党没有好感。

袁世凯最担心的还是湖北。

湖北位居中国国土要冲,是通达南北的枢纽地带,一旦发生武力对抗,黎元洪的倾向至关重要。袁世凯在免除了李烈钧江西都督的职务后,任命黎元洪兼任江西都督,这一任命可谓一箭双雕:首先使国民党人更加痛恨黎元洪,促使黎元洪除了倒向袁世凯之外没有其他选择;其次,将黎元洪调离武汉老巢,是彻底清除来自他的威胁的根本办法。可是,号称老实厚道的黎元洪不会在关系切身利益的事情上犯糊涂,他坚决不肯兼任江西都督,同时给袁世凯发去一封电报,让袁世凯对他放心:"元洪惟知服从中央,长江下游,誓死楮柱,决无瞻顾。倘渝此心,罪在不赦。"但是,黎元洪也不愿在大势不明时与国民党人彻底决裂,所以,他又给黄兴发去一封电报,电文同样信誓旦旦:"元洪与诸公,昔为生死患难之交,今为唇齿辅车之势,感赴援之厚谊,怀通好之真诚,区区此心,万不至舍旧谋新,去近图远。"㊿然而,没过多久,在袁世凯的提议下,黎家的女儿与袁家的儿子订了亲,黎元洪由此与袁世凯成了儿女亲家。

> 李烈钧即去,以欧阳武为护军使,陈廷训为九江总司令,黎元洪兼管江西都督,此亦表面上之事。若其内容,未发表而既定有办法者,则将由黎元洪保段芝贵为江西都督,再调欧阳

武统兵征蒙,而南方军队不利北上,以另调北方军队之名撤销欧阳武军,归段芝贵统辖,而陈廷训则调部听候实用,则江西无心腹之患矣。若粤省以陈炯明督粤,以陈昭常为民政长,俟陈接粤督后,即以龙济光为护军使,则陈炯明所管兵权应归龙济光,而陈炯明即无兵权,则任张鸣岐为广东都督,而陈炯明不待朝下令而夕自去。政府在粤,既有张鸣岐、龙济光、陈昭常三人,以维护粤省,则粤人不足患矣。赣、粤既定,湘、皖直小儿矣,安足患之?⑲

袁世凯之所以必除江西都督李烈钧,除了他是实力最强的国民党都督外,李烈钧的不驯服也是一个重要原因。李烈钧曾未经陆军部批准,私自从日本购买两千支步枪,这种带有谋反嫌疑的违规行为,是袁世凯绝对不能容忍的。步枪运抵九江后,袁世凯下令扣留,李烈钧提出措词强烈的抗议,袁世凯随即任命北洋军官李纯为九江镇守使。当李纯奉袁世凯之命进驻九江时,竟然遭遇李烈钧调兵抵抗。这便是袁世凯免除李烈钧职务时所声称的"调兵运械,进逼鄂边"的罪名来由。

李烈钧被免职前,有人问他对时局的看法,他毫不犹豫地说一定要打仗,但预言国民党一定会在战斗中失败,"因为国民党虽有五省,但是一盘散沙,互无联系,很容易被各个击破。孙、黄二人意见又不一致,孙中山的话很多人都不听"。即使如此,李烈钧还是表示打不赢也要打:"我没有第二条路好走,我不是北洋派,我只有打,这是我的人格问题。"⑳

李烈钧,一八八二年生于江西武宁,一九〇二年考入江西武备学堂,一九〇五年留学日本并加入同盟会。回国后曾到云南讲武学堂任教官。武昌首义爆发时,他先任江西军政府参谋长,后被推举为安徽都督,第二年率军支援武昌时又被推举为江西都督。李烈钧之所以在史上留名,除了他是"二次革命"的首义者之外,一九三六年西安事变发生后,他还是蒋介石为审判张学良而特别设立的军事法庭的审判长。

无论是为"人格"还是为"共和",正值壮年的李烈钧确有起兵讨袁的志向。他联络国民党人控制的几个省拟同时发难,但各省反应冷淡,这令他颇感失望。他前往上海面见孙中山,孙中山极力鼓动他的信心,李烈钧随即秘密潜回湖口,公开宣布与袁世凯武力相对。

由于李烈钧的部队与袁世凯的李纯部早已处于对峙状态,因此在他宣布成立讨袁军的那一天,即一九一三年七月十二日,战斗即刻就打响了。

这是南北议和后,中国的南北两军又一次武力相拼。

李烈钧的部队分成左右两翼:左翼军由林虎率领,右翼军由方声涛率领,向李纯部实施夹击。左翼军作战顺利,数百名广西籍士兵凶猛过人:"林虎部队钦廉人多,冲锋起来把衣服脱光,只挂子弹袋,十分勇猛。当时有两名日本士官学校教官在那里参观,回来在报上发表文章,深赞他们勇敢善战,给林虎以一个飞将军的称号。"[161]可是,随着战斗的继续,形势因为前线一个营的反叛急转直下。右翼部队本准备一鼓作气打进九江城,但方声涛认为在左翼攻击不顺的情况下,右翼贸然突进容易成为孤军,遂命令部队暂时停止攻击。攻击再次发动的时候,李纯部已经增强了兵力,身先士卒的团长周璧阶中弹牺牲,士兵们都说他的死与他的漂亮军装有关:

> 周团长璧阶因为他带的兵新编成不久,不大认识他。他带着金边军帽,金领章,挂着参谋带,手拿着雪亮反光的战刀,带着人在阵地上猛冲。他这样打扮,是为了带动自己的官兵跟着他上前的,不料被敌人所注意,集中火力向着他打。当他站立起来,手拿军刀指向敌人叫前进的时候,飞来一弹,打掉了他的军刀,穿过了他的心脏。士兵把他抬下来,他便停止了呼吸。因周团长阵亡,军心有些动摇。跟着,队伍内部就有被陈廷训收买的奸细带领了一大部分人绕侧路走到金鸡坡炮台投降敌人去了。这一场战斗就此完结。[162]

袁世凯任命段芝贵为第一军军长兼江西宣抚使。

此前,拱卫军总司令段芝贵刚刚被任命为察哈尔督统。

二十三日,第一军主力向"二次革命"的大本营湖口发起总攻,湖口要塞司令陈廷训被收买,在讨袁军背后开始了炮击,腹背受敌的讨袁军被迫放弃湖口。

李烈钧收容退兵回到南昌。

由于湖口已失,南昌无险可守,段芝贵部一路向南推进,讨袁军的两翼部队终因坚持不住而溃散。

八月十八日,南昌失守,李烈钧开始了逃亡。

按照孙中山的承诺,李烈钧在湖口宣布反袁后,南方各省将会响应而形成大势。然而事情的进展并不尽如人意。南京是国民党人控制的核心,至少江苏应该首先响应,可江苏受制于程德全的掌控,加上张謇的势力遍布各地,致使军界的态度始终暧昧不明。到了被迫起事的那一刻,江苏军界认为他们的武器弹药全靠上海制造局供应,现在上海制造局被袁世凯控制着,所以必须上海方面首先占领制造局,江苏才可能在有补给保障的情况下宣布响应。此时,上海的陈其美认为,动员他可以掌握的陆军和海军,攻击守卫制造局的一个团应该不成问题。可是他很快就发现自己过于乐观了:曾经表示反袁的海军临时变卦,原来准备响应的陆军也态度消极,陈其美调宁波的一个旅来上海参战,但这个旅说上海没有宣布参战,从宁波到上海打仗师出无名。孙中山心急如焚,派人秘密策动南京军队的几名军官。南京第八师的高级军官们本来倾向反袁,只是出于种种利弊正犹豫不决,他们听了孙中山的策划后万分紧张。孙中山的行动计划是:让国民党人带两万元钱潜入第八师内部,运动几个营、连长把第八师那个政治态度不明的师长陈之骥杀了,然后宣布独立,并请孙中山到南京来主持军事行动。第八师的两个旅长王孝缜和黄恺元认为,如果内部发生自相残杀,等于自取灭亡;与其相互残杀,不如一致对敌。他们嘱咐知情人严格保守秘密,特别是不能让脾气暴躁的陈师长知道,然后火速赶到上海去找黄兴。两位旅长向黄兴表示,事到如今只有起兵反袁,但黄兴必须亲自到南京指挥,并担任南京讨袁军总司令,这样第八师才能稳定军心。两位旅长还恳求黄兴,无论如何不能让孙中山来南京,他们预言一旦让孙中山指挥,第八师肯定会陷入混乱。黄兴认为,到了放弃和平解决的时候了,无论条件如何不成熟,自己也必须站出来战斗。他也认为不能实施暗杀陈师长的计划,因为那必将导致反袁行动尚未进行,而第八师自己先打成了一锅粥。有史料显示,正准备前往南京的孙中山找黄兴谈过一次话,黄兴坚决制止孙中山前往南京,并表示自己愿意代他亲赴前线。这次谈话成为孙中山与黄兴之间产生裂痕的主要事件之一。

此事,黄兴在给孙中山的信中有所回顾:

> 后以激于感情,赣省先发,南京第八师为先生运动营长数人,势将破坏。先生欲赴南京之夕,来弟处相谈,弟即止先生不行。其实第八师两旅长非绝对不可,不过以上海难得,致受首尾攻击之故。且先生轻身陷阵,若八师先自相战斗,胜负尚不可知,不如保全全城之得计。故弟愿以身代先生赴南京,实爱重先生,愿留先生以任大事。此当时之实在情形也。⑯

始终伴随孙中山和黄兴左右的章士钊认为:孙中山的计划不但是一次冒险,且具有极大的破坏性;黄兴被迫去南京组织起事,不但是"痛哭出师"之举,且是"披肝沥血"的英雄行为:

> 上海计事,孙急而黄缓。然黄先生之缓,盖深悉其军力及错综之情状而为之,非得如孙先生径情而直行也。计其时可用之兵力,湘、粤均摧毁无余,已使两先生同为痛心,所剩者只区区南京第八师耳。此区区者,孙先生遽欲欹动其营连长,戕杀师旅长,冒险以求一逞。夫未加遗一矢于敌人,先喋血于萧墙之内,此何等惊险前景! 黄先生所为痛哭出师,谓身代先生以赴敌,留先生领大事者,真披肝沥血,万分情迫之言,可为知己道,而难求谅于后人者也。⑯

抵达南京后,黄兴于七月十四日召开军事会议。参加会议的有江苏第一师师长章梓、第七师师长洪承点、第九师师长冷遹和第八师师长陈之骥——显然,陈师长并不知道孙中山要杀他的计划,否则他绝不可能心平气和地坐下来开会。会议决定由第九师加上第八师的一个团,配置在铁路沿线阻击江淮宣抚使冯国璋的南下部队;第一、第七师部署在淮、扬一带防守长江要塞,同时阻击江苏督军张勋的南下部队。十五日凌晨,第一师切断了江苏都督府的电话线,第八师开进了都督府,士兵们的喧哗把程德全从梦中惊醒了。黄兴随即向程德全说明讨袁大义,请求他的协助。第八师师长陈之骥等人竟然跪下恳求程德全,程德全一时失语。两天前,程德全得到袁世凯的通知,说有人密告南京企图起兵造反,要求程德全协助南下军队平息叛乱。程德全已经倾向于袁世凯了,现在面对荷枪实弹的士兵,一时间有点不知所措。支吾片刻后,他答应协助讨袁。黄兴随即请章士钊起草讨袁通电,宣布江苏独立,并以程德全的名义委任黄兴为江苏讨袁军总司令。可是,没过几天,程德全就以治病为由跑到上海去了,并在上海发表声明说,南京的独立与他无关,他还致电北京参、众两院陈述自己被黄兴胁迫的情形。

十六日,黄兴再次召开军事会议,会议作出了一个令人意外的决定:推举岑春煊为各省讨袁军大元帅。隐居南方的岑春煊,在大清王朝时代就与袁世凯势同水火。辛亥年间,面对岌岌可危的局面,盛宣怀曾力主起用岑春煊,岑春煊也一度认为由他出面力挽狂澜的时候到了。谁知把持朝政的内阁总理大臣奕劻极力推举袁世凯,而袁世凯也因此渐揽军政大权并最终成为国家元首。有史料显示,当袁世凯与国民党人公开对立后,日本人曾暗地策划在南京另组政府,由岑春煊就任大总统,条件显然是这个政府应该是亲日的。此事,时任北京内阁总理的熊希龄在七月二十八日发表过一个通电,读其内容不似凭空捏造:

> 报载四省独立,有在宁设立政府,推举岑西林(岑春煊,广西西林人)为总统之谣。前南北议和时,犬养毅等于前年冬来华,运动南北分立,渠与希龄本属旧交,屡至沪寓密告希龄,谓袁如得志,中国可危,不如劝孙、黄公推岑为总统与袁对抗,并要求希龄介绍往见。希龄与张謇、汤寿潜、庄思缄、赵凤昌诸君与犬养毅接谈数次,竭力反对。幸黄兴当时力主和议,岑亦病辞不见,犬乃回国。去年春间再到上海,乃不与希龄接洽矣。此日本民党利用我南北分立之实在情形也。⑯

这一次,岑春煊真的动了心。

他对来访者说:"别人都怕袁世凯,我是不怕他的,倒要和他较量一下。我本无意大总统,今既有现成的就不妨试试看。"⑯

国民党人严重缺乏信心,"二次革命"既然声称是一场革命,竟然连孙中山的旗帜都不敢举了,抬出一个前清大吏作为最高军事统帅,可见国民党人的政治思维几近混乱。试想,如果"二次革命"成功,袁世凯真被赶下台了,岑春煊的中华民国与袁世凯的中华民国又有什么本质上的区别?

历史没能成全孙中山和黄兴,更没有成全岑春煊。

南京讨袁作战于七月十六日开始。由冷遹率领的讨袁军与靳云鹏率领的袁军第五师在徐州附近展开激战,战斗最终以讨袁军逐渐不支、徐州遂被袁军第五师占领结束。冷遹部退守南京。二十六日,袁世凯命令张勋率部南下扬州并攻击镇江;冯国璋率部沿津浦路南下直趋浦口,两军会合攻击南京。面对袁世凯强大的南下阵容,南京讨袁军的士气到了一触即溃的地步:

> 师长陈之骥为冯国璋的女婿,原不能为主动。黄恺元、王孝缜两旅长,虽为克强心腹,而以屡受煎熬,上下交迫,口称徇友,悒郁不堪。师部矛盾既多,兵额不足,守城而外,几于难移一步,冷遹第九师,屯第一线,由韩庄败退,强敌迫近眉睫。洪承点以师长兼兵站总监,徘徊徐、蚌之间,罔知所措。外无援兵,内困孤闻,两三日间,形势了然,倾败已睹,惟争顷刻。[167]

黄兴的心理压力很重。

他赴南京之举已被传为他想当大总统。

他在通电中再三表示,讨袁的目的是为拯救民国,一旦袁世凯下台他将"解甲归农"。他恳求各国停止给袁世凯贷款。但是,黄兴很快就明白了,各国几乎异口同声地宣布:国民党人发动的"二次革命"是一场"政客暴乱"。

一九一三年八月六日《纽约时报》:

> 当前的所谓反抗,与其说是人民对北京政府不满的起义,不如说是失意政客、干禄之徒要自行上台的一种努力……内战不可能持续很久,其结果,袁世凯作为中国的统治者,地位将更加强固。这是世人应当引以为幸的事。[168]

因为对取得胜利没有信心,黄兴甚至认为如果死战到底反而有害:

> 我军饷糈械弹均缺,或当不免一败。虽我方有各省响应,同具决心,可破全国,非袁世凯所能抵御;然兴以此实不徒无益,而且有害。我如奋斗到底,将使大好河山遭受破坏,即获胜利,全国亦将糜烂,且有被列强瓜分之虞。[169]

果然,两军交战,讨袁军兵败如山倒。

七月二十八日,黄兴离开南京。

接着,几位师长也相继离开。

二十九日,南京方面宣布放弃独立,电请程德全回宁处理善后。

由黄兴发起的江苏讨袁行动失败。

国民党人陈其美于七月十八日在上海宣布独立,但直到二十二日他才勉强拼凑起一些部队,由蒋介石率领向上海制造局发动攻击。二十七日,国民党人居正等在吴淞宣布讨袁,但因兵力薄弱且内有叛乱,吴淞炮台很快就被袁军占领。攻击制造局的部队也最终战败,蒋介石逃亡日本。与上海同一天,广东的陈炯明也宣布独立,但这一行为遭到他手下将领的反对。随着袁世凯命令梧州龙济光的部队开进广东,陈炯明逃亡香港,广东随即宣布取消独立。湖南都督谭延闿迫于该省国民党人的压力,佯装独立,暗中却以讨袁为名将国民党人控制的部队全部调出长沙。调动完毕之后,谭延闿宣布湖南取消独立。福建都督孙道仁在该省第五师师长许崇智的迫使下,于七月二十日宣布与袁世凯政府断绝关系。但是,他不但没有出兵北伐,反而"征集军队,遣派腹心,以期密捕乱党"。许崇智师长发现自己处境危险后逃亡香港,孙道仁随即宣布福建仍旧归顺北京政府。

就在各省相继宣布重又归顺袁世凯的时候,孙中山连续发布通电要求袁世凯主动辞职,并以自己当年的让位之举力劝袁世凯摆脱掣肘,否则革命党人必以从前反对整个大清王朝的决心和意志反对他一人:

> ……清帝辞位,公举其谋,清帝不忍人民涂炭,公宁忍之?公果欲一战成事,宜用于效忠清帝之时,不宜用于此时也。说者谓公虽欲引退,而部下牵掣,终不能决,然人各有所难,文当日辞职,推荐公于国民,固有人责言,谓文知徇北军之意,而不知顾十七省人民之付托,文于彼时,屹不为动。人之进退,绰有余裕,若谓为人牵掣,不能自由,苟非托词,即为自表无能,公必不尔也。为公仆者,受国民反对,犹当引退,况于国民以死相拼!杀一无辜以得天下,犹不可为,况流天下之血以从一己之欲!公今日舍辞职外,决无他策;昔日为任天下之重而来,今日为息天下之祸而去,出处光明,于公何憾!公能行此,文必力劝东南军民,易恶感为善意,不使公怀骑虎之虑;若公必欲残民以逞,善言不入,文不忍东南人民久困兵革,必以前

此反对君主专制之决心,反对公之一人,义无反顾。谨为最后之忠告,惟裁鉴之!⑰

不知孙中山所说的东南军民是否会听命于他？

既然孙中山把话挑明了,袁世凯当天连发两道命令,在历数国民党人的恶行之后,表明大总统绝不姑息养奸：

>……叛党欲破坏民国,惟本大总统责当保之；叛党欲涂炭生灵,惟本大总统责当拯之。垂涕伐罪,指心质天。纪纲所系,威信所关,虽怀痛悼,其安得已。当此千钧一发之会,或亦除旧布新之机。方将集天下之才,共天下之事,则拯坠日于虞渊,完漏舟于骇浪,虽云甚艰,何遽无术？所赖国人共宏大愿。本大总统老矣,六十老翁,复何所求？顾断不忍五千年神明古国,颠覆自我！但使一息尚存,亦不许谋覆国家之凶徒以自恣……⑰

接着又令：

>……湖口、徐州等处暴徒倡乱,政府为整肃纪纲,维持国本起见,不得不以兵力勘定,迭经先后布告。本大总统躬承国民之重,值此变出非常,荡平内乱,责无旁贷。耿耿此心,当为我国民所共谅,各友邦所悉知。惟恐传闻之异词,或以方针之未定,国民以姑息养奸相责备,外商以身命财产为隐忧,若不明白宣告,使我全国人民咸知顺逆从违之所在,各外商共悉镇乱靖暴之有方,其何以靖人心而昭大信……⑰

临时大总统袁世凯行文已一律不用"临时"二字,直接称为"本大总统"。

第二天,一九一三年七月二十三日,袁世凯下令撤销孙中山"全国铁路督办"的头衔。

同一天,上海租界当局宣布将孙中山、黄兴等人驱逐出租界。

几天后,孙中山和胡汉民一起离开上海准备前往广东。轮船行驶在海上的时候,传来了广东宣布取消独立的消息,孙中山即刻无处可去了。

这时候,袁世凯又下达一条命令,警告国民党议员赶快表明态度,不然政府当"以法律相待":

> ……政党行动,首重法律,近来赣、粤、沪、宁凶徒构乱,逆首黄兴、陈其美、李烈钧、柏文蔚,皆国民党干事,从逆者亦多国民党党员,究竟该党是否通谋,抑仅黄、陈、李、柏等四人行动,态度不明,人言啧啧。现值戒严时期,限三日内自行宣布,并将籍该党叛逆一律除名,政府自当照常保护,若其声言助乱,或藉词搪塞,是以政党名义为内乱机关,法律具在,决不能为该党假借也……⑱

孙中山乘坐的轮船在福建马尾靠岸,日本驻福州领事馆武官多贺宗之和馆员饭田登船与之商谈。他们建议孙中山前往台湾,可孙中山表示他想去日本,多贺宗之说现在还不知道日本政府是否允许他在日本上岸,还是先到台湾躲避一下为好。孙中山无奈,只有赴台湾基隆。轮船向台湾行驶的时候,日本外务省大臣电告日本驻台湾总督,说日本政府认为不与中国骚乱领袖接触是明智的,请台湾总督劝告孙中山最好前往日本以外的其他国家。

就在孙中山和黄兴又一次开始流亡的时候,一位名叫何海鸣的革命党人竟然重新宣布南京独立,从而引发了"二次革命"中规模最大的战斗——南京保卫战。南京保卫战自八月十四日开始。张勋部前锋武卫军和江苏第四师与南京第八师在紫金山激战,经过反复拼杀,双方伤亡惨烈,四天后南京外围落入张勋之手。接着,冯国璋部前锋在长江北岸的浦口对南京开始了炮击。二十六日,张勋部开始大规模攻城,南京讨袁军卫队长叛变,张勋部乘机用地雷炸开城墙拥入城内。战至九月二日凌晨,随着何海鸣率部在雨花台的最后抵抗失败,南京陷落。

何海鸣,湖南衡阳人,早年入湖南新军第四十一标,后退伍到湖北卖文为生。辛亥年间加入湖北文学社,但他并没有暴力之举,而是任《大江报》主笔鼓吹革命。武昌首义爆发后,至汉口组织湖北军政府分府。南京保卫战败北后逃往日本。一九一五年回国,继续卖文为生,成为"鸳鸯蝴蝶派"中的一员——南京保卫战以一介文人战斗到底,这是"二次革命"中最为奇特的情景之一。

张勋部占领南京后，大肆抢劫杀戮，"商民之家，无一能免"。张勋，在中国近代史上以对大清王朝怀有异乎寻常的恋情而闻名，且以频繁地嫖妓和纳妾成为那段历史时光中国人的市井谈资："私娼、女优、唱大鼓的、良家女子几无不嫖，他六十五岁时，还以一万元重金纳十五岁的女子做小妾"。[174]这样的长官率领的部队成为南京的祸害不足为奇。更为奇特的是，民国虽已创立，张勋所率领的官兵却一律身穿蓝色长袍，头顶一条大清朝的辫子，除了烧杀抢掠奸淫妇女之外，这支部队的一举一动仍旧沿袭大清的规矩，看上去令人恍如隔世。

"二次革命"的尾声发生在四川。八月四日，四川第五师师长熊克武在重庆宣布自任讨袁军总司令，但他同时声称自己的行动是"间接讨袁"，即他讨伐的目标不是袁世凯，而是四川都督胡景伊。八月十二日，袁世凯命令湖北、陕西和贵州都督联合围剿熊克武。一个月后，袁军占领重庆。

各省讨袁军大元帅岑春煊因被袁世凯通缉逃往南洋。

国民党人发动的"二次革命"，没以主义为旗帜，仅以政府杀人和借款为理由，从根本上不足以唤起社会各阶层的革命意识。当时，国内政治混浊，但经济已开始恢复，广大商民渴望的是法律和秩序，由此导致民众非但没有辛亥年间支持革命的热情，反而在"二次革命"初起时便一致反对战争。"二次革命"也未能获得国际上的支持，各国为了保护在华利益，不愿意中国再次发生战争，特别是战争发生在长江流域，所以各国均明确表示支持袁世凯。同时，国民党内部认识不一、缺乏统一领导和军事指挥混乱等弱点，恰是袁世凯的强项，袁世凯政府不但得到社会和国际舆论的支持，同时有统一的行政机关、训练有素的军队和协调一致的指挥系统，再加上补给支援充足，交通运输便利，作战的胜算几乎是不言而喻的。

"二次革命"最大的悲剧是：为共和而战，却促成了专制。

"二次革命"正在进行的时候，政府内阁成了一个老大难问题。内阁总理赵秉钧在备受抨击下住进医院，总长们辞职请假的为数不少，议员们更是躲到家里不肯出头露面。袁世凯本来没拿内阁当回事，但要名正言顺地与南方国民党人开战，还要顺利地当上正式大总统，他必须把已经溃散的内阁再次像样地组织起来。当时，内阁总理人选有三：徐世昌、张謇和熊希龄。隐居青岛的徐世昌是袁世凯的老友,是他最为满意的总理人选,可作为一个守旧人物,徐世昌至少在面子上还要保持前清遗老的身份,而声称誓死捍卫共和的袁世凯似乎也不能转变得太快。张謇向来对官场淡泊,特别是在政局混乱之时,他愿意出任总理的可能性不大。袁世凯明白,无论他对政党政治多么厌恶,现在必须要利用政党政治的框架——国民党成了反叛党,可以利用的只有进步党了——袁世凯对进步党评价不高,认为梁启超、汤化龙这些人仅是书生而已,选来选去只有进步党人熊希龄勉强可用,因为熊希龄是能够得到大多数议员认可的人。果然,袁世凯邀请张謇出山,张謇立即推荐了熊希龄。熊希龄曾在唐绍仪内阁中当过财政总长,现任热河都统。接到袁世凯的邀请后,熊希龄照例力辞不就。两个人往来电报多次,坚辞和坚请的表面文章做足后,熊希龄才"无奈"进京。虽然国民党人在议会中依旧占据多数,但此时大部分国民党议员已成惊弓之鸟,所以熊希龄的内阁总理提名顺利地以多数票通过。

熊希龄组阁拖延了一点时间,原因是他对袁世凯内定的财政总长人选不满。经过彼此妥协,九月一日,熊希龄内阁成立:外交总长孙宝琦,内务总长朱启钤,司法总长梁启超,教育总长汪大燮,农商总长张謇,交通总长周自齐,陆军总长段祺瑞,海军总长刘冠雄,财政总长由熊希龄兼任——熊希龄内阁阁员中,除刘冠雄曾属于国民党外,其余均是进步党人和旧官僚、旧军人。显然,这并不是纯粹的政党内阁,而是一个混合内阁,在当时被称为"名流内阁"或"人才内阁"——无论怎样称呼,这届内阁显然也是凑合而成的,它只是为袁世凯装门面的一个摆设。

内阁成立,下一个要紧的问题便是扶正,袁世凯不能总是临时大总统。

为使局面更加稳定,袁世凯将不怎么让他放心的蔡锷和黎元洪都调入了北京——黎元洪以副总统之名赴京任职,蔡锷则被委任为陆军部编译局副总裁、全国经界局督办。所有的障碍都已扫除,正式大总统的问题被提了出来。

按照《临时约法》的规定,国会制定宪法后,才能选举正式大总统。但是,袁世凯等不及了。他和他的支持者的借口是:各国在中国没有一个正式大总统之前,是不会承认中华民国的,如果民国迟迟得不到国际承认,就有被列强瓜分的危险。因此,选举正式大总统是巩固共和的关键。

在袁世凯的策划下,梁士诒出面拼凑起一个"公民党",并明确提出这个党的第一要务就是选举袁世凯为正式大总统。进步党虽然曾把先制定宪法后选举大总统视为其主要政见,现在也改口了,提出了先选举正式大总统的议案。国民党议员们都已被袁世凯的强硬吓坏了,他们给自己找了个理由,说是如果先选举正式大总统,就能加快宪法的制定,而宪法一旦出炉就能制约袁世凯。在一边倒的情况下,参、众两院很快就通过了选举正式大总统的议案。

选举日被定在十月六日。

袁世凯必定当选,这是没有悬念的。可袁世凯还是不放心,他被前一阵子国民党人的革命闹得疑神疑鬼。为了顺利当选,他授意组织了一个"公民请愿团",这些"公民们"把国会围得水泄不通,参加投票的议员进去就别想顺利出来,除非他们把票投给袁世凯。"公民们"实际上都是袁世凯的拱卫军装扮的,时年十七岁的拱卫军卫士陶树德回忆道:

> 一日,拱卫军总司令李进才忽然派人到前门外等处估衣铺租来大批便服,发给事先挑选的士兵穿上(其中有暗藏短枪者)。李本人亦改着便服,率队开出中南海,直奔宣武门内国会街国会大门,后路统领刘金彪亦由北海、府右街一带率一部分便衣队前往国会后门,号称"公民请愿",将国会团团围住,等候大总统选举揭晓。自晨迄暮,大总统尚未选出,议员要求离会吃饭者(有些抽大烟者,实际上想回家过瘾)均不准通过,非待选出大总统不撤退。⑰

之所以投票投了一整天,原因是议员们知道了包围他们的"公民们"是些什么人,心里产生了强烈的逆反情绪。那天,参加投票的两院议员共七百五十九人。议员们本来就懒散,原定八点开始,九点人才到齐,到齐后又准备选票,直到十点才一切就绪。选举采用的是无记名投票方式,当选总统必须获得超过三分之二的选票。第一轮投票完毕,下午三点才清点出结果,结果可谓五花八门:袁世凯四百七十一票,黎元洪一百五十四票,段祺瑞十六票,孙中山十三票,康有为十一票,伍廷芳、梁启超、唐绍仪等人也得了几票,得两票的有汪精卫、岑春煊和冯国璋,得一票的有龙济光、王正廷、朱瑞、张绍曾、蔡元培、章太炎、郭人漳,走红的京剧旦角梅兰芳居然也得了一票。

"许多议员对选举表示轻蔑,他们在选票上写下额外的、未经提名的候选人,如两位死于非命的将军和一个北京的名妓。"[⑩]有外国记者目睹了那天发生在国会街的情形。议员们的情绪使得门外的"公民们"迅速增加到三千人,他们堵在大门口,爬上房顶和围墙,如同看管一座监狱一般。投票场内没有准备饭菜,与"公民们"关系好的进步党送进来一些点心,只有拥护袁世凯的议员才能吃上;当国民党方面企图往里面送吃的时,却被"公民们"阻挡在门外。

第二轮投票,袁世凯得四百九十七票,依旧不足三分之二。

此时已近黄昏,从第一轮投票开始,整整十个小时过去了。第三轮投票开始时,国会宣布只能在得票最多的袁世凯与黎元洪之间进行选择,谁过半数就有效,并且唱票时不宣布被选人的名字。有国民党议员互相串通,决定一致推选黎元洪,消息一经传出,外面的"公民们"陡然增至两万,人头攒动,口号震天,说是要与国会共存亡。一位新闻记者被困在里面实在熬不住跑了出来,被"公民们"误认为是国会议员,即刻被戴上手铐脚镣直接押往军法处了。

第三轮投票,袁世凯终以五百零九票当选中华民国大总统。

晚上二十二时,宣布选举结果时,议员连鼓掌的力气都没有了,精疲力竭的他们在"公民们"高喊的"袁大总统万岁"的口号中仓惶离去。

中华民国首届大总统选举被载入中国民主政治史册。

一九一三年十月十日,不但是中华民国的国庆日,也是袁世凯正式就职大总统日。袁大总统向参、众两院议长、议员以及文武官员、各国公使、清皇室代表、商界巨绅、在野官僚、各界名流和报界人士等发出了参加就职典礼的请柬。典礼时间是十日上午八时,地点是故宫太和殿。同时,外交总长孙宝琦也发出了请柬,定于当晚在石大人胡同外交部大楼举行大型庆祝舞会。

两份请柬都特别注明:出席者一律着晚礼服。

在太和殿安排位置时发生了一点争执。按照原来的设计,太和殿里分设东西南北四个席位区,北面为大总统宣誓用的主席台,东西两面是两院议长和议员们。参议院议长王家襄认为不妥,因为民国的总统是公仆而不是皇上,应该向代表人民的议员们宣誓,所以议员们的席位应该坐北朝南,袁世凯应该站在议员们的面前宣读誓词。但是,袁世凯坚决要求如同当年的皇上一样坐北向南面对"群臣"。争执到最后进行了折中,袁世凯还是面南宣誓,议长和议员们也和袁世凯一样面向南——声称代表人民的议员们和袁世凯并列站一起面对一片空旷的天空。

那天下雨了,满街泥泞。

数百名嘉宾入席后,典礼开始。

> 十时才过,招待人员扬言总统将至。这时有戴全金线军盔、着蓝色制服、佩戴军刀的卫士三百二十名排队走入大殿,分两排站列在距东西两席前约十数步处,形成了一个警卫的胡同。卫士立定后,先来了四人抬的彩舆四座,从彩舆走出来的是:总统府秘书长梁士诒,秘书夏寿田,皆着燕尾服;侍从武官长荫昌,军事处参议代理处长唐在礼,皆着钴蓝色军礼服,戴叠羽帽,佩参谋带。最后袁世凯乘着八人抬的彩轿到来,着陆海军大元帅礼服,礼服亦钴蓝色,金线装饰甚多。袁下轿后,由梁等四人拥护前行,登主席台南面入座。少顷,大礼官黄开文见诸事齐备,即著赞礼官程克赞礼。袁应声起立,面向议长议员席宣誓。誓曰:"余誓以至诚,谨守宪法,执行中华民国大总统之职务。"誓毕,袁鞠躬。这时文武官员都高呼"万岁"。袁笑着点了点头。然后赞礼官继续唱礼,由黄开文递上长篇宣言书,袁重起立宣读。读完,礼毕。一面由梁士诒等随总统召见各国公使及清室代表等,一面由招待人员等引导庆贺人等同至武英殿茶点。[177]

袁世凯宣读的就职宣言很长,他读得辛苦,大家听得也辛苦。宣言开头便标榜自己"忝居政界数十年,向持稳健主义",并说他就任临时大总统以来"夙夜彷徨,难安寝馈"。接着,从平息国民党人的"暴乱"开始,他再次重申了自己很想回家务农的初衷:

> 本年七月间,少数暴民,破坏统一,倾覆国家,此东亚初生之民国,惴惴焉将不保。余为救国救民计,不得已而用兵。幸

> 人心厌乱,将士用命,不及两月,内乱敉平。极思解职归田,长享共和幸福,而国会会议群相推举,各友邦又以余被选之日,为承认之期,何敢高蹈鸣谦,以致摇动国基,负我父老子弟之期望。盖余亦国民之一分子,耿耿此心,但知救国救民,成败利钝不敢知,劳逸毁誉不敢计,是以勉就兹职。⑱

然后,袁世凯宣布了执政要点,涉及法律、道德、预防暴民、发展实业、兴办教育、利用外资、忠信笃敬和勤俭节约等等。在宣言的最后,他向他的国民们表示了最诚挚的"亲爱之意":

> 余故以最诚挚亲爱之意,申告于国民曰:余一日在职,必一日负责!顾中华民国者,四万万人之中华民国也。兄弟睦,则家之福;全国之人同心同德,则国必兴。余以此祝我中华民国焉。⑲

清皇室宗亲溥伦代表退位的宣统皇帝致了贺词,而袁世凯则"像臣下对主子那样恭恭敬敬地向陛下谢恩"。

那天外国人也来了不少。

被袁世凯聘请为顾问的英国《泰晤士报》记者莫理循参加了就职典礼。

莫理循日记:

> 让人断魂的雨天……我戴着二等嘉禾勋章,但稍感羞愧。在典礼上遇见代理英国驻华使馆馆务艾斯敦和日本公使、嗜酒如命的山座元次郎……出席的人很多,但大厅中并不拥挤。总统再次发表了世界上最好的一个就职演说。梁士诒也参加了仪式,不过他的装束有点古怪,高帽一直戴在后脑勺上。⑳

就职典礼结束后,袁世凯午睡到三点,然后乘坐两人肩舆登上了天安门。两万北洋军人在那座城楼前的小广场上举行了阅兵式。袁世凯邀请英国人艾斯顿和他的朋友站在他前面观看,外国人本以为这是中国大总统的礼貌,后来才听说这是因为袁世凯"害怕有人扔炸弹"。

典礼的最后一道程序是招待酒会,酒会的菜单上写着:燕窝、鱼翅、虾、炖鸡、菠菜、蛋糕、炖鱼、炖鸭、咖啡、罐头水果和新鲜水果。

袁世凯就任中华民国正式大总统后,世界各国争相承认中华民国。当天宣布的有日本、荷兰、葡萄牙,第二天宣布的有英国、俄国、法国、意大利、比利时、瑞典、丹麦、西班牙,随后瑞士、挪威等国也相继宣布。

就在袁世凯忙于就任正式大总统时,已经流亡日本的孙中山不得不重新审视他所面临的形势。日本政府曾按照袁世凯的外交照会,拒绝孙中山在日本登陆,但日本友人犬养毅等人坚决要求政府保护孙中山,川崎造船所所长松方幸次郎决心即使破产也要把孙中山藏起来:"这里现已接受了袁世凯订购两艘军舰的订单,如果知道我援助了孙,那样川崎造船所就毁啦。"[181]届时,包括孙中山、黄兴、陈其美、胡汉民等国民党要人都已流亡日本。他们逐渐聚集,开始商讨革命的未来。孙中山与黄兴的会面显然已不如前,孙中山认为黄兴应该对"二次革命"的失败负责,两个人的隔阂使得流亡日本的国民党人最终分成两派。与孙中山私交甚久的日本人宫崎寅藏在给友人的信中,曾经这样描述过国民党人的内部矛盾以及孙中山与黄兴的不同性格:

> 孙先生采急进说,黄先生取隐忍论……孙先生的态度有这种味道:"其他的中国人都不行,只有我一个人行,我是中国的救星,服从我者请来。"即使对于始终奋斗到底最后亡命的李烈钧,他也是如此,所以引起李的反感……黄兴批评他说:"孙先生是疯子。"当然,孙、黄之间,并没有敌意。而孙心情之高洁,抱负之远大,殊值感佩。但却离世态人情过远,而令人怀疑是否能实现。张继叹息说:"孙先生的人格理想我很敬佩,但我想不能实行,老实说我没有盲从他的勇气。"他又说:"黄先生重实践,说干就干。不过我不知道他是不是想干。"孙先生一见人,便以火般的热情来宣传革命;黄先生默默不多言。[182]

都说性格决定命运,在特殊的情况下,或许某些重要人物的性格还可以影响历史?

孙中山不但不知道未来革命的道路该怎样走,连自己是否能在日本这样一直藏下去都没有把握。

此刻,北京的各个城门、牌楼、商店都挂起了彩灯。

晚上，外交总长孙宝琦主持的盛大舞会开始了。孙总长偕夫人亲自在宾馆门口迎接来宾。"峨冠而博服者、勋章灿灿者、金紫而佩刀者、王冠霓裳举步而摇者"纷至沓来，舞会之盛况令从未见过此种场面的参加者目不暇接，以致回家之后梦境中依旧五彩缤纷：

> ……既乃相率登楼，电光绚烂照耀人身之金紫顿成异色……见有瞽目之西洋人扶相者而入，友人指以告余曰，此乃汇丰银行之总支配人，总揽东洋财政之大权……时楼上音乐大作，贵宾男女各合而跳舞，凡跳舞男女各一，然不得夫妇自为之，必求其所熟识之男或女为之，无者则介而求之。凡跳舞人，一堂中共数组或十数组，随音乐低昂不得乱节。凡跳舞之妇，大抵袒半臂，男者不得触其胸、触其裙，否则大不敬。凡跳舞有种种名，今夜所演者，大抵两步转法或三步转法，谓两步一转身、三步一转身是也……友人且为之大感服曰，西洋礼法最佳，此等社交，乐而有礼，男女和合，故最能怡悦心情……是日跳舞盖数十次，凡一次以音乐一节为起讫。某西洋派告人云，今日音乐太简，故不能极跳舞之妙也。华妇中以谢天宝（西医）之夫人跳舞最多，男子中则见外交部参事顾维钧亦时上下其间。日本妇人中则水野参事官之夫人与一西洋兵官合组。刘成禺之夫人亦在其内，刘夫人乃美籍也。刘君谓我，彼在美国学跳舞，三月不成，其师罢去。余笑曰，以君体段而可跳舞，则真天下无难事矣。刘君极魁梧，而夫人乃清癯。余颇恨是陆子欣夫妇未到，盖陆君极清癯而夫人极肥硕（法籍），与刘君夫妇正天然一对，绝好对照也。陆君是日为大总统就任时之大礼官，或因赞礼勤劳，阙不赴席欤？中国贵夫人之至者，有顾维钧夫人，唐在礼夫人、谢天宝夫人……盖皆社交之花也……楼上下皆置食堂，任客立食，取之不尽，用之不竭，较之武英殿中茶话会大异，毕竟是外交部外交能手耳。此会十二时后始纷然散去，归而酣寝，梦见种种，以是日一日中生活最为复杂故也。[183]

中华民国终于有了正式大总统。

中华民国终于得到了世界各国的承认。

中华民国有如此盛景谁能说她不是一个值得夸耀的伟大的国家？

日新月异的一九一四年到来了。

注　释：

① ②　陈锡祺主编《孙中山年谱长编》上册，中华书局。

③ ④　朱育和、欧阳军喜、舒文《辛亥革命史》，人民出版社。

⑤　陈锡祺主编《孙中山年谱长编》上册，中华书局。

⑥　吴玉章《辛亥革命》，人民出版社。

⑦　（台）丁中江《北洋军阀史话》（一），中国友谊出版公司。

⑧　白蕉《袁世凯与中华民国》，中华书局。

⑨　（台）丁中江《北洋军阀史话》（一），中国友谊出版公司。

⑩　〔澳〕骆惠敏编《清末民初政情内幕》上，刘桂梁译，知识出版社。

⑪　吴玉章《辛亥革命前后的回忆》，引自中国人民政治协商会议全国委员会文史资料委员会编《辛亥革命亲历记》，中国文史出版社。

⑫ ⑬　叶恭绰《民元兵变时我之闻见》，引自中国人民政治协商会议全国委员会文史资料委员会编《辛亥革命回忆录》（八），文史资料出版社。

⑭　唐在礼《辛亥前后我所亲历的大事》，引自中国人民政治协商会议全国委员会文史资料委员会编《辛亥革命回忆录》（六），文史资料出版社。

⑮　魏宏运主编《民国史纪事本末》（一），上册，辽宁人民出版社。

⑯　杨雨辰《壬子北京兵变真相》，引自中国人民政治协商会议全国委员会文史资料委员会编《辛亥革命回忆录》（八），文史资料出版社。

⑰ ⑱　〔澳〕骆惠敏编《清末民初政情内幕》上，刘桂梁译，知识出版社。

⑲ ⑳　（台）丁中江《北洋军阀史话》（一），中国友谊出版公司。

㉑　杨雨辰《壬子北京兵变真相》，引自中国人民政治协商会议全国委员会文史资料委员会编《辛亥革命回忆录》（八），文史资料出版社。

㉒　〔澳〕骆惠敏编《清末民初政情内幕》上，刘桂梁译，知识出版社。

㉓ ㉔　魏宏运主编《民国史纪事本末》（一），上册，辽宁人民出版社。

㉕　唐在礼《辛亥前后我所亲历的大事》，引自中国人民政治协商会议全国委员会文史资料委员会编《辛亥革命回忆录》（六），文史资料出版社。

㉖　《欧陆各报论京津兵变》，引自中国史学会主编《辛亥革命》（八），上海人民出版社、上海古籍出版社。

㉗　《英国蓝皮书有关辛亥革命资料选译》（下），胡滨译，中华书局。

㉘　魏宏运主编《民国史纪事本末》（一），上册，辽宁人民出版社。

㉙㉚　陈锡祺主编《孙中山年谱长编》上册，中华书局。

㉛　唐在礼《辛亥前后我所亲历的大事》，引自中国人民政治协商会议全国委员会文史资料委员会编《辛亥革命回忆录》（六），文史资料出版社。

㉜㉝　白蕉《袁世凯与中华民国》，中华书局。

㉞　魏宏运主编《民国史纪事本末》（一），上册，辽宁人民出版社。

㉟　〔澳〕西里尔·珀尔《北京的莫理循》，檀东鍟、窦坤译，福建教育出版社。

㊱　陈锡祺主编《孙中山年谱长编》上册，中华书局。

㊲㊳　陈锡祺主编《孙中山年谱长编》上册，中华书局。

㊴　陶树德《我所知道的袁世凯》，引自中国人民政治协商会议全国委员会文史资料委员会编《辛亥革命回忆录》（六），文史资料出版社。

㊵　郭汉章《南京临时大总统府三月见闻录》，引自中国人民政治协商会议全国委员会文史资料委员会编《辛亥革命回忆录》（六），文史资料出版社。

㊶　朱英主编《辛亥革命与近代中国社会变迁》，华中师范大学出版社。

㊷　马建忠《适可斋记言》，引自（台）张玉法《民国初期的政党》，岳麓书社。

㊸　善哉（丁世峄）《民国一年来之政党》，引自魏宏运主编《民国史纪事本末》（一），上册，辽宁人民出版社。

㊹　黎澍《辛亥革命前后的中国政治》，引自（台）张玉法《民国初期的政党》，岳麓书社。

㊺　杨立强《清末民初资产阶级与社会变动》，上海人民出版社。

㊻　魏宏运主编《民国史纪事本末》（一），上册，辽宁人民出版社。

㊼㊽　（台）张玉法《民国初期的政党》，岳麓书社。

㊾　谢彬《民国政党史》，引自中国史学会主编《辛亥革命》（八），上海人民出版社、上海古籍出版社。

㊿　（台）张玉法《民国初期的政党》，岳麓书社。

(51)　中山市文化局、翠亨孙中山纪念馆编《孙中山言粹》，中国大百科全书出版社。

(52)　中山市文化局、翠亨孙中山纪念馆编《孙中山言粹》，中国大百科全书出版社。

(53)　中山市文化局、翠亨孙中山纪念馆编《孙中山言粹》，中国大百科全书出版社。

(54)　陈永森著《告别臣民的尝试》，中国人民大学出版社。

(55)(56)　蔡元培《答客问》，引自魏宏运主编《民国史纪事本末》（一），上册，辽宁人民出版社。

(57)　（台）丁中江《北洋军阀史话》（一），中国友谊出版公司。

(58)　（台）丁中江《北洋军阀史话》（一），中国友谊出版公司。

(59)(60)　朱育和、欧阳军喜、舒文《辛亥革命史》，人民出版社。

(61)　白蕉《袁世凯与中华民国》，中华书局。

(62)　天仇（戴季陶）《兵力专制之大成功》，引自朱育和、欧阳军喜、舒文《辛亥革命史》，人民出版社。

(63)　白蕉《袁世凯与中华民国》，中华书局。

(64) 〔澳〕骆惠敏编《清末民初政情内幕》上，刘桂梁译，知识出版社。

(65) 〔澳〕骆惠敏编《清末民初政情内幕》上，刘桂梁译，知识出版社。

(66) 中山市文化局、翠亨孙中山纪念馆编《孙中山言粹》，中国大百科全书出版社。

(67)(68)(69)(70)(71) 陈锡祺主编《孙中山年谱长编》上册，中华书局。

(72) 钟碧容《张振武》，引自朱信泉、严如平主编《民国人物传》第四卷，中华书局。

(73) 曹亚伯《武昌起义》，引自中国史学会主编《辛亥革命》（五），上海人民出版社、上海古籍出版社。

(74)(75) 贺觉非、冯天瑜《辛亥武昌首义史》，湖北人民出版社。

(76) 《关于张振武案》，引自中国人民政治协商会议湖北省暨武汉市委员会等编《武昌起义档案资料选编》上卷，湖北人民出版社。

(77) 刘惠如《黎元洪诬杀张振武始末记》，引自鲁永成主编《民国大总统黎元洪》，中国文史出版社。

(78) （台）丁中江《北洋军阀史话》第一集，中国友谊出版公司。

(79)(80) 刘惠如《黎元洪诬杀张振武始末记》，引自鲁永成主编《民国大总统黎元洪》，中国文史出版社。

(81)(82)(83) 陈锡祺主编《孙中山年谱长编》上册，中华书局。

(84) 谭人凤《石叟牌词叙录》，引自房德邻《共和与专制的较量》，河南人民出版社。

(85)(86)(87) 陈锡祺主编《孙中山年谱长编》上册，中华书局。

(88)(89) 尚明轩主编《孙中山的历程》，解放军文艺出版社。

(90) （台）张玉法《民国初年的政党》，岳麓书社。

(91) 魏宏运主编《民国史纪事本末》（一），辽宁人民出版社。

(92)(93) 邹鲁《中国国民党史稿》，引自张玉法《民国初年的政党》，岳麓书社。

(94)(95) 魏宏运主编《民国史纪事本末》（一），辽宁人民出版社。

(96) （台）丁中江《北洋军阀史话》（一），中国友谊出版公司。

(97) 尚明轩主编《孙中山的历程》，解放军文艺出版社。

(98) 朱宗震《真假共和》上，山西人民出版社。

(99) 陈锡祺主编《孙中山年谱长编》上册，中华书局。

(100) 张国淦《孙中山与袁世凯的斗争》，引自杜春和、林斌生、丘权政编《北洋军阀史料选辑》上册，中国社会科学出版社。

(101) 陈锡祺主编《孙中山年谱长编》上册，中华书局。

(102) 张国淦《孙中山与袁世凯的斗争》，引自杜春和、林斌生、丘权政编《北洋军阀史料选辑》上册，中国社会科学出版社。

(103)(104)(105) 陈锡祺主编《孙中山年谱长编》上册，中华书局。

(106) 房德邻《共和与专制的较量》，河南人民出版社。

(107)(108) 陈锡祺主编《孙中山年谱长编》上册，中华书局。

(109) 张国淦《孙中山与袁世凯的斗争》，引自杜春和、林斌生、丘权政编《北洋军阀史料选辑》上册,中国社会科学出版社。

⑩ 陈锡祺主编《孙中山年谱长编》上册,中华书局。

⑪⑫ 〔澳〕骆惠敏编《清末民初政情内幕》上,世界知识出版社。

⑬ 金冲及《民初同盟会人的几种社会政治方案》,引自华中师范大学中国近代史研究所编《辛亥革命与二十世纪中国》,湖北人民出版社。

⑭ 〔澳〕西里尔·珀尔《北京的莫理循》,檀东鍟、窦坤译,福建教育出版社。

⑮⑯ 〔美〕薛君度《黄兴与中国革命》,杨慎之译,湖南人民出版社。

⑰ 陈锡祺主编《孙中山年谱长编》上册,中华书局。

⑱⑲ (台)丁中江《北洋军阀史话》(一),中国友谊出版公司。

⑳ 朱宗震、杨光辉编《民初政争与二次革命》上编,引自朱育和、欧阳军喜、舒文《辛亥革命史》,人民出版社。

㉑ (台)丁中江《北洋军阀史话》(一),中国友谊出版公司。

㉒ 魏宏运主编《民国史纪事本末》(一),辽宁人民出版社。

㉓ 王绍鏊《辛亥革命时期政党活动的点滴回忆》,引自中国人民政治协商会议全国委员会文史资料委员会编《辛亥革命回忆录》(一),文史资料出版社。

㉔㉕㉖ 陈永森《告别臣民的尝试》,中国人民大学出版社。

㉗ (台)张玉法《民国初年的政党》,岳麓书社。

㉘ 魏宏运主编《民国史纪事本末》(一),辽宁人民出版社。

㉙㉚ 朱育和、欧阳军喜、舒文《辛亥革命史》,人民出版社。

㉛ 魏宏运主编《民国史纪事本末》(一),辽宁人民出版社。

㉜ 杨思义《宋案见闻》,引自中国人民政治协商会议全国委员会文史资料委员会编《辛亥革命回忆录》(八),文史资料出版社。

㉝ 宋教仁《答匿名氏驳词》,引自尚明轩主编《孙中山的历程》,解放军文艺出版社。

㉞ 杨思义《宋案见闻》,引自中国人民政治协商会议全国委员会文史资料委员会编《辛亥革命回忆录》(八),文史资料出版社。

㉟ 尚明轩主编《孙中山的历程》,解放军文艺出版社。

㊱㊲㊳㊴ 陈锡祺主编《孙中山年谱长编》上册,中华书局。

㊵ 朱宗震、杨光辉编《民初政争与二次革命》上编,引自朱育和、欧阳军喜、舒文《辛亥革命史》,人民出版社。

㊶ 张国淦《孙中山与袁世凯的斗争》,引自杜春和、林斌生、丘权政编《北洋军阀史料选辑》上册,中国社会科学出版社。

㊷ 蔡寄鸥《鄂州血史》,引自朱育和、欧阳军喜、舒文《辛亥革命史》,人民出版社。

㊸ (台)丁中江《北洋军阀史话》(一),中国友谊出版公司。

㊹ 魏宏运主编《民国史纪事本末》(一),辽宁人民出版社。

㊺㊻ 张国淦《孙中山与袁世凯的斗争》,引自杜春和、林斌生、丘权政编《北洋军阀史料选辑》上册,中国社会科学出版社。

⑰ 白蕉《袁世凯与中华民国》，中华书局。

⑱ 朱宗震《真假共和》下，山西人民出版社。

⑲ 〔澳〕西里尔·珀尔《北京的莫理循》，檀东鍟、窦坤译，福建教育出版社。

⑳ 丁文江、赵丰田编《梁任公先生年谱长编》（初稿），中华书局。

㉑㉒㉓ （台）丁中江《北洋军阀史话》（一），中国友谊出版公司。

㉔ 尚明轩主编《孙中山的历程》，解放军文艺出版社。

㉕㉖ 陈锡祺主编《孙中山年谱长编》上册，中华书局。

㉗ （台）丁中江《北洋军阀史话》（一），中国友谊出版公司。

㉘ （台）丁中江《北洋军阀史话》（一），中国友谊出版公司。

㉙ 朱宗震、杨光辉编《民初政争与二次革命》上编，引自朱育和、欧阳军喜、舒文《辛亥革命史》，人民出版社。

⑯⑰ 邓汉祥《我赴江西了解李烈钧反袁动向的经过》，引自中国人民政治协商会议全国委员会文史资料委员会编《辛亥革命回忆录》（八），文史资料出版社。

⑱ 卓仁机《辛亥革命的几个片断回忆》，引自中国人民政治协商会议全国委员会文史资料委员会编《辛亥革命回忆录》（四），文史资料出版社。

⑲ 朱宗震《真假共和》下，山西人民出版社。

⑳ 章士钊《与黄克强相交始末》，引自中国人民政治协商会议全国委员会文史资料委员会编《辛亥革命回忆录》（二），文史资料出版社。

㉑㉒ （台）丁中江《北洋军阀史话》（一），中国友谊出版公司。

㉓ 章士钊《与黄克强相交始末》，引自中国人民政治协商会议全国委员会文史资料委员会编《辛亥革命回忆录》（二），文史资料出版社。

㉔㉕ 〔美〕薛君度《黄兴与中国革命》，杨慎之译，湖南人民出版社。

㉖ （台）丁中江《北洋军阀史话》（一），中国友谊出版公司。

㉗㉘㉙ 白蕉《袁世凯与中华民国》，中华书局。

⑭ 吴建雍等《北京城市生活史》，引自李明伟《清末民初中国城市社会阶层研究》，社会科学文献出版社。

⑮ 陶树德《我所知道的袁世凯》，引自中国人民政治协商会议全国委员会文史资料委员会编《辛亥革命回忆录》（六），文史资料出版社。

⑯ 〔澳〕西里尔·珀尔《北京的莫理循》，檀东鍟、窦坤译，福建教育出版社。

⑰ 唐在礼《辛亥以后的袁世凯》，引自杜春和、林斌生、丘权政编《北洋军阀史料选辑》上册，中国社会科学出版社。

⑱⑲ 白蕉《袁世凯与中华民国》，中华书局。

⑳ 〔澳〕西里尔·珀尔《北京的莫理循》，檀东鍟、窦坤译，福建教育出版社。

㉑ 陈锡祺主编《孙中山年谱长编》上册，中华书局。

㉒ 陈锡祺主编《孙中山年谱长编》上册，中华书局。

㉓ 许指严《新华秘记》，引自荣孟源、章伯锋主编《近代稗海》第三辑，四川人民出版社。

第六章
革命尚未成功

鸳鸯蝴蝶新约法　／　第一次知道了恋爱的苦乐
"天命不可以久稽，人民不可以无主"　／　怎样才配做他们的朋友
革命尚未成功

1911

鸳鸯蝴蝶新约法

一九一四年二月十二日,中华民国"南北统一纪念日"。有记者记述了京城那一天的盛况:

> 中央各衙门暨各学校皆给假一日……驱车出见五色旗之飘扬,闻车马声锣鼓声之嘈杂……及过新华门至正阳门,巍然矗立于途者,有彩灯辉煌之花牌楼数处,鲜明美丽,不减去年十月十日之国庆。注视之牌楼上,仍有五族共和字样……牌楼侧有人一群,笑语喧哗,细听之,多赞美共和之声。内有一老者一少年,曰:毕竟共和胜于专制,其他姑不论,即此华美之牌楼,亦为满清所无,言罢继之以狂笑……①

傍晚,京城各处的游园会结束,记者们驱车往回走,路过骡马市大街时,被成片的汽车马车堵住,下车察看,才知是交通部次长叶恭绰家人过生日,正借湖广会馆演戏祝寿呢。叶恭绰是公民党党魁,且掌管着全国的铁路,所以"上寿者甚多",总统府秘书长梁士诒亲自光临,京汉、京奉、京张、津浦、浦信五条铁路的督办也不敢缺席。湖广会馆的戏厅能容纳七千人,"是日楼下为男宾,楼上为女宾,竟拥挤无座位"。叶次长收到的祝辞,更是鸿篇多多,美词熠熠,最甚者称叶次长将来"不为总统必为宰相"。北京的名伶们齐聚湖广会馆,一天之内演出的剧目竟有十八出,"梅兰芳一人独演五出之多,为从来所未有"。②

民国形势一片大好,国民心情异常兴奋。

由于外交总长带了头，交谊舞会从此泛滥。大总统就职日后没几天，交通部的盛大舞会开始了："中外来宾到者约计一千六百余人"，"其中以西洋人占多数，中国男宾次之，女宾更次之"。舞场的楼上是餐厅，"来宾均到此会食，备有西餐、洋酒、水果等类，供应甚盛，男女来宾于跳舞后多在此休息，或饮酒或吸烟，亦有部员妥为招待"。代理内阁总理孙宝琦夫人发起的"女子敦谊会"更是奇异，舞曲全部来自西洋不足为奇，奇的是曲名均被译成耐人寻味的汉字，"一曲曰梦"、"二曲曰情"、"三曲曰飞燕"、"四曲曰播种"，③无法得知这到底是哪四首西洋名曲，为何经过中国才子的翻译竟然如同四联春宫图？

上层社会的风雅传到了市井，全国各地营业性舞场疯狂开张。官方马上意识到可不能让国民们这么玩，因为舞场这种东西也许会影响到国家的稳定："一般男女醉自由之美名，茶园酒肆，杂沓盈座。甚有贪利之徒指定茶园，雇人弹唱淫词引诱青年，为害风俗实非浅少。故知事昨特出示，严禁妇女出入茶馆以维风化。"④中国的事就是这样，管与不管都要声势虚张。有的城市不但禁止民间舞会，还禁止男女一起行走，如果非要一起行走的话，也禁止边走边说话。上海一位责任心很强的巡警，为此在街头拦住了一对违规男女，结果男女不服，围观者起哄，很快演变成一场警民群殴。广州警察厅的公告最为严厉，认为男女一起行走不但"状态猥亵"，而且还是"社会隐忧"："或相携过市，或结伴长堤，猥亵调诙，恬不为怪，谑浪笑傲，旁若无人。浸成寡廉鲜耻之风，大为风俗人心之害……人无论男女，必先自重，乃可自由。若男女同行，状态猥亵，小之则惹路人非笑，将因是而立酿风潮；大之则为社会隐忧，必不免日流于放荡……饬警遇此等不规则之男女即应严厉干涉……"⑤

官员们操心的总是除了他们自己之外所有百姓的"风化"问题。

民国年间，娼妓之多胜过此前历代。

张勋占领南京后，江苏巡警厅向上级报告，说公娼属于正常"商业"，应该给予保护：

> 金陵秦淮，六朝名胜，红板桥头，才子风雅……妓自由择配，以为济良之基础，按月承领牌照，担任代缴花捐，补助巡警之公益，划定秦淮两岸繁荣区域界限，少补市面之不足。业虽

属下流,亦系商业性质……(妓馆)呈请复开之牌照,花捐照章呈缴,并乞给予保护而安生业。⑥

上级的批复是:

> 开设妓院,虽非上等生涯,亦属营业性质,无论何项人等不得倚势恃强藉端滋扰。嗣后倘有地痞流氓不法棍徒胆敢不遵,立即严拿重惩。⑦

"夕阳西下之时,在秦淮河畔唯见车马纷驰,丝竹迭奏,金陵六朝春之饭庄目无虚席,画舫生涯倍于从前,妓女发达异常。"⑧

毫无疑问,纵情声色的绝大部分是官僚和富商阶层。

革命新贵们靠搜刮公款而顿成巨富,导致"若妓院、若剧场、若酒楼、若花园,无不利市万倍"。⑨终于,新贵们的糜烂生活令大总统都看不下去了,袁世凯通令禁止奢华并提倡勤俭:"劝告国民,继自今衣食、日用、冠婚、丧祭诸费,必不可少者,极力从俭;其可少者,一概省之,务期多惜一分物力,即多延一分生命。官绅商富,国民之望,尤宜倡导朴素,化及全国。"⑩但是,袁世凯也知道,"一宴会之值,而至万千;一馈送之价,而糜累亿"的绝不可能是普通百姓,他对通令是否能够得到实施根本没有信心。与当初热衷于组织政党一样,新贵们狂热地组织起自己的俱乐部,俱乐部的名目涉"麻雀也、牌九也、鸦片也、酒食也、叫局也",夜以继日地"娶妾狎妓,争豪角胜,一宴之费可破十家之产,一博之资可磬九年之蓄"。⑪眼看新贵们越来越得意忘形,一九一四年元月,有人为新贵们成立了"俭德会",入会戒律共计十五条,包括不狎邪,不赌博,不必酒肉宴客,不必华服等等。最后一条是"不轻寒素",它的实际意思是,别忘了还有很多穷人吃不上饭。

一面奢嫖豪赌,一面吃不上饭,中华民国到底穷还是不穷?

当时,一块银元大约可买一袋五十斤的面粉。

袁世凯采取的是高薪政策,政府官员的薪水一级高过一级,直至大总统的"工资"收入犹如巨款。

根据一九一二年颁布的《中央行政官官俸法》,民国时期文官分为九等,一、二等为简任官,三、四等为荐任官,五至九等为委任官。简任官月俸分为三等,最高一等六百元,最低一等四百元;荐任官月俸分为七等,最高一等二百六十元,最低一等二百元;委任官月俸分为十二等,最高一等一百五十元,最低一等五十元。技术官员比同级行政官员的月俸高近百分之四十。政府领导人为特任官,各部总长月俸一千元,内阁总理月俸一千五百元,副总统月俸约一万元,大总统月俸两万四千元,一九一三年增加至三万元。

中下层官员贪污受贿都有各自的门路,而特任官们则公开将公款化为私有。有人给大总统算过一笔收入账,除了每月三万元的工资外,公共费、交际费、交通费等等补贴,再加上交通部门、研究管理部门和税务部门给予的补助费,大总统每月的"合法"收入可达二十七万之巨。这还不够,袁世凯上任后,财政部划拨了一百五十万元,用以大总统私人支配;大总统自己留下一百万元,其余的五十万分给了各部总长。这一恶例延续到袁世凯后的几任大总统。

袁世凯的花费很大,但没有证据显示他在享乐上曾与大清的太后皇上攀比。他饭量奇大,偏爱煮鸡蛋、清蒸鸭子、米饭、馒头和一种名叫"绿豆糊糊"的河南稀粥。除了过节喝点绍兴黄酒外,他从不喝酒,也不抽烟,尤其对当时官吏们普遍沾染的鸦片烟深恶痛绝。袁世凯的特殊嗜好是爱吃滋补品,"常常一把一把地将人参、鹿茸放在嘴里嚼着吃"。此外,他还雇着两个奶妈,"每天就吃这两个奶妈挤出来的奶"。他从来不穿丝绸,除了出席公开场合要穿各种礼服外,夏天总是一套黑纱制服和一顶巴拿马草帽,冬天则是黑色呢服和一顶黑貂皮帽。他对黑色短衣的酷爱,到了刻板的程度,固定款式是矮立领,衣服上还要有四个暗兜。即使在家里,无论接待客人还是自己吃饭,总是一身黑色穿戴整齐——"居仁堂里烧有暖气,温度本来很高,他又穿着这么多的衣服,自然要遍体出汗。因此,在吃完东西后,往往是腾腾的热气笼罩了他的头部,那样子好像是刚从浴室里出来似的。"除了每年过年时洗一次澡,袁世凯其余时间从不洗澡。"每到炎夏酷热,汗自然流得很多,他却从不自己洗,而是让姨太太们给他擦背,就是他的下身也同样是让她们给擦。他也从来不用洋恭桶,却用一个定做的木制马桶。这个马桶比一般的要高,他坐在上面,就仿佛坐在一个凳子上似的。"⑫袁家规模庞大,养家很费大洋,一妻九妾、十七个儿子、十五个女儿、几个儿媳和一些孙子孙女,此外还有管事的、账房、男女教师、中西医生、厨役、裁缝、花匠以及男女用人,跑上房的和跑各房的老妈、丫头等等,总计几百人。当然,相比大总统的年薪来讲,养家不算什么问题,袁世凯的主要花费在于他的政治活动。

首先,为了收买党人、亲信、将领、政敌和帮闲者,袁世凯绝对出手大方。唐在礼,原陆军部参谋次长,虽然"才华甚绌",但为袁世凯办事从来"致密无失",被袁世凯任命为总统府办事处总务厅长,"宠任磐桓,权轶总长"。专门为袁世凯处理人际交往之事的唐在礼记述道,袁世凯用钱收买的人按照价格排列主要有以下几种:

一是每次馈送金额在五十万元以上的,有前清的奕劻、世续、荫昌;有北洋心腹干将杨士琦、冯国璋、龙济光等等;

二是每次馈送十万元左右的,大多是各省的军政大员,如程德全、陆荣廷、张勋、张作霖、唐继尧、倪嗣冲、赵凤昌、曹锟、汪精卫等等;还有满蒙贵族如蒙古王公贡桑诺尔布、满洲都统那彦图等。

三是每次馈送数万元的,大多是跟随他的军队、警察要员以及政治上需要拉拢的社会人士,如李纯、王廷桢、梁启超、汤化龙等。

四是身边的绝对心腹,这些人对袁世凯百依百顺,袁世凯也认为他们的忠诚千金难买。因此,他每次馈送的数字不等,多则十万以上少则几万,支出时账房凭的是袁世凯的手条。馈送的人有梁士诒、唐在礼、段芝贵、杨度等等。袁世凯的卫队司令唐天喜也在馈送的范围之内,这位自小站练兵时就跟随袁世凯的武人被他呼为"喜儿"。

袁世凯还要向为他服务的报馆支付大量现金。这笔现金绝大部分送给了根据袁世凯的政治需要写文章的记者,这些记者往往也是袁世凯伸向社会各阶层中的"眼线"。袁世凯还雇用着大批专业密探。他不喜欢地痞流氓,认为这些人只能坏事,他花钱雇用的密探个个穿着阔绰,举止斯文,俨然上层人物,这些人物由秘密的专门机构管理,深入到了军政商界的各个部门。[13]

当然,袁世凯最大的开销是军费。

北洋军,无异于他的私人军队,其军费是一笔无法计算的巨额支出。

最终,黎元洪也被袁世凯收买了。黎元洪举家北上就任正式副总统,袁世凯让他住进中南海,具体位置是曾经软禁光绪皇帝的瀛台。忠厚的黎元洪不与袁世凯计较任何权力之事,他把大量时光消磨在了各色豪华宴会上。宴会上的话题可以从哥伦布说起,说当年哥伦布本想来中国,只是因为走错了路,才无意间发现了美洲大陆;然后说宴会的菜单要想精彩,就必须中西搭配,其道理如同制定民国宪法:

> 今春三月十五日午后五钟,黎副总统在瀛台庆云殿设宴延宾……谈话时在庆云殿之南间,对室为大餐间,桌上有人造花三盆,并皆佳美,望之若真花者。席中虽是西餐,参以中国食品,如燕窝、烧鸭、鱼翅等。黎副总统笑谓众客云,若请客专用西菜,大家多不喜欢吃,必以中国菜方好,譬如制定宪法,亦不能专采西洋之形式,必须参照中西之习惯,可谓妙喻生趣,众皆粲然。⑭

被黎元洪用菜单比喻的民国宪法,正是令袁世凯寝食不安所在,因为此刻一帮子议员正集中在天坛里埋头起草,袁世凯能预感到他们起草的东西肯定对自己不利。

当上正式大总统,并没有大功告成,袁世凯始终忍受着议会和舆论对他的制约,每隔一段时间,他就要信誓旦旦地将自己效忠共和的态度表白一番,这令他十分不快。现在,南方的军事威胁解除了,自己的权势名正言顺了,他决心不再受议会的窝囊气。

经过正式大总统的选举,议员们已经认识到过去的党派之争,特别是与国民党之间的斗争,最终获利的只有袁世凯。他们决心制定出一部正儿八经的宪法,用以制约袁世凯滥用权力。

尽管辛亥革命后,中国政坛出现了"非袁莫属"的倾向,但是从根本的人心所向上讲,袁世凯的声望远未达到众望所归的程度。社会舆论自然对袁世凯寄托着某种希望,但民国初建时经济贫弱、政局混乱,袁世凯的权势与威信只是相对的而非绝对。除了直接与之武力对抗的国民党之外,袁世凯还有很多暗地里的对手,比如前清大吏岑春煊、存有宿怨的张謇、颇有政治拥戴者的康有为和梁启超以及皇帝退位后将他恨得咬牙切齿的复辟派。林林总总,最让袁世凯头疼的,还是那些议员们。尽管不少议员是依附于袁世凯的贪婪怯懦之流,但不可否认,还有相当一部分议员身上士大夫特立独行的风骨依存,加上他们程度不等地坚持着共和的政治理念,因此他们将制约并预防袁世凯专制认定为自己的历史责任。宪法的制定,就是对袁世凯的一个警告。

民国宪法的起草,由一个委员会负责,委员会推举的五人起草小组是一个各党派的联合体:孙钟属于政友会;张耀曾是国民党人,李庆芳是公民党人,汪荣宝和黄云鹏是共和党人。正式大总统选举后,十月十四日,委员会召开了审定宪法草案的"二读会",会上宣读了全文十一章一百一十三条的宪法草案。按照程序,只要再开一次"三读会",宪法草案就可以交参、众两院审议通过了。

这部宪法因在天坛起草,史称《天坛宪法草案》。

与孙中山主持草拟的《临时约法》相比,《天坛宪法草案》明显地扩大了总统的权限,如在紧急情况发生而不能召开国会时,总统有权发布与法律具有同等效力的总统令;经过参议院多数同意,总统也有解散众议院的权力等等。但是,《天坛宪法草案》基本上坚持了共和原则,其重点是:一、立法权依旧在国会,特别是宪法的起草制定属于国会,国体问题不能成为修改的议题。二、众议院有权提出对总统的弹劾,并交由参议院审判。三、坚持责任内阁制,大总统任期为五年,只可连任一次。

袁世凯不能再等了。

《天坛宪法草案》在报上公布的当日,袁世凯就向众议院提出了"增修约法"议案,要求在宪法正式生效前修改约法,以强化大总统的权力,同时提出宪法须由大总统公布才有效。换句话说,如果没有经过袁世凯的审定,他就可以不承认也不执行宪法。但是,国会议员们以宪法还没有最后定稿为由,对袁世凯提出的议案置之不理。

袁世凯感到事情不妙了。

十月十八日,部分国民党议员和进步党议员共同组成一个新党,名为"民宪党",企图主导宪法的制定,并准备对违抗宪法的袁世凯发难。

袁世凯让国务院派出八名委员,带着他写给国会的咨文,要求参加国会会议并提出质询。在袁世凯的咨文中,他再次强调大总统有权对宪法提出修改意见,理由是这部宪法将由大总统来执行。

袁世凯的话中暗藏威胁:

> ……本大总统前膺临时大总统之任,一年有余,行政甘苦,知之较悉,国民疾苦,察之较真,现在既居大总统之职,将

来即负执行民国议会所拟宪法之责,苟见有执行困难及影响于国家治乱兴亡之处,势未敢自己于言。况共和成立,本大总统幸得周旋其间,今既承国民推举,负此重任,而对于民国根本组织之宪法大典,设有所知而不言,或言之而不尽,殊非忠于国民之素志。兹本大总统谨以至诚,对于民国宪法有所陈述,特饬国务院派遣委员施愚、顾鳌、饶孟任、黎渊、方枢、程树德、孔昭焱、余棨昌前往,代达本大总统之意见。嗣后贵会开议时,或开宪法起草委员会,或开宪法审议会,均希先期知照国务院,以便该委员等随时出席陈述,相应咨明贵会,请烦查照可也。⑮

令袁世凯大感意外的是,南方的战事败了,孙中山和黄兴已经逃往国外,本以为在国会中占据多数的国民党议员不再敢与他对着干了,可议员们给袁世凯的答复是:总统对宪法没有法定的提案权,派国务委员出席制宪会议缺乏法律依据,宪法起草规则明确规定,除了两院议员外,任何人不得出席制宪会议——袁世凯派去的八位国务院委员,竟然被议员们赶了回来。

忍无可忍的袁世凯开始煽风点火,通电各省军民长官,指责宪法起草委员会为国民党人把持,要求各省长官干预宪法的制定,并说议员们为所欲为是企图实行"国会专制"——将"专制"的帽子,戴在作为代表民意机关的议会头上,是袁世凯的一个创意:

> ……立宪精神,以分权为原则,临时政府一年以内,内阁三易,屡陷于无政府地位,皆误于议会之有国务员同意权,此必须废除者。今草案第十一条,国务总理之任命,须经众议院同意;第四十三条,众议院对于国务院,得为不信任之决议时,须免其职云云,比较《临时约法》弊害尤甚。各部部长,虽准自有任命,然弹劾之外,又入不信任投票一条,必使各部行政,事事仰承意旨,否则国务员即不违法,议员喜怒任意,可投不信任之票。众议院员数五百九十六人,以过半数列席计之,但有一百五十人表决,即应免职,是国务员随时可以推翻,行政权全在众议院少数人手,直成为国会专制矣……⑯

说到底,袁世凯对国会权力过大的指责,还是缘于他推翻责任内阁制、实行总统制的企图。在袁世凯的煽动下,全国各省的都督、军政长官、镇守使等纷纷发表通电,对国会专权大加声讨。声讨的声势造起来后,袁世凯让汤化龙等人从中"调停",汤化龙约来梁启超,开始与国会中的各党商谈折中办法,但是国民党议员和共和党议员坚决不让步。

十一月四日,袁世凯终于使出了他早已盘算好的绝杀:以查获"二次革命"中江西都督李烈钧与国民党议员徐秀均的往来密电为借口,下令北京警备地域司令官迅将国民党京师本部"立予解散",同时通电"各戒严地域司令官、各都督、民政长转饬各该地方警察厅长及该管地方官,凡国民党所设机关,不拘为支部、分部、交通部及其他名称,凡现未解散者,限令到三日内,一律勒令解散"。以后,如再发现以国民党的名义"发行印刷物品、公开演说或秘密集会",立即按照乱党之罪"一体拿办"。规定:"自江西湖口地方倡乱之日起,凡国会议员之隶籍国民党者,一律追缴议员证书徽章",撤销其议员资格。总之,要"使我庄严神圣之国会,不再为主张内乱者所挟持,以期巩固真正之共和,宣达真正之民意"。⑰

命令下达的当日,被收缴议员证书的国民党议员达三百多人。

原本以为已收缴完毕,谁知第二天又追加收缴了一百多人,这使得被收缴议员证书的议员达到四百三十八人。这时候,人们才明白了袁世凯的用意:只有达到这一数字,国会议员才从总数上不够半数,议员不够半数,国会也就开不成会了。

尽管参、众两院议员联名上书袁世凯,说只有两院会议才有取消议员资格的权力,如果有议员违反了国家法律,可以启动司法程序,现在不但国民党议员被取消了议员资格,很多非国民党议员的资格也被连带取消了,这一行为没有法律依据,超越了总统权限。

议员们之所以愤怒,是因为覆巢之下安有完卵?

国会议员不足半数导致国会不能开会,包括进步党、共和党等其他党籍的议员资格也形同虚设了。

取消国民党议员资格的命令,由内阁总理熊希龄签字发布,可见他没有任何办法改变局面。不久,因为袁世凯的掣肘,加上财政难以维系,熊希龄内阁垮台了。

国会无法议政，内阁也垮台了，为了维持政府运转，袁世凯组织了一个政治会议。政治会议由中央和各省推举的代表组成，共计八十人。这是一个临时的、特别的机构，既不是民选的议会，也不是得到法律认可的行政机构，只是袁世凯的一个御用班子。政治会议刚刚成立，由副总统黎元洪带头，各省都督和军民长官极力呼吁用政治会议取代国会，理由是国家花费大量金钱养活议员，可议员们却没有为国家做事。

一九一四年一月九日，政治会议作出决议：停止两院所有议员的职务。

第二天，袁世凯下令解散国会。

随即，袁世凯又下令解散了各省自治会和议会。

至此，从中央到地方，一切立法、民意和监督机关皆被取消了。

当然，那个《天坛宪法草案》也就不了了之了。

自南京临时政府成立以来，中华民国为建立民主政治所做的一切，瞬间全部垮塌。

昨天还在觥筹交错的议员们顿时成了无业游民：

> 议员淹滞京师，仍挟国会复活之希望，辗转数月，囊金告罄，借贷无门，其有欲返故里而不名一钱者，有隶鄂籍之议员某某数人，因资斧断绝，谒黄陂（黎元洪，湖北黄陂人）告之窘，黄陂各予以二百金壮行色。即他省议员，苟有代达困难者，黎亦有馈赠。计数月间，所费已达数万金，悉于其副总统年金项下捐廉以助焉。⑱

在扫除了一切障碍之后，袁世凯再次把修改约法的提案拿出来，御用政治会议自然迅速通过。由袁世凯亲自制定的《中华民国约法》替代了《中华民国临时约法》以及流产了的《天坛宪法草案》。《中华民国约法》最核心的内容是：赋予大总统至高无上的权力。

讨论袁世凯的议案时，政治会议满场唯唯诺诺，只有一个名叫张其锽的广西籍议员提出了异议。这位议员是前清进士出身，自认为颇有一点资历。他反对议案中的"大总统颁给爵位勋章"一条，说这使得民国的大总统太像清朝的皇帝了。话音未落，就遭到全场嘘声，张其锽拂袖而去，径直出京回了老家。袁世凯得知后，只说了八个字："追赶回京,交部议处"。[19]

袁氏《中华民国约法》共十章六十八条,且看其中关于"大总统"的内容:

> 第十四条 大总统为国家元首,总揽统治权。
>
> 第十五条 大总统代表中华民国。
>
> 第十六条 大总统对国民之全体负责任。
>
> 第十七条 大总统召集立法院宣告开会、停会、闭会。大总统经参政院之同意,解散立法院,但须自解散之日起,六个月以内选举新议员并召集之。
>
> 第十八条 大总统提出法律案及预算案于立法院。
>
> 第十九条 大总统为增进公益,或执行法律,或基于法律之委任发布命令,并得使发布之,但不得以命令变更法律。
>
> 第二十条 大总统为维持公安或防御非常灾害事机,紧急不能召集立法院时,经参政院之同意,得发布与法律有同等效力之教令,但须于次期立法院开会之始请求追认。前项教令立法院否认时,嗣后即失其效力。
>
> 第二十一条 大总统制定官制官规。大总统任免文武职官。
>
> 第二十二条 大总统宣告开战媾和。
>
> 第二十三条 大总统为陆海军大元帅,统率全国陆海军。大总统规定陆海军之编制及兵额。
>
> 第二十四条 大总统接受外国大使、公使。
>
> 第二十五条 大总统缔结条约,但变更领土或增加人民负担之条款,须经立法院之同意。
>
> 第二十六条 大总统依法律宣告戒严。
>
> 第二十七条 大总统颁给爵位勋章并其他荣典。
>
> 第二十八条 大总统宣告大赦、特赦、减刑、复权,但大赦须经立法院之同意。
>
> 第二十九条 大总统因故去职或不能视事时,副总统代行其职权。[20]

袁世凯成功地将责任内阁制改成了总统制。

但是,民主政体的门面还是要装扮一下的,从行文上看,"须经参政院同意"几个字似乎是唯一制约大总统权力的程序。但是,经过选举产生的两院已经被袁世凯解散,袁世凯自己"搜罗清旧臣"以及"国内名流"搞了一个"参议院",议员名单自然由他钦定。

光绪年间进士,官至江宁布政使、护理两江总督的樊增祥,做官未见留有政声,以咏赛金花往事的一曲《彩云曲》而负盛名。他做梦也没想到自己能当上民国的参议员。袁世凯在居仁堂宴请议员们的时候,杯盏交错,举酒赋诗。袁世凯首唱,樊增祥继之,这位前朝遗老幻觉丛生,恍如大清朝已经复活。回到家,他按照前朝的规矩给袁世凯写了一份谢恩折:

> 圣明笃念老成,咨询国政,宠锡杖履,免去仪节。赐茶,赐坐,龙团富贵之花;有条,有梅,鹊神诗酒之宴。飞瑞雪于三海,瞻庆云于九阶。虽安车蒲轮之典,不是过也。㉑

这种幻觉不为前清遗老所独有。

一九一四年的民国开始有点异样了。

《中华民国约法》颁布后,袁世凯立即取消了国务院,取代的名称叫"政事堂",很有点江湖味道,政事堂的首领叫"国务卿"。国务卿仅是大总统属下的一个办事员,与内阁制的总理完全是两回事了。"国务卿"一词是日本人从美国官制中翻译过来的,英文的本意是什么不得而知,可袁世凯很喜欢"卿"这个官职,因为中国皇家曾一直使用。

袁世凯宣布的政事堂成员是:外交总长孙宝琦、内务总长朱启钤、财政总长周自齐、陆军总长段祺瑞、海军总长刘冠雄、司法总长章宗祥、交通总长梁敦彦、教育总长汤化龙、农商总长张謇,国务卿为徐世昌。

徐世昌,天津人,字卜五,号菊人,又号弢斋。他结识袁世凯很早,年轻时由袁世凯资助,进京考试中举人,光绪十二年又中进士,授翰林院编修。袁世凯在小站练兵时,他充任主要幕僚兼管营务处。在袁世凯的照应下,他官运亨通,先后任兵部左侍郎、军机大臣、巡警部尚书、东三省总督等职。辛亥革命爆发时,他在奕劻的内阁里任协理大臣,等于是内阁副总理,曾是力主起用袁世凯的皇族内阁成员之一。

民国成立后,徐世昌一直隐居青岛。但与袁世凯保持着暗中往来。袁世凯请他出山的时候,他百般推辞。推辞除了故作姿态之外,惧怕舆论指摘他以前清大吏的身份服务于民国是重要原因。劝他出山的人络绎不绝,仿佛他不肯出来天理不容一般,最后徐世昌也就半推半就了。只有袁世凯了解他,知道他真正惧怕的是革命党,于是袁世凯对徐世昌承诺:"俟我将这一起昏小子拿了,再预备着迎接老大哥!"㉒现在,"昏小子"们——显然是指革命党人——已经被袁世凯统统拿了,徐世昌欣然出山。袁世凯称徐世昌为"老相国",每月给他送去四千大洋,并声明这不是民国官俸而是大总统自掏腰包。

徐国务卿上任后,风格果然迥异。他做的第一件事,就是命令全国的文职官吏在呈送履历时必须开具清时的旧官衔——这一规定暗示着,在前清没有当过官的,就没有资格在民国政府中任职——既然袁世凯称他为"相国",他也就顺手把政事堂的官制也改了,设左右丞相各一人,总统府秘书一律改称内史,秘书长称之为内史长。另外,各厅也开始设监、少监、丞、郎、舍人等古色古香的官职。徐国务卿还下令各省的民政长改称为巡按使、观察使改称道尹。上任后的第一个端午节,徐世昌穿着前清官服,顶戴花翎,进入紫禁城给下台的皇帝磕了一个头。

一九一四年七月,袁世凯发布命令,把文官的"官"与"职"分开。官分九等:上卿、中卿、少卿、上大夫、中大夫、少大夫、上士、中士、下士。被授予"上卿"的只有徐世昌一人,在前清当过总督或尚书的李经羲、梁敦彦等人都被授予了中卿加上卿衔,杨士琦、张謇、梁士诒、熊希龄、汤化龙、梁启超等人则被授予了中卿或少卿,袁世凯竟然还追赠被暗杀的宋教仁为中卿。武官称谓,废除了革命党人在武昌首义后普遍使用的都督之称,一律改为将军,分上将军、将军和左右将军,各省都督府也一律改称将军府。袁世凯下达了一个篇幅很长的任命书,将上至陆军总长段祺瑞,下至各省的各级武官,凡是可以授予将军衔的,都加封了一个封号,如山西的阎锡山是"同武将军",江西的李纯是"昌武将军",广东的龙济光是"振武将军"等等。在北京任职的武官,如蔡锷被封为"昭威将军"。袁世凯对此有专门的解释:"有地盘有兵权的冠以'武',无的则冠以'威'字,两者可以随时调换。"㉓

在京城的带动下,全国各地的官衔也开始复古。官府传人开始用令箭,官员出巡的行程用滚单。地方官员上书称,由于民俗强悍,不施官威不足以慑服,建议官员出行恢复使用前清仪仗。这一请求很快得到了徐国务卿的批准。官吏出门,绿呢大轿,鸣锣开道,衙役大呼小叫地净街,不禁让人恍如隔世:这还是中华民国吗?

突然,袁世凯颁布的惩治条令密集起来:《治安警察条例》、《惩办国贼条例》、《乱党自首条例》等等。袁世凯赋予十几个政府机关以随意捉人杀人的权力,其中以军法处最为严酷。军法处长陆建章以杀人闻名,审讯时一语不合就拉出去枪毙。袁世凯下令查封了国民党人的全部报刊,同时也顺便查封了不少他认为对政权不敬的舆论机关。一九一二年全国报刊有五百多种,到了一九一三年底只剩下了一百三十九种。有人感叹"政党蛰伏"而导致"舆论缄默","人生无趣"而导致"万籁俱寂"。

实际上,一九一四年的民国,各色人等都空前地忙乱起来。

广东顺德有人创建了"大圣会",首领自称皇帝,军师是留洋的西医,入会消灾,每人五元,信徒"身穿白色军衣手持木剑,大书伐北"——"伐北"显然是去打袁世凯的意思。很快,皇帝连同军师全部被广东当局捉去了。㉔四川也出现了揭竿起义者,自称是"唐明皇",制作的旗帜上写着"中华天正国法定乾坤"的字样。正是袁世凯策划新约法的时刻,这位自称是唐朝皇帝的人即刻就被砍了头。

不仅是偏远地区,就连城市里的百姓也惶惶不安:

南京市民中突然传说白莲教进城了,"剪妇人发髻及小儿阳具",于是求助道士"划符三道,以破妖术,每符一道,铜元一枚"。㉕

广州传言,有一只鸡的翅膀生出了手指,指谁谁就死,整个城市因此恐慌不已,最后警察厅贴出告示:"毋为妖言所惑"。㉖

那些识文断字的国民,心里茫然但又不至于信仙,只好读书解闷。

一九一四年的中国,鸳鸯蝴蝶派的文学作品开始流行。

"佳人和才子,相悦相恋,分拆不开,柳荫花下,像一对蝴蝶,一双鸳鸯一样",人们称之为"鸳鸯蝴蝶派"。㉗一九一四年,此类小说话本的出版形成高峰,涌现出大批哀伤委婉的作品:《玉梨魂》、《雪鸿泪史》、《孽冤镜》、《兰娘哀史》、《断肠花》、《美人福》、《情场之秘密》和《孽海鸳鸯》等等。刊载这类作品以《礼拜六》杂志最为繁盛,以致人们

将鸳鸯蝴蝶派又称为"礼拜六派"。《礼拜六》有出版赘言:

> 以小银元一枚,换得新奇小说数十篇,游倦归斋,挑灯展卷,或与良友抵掌评论,或伴爱妻并肩互读,意兴稍阑,则以其余留于明日读之;晴曦照窗,花香入坐,一编在手,万虑都忘,劳瘁一周,安闲此日,不亦快哉!㉓

京城里已恢复了衙门升堂百姓下跪的老规矩,真不知道哪天就被官府捉去打了板子,消灾无望的百姓不信大仙信什么?袁世凯下达了最严厉的舆论管制令,报纸上如果出现乱议政局的文章,主编将被"严厉处置"。那么,只有登些"鸳鸯蝴蝶"赚取广告费了。世事如此黯然,如果再不许心如死灰的知识分子浪漫地颓废一下,难道还指望他们像革命时期绝望的同类一样去跳海自杀以唤醒民众吗?

国民的脑袋里已经乱成了一锅粥。

包括袁世凯在内的政府,对国人什么也不信、什么都乱信的现状很担忧,认为百姓必须信个什么东西才行,于是新旧官僚、前朝大员和皇室遗老们都在为百姓准备一个崇拜对象忙得不可开交。

一九一二年成立于上海的孔教会,是民国时期最有影响的尊孔团体。该会在山东曲阜召开了第一次全国代表大会,然后搬迁到北京,推举康有为为总会长。尽管康有为没有到职,但袁世凯即刻承认该会并予以立案,该会的主任干事陈焕章还被袁世凯聘为总统顾问。孔教会由清末保皇党人、社会名流学士、前清遗老和孔家成员组成,他们于一九一三年上书国会,要求将孔教定为国教。民国议员们纷纷表示支持,他们很赞赏康有为说的这样一句话:"中国人不敬天,亦不敬教主,不知留此膝以傲慢何为也?"㉙——人之所以长着膝盖,天生就是下跪用的。这番意思被张勋解释起来变得杀气腾腾的:"无政治无以齐民志,无宗教无以一民心。民志不齐,严刑峻法足以齐志;民心不一则令不行,纪纲坠坏,民贼兴而国危矣。方今国体初更,民情浮动,欲谋统一,明教为先。"㉚一九一三年六月,袁世凯颁布《通令尊崇孔圣文》。第二年的九月,袁世凯再颁《尊崇伦常令》,说国家安定在于人心,国人心不向善是一个重大危机——"苟人心有向善之机,即国本有底安之理。"㉛几天之后,袁世凯又颁布《祭孔令》,这道命令把当前的民国说成是"土

匪禽兽之国",而情状之所以如此糟糕,问题就出在政体虽然革新可礼俗没有保守:

> ……中国数千年来立国之本在于道德,凡国家政治、家庭伦理、社会风俗,无一非先圣学说发皇流衍。是以国有治乱,运有隆替,惟此孔子之道亘古常新,与天无极……近自国体变更,无识之徒,误解平等自由,逾越范围,荡然无守,纲常沦弃,人欲横流,几成为土匪禽兽之国……使数千年崇拜孔子之心理缺而弗修,其何以固道德之藩篱而维持不敝?本大总统躬膺重任,早作夜思,以为政体虽取革新,而礼俗要当保守。㉜

一九一四年九月二十八日,在阁员朱启钤、周自齐和侍从武官的引导下,袁世凯前往北京孔庙。为他专门设计的祭祀礼服十分古怪:上身是绣着十二条龙的大礼服,下身却是一条印有千水纹的紫缎裙,头上戴的是一顶犹如道帽般的太平冠。袁世凯在孔子牌位前三叩九拜,演出了辛亥革命后第一次规模盛大的祭孔活剧。

当国人对于袁世凯的怪异礼服仍在津津乐道时,袁世凯又一次把那身祭祀礼服穿了出来。这回他祭祀的不是一个人,而是一个象征——天。中国的皇帝自称"真命天子",声称他的皇权是神授的。中国人的最高之神是天,所以皇帝每年都要祭天。在政治会议刚刚建立的时候,袁世凯就提出了举行祭天典礼的议案,政治会议不但立即赞同,而且还要求国民一起祭天:大总统代表全体国民祭,各地方官长代表地方国民祭,国民们自己在家里祭。北京的祭天仪式地点定在天坛。袁世凯下令恢复大清王朝的祭天制度,于每年十二月二十二日冬至那天举行民国祭天典礼。

一九一四年十二月二十二日,自新华门至天坛,沿途黄土垫道,戒严净街。袁世凯乘坐装有装甲的汽车,前有步军统领江朝宗和警察总监吴炳湘骑马开道,后有总统府指挥使徐邦杰殿后,大批骑兵卫士将其团团簇拥。到达天坛南门后,他换乘金轮大马车,到昭亨门再换乘竹椅轿子,最后到达圜丘坛下。在那里,他换上了那身样式古怪的礼服。更令人瞠目结舌的是,陪同他的官员们也都穿着类似的礼服,只不过袁世凯的上衣绣着十二条龙,陪同他的特任官绣着九条、简任官绣着七条、荐任官绣着五条,所有官员的下身和头上都与袁世凯一样——一条印有水纹的紫缎裙和一顶类似道士帽的太平冠。据说,这套打扮是内务部精心设计的。从中国历代服饰史上考据,可谓前无古人,后无来者,空前绝后,独树一帜。如果不是因为当时已有照相设备,无论我们的想象力如何丰富,也无从想象中国历史上曾出现过如此样式的官方礼服。

袁世凯的中华民国本身就是一个古怪的东西。

祭天仪式开始,袁世凯手持一块写有"代表中华民国国民袁世凯"字样的祝版——类似帝制时代大臣上朝用的"笏"那类的东西——走上祭台。在两边搀扶他的是陆军部高级军官荫昌和陆锦,二人穿的是笔挺的德式军装。烟雾升腾起来,一身古怪服饰的袁世凯摇摇晃晃,犹如一部神话剧中的某个角色。登坛祭拜之时,除了用深鞠躬替代跪拜之外,皇家礼仪一项不缺。祭乐袅袅,袁世凯和他身后那群古里古怪的官员们人人口中念念有词。

谁能知道此刻袁世凯心里想的是什么?

君君臣臣父父子子,孔子的这套说教千百年来被历代帝王所推崇,以证明君臣之分是天经地义的,是合情合理的,是臣民们必须心悦诚服的。

那么,中华民国的国民们呢?

《申报》译载了一篇名为《论中国政局之将来》的报道,外国人以他们的视角揣摩着中华民国大总统。文章关于袁世凯想要的不仅是独裁总统而是专制皇帝的推测,是最早将袁世凯的帝制野心公诸报端的民间评论之一:

> ……约法会议,上星期接续开会,已一致赞成袁总统提及之修正各条,此固意中之事,不言可知者也!袁总统今复提及议案,拟将优待清室条件,纂入《约法》,曾于案内胪列理由。袁总统今竟自称彼之为元首,其权不特因国民选举而得,且由清室下谕授之!清帝逊位以来,此实袁总统第一次发表也。袁总统有饮水思源之言,而其宪法顾问古德诺博士、贺长雄博士亦谓袁总统之权乃清室禅让之,袁总统之组织共和政府,乃受清室之委托。此种言论,极有关系;盖将以宪法为总统之附属品,总统将自认为清室继续者,而可以任意要求《约法》范

围以外之各权也！宪法在今日已成具文,既顺总统之意而加修正,自将以完全之威权归属总统,固不足怪。特袁总统拥共和之名,行专制之实,将如何持久？此乃一般人士所以为疑异者也。前星期外间有共和将改帝制之谣言,然今所谓共和,徒存虚名,易其名则帝制成矣！㉝

天坛祭天五天之后,袁世凯颁布了新的《大总统选举法》,其要点是:大总统一届任期为十年,连任不受限制。也就是说,袁世凯可以无限期地当大总统,直到他死。他死了之后的事,《大总统选举法》也有明确规定:大总统的继承人,由现任大总统推荐,大总统在没死之前,将推荐人写在一张金简上,藏在一个金匮石室里,金匮石室设在袁世凯居住和办公的中南海居仁堂的右侧。

金匮石室,这是中国皇帝传统的选择继承人的方式。

据说,袁世凯在那张金简上写了三个人的名字,按照继承顺序是:他的长子袁克定,现任国务卿徐世昌以及现任副总统黎元洪。

在中国,为什么权力、欲望和野心总是大于宪法？

金匮石室建立起来的时间是:一九一四年十二月二十八日。

再过几天就是元旦了。

经过一九一四年的翻云覆雨,可以预见中华民国的一九一五年,必是一个更为奇特的年份。

第一次知道了恋爱的苦乐

市井坊间热议中南海里的那个金匮石室时,癫狂和学识一样著名的章太炎被袁世凯的军法处关了起来。

在中国近代史上,似乎再没有哪个人像章太炎一样,将满腹经纶与政治狂热高度地集于一身。他长于经史和佛学,规模巨大的《章氏丛书》、《章氏丛书续编》和《章氏丛书三编》囊括了他的数十种著作。从晚清到民国,国人对他的国学大师身份知之甚少,却无不知政坛上有一个疯疯癫癫的"章疯子"。戊戌年间,他凑足十六两银子的会费,从成为康有为的强学会一分子以及改良主义报纸《时务报》的主要撰稿人。戊戌变法失败后,他跑到武昌投靠张之洞,没过多久就因为政见过于激烈被张之洞赶走。他去了日本,结识了孙中山,又成为排满主义的主要宣传者。他对大清王朝的辛辣抨击,让许多青年读者对他趋之若鹜,而他不但成为满清政府缉拿的对象,也被日本警察部门列入了"最不安分者"名单。归国后不久,他因上海《苏报》案入狱,同案入狱的邹容死了,他却活了下来——一介书生在监狱里不能做苦工,于是允许他读书。出狱时的章太炎除了一肚子佛学外,人竟然胖了一些。他参加过同盟会,但很快就分裂出去当了光复会会长。民国成立伊始,他强烈主张解散同盟会,同时又出任了南京临时政府总统府的枢密顾问。袁世凯成为临时大总统后,他立即成为统一党的理事和共和党的副理事,与国民党公开对着干——人们总是十分好奇:章太炎来回奔波,左右忙碌,怎么还有时间研读那么多深奥的中国经典从而写出了几乎等身的高深著作?

章太炎一度对当官很感兴趣。袁世凯为了笼络革命党人和社会贤达,送出了大量的屯垦使、经略使之类的为拿薪水而随便设立的闲差。章太炎得到了一个"东三省筹边使"的头衔。袁世凯的本意,是让他拿着薪水在北京装点民国的门面,可他却向袁世凯要了一万元的办公费,然后捧着别人给他画的东三省地图,兴致勃勃地上任去了。到了东北,他才发现,根本没人把他当官,他没有轿子可坐,也没有官吏迎候,孤零零地在旅店住了几天后,以上司的身份传唤当地官吏前来晋见,等了很久仍是不见一人前来。章太炎跑到吉林都督陈昭堂那里发火,说目无本筹边使就等同目无民国。陈都督请他吃了顿饭,送上点盘缠,然后把他打发回北京了。

章太炎不甘寂寞,从北京跑到湖北。令他意想不到的是,黎元洪用空前隆重的礼仪欢迎了他,使他那颗饱受创伤的心得到极大抚慰。他甚至想在湖北娶个夫人不走了,征婚条件是:湖北人,文理清顺,大家闺秀,没有沾染上平等自由等恶劣思潮。章太炎请黎元洪为他张罗,黎元洪因不愿惹麻烦而态度消极,此事最终不了了之。婚事虽然未成,但并不妨碍章太炎对黎元洪的感激,他拍着黎元洪的肩膀说:"民国总统一席,非公莫属。"这句话很快就传到了袁世凯那里。

章太炎参加的党派太多了,政见因此飘忽不定,人们无从分辨他到底属于哪一个党派,似乎除了自己之外,他不愿意从属于任何政治人物和政治势力。他不拘小节,飞扬跋扈,行为怪诞,我行我素,目无旁人,仿佛要与所有的人不共戴天。他恨皇帝、官吏、革命派、中间派和保皇派,当然也恨民国的大总统——无论谁当大总统他都恨——强烈的平民情结使一切独裁、霸权和仗势欺人的人统统是他的眼中钉肉中刺。这是一个因骨硬而霸道的人。

袁世凯意识到,对付这样的人决不能用常规手段,必须把他弄到北京安顿下来,让军法处随时看着他的那张煽风点火的嘴。于是,袁世凯召他进京,正儿八经地授予他一个"勋二位"的爵位。这个毫无意义的"爵位"再次令章太炎忘乎所以,他马上衣锦还乡般地回到江浙,并再次宣布征婚,条件与在湖北时的征婚没有太大差别,只是把择偶范围扩大到了整个民国。章太炎的征婚给民国的报界带来了娱乐效益。一个署名"张别古"的人,发表了一则应征书,极力描绘她是多么的适合做章太太,因为她是一个决不参政、决不崇尚女权的大家闺秀。特别是,她绝不会红杏出墙给大师惹麻烦,因为她芳龄已八十有余:

> 太炎先生伟席:阅先生求婚广告,人多难之,妾独不揣,敢效毛遂之自荐。先生其纳我乎?妾本大家闺秀,先君为前清嘉庆朝文华殿大学士。妾幼处深闺,习知古训,内则之篇,列女之传,皆能背诵如流。间或提笔为文,辄洋洋千万言,镕经铸史,博奥渊衍,时下名士读之,皆惊而却走。妾私愿,得当世大文豪而事之,虽死无憾,然以择婿苛,至今犹未字也。乡人之忌妾者,从而造作蜚语,谓妾貌奇丑,妾尝引镜自照,觉色虽黄而有光,面虽麻而疏朗,皮虽皱而纹不长,唇虽阙而露口香,体虽矮而如美人之产东洋,足虽跛而犹能勉强以登床,龅齿一笑,百态千腔,虽古之无盐,不能比其美。即以先生之丰仪,并坐而比照之,恐亦未易分优劣也。先生文名满天下,妾久做侍奉箕帚之想,今何幸得好机会,从容自荐于先生。古人云,修道今生才子妇,不嫌消瘦似梅花。妾苟得侍君子,敢不服劳尽瘁,举凡烧饭、缝衣、扫地、拂桌、铺床、叠被、洗痰盂、倒夜壶诸事,皆为妾应尽之职务,其他劳役,亦不无奉命惟谨,先生于

1911

是,勿忧乾纲之不振也。至时下习气,妾实未尝沾染丝毫,迩来时髦女子,动辄为骇人听闻之举,妾实非之。彼以男女宜平权,妾以为夫犹天也;彼方要求参政,妾以为外言人不入于阃。妾行年八十有余,誓不再染习气,嫁先生后,当谨守深闺,除事夫服役外,以看经念佛为功课,先生夙精佛学,且必有以教我也。纸短情长,欲言不尽,附呈小影一帧,惟爱我者珍而玩之。妾张别古裣衽上言。㉞

时年四十五岁的章太炎突然宣布,他要与二十八岁的汤国黎女士结为伉俪。

婚礼在上海著名的哈同花园举行,来宾除了各界名流佳媛之外,还有革命党人孙中山、黄兴和陈其美等,证婚人是蔡元培。婚礼虽然按照西洋程式进行,但婚宴上玩了三个中国游戏:一是让新娘举着一张写有几个字的白纸,然后让章太炎站在一丈开外认读。章太炎因眼睛近视认不出,被罚酒。二是限新郎在三十分钟内作诗一首,章太炎吟道:"吾生虽秭米,亦知天地宽,振衣涉高岗,招君云之端。"——宴席上的人皆拍手称道。三是请新郎讲笑话一则,如果有三个人不笑,罚酒一觥。章太炎想了半天说的笑话是:"吾人读《红楼梦》,于贾二老爷笑话时,仿佛近之。"——莫名其妙,没有人笑,认罚。结婚欢宴以章太炎口占一诗谢介绍人结束,果真是大才子出口不凡:"龙蛇兴大陆,孕育致江河。极目龟山峻,于今有斧柯。"㉟

章太炎的婚礼结束后不久,孙中山、黄兴、陈其美都逃亡了。

北京的国民党人惶惶不可终日,共和党邀请章太炎进京大干一场。

一直自认为袁世凯不敢慢待,新婚之后的章太炎翩然北上。

章太炎不知道时过境迁,北洋军在对"二次革命"的镇压中节节胜利,袁世凯已经用不着巴结任何一位反对派了。章太炎刚一进京,就被军法处长陆建章软禁起来。北京地方检察厅甚至还以"言辞不轨"为名传讯他,抗拒出庭的章太炎出示了一纸日本军医的诊断书,上面写着他患有严重的神经衰弱症。

为了安抚,袁世凯让他在一个考试机构挂个虚名。章太炎当真了,开口就要二十万的开办费,不是袁世凯舍不得钱,而是不敢真的让他在北京公开收罗一帮反政府弟子。几个月后,等不到消息的章太炎不耐烦了,给军法处长陆建章写信说,民国是他创造出来的,因为不忍心民国覆灭,才来北京监督袁世凯,现在一切都坏得不能再坏了,他要走人了:

> 朗斋(陆建章,字朗斋)足下:入都三月,劳君护视。余本光复前驱,中华民国由我创造,不忍其覆亡,故入都相视耳!迩来观察所及,天之所坏,不可支也。余亦倦于从事,又迫岁寒,闲居读书,宜就温暖,数日内当往青岛,与都人士断绝往来,望传语卫兵,劳苦相谢。㊱

袁世凯绝对不能再放他出京,不许他走也不理他,章太炎遂决定强行出京。几位共和党好友劝他不要冒险,他不听。结果在去火车站的路上被宪兵所阻。第二天,袁世凯正在办公室,秘书拿着一双破皮鞋进来说有客求见,并说客人自称事先与总统有约定,只要看见破皮鞋就知是谁了。袁世凯想了半天,也没想起来是谁,等让客人进来才知是章太炎。章太炎坐下就骂,从政治骂到经济,从经济骂到外交,一直骂到袁世凯拂袖而去,把他一个人剩在客厅里。从此,袁世凯再也不见他。几天后,突然有个衣衫不整的人,手持名片到总统府求见大总统,名片上赫然写着"章太炎"三个字。卫兵不让进,说大总统正在会客,章太炎问会见谁,卫兵答是熊希龄,于是他在门口等。等了半天,再问大总统会见的是谁,卫兵答是向瑞琨。章太炎顿时大怒,说那个姓向的只是个孩子,总统可以接见一个孩子,为什么不接见我?他在接待室里大喊大叫,把接待室的器物都摔在地上。终于,总统府里出来一辆马车,他被推上车送到了附近的一处教练所,然后被转送到龙泉寺。章太炎被关进龙泉寺的第二天,袁世凯的二儿子袁克文给他送来被褥。章太炎接过来,用点燃的香烟把华美的绸缎烧出一片大窟窿,然后将被褥扔在院子里让袁克文拿回去。

副总统黎元洪亲自找袁世凯说情。袁世凯说可以每月给章太炎五百大洋,条件是他什么也不干,什么也不说。章太炎给袁世凯写了一封信,明确表示决不当攀龙附凤的食客,也决不能与鸡鸣狗盗之徒为伍。又有人转求袁世凯最亲近的秘书张瞋目,说大总统"挟有精兵十万",何必畏惧一介书生,"不使恢复其自由呢"?张瞋目答:章太炎的文章

"可横扫千军,亦是可怕的东西"!㊲

1911

北京警察厅的人把龙泉寺监视得水泄不通,连门房、厨子和扫地的都是特务。袁世凯命令:不准他外出,不得接近他。如果他研究经史,任其写作;如果言行不轨,片纸不得外传。愤怒的章太炎开始折磨那些监视他的特务,他让他们写检讨书,让他们早晚向他请安,见到他必须一跪三叩首,还要称呼他老爷大人。特务们逆来顺受,就是不吭声,就是不知难而退。袁世凯要求特务们好好照顾他,每月的生活费是五百元,虽然经过转手实际上只有三百元,但三百元也是一笔大数目。章太炎不知吃什么穿什么才能让袁世凯倾家荡产,每天都发狠似的点火腿和鸡蛋,他哪里知道当时的一块钱能买鸡蛋一百多枚。

章太炎又给袁世凯写了一封信,表示决不会向日趋专制、背叛共和的人屈服,他开始绝食了。这是他平生第二次绝食,第一次是因《苏报》案入狱,他曾数天不吃饭以示抗议。袁世凯担心他真的死了,不断地找人前去劝说。一位亲近的门生来了,对章太炎说,袁世凯要杀你很容易,但是他不敢,怕担历史恶名,你要是自己饿死了,等于帮了他的忙,你饿死的那天就是袁世凯的高兴之日。章太炎一听,立即开始吃饭。随后,袁世凯把他转到了钱粮胡同他的旧日寓所内,当他发现仍旧被监视后再次绝食。这一次章太炎很坚决,无论谁来劝都不管用。就在他奄奄一息的时候,学人马叙伦来看望他。待马叙伦要走时,章太炎说自己要死了,请他多待一会儿说几句话。马叙伦说自己饿了要回家吃饭,章太炎说这里有厨子可以让他们做。厨子做了一桌丰盛的饭菜,马叙伦在章太炎的注视下大吃大喝。终于,章太炎喝了一口米汤,绝食就此结束。

章太炎承认自己是个疯子,但他说革命需要精神病:

> 大凡非常的议论,不是神经病的人断不能想,就能想亦不敢说。遇着艰难困苦的时候,不是精神病的人断不能百折不回,孤行己意。所以古来有大学问者成大事业的,必得有神经病才能做到……为这缘故,兄弟承认自己有精神病。也愿诸位同志人人个个都有一两分的精神病。近来传说某某是有精神病,某某也是有精神病。兄弟看来,不怕有精神病。只怕富

贵利禄当面现前的时候,那精神病立刻好了,这才是要不得呢!㊳

这位罕见之人的罕见之处在于:很多在革命前有"精神病"的人,在革命后的荣华富贵中很快"痊愈",而他依旧在病中,且越病越重。

这位誓不低头的古怪文人成为一名著名的反袁斗士。

与此同时,还有一个著名的文人处境艰难,他就是梁启超。

至少在中国近代政治史上,没有哪位文人的名气比得上梁启超。

他极力主张用改良的方式实行君主立宪制,认为"开明专制"是符合中国国情的唯一政体样式。显然,大清王朝的覆灭令他怅然若失,因为"君主立宪"的"君主"没了踪影,"开明专制"的"专制"也没了着落。但是,梁启超转变得很快,尤其是袁世凯就任临时大总统后,他成为共和制的热诚拥护者。他希望组织一个大党来主导国会,抑制主张暴力革命的国民党人,此时的他应该算一个保守的政党政治的主张者。梁启超的政党政治理念,至少在民国初建的时候,与孙中山所抱有的政治幻想没有根本冲突。袁世凯对待进步党宽容和合作的态度,使梁启超一度认为实现自己的政治理想前景乐观。他和进步党人一起,一面与国民党人进行着政治角逐,一面试图把袁世凯带上他们认为正确的执政轨道,特别是国民党失去了国会第一大党的地位后,由进步党单独组阁的念头一直鼓舞着梁启超。

袁世凯对梁启超很客气,时常向他请教时政问题,袁世凯的恭敬让梁启超觉得自己不是外人。无法想象梁启超与袁世凯促膝长谈时是个什么情形,因为他们在十几年前的戊戌变法中曾是不共戴天的敌人——这就是历史的奇特之处:只要有足够的时间和持续的欲望,任何往事都可以朦胧如烟。"二次革命"爆发时,梁启超和他的进步党支持了袁世凯武力统一中国,为袁世凯承担了稳定后方政局的重要作用。但是,随着赵秉钧内阁的垮台,舆论盛传袁世凯再也不肯将内阁交给政党组建,而是要指派他的亲信徐世昌或段祺瑞主持。进步党人为此四处呼吁——在不能让北洋派执掌内阁的问题上,他们与国民党人立场一致。然而,在袁世凯的威胁下,鉴于宋教仁的前车之鉴,进步党不敢公开主张单独组阁,于是暗中联合国民党人,企图推举汤化龙或梁启超为总理,从而建立一个能够对袁世凯形成约束的责任内阁。在各方面的压力下,袁世凯最终没能将内阁变成北洋军人的司令部,他被迫推举进步党人熊希龄出面组阁。

梁启超的理想是当财政总长,他认为财政关乎民国的存亡。

进步党人与袁世凯在内阁人选上争斗激烈。袁世凯企图组成一个以袁氏亲信为主体的内阁,将外交、陆军、财政、内务等职委任给私党孙宝琦、段祺瑞、周自齐和朱启钤,剩下的司法、教育、农商等不重要的部门职位委任给进步党人。为了抵制袁世凯,梁启超宣布他拒绝入阁。他的做法不但让袁世凯感到了威胁,甚至在急于组阁的熊希龄眼里,梁启超也成了一个"破坏分子":

> 熊乃出最峻烈之词锋与任公(梁启超,号任公)交涉,谓"屡次皆公促我来,属我牺牲。我既牺牲,而公乃自洁,足见熊希龄三字不抵梁启超名字至尊重。"又诘任公,以"公既不出,则张季直(张謇,字季直)、汪伯棠(汪大燮,字伯棠)皆牵连不出,熊内阁势将小产,此时进步党将持何态度?又如公等均不出,熊内阁纯以官僚组成之,舆论必不满意,此时进步党又将持何态度?故为进步党计,公亦不可不出。"其词恳切,任公无以难之。㊴

梁启超被迫出任司法总长,条件是:如果进步党的政策和主张遭到失败,他立即辞职。

梁启超认为,不管袁世凯在内阁里安置了多少亲信,组成内阁的最大政党还是进步党,因此他踌躇满志,准备大干一番——梁启超似乎把不久前发生的那件事忘了:宋教仁就是在准备大干一番的时候被带毒的子弹射中的。

面对来自各方面的掣肘企图,袁世凯已经失去了最后的忍耐力。熊希龄内阁成立几天之后,梁士诒在袁世凯的授意下拼凑起一个公民党,由于依附袁世凯的官僚政客纷纷加入,公民党顿时成了可以与进步党抗衡的强有力的对手。接着,在公民党人的操纵下,正式大总统的选举上演了。就在这时候,梁启超以熊希龄的名义为内阁写了一份《政府大政方针宣言书》,公开发表在梁启超主办的《庸言报》上。宣言书从行政、外交、财政、教育、司法等各个方面,阐述了在责任内阁制框架内的执政原则:贯彻民主法制精神,大总统与国务院各具权限,司法独立,整顿吏治。宣言书带有浓重的资产阶级共和色彩,其政治主张不但与袁世凯理想中的总统制相去甚远,在主张地方自治、司法独立和军民分治等方面,更是与专制制度水火不容。宣言书甚至还涉及了军事,主张全面削减北洋军,认为其规模不得超过二十个师。

梁启超严重地触犯了袁氏集团的政治利益。

继宋教仁之后,他成为袁世凯的又一个心腹大患。

梁启超很快就看见了袁世凯凶狠的一面:国民党被强行解散,党员遭到逮捕甚至杀害。最后,国会也被解散了。

国会没有了,进步党还有什么存在的理由?

梁启超跑到总统府面见袁世凯,力争保住国会,他甚至告诉袁世凯:"古之成大业者,挟天子以令诸侯;今欲戡乱图治,惟当挟国会以号召天下。名正言顺,然后所向莫与敌也。"㊵但是。梁启超的劝说毫无结果。袁世凯从来没有与其他任何政治势力分享权力的想法,过去没有,现在没有,将来也不会有。

一九一四年二月,随着内阁总理熊希龄的辞职,梁启超和教育总长汪大燮也提出辞呈,从此内阁里没了进步党人的影子。袁世凯挽留梁启超,梁启超说既然大政方针没有实现的可能,不管是否获得批准他都必须辞职。为了安抚进步党人,袁世凯给他们安排了只拿薪水不干事的差事:熊希龄任全国煤油督办,汪大燮任平政院长,梁启超任币制局总裁。在目睹了袁世凯废除《中华民国临时约法》而出台了一个由他制定的《中华民国约法》后,梁启超又提出辞去币制局总裁的职务。袁世凯还是不准。门生弟子们纷纷劝梁启超远离袁世凯,以免毁了他的一世英名;更有激烈者劝他迅速离开政坛,说民国政坛里的人根本"不识羞耻两字"。

辞职不准,请假也不准,梁启超陷入了空前的迷茫。他在京城西郊租了间小房子,如同出家当了和尚一般,在给友人的信中说:"弟则如古诗所云:'习习笼中鸟,举翮触四隅。'力求解脱,至今未得,而环顾世变,至使人无复乐生之思,何可言耶?"㊶

袁世凯祭天后的第四天,即十二月二十七日,梁启超的辞呈获得批准。

第二天,明确规定了世袭制的《大总统选举法》出台。

梁启超立即宣布自己脱离政治:

> 自今以往,除学问上或与二三朋辈结合讨论外,一切政治团体之关系,皆当中止。乃至生平最敬仰之师长,最亲习之友生,亦惟以道义相切劘,学艺相商榷,至其政治上之言论行动,吾决意不愿有所与闻,更不能负丝毫之连带责任。㊷

没过几天,突然有人请他吃饭,请柬上邀请人的名字是袁克定。

宣布自己不再与任何政治人物来往的梁启超应邀出席了。

宴会上的来客自然都是袁家的亲信,酒酣耳热之时,袁克定向梁启超咨询了一个问题:如果改变国体,先生是否赞同?

什么叫改变国体?

梁启超目瞪口呆。

宴会散了之后,梁启超回家打点行装,避难似的举家移至天津。

袁世凯的任命追来了:任命梁启超为总统府政治顾问,并请他去南方各省考察司法教育情况。

梁启超给袁世凯写了一封很长的信,说他本不愿意再给自己惹麻烦,但时局之危险已经到了让人不寒而栗的程度,他不得不"椎心泣血,进此最后之忠言":

> ……国体问题已类骑虎,启超良不欲更为谏沮,益蹈愆嫌。惟静观大局,默察前途,愈思愈危,不寒而栗。友邦责言,党人构难,虽云纠葛,犹可维防,所最痛忧者,我大总统四年来为国尽瘁之本怀,将永无以自白于下;天下之信仰自此坠落,而国本即自此动摇。传不云乎,"与国人交,止于信"。信立于上,民自孚之;一度背信,而他日更欲有以自结于民,其难犹登天也。明誓数四,口血未干,一旦而所行尽反于其所言,后此将何以号令天下? ……大总统高拱深宫,所接见惟左右近习,将顺意旨之人,方且饰为全国一致拥戴之言,相与邀功取宠,而岂知事实乃适相反……若今日以民国元首之望,而竟不能辍陈桥之谋,则将来虽以帝国元首之威,又岂必能弭渔阳之变? ……今也水旱仍频,殃灾洊至,天心示警,亦已昭然,重以

吏治未澄,盗贼未息,刑罚失中,税敛繁重,祁寒暑雨,民怨沸腾,内则敌党蓄力待势,外则强邻狡焉思启。我大总统何苦以千金之躯,为众矢之鹄;舍磐石之安,就虎尾之危;灰葵藿之心,长萑苻之志。启超诚愿我大总统以一身开中国将来新英雄之纪元,不愿我大总统一身作中国过去旧奸雄之结局;愿我大总统之荣誉与中国以俱长,不愿中国之历数随我大总统而斩。是用椎心泣血,进此最后之忠言……㊸

梁启超勇敢地使用了"奸雄"二字。

不久,袁世凯那边就有了回音——四月末,梁启超南下广州为父亲庆寿,事后有人告诉他曾有"乱党九人,各挟爆弹,拟到乡祝寿"。㊹

在这一瞬间,梁启超也许想到了他认为激烈得近乎偏执后来却倒在血泊中的宋教仁,还有那个他一向认为是江洋大寇现在仍被迫流亡的孙中山。他深深地隐藏在天津的家中。夜深人静之时,梁启超第一次认真地思考了这样一个问题:为什么孙中山最热衷的是筹到足够的钱,然后去购买长枪、短枪和炸弹?

这种念头,一旦出现在这位中国近代史上最著名的文人的思考中,历史就要出大事了——只是,曾是内阁高官的梁启超衣食无忧,只要他躲在天津的寓所内不出门,生命安全暂无危机。

真正陷入人生低谷的,是被袁世凯通缉的孙中山。

孙中山已是个身无分文的流浪汉。他轮流在各位日本友人的家中寄住,过着寄人篱下的生活,没有任何经济来源:

国父独居一室,室为日制六席之书斋,环堵萧然,似学生下宿之旅舍,日中则出御一十六叠客座,黯然黝黑无复光线,终日盘膝坐,屹然无倦容,日恒借鉴体制,筹划党务,密议军事,仍图再举,生活至感枯窘,自奉极简,不置仆役,厨役一人,司炊爨而已,而膳食辄不逾一簋,顾如此亦时患不给。每月晦,辄遣其记室叶夏声向日商和田瑞者,告贷四百日元,以偿竟月之薪伙……㊺

日本的冬天天寒地冻,衣衫单薄的孙中山没钱买柴取暖,只有向南洋的国民党同志求助。最让孙中山心寒的是,他的权威总是树立不起来,徒有领袖之名而实似傀儡:"意见分歧,步骤凌乱,既无团结自治之精神,复无奉令奉敬之美德,致党魁有似于傀儡,党员有类于散沙。"㊻虽然有激进者主张回到国内去发动"第三次革命",但大多数国民党流亡者绝望情绪严重:"当二年前,吾党正是成功,据有十余省地盘,千万之款可以筹集,三四十万兵可以调用,尚且不能抵抗袁氏,今已一败涂地,有何势力可以革命? 革命进行究竟有何办法?"㊼灰心丧气之余,国民党人最强烈的愿望是总结教训,把为什么失败的原因辩论清楚。但是,辩论之中,伤口未得到愈合,裂痕却愈加明显。

孙中山固执地认为,"二次革命"之所以失败,根本原因是没有服从他的命令。他说同盟会自成立那天起,内部不团结、纪律不严格、缺乏统一号令等等都是致命的弱点,而改组成国民党以来依然没能实现"服从党魁"的统一号令。这就使得各省国民党都督在"二次革命"中患得患失,不能齐心协力,结果坐失良机,导致袁世凯各个击破。所谓不能"齐心协力",孙中山主要是指黄兴对他的劝阻,他将黄兴阻止他去南京实施暗杀行动,说成是导致"二次革命"失败的关键。认为那时候如果立即动兵,海军就有参加起义的可能,上海和九江就不会很快丢失,袁世凯的大借款不但不能成功,他也没有时间收买议员,调遣军队、制造舆论——"吾党有百胜之道,而兄见不及此。"㊽总之,是黄兴耽误了最好的战机。之后,黄兴到达南京,坚守南京的意志不坚决,危难之时又贸然出走,导致三军无主,以至最终战斗失利。因此,孙中山认为"二次革命"的失败不在于军事,而在于党内涣散和对他的不服从。

黄兴并不推诿,特别是承认南京军事行动的失败应当由他承担责任。但是,他不同意将"二次革命"的失败归结于"不服从领袖的命令"。黄兴认为,"二次革命"是不得已而为之的行动,国民党人无论在政治上和军事上都准备不足,发动武装革命的条件根本就不具备。同时,黄兴也不认为革命就此彻底失败了,他说只要同志继续奋斗"最后之胜利,终归之吾党"。㊾黄兴的支持者也认为,自革命的那一天起,黄兴每每亲临前线,赴汤蹈火,奋不顾身,李烈钧在湖口起事后,他又代替孙中山驰赴南京,其明知不可为而为之的苦心众所周知。至于南京所面临的军事危局,并不是黄兴一人就可以挽救的,即使孙中山去了结局也是一样,因此苛责黄兴是"不恰当的"。

就未来的革命方略，以孙中山为代表的“激进派”和以黄兴为代表的“缓进派”争执激烈。孙中山认为袁世凯政府危机四伏，坚持不了多久；现在革命党人的力量比革命前壮大了“不啻万倍”，袁世凯的倒行逆施恰好是为大量地“制造革命党”提供了条件。孙中山的支持者主张尽快发动“第三次革命”，认为机会必须由创造而来，绝不是由等候而来的。黄兴认为，现在袁世凯不但依旧拥有重兵，且得到了国内舆论的支持，革命党人赤手空拳，即便甘洒热血也于事无补，因此要等待时机相机而举。李烈钧、柏文蔚、陈炯明等人都支持黄兴，以为国民党人再不能以“盲进突击为能”。

孙中山决心重新组党。

孙中山认为，追究国民党人失败的原因，就是因为党人的成分太杂，权欲私心太重。他打算“从新再做，合集此纯净之分子组织纯粹之革命党，以为再举之图，务期达到吾党人纯粹革命目的，即民权、民生主义是也”。(50)

孙中山给重新组建的党起名为“中华革命党”。

为了达到理想的“纯粹之革命党”，孙中山提出了组党的三条方针：一、党员要绝对服从党魁的指挥，不得有任何违抗；二、党员入党时要宣誓“愿牺牲生命、自由权利，服从命令，尽忠职守，誓共生死”，并须在誓约上签名、按手印以示永不反悔；三、严格入党手续，审查入党对象，“正本清源，摒斥官吏，淘汰伪革命党”。(51)

重新整顿革命队伍，建立更有战斗力的党，无疑是失败后的明智决定。但是，要求党员必须放弃自由权利，绝对服从党魁的个人意志，即使作为一个资产阶级革命政党来讲，还是显出了孙中山的狭隘与幼稚。

孙中山这样解释了为什么党员要无条件地服从他：

> ……殊不知党员之于一党，非如国民之于政府，动辄可争平等自由，设一党中人人争平等自由，则举世当无有能自存之党。盖党员之于一党，犹官吏之于国家。官吏为国民之公仆，必须牺牲一己之自由平等，绝对服从国家，以为人民谋自由平等。惟党亦然，凡人投身革命党中，以救国救民为己任，则当先牺牲一己之自由平等，为国民谋自由平等，故对于党魁则当服从命令，对于国民则当牺牲一己之权利……是以此次重组

> 革命党,首以服从命令为唯一之要件。凡入党各员,必自问甘愿服从文(孙文)一人,毫无疑虑而后可。若口是心非,神离貌合之辈,则宁从割爱,断不勉强。务以多得一党员,即多得一员之用,无取浮滥,以免良莠不齐,此吾党今次立党所以与前此不同者。㊾

中华革命党的组建,连当年同盟会的内部选举和民主程序都没有了,酷似一个民间秘密会党。

孙中山自信到了霸道的程度,如果不是可信度很高的史料,难以置信他说出这番话:

> 一、革命必须有唯一(崇高伟大)之领袖,然后才能提挈得起,如身使臂,臂使指,成为强有力之团体人格;二、革命党不能群龙无首,或互争雄长,必须在唯一领袖之下,绝对服从;三、我是推翻专制,建立共和,首倡而实行之者。如离开我而讲共和、讲民主,则是南辕而北其辙;四、再举革命,非我不行。同志要再举革命,非服从我不行。我不是包办革命,而是毕生致力于国民革命,对于革命道理,有真知灼见,对于革命方略,有切实措施。同志鉴于过去之失败,蕲求未来之成功,应该一致觉悟。我敢说除我外,无革命之导师。如果面从心违,我尚认为不是革命的同志,况并将"服从孙先生再举革命"一句抹煞,这是我不能答应。㊿

黄兴等人坚决反对。

黄兴认为,党魁专断近乎专制,违反民主革命的精神,党员是为革命奋斗的,不是为某一个人献身的,而签名、按手印、发誓效忠更是对党员一种侮辱。尽管孙中山百般解释,终未能说服黄兴。如果黄兴不参加中华革命党,对于革命阵营的重新集结似乎有点不可思议。孙中山的追随者努力调和,提出譬如"前同盟会会员不必宣誓",誓词中"服从孙先生"一句可改成"服从总理",但是孙中山态度强硬:不得对他的原方案作任何更改。其结果是黄兴、李烈钧、柏文蔚、谭人凤等人均拒绝加入中华革命党。

黄兴决定离开。

黄兴给孙中山写了一封信,说以两年为限,如果革命不成再请他出来;不过,黄兴要禁止旁人再到处说他和他的追随者是一群无知的亡命之徒:

> 弟有所求于兄者,则望兄让我干此第三次之事(指第三次革命),限以二年为期,过此犹不成,兄可继续出而任事,弟当让兄独办。如弟幸而成功,则请兄出而任政治之事。此时弟决意一到战场,以遂生平之志,以试生平之学。今在筹备之中,有一极要之事求兄解决者,则望兄禁止兄之亲信部下,对于外人,自后绝勿再言"中国军界俱是听黄先生之令,无人听孙文之令者。孙文所率者,不过一班之无知少年学生及无饭食之亡命耳。"㊴

孙中山与黄兴分手了。

一九一四年六月二十三日,中华革命党召开选举大会,党的总理当然是孙中山,但需要一名有实干精神的副总理,孙中山提议凡是当过都督的人都有资格当副总理,当时愿意入党又当过都督的只有胡汉民和陈其美,可他们两人都以自己不能胜任为由坚决推辞,于是这一职务始终空缺。七月八日,中华革命党在东京召开成立大会,会场的大门被锁上,任何外人不得接近,与会者两百多人,一律佩戴统一的徽章,面对孙中山写下的誓约当众宣誓:

> 立誓约人×××,为救中国危亡,拯生民困苦,愿牺牲一己之身命自由权利,服从孙先生,再举革命,务达民权、民生两主义,并创制五权宪法,使政治修明,生民乐利,培国基于巩固,维世界之和平,特诚谨矢誓如左:
> 一、实行宗旨;
> 二、服从命令;
> 三、尽忠职守;
> 四、严守秘密;
> 五、誓共生死。
> 愿兹永守其约,至死不渝,如有二心,甘受极刑。㊵

《中华革命党总章》共三十九条,为了强化党的统一领导,除强调党员对党魁的绝对服从外,还明确把党员划分为三个阶层:"凡革命军未起义之前进党者,名为首义党员;凡革命军起义之后、革命政府成立以前进党者,名为协助党员;凡于整个政府成立之后进党者,名曰普通党员。"三个阶层的党员享受的待遇和权利不一样:"革命成功之日,首义党员悉隶为元勋公民,得一切参政执政之优先权利;协助党员得隶为有功公民,能得选举及被选举权利;普通党员得隶为先进公民,享有选举权利。"㊻党内等级如此森严,无异于形成了一个权力阶层,而且越发近似民间会党的组织结构。在革命阶段的划分上,《中华革命党总章》将革命程序划分为军政、训政和宪政三大阶段。其中令人困惑的是"训政"阶段。孙中山对"训政"的解释是:"我中国人民,久处于专制之下,奴性已深,牢不可破,不有一度之训政时期,以洗除其旧染之污,奚能享民国主人之权利?"他把民众比喻成"婴儿",把革命党比喻成"母亲":"是故民国之主人者,实等于出生之婴儿耳;革命党中,即产此婴儿之母也。既产之矣,则当保养之,教育之,方尽革命之责也。此革命方略之所以有训政时期者,为保养教育此主人成年而后还之政也。"㊼"训政"一词,出自帝制时代,一般指因皇帝年龄幼小,皇帝的长辈或重臣暂时帮助他处理朝政。慈禧太后就曾以"训政"为名掌握大清权柄数十年。党内有人提出异议,认为"训政"是帝制下的权力把戏。孙中山很是愤怒,他对"训政"的解释是:

> 现在我不单是用革命去扫除那恶劣的政治,还要用革命的手段去建设,所以叫做"训政"。这"训政",好像是帝制时代用的名词,但是与帝制实在绝不相同。须知共和国,皇帝就是人民,以五千年被压迫做奴隶的人民,一旦抬起他做皇帝,定然是不会做的。所以我们革命党人应该来教训他……又须知现在人民有一种专制积威下来的奴隶性,实在不容易改变。虽勉强拉他来做主人翁,他到底觉得不舒服……一般人民还不晓得自己去站那主人的地位。我们现在没有别的办法,只好用些强迫的手段,迫着他来做主人,教他练习练习。这就是我用"训政"的意思。㊽

认为中国人的国民素质低下,需要用一定的历史阶段施以强化训导,这曾是梁启超主张"开明专制"以及后来袁世凯的亲信鼓吹帝制时强调的主要理由。

毫无疑问,孙中山是主张自由权利的先驱者和实践者,但是他知道中国人面临的问题不是没有自由而是自由太多,为此他甚至主张在革命时期不能强调"争自由":"一种道理在外国是适当的,在中国未必是适当。外国革命的方法是争自由,中国革命便不能说是争自由。如果要争自由,便更成一片散沙,不能成大团体,我们的革命目的便永远不能成功。"⑤⑨

孙中山的话无疑是真诚的。

他的良苦用心世人皆知。

孙中山的目的,决不是构建一种以他为核心的独裁政治,他的"训政"理论是根据中国国情提出的"革命阶段性"的产物。

但是,无论如何,为了民主先行独裁,为了法治先行人治,无论在理论上还是实践中都是极其危险的。

世界政治史的一个规律性的现象是:当执政者认为专制或人治更符合其利益时,历史再期望政治文明的进步将非常艰难。

中华革命党又一次开始行动了,历史宛如回到了武昌首义之前。

受孙中山派遣,潜回国内的革命党人不断组织敢死队进行暗杀活动:广东革命党人钟明光行刺广东都督龙济光之兄龙觐光未成。上海革命党人王铭山、王晓峰击毙了袁世凯的心腹上海护军使郑汝成,随后策动"肇和"号军舰起义。党人凌霄等奉命赴湖南截获袁世凯的军火并就地起义,因消息泄露凌霄等人被捕后悲壮就义。孙中山还命令赴东北地区策动反袁起义,党员们自日本东京出发经朝鲜入境,抵达哈尔滨和齐齐哈尔后开始策动军队倒戈,但始终未能成功。

孙中山发布的《讨袁檄文》颇具统帅气派:

> 今长江大河,万里以内,武汉京津,扼要诸军,皆已暗受旗帜,磨剑以待。一旦义旗起,呼声动天地。当以秦陇一军,出关北指;川楚一军,规划中原;闽粤旌旗横海,合齐鲁以捣京左。三军即兴,我将与诸君子扼扬子江口,定苏浙,以树东南之威。犁庭扫穴,共戮国贼,期可指日待焉。⑥⓪

孙中山还致函第二国际的社会党国际局要求援助：

> 同志们，我向你们大家呼吁，让中国成为世界上第一个社会主义国家。请把你们的精力花在中国身上，请派你们的优秀人才来中国各地服务，助我一臂之力。我需要贵组织成员的帮助，以便完成我的宏伟事业。[61]

其实，孙中山真正想依靠的是日本人的援助。

对于日本政客，孙中山一直抱有令人不解的偏颇认识。除了固执地认为中国革命与日本的国家命运有着分不开的关联，以及将中国革命视为整个亚洲对抗西方势力的一部分外；孙中山还固执地认为，只要得到日本政府的支持，就能够取得中国革命的胜利。刚刚流亡日本的时候，虽然日本政府实行了严密监视，孙中山依旧频繁地拜见各路财阀首领，反复强调中国的盛衰直接关系着日本的沉浮。而日本财政人士的一致态度是：不赞成孙中山发动军事讨袁行动，原因是当前的中国"形式上已是立宪，再举兵不合时宜"。没有得到任何收益的孙中山，直接致函日本首相大隈重信，指出袁世凯政府是排日的，如果日本政府支持他反袁，就能在未来获得巨大利益：

> 窃谓今日日本，宜助支那革新，以救东亚危局，而支那之报酬，则开放全国市场，以惠日本工商……如见于实行，则日本固可一跃而跻英国现有之地位，为世界之首雄，支那亦以之而得保全领土，广辟利源，为大陆之富国……此诚千古未有之奇功，毕世至大之伟业也。机会已熟，时哉勿失……故非日本为革命军助，则有袁世凯之政府在，其排斥日本勿论。[62]

令史学界争议颇多的是，一九一五年春，孙中山致函日本外务省政务局长小池章造，试图与日本政府达成的《中日盟约案十一条》，这是一个令中国在政治、国防、财政、外交等方面丧失独立主权的文件，史称《中日密约》。孙中山的这封信，是二战后占领日本的美军在日本外务省保存的绝密文件中发现的。信函用日文书写，收函日期为一九一五年三月十四日。全文如下：

> 第一条 中日两国既相提携，而他外国之对于东亚主要外

交事件,则两国宜互先通知协定。

第二条 为便于中日协同作战,中华所用之海陆军兵器、弹药、兵具等宜采用与日本同式。

第三条 与前项同一之目的,若中华海陆军聘用外国人时,宜主用日本军人。

第四条 使中日政治上提携之确实,中华政府及地方公署若聘用外国人时,宜主用日本人。

第五条 相期中日经济上之协同发达,宜设中日银行及其支部于中日之重要都市。

第六条 与前项同一之目的,中华经营矿山铁路及沿岸航路,若要外国资本或合办之必要时,可先商日本,若日本不能应办,可商他外国。

第七条 日本须与中华改良弊政上之必要援助,且速使之成功。

第八条 日本须助中华之改良内政,整顿军备,建设健全之国家。

第九条 日本须赞助中华之改正条约,关税独立及撤废领事裁判权等事业。

第十条 属于前各项范围内之约定而未经两国外交当局者或本盟约记名两国人者之认诺,不得与他者缔结。

第十一条 本盟约自调印之日起,拾年间为有效,依两国之希望更得延期。㊌

文件的前面,有"孙文"二字的签名;文件的后面,中方签字盖章的是陈其美,日方是满铁株式会社理事犬塚信太郎和满铁社员山田纯三郎。

文件的第一页,有一张"王统一"的名片,名片上写有"大正四年二月十四日王统一面交"字样。由此判断,此件是一个叫王统一的人,面交日本外务省政务局长小池章造的。

王统一,又名王统,浙江永嘉人。早年留学日海军学校,其妻为日本人。"二次革命"后在日本与孙中山来往密切,参与孙中山在日的重要活动,是中华革命党的第一批党员。

此件的真伪,是中国近代史上的一大悬案。

有一部分学者认为,此《中日密约》是袁世凯用以诋毁孙中山的一个政治陷阱。其有力证据是:日本情报部门在一份绝密文件里称王统一是袁世凯的密探。

孙中山认识不到推动历史前进的真正动力所在,在岌岌可危之际思绪紊乱幻象丛生地寻找救命稻草也在情理之中。近代以来,日本政客对中国主权的攫取欲火烧身,他们在中国做的每一件事——无论是与袁世凯还是与孙中山交往——都是为了实现他们的贪婪梦想。孙中山曾在山东青岛建立反袁基地,基地的顾问是日本人萱野长知,昼夜为基地"站岗"的也是全副武装的日本宪兵,反袁军的军事教练均由日本人担任,反袁军使用的枪械也全部是日式的。然而,当反袁军真的要攻击山东济南时,却发现进攻的路线被日军所阻,日式军械上的标尺也不翼而飞——日本人需要用中国的内乱钳制袁世凯,以获取与袁世凯进行政治和经济交易的筹码。

中华民国政府顾问莫理循,曾经致函时任财政总长的周自齐,表示摆在中国面前的一个最重要的危险来自日本,因为日本是"一个军事强国",而中国"积欠日本主要商行的大宗款项"。对于这样一笔数额巨大的债务,日本人的打算是:"中国没有钢铁厂,却富有铁矿;日本缺铁,但有钢铁厂,它依靠中国供应铁原料"。于是,"日本完全占有了奉天本溪湖铁矿以及湖北的大冶铁矿"。现在他们"又希望得到山东铁路沿线的铁矿所有权。中国最富的另一个地方是安徽铜官山铁矿,那个地方靠近芜湖,几乎就在长江边上。一九一二年六月一日,日本三井物产株式会社向安徽省府垫借二十万日元的款项,安徽省府以这些铁矿作为担保,定于一九一四年六月一日偿还"。莫理循告诉中国的财政总长,这笔所谓的垫借款至今没有偿还,而日本人已经声称铜官山铁矿是他们的财产了。最要害的问题是,这些铁矿"对于中国具有极高的价值",因为它们的地理位置优越,"处在中国心脏地带,又靠近主要河流"。❻

在对日本政府的认识上,孙中山始终缺乏现实的与必要的清醒。

他的所有不切实际乃至超出民族原则的幻想与妥协都是极其危险的。

日本政客决不会支持中国的民主革命,日本是最不希望中国强盛的列强国。

正是在那个万般艰难与屈辱的年代,孙中山突然宣布他要结婚了。

新婚夫人是比他年龄小一倍多的正值豆蔻年华的宋庆龄。

孙中山与宋庆龄的父亲宋嘉树结识甚早。有史料记载说,当年孙中山探索救国之路时,"每每来到上海,都住在宋家",宋家的孩子们将他视为"自己家中的一员",⑥并说那时孙中山就给宋庆龄留下了深刻印象。这实际上是不可能的。自宋庆龄出生的一八九三年一月起,到一九一二年孙中山回国任临时大总统,整整十九年间孙中山仅到过上海两次,且停留的时间都极其短暂。即使他到过宋嘉树的家,那时的宋庆龄也只是一个孩子而已。美丽的女孩成长为一个富有激情的女子,中华民国临时政府在南京成立时,正在美国威斯里安女子学院读书的宋庆龄欢喜若狂。一九一三年国民党人的"二次革命"失败后,宋嘉树夫妇以及他们的另一个女儿宋霭龄跟随孙中山逃亡日本,宋霭龄是孙中山的英文秘书。那一年的八月,宋庆龄在美国结束学业,抵达日本横滨后,在父亲和姐姐陪同下拜访了孙中山。这是成年后的宋庆龄第一次见到孙中山,她为孙中山带来了一箱海外革命同情者送的加利福尼亚的水果和一封信。

根据日本侦探的报告,自宋庆龄来到日本后,在宋霭龄的陪伴下,她出入孙中山寓所的次数异常频繁。且自一九一四年五月二十四日以后,宋庆龄开始单独前往孙中山的寓所——不久之后,宋霭龄回上海结婚,宋庆龄接替姐姐成为孙中山的英文秘书。

这是孙中山一生中最艰难的时期。陪伴在流浪汉一般的孙中山身边,年轻的宋庆龄感到了一种前所未有的快乐:"这类事就是我从小姑娘的时候就想做的。我真的接近了革命运动的中心";"我能帮助中国,我也能帮助孙先生,他需要我"。⑥

孙中山因陷入情网而精神恍惚。日本房东认为他病了,他说:"事情是这样的,我忘不了庆龄,遇到她以后,我感到有生以来第一次遇到爱,知道了恋爱的苦乐。"⑥

孙中山的第一次婚姻,是他十七岁那年顺从父辈的选择与一个名叫卢慕贞的姑娘结合。卢慕贞为他生了三个孩子。一九一三年初,卢慕贞和他一起来到日本,稍后孙中山将她安排在澳门定居——或许从那时起,直到孙中山去世,卢慕贞再也没有见过自己孩子的父亲。她收到了孙中山寄来的一份"分离手续",从此终止了她孙夫人的身份——"我的前妻不喜欢旅行,所以当我流亡海外时,她从未陪伴我。她需要与她的老母亲一同生活,并总是劝说我依照旧习俗再纳个小妾。"孙中山给他的老师康德黎写信,"我钟情的女子是一位现代女性,她不能接受为人妾侍的地位,而我本身也无法割舍她。这样一来,除了同我的前妻离婚之外,别无其他可行的解决办法了。"⑱

按照中国人的风俗,如果不办理正式离婚手续而再娶,叫做"纳妾"。

宋庆龄的父亲宋嘉树在给孙中山的信中明确说到这个问题:

> 我们是一个基督教家庭,我们的女儿不会为任何人做妾,哪怕他是地球上最伟大的国王、皇帝或者是总统。我们可能贫于"物质",但是我们既无贪心,更无野心,不大可能去做违背基督教教义的任何事情。⑲

宋庆龄似乎并未在意,尽管她是基督教徒。

面对孙中山的示爱,宋庆龄这样表示:"经过长期、慎重的考虑,深知除了为你、为革命服务,再没有任何比这更使我愉快的事……我愿意这样献身于革命。"⑳显然,宋庆龄的爱,更多的出自于对英雄的崇拜和对革命的向往。多年后,当美国记者斯诺问她当初因何爱上孙中山时,宋庆龄的回答是:"我当时并不是爱上他,而是出于对英雄的景仰"。"我想为拯救中国出力,而孙博士是一位能拯救中国的人。所以,我想帮助他"。㉑

两个人的结合受到了来自各方面的巨大阻力。

首先是宋家掀起轩然大波。当宋庆龄回到上海与家人商量此事时,全家一致反对,万分惊愕的母亲甚至将她软禁在家中。同时,孙中山的革命同志几乎全都反对这桩婚事,他们也说不出什么理由,只是强烈地认为"不妥"。孙中山对革命同志的劝说断然拒绝,他说同志之间只谈革命免谈私事。

一个年仅二十一岁的美丽女子竟然如此倔强,宋庆龄在女佣的帮助下从窗户里爬出来逃走了。她的勇气来自她对快乐的理解:"自己仅有的欢乐,只有和孙博士在一起工作的时候才能获得。我情愿为他做一切需要我去做的事情,付出一切代价和牺牲!"㊅

在这个世界上,有什么力量能够阻止人去追求快乐?

快乐的时刻终于到了,一九一五年十月二十五日,孙中山和宋庆龄在日本律师和田瑞那里办理了结婚手续,并签订了一份婚姻《誓约书》:

誓 约 书

此次孙文与宋庆琳(龄)之间缔结婚约,并订立以下诸誓约:

一、尽速办理符合中国法律的正式婚姻手续。

二、将来永远保持夫妇关系,共同努力增进相互间之幸福。

三、万一发生违反誓约之行为,即使受到法律上、社会上的任何制裁,亦不得有任何异议;而且为了保持各自之名声,即使任何一方之亲属采取何等措施,亦不得有任何怨言。

上述诸条誓约,均系在见证人和田瑞面前各自的誓言,誓约之履行亦系和田瑞从中之协助督促。

本誓约书制成三份:誓约者各持一份,另一份存于见证人手中。

誓约人　孙　文(章)
同　上　宋庆琳(龄)
见证人　和田瑞(章)

千九百十五年十月二十六日㊆

结婚仪式在东京大久保百人町三百五十番地(今新宿区百人町二丁目二十三号)日本友人梅屋庄吉家中举行。除了廖仲恺、何香凝和陈其美外,中华革命党人都没有出席。

"我不是神,我是人。"孙中山说。

两个彼此相爱的人的结合,尽管只有十年的光景,孙中山去世后宋庆龄单独生活的日子长达五十六年之久,但是宋庆龄说有那一天就足够了——"十月二十五日,在我的生活中,这一天是比我的生日更重要的日子。"⑭

一个美丽的女子从自家窗户跳出去的举动,酿成了中国近代史上的一个重要事件,成就了对中国历史影响最为深远的一次婚姻。这一事件在一九一五年似乎成为了一个象征:饱尝恋爱苦乐的孙中山激情四溢地开始新生活的时刻,另一个在荣耀奢华中同样幻想丛生的人却在一步步地走向死亡。

谁能知晓,历史隐藏着怎样一种充满哲理与宿命的因果关系?

"天命不可以久稽,人民不可以无主"

在前清遗老遗少们的心中,大清王朝似乎并没有灭亡,只是在某种情势下暂时"缩小"了而已。

中华民国建立后,散居在北京、上海、青岛等地的前清贵族们,依旧惦记着深居紫禁城内的皇室,梦想着帝制王朝复活的那一日。他们分为两个阵营,一是以年轻贵族为主的宗社党,不但痛恨革命党,也痛恨袁世凯,试图借助武力恢复大清天下,尽管究竟从哪里纠集武力连他们自己也不知道;二是那些前清的满汉大臣和中上层官吏们,虽然依旧鼓吹帝制,但他们对复辟完全没有信心。袁世凯对宗社党毫不客气,警告他们如果不停止颠覆活动,就逮捕他们并停止民国政府对皇室的优待。宗社党因此始终没敢有任何举动。而对那些温和的遗老们,袁世凯的态度很暧昧,不但大量地馈赠大洋,还邀请他们来京做官。一九一三年三月,时年四十五岁的隆裕皇太后在忧伤中去世。袁世凯亲自在衣袖上缠上黑纱,并通令全国下半旗一天,文武官员服丧二十七天,全体国务员前去紫禁城吊唁。接着,由参议长吴景濂主祭,国民哀悼大会在太和殿举行;而"全国陆军哀悼大会,领衔的是袁世凯的另一心腹"段祺瑞。那一天,"清朝玄色长袍和民国的西式大礼服"往来于昔日的皇宫大殿内外。前朝的遗老遗少们甚为感动,并由此禁不住浮想联翩,因为袁世凯表示他"实无意忍负大清之意,年来涉足浊流,甘习不韪,皆所以调护皇室,若非如此曲全,皇室早不可问。今日处艰苦异常,何足贪恋?而苦于无可交付,不得不忍辱负重以待时机"。⑦——这个表态有两层含义:一是体谅他逼迫皇帝退位乃保护皇室的委曲求全之举;二是暗示他还在等待着向皇室有所交代的"时机"——至于"时机"成熟了要干什么,遗老们的理解就是还政于大清王朝。

遗老们兴奋过度了。

以刘廷深、宋育人、劳乃宣等积极分子空前活跃起来。劳乃宣本不是前清大官,曾任吴桥县令的他在清朝垮台前的最高职务仅是直隶提学使,因此将他称为"前朝遗老"有点勉强。中国近代史中之所以有他一笔,只是因为他的复辟积极性比真正的遗老们还要高涨。他先写了一本《共和正解》,又写了一本《续共和正解》,然后把两本书合成一本叫做《正续共和解》。劳乃宣说,袁世凯现在"限于约法,不能倡言复辟。且幼主方在冲龄,不能亲理万机,亦无由奉还大政,故不得不依违观望,以待时机"。然后他严肃地将"共和"二字做了"正解":"共和"原本是个中国词,这个词诞生之日,洋鬼子们还披着树叶呢。周宣王时,因天子太幼不能执政,乃由朝中重臣"和"而"共"修政事,这种暂时替代皇帝的执政方式,叫做"共和"。现在,"共和"这个词的本意被一些不学无术的人歪曲了,再掺合进"民主"之类的乌七八糟的东西,简直面目全非了。鉴于此,劳乃宣建议创新一种宪法,名为"中华国共和宪法"——以"共和"为名,是为符合《正续共和解》里对"共和"二字的解释;叫中国不叫民国,是表示要实行君主制;是君主制而不叫帝国,是因为"帝国"是一个日本词汇;之所以不再叫大清了,是因为那是一族之名而不是全名。综上所述,叫"中华国"相当体面。

显然,劳乃宣认为他当官的时机到了。他给袁世凯的亲家、前清两江总督周馥写信,请求周大人向袁世凯推荐《正续共和解》,以证明他是做官的好材料;他又给徐世昌写信,说庚子年袁世凯赴任山东总督时,作为吴桥县令他曾在半路迎送过,袁世凯应该对他有所印象,如果推荐他袁世凯应该不会拒绝;他还亲自给袁世凯写信,提醒大总统总有下台的那一天,下了台就成了平民百姓,当大总统时得罪的那些人必然要报复,因此大总统退休之后很危险。如何才能避免危险?办法就是先当十年大总统,等小皇帝溥仪十八岁了,就把政权还给皇帝,皇帝再封大总统个世袭爵位,这样就两全其美了:

故愚议定十年还政之期，昭示天下，而仍以欧美总统之名，行周召共和之事，福威玉食，一无所损，所谓闭门天子，不如开门节度也。还政制后，赐以王爵，则以总统退位，复为齐民者不同。爵位之崇，仅下天子一等，自必堂高帘远，护卫谨严，不致有意外之患……且总统无传家之例，而王爵有罔替之荣，如是项城安而王室亦安，天下因之以俱安，是以深冀我公之上陈，项城之见听也。⑦

中国政坛上多见谄媚之人，但未见如此下流者。

劳乃宣的大作和信件都送到了袁世凯手里。

据说袁世凯看了，只是淡淡地对徐相国说：让他在北京充个参政吧。

得到消息的劳乃宣欢喜若狂，立即从青岛动身北上。但是，走到济南的时候，却听说袁世凯开始在京城抓人了，抓的都是主张复辟清室的人。劳乃宣一下子蒙了。

遗老们实在是太不知趣了。

那个叫宋育人的人，狂热地附和劳乃宣，在京城里大肆宣传立即"还政于清"。刘廷深也到处演说主张复辟清室。在他们的煽动下，清室复辟的传闻满城蔓延。这时候，有人给袁世凯出了"查办复辟谬论案"的主意，说"还政于清"的主张等于让袁世凯下台，如果按照遗老们的说法，没有皇帝，民国就不是一个国家，民国不是一个国家，那大总统是什么？

袁世凯内心十分纠结。前朝重臣的经历、对国人素质的认识都令他从骨子里赞成帝制，尽管当下他未必想到要把自己弄成皇帝，但他绝不会愚蠢到要把爱新觉罗家族重新抬出来。当时，社会舆论普遍反对复辟言论，如果不表态在舆论上就会很被动，况且这种叫嚣已经影响到安定了，于是袁世凯下达了一道"严禁紊乱国体邪说"的命令：

> ……辛亥之役，举国民情，以共和为趋向，义声所树，各省风从，清皇室鉴于人心已去，帝制当除，慨然将统治权公诸全国。《约法》中明载中华民国主权，本于国民全体，是国体定为共和，固永久无可更变。乃竟有无识顽民，倡为复辟之邪

说,以冀动摇邦本,淆乱人心,似以妄肆謷言,率致图谋不轨。须知国步艰危,民生凋敝,五族当共谋利济之方,一姓实断无再兴之理,岂可姑容狂謷,肇生厉阶,以国家为牺牲,供他人之鼎俎?兴言及此,悚惧殊深。查紊乱国宪,刑律定有专条,法令森严,势难姑息。嗣后遇有诞妄之徒,散布此等诱言者,即当严加禁制。其或显有不法行为,证据确凿者,应即随时查拿,按照刑律内乱罪分别惩办……⑦

各省立即附和,同仇敌忾地通电声讨,鼓吹复辟的遗老们顿时鸦雀无声了。

宋育人被逮捕并押解回原籍。

走到济南的劳乃宣吓坏了,立即返回青岛藏了起来。

只是,负责具体查办的内务部有点为难,因为他们弄不清袁世凯的真实用意。他们在处理宋育人的报告上写着:"议论荒谬,精神错乱,应遣回籍,发交地方官察看。"谁知袁世凯的批复是:劝回原籍休养。同时,他命令发给宋育人三千元路费,待他回原籍后,四川地方官还需按月给三百元的生活费。袁世凯的态度不但让官吏们不知所措,也使外间舆论愈发嘈杂混乱。宋育人被"押解"出京上火车的时候,步军统领江朝宗派秘书和士兵前往护送。昨天还躲着宋育人的"好友"蜂拥送行送礼,争着请宋育人留下墨宝以为纪念,那个场面完全不是"递解回籍"而酷似衣锦还乡。火车到达汉口,驻军湖北的陆军上将段芝贵派人抬着轿子前来迎接,然后用专门的轮船将宋育人送过江。宋育人还没回到四川老家,袁世凯的命令就到了:撤销"发交地方官察看"的处分。

前清官职比劳乃宣还微不足道的宋育人竟然名利双收了。

那些做梦都想迎奉袁世凯的人,想破脑袋也无法梳理清楚思路,他们实在不知道是鼓吹中国应该有皇帝好,还是鼓吹中国坚决不要皇帝好。他们在袁世凯营造的一个巨大的猜想空间里左右徘徊,形同幽魂。

将鼓吹复辟的人统统赶出京城后,袁世凯自己说了这样一番话:

宣统满族,业已让位,果要皇帝,自属汉族。清系自明取得,便当找姓朱的,最好是洪武后人,如寻不着,朱总长(时任交通总长朱启钤)也可以做。[78]

徐世昌立即领会了袁世凯的意思:"明言皇帝不要满族要汉族,项城之用心正堪寻味也。"[79]

没人知道袁世凯何时产生了当皇帝的想法。

早在辛亥年间,他曾对《泰晤士报》驻京记者莫理循说,中国十分之七的国民都是守旧的,了解世界政治文明的人不过十分之三,在这种形势下急于建立共和政体,国家定会陷入无所适从的混乱。若是能够在实行君主立宪制的框架下保留清室,但剥夺它的实权,仅保留它的虚名,那么确保中国的国家一统稳定要容易得多——在大清倾覆之前,朝廷预备立宪时,袁世凯坚持认为君主立宪制更适于中国国情。及至民国创建共和,袁世凯对于共和制的拥护与坚守也可谓信誓旦旦。一九一三年三月,湖北一个名叫裘平治的商人,上书呈请"暂改帝国立宪,缓图共和",袁世凯即刻下达了"惩治令":

> ……本大总统受国民托付之重,就职宣誓,深愿竭其能力,发扬共和之精神,涤荡专制之瑕秽,永不使帝制再见于中国……不意化日光天之下,竟有此等鬼蜮行为,若非丧心病狂,意存尝试,即是受人指令,志在煽惑。如务为宽大,置不深究,恐邪说流传,混淆观听,极其流毒,足以破坏共和,谋叛民国,何以对起义之诸人,死事之先烈?何以告退位之清室,赞成之友邦?兴言及此,忧愤填膺,所有裘呈内列名之裘平治等,著湖北民政长严行查拿,按律惩治,以为猖狂恣意干冒不韪者戒![80]

显然,民国初建,改变国体本没有讨论的余地,但这一话题却无法遏止地到处弥漫,及至一九一五年泛滥之时,正值中华民国面临"来日大难,寸阴是竞"的乱象中。

七月二十二日,袁世凯得"大总统府政事堂交片"一件,上面有国务卿徐世昌的署名。列强的窥视与压迫,官吏的腐败与堕落,政府的软弱与无能以及国民的麻木和愚昧,所有这一切都使得刚刚辅政不久的徐世昌万念俱灰:

> ……闭目一思,军队之庞杂,吏治之废弛,水旱之灾荒,人

思权力,罕有公心,厝火积薪,自谓已安已治,其能知自己之实力,明世界之大势者几何人?其地方盗贼绝迹,官吏发愤为雄者几何处?不谓之弱与昧得乎?不谓之可乱可亡得乎?或谓广土众民,殆无亡理;不知朝鲜方里比三岛何如?近阅日本报纸,谓支那虽成空前之大革命,而其内容之腐败堕落实与前清无异!贿赂之公行,赌博之势盛,真为可惊,新气象毫不存在云。局外旁观,意在言外。试思甲午庚子两役何尝不言卧薪尝胆?而作伪日拙,以迄于亡。但清之亡也,亡朝而非亡国。今之灭国新法,亡其语言文字,并非亡其人种,波兰、越南之史不可不知。近自中、日交涉,全国恐慌,若事过境迁,仍复泄沓,亡不旋踵,实可预言!彼东西列强,百事修明,何等气象?反观吾国,则芜秽不治,偷惰苟安。南满实权,所在无几,外力所至,卧榻声鼾,而犹上下恬嬉,不知亡之将至……救亡之道,惟在自责,苟有弱昧乱亡之一点,必痛除之,勿谓可以御暴民者,即可对外国;勿以谓复前清末造之况为已足,勿以保各国均势之局为即安。来日大难,寸阴是竞……㉛

尽管复辟之风此起彼伏,但无论是传言那个昔日的小皇帝即将复国,还是猜测袁世凯自己要当汉族皇帝,这些妄想与猜测都被突如其来的灾难阻断了。这一灾难,即内阁总理徐世昌所说的"中日交涉,全国恐慌"——中国近代史上著名的"二十一条"事件。

一九一四年六月二十八日,在塞尔维亚首府萨拉热窝发生的枪杀奥国皇帝的事件,成为第一次世界大战的导火索。战争迅速生成两大交战集团,即以英、法、俄为核心的协约国和以德、奥为核心的同盟国。没有多少中国人知道世界上有个名叫萨拉热窝的地方,也不会想到世界大战与中华民国有什么关系,但是很快就有人把世界大战与中国联系上了,这就是日本人。

第一次世界大战爆发后,北京政府立即颁布大总统令,声明中华民国保持中立。为避免战火蔓延到中国,北京政府特别向美国和日本提议,"共同劝告欧战各国",不允许把中国的任何一个地方变成战场。美国对此没有明确表态,日本则明目张胆地声明,他们有进攻中国山东的计划,理由是日本虽然不是交战国,可日本与英国有同盟关系,如果东方一旦发生战事,日本决不能保持中立,要切实履行英国同盟国的义务。具体地说,日本将帮助英国人攻击德国在中国山东的军事基地。尽管英国和其他同盟国因担心日本卷入战争,拒绝了日本人"履行义务"的申明,但急不可耐的日本人随即向德国发出了最后通牒,要求德国立即将军舰从远东的海岸撤出,并将德国在中国山东胶州湾的租借地无条件地交付日本。日本之所以要把德国在中国山东的租借地和各种权益接收到自己手中,理由是"以备将来交还中国"。[82]

占据着中国山东胶州湾的德国人,显然没有足够的军力保卫他们的在华利益。德国驻华公使曾与北京政府商谈,说要把胶州湾直接交还给中国,以免日本人从中渔利,但遭到日本政府的阻挠和威胁。日本人说,如果北京政府接受德国人的建议,将会招致极大的危险。恫吓之下,北京政府紧急同英国和美国商量,请求他们在德国受理接收胶州湾,之后再转交回中国。英国因与日本有同盟关系,自然不愿意得罪日本,而美国因不愿卷入矛盾断然拒绝。于是,北京政府能做的只剩下一件事了:如果列强们在山东打起来,最好在租借地内打,不要把战火延伸到其他地方。

很快,日本人就联合英国人在胶州湾向德国人发起了进攻,且日本军队在中国山东半岛大规模登陆,很快就超出了驱赶德国人的范围。无论北京政府如何抗议,日本人依旧大肆地攻城掠地。十月五日,日军占领青州后,随即占领济南,将胶济铁路完全置于其控制之下,然后向青岛大举进攻。很快,德国人在中国山东势力范围内的最后一个地盘,落入了日本人之手。

德国人在中国山东战败后,日军的军事行为应就此停止,并且从中国领土上撤离。尽管北京政府反复要求:"所有前此本国划出该区域之军队,如有留在,一律撤退,以符尊重中国中立之意。"[83]可日本人却说,"日本军队之行动设施,于必要存留期间,依然续存",并声称如果中国军队与日军发生冲突,日本方面将视为中国在协助德国的军事行动。一九一五年一月六日,北京政府再次照会日本驻华公使,要求日军撤退。日本政府不但不予理睬,两天后,日本驻华公使将一份拟好的文件面交袁世凯。袁世凯不予理睬,说这是外交部的事,应该去那里处理。日本公使一再强调须由袁世凯亲自审阅,袁世凯仅粗略看了几眼就吓出一身冷汗——这就是日本政府酝酿已久的侵华"二十一条"。

这是一份明目张胆地向一个主权国家提出强盗要求的外交文件，分为五号共二十一条的文件内容包括："中国政府允诺，日后日本国政府拟向德国政府协定之所有德国关于山东省依据条约或其他关系对中国政府享有一切权利利益让与等项处分，概行承认"。"中国政府允诺，凡山东省内并其沿海一带土地及各岛屿，无论何项名目，概不让与或租与他国"。"中国政府允准，日本建造由烟台或龙口连接胶济路线之铁路"。中日"两订约国互相约定，将旅顺、大连租借期并南满洲及安奉两铁路期限，均展至九十九年为期"。"日本国臣民在南满洲及东部内蒙古为盖造商工业应用房厂，或为耕作，可得其需要土地之租借权或所有权"。"中国政府允将在南满洲及东部内蒙古各矿开采权，许与日本国臣民，至于拟开各矿，另行商订"。关于下列事项，中国政府允诺"先经日本国政府同意而后办理：（一）在南满洲及东部内蒙古允准他国人建造铁路，或为建造铁路向他国借用款项之时。（二）将南满洲及东部内蒙古各项税课作抵，由他国借款之时"。"中国政府允将吉长铁路管理经营事宜委任日本国政府，其年限自本约画押之日起以九十九年为期"。日中"互相约定，俟将来相当机会，将汉冶萍公司作为两国合办事业。并允如未经日本国政府之同意，所有属于该公司一切权利产业，中国政府不得自行处分，亦不得使该公司任意处分"；"所有属于汉冶萍公司各矿之附近矿山，如未经该公司同意，一概不准该公司以外之人开采。并允此外凡欲措办无论直接间接对该公司恐有影响之举，必须先经公司同意"。"中国政府允准，所有中国沿岸港湾及岛屿，概不让与或租与他国"。"由日本采办一定数量之军械（譬如在中国政府所需军械之半数以上），或在中国设立日中合办之军械厂，聘用日本技师，并采买日本材料"。中国政府"允将接连武昌与九江南昌路线之铁路，及南昌杭州南昌潮州各路线铁路之建造权，许与日本国"。"福建省内筹办铁路矿山，及整顿海口（船厂在内），如需外国资本之时，先向日本国协议"。等等。[84]

近代以来，日本上至天皇、元老和军部，下至黑龙会里的武士和浪人，思谋策略相当的一致，那就是把中国变成日本的殖民地，甚至变成日本领土的一部分。在辛亥革命前后，自日本政客到民间"志士"中的某些人,他们与孙中山的革命党、前大清朝廷以及袁世凯政权不断周旋的目的无不是如此。日本对中国究竟是什么政体的国家不感兴趣,他们认为中国原本就不是一个独立的国家。第一次世界大战爆发后,日本人立即认识到,欧洲强国无暇顾及东方,一旦战争结束他们就会返回中国寻求利益,必须在列强们回来之前,让日本独霸中国成为既定事实。在对中国领土和资源的占有欲的驱使下,日本人的强盗逻辑令人匪夷所思。而他们之所以肆无忌惮,原因是显而易见的:尽管地大物博,人口众多,但无论大总统是孙中山还是袁世凯,都无法改变这样一个现实:中国是一个没有任何反抗力量的虚弱大国。日本人的逻辑简单明了:如果中国不答应"二十一条",大日本皇军就海陆并进三光焦土。

在屈从和毁灭面前,近代中国没有其他的选择。

可无论是屈从还是毁灭,都不是袁世凯能够选择的。

根据日方的历史记录,袁世凯着实地抵抗了一番。

袁世凯表示,可以让的,就可以谈,不能让的,绝不能让,也绝不允谈。他逐条批下了谈判原则:关于旅大及南满铁路租借权限,袁世凯批:"前清中俄协定东三省会议时,已允继续俄国未满之年限,由日本展续满期,今又要重新更定。但将来若能收回,对于年限没有多大关系,此条不必争论。"关于承认日本接收德国在华利益的问题,袁世凯批:此事"应双方合作,何能由日本议定,由我承认,这是将来之事,不必先行商议,可从缓议"。关于日中合办矿业,袁世凯批:"可答应一、二处,须照矿业条例办理,愈少愈好,可留与国人自办。"对于日本人要求中国铁路建造权,袁世凯批:"须与他国借款造路相同,铁路行政权,须由中国人自行管理,日本只可允与管理借款之会计审核权,惟须斟酌慎重。"关于汉冶萍铁矿厂,袁世凯批:"这是商办公司,政府不能代谋。"关于让与福建的资源与权益,袁世凯批:"领土怎能让与第三国。"[85]

中、日关于"二十一条"的谈判持续了三个多月,中国谈判代表外交总长陆徵祥和次长曹汝霖逐条逐字地与日本人反复争辩。陆徵祥是个慢性子掉书袋的留洋文人,不知是故意还是性格使然,他把日本人折磨得够呛。在商量谈判日程的时候,日本人要求每天开会,从上午到下午不间断;陆徵祥说他很忙,只能是下午;日本人说要是下午,那么就午饭后开始;陆徵祥说五点开始;日本人说五点开始,很快就要吃晚饭了,还谈什么?陆徵祥说他体力很弱,只能如此。他不但以看病为名时常请假,即使会谈好不容易开始了,他喝茶的过程也长达几十分钟,咳嗽吐痰,哼哼哈哈,常常让日本人一头雾水。没说几句话就开饭了,中国人冗长的宴会把日本人弄得精疲力竭。害怕夜长梦多的日本人被拖得如同热锅上的蚂蚁,数次恐吓说如果再拖延下去"恐生不测之事"。但是,毫无用处。直到一九一五年五月七日,日本政府终于向北京政府下达了最后通牒,要求在九日傍晚十八时之前必须给日本一个满意的答复,否则日本将使用"必要手段"。北京政府无法再拖了,决定部分接受"二十一条"。所谓"部分接受",是指袁世凯认为"领土怎能让与他国"的那一条没有列入约定,仅仅写下了"另行商议"几个字。

最后通牒到来的前一天,袁世凯召集政府各部长官会议,报告谈判经过并解释签字的原因。袁世凯说到最后时声泪俱下:

> 此次日人乘欧战方殷,欺我国积弱之时,提出苛酷条款,经外交部与日使交涉,历时三月有余,会议至二十余次,始终委曲求全,冀达和平解决之目的。但日本不谅,强词夺理,终于最后通牒迫我承认。我国虽弱,苟侵及我主权,束理我内政,如第五号所列者,我必誓死力拒。今日本最后通牒,将第五号撤回不议。凡侵及主权及自居优越地位各条,亦经力争修改。并正式声明,将来胶州湾交还中国。其在南满内地虽有居住权,但须服从我警察法令,及课税与中国人一律。以上各节,比初案挽回已多。于我之主权内政及列国成约,虽尚能保全,然旅大、南满、安奉之展期,南满方面之权利损失已巨。我国国力未充,目前尚难以兵戎相见。英朱使(朱尔典)关切中国,情殊可感。为权衡利害,而至不得已接受日本通牒之要求,是何等痛心!何等耻辱!语云:无敌国外患国恒亡。经此大难以后,大家务必认此次接受日本要求为奇耻大辱,本卧薪尝胆之精神,做奋发有为之事业。凡举军事、政治、外交、财政,力求刷新,预定计划,定年限,下决心,群策群力,期达目的。则朱使(朱尔典)所谓埋头十年,与日本抬头向见,或可

尚有希望。若事过境迁,因循忘耻,则不特今日之屈服耻辱无报复之时,恐十年以后,中国之危险,更甚于今日,亡国之痛,即在目前,我负国民付托之重,决不为亡国之民,但国之兴,诸君与有责;国之亡,诸君亦与有责也!⑧

"二十一条"签订后,立即遭到全国民众的强烈反对,各省均发生了抵制日货和要求惩办卖国贼的示威游行。

"二十一条"最终未能得以实施。

值得注意的是,有史料披露,日本方面曾经试图拿支持袁世凯复辟帝制来换取"二十一条"的签订:"日置益公使与曹汝霖言,敝国向以万世一系为宗旨,中国如欲改国体为复辟,则敝国必赞成。"⑧ 如果事实如此,无论如何令人难以置信:在奇耻大辱的折磨之下,怎能想象袁世凯敢冒天下之大不韪,用国家主权、领土和尊严来换取自己的一件龙袍?而历史的事实是,"二十一条"刚刚签订,日本国内到处是"天皇万岁"的欢呼声,中国国内复辟帝制的浪潮再次汹涌起来。

依旧没有确凿史料显示这是袁世凯一手操纵的。

袁世凯知道,这不是撤换一位内阁总理,或胁迫国会通过内阁成员名单,而是要改变辛亥革命的政治初衷。

就在复辟帝制的奇谈怪论沸沸扬扬之际,心绪烦乱的袁世凯显然抓住了一次机会,这个机会是他身边一个名叫古德诺的美国政治顾问提供的。

在中国近代史上,因为鼓吹复辟帝制,古德诺成为百年以来中国史界千夫所指的人物,尽管这个美国人感到很冤枉,始终辩解说包括袁世凯在内的所有中国人统统曲解了他的本意。

古德诺毕业于德国柏林大学,一八九一年任美国哥伦比亚大学行政法学教授,一九○六年任美国政治学院代理院长,是美国政治学和行政学的权威人士,中国国际法专家顾维钧的博士生导师就是他。辛亥革命后,民国政府为了向民主政治转型,从西方聘请人才作为政治顾问,古德诺受聘时已经五十多岁。这个教了三十多年书的学究认为,他要做到的事仅仅是到中国带几个学生,顶多在宪法、行政法等法典的起草过程中出出主意而已。对中国一无所知的美国教授根本没想到,他刚到中国便一头钻进了刺刀见红的政治漩涡中。

古德诺与民国政府签订的聘期是三年。一九一三年五月他和夫人到达北京。他的年薪为两万五千银元,加上北京政府给予的各种待遇,生活得如同当年的皇亲国戚一般。不到一年的时间,他接到了美国一所大学请他当校长的聘请,他回国了。一九一五年夏天,当他再次来华时,他公开表明了反对孙中山及南方势力的政治立场,理由是他认为民国议会中的国民党人太专横。袁世凯解散国民党的决定,很难说没受到他的影响。他对孙中山制定的《中华民国临时约法》和正在草拟中的《天坛宪法草案》都不满意,认为起草这两部文件的党人偏见太深,都有把国会变成政党独裁机构的嫌疑。出于对中国特殊国情的考虑——民众公民意识几乎为零,需要中央集权统治——古德诺认为必须实行君主立宪制。他把他对中国国情的分析和对中国政体的设想写成了论文,本意是呈给袁世凯当作参考资料的,因为他是拿薪水的政治顾问,不做点事似乎不好意思。谁知,他的论文很快就被翻译成汉语公布于众,中文翻译的论文题为《共和与君主》——正是复辟帝制的舆论满天飞的微妙时刻,袁世凯身边的政治顾问的一字一句,都可能对中国的未来产生影响。

为什么共和制不适合中国国情?

《共和与君主》说是因为中国的百姓不争气:

> ……民智低下之国,其人民平日未尝与知政事,绝无政治之智慧,则率行共和制,断无善果……中国数千年以来,狃于君主独裁之政治,学校阙如,大多数之人民,知识不甚高尚,而政府之动作,彼辈绝不与闻,故无研究政治之能力。四年以前,由专制一变而为共和,此诚太骤之举动,难望有良好之结果者也。向使满清非异族之君主,为人民所久欲推翻者,则当日最善之策,莫如保存君位,而渐次引之于立宪政治。凡其时考察宪政大臣之所计划者,皆可次第举行,冀臻上理。不幸异族政制,百姓痛心,于是君位之保存,为绝对不可能之事,而君主推翻而后舍共和制,遂别无他法矣。⑱

古德诺对中国历史发展进程的认识与辛亥革命前的立宪派人士一致。古德诺认为,就中国的国情而言,君主立宪制与世界上其他国家的君主立宪国应有不同之处,因为中国人缺乏必要的政治和文化教育,没有宪政知识和民主常识,所以必须君主第一、立宪第二。也就是说君主专制必须先行,然后逐渐过渡到立宪阶段。只有这样,中国才不会乱。古德诺支持中国的政治变革,但他提出了几个前提,比如变革必须顺从民意,还需取得国际社会的理解,以不引起社会动乱为最低限度;要努力提高民众的教育水平,彻底整顿"政失其纲,泄沓成风","亲贵用事,贿赂公行"的吏治,让政府获得民众的拥护和信任,"使人民知政府为造福人民之机关,使人民知其得监督政府之动作"。⑧

古德诺反复强调的一个观点令人意外,这位美国教授说,如果不在法律上规定中国君主不但是世袭的,而且是按照长子第一并按顺序排定继承人——过去中国数千年的帝制和现在的英国皇室都是这样的——中国就要乱成一团:"……盖元首既非世袭,大总统承继人之问题,必不能善为解决,其结果必于军政府之专横。用此制者,虽或有平静之一时,然太平之日月,实以纷乱之时期相为终结,妄冀非分之徒,互相抵抗以竞夺权柄,而祸乱将不可收拾矣……"⑨客观地说,这个美国教授并没有怂恿袁世凯复辟帝制的企图,他的这套理论除了内容粗糙,不大符合学术权威的身份之外,作为提供给中国大总统看的一篇政治通俗读物,并没有投机诌媚之嫌。问题是,古德诺的论文在发表的时间上迎合了潮流——在中国,如果什么人或者什么说法,迎合了官方的某种意图,想不名利双收都很难。据说,古德诺收到了袁世凯送来的数额为五十万大洋的稿费,同时他一夜之间也成了前清遗老遗少们的政治偶像。

一个中国的著名文人,也写了一篇论文,名叫《君宪救国论》。

杨度,近代史上立场多变且始终处于独自拯救世界的良好感觉的人物。他是前清五大臣出国考察宪政的考察报告起草人之一,曾在大清筹备立宪的宪政编查馆当过提调。他还曾是著名的学生领袖,与黄兴等革命志士交往很深,虽然他与同盟会员们若即若离,但革命志士从未把他当成敌人,对他的新锐思想与非凡才华尊重有加。辛亥革命后,他成为袁世凯智囊团中的一员,自认为是袁世凯的得力辅助,不幸的是并未得到内阁的一官半职,仅仅是一个参政员。由于与袁家的大公子袁克定打得火热,杨度似乎揣摸到了袁世凯的政治脉搏。

杨度的论文其主旨与古德诺的论文有极大的相似之处,即共和制不适合中国的国情,实行君主立宪制中国才有希望,理由也是中国人的政治文明程度太低:"非立宪不足以救国家,非君主不足以成立宪,立宪则有一定之法制,君主则有一定之元首,皆所谓定于一也。救亡之策,富强之本,皆在此矣。"杨度的担心与古德诺一样,如果国家元首不能处在至高无上的地位,中国就会永远处在争权夺利的混乱中。杨度也赞成政治变革,但认为要以诚待民,循序渐进,绝不能再像前清一样,不敢不立宪又不愿真立宪。他说,中国的百姓不会嫌民主权利少,"惟行之以欺,则必失败"。随着民众民主程度的提高,一旦民众有明确要求时,可以适当地给他们一点民主权利——"盖人民他日若嫌权利之少,不过进而要求加多,政府察其程度果进,不妨稍增与之,免成反抗之祸。"如此这般"而行君主立宪,中国之福也"。[91]

袁世凯看了这篇论文后,除交代部下秘密付印之外,亲题书有"旷代逸才"的横匾赠给杨度。为此,杨度向袁世凯呈谢恩折一份——曾在大清王朝的衙门里当过差的人,写这种东西当然具备皇家文采:

> 为恭达谢忱事:五月卅一日奉大总统策令,杨度给予匾额一方,此令等因。奉此。旋因政事堂颁到匾额,赐题"旷代逸才"四字,当即敬谨领受。伏念度猥以微材,谬参众议,方惭溺职,忽荷品题,维被饰之逾恒,实悚惶之无地。幸值大总统独膺艰巨,奋扫危疑,度得以忧患之余生,际开明之嘉会,声华谬窃,返躬之疚弥多,皮骨仅存,报国之心未已。所有度感谢下忱,理合恭呈大总统钧鉴![92]

一九一五年夏,杨度出面组织研究国体问题的筹安会。

筹安会,"筹一国之安"之意。

杨度邀请的人是孙毓筠、胡瑛、刘师培、严复和李燮和,此六人被当时市井戏称为"筹安六君子"。

孙毓筠是大清帝国著名重臣孙家鼐的侄孙,只是他没有传承书香门第之风而当了革命者。当年,他跑到日本东京参加同盟会,据说是受到吴樾刺杀五大臣事件的鼓舞。孙中山很器重他,派他回南京运动新军响应萍醴起义。但是,回国后不久,孙毓筠就被捕了。奋力营救他的是杨度,当时的两江总督端方看在孙家鼐的分上只被判了他五年徒刑。辛亥年,他重获自由,曾被推选为安徽都督。民国创建后,孙毓筠与革命党人断绝了来往,一九一三年被袁世凯选为政治会议议员。

胡瑛更是武昌首义的名人。当年,吴樾刺杀出国考察的五大臣时,他是背后的同谋者,后在东京加入同盟会。武昌首义前被捕,起义成功后出狱,在湖北军政府中任外交部长。南京临时政府成立后,孙中山曾委派他出任山东都督。临时政府北迁,袁世凯先后委派他当陕西经略使和新疆青海屯垦使。他是杨度的密友,于一九一五年五月受邀进京。

李燮和参加过萍醴起义,起义失败后逃往日本,加入同盟会。武昌首义爆发后,黎元洪委任他当长江下游招讨使,在上海吴淞他拥有"光复军总司令"的头衔。宋教仁被暗杀后,他跑到北京,想找个位置混口饭吃,碰上了杨度。

以上三人都是同盟会的老会员,尤其是孙毓筠和胡瑛都曾为革命坐过牢,如果当年他们"英勇就义"了,无疑会被载入辛亥革命史。

另外两人是中国近代史上的大文人。刘师培国学著作等身,虽然参加过诸如中国教育会、暗杀团、军国民教育会、光复会等所有激进的革命团体,但后来他背弃革命投靠了清廷大吏端方。武昌首义爆发后,端方被新军官兵按在板凳上砍头的时候,他也被绑起来站在旁边准备掉脑袋。但由于他是个大学问家,很快就被新军官兵释放了。辛亥年后他先在四川讲学,后经章太炎介绍到北京任教。他被袁世凯任命为咨议的时候,也向大总统呈递了一份谢恩折,行文格式虽没杨度规矩,但更加谄媚地说他要"仰竭涓埃,冀图报称"。有人认为,如果刘师培不参加筹安会,仅凭他留下的六十多种国学著作,足以留名中国学术史册。

更令人感到意外的是严复。这个以翻译《天演论》蜚声中外的学者学贯中西,才高气盛。当年,袁世凯任北洋大臣时有意延揽他,他不屑地认为袁世凯根本没有与他对话的资格。民国成立后,他任京师大学堂监督。杨度找到他时,他先是拒绝,认为国体不是儿戏,岂能一改再改。但杨度再三恳求,说如果严复不站出来说话,天下苍生就没法活了。于是,这个书呆子简单地对杨度说:"我可列个名。"他哪里知道,第二天报纸就把严复的大名赫然列在了筹安会的发起人名单中,这倒让严复颇有些不知所措。

八月二十三日,筹安会在北京石驸马大街正式成立,发表的宣言相当于一篇古德诺论文的学习体会:

> 我国辛亥革命时,中国人民激于情感。但除种族之障碍,未计政治之进行,仓促之中,制定共和国体,于国情之适否?不及三思,一议既倡,莫敢非难;深识之士虽明知隐患方长,而不得不委屈附从,以免一时危亡之祸。故自清室逊位,民国创始绝续之际,以至临时政府、正式政府递嬗之交,国家所历之危险,人民所感之痛苦,举国上下皆能言之,长此不图,祸将无已……美人之大政治学者古德诺博士即言:"世界国体,君主实较民主为优,而中国则尤不能不用君主国体。"此意非独古博士言之也,各国明达之士论者已多,而古博士以共和国民而论共和政治之得失,自为深切明著……我等身为中国人民,中国之存亡,即为身家之生死,岂忍苟安默视,坐待其亡!用特纠集同志组成此会,以筹一国之治安,对于国势之前途及共和之利害,各摅所见,以尽切磋之义,并以贡献于国民……[93]

筹安会一办,就显示出政治团体的特征。他们印发古德诺的论文,请各省派代表进京表态。由于动作太突然,各省大员纷纷打电报到北京,询问政府对待筹安会的态度。北京政府的答复是,筹安会是学者们组织的,即便在研究君主与民主哪种国体更具优势,也就是说即便在研究国家的政治问题,但并没有扰乱治安之处。从一般常理上讲,放肆地议论国政的筹安会,显然属于非法政治团体,袁世凯曾三令五申严格禁止此类团体的存在。为此,想要主动迎合袁世凯的肃政厅,呈送了建议取缔筹安会的请示,说"自筹安会成立以来",各地关于君主制胜于共和制的谣言"大有不可遏抑之势",杨度与孙毓筠更是"函电交驰,号召各省军政两界,各派代表加入讨论",弄得人心惶惶,疑惑重重。恳请大总统下令将筹安会"迅予取消,以靖人心"。[94]但是,出乎肃政厅意料的是,袁世凯批示说:国体问题是可以"自由讨论"的,因为民国奉行的是言论自由:

> 世界各国有君主民主之分,要不外乎本国情为建设,以达

其巩固国家保全种族之宗旨。中国当君主时代,厉禁讨论民主政体,而秘密结社,煽惑不绝,实于共和原理,毫无识解;迨潮流所至,一旦爆发,更无研究之余地。迄至今日,不但人民无共和之智识,即居议政行政之地位者,真能透彻共和之原理,百不一睹;而一部分人民,主张君主之说,暗潮鼓荡,已非一日,前车之鉴,可为寒心。恐其于君主原理,犹之初创共和时代之茫昧隔膜,讲学家研究学理,本可自由讨论,但具有界说,不可逾越范围。着内务部确切考查,明定范围,示以限制,通饬遵照。⑮

无论是饱经风雨的政界老手,还是尚在历练的政界新秀,如果此时还弄不清袁世凯真正在想什么的话,还有可能在官场混么?各省的军政大员们立刻来电,对筹安会的成立赞赏有加。按照杨度的计划,待各省代表聚齐后,开会决议呈请实行帝制。可筹安会不是法定机构,没有呈请的资格,于是拟让各省代表以"公民"的名义向参政院请愿。当然,请愿书由筹安会起草,各省请愿团的领导人均由袁世凯的亲信担任。

此时,有一个人坐不住了,他就是梁士诒。

民国初年,北洋系中渐渐形成了"粤系"和"皖系"两派。杨度和杨士琦等人属于"皖系",而"粤系"的代表人物便是总统府秘书长梁士诒。两派在争权夺利中形同水火,杨度跻身内阁之事,就是被梁士诒暗中搞黄的;但杨度的那句"梁是国民党的首领"的谗言,也令梁士诒失去了当参议院议长的可能。此刻,因为组织筹安会,杨度又一次在风头上占了先机,即使是出于自救的目的,梁士诒也必须有所行动。梁士诒的行动是:杨度组织官方请愿,他组织民间请愿,看谁的请愿煽动得更热闹。

梁士诒组织的全国请愿联合会,总部设在安福胡同。梁士诒连表面上的"学理"二字都省了,直接呼吁恢复帝制。他的组织也发表了一个宣言,宣称"同心急进,计日成功,作新邦家,慰我民意,斯则四万万人之福利光荣,匪特区区本会之厚幸也"。⑯全国请愿联合会开列了一张请愿团体名目,并有意将杨度的筹安会也列入其中,那意思是筹安会是他们的一个下属组织:

人力车代表请愿会——北京人力车夫发起。

乞丐代表请愿团——北京乞丐发起。

妇女请愿团——安静生发起。

公民请愿团——各省官吏用本籍公民名义组成。

筹安会——杨度等发起。

筹安会请愿代表团——筹安会各省代表组成。

商会请愿团——北京商会冯麟霈、上海商会周晋镳等发起。

教育会请愿团——北京梅宝玑、马为珑发起。

北京社政改进会——恽毓鼎、李毓如发起。

旅沪公民请愿团——陈绍唐等发起。⑰

筹安会成立后不久,中华革命党党务部发表了《驳斥筹安会谬说通告》,号召民众再次起来革命。进步党人也大多站在复辟帝制的对立面,认为当前这股逆流实属丧心病狂。海外留学生和华侨更是义愤填膺,谴责复辟帝制为倒行逆施的行径。即使在袁党阵营内部,也有不少人持反对意见。袁世凯三十多年的密友徐世昌告诫说,恢复帝制,事关国体,一旦出事,便没有回旋的余地了,必是绝路一条。袁世凯的二儿子袁克文公开反对复辟帝制;侄子袁乃宽的儿子袁不同,因为激愤无以宣泄,竟然把炸弹偷偷运进了新华宫——七十多枚炸弹一旦引爆中南海定是一片火海。炸弹被卫兵查出来后,袁不同从京城里失踪了。不久,他给袁世凯寄来一封信:

> 国贼听者:吾袁氏清白家声,安肯与操、莽伍。所以无端族祖汝者,盖挟有绝大之目的来也。目的为何?即意将手刃汝,而为我共和民国一扫阴雾耳。不图汝之鬼蜮,防范至严,遂未克如愿。因以炸弹饷汝,亦不料所谋未成,殆亦天助恶奴耶?或者罪贯未盈,彼苍特留汝生存于世,以厚其毒,然后予以显戮乎?是未可料。今吾已脱身遁去,今而后匪特不认汝为同宗,即对于吾父,吾亦不甘为其子。汝欲索吾,吾已见机而作矣!所之地址,迄无一定。吾他日归来,行见汝悬首国门,再与汝为末次之晤面。汝倘能自悔罪,戡除野心,取消帝

制,解职待罪,静候国民之裁判,或者念及前攻,从宽末减,汝亦得保全首领。二者惟汝自择之。匆匆留此警告,不尽欲言。⑱

在全国所有的反袁者中,一介文人梁启超独树一帜。

避居天津的梁启超对帝制传闻将信将疑。他特意在南行路过南京时会晤了冯国璋。冯国璋反对帝制的态度十分明确,他还告知梁启超,段祺瑞也因反对帝制称病躲在家里不出来了。梁启超遂决定与冯国璋一起进京面见袁世凯,以彻底弄清楚他的真实意图。谁知,两人见到袁世凯后,袁世凯信誓旦旦地表示,他根本没有当皇帝的任何想法,大总统已经拥有了类似君主的权力和地位,何苦再当过去的皇帝?再说,皇帝是世袭的,他的哪个儿子是当皇帝的料?

>……以余今日之地位,其为国家办事之权能,即改为君主,亦未必有以加此!且所谓君主者,不过为世袭计耳,而余之大儿子克定,方在病中;二儿子克文,不过志在做一名士;三儿子更难以担任事务,余者均年极幼稚。余对于诸子,纵与一排长之职,均难放心,乃肯以天下重任付之耶?且自古君主之世传不数世,子孙往往受不测之祸,余何苦以此等危险之事加之吾子孙也!⑲

袁世凯甚至说,他的四儿子和五儿子正在英国留学,他已嘱咐他们在英国"购少许田园",如果哪天复辟帝制的势力非逼他不可,他就躲到英国去颐养天年。

梁启超似乎有点相信了。

但是,待他回到天津后,越来越多的证据表明袁世凯在说谎。

梁启超无法沉默,他写下了长达一万余字的《异哉所谓国体问题者》,文章以犀利的观点,横溢的文采,如刃的笔力享誉中国近代史。

梁启超指出,杨度以研究学理为名实则大行别有用心的伎俩:"夫国体本无绝对之善,而惟以已成之事实,为其成立存在之根源,欲凭学理为主奴,而施人为的取舍于其间,宁非天下绝痴妄之事?仅痴妄犹未足为深病也,惟于国体挟一爱憎之见,而以人为的造成事实,以求与其爱憎相应,则祸害之中于国家,将无已时!"梁启超承认,自己曾坚定地拥护君主立宪国体,但是,今天中华民国的国体是历史流程使然,怎么可以随意翻覆犹如废置棋子?更何况"谋推翻共和者,乃以共和元勋为之主动……天下之怪事,盖莫过是,天下之可哀,又莫过是也"![⑩]

梁启超最重要的观点有三:

首先,杨度等人鼓吹的君主立宪,本意不在"立宪"而在"君主"。以目前共和制的弊端为理由,主张用君主专制取代,其居心令人费解。导致民主立宪不令人满意的原因,纵然有中国国情的掣肘,但这既不是因为实行共和制发生的,也不会因为将共和制取消就没有了:

> 例如上自元首,下及中外大小独立官署之长官,皆有厌受法律束缚之心,常感自由应付为便利,此即宪政一大障碍也,问此于国体之变不变,有何关系也?例如人民绝无政治兴味,绝无政治知识,其道德及能力皆不能组织真正之政党,以运用神圣之议会,此又宪政一大障碍,问此于国体之变不变,有何关系?

其次,实行君主立宪制有两个途径,一是在现有政治体制下,在政治和经济上奋发努力,然后逐渐过渡;二是不惜全国大乱,武力剪灭,强行变更。梁启超主张第一条路,因为第二条路等于果实未熟强摘、婴儿未成催生,最终伤害的是生长果实的树木、孕育婴儿的母亲:

> 今年何年耶?今日何日耶?大难甫平,喘息未定,强邻胁迫,吞声定盟,水旱疠蝗,灾区遍国,嗷鸿在泽,伏莽在林,在昔哲后,正宜撤悬避殿之时,今独何心,乃有上号劝进之举?夫果未熟而摘之,实伤其根;孕未满而催之,实戕其母。

最终,一个国家,政体变来变去,实乃大乱之象:

> 自辛亥八月迄今,夫盈四年,忽而满洲立宪,忽而五族共和,忽而临时总统,忽而正式总统,忽而制定《约法》,忽而修改《约法》,忽而召集国会,忽而解散国会,忽而内阁制,忽而总统制,忽而任期总统,忽而终身总统,忽而以《约法》暂代宪法,忽而催促制定宪法,大抵一制度之颁行之,平均不盈半年,旋即有反对之新制度起而摧翻之,使全国国民彷徨迷惑,莫知

适从,政府威信,扫地尽矣!⑩

梁启超的文章刚刚写就,袁世凯就得知了大致内容,他派人送来大洋二十万,条件是不要将文章发表。梁启超把钱退回去,同时给了袁世凯一份稿子。袁世凯又托人传话:"君亡命已十余年,此种况味,亦既饱尝,何必更自苦。"梁启超的答复是:"余诚老于亡命之经验家也,余宁乐于此,不愿苟活于此浊恶空气中也。"⑩

梁启超,百年之后依旧令人仰慕的中国文人。

百年之中,不愿苟活的中国文人历历可数。

外人评价说,对于中国,梁启超是"珍贵的灵魂"。

突然,袁世凯发布文告,说复辟帝制之说"不合时宜"。

复辟分子们赶快找来文告研究。袁大总统表示,近来各省纷纷请愿要求改变国体,可代行立法院是一个独立的机构,一向是不会受国民牵制的。而大总统是国民公举的,即使不能向立法机关有所主张,却不能不听从国民的意愿。特别是关于国体问题,对行政上会产生很大的影响,作为大总统怎敢"畏避嫌疑,缄默不言"?依大总统个人之见,改变国体,千头万绪,需要极其审慎,不能仓促推行,以免各项事宜陷于窒息般的危难处境。当然,尽管目前就改"不合时宜",但代行立法院也不能对国民公意不加注意。

复辟分子们明白了,原来袁大总统是在提醒参政院跟上形势。

一九一五年十月八日,袁世凯批准实施由梁士诒等人起草的《国民代表大会组织法》,其主要内容是决定举行全民公决以决定国体问题。

自此,中国近代史上罕见的政治黑幕开始了。

全民公决从决定到实施,快得令人难以置信。

十月二十五日,各地开始选举国民代表,三天之后就举行国体问题投票了。可以想见,全国各地沉渣泛起的混乱情形。各省的投票地点一律设在将军官署或巡按使公署里,公署内外戒备森严,军警密布。湖南将军是人称"汤屠户"的汤芗铭,他从接到投票通知的那天起就开始神魂颠倒,先是隆重地成立个办事处,设有参谋处、秘书厅、副官处、出纳室、庶务处、军医处,阵势如同要出兵大战。所有的办事员专门制作了新衣服,办公室里不但有电灯电话,还有一架留声机。食堂是小灶,中餐西餐俱全,白酒花雕白兰地随便喝,还有咖啡和各种香烟供随意消遣。办事员主要办的事是赶印"代表名片"和编造"国民花名册",由于需要大量的无中生有,办事员们忙得团团乱转。之后,投票的日子来临了,汤屠户的官署如临大敌:

> ……从行署东西辕门起(东为入口,西为出口),一律用木柱彩绸和松枝扎成曲曲折折的万字形的阑干回廊,一径贯通到大堂。每一拐弯的地方,都站着全副武装的卫兵一名,显得杀气腾腾。大堂上整整齐齐布满了桌椅,每一桌子的上面都贴有参加选举者的姓名,不得随便乱坐。当日采用的是记名投票法。票面的上方横印着"兹推戴袁大总统为中华帝国大皇帝"的一行小字;中部印着两个空白大圈,这是预备填写"赞成"或"否认"两字用的;下方还印着三个小圈,由选举人将自己的真名实姓慎重地填入,不得误写。写时还有人在旁紧紧地监视着——谨防错误或交头接耳。选举人写毕后,亲自投入票柜里,然后循着指定的道路,由西辕门鱼贯而出,不得胡乱行走。[103]

投票者在军警的枪林刀丛中有点上刑场的感觉。

十二月七日,全民公决奇迹般地结束了,一共一千九百九十三张选票,全部赞成恢复帝制。

接着,各省都写来了推戴书,从格式到内容完全一样,一律四十五个字——原来中央有明文规定:

> 各省将军巡按使鉴:华密。国体投票解决后,应用之国民推戴书文内,有必须照叙字样,曰:国民代表等,"谨以国民大意恭戴今大总统袁世凯为中华帝国皇帝,并以国家最上完全主权奉之于皇帝,承天建极,传之万世"。此四十五字,万勿丝毫更改为要。再,此种推戴书,在国体未解决之前,希万分秘密。并盼先复。至奏折一切格式,均照旧例,惟跪奏改为谨奏。其他仪式,俟拟定再行通告。[104]

参政院举行会议,起草了一份总推戴书,连同各省的推戴书,一并呈送给袁世凯。按照中国的帝制传统,被推戴者必须再三"坚辞",如同中国人吃饭前先乱哄哄地让座一样。袁世凯复函参政院,说他"无任惶骇",如果答应当皇帝,就违背了当初许下的维护共和的诺言。所以,"望国民代表大会总代表等熟筹审虑,另行推戴,以固国基"。[105]——既然表示"另行推戴",不就是明确同意推翻共和、复辟帝制吗?

无法彻底梳理清楚袁世凯对复辟帝制的真实思维轨迹。

可以肯定的是,在这个过程中,袁世凯始终处在内心极端矛盾的状态中。究其原因,中国社会存在复辟帝制的土壤有之,不要说遗老遗少,就是普通百姓也希望有个皇上,他们认为皇帝的权力越大,那些鱼肉他们的官吏越不敢胡作非为。帮闲门客们在"学理"上的支持有之,他们想在复辟中捞取好处的目的世人皆知。甚至还有史料证明,列强们也曾暗示过支持袁世凯复辟帝制,当然是为了他们在华利益的安全和扩展。除此之外,更重要的是深藏于袁世凯心中的帝制情结。无论他如何标榜自己是共和制的信徒,无论后来他如何将责任推给长子袁克定,不可否认的是,在帝制制度下混迹半生的他帝王思想根深蒂固。革命前他不敢有非分之想,一旦大权在手,野心的死灰复燃完全符合逻辑。

袁世凯"坚辞"的当天,参政院再次开会,再次呈送了一份推戴书。据说从会议开始到推戴书的发出,只用了十五分钟。第二份推戴书声情并茂,说"当此国情万急之秋",民之众望已"不可抑遏",如果"我皇帝仍固执谦退,辞而不居",怕是全国民众"实有若坠深渊之惧"。所以,恳请我皇帝抛弃个人的成见,也不要管不识时务者的猜疑,"以国家为前提,以民意为准的",颁布诏书,"宣示天下,正位登极"。因为"天命不可以久稽,人民不可以无主"。[106]

袁世凯"不得不"答应了。

袁世凯发布了接受帝制申令,申令几乎是他一生"事迹"的自我陈述,袁世凯最后的表态是:"天下兴亡,匹夫有责,予之爱国,讵在人后?"[107]

袁世凯称帝的登基大典筹备处开始挂牌办公。

急需讨论问题有:是否革除太监改用女官,制定年号、国旗和朝服,册立皇后、皇储的有关文件等等。众人正忙成一团时,突然通知典礼明天举行,据说这是袁克定选定的吉日。

这一天是一九一五年十二月十三日:

> ……约九点多钟,居仁堂大厅内朝贺典礼开始了。厅中上首摆设龙案龙座。出乎一般意料的是,龙座设在龙案前面,两旁并无仪仗,只有平时贴身侍候袁的几个卫兵排列在座后两旁。袁这天龙衮、皇冠并未加身,只穿着平时的大元帅戎装。他素来不喜欢上饰叠羽的元帅军帽,平时很少戴,这时也未戴帽。参加朝贺的人先到先贺。当时段芝贵传袁话,说行礼要简单些,三鞠躬就行了。但大家朝贺时,仍旧跪拜,很多人还行了三跪九叩首的大礼,只是旁无司仪,因之行礼时并不整齐。朝贺人下拜时,袁并未就座,只站在座旁,左手扶着龙座搁臂,右手掌向上,不断对行礼者点头。有时对年长位高的人,袁就做出用右手搀扶的姿态,表现出一种内心受用而外表故作谦虚的难于刻画描写的复杂心情。朝贺者有的着戎装,有的着袍褂,有的着便服,形形色色,多种多样。当天引人注意的是黎元洪、段祺瑞等并未参加……为什么偏要赶在这天这样局促草率地突然举行,大有坐在家里称天子不敢公开的模样。事后大家说:"这样就算换了朝代了吗?"⑱

有确切史料证明,为袁世凯定制的龙袍早已做好,一共两件,金丝镶嵌珠宝而成,祭祀时用的那件价值五十万元,登基时用的价值三十万元。典礼那天袁世凯没穿,有评论说他不敢穿;龙座也是早就做好的,价值四十万元,那天袁世凯没坐,有人说他不敢坐。

袁世凯王朝的年号为"洪宪"。

"洪宪"的意思是:洪,大也。明朝开国曰洪武,因此洪实为"吉"字。"宪",宪法也,表明宪法之下,帝政宽大。

除了策划帝制的袁党们之外,几乎所有的中国人均猝不及防。

"洪宪"年号是一九一五年十二月二十一日颁行的。本来颁布的是"中华帝国元年",后来又改成"中华民国洪宪元年"。各地的报纸已经排版,接到通知后立即修改,还要在年号上加个红框子。袁世凯的御用报纸《亚细亚报》报头上的"中华民国洪宪元年"一行大字最正规。但有的报纸只写了"洪宪元年",或许是编辑们自作主张地认为,"中华民国"这几个字从此没用了。有一张名为《醒目报》的报纸,登出来的竟然是"共宪元年"四个字,有人对"洪"字少了三点水的解释是:他们给洪宪帝国洗了一下,让其只剩下共和宪政——很快,《醒目报》被查封了。

"天命不可以久稽,人民不可以无主。"

这句话让袁世凯很是感动,也令他感到自己本不是凡人。

中国的汉民族,是世界上人口众多的民族中唯一没有固定宗教的民族。中国人是泛神论者,其中对"天"的情绪最为复杂。中国人对"天"的战战兢兢,不是宗教信仰,也不是敬仰敬畏,而是一种心理恐惧,这就是历代皇帝都说自己"奉天承运"的原因。至于人民可不可以"无主",问题不在人民需要不需要一个"主",而在于谁是"主"。儒家文化向来不认定人民自己是主,在君臣父子的政治伦理和社会伦理的笼罩下,人民的"主"就是皇帝,皇帝之下还有更多的"主",即皇帝任命的各级官吏。中国人最高的奢望,就是身边出现一个为民做主的青天大老爷,为此他们会感到自己活在世上非常的幸运。当然,一旦不能如意,他们就会骂"当官不替民做主,不如回家卖红薯"。如果主子太坏,就不是"回家卖红薯"的问题了,忍无可忍的人民偶尔会造反,血流成河的期待是再拥戴一个好一点的主子。没有了主子的百姓会很慌张——试想一下,如果头顶上没有那片天,不是世界末日是什么?

这就是孙中山提出的"人民公仆"的概念——哪怕仅仅是一个概念——也贵重如金的理由。

无法得知袁世凯当上皇帝的第一个晚上是如何度过。他或许计算了一下自己一生中曾在皇上和太后面前跪了多少次,磕了多少头,以及回味不敢瞻仰天颜只是小心地看一眼皇上和太后的脚尖和裙摆的情形。他或许浮想联翩不知该怎样行使袁皇帝的威严,是清式的,还是明式的,要不远一点是汉武帝或秦始皇式的?

心神不定,梦境纷乱。

唯一可以肯定的是,袁世凯做梦都不会想到,他的政治末日连同他的肉体末日已经近在眼前了。

怎样才配做他们的朋友

"我一生中有两个老师,一个是蔡锷,一个是毛泽东。"后来成为著名共产党人的朱德说,"参加共产党以前,我的老师是蔡锷,他是我黑暗时代的指路明灯;参加共产党以后,我的老师是毛泽东,他是我现在的指路明灯。"⑩

生命短暂的蔡锷,是中国近代史上一颗耀眼夺目的流星。

蔡锷,字松坡,原名艮寅,湖南邵阳人,一八八二年十二月十八日(清光绪八年十一月初九日)出生。极其聪慧,七岁入学,十四岁考中秀才。考试时有四书中的句子"子男五十里",蔡锷对出"府尹二千石",⑪尽管末字平仄不符,但十四岁的孩子竟能对出汉书中的句子,四座皆惊。两年后,蔡锷入长沙时务学堂,学监是谭嗣同,总教习是梁启超。梁启超时年二十四岁,蔡锷十六岁,朝夕相处,才子相惜,两人在"人格上早已融成一片",师生情谊由此开始。谁知读书仅半年,戊戌变法失败,谭嗣同罹难,梁启超逃亡。蔡锷辗转武昌想进两湖书院,因是时务学堂的学生被拒绝。不久之后,他接到了梁启超的赴日邀请。十八岁的蔡锷抵日,先入大同高等学校,后入东亚商业学校。一九〇〇年,追随梁启超回国拟参加唐才常汉口起义,还没到达武汉传来起义失败的消息。蔡锷回到日本后,将本名"艮寅"改为"蔡锷","锷",刀锋也。他先入日本成城陆军学校,再入日本陆军士官学校骑兵科,同时成为梁启超主办的《新民丛刊》的撰稿人之一。蔡锷文笔犀利酷似恩师,曾上书国内封疆大吏力主变革强军:中国之病,昔在精神昏迷,罔知痛痒;今日之病,在国力孱弱,生气消沉,扶之不能止其颠,肩之不能止其坠,奋翮生言:居今日而不以军国民主义普及四万万,则中国真亡矣。蔡锷的见识与文采为东南各省封疆大吏所赏识。一九〇四年,蔡锷以优异成绩毕业回国,各省大员争相延揽。受江西巡抚夏时之的邀请,他先任江西新军教官;后应湖南巡抚端方的邀请,出任湖南新军教练处帮办兼任武备、兵目两学堂教官。对其最为赏识的当属广西巡抚李经羲。

一九〇五年,李经羲派专人前来聘请并承诺委以重任,蔡锷随即赴广西,先后出任广西新军总参谋官、总教练官、随营学堂总理官、巡抚部院总参谋官、常备军总教练官、新军混成协协统等职。他筹办的广西测绘学堂、陆军小学以及接办的广西讲武堂人才迭出,后来成为中国著名军事将领的白崇禧、李宗仁、李品仙等人均出自他的门下。一九一一年初,广西巡抚李经羲调任云贵总督,蔡锷随之入滇,任新军第十九镇第三十七协协统。

蔡锷第一次见到袁世凯,可能是在一九〇六年。那时清军在河南彰德举行秋操,他作为广西新军代表奉命前往观操。仅从秋操总指挥袁世凯指派他为评判官一事上,可以判断出袁世凯知晓这位年轻军官的出众才华。

蔡锷精神上追随恩师梁启超,但政治立场与梁启超略有不同。他站在立宪党人的一边,但也与革命党人保持着联系。一九一一年,武昌首义的消息传到云南,蔡锷被云南的革命党人推举为响应起义的总指挥。在他的带领下,云南新军起兵响应,十月三十一日占领昆明全城,二十九岁的蔡锷被公举为云南军政府都督。蔡锷对有知遇之恩的云贵总督李经羲有情有义。新军起义前,他通知李经羲本人和家眷转移躲避,并在起义新军攻击督署时,命令官兵保护总督和家眷的安全。当听说李经羲和家眷已经安全进入法国领事馆后,他亲自前往慰问,并帮其整理行装,然后送其全家离开云南。李经羲和家眷前往车站时,蔡锷在轿子边步行持枪护送。

民国成立后,蔡锷的政治立场仍受梁启超的影响,以梁启超为首的进步党人也一直视云南为政治后方基地。但是,至少在一般人看来,蔡锷是个为人沉静、处事谨慎的职业军人。他不但是统一共和党的总干事,也与国民党人保持着良好关系。

关于蔡锷离开云南到北京任职的原因,史论各持观点。有人认为,那时候袁世凯的北洋势力对全国各省的控制只剩下川滇黔三省为空白。蔡锷不是北洋系将领,因此始终在袁世凯的防范之中。"二次革命"爆发后,蔡锷认为"国内战争,实出万不得已,应以哀矜悱恻之意而出。同室操戈,兄弟阋墙,相煎太急,隐恨良多"。⑪其拥袁立场十分明确,并不顾省议会的反对,执意兵出四川以助袁军作战,可他仍旧不被袁世凯所信任。"二次革命"平息之后,袁世凯多次电催蔡锷从四川撤军,蔡锷一下子明白了袁世凯的担心。袁世凯曾对亲信曹汝霖说:"松坡这个人,有才干,但有阴谋","我早已防他,故调来京"。[112]一九一三年十月,蔡锷进京在段祺瑞的陆军部编译处任副总裁。但也有人认为,即使袁世凯对蔡锷有猜疑,蔡锷入京也不是袁世凯的权谋使然,更多的是出于蔡锷的自愿。因为他多年被纠缠于云南官场,作为一名职业军人早生厌倦;同时,云南终究地处边陲,寻求更大的发展空间也在情理之中。梁启超对蔡锷离开云南的分析是:"一来因为怕军人揽政权,弄成藩镇割据局面,自己要以身作则来矫正它;二来因为他对外有一种怀抱,想重新训练一班军官对付我们理想的敌国;三来也因为在云南两年太劳苦了,身子有点衰弱,要稍微休息休息。"[113]

蔡锷离开云南时,曾对营长以上军官讲了一次话,其中可见这个非北洋系的将领与袁世凯的微妙关系:

> 我此次被调入京,不日即将起行,现任总统袁世凯,原是我们的政敌。戊戌那年因为他临时告密,我们的师友,有的死,有的逃,现在想起来,犹有余痛。但衡量中国现在的情势,又非他不能维持。我此次入京,只有蠲除前嫌,帮助袁世凯渡过这一难关。[114]

梁启超以为,蔡锷试图影响袁世凯走向正轨,这一念头"很有点痴心妄想"。

而袁世凯见到进京任职的蔡锷,与之细谈后对其人格与才能极其欣赏,他对身边的人说:"异日国家有事,斯人必建大功,惜非寿者相。"[115]——这句话,将被后来的历史所验证。

蔡锷在京组织了一个军事研究会,谋求改进军事教育,提高军事学术,建设一支强大的国家军队。除了陆军部的工作外,袁世凯给了他一系列头衔:陆海军大元帅统率办事处办事员、政治会议议员、参政院参政员——作为军人,不是北洋出身而能够进入袁世凯的权力核心,惟有蔡锷。

但是,内心深处的隔膜和政治理念的冲突,只需要一个适当的时机便会骤然爆发。

促使蔡锷与袁世凯对立的是"二十一条"的签订。自中日艰难交涉以来,蔡锷一直处在缄默中,及至条约签订,他拿着自己拟定的作战计划面见袁世凯,力主对日作战,表示他在云南练兵数万,随时听候大总统的调动。仅"在云南练兵数万"这句话,就足以证明蔡锷不具备政治城府。袁世凯最忌讳的和最警惕的,就是北洋系之外的军事力量的存在。接着便是筹安会的出笼,杨度几次拜访蔡锷,劝蔡锷加入发起人的行列,蔡锷表面上不置可否,但反袁的决心早已下定。筹安会成立的第二天,他乘坐晚班车去天津,面见恩师梁启超,说国民党人已大多逃走,其他的党人军人文人多被袁世凯收买,所以准备自己拼上一场:

> 眼看着不久便使盈千累万的人颂王莽功德,上劝进表,袁世凯便安然登其大宝,叫世界看着中国人是什么东西呢?国内怀着义愤的人虽然很多,但没有凭借,或者地位不宜,也难发手。我们明知力量有限,未必抗他得过,但为四万万争人格起见,非拼着命去干这一回不可。⑩

"二次革命"爆发时,护国军总司令李烈钧曾说:"我只有打,这是我的人格问题。"

在中国近代史上,"人格"二字显得格外敏感而贵重。

志同道合的师生二人即刻商定:一人用笔,一人用枪,不成功便成仁。两人商定的具体计划是:袁世凯称帝后,云南宣布独立,贵州和广西响应,然后拿下四川和广东,会师湖北,定鼎中原。计划的紧要处有两点:一是蔡锷必须亲自回云南召集旧部,不然时间耽搁势必不能成功;二是他们的师生关系人人皆知,而梁启超必须立即发表文章驳斥帝制派的言论,一旦旗帜打出来,势必会妨碍蔡锷的行动,因此必须做出师生已分道扬镳的样子以迷惑袁世凯。

回到北京,蔡锷开始了起事筹划。他派人去云南、广西和贵州进行准备,并给云南的军政旧部发出密函要求他们等他回滇。

梁启超的《异哉所谓国体问题者》发表了,蔡锷声称他的老师是个不识时务的书呆子。北京军界发起帝制请愿的时候,第一个在请愿书上签名的就是蔡锷。袁世凯感到有些意外,他当面询问蔡锷对帝制的看法,蔡锷说通过南方的"二次革命",他这个赞成共和的人也认为中国不能没有皇帝。袁世凯最担心的是蔡锷回云南,因为这等于放虎归山,所以他又试探地说,云南都督唐继尧靠不住,还是想派你再回云南。蔡锷当即表示,自己身体有病,需要在京调养。最后,袁世凯要求他给云南旧部发电以示拥护帝制的立场,蔡锷立成电稿让袁世凯过目。

尽管蔡锷极力掩饰,他的身边还是遍布着袁世凯的密探。

蔡锷请梁士诒作中间人,买下一座前清遗老的宅子,大肆修缮装潢后,请来社会名流帮他鉴别为新宅购买的名人字画和各色古董,让人看上去大他有在北京长年做寓公的架势。众多史料还记载着,为了迷惑袁世凯,蔡锷佯装沉溺妓院,特别是与一位名叫小凤仙的青楼女子的风流韵事,更是传得满城皆知。甚至有史料说,蔡锷故意与夫人吵架,母亲为此声言要回老家去,闹得袁世凯派人上门调解家庭纠纷。最终,袁世凯身边的亲信状告蔡锷沉溺酒色,无所事事,理应免职。

一九一五年十月十四日清晨,蔡宅突然闯进来一群军警,领头的是一位操天津口音的刘排长。无论蔡锷如何呵斥,军警们根本不予理睬,翻箱倒柜地仔细搜寻,结果只搜出一些书和衣服,军警们没有任何解释地走了。蔡锷给军警执法处长雷震春打电话,但执法处的人说雷处长不在。直到晚上,雷震春才打来电话,连声说误会。雷处长的解释是:蔡锷住的这座宅子,原是天津大盐商何仲璟的产业,而袁世凯的四儿媳是何仲璟的侄女。据说当年刘排长曾受何仲璟的一个姨太太委托,在这座宅子里藏过一批珍宝,现在何仲璟和那个姨太太都死了,刘排长带人来找珍宝来了,他并不知道宅子里现在住的是蔡将军。解释显然编造得不能自圆其说:何仲璟既然是袁世凯的亲家,一个小排长哪里有虎口夺食的胆子?再者,作为军警执法处的排长,怎能连鼎鼎大名的蔡将军住在这里都不知道?

袁世凯下令捉拿侵犯蔡宅的肇事者,军警执法处随即从监狱里提出几个在押犯拉到西郊刑场毙了。

梁启超说:"后来我们才知道,是袁世凯派来要偷蔡公的电报密码本子,可惜他脑筋发动得迟慢,蔡公早已防备到这一着,在一个礼拜前已经把几十部密码带到天津放在我的卧室里头了。"⑰

尽管蔡锷本人对他如何出京不返没有任何记述,但他从袁世凯眼皮底下走脱的故事却有各式各样的惊险版本。有人说蔡锷和友人在小凤仙的陪同下在长安酒楼聚饮,席间蔡锷说去上厕所,监视他的人认为他喝醉了,放松了警惕,结果蔡锷趁机出京。还有人说蔡锷参加友人的家宴,故意打了一夜麻将,监视他的人熬得受不住,睡着了,蔡锷趁机去了火车站。也有人说蔡锷在众目睽睽下携小凤仙出走,监视的人认为蔡将军和往常一样携妓寻乐去了。梁启超的记述中也没有蔡锷出走的具体描述。实际上,蔡锷的出走没有戏剧性,他早已把夫人和母亲送回南方,为了便于与梁启超见面,他曾多次前往天津,名义上都是治病。当时,徐世昌因不满袁世凯称帝已经辞职,国务卿由陆徵祥接任,蔡锷的请假手续有档可查:

> 督办经界局事务蔡锷呈,病体未痊,恳请续假文,并批令。
> 为病体未痊,恳请续假一星期,以资调治,恭呈仰祈钧鉴事:窃锷近因肺胃有病,日久未愈,前经呈准给假调理,旋于本月三日假期届满,遵即销假趋公照常办事。惟病势日益加剧,精力实有难支,拟请续假一星期赴津就医,以期早日就痊,不致旷误职务。所有锷病体未痊,恳请续假缘由,理合呈请大总统钧鉴施行。谨呈。
>
> 批令:准予续假七日,俾资调理。此批。
> 中华民国四年十一月十八日
>
> 国务卿陆徵祥[118]

十二月一日,蔡锷携小凤仙出游后,径直登上了前往天津的火车。袁世凯闻讯后派人追到天津,发现蔡锷依旧住在医院里,只不过这次蔡锷没有请假。

这次,蔡锷真的要远走高飞了。他计划绕道日本去云南,而梁启超同时南下上海。师生二人临行前的约定是:"成功呢,什么地位都不要,回头做我们的学问;失败呢,就死,无论如何不跑租界,不跑外国。"[119]

一九一五年十二月二日,蔡锷搭乘轮船赴日本。动身前,他给袁世凯写了张请假条,说他即将赴日就医。到了日本,他接着写信给袁世凯报告就医情况。同时,他还预先写好了数张明信片,托人从日本各地不断地寄往北京,让袁世凯认为他正在日本各地周游。

刚刚当上皇帝的袁世凯在蔡锷的请假条上批了"准假"二字。

蔡锷从日本换乘轮船南下越南,再从陆路自河内前往中越边境,进入中国云南后开始险象环生。当时,袁世凯已密电云南蒙自道尹周杭和阿密(今开远县)县长张一鲲在滇越铁路沿线布置刺客准备实施暗杀。云南都督唐继尧获悉后,派出大量军警沿着铁路线对蔡锷的专车严加保护。专车到达碧色寨车站时,小小的车站上人声鼎沸,周杭在车站里摆了数十桌酒席,召集了乡绅百姓上千人,声称请蔡都督下车赴宴。负责蔡锷安全的军警将专车团团围住,蔡锷未下车,只递出一张名片感谢家乡父老的盛情,然后专车强行开走。车至阿密车站时,张一鲲等人均被挡在警戒线之外不得接近。当晚,周杭和张一鲲在当地酒店再次设宴,等到半夜也没见蔡锷前来,不久才得知专车已经直奔昆明了——周杭和张一鲲的暗杀计划是:如果中途狙击不能得手,就在碧色寨或阿密两地设宴下毒。

蔡锷抵达昆明的时间是:一九一五年十二月十九日。

当唐继尧等云南军政官员终于迎来蔡锷时,发现蔡锷面容清瘦,憔悴不堪,他们认为这是在千山万水中日夜奔劳所致。没人想到,此时距离蔡锷生命的结束已不满一年了。

蔡锷认为,形势刻不容缓,他对云南都督唐继尧说:

> 我已到此,只有两个办法,不是你从我,便是我从你。如要我从你,你可将我头断下送交袁世凯,你可得一个公爵或一个亲王头衔。如你能从我,我两人一个坐镇滇中,一个率师入川作战。两事你任择其一可也。[120]

唐继尧劝蔡锷早点休息,一切改日商量。谁想在隔壁房间把蔡锷的一番话听得真切的唐继尧的老父亲突然冲进来,对着儿子大声喝斥:"你现在已封了侯,尚嫌不足,还想当皇帝吗?"[121]

唐继尧,字蓂赓,云南会泽人。父亲是名举人,他也中过秀才。后考入日本士官学校,毕业后回云南,出任督练所参谋处提调,讲武堂教官、监督,新军第十九镇参谋官,第七十四标第一营管带。一九一一年,云南响应武昌首义宣布独立后,任云南军政府军政部次长。第二年,奉蔡锷之命率军前往贵州,占领贵阳后代理贵州都督。一九一三年,以滇黔联军总司令之职出兵四川。唐继尧面容英俊,气宇轩昂,"常策骑行通衢,视者争欲睹其颜色,浮荡女子尤倾倒备至"。⑫唐继尧最大的历史功绩,当属"二次革命"失败后大量收留入滇的国民党人和其他革命志士,并利用军中的中坚分子形成了一个与袁世凯离心离德的武装团体。当蔡锷准备举兵讨袁的消息传来时,他立即准备并制定了详尽的政治和军事计划。袁世凯对唐继尧怀有巨大的戒心,因为不但包括李烈钧在内的反袁将领已进入云南,甚至连孙中山派出的人也已从日本抵达昆明。唐继尧与蔡锷虽是同年生人,但他尊称蔡锷为"老前辈"。

此时的云南至少占据着四点优势:一、地处偏僻边区,军事上有扼险据守的地理条件,临近的贵州是袁世凯军事控制的空白,四川因军队杂乱不堪导致袁世凯派去的人根本无力指挥,因此云贵川三省联合在一起将是一片大势力。二、云南陆军的整体素质远远高于北洋军。云南讲武堂思想纯正,学术优良,具有深厚的现代军事传统,曾造就出一大批革命人才。三、云南陆军的军械装备全部是德式的精良产品,火力之强大为南方各省之首。四、包括唐继尧在内,云南的主要军政长官,或曾是同盟会员或具有革命思想,在保卫共和反对专制的政治立场上内部无分歧。

当年,蔡锷进京前,特别推荐唐继尧接任云南都督。此番蔡锷回滇,唐继尧"再三以至诚坦白态度"要让出都督一职,他想让蔡锷坐镇云南而自己带兵出征北伐。蔡锷对唐继尧说:"我此次来滇,协同举义,完全为讨袁、为救国,并非争权,亦非夺利。若果喧宾夺主,不论理论事实如何,总不足以示天下后世,更何以对滇中父老,深望冀赓鉴此苦衷,无再固辞,并盼总揽全局,统一军政,勿存客气,不辞劳怨,独为其难,以赴事功。"⑬

史书记载:"唐蔡公忠体国,雍容揖让,实为近代军人之楷模。"⑭

十二月二十二日晚,蔡锷、唐继尧召集文武要员歃血为盟:"拥护共和,吾辈之责,兴师起义,誓灭国贼,成败利钝,与同休戚,万苦千辛,舍命不渝,凡我同人,坚持定力,有渝此盟,神明共殛。"⑮

第二天,云南都督唐继尧和云南巡按使任可澄发出著名的"漾"电:

……窃惟我大总统两次即位宣誓,皆言恪遵约法,拥护共和,皇天后土,实闻斯言,亿兆铭心,万邦倾耳。记曰:与国人交,止于信。又曰:民无信不立。食言背誓,何以御民,纲纪不张,本实先拨。以此图治,非所敢闻。计自停止国会改正约法以来,大权集于一人,凡百设施,无不如意,凭藉此势,以改良政治,巩固国基,草偃风从,何惧不给,有何不得已,而必冒犯叛逆之罪,以图变更国体?比者,吏民劝进,代表议决,拥戴之诚,虽若一致,然利诱威迫,非出本心,作伪心劳,昭然共见。故全国人民痛心切齿,皆谓变更国体之原动力实发自京师,其首祸之人,皆大总统之股肱心膂……我等夙承爱戴,忝列司存,既怀同舟共济之诚,复念爱人以德之义,用敢披肝沥胆,敬效忠告,伏望我大总统改过不吝,转危为安,民国前途,实为幸甚……[126]

漾,电报代码,代表"二十三日"。

这实际上是对袁世凯的最后通牒。电报要求袁世凯立刻将"造作谰言,紊乱国宪"的杨度、孙毓筠、严复、刘师培、李燮和、胡瑛、段芝贵、朱启钤、周自齐、梁士诒、张镇芳、袁乃宽等人"明正刑典,以谢天下"。并要求袁世凯"焕发明誓,拥护共和",限他"二十四日上午十点钟以前赐答",即二十四小时之内答复。

二十四日,蔡锷等联名致电袁世凯,表明了拥护"漾"电的立场:

北京袁大总统钧鉴:

华密。自筹安会发生,演成国变,纪纲废坠,根本动摇,驯至五国警告迭来,辱国已甚,人心惶骇,祸乱潜滋。锷到东以后,曾切词披布腹心,未蒙采纳。弥月以来,周历南北,痛心召侮,无地不然。顷间抵滇,舆情尤为愤激。适见唐将军、任巡按使漾日电陈吁请取消帝制,惩办元凶,足证人心大同,全国一致。锷等辱承恩礼,感切私衷,用敢再效款款之愚,为最后之忠告。伏乞大总统于滇将军、巡按使所陈各节,迅予照准,立将段芝贵诸人明正刑典,并发明令,永除帝制。如天之福,我国家其永赖之;否则,土崩之祸,即在目前,噬脐之悔,云何能及?痛哭陈词,屏息待命。锷、戡(戴戡)同叩。敬。印。[127]

尽管对云南反叛一直有所担心,但是真的发生了袁世凯还是万分惊愕。从军事上讲,袁世凯并不认为单凭云南一省就能把他怎样,国民党人发动的"二次革命"是四省造反,也没费什么力气就平息了。但他还是恼怒不已,因为包括蔡锷、唐继尧在内,云南的大员们都是在赞成帝制的请愿书上签过字的,这么快就翻脸了,难道是早已策划好的阴谋?袁世凯命令政事堂给云南去电,列举了唐继尧前些日子劝他称帝的电报,说事隔几天就变了令人难以置信。

蔡锷给北京回电:"国体问题在京能否拒绝署名,不言可喻。若问良心,则誓死不承"。至于说反复无常,大总统曾信誓旦旦地宣誓要忠于共和,而今竟可以国体为翻覆。蔡锷劝说袁世凯,如果幡然悔悟,国人"轸念前功"尚可原谅,他还能"享国人之颐养";倘若"执意不回",为了民国,为了共和,云南只有拼力"死生以之"。㉘

最后通牒规定的二十四小时已过,袁世凯没有答复。

二十五日,唐继尧、蔡锷、任可澄、戴戡等通电全国,声讨袁世凯"背叛民国,帝制自为",宣布云南独立。独立后的云南,废除了将军和巡按使,恢复了民国元年的都督府制,推举唐继尧为都督,留守昆明,蔡锷则统率部队出征。云南兴师以为国为民号召,出征部队遂定名为"护国军"。

中国近代史上著名的护国战争由此拉开序幕。

按照计划,护国军分成三路:蔡锷率一路攻四川,戴戡率一路攻贵州,李烈钧率一路经滇南进攻广西。

一九一六年元旦,中华民国护国军政府都督唐继尧、第一军总司令蔡锷、第二军总司令李烈钧发布了《讨袁檄文》。

檄文结构冗长,文辞雕琢,只是全篇充满了慷慨之气。

开头就说袁世凯从小就不是个好东西:

>　　……国贼袁世凯,粗质曲材,赋性奸黠。少年放僻,失养正于童蒙;早岁狂游,习鸡鸣于燕市。借其鸣吠之长,遂入高门之窦。合肥小李(李鸿章),惊其谲智,谓可任使,稍加拂濯,遂蒙茸泽,起为雄狐。不意其浮夫近能,浅人侈志,昧道懵学,骋驰失轸,遂使颠蹶东国,覆公𫗧以招虎狼;狡诈兴戎,缺金瓯以羞诸夏。适清廷昏昧,致逃刑戮。犹复包藏秽毒,不知

愧耻;殚其暮夜之劳,妄窃虎符之重;黄金横带,卖屠主于权门;黑水滔天,引强敌以自重。虽奸逆著明,清廷已知,犹潜伏戎羽,隐持朝野。

接着,檄文描述了袁世凯如何篡夺革命成果,并强调他当了大总统后变得更加邪恶:

……是以小人道长,凶德汇征。私托外援,滥卖国权;弑害民会,私更法制;纵兵市朝,威持众论;布散金璧,诱导官邪。冀以其积威积恶之余,趁世风颓靡、廉耻灭殁之后,得遂其倒行逆施,僭登九五之欲。故四载以还,天无常经,国无常法,民无定心,官无定制,丹素不终朝,功罪不盈月。游探骄兵,睚眦路途;贪官污吏,渎乱朝野,以致庶政败弛,商工凋敝。犹复加抽房亩,朝夕敛征;假辞公债,比户勒索;淫刑惨苛,民怨沸腾;凶焰所至,道路以目;此真世道陵夷之秋,天人闭隐之会,四凶之所不敢为,汤武之所不能宥者矣!

最后,在历数了袁世凯的二十条罪状后,檄文宣布了护国军的"四杀"令:

凡内外官吏,与若军民,受事公朝,皆为同德。义师所指,戮在一人。元恶既除,勿有所问。其有党恶朋奸,甘为逆羽,杀无赦;抗颜行,杀勿赦;为间谍,杀勿赦;故违军法,杀勿赦,如律令。布告天下,迄于满、蒙、回、藏、青海、伊犁之域。㉙

那一天,昆明全城悬旗结彩,《讨袁檄文》在誓师大会上宣读完毕,市民们欢声雷动,护国军官兵则"士气奋腾"。即将出征的人告其家属:"此行期必死,勿望生还。"㉚有乡绅自愿捐钱,护国军政府特此公告,允诺将来护国成功,按捐献金额多寡授予官职:捐三万元以上者,武职为上校,文职为上大夫;二万元以上者,武职为中校,文职为中大夫;一万元以上者,武职为少校,文职为少大夫;五千元至一千元者,分别授予武职上尉、中尉和少尉或文职上士、中士和少士;捐献一百至五百元者,虽然不能授予武职或文职,但可以授予护国菊花章一枚。

民众为出征将士作了《饯别歌》:

1911

男儿志气高,腰挂宝剑杀尽那专制儿曹。试想我共和国家全为铁血造,岂容他袁逆一朝改作君主制度虎视龙骧。到今日幸有滇、黔两省杀伐用张,好男儿趁此立功劳。松坎地通蜀道,直捣成都势不遥。马革裹尸,了却英雄志。劝诸君努力前进,把那袁逆扫。[131]

将士们作了《兵士答歌》:

今日盛饯已厚叨,勖勉我把君主推倒。想武昌起义抛却头颅将民国造,可恨那袁世凯所为大不道,背叛约法,突然想称皇帝号。吾辈男儿顶天立地,哪甘低头劝进,与那些鹰犬同曹。敬聆雅教,我也愿马革裹尸拼命去将叛逆扫。[132]

云南地处中国边陲,男儿剽悍,女儿多情。

袁世凯显然有些慌张无措。

十二月二十五日,国务会议召开,袁世凯劈头就说,我本不想当皇帝,完全是你们这帮人强迫的:"云南自称政府,照会英、法领事,脱离中央。此事余本不主张,尔等逼予为之。"话音既落,"众默然"。[133]

三天以后,袁世凯任命驻军湖南衡阳的第三师师长曹锟为行军总司令,兵分两路,从湘西经贵州和四川夹攻云南,并申令免除蔡锷等人的职务:

前据参政院代行立法院奏称:唐继尧、任可澄拥兵谋乱,声罪请讨。又据各省将吏先后电称:蔡锷等通电煽动,请加惩办等语,当时疑其另有别项情节,先将唐继尧、任可澄、蔡锷褫职夺官,听候查办。嗣据各路边报,蔡锷纠合乱党,潜赴云南,诱胁该省长官及一部分军人,谋叛国家,破坏统一,宣言独立,遣兵窥川,稍拂逆谋,横遭残害,妄自尊大,擅立官府,人民多数反对,饮泣吞声,不能抗其威力。又任意造谣,传播远近,妄称某省已与联合,某国另有阴谋,非诈欺惑众,即挑拨感情,呓语谎言,全无事实。各省军民,皆服从政令,拱卫国家,各友邦又皆希望和平,敦睦邦交,决非该逆等所得诬蔑。当滇变肇端,政府及各省将吏,驰电劝诰,苦口热心,积牍盈尺,而该逆等别有肺肠,悍然不顾,以全体国民决定之法案,该逆等竟敢以少数之奸人,违反举国之民意,于政府之正论,同僚之忠告,置若罔闻,丧心病狂,至此已极。该逆等或发起改变国体,或劝进一再赞同,为日几何,先后迥异,变诈反复,匪夷所思。自古国家初造,频有狡黠之徒,包藏祸心,托词谋变;而如该逆等之阴险叵测,好乱成性者,亦不多见。至滇省人民,初无叛心,军士亦多知大义,且边陲贫瘠,生计奇艰,兵仅万余,饷难月给,指日瓦解,初何足虑。国家轸念滇省军民,极不愿遽兴师旅,惟该逆等倚恃险远,任意鸱张,使其盘踞稍久,必致苦我黎庶,掠及邻封,贻大局之忧危,启意外之牵涉,权衡轻重,不敢务为姑容,竟废国法。著近滇各省将军、巡按使,一体严筹防剿,毋稍疏忽,并派虎威将军曹锟督率各师,扼要进扎,听候调用。该省之变,罪在倡乱数人,凡系胁从,但能悔悟,均免追究,如有始终守正,不肯附乱者,定予褒奖。所有滇省人民,多系良善,尤应妥为抚恤,勿令失所,用副予讨罪安民之至意。此令。⑬

蔡锷率部出征了。

与即将面对的北洋军相比,蔡锷的出征充满了悲壮意味。他率领的第一军辖三个梯团六个支队,号称九千人马,但有史料称,实际兵力不足五千,甚至有史料详细统计到了个位数字,即三千一百三十人。这支部队基本上是步兵,只有少量的骑兵和辎重,携带两个月的粮草。更重要的是,他们将背井离乡进入四川,在蜀道作战,后方接济十分困难,袁军只要据险把守,没有粮饷和援兵的蔡军很可能陷入困境。而之所以首先攻击四川,来自蔡锷和梁启超当初在天津筹划好的那个宏伟蓝图:云南宣布独立,"贵州则约一月后响应,广西则约两月后响应,然后以云贵之力下四川,以广西之力下广东,约三四个月后可以会师湖北,底定中原"。⑬显然,这是一个一厢情愿的计划,区区数千滇人北进巴蜀,川人能让他们随便进来么?

第一军自昆明出发后,兵分两路:左路军由第一梯团长刘云峰率领,出昭通取叙州;中路主力由蔡锷亲自率领两个梯团,出永定取泸州。

在叙州防守的是袁军冯玉祥、伍祥祯两部。

一九一六年一月十六日两军接战。

1911

蔡锷战报:

> 十七日晨,第一梯团长刘云峰、第一支队长邓泰中、第二支队长杨蓁所部行至滇川接壤之新场地方,与助逆北军交绥。我军奋勇激进,所向披靡,连克黄泡耳、燕子坡、凤来场、捧印村等处,逆军退撄横江之黄果铺。
>
> 十八日晨,我军进攻黄果铺。第一支队攻其左翼,第二支队攻其右翼,力战竟日,至午后四时,敌渐不支,我军乘势猛攻,遂获全胜。是役击毙逆军官长三人,捕获二人,毙逆兵百名,夺获山炮二门、机关枪一挺。至七时,乘胜追击,距横江约三里,逆军后卫以山炮、机关枪死力拒战,我军绕道夹击,逆军惊溃奔窜,弃械弹无算,我军遂进占横江。
>
> 十九日,我军仍分两路直捣安边。第一支队踞金沙江右岸炮击敌军,第二支队经罗东渡江,夜间由山后猛击,敌势大衰。七时许,敌屏山援队突至,死力格斗。我军再次突击,敌终不支,弃机关枪于河,号哭奔溃,坠岩堕河而死者甚多。是役击毙逆军营长戴鸿智一人,杀伤敌兵数百,夺获军械及其他军需品八船。
>
> 二十日晨,我军渡江追击,逆军弃柏树溪,进距叙州城。我军即至柏树溪,敌军望风哗溃,遂弃叙城,分头向自流井及泸州溃走。我第一梯团进取南溪、自流井等处。第二梯团现由毕节直趋永宁,会合川兵径窥泸州。⑯

护国军出师报捷,消息传到京城,帝政促进会会长周振勋联合了几位有头面的四川老乡,以"四川公民"的名义给袁世凯写信,状告在金沙江边凭险据守的袁军旅长伍祥祯:身为叙州镇守使,不但怯战逃跑,还把主张死守宜宾县城的徐知县毙了,将其尸体扔在河里,以至云南进入四川的咽喉之地叙州失陷。如果不严厉惩办这样的军官,以后军官们个个都"匪来逃走,匪去邀功,大局何堪设想"?

袁世凯立即下令免去伍祥祯的官职。

四川将军陈宧调兵四路反扑叙州,经左路护国军浴血奋战终未得手。

在中路方向上,驻守泸州的袁军为北洋军第三、第七师及第八师一部以及川军第一师。一月二十六日,蔡锷指挥中路主力抵达贵州毕节,黔军刘显世部宣布响应护国军,川军师长刘存厚也秘密与护国军将领达成反袁协议。蔡锷命令董鸿勋的第三支队协同反袁川军合攻泸州。泸州之战格外残酷,双方拉锯数次,伤亡巨大。蔡锷亲临前线指挥,将士用命,血肉横飞。战至二月十九日,突闻朱德支队增援到达,士气再振,节节猛攻,酣战数日,形成与袁军对峙状态。

朱德时年二十九岁。他第一次见到蔡锷,是蔡锷任云南讲武堂教官的时候,那时朱德是一名学员。朱德对为人清正、学识深厚的蔡锷十分崇拜,蔡锷也喜欢质朴好学的朱德,师生二人结下的是一种"毫不显露的共鸣和友谊"。自讲武学堂毕业后,朱德被分配到蔡锷的第十九镇第三十七协,并很快晋升为少校。蔡锷对朱德信任有加,在京准备起事的时候,他曾写信给正在蒙自戍边的朱德通报情况。云南宣布讨袁独立后,朱德赶回昆明见到了几年不见的恩师:

> 蔡锷起身向我们走来,我大吃一惊,说不出话来,他瘦得像鬼,两颊下陷,整个脸上只有两眼还闪闪发光。肺(喉)结核正威胁着他的生命。那时他的声音已很微弱,我们必须很留心才能听得清。当他向我走来的时候,我低头流泪,一句话也说不出来。他虽然命在旦夕,思想却一如既往,锋利得像把宝剑。[137]

护国战争爆发后,朱德先担任第三梯团第六支队长,后任第三支队长,在战斗中身先士卒,重创敌军,名声大振。

蔡锷最大的困难是补给。

唐继尧负责的供应常常延误甚至被阻断。

包括蔡锷在内,护国军将士衣衫褴褛,弹药匮乏,病饿交加。

二月二十一日,蔡锷致电唐继尧:

> 急。云南唐都督鉴:
>
> 昆密。我军激战兼旬,耗弹颇多。炮弹现只存二百发,枪弹除领者悉数用罄外,纵列弹药亦耗三分之一。各部队纷纷告急,请予补充。逆料在川境内,尚有数场恶战,务乞饬兵站

速配解炮弹三千颗,枪弹每支加发三百发,赶运来泸,不胜祷切。查滇存炮弹为数甚少,并恳向日本订购两三万发,借资接济。如何?乞示复。锷叩。⑱

迫于兵力入不敷出,蔡锷被迫放弃泸州,隔江与袁军对峙。

蔡锷患的是肺结核,结核病灶已经浸润到他的咽喉。他高烧不断,浑身剧痛,冷汗淋淋,寝食难安,伫立在战场上的他瘦弱得随时可能被风吹倒。护国军将士都知道他的病,但在蔡锷的脸上看不出痛苦,他们看见的依旧是一贯的持重与沉静。

后来每忆及此,梁启超都会伤感满怀:

> 在蔡锷率领数千饥疲之众同十几万械精粮足的北洋军相持的数月之中,平均每日睡觉不到三点钟,吃的饭是一半米一半沙硬吞,他在万分艰难、万分危险中,能够令全军将官兵卒个个都愿意和他同生同死,他经过几回以少击众后,敌人便不敢和他交锋,只打算靠着人多困死他、饿死他。到后来他的军队几乎连半饱都得不着了,然而没有一个人想着退却,都说我们跟着蔡将军为国家而战,为人格而战,蔡将军死在哪里,我们也都欢欣鼓舞地死在哪里。哎,我真不知蔡公的精神生活高尚到什么程度,能毂令他手下人人都感到如此。⑲

梁启超也受尽苦难。

自蔡锷从天津秘密转道日本赴云南后,梁启超也启程南下。

一九一五年十二月十八日,梁启超到达上海。

梁启超最希望广西响应,经过多次信函往来,广西将军陆荣廷终于答应,条件是梁启超必须到广西来——梁启超早上抵达广西,广西晚上宣布独立;如果梁启超晚上抵达,广西就第二天早上宣布独立。梁启超欣喜万分,决定立即动身。但是,上海到处贴满了"捉拿梁启超就地正法"的布告,他的秘密藏身处四周也都是侦探,从国内的任何一条路线前往广西已没可能。梁启超从上海秘密出行的经过,犹如戊戌变法失败后的出逃一样惊险:他先是藏在了上海至香港的一艘轮船的煤舱里,直到轮船离开上海,侦探们才得到消息。煤舱里漆黑闷热,他在那里起草了奉劝袁世凯的最后通牒、声讨袁世凯的通电以及告两广人民书,并为未来组织的两广军政府起草了组织章程。夜半时分,他才能爬出煤舱,呼吸一口新鲜空气。但是,梁启超不以为苦,认为天下的快乐都是从苦难中得来的:"窃蹑舷栏,一晌凭眺,谓此乐万钟不易,因悟天下之至乐,但当于至苦中求之耳。"⑭船到香港,他依旧藏在船中,等待换乘另一艘开往越南的轮船,谁知一等就是几天。香港方面已经得到梁启超抵达的情报,船上整日都有侦探来回巡守,藏在煤舱内的梁启超度日如年。更令人焦急的是,如要领取进入越南的护照,须他本人亲自登岸办理。陪同他的同志商量,实在不行就冒险从陆路直闯南宁,但那样也许会面临九死一生的险境。最后时刻,梁启超决定偷渡越南。他化装成一个日本人,乘坐香港至越南的一艘运煤船,竟然混过越南海关顺利地登陆了。本以为从越南乘火车就可以抵达广西,可谁知越南的各个车站也贴满了捉拿他的布告。为了躲避侦探,梁启超只能坐一段火车,再换乘小船穿过蜘蛛网似的河道,甚至徒步翻越大山,一点点地向中国广西边境靠近。

就在梁启超艰辛地行走在越南与广西交界处的大山里时,在这片国土上还有一个人万分痛苦,这就是洪宪皇帝袁世凯。

云南宣布独立并向四川进军后,川军的一个师立即反叛,袁世凯心中的怒火还未消,贵州那边也宣布独立了。贵州和云南,无论政治上还是地理上,都有密切的关联,如果贵州为袁军所控制,云南的独立便会受到极大威胁。蔡锷深知这一点,于是派心腹戴戡和王伯群前往贵州策划。贵州护军使刘显世本来就对袁世凯有意见,因为当时全国各省都设有将军,只有贵州和福建两省未设。由于黔军军官大多倾向反袁,袁世凯派到贵州的巡按使龙建章不敢激化矛盾,所以当京城要求各省对共和与帝制进行公决时,龙建章决定召开国民大会表决国体问题。袁世凯听闻大怒,勒令龙建章离职北上,派刘显世的兄弟刘显潜接任。本来这是牵制刘显世的办法,可是一九一六年一月十八日,贵阳举行了全省人民代表大会,代表们竟然一致要求贵州独立。正当刘显世不知如何是好时,袁世凯的三十万元军饷汇来了,但戴戡率领的滇军也同时抵达了贵阳。一月二十七日,刘显世宣布贵州独立,黔军参加护国军行列,黔滇两军合力向湖南西部发动进攻。

袁世凯意识到,这场危机与"二次革命"有很大的不同,那时国内大部分舆论倾向于他,而现在几乎人人心存反骨。

更让袁世凯痛苦的是,从他准备称帝的那一刻起,列强们便纷纷翻脸。列强们在袁世凯复辟帝制的问题上,态度大起大落令人捉摸不透。一开始,他们似乎都对袁世凯表示支持,至少在外交场合没有使节对袁世凯称帝提出异议。英国公使朱尔典与袁世凯私交很深,美国公使对袁世凯请来的那位古德诺教授也很尊重。袁家父子都与德国人有深厚的感情,当年袁世凯的小站新军就是德国人训练出来的,袁克定坠马受伤也是在德国治疗的。袁世凯聘请的政治顾问中有日本人贺长雄,此人坚决支持袁世凯称帝,袁世凯有理由相信这就是日本朝野的意思。但是,当袁世凯下令就国体问题进行全国公决时,他才发现事情好像有点不对劲了。一九一五年十月二十八日,日、英、俄三国驻华公使一起会见了时任外交总长的陆徵祥,并由日本代理公使口述了一份警告书,大意是:大总统复辟帝制,由于反对的人很多,恐怕要发生事变。现在正值欧战期间,中国的不稳定势必影响到各国利益。因此,称帝之事必须延缓实施。接着,法、意两国也加入了反对帝制的行列。袁世凯开始以为,列强们反对是因为不知内情,于是命令外交部认真解释,但各国对袁世凯的解释都不满意,依旧施加压力要求取消帝制。而在所有的列强中,日本人的反对最为坚决。在袁世凯正式宣布接受全国推戴准备当皇帝的时候,日本公使联合多国公使提出警告,说要联合对袁世凯的帝制行为进行监视。在袁世凯没有停止帝制行为之前,日本政府将拒绝袁世凯派人去日本参加日皇加冕典礼。本来,一九一六年的元旦,袁世凯将改年号为"洪宪元年",实际上已经算是登基了,可无论是民间还是官方,都不愿意使用这个年号,各国使馆更是采取了极端手段,把袁世凯送来的改元公文一律退了回去。于是,当一九一六年来临时,谁也不知道该叫什么年了。毫无疑问,列强们不在乎中国是一个什么体制的国家,他们一致的前提是中国不能发生内乱。特别是欧战尚未结束,他们无暇顾及东方,因此不希望有任何事变影响他们的在华利益。

在政治、外交和军事的多种因素压力下,袁世凯认为必须缓和事态。一九一六年二月二十三日,袁世凯宣布"延缓登基":

> 近据各文武官吏、国民代表以及各项团体、个人名义,吁

请早登大位,文电络绎,无日无之。在爱国者,亟为久安长治之计;而当局者,应负度事审时之责。现值滇、黔倡乱,犹惊闾阎,湘西川南一带,因寇至而荡析离居者,耳不忍闻。痛念吾民,难安寝馈!加以奸人造言,无奇不有,以致救民救国之初心,转资争利争政之藉口,遽正大位,何以自安?予意已决,必须从缓办理。凡我爱国之官吏士庶,当能相谅。此后凡有吁请早正大位各文电,均不许呈递。特此通令知之。⑭

袁世凯延缓登基的消息传到前线,并没有给蔡锷带来多少希望。前线正处在僵持对峙状态,战争进程的拖延对于蔡锷来讲无异于灾难。

二十四日,蔡锷致电唐继尧:

……近日两战虽获大胜,然未能将顽悍之逆军第七师一鼓歼灭,殊为遗恨。盖一因子弹告罄,一因逆军得第八师之新援……查逆军现有兵力,系张敬尧之一师计十一营,初入川时约九千人,历经战役,现时所存,当不过五千人,益以新到第八师之王旅,仍在八千以上。我军现额实不足四千,其中义勇队近千人,战斗力尤弱……现在作战计划,仍以扼守要点,集结主力,多张疑兵,以分敌势,俟有隙可乘,分头击破之。所最苦者,弹药未能如时到手,每难收战胜之效。老兵伤亡,已无练之兵补充,致战斗力因而日弱。务望莫公将每枪所储弹药千发,悉数饬解,分存毕(毕节)、永(永宁),并每月拨送补充兵五百乃至千人,则逆援虽众,不足凭也……⑭

二十九日,蔡锷再电唐继尧:

……我军兵力计十营:刘师约千五百人,其用之于战线者,日来已达半数。义勇队约一营,器械除旧械毛瑟二营外,余尚精利。我军所占阵地,非系自由选择,纯为背水之阵。部队逐渐加入,建制每多分割。幸士气坚定,上下一心,虽伤亡颇众,昼夜不能安息,风餐露宿,毫不为沮。惟旷日相持,敌能更番休息,我则夜以继日;敌则源源增加,我则后顾难继。言念前途,岂胜焦灼。今昨两日,举全力猛攻,逆军阵线已成锐角形。其正面尚依然未动。良以地形艰险,守易攻难。现决心继续猛攻,如能击溃,可望转危为安。如再无进步,为全军计,只有另择阵地扼守,一以伺敌以制胜,一以延迟时日,用待时变……⑭

三月七日,反叛的川军刘存厚部首先不支,护国军全线受到牵连,尽管蔡锷坚决主张守住阵地,但最后还是无奈地退出纳溪一线。

攻入护国军纳溪阵地的是袁军冯玉祥部。

冯玉祥因此被袁世凯通令表彰并被封为"三等男爵"。

这是蔡锷人生中最黯淡的时刻。

袁世凯下令将大批物品运往前线犒劳官兵。陆军部采买的东西五花八门,包括牛肉、猪肉、罐头、绍兴酒、彩缎、丝绸、金银餐具、钟表、衣帽、古玩字画和各种高档瓷器等。与这些东西同时下发的还有大量的奖章,获奖者根据等级不同每年可领取相应的年薪。

但是,仅仅过了十天,蔡锷就命令部队实施反击。

第一梯团长刘云峰提醒说,部队出发时,每个士兵只带了三百发子弹,三百发子弹支持半年,到现在平均每支枪里不过数发子弹,这叫官兵们如何打仗?蔡锷面无表情地说:"无子弹用刺刀搠。"刘云峰团长说,用刺刀搠实在是不得已之举,但是打仗不能单凭刺刀呀。蔡锷的回答声调冷峻:"无子弹不能打仗,欲投降乎?"⑭

蔡锷的军令一下,护国军将士生死不顾,猛烈冲击。当面之敌主要是川军张敬尧的第七师,这支虎狼之师平日烧杀抢掠,无恶不作,百姓恨之入骨。战斗期间,百姓不分男女昼夜为蔡锷军送衣送食,老人们则跪庙焚香,祈求上天保佑护国军得胜。

袁军受到严重挫折后,前线将领请求与蔡锷停战谈判。

蔡锷的坚持令曙光初现。

可以肯定地说,袁世凯宣布延缓登基的通令,严重打击了袁军的作战情绪。

袁世凯最大的危机是北洋军内部的离心离德。

北洋军"三杰"中,王士珍此时以研究道学为名,处在暂时告老还乡的状态;袁世凯称帝后,段祺瑞认为是他为袁世凯打的天下,他绝不愿意在袁家后代面前叩首称臣,于是称自己"血亏气郁,脾弱肺热,呕当静养服药",请假休养去了;冯国璋更是坚决反对帝制,他和段祺瑞一样,都有将来接任民国大总统的野心,如果袁世凯当上皇帝,他哪里肯侍候袁克定这般浪荡公子?他给袁世凯发去密电,说自己"每值事务当前,沉心构思,辄觉脑筋紊乱,甚至彻夕不能安眠,精神日亏,饮食锐减",所以必须请假,以安心服药。——北洋军的三员核心将领,在护国战争开始的时候,就已经背离袁世凯而去了。

在前线作战的北洋军将领中,冯玉祥也是个心存反骨之人。在各地请愿赞成袁世凯称帝的时候,唯一没有在请愿书上签字的川军军官,就是第十六混成旅旅长冯玉祥。四川将军陈宧命令他率部开赴前线与蔡锷作战,他很是犹豫,迫于命令开拔后,他先给陈宧写去一信,说川军有光荣的革命历史,不能与护国军作战,而只要您命令不打,第十六混成旅将拥护您。冯玉祥还给蔡锷写去一封信,说一贯钦佩蔡将军光明正大,因此将尽力避免与护国军真枪实弹地开战,以便将来寻找机会再行合作。

蔡锷当面的主要对手,是川军第七师师长张敬尧。张敬尧是袁世凯信任有加的将领,袁世凯指望他打败护国军,将蔡锷捉到京城审判正法。可张敬尧最终见到护国军第一梯团长刘云峰时说:"袁做皇帝,我也不赞成。"

两个在战场上酣战多日的将领先通了电话:

> 余问:"你是勋臣(张敬尧,字勋臣)吗?"彼云:"是的。你是晓岚(刘云峰,字晓岚)老弟吗?"余曰:"然。"张云:"你请我有什么话说?"余曰:"刻距停战期满仅有数日,你还愿意打否?"彼云:"哪个王八蛋愿意打,你们怎么样呢?"余曰:"我们是同你一样的,不过我们双方均不愿打,还要想个法子,方能不打。"张云:"有什么法子你想过吗?"余曰:"大家商量。"⑭

蔡锷怕刘云峰中了张敬尧的圈套,遂向刘云峰承诺:"张敬尧将你害了,我不给你报仇,就不姓蔡了。"于是,张敬尧和刘云峰在泸州城里见了面:

> 张云:"我自当排长起,现在已到师长兼总指挥,未离开二十五团,你们那一顿刺刀搠死我七八百人,全师共死二三千

人,我的精锐消耗殆尽,你看伤心不伤心,我还打什么?且袁做皇帝,我也不赞成。"余随云:"我们出兵打仗,就是为袁做皇帝,你既不赞成袁做皇帝,我们的宗旨相同,还有什么仗打呢?以后我们商量打袁皇帝如何?"张云:"打袁皇帝我也赞成,不过袁倒之后,须请段先生出来当总统,老弟你也是段先生的学生,我想你一定赞成的。"余云:"应当何人继任总统,约法已有规定,大总统出缺,应以副总统继任。"张云:"若不请段先生当总统,咱们的仗还是要打。"余云:"我非滇军总司令,不能作主,兄之意,我可报告蔡总司令,就请你召一书记官来,将我们说的话写在纸上,算作条件,我带回请示。"所商条件约如下:(一)南北两军组为同盟军,以讨袁为目的,并推举蔡锷为总司令,曹锟副之,张敬尧为总指挥;(二),以段祺瑞继任总统;(三)无论何军,与此宗旨相同者为友军,不赞成者共击之。(四)滇军子弹由北军供给。(五)同盟军粮饷,概由四川筹备。⑭

如此谈话和契约,特别是还拉上曹锟作为反袁军副总司令,如果让北京的袁世凯知晓当是什么心情?

一九一六年三月十五日,广西宣布独立。

广西的独立,使得云南、贵州和广西三省连成了一体,护国战争有了更为可靠的基地。

蔡锷有理由认为,国家的政治危机即将结束,自己也将从无尽的苦难中解脱了。他与夫人潘蕙英定了一个电报暗语,以便快要生产的夫人告诉他生了个男孩还是个女孩:

> 蕙贤妹青睐:别后苦相忆,想同之也……出发后,身体较以前健适,喉病已大愈,夜间无盗汗,每日步行约二十里,余则乘马或坐轿。饮食尤增。从前间作头痛,今则毫无此症象发生,颇自慰也。堂上以下,闻余此次举动,初当骇怪,继必坦然。盖母亲素明大义而有胆识,必不以予为不肖,从而忧虑之也。过宣威时大雪,尚不觉寒。据此间人云:今年天气较往年为佳,殆天相中国,不欲以雨雪困吾师行也……分娩后希寄一

电,为男则云某日迁居东门,为女则云某日迁居西门,母子俱吉则云新宅安适可也。此问妆安。名心。[147]

尚未得到迁居东门或西门喜讯的蔡锷,得到了一个更加令人鼓舞的消息:袁世凯宣布取消帝制。

> 陆军部公函　第一二七号
>
> 　　敬启者:案准政事堂奉告令:前据大典筹备处奏请建元,现在承认帝位一案,业已撤销,筹备亦经停办,所有洪宪年号,应即废止,仍以本年为中华民国五年。此令。等因。本部自奉告令之日起,发出各项公文,业经遵照改用中华民国五年年号。惟刊行军用乘车运输各种执照,其由各处领用,现尚存留未用者,谅亦不少。所有该各执照上原印或加盖洪宪字样,自不适用,若遽将该各执照全行作废,以新更换,实属编印不及。兹拟由各该领存执照之处,自行分别改用中华民国五年字样,以资应用。俟印得后,即行寄发。除分行外,相应函请查照,即希转饬遵照可也。此咨。
>
> 　　公府指挥处
> 　　　　　　　　　　　　　　　　陆军部启
> 中华民国五年三月二十九日[148]

袁世凯宣布延缓登基后,来自国内和国际的压力日益沉重。他本决心忍耐下去,待西南的军事行动有所成效后,再以胜利者的资本平息事态。但是,随着广西的独立,他不断地接到劝说他取消帝制的信函和电报,除了各省打来的之外,连老友徐世昌也从天津来信说如不早行必将失去最后的退路。接着,一个令袁世凯大吃一惊的事情发生了:直隶巡按使兼天津将军朱家宝送来一份密电,袁世凯读了之后简直不敢相信自己的眼睛,这是一份向全国各省将军发出的密电,由冯国璋带头,江西将军李纯、浙江将军朱瑞、山东将军靳云鹏和湖南将军汤芗铭联合署名,其主要内容是:团结一致,强迫袁世凯取消帝制并惩办复辟祸首。袁世凯有了一种天塌地陷的感觉,冯国璋、李纯、朱瑞、靳云鹏、汤芗铭,哪一个不是他一手培植的北洋高级将领?哪一个不是因为他的扶持而尽享高官厚禄荣华富贵?这些理应最可靠的心腹将领,如今竟然联合起来造他的反,这种恩将仇报的事就发生在眼前怎么能够令人相信?突然间,袁世凯想起来了,昨天他亲眼见到天上掉下来一颗很大的流星,这么大的流星从天上掉下来他只在李鸿章死的那年见到过一次。

袁世凯不寒而栗。

无论自己是否留恋帝位,袁世凯都认为宣布取消帝制是一件让他颜面扫地的事。他与心腹幕僚梁士诒、杨士琦等人商量,准备作出巨大的让步:让徐世昌和段祺瑞掌管中央政事,把军事指挥权交给冯国璋,并争取与梁启超、蔡锷等人达成妥协乃至握手言和。杨士琦认为,用和平手段解决问题是唯一的出路,但先决条件是必须取消帝制。袁世凯沉默不语。他的顾虑是一旦宣布取消帝制,如果反对他的人依旧不依不饶,后果不堪设想。但是,杨士琦的劝说听上去也很在理:宣布帝制取消后,如果护国军再闹,不就可以同仇敌忾地与他们打仗了吗?

袁世凯的智力已严重低下。

三月二十日,袁世凯召集国务卿、各部总长、参政院院长、平政院院长以及肃政厅的肃政使们开会,讨论取消帝制的问题。会议在没有任何人反对的情况下,很快作出了宣布取消帝制的决定。命令草拟完毕,正要交印刷局付印,袁克定突然站出来反对,他的理由是:现在西南各省以武力要挟取消帝制,如果我们屈服于他们取消了帝制,他们得寸进尺连大总统都不承认了怎么办?袁世凯愣了一会儿,然后叫人把命令从印刷局追回来修改。

第二天,袁世凯亲笔写邀请函,恳请徐世昌、段祺瑞和黎元洪等重量级人物到总统府开会。会议决定了以下几点:一、取消洪宪年号;二、召开代行立法院会议,取得取消帝制的法律根据;三、徐世昌任国务卿;四、段祺瑞任参谋总长;五、拟任命蔡锷为陆军总长、戴戡为内务总长、张謇为农商总长、汤化龙为教育总长、梁启超为司法总长、熊希龄为财政总长。

历史转了个圈又回到了原点。

参政院、立法院立即开会,一致通过了取消帝制案,如同几个月前一致通过恢复帝制一样,办事效率极高。

一九一六年三月二十二日,民国政府下达取消帝制令:

> 政事堂奉申令:民国肇建,变故纷乘,薄德如予,躬膺艰

巨,忧国之士,怵于祸至之无日,多主恢复帝制,以绝争端,而策久安。癸丑以来,言不绝耳。予屡加呵斥,至为严峻。自上年时异势殊,几不可遏,佥谓中国国体,非实行君主立宪,决不足以图存,倘有墨、葡之争,必为越、缅之续,遂有多数人主张恢复帝制,言之成理,将吏士庶,同此悃忱,文电纷陈,迫切呼吁。予以原有之地位,应有维持国体之责,一再宣言,人之不谅。嗣经代行立法院议定由国民代表大会解决国体,各省区国民代表一致赞成君主立宪,并合词推戴。中国主权本于国民全体,既经国民大会全体表决,予更无讨论之余地。然终以骤跻大位,背弃誓词,道德信义,无以自解,掬诚辞让,以表素怀。乃该院坚谓元首誓词,根于地位,当随民意为从违,责备弥严,已至无可诿避,始以筹备为词,藉塞众望,并未实行。及滇、黔变故,明令决计从缓,凡劝进之文,均不许呈递。旋即提前召集立法院,以期早日开会,征求意见,以俟转圜。予忧患余生,无心问世,遁迹洹上,理乱不知。辛亥事起,谬为众论所推,勉出维持,力支危局,但知救国,不知其他。中国数千年来史册所载,帝王子孙之祸,历历可征,予独何心,贪恋高位?乃国民代表既不谅其辞让之诚,而一部分之人心,又疑为权利思想,性情隔阂,酿为厉阶。诚不足以感人,明不足以烛物,予实不德,于人何尤?苦我生灵,劳我将士,以致群情惶惑,商业凋零,抚衷内省,良用矍然,屈己从人,予何惜焉。代行立法院转陈推戴事件,予仍认为不合事宜,著将上年十二月十一日承认帝制之案,即行撤销,由政事堂将各省区推戴书,一律发还参政院代行立法院,转发销毁。所有筹备事宜,立即停止,庶希古人罪己之诚,以洽上天好生之德,洗心涤虑,息事宁人。盖在主张帝制者,本图巩固国基,然爱国非其道,转足以害国;其反对帝制者,亦为发抒政见,然断不至矫枉过正,危及国家。务各激发天良,捐除意见,同心协力,共济时艰,使我神州华裔,免同室操戈之祸,化乖戾为祥和。总之,万方有罪,在予一人!今承认之案,业已撤销,如有扰乱地方,自贻口实,则祸福皆由自召,本大总统本有统治全国之责,亦不能坐视沦胥而不顾也。方今间阎困苦,纲纪凌夷,吏治不修,真才未进,言念及此,中夜以忧。长此因循,将何以国?嗣后文武百官,务当痛除积习,黾勉图功。凡应兴应革诸大端,各尽职守,实力进行,毋托空言,毋存私见。予惟以综核名实,信赏必罚,为制治之大纲,我将吏军民尚其共体兹意!此令。

国务卿徐世昌[149]

历史上如果还有颠倒黑白、倒打一耙、推卸责任、伪装粉饰、厚颜矫情的政客文字的话,此件当为范本。

袁世凯自接受帝位到发令撤销为止,一共八十三天。

洪宪皇帝,是古今中外历史上在位时间最短的皇帝。

几天后,袁世凯下令焚烧所有关于复辟帝制的文件,总共烧毁了八百四十多件。

即便所有的证据化成灰烬,复辟帝制依旧令中国历史蒙羞。

这种羞辱是一个经典充盈的大国在悠久文化层面上的自我拷问。

令人惊悚之处在于:如果仁人志士奔走呼号,抛洒热血,捐舍生命,换来的却是一个国人必须山呼万岁的袁氏皇族,那么在世界之林中中国人和中国历史的颜面何在?——百辱可忍,唯此不可忍,这就是梁启超、蔡锷不惜以死保有的人格尊严!

在人类史上,对人格的护卫比任何事都要付出更大的代价。

尊严往往需要用生命换取。

几个月后,蔡锷溘然离世,年仅三十五岁。

前线艰难的战事停止后,蔡锷的病情迅速恶化,他不得不再赴日本治疗。途中路过泸州的时候,他在学生朱德家休息了几天——蔡锷"看上去像一个幽灵,虚弱得连两三步都走不动,声音极微弱,朱德必须躬身到床边才能听到他说的话"。面对如此令人敬重的生命无以挽回,朱德悲痛欲绝,他后来一生都没忘记蔡锷那时候对他说的话:"我的日子不多了,我要把全部生命献给民国。"[150]

一九一六年九月八日,蔡锷由上海启程,抵达日本神户,面对记者他已不能说话,结核病菌大面积地蔓延到他的肺部、喉部,甚至肠胃。

十四日,蔡锷入住日本九州帝国大学医学部福冈医院耳鼻喉科特别病室。他的两肺及口腔、咽喉都有病灶,进食困难,发热达摄氏三十九度。医学部的内科稻田教授与耳鼻喉科久保教授都认为,蔡将军已无康复的可能,他们只能"采用防制病变的办法"。然而到了十月底,蔡锷肺部病变急速发展,高烧持续,手足浮肿,同时出现顽固的腹泻,经过一个星期的治疗,"浮肿曾一度消退"。十一月七日那天,天气晴朗,蔡锷醒来时精神似有恢复,"食欲亦增进"。可是,当晚十时,他的病情"再度急剧变化,呼吸道痰结阻塞,苦闷异常,至午夜一时陷入危笃状态"。久保教授"于一时半赶到,立刻进行急救注射,至二时终于逝世"。[151]

蔡锷临终的那天,曾请好友蒋方震代拟遗电:"一、愿我人民、政府协力一心,采有希望之积极政策;二、意见多由于争权利,愿为民望者,以道德爱国;三、在川阵亡及出力人员,恳饬罗(罗佩金,曾任护国军第一军总参谋长,后任护国军左翼军总司令)、戴(戴戡,曾任护国军第四梯团长,后任护国军右翼军总司令)两君核实呈请恤奖,以昭奖励;四、锷以短命,未克尽力民国,应行薄葬。"[152]

蔡锷离世,举国悼念。

灵柩归国,葬湖南长沙岳麓山下。

孙中山挽联:"平生慷慨班都护,万里间关马伏波。"

康有为挽联:"微君之躬,今为洪宪之世矣;思子之故,怕闻鼙鼓之声来。"[153]

小凤仙亦有挽联——

> 九万里南天鹏翼,直上扶摇,怜他忧患余生,萍水相逢成一梦;
>
> 十八载北地胭脂,自悲沦落,赢得英雄知己,桃花颜色亦千秋。[154]

英雄已去,美人迟暮。

往事不会总是满心花絮,笑谈之后却是天地苍凉。

整整三十五年后,一九五一年梅兰芳到沈阳演出,曾在大幕侧间接到一封信函:

> 梅兰芳同志:闻已来沈,不胜心快,今持函拜访。在三十四年前,于北京观音寺(名字记不住了)由徐省长聚餐一晤,

回忆不胜感慨之至。光阴如箭,转瞬之间,数载之久,离别之情,难以言述。兹为打听家侄张鸣福,原与李万春学徒,现已多年不见,甚为怀念。梅同志:寓北京很久,如知其通信地址,望在百忙中公余之暇,来信一告。我现在东北统计局出版部张建中处做保姆工作。如不弃时,赐晤一谈,是为至盼。此致,敬礼。㊹

致函者,为已改名为"张洗非"的小凤仙,写信时她已年近七十,在东北一户普通公职人员家做保姆。

世事风尘,孰能料定。

史书记载,无论是友是敌,无论是新是旧,无不对蔡锷由衷钦佩,皆因他"以天下为己任,却不以天下为己"。

对于历经坎坷的中华民国来讲,蔡锷可谓建立殊勋的卓越人物。

蔡锷之死,梁启超为最痛者,其祭词血泪俱下:

> 呜呼!自吾松坡(蔡锷,字松坡)之死,国中有井水饮处皆哭,宁更待吾之赘词。吾松坡宜哭我者,而我今哭焉,将何以塞余悲?君之从我,甫总角耳,一弹指而二十年于兹。长沙讲学偶坐之问难,东京久坚町接席之笑语,吾一闭目而暧然如见之。尔后合并之日虽不数数,然书札与魂梦,日相濡沫而相因依。客岁秋冬间,灭烛对榻之密划,与夫分携临歧之诀语,一句一字,吾盖永刻骨而镂脾。三月以前,海上最后之促膝,君之瘖声尪貌与其精心浩气,今尚仿佛而依稀。吾松坡乎!吾松坡乎!君竟中道弃余,而君且奚归?呜呼!庚子之难,君之先辈与所亲爱之友聚而歼焉,君去死盖间不容发。君自是发奋而莅军,死国之心已决于彼日。己巳广西不死,辛亥云南不死,去冬护国寺街不死,今春青龙嘴不死,在君固常视一命为有生之余,今为国一大事而死,此固当其职。虽然,吾松坡之报国者如斯而已耶?不获自绝域以马革裹尸归来,吾知君终不瞑于泉窟。呜呼!君生平若有隐痛,我不敢以告人。要之,今日万恶社会,百方蘑君于死,吾复何语以叩苍昊?嗟乎!松坡乎!汝生而靡乐,诚不如死焉而反其真。尔翁枯守泉壤

1911

者十有五载,待君而语苦辛。君之师友在彼者亦已泰半,各豁冤抱迓君而相亲。嗟乎!松坡乎!斯世之人,既不可以与处,君毋亦逃空寂以全其神,其更勿赍所苦以相诤告,使九渊之下永噎而长嚬。呜呼!余天下之不祥人也,而君奚为乎昵吾?屈指平生,素心之交复几许?弃我去者,若陨箨相继而几无复余。远昔勿论,近其何如?孺博、远庸、觉顿、典虞,其人皆万夫之特,未四十而摧折于中途。嗟乎!嗟乎!天不欲使我复有所建树,曷为降罚不于吾躬而于吾徒?况乃蓼莪罔极,眷令毕逋,血随泪尽,魂共岁徂。吾松坡乎!吾松坡乎!汝胡忍自洁而不我俱?呜呼!余有一弟,君之所习以知,余有群雏,君之所乐以嬉,今率以拜君,既以侑君之灵,亦以永若辈之思。心香一瓣,泪洒一卮,微阳丽幕,灵风满旗。魂兮归来,鉴此凄其!⑮

蔡锷的英年早逝成为梁启超终生的伤痛。他说:"我这个在历史里头凑脚色的人,好比带着箭伤的一匹小鹿,那支箭不摇他倒还罢了,摇起来便痛彻肝肠。因为这段历史,是由好几位国中第一流人物而且是我平生最亲爱的朋友把他们的生命换出来,他们并不爱惜自己的生命,但他们想要换的是一个真的善的美的中华民国。如今生命是送了,中华民国却怎么样?"梁启超由此诘问自己:"真不知往后要从哪一条路把我这生命献给国家,才配做他们的朋友?"⑯

欲念纷扰,荣辱须臾。

朋者为谁,友在何方?

只要山河依旧,历史就会永远处于这样的诘问之中。

革命尚未成功

在中国至今为止的政治史上,这是一段短暂而怪异的时光:一个皇帝倒台了,但是这个皇帝却不想离开国家的最高权力位置。这个昔日的皇帝固执地认为,自己变一个称呼便可以继续充当万民之首,仿佛国家的最高权力是他的私人财产,他完全有理由宣布对此拥有不可侵犯的占有权。但是,尽管他自动地把自己从皇帝的位置上转换到了大总统的位置上,并在取消帝制的申令中刻意强调"本大总统本有统治全国之责",然而绝大多数中国人的政治立场却惊人的一致,那就是袁世凯必须和当年的宣统皇帝一样赶快下台。理由很简单:如果袁世凯这么做天经地义的话,那么现在的大总统应该是过去的宣统皇帝溥仪,世上难道能够允许这么荒诞的事情存在吗?可现实的荒诞是,如同对付赖在家中客厅内的一位恶客一样,国人似乎对这位赖着不走的"皇帝"没什么更好的办法,只能眼睁睁地希望他能自觉一点。

这是双方都很难过的时日。

袁世凯必须咬紧牙关坚称自己就是大总统,而且必须为此忍受来自各方面的谴责乃至咒骂。

华侨联合会发来《请袁世凯退职电》,称呼袁世凯为"前大总统",说如果他依旧恋位不下台,华侨在国外觉得很是丢人:

北京前大总统袁公鉴:

　　公帝制自为,身犯国法,虽自取消,已失总统资格,人民已不公认。公犹恋恋不去,引起兵争,全国涂炭。海外侨众,日接外人,既不堪国家体面之辱,内顾祖国,尤不胜水深火热之忧,函电纷来,皆不认公为代表国家之元首,请速退职,以免辱国殃民。全国幸甚!侨界甚幸!

华侨联合会。[158]

留日学生总会发来《迫袁世凯退位电》,语气咄咄逼人:

转各省将军、巡按使公鉴:

　　袁氏谋逆,罪不容诛,乃复故逞狡谋,阴图恋栈,四邻腾笑,万众蒙羞。彼昏纵极厚颜,吾侪应尚有耻,况欧战终结,列强势力必将集矢亚东,内忧不除,外侮曷御?今设优容姑息,留此祸根,他日异志复萌,危及国本,养痈贻患,罪将归谁?诸公保障共和,纯忠素志,尚乞主持正义,彻底澄清,迫袁解职,置之刑典。愿除恶而务尽,勿滋蔓以难图。临电不胜迫切待命之至。

中华民国留日学生总会。⑮⁹

国内十九个省的公民代表发表联名声明,坚决不允许袁世凯再冒充中华民国大总统。声明说,外国人总是说中国人奴性十足,如果这次中国人再低三下四地容忍袁世凯,则中国人"卑劣龌龊之奴隶性"将更大地暴露在世界面前:

> ……夫民国国家者,五大族四万万人共有之国家也,彼袁世凯何物,乃敢以一匹夫,手提国命,欲称帝则称帝,欲称总统则又称总统,进退裕如,傲睨自若,堂堂国民,芸芸总总,如牛如马,俯首受勒,不敢驶骄,抑何卑怯无耻而不勇也?外人之诃吾国民曰"有奴性",今袁世凯叛国,罪状显然,万目睽睽,东西具瞻,义师声讨,名正言顺,已下三巴,奄有南服,长江动摇,山、陕震撼,桴鼓急进,指顾功成。倘犹许其有调停之余地,以一纸空文,取消帝制,惑其狡辩,遽而罢兵,国民觍颜,仍复戴之以为总统,则是卑劣龌龊之奴隶性更大表暴于世界,国人人格道德,坠落千丈,腾笑五洲,蒙羞万古……⑯⁰

不但全体国民表示愤怒,昔日的好友也一个个地翻了脸。当过几天内阁总理的唐绍仪发来电报,电报中对袁世凯的称呼很是奇特,既不称皇帝也不称大总统而称他为"执事"——清末新军中确有执事官一职,是个管理杂务的副官类的低级军官——这位前总理言辞可谓尖酸刻薄:

> ……执事数年来,所有不忠于约法之行政,世人注视方严,固有公论微言,执事亦自知之……近阅报悉撤销帝制之令,而仍居总统之职。在执事之意,以为自是可敷衍了事。第在天下人视之,咸以为廉耻道丧,为自来中外历史所无。试就真理窥测,今举国果有一笃信执事能真践前誓,而实心拥护共和者乎?……为执事劲敌者,盖在举国之人心,人心一去,万牛莫挽。兹陈唯一良策,则只有请执事以毅力自退,诚以约法上自有规定继承人,亦正无俟张皇也……⑯¹

最让袁世凯难过的,当属康有为发来的极尽嬉笑怒骂的电报。电报在大骂袁世凯居心叵测后,给他的建议与戊戌年间洋人们给康有为的建议一样:赶快逃亡。但是,毕竟时局还没有到不逃就要掉脑袋的地步,所以康有为劝袁世凯:世界上所有下台的皇帝,无一例外都是这么做的,更何况国外风物美女好玩得很:

> ……外托虚君共和之名,内握全国大权之实,假偶神而为庙祝,挟天子以令诸侯,公之推拍椊断,与时宛转,计岂不善,无如公之诡谋,司马昭之心,路人皆知之……公为总理,将禅位矣,乃日日口言君宪,以欺清室。公为总统,则日言誓守共和,以欺国民。公将为帝制,则日伪托民意推戴,以欺天下。公愚天下之惯伎,既无一不售,以至为帝矣。今又日言开国会,复省议局,设责任内阁,人皆目笑之……且夫天下古今,为帝不成,舍出奔外,岂有退步者。以吾所闻欧、美之事,凡帝王总统以革命败者,莫不奔逃外国,古事繁多,不克具引……公速携眷属子孙,游于海外,睹其风物之美,士女之娱,其乐尚胜于皇帝总统万万……⑯

袁世凯的神经很坚强,他硬着头皮等着军事上好转的消息。但是,前线根本没有枪炮声,北洋军军官们大多和护国军军官们称兄道弟了。接着,一九一六年三月十五日,传来了广西将军陆荣廷宣布广西独立的消息;再接着,心腹龙济光统辖下的广东也宣布独立了。

袁世凯称帝后,给予广东将军龙济光加封的头衔是一等公加郡王衔。但是一九一六年四月六日,龙济光突然发表了独立通电,且在袁世凯权位问题上态度明确:"今袁氏前令撤销帝制,其果出诚心与否,且勿深究,但袁自去年十二月十三日下令称帝以后,大总统资格早已消灭……今称帝不遂,分为齐民,安能僭称大总统?就法理论之,我民国已为袁氏所篡灭,灭而复兴,则元首选举自有应履行之程序,今袁有何理由擅自盗据?"⑯——仿佛就在昨天,龙济光假装赞成独立,然后突然翻脸,致使广西派来接洽独立事宜的前中国银行行长汤觉顿遇害,造成了护国战争中的著名血案,然后他向袁世凯信誓旦旦地表示要效忠到底。可是一夜之间事情怎么就变成这个样子?

几天之后,一九一六年四月十二日,浙江宣布独立。浙江的独立有点含糊其辞。十一日凌晨,大批要求独立的军民拥进将军署,浙江将军朱瑞跑得没了踪影。巡按使屈映光随即发布告示,说自此一切由他掌管。袁世凯赶快打电报,抢先声称屈映光被浙江军民推举为都督时"誓死不从","最后即请以巡按使名义兼浙江总司令,借以维持地方秩序"。但是,袁世凯心里很清楚,浙江怕是已经脱离了他的掌控,他打算将驻扎在上海的北洋军第十师调入浙江,没想到消息一经传出反而导致了浙江的激变。

门生故吏纷纷反叛,令袁世凯坚强的神经最终崩溃的时刻来临了。

北洋的高级将领们已经开始考虑袁世凯下台后如何分配权力的问题了。

冯国璋是最具野心的北洋军高级将领。他的设想是惊人的:联络各方力量逼迫袁世凯下台,然后作为北洋军的新领袖,效法各省代表在南京组织临时参议院的模式,选举他为临时大总统,之后召集国会,再选举他成为正式大总统——冯国璋试图让辛亥革命中权力创建的过程再重复一次。除了由他来充任当年袁世凯的角色之外,其他的程序与内容完全一样。这种企图让河水在同一地点再流淌一次的想法,若没有对权力的极度觊觎是设想不出的。冯国璋自觉他有理由这样设想:他和护国军的主要领导者,包括梁启超和广西的陆荣廷都有良好的关系;军事上不占优势的护国军定会希望争取他来达到倒袁的目的,因为之前只是袁世凯一人在与护国军作战,护国军应该明白如果整个北洋军一致行动,护国军战败是顷刻之间的事;而如果在他的主导下袁世凯垮了,就等于当年袁世凯利用北洋势力让宣统皇帝退位一样。既然历史又回到了原点,重演一遍有什么不可能?

冯国璋首先要联合其他北洋将领,他认为兵权在握的武卫前军统领张勋和安徽巡按使倪嗣冲最为重要,因为他们的势力占据着长江中下游的腹部。但是,张勋是典型的清室复辟派,他绝对不会赞成召开国会。张勋此时的打算更是惊人:如果想达到复辟清室的目的,不如让袁世凯暂时把大总统当下去。怎么给袁世凯继续当大总统寻找理由呢?张勋出的主意令人瞠目结舌:当初,清帝退位时发布的逊位诏书中,有赋予袁世凯组织共和政府的权力,现在就依照"圣意"让袁世凯重新任命内阁。此番主意一出,立即招致一片骂声,让所有的中国人感到羞辱的是:如果前清王朝的诏书现在还有效,这么多年的共和革命都忙乎些什么了?

一九一六年五月一日,江苏将军冯国璋以个人名义向各省军政长官发出通电,通电提出了八项建议,包括慎选议员,重开国会;明定宪法,宪法未定前用元年约法;各省军队以全国军队依次编号;民国四年冬各省将军、巡按使一律照旧等,其中的要害是大总统问题。冯国璋受到张勋的启发,但话还是说得拐弯抹角:

> ……袁大总统以清室付托,组织共和政府,统治民国,授受之际,本极分明。现因帝制发生,起一波折,近虽取消帝制,论者皆谓民国中断,大总统原有地位业已消灭,绝难再行承认。言之亦自成理,然欲根据法律立论,则民国四年以后,大总统固已失其地位,副总统名义亦当同归消灭。中国目前实一无政府无法律之国。而援引《约法》,谓副总统可以代行职权之说,当然不成为问题。既欲拥护共和元首,在改良政治,欲政治改良,而谓不能属之袁大总统,则必出于另举。欲举总统,必开国会,欲开国会,必有发表召集之人。今舍去大总统,而以副总统行使职权,牵入《约法》条文殊与事实不合。不如根据清室交付原案,承认袁大总统对于民国应暂负维持责任,以顾大局。[164]

这是典型的阴谋诡计和自作聪明:想当大总统的冯国璋,必须首先否认《约法》中规定的由副总统继任的可能性;只有确保这个前提,才有可能在逼迫袁世凯下台后令权力分配重新洗牌。

袁世凯对此表示"不胜欣慰"的原因,除了想借此拖延时间之外,也希望将矛盾转移到以冯国璋为首的"第三势力"上去,他认为这样可能会出现自己能周旋的缝隙。果然,冯国璋的建议立即遭到群起攻之,各方舆论均认为他冒似保袁其伎俩实为"袁世凯第二"。

冯国璋促成了由各省代表参加的南京会议,他试图在会议上再现辛亥年间南京临时参议院的情景,但他即刻便发现时过境迁了。各省代表七嘴八舌,仅在袁世凯是否有资格留任大总统的问题上就吵成一团。尤其是倪嗣冲和张勋坚决反对,这使得南京会议没有决定任何事情,反倒给袁世凯赢得了调兵遣将的时间——在袁世凯的反扑军事计划中,倪嗣冲和张勋都被安排了高官厚爵,这便是两人大闹南京会议的根本动因。

无论如何,北洋系内部四分五裂的局面已不可挽回。

在四面楚歌的威迫下,袁世凯一反过去大权独揽的态势,拟将黎元洪、徐世昌和段祺瑞三位重量级人物请出维持局面。但是,袁世凯也明白,副总统黎元洪早就拒绝合作。自袁世凯帝制活动开始后,黎元洪一而再再而三地请辞副总统和参政院长之职,得不到批准就索性将全家从中南海迁到了东厂胡同,从此拒绝领副总统的薪水,除了家人之外不与任何人说话。袁世凯称帝后,封黎元洪为"武义亲王",黎元洪坚决不受,他终于对外说了一句话:"你们不要骂我!"

徐世昌担任国务卿仅一个月就辞职而去。这个袁世凯昔日最亲密的老友清楚地明白,这个时候谁跟袁世凯绑在一起,谁将被历史打入另册。辞职后他立刻出京,回到河南辉县水竹村自称"水竹村人",远远地躲起来了。

段祺瑞被任命为国务卿兼陆军总长时,其内阁已是七零八落,外交总长陆徵祥要求退休,只好由交通总长曹汝霖兼搞外交。接着,财政总长孙宝琦也不干了,由之前徐世昌内阁的财政总长周自齐暂时代理。其余的总长们,如教育总长张国淦、农商总长金邦平、司法总长章宗祥等基本不上班,使得这个政府内阁怎么看都是个临时的草台班子。更让袁世凯担忧的是,段祺瑞自从当了国务卿,如同变了个人似的,竟然与当年的宋教仁一样,坚决要求将政事堂变回责任内阁,说如果袁世凯不同意他就辞职。袁世凯无奈,刚把政事堂改成国务院,段祺瑞又要求把大元帅办事处撤了,还要求由陆军部将袁克定秘密建立的私家武装模范团和拱卫军接收了。终于,在国务院秘书长的人选问题上,忍无可忍的袁世凯与段祺瑞闹翻了。段祺瑞希望他的得意部下徐树铮出任,袁世凯听说后一脸不屑:"军人总理,军人秘书长,这里是东洋刀,那里也是东洋刀。"而段祺瑞得知袁世凯反对后大骂:"怎么,到了今天,还是一点都不肯放手吗?"[16]

应该说,此时的段祺瑞替代袁世凯成为北洋首领甚至国家首脑的野心,比冯国璋更为强烈。辛亥革命翻云覆雨的过程,已把昔日只知身挎东洋刀的段祺瑞历练成一位他自以为能与袁世凯较量一番的政治家。当上国务卿后,他接到梁启超的一封信,信里清楚地表明:今天的段祺瑞,好比辛亥年间的袁世凯,在清王朝不肯让步的历史时刻,只有袁世凯能解历史困局;如今袁世凯不愿意下台,能解历史困局的只有段祺瑞了。段祺瑞对这个"天下舍我其谁"的分析很是赞同。

对袁世凯更严重的打击接踵而至。

一九一六年五月十一日,陕西宣布独立。袁世凯对陕西原本很放心,因为陕西将军是曾当过他的军法处长的陆建章,镇守使也是他派去的心腹军官陈树藩。但是,当陕西境内反袁呼声不断高涨时,陆建章怀疑陈树藩与反袁势力有染,竟然将陈树藩调离了西安,此举促成了陈树藩的反叛。陆建章与陈树藩打了一仗,结果陆建章的儿子、时任第一旅旅长的陆承武被陈树藩部下活捉了。陈树藩以陆承武作为人质,逼迫陆建章反袁。陆建章只好答应他离开陕西,把地盘让给陈树藩。陈树藩随即开进西安接管政权,陆建章收拾家当返回北京。陆建章任职陕西将军三年,临走时携带的财物多达几十箱,车队浩浩荡荡地刚出西安城门,即刻就被陈树藩的官兵们抢了。不难想象袁世凯读到这个自己最信任的军官发布的反袁通电时,该是何等的愤怒:

> ……帝制发生,全国鼎沸。三秦人士于昔日铸造共和之役为最苦,故今日反对袁氏之热心亦最高。树藩以辛亥以来民力枯竭,不忍发生战事,重困吾民,力持镇静,数月于兹。乃南北协商久无效果,而陕民对于陆将军之贪暴行为积怨久深,一发莫遏,致郡邑连陷,远近骚然;加以陆部所至,扰乱更甚,同种相残,殊悖人道,树藩情不获已,因于月之九日在陕北蒲城以陕西护国军总司令名义,正式宣布独立,期促和议之进行,谋吾陕之治安。风声一树,义旅全归,今已驻军三原,与陆将军切实交涉,令将所部军队缴械退出陕境。陆已承认,树藩明日即进驻西安受降,预备建设一切………⑯

更令袁世凯万念俱灰的是,继陈树藩宣布陕西独立后,袁世凯派到西南地区镇守一方的陈宧在四川宣布独立了。

陈宧,湖北安陆人,字二庵,早年毕业于湖北武备学堂,与吴禄贞、蓝天蔚一起时称"湖北三杰"。后追随四川总督锡良,当过四川讲武堂提调。锡良改任东三省总督后,他亦出关,被锡良提拔为第二十镇统制。辛亥革命后,他投靠袁世凯,深得赞赏和信任,被重用为参谋部次长。当时参谋部总长是黎元洪,黎元洪一般不上班,因此他实际上全盘负责参谋部的工作。他是袁世凯军事智囊团的重要人物,特别是关于川滇黔三省防务,袁世凯几乎对他言听计从。帝制初起,袁世凯认为北洋势力没有达到的川滇黔三省必须有人镇守,选来选去认为陈宧最合适,因为陈宧不但可靠,更重要的四川籍军官大多是他的学生和故旧。袁世凯给陈宧配备的北洋部队是李炳之、冯玉祥和伍祥祯的三个混成旅,可谓兵强马壮。从北京出发前,为了显示对陈宧的特殊恩宠,在袁世凯的授意下,袁克定与陈宧拜了把兄弟,陈宧顿时成了袁世凯的干儿子。有史料描述说,陈宧在出京前向袁世凯辞行时,跪在地上匍匐向前,鼻子几乎触到了袁世凯的脚。当时在场的曹汝霖事后对人说,这种嗅脚的礼,只有中世纪欧洲人见教皇时才行,陈宧如此下作可谓无耻之极。成了钦差大臣、封疆大吏的陈宧,出京时受到文武官员的盛情欢送,场面几乎如同当年袁世凯欢迎孙中山和黎元洪时一样。专车到达武汉,当地的大员们更是仪仗迎接,百桌豪宴,令湖北人陈宧确有衣锦还乡的感觉。

陈宧刚到四川,袁世凯的任命就到了——陈宧兼任四川巡按使——这一下真可谓荣宠有加。

但是,蔡锷率领护国军入川作战,尽管陈宧调派军队前往应战,但私下里却与他一直钦佩的蔡锷有密信往来。特别是袁世凯宣布取消帝制后,陈宧更是主动建议与护国军停战议和。深究陈宧的内心深处,除了不是北洋出身令他无论如何也不踏实外,还有两件事引起了他的高度警惕:一是他出京前曾得到袁世凯的承诺,将来让他总揽川滇黔三省军务,可是没过多久,袁世凯便派来个心腹把他的参谋长替换了,由此可见袁世凯对他还是存有戒心的;二是护国军入川后,四川军队的统帅毫无疑问应该是陈宧,可袁世凯却指派曹锟作为入川作战的督军,这足以说明到了关键时刻袁世凯任用的还是北洋派。陈宧认为,即使他打败了护国军,不要说川滇黔三省,就是四川一省的将军,是谁还不一定呢,但肯定不会是自己。陈宧对护国军作战消极,是蔡锷部得以支撑下去的重要原因。陈宧和蔡锷不是朋友,但也不是敌人。陈宧不是反袁派,也不是拥袁派,他和所有的非北洋系军官一样,虽然受到袁世凯的重用,但政治立场却十分奇特。

袁世凯宣布取消帝制后,陈宧立即建议让袁世凯下台,然后在冯国璋、段祺瑞和徐世昌三人中推选一位大总统,全国则采取联邦制。当时,有人劝他在四川独立,因四川军队建制杂乱不好控制,他犹豫不决。他派人去见冯国璋,试探他的态度,显然,冯国璋的立场对陈宧产生了重要影响。以至于后来他竟然与冯国璋私下制定了一个未来优抚袁世凯的六条办法,包括既往不咎,不没收财产,居住自由,受全国尊重,享有公民权利和每年发给十万元岁俸。

一九一六年五月二十二日,陈宧发出四川独立布告。

袁世凯心如刀绞,因为陈宧不但公开催促他赶快下台,而且宣布从此与他断绝一切关系:

> 四川都督陈为出示通告事:照得帝制发生以来,川民陷于水火之中,无所控诉,至为痛心。本都督前曾一再电请袁大总统退位,并宣示必达目的之决心,冀得和平解决,免生民再蹈兵戈之苦,此本都督之苦衷,中外所共谅也。乃迁延至今,迄未得明确之答复,是袁氏不念川民之疾苦,且先自绝于川。本都督因民之不忍,不能不代表川人与袁氏告绝,于二十二日通电京外,正式宣布与北京袁政府断绝关系。袁氏未退位以前,以政府名义处分川事者,川省皆视为无效。并依照民国元年官制废除将军名号,改称都督,即由宧暂任都督之职。至于地方安宁秩序,由本都督责成各该地军长长官力任保全之责。俟新任大总统正式选出,本都督即举川省以听命,并于其时解职归田,还我初服。皇天后土,实鉴我衷。为此示谕川省军民,各安生业,万毋自相扰掠,贻害地方。切切特示。中华民国五年五月二十二日。⑥

袁世凯病倒了。

多数史料称,袁世凯得的是膀胱结石症。从常理上讲,如果这个诊断无误,并不是能致人死命的病,至少不是会致人猝死的急症。

"我父亲很少患病,精神和体力一向很好。"袁世凯的女儿袁静雪说,"他到了中南海以后,我们从来没有看到他病得不能下床,不能办公。"大总统府里常年有四位医生,无论是中医还是西医,他们从来没有给袁世凯看过病,只是为袁府里的家人们服务。根据袁静雪的回忆,一九一六年的元宵节,袁世凯正在吃元宵的时候,"忽然六、八、九三个姨太太为了'妃'、'嫔'的名称和他面争,他长叹了一口气,说了一番话以后,便走回办公室去了。从这以后,他就吃不下东西去,觉得食量渐减,精神不振,慢慢地就恹恹成病了"。⑯

应该说,从袁世凯最后致命的病症上看,他身体不适应有一段时日了。刚开始,他认为是肝火上升引起的胃肠不畅,胸膈气逆,曾让西医给他洗过肠胃,但是没有效果。这时,有西医认为,他的大肠上长了个东西,必须手术割除,但家人多不主张动刀。接着,他出现排尿困难的症状,中医认为他得的是"腰子病",这个诊断已经有些靠谱了。如果他仅是膀胱里有结石的话,西医手术或是中医对症排石,决不会导致迅速死亡。袁世凯很迷信,一个家族性的死结总是困扰着他,那就是袁氏家族的男性,没有活过五十八岁的。算命先生很肯定地说,这是袁家无法逃避的宿命,袁家男人可以飞黄腾达和荣华富贵,但老天爷只给他们五十八年的时间。袁世凯这一年正好五十八岁,他感到了无法排遣的恐惧。他不怎么相信西医,他的一妻九妾每个人都给他请了医生,各路中医开的方子令他忽冷忽热,忽泻忽补。到了五月中旬,病情的加重使他已经很少下楼了,他只能在卧室里看公文,靠坐在床上或是沙发上接见来客。

导致袁世凯病情急速恶化的原因,除了病理之外,还有巨大的精神压力和焦灼的愤懑情绪。袁世凯躺在床上胡思乱想,本来不怎么读报的他,突然让人把能找到的报纸都找来,开始一一关注国人对他的评价。他终于知道,在民众的心目中,他既不是皇帝也不是大总统,而是一个供所有人茶余饭后笑骂调侃的对象。特别是关于洪宪皇帝的一切,无论是龙袍样式、登基程序,乃至被迫取消帝制的经过,已成为全国的市井谈资。而"登基大典筹备处"的那块牌子,竟然被一个外国人花五百块钱买走了!这件事让许多民众后悔不迭,因为取消帝制的时候,那块牌子被扔在地上连看都没人看一眼。袁世凯曾亲自监督,销毁了那些会成为他心病的推戴书,可当时这些东西太多了,已经有相当一部分流落到民间,现在居然也成了抢手货,每份推戴书被炒到了三百块钱,并且大家一致认为还有升值的空间。推戴书身价蹿升的原因有二:一是有人认为袁世凯的洪宪皇帝实在是太奇特了,推戴书是难得的历史文献;二是在推戴书上签名的大员巨绅,他们认为自己的名字以这种方式流传后世实在丢人现眼,所以宁愿出钱购买后自行烧毁,结果越是急于买到手,拥有者越是不卖,奇货可居导致价钱节节攀升。袁世凯真正感到了什么是孤家寡人。各省都发表了要求他下台的通电或布告,谴责他的无不是昔日的亲信和部僚,他羞愤交加但是已经无能为力了:

> ……袁世凯腹胀如鼓,扯着嗓子叫人扶他上厕所。如果他是南方人,事情还比较简单,只要扶他去屋角的便桶就成,但是……他是个河南人……习惯在屋外蹲着上厕所。仆人扶着他到了厕所——很费劲,因为他非常胖——但他刚一到那儿,就一头栽倒在地,当仆人把他扶起来时,那副模样真难看。听到叫声,袁世凯的所有的小妾都跑了过来,但她们很快都停住脚步,捂住了鼻子……[169]

袁世凯把国府顾问张国淦召来谈过一次话,张国淦感受到了袁世凯的极度绝望:

> 袁电约我到府,见面即坦白言:"当时悔不听你们的话,弄到这样糟,这与我左右无干,都是我昏聩糊涂。"又连言:"都是我昏聩糊涂。但是过去的事,说也来不及了,应该想以后的办法。现在局面混乱,副总统有何救济之策?"我说:"副总统未有表示。"又问:"外边议论若何?"我说:"都是退位不退位的问题。"袁对着我看了约三四分钟,问:"你的意思,我退位好,不退位好?"我从外交、军事和舆论三方面分析,以推论时局之严重。袁言:"外交虽有反对者,不是没有办法。舆论脆弱,不足为虑。时局中心是军事,你看蔡松坡打得倒我吗?"我又说:"外交、舆论,不可轻看,举辛亥近事为证。若就军事论,则时局重心,在东南非西南。"袁问:"你说华甫(冯国璋,字华甫)吗?"我说:"华甫几十年在总统部下,总统自然知

道。"袁问:"你以为华甫左右袒吗?"我说:"若果左袒则右胜,右袒则左胜,但是不左不右,便难办耳。"袁微叹无语。我说:"我有八个字贡献总统,'急流勇退,实至名归'。"袁仍无语。㉗

给予袁世凯最后一击的,是五月二十九日发生的一系列事件。

首先,被袁世凯通缉捉拿的孙中山卷土重来了。

孙中山明确宣布:他要攻击北京!

孙中山是五月一日回国的。袁世凯对他的通缉令已经无人理睬,中华革命党人开始了国内的武装行动。三日,湖南党人宣布占领湘乡地区。然后就是更大的一股——在东北地区活动的由党人居正率领的中华革命党东北军南下山东,攻击并占领了山东重镇潍县。五月五日,孙中山制定了争取海军起义的计划,以便完全占领上海,虽然事情很快泄露,但有人竟然把这一计划登在了报纸上,谁知这样似乎比起义成功更具心理上的效果。接着,孙中山的《第二次讨袁宣言》在上海《民国日报》上发表。《宣言》强调有二:一是凡事都要依据《约法》,"袁氏破坏民国,自破坏约法始;义军维持民国,固当自维持约法始——今日为众谋救国之日,决非群雄逐鹿之时,故除以武力取彼凶残外,凡百可本之约法以为解决"。二是孙中山表示他决不是回来争权夺利的,"惟忠于所信之主义——袁氏未去,当与国民共任讨贼之事;袁氏既去,当与国民共荷监督之责,决不肯使谋危民国者复生于国内"。㉘——孙中山为实现护国战争的最终目的,指出了一个必须遵循的政治轨道。毫无疑问,在袁世凯心中,最为惧怕的就是那部《中华民国临时约法》。

五月二十七日,孙中山致函他的美国好友、美国大西洋—太平洋铁路公司副总经理戴德律,要求其迅速筹集五百万美元,因为他决心将"所有各种力量再一次完全置于我个人控制之下",以便大举进攻北京:

> 中国现在正处于极度危险之关头,而我则急于要使中国摆脱混乱以再造和平与秩序。袁世凯一人,并不难于推翻,而我们的目标尚在于同时清除其属下之全部官僚,以保证中国

不再蒙受此辈邪恶影响……必须立即采取断然措施,并将所有各种力量再一次完全置于我个人控制之下……借贷条件可由先生自行酌定……若能得此,当可实现我一生之主要愿望和目标——于短期内恢复我国和平……即攻击至关紧要之北京……[172]

逼近济南的居正的部队,敦促山东将军靳云鹏宣布独立,声称不独立就采取军事行动:"今我师崛起青齐,逼近京国,暂住潍邑,屡下名城,士有死心,人无生志,奖率三军,以候明教,戮力同仇,靡有二心。区区之忱,当希鉴察。"[173] 靳云鹏被迫通电要求袁世凯退位。

袁世凯蒙了,孙中山一向经营南方,怎么一下子插到山东来了?

还是这一天,五月二十九日,袁世凯的宠臣湖南将军汤芗铭也宣布独立了。这个外号"汤屠夫"的将军,从护国战争开始,就陷入了矛盾之中:袁世凯对他有知遇之恩,可他的哥哥汤化龙是反袁的倡导者。犹豫不决中,他受到陆荣廷和梁启超等人的反复劝导。权衡之后,汤芗铭终于公开表示与袁世凯决裂。

汤芗铭通电湖南独立的那天,他给电袁世凯发去一封电报:

……天佑中国,义举西南,正欲率我健儿,共勷大举,乃从犒牛全力,压我湖南,左掣右牵,有加无已。现已忍无可忍,于本日誓师会众,与云、贵、粤、桂、浙、陕、川诸省,取一致行动。须知公即取消帝制,不能免国法之罪人。芗铭虽有知遇私情,不能忘国家之大义。前经尽情忠告,电请退位息争,既充耳而不闻,弥拊心而滋痛。大局累卵,安能长此依违?将士同胞,实已义无反顾。但使有穷途之悔悟,正不为箕豆相煎。如必举全国而牺牲,惟有以干戈相见。情义两迫,严阵上言,伏惟熟思审处为幸……[174]

舆论将置袁世凯死于地的最后一剂猛药,称之为"二陈汤",即陈树藩、陈宧和汤芗铭的反叛。

据说,袁世凯看了汤芗铭的电报后仰天长叹:"吾不为帝位惜,吾为天下人心惜也。"[175]

这一天,一九一六年五月二十九日,袁世凯命令发布《帝制议案始末》。这是袁世凯一生中的最后一个文告,也是一份重要的历史文件。袁世凯把自己描绘成一个维护共和制的人,当然,也是一个容易上当受骗的老实人。他告诉全国民众,主张复辟帝制的不是他,而是各省的公民和官吏们:

> ……近来反对之徒,往往造言离奇,全昧事实,在污蔑一人名誉颠倒是非之害小,而鼓动全国风潮,妨害安宁之害大,不得不将事实始末,明白叙述,宣布全国,以息谣煽,而维治安……

接着,袁世凯用大量篇幅详细描述了大家非要把他弄成洪宪皇帝的经过。然后威胁说,必要的时候他将把那些推戴书公布出来,因为现在所有反对帝制的人都在上面有签名:

> ……念万方有罪,在予一人,苦我生灵,劳我将士,群情惶惑,商业凋敝,抚衷内省,良用矍然,是以毅然明令宣示将承认帝制之案,即行取消,筹备事宜,立即停止。事实本末,略具于斯,原案具存,可以复按。除将各省区军民长官迭请改变国体暨先后推戴并请早登大位各文电另行刊布外,特此宣布,咸共闻之![176]

六月二日,段祺瑞电召徐世昌入京。

五日,徐世昌坐到了袁世凯的床边。

法国医生正设法给袁世凯抽腹水并导尿,导出来的都是血尿。打了强心针后,袁世凯略为清醒,两位相交近三十年的老友相视无话,只有老泪纵横。

《申报》报道:

> 初五(农历五月初五)晚十二钟,本已昏厥一次,移时复苏,即请徐世昌嘱家事,请段国务卿嘱国事,并嘱通电各省及各公使。至初六日晨,徐世昌尚命人请法国公使馆医生布施氏入诊,比至而项城已于十钟零十分逝世矣。又闻当昏厥时曾用药针施救,始渐苏醒而精神骤变。五时徐世昌、王聘卿(袁世凯的秘书)及段国务卿入视,其时神息尚清,汗出不止。

黎明,段氏召集阁员会议并布置一切,及十时许遂溘逝矣。据闻弥留之时,尚张目四望,久之乃瞑。闻将于明日入殓,其冠裳服饰均在彰德,故须稍迟取到也。公子十二人逝时只有子三四人在侧,而长公子克定目睹弥留景状,不觉颜色俄而改变,蓦然晕倒不省人事,经医师投药救援,其精神始渐复。袁乃宽、段国务卿、徐世昌、张镇芳(袁世凯的表弟)及公府人员亦皆在侧,而各部总长及各重要人物则均于午后一时始入谒。云台公子慰唁一切,并商量善后事宜。项城本有寿材预备在彰德,已由专车运来北京,勿庸呈递亲阅,然已无及矣。[177]

正值炎炎夏日,遗体很快膨胀起来,从前准备好的棺材装不下了,只好改用一个更大的棺材;入殓时当然要穿大总统礼服,但是无论什么衣服都穿不上了,于是有人建议:"衣库中还存有龙袍一领,非常肥大,何不令人取出穿上?"袁世凯的大儿子袁克定说:"且慢,等和黎元洪、徐世昌、段祺瑞商量一下再说。"经黎元洪、徐世昌、段祺瑞同意,库存的那领龙袍给袁世凯穿上了——"龙袍是紫红色的,上绣有九条平金线金龙。龙眼上各嵌大珍珠一颗,龙头各部镶有小珍珠,龙鳞处缀有珊瑚断片。"[178]

袁世凯弥留之际,徐世昌问及还有什么事要交代,袁世凯只说了"约法"二字,显然袁世凯指的是由谁继任大总统的问题。但是,袁世凯说的是哪部《约法》?孙中山主持制定的《约法》已经让他废了,而护国军现在坚持的正是这部《约法》;如果袁世凯说的是由他制定的新《约法》,那就得把那个金匮石室打开了,里面大总统继承人的名单顺序是:黎元洪、徐世昌、段祺瑞。

袁世凯何时把袁克定换成了段祺瑞,不得而知。

袁世凯遗令:

> 民国成立,五载于兹。本大总统忝膺国民付托之重,徒以德薄能鲜,心余力拙,于救国救民之素愿,愧未能发摅万一。溯自就任以来,昼作夜息,殚勤擘画,虽国基未固,民困未苏,应革应兴,万端待理;而赖我官吏将士之力,得使各省秩序,粗就安宁,列强邦交,克臻辑治,抚衷稍慰,怀疚仍多。方期及时

引退,得以休养林泉,遂我初服;不意感疾,寖至弥留。顾念国事至重,寄托必须得人,依《约法》第二十九条,大总统因故去职,或不能视事时,副总统代行其职权。本大总统遵照《约法》,宣告以副总统黎元洪代行中华民国大总统职权。副总统忠厚仁明,必能宏济时艰,奠安大局,以补本大总统阙失,而慰全国人民之望。所有京外文武官吏以及军警士民,尤当共念国步艰难,维持秩序,力保治安,专以国家为重。昔人有言:"惟生者能自强,则死者为不死"。本大总统犹此志也。[179]

一九一六年六月七日,黎元洪就任中华民国大总统。

同日,中华民国国务院通令全国下半旗志哀。

袁世凯死了。

一段纷乱的历史似乎就此结束了。

英国《泰晤士报》记者莫理循认为,袁世凯之所以在中国受到"不公允"的评价,是他的人民并不了解他:"他的慷慨,他的仁慈,他对朋友的忠诚,他对其他人的体贴,他在困难之中多表现出来的无以伦比的幽默和勇气。在我看来,他在与外国人打交道时最突出的特点是:谨慎,从不愿意给予全部信任,总是不肯透露重要实情。因此他不会得到公允的评价,因为他从不说出所有的事实真相。"[180]而中国的革命者认为袁世凯是个疯子:"从前,如果有人说皇帝可以打倒,别人一定把他看作疯子。辛亥革命以后,如果有人想做皇帝或者拥护别人做皇帝,一定也被看作是疯子。"[181]被称为中国近代第一位专职记者的黄远庸评价道:袁总统之为人,意志镇静,能御变故,其一长也。经验丰富,周悉情伪,其二长也。见识闳远,有容纳之量,其三长也。强干奋发,勤于治事,其四长也。拔擢才能,常有破格之举,能尽其死力,其五长也。但是,他无法具备近代政治文明所需要的见识与能力,源生于强大的北洋派系的历史又令他无法去私秉公。总而言之,是"新知识与道德之不备而已。故不能利用其长于极善之域,而反以济恶"。袁世凯在彻底推翻千年帝制的辛亥革命中,以其积蕴多年的政治与军事强力令风雨飘摇的大清王朝顷刻坍塌。这样一种剧变,并没有以国家和人民更多的生命财产损失为代价,清室下诏退位而不是以持续的战争决定中国的历史走向,这无疑是袁世凯作为辛亥年间重要的历史人物所做出的最重要的抉择。但是,袁世凯毕竟是一个脱胎于封建官吏体制的民国大总统,他怎么可能拥有建设共和制国家的远见卓识与胸怀气魄呢?

教育家黄炎培在袁世凯死的那天,写出《吾教育界袁世凯观》一文,建议将一九一六年六月六日,设立为中国的"道德纪念日"。黄炎培总结了九条论据,以证明袁世凯之死具有道德意义上的真理性:

一　道德不灭。

二　不道德之势力必灭。

三　凡违反大多数人心理之行为,必败。

四　其知识不与地位称,必败。

五　欲取大巧,适成大拙。

六　欲屈天下奉一人,必至尽天下敌一人。

七　以诈伪尽掩天下人之耳目,终必暴露;以强力禁遏天下人之行动,终必横决。

八　以不正当之方法,诱致人于恶,而不悟人之即以其道诱致之于恶,以底于败且死。

九　尽其力以破裂道德,其结果反资以证明道德之不可得而灭。[182]

如果将袁世凯之死归结于道德的胜利,那么,有一个旁观者却认为中国人的"道德"从来没有胜利过。

日本首相大隈重信写出《吊袁世凯警告中华民国》一文,他声称自己热爱中国,并说这不是出于利益而是发于内心——近代以来,日本政客和军阀对中国的土地——绝不是中国人——如何"爱"到了癫狂的程度,这一点令中国人民刻骨铭心。大隈重信的文章今天读来仍会令有血性的中国人毛发悚然:

> 自云南革命事起,为期不过四五月。以此短促之期间,而竟显困疲之态,足以知华人生活方法,无有忍耐忧患之力。所谓华人之生活方法若何?其安乐主义是也。袁氏自得志为中国元首,安处深宫之中,卫队数万,侍妾十余,纵帝王之豪奢,极人间之奉养,一言以蔽之,则安乐主义而已。夫安乐主义,堕落主义也。肉体既习于安乐,则道德智能百凡颓废,不复有

任重处危之力。故大难一发,而憔悴抑郁,以病以死,凡以此也。袁氏年仅五十有八,与德皇威廉齿正相若。彼德皇之困难,远出袁氏之上,兵临四境,已垂二年,驰驱千军万马之场,出入弹林硝烟之地,不特毫无困疲之色,而精神志气,益复发扬。以视袁氏之一败涂地,殆不可同日而语。则信乎生于忧患死于安乐之说,为不可易也。

中国多年之恶俗,经此次小变,又获一痛切之教训。使华人果有志革新,则不可不追惩往失,力祛积弊。盖安乐主义之流毒,不徒使百体废弛,精力委靡,而贿赂公行,赋税苛暴,其害中于道德政事国家人民者,不可胜计。人人以安乐为先务,于爱国爱民之念,悉皆抛弃无遗,虽乱亡即在目前,亦有所不恤。为中国国民者,乌可以不醒此大梦也哉?

其次则中国国民性,又有好修饰文字之弊。袁氏颁布命令,往往好用华美之文词,以自文饰。非援用古圣昔贤之格言,则侈陈爱国爱民之苦衷。在言者恬然不以为耻,见者亦夷然不以为怪,此盖习惯使然,尤为中国可恐之一事!盖重文字而轻实行,则凡古圣先贤之所垂训,经史集传之所记述,皆不免为悦耳目娱心志之具,无复有感化世人之能力。甚且躬蹈万恶,仍可假文字以欺人!以如是之民族,而欲求存于世界竞争剧烈之场,不可得也。

袁氏为中华民国之大总统,蔑视《约法》,自制宪章,伪造民意,帝制自为,冀得遂其非分之望;及云南一呼,全国响应,卒于惊怖忧愤以死。迹其致败之由,盖不外耽于逸乐及修饰文字之二事。然此固中国数千年之习惯使然,袁氏不悟其非,转欲藉此以求侥幸,遂致一败而不可收拾。今者袁氏死矣。虽然,袁氏之死,非仅袁氏一人生死之问题,实中国全国国运兴亡之大问题也,中华民国可不知所自省哉?

人有恒言,时势造英雄,今日中国之现状,诚为安危荣辱紧要之关键。吾人甚望有拨乱反正之豪杰,生于其间,振数千年衰颓之国家,以为亚细亚洲光宠。今其人不可见,而徒见滔滔者莫非为安乐主义之潮流所播荡,宁不可伤?夫贪婪卑污,

1911

乃中国古圣贤所晓音瘏舌,谆谆垂戒。今观中国疆吏,大都卖官鬻爵,贿赂公行,吸人民之脂膏,饱一己之囊橐。盖上有奢侈虚饰之元首,斯下有贪婪卑污之官吏,循此不变,乱亡可计日而待!所愿今后中国之政治家,躬行实践,以身作则,尚节俭而黜奢华,敦诚朴而矫虚饰,庶民风可以丕变,国基可以永固,则袁氏者,未始非中国万世之炯鉴,而其死诚乃中国之大幸也……⑱

一个崇尚道德的礼仪之邦,竟被屡屡指责道德矫饰,逻辑何在?

孙中山说过,革命的最终目的是使"人民全数安乐"。孙中山在此强调的两个核心词是"人民"和"全数"。而中国历史呈现出的最显而易见的景象是:上至首脑下到官吏,如果这些少数人在贪婪卑污中安乐无边,那么"全数"人民必定饱尝无尽的苦难。

这种苦难,远不是一个袁世凯的死就能终结的。

孙中山对重整旗鼓的国民党人说:"我将要造反了,北京当局现勾结帝国主义者有解散国会的意思,对于国家有捣乱的行为,我便要讨伐他们……"⑲

孙中山一生颠沛流离,从未"安乐"过片刻,这位为了"全数"人民的利益永不妥协、永不言败的斗士至死仍说:革命尚未成功,同志仍须努力。

路漫漫其修远兮,吾将上下而求索。

站在祖先留下的广袤而丰饶的土地上,千百年来这个民族心怀向往。

心之向往,虽死犹生。

注　释:

①② 姜泣群编《民国野史》下,江苏广陵古籍刻印社。
③④⑤ 罗检秋《近代中国社会文化变迁录》第三卷,浙江人民出版社。
⑥⑦⑧ 罗检秋《近代中国社会文化变迁录》第三卷,浙江人民出版社。
⑨ 罗检秋《近代中国社会文化变迁录》第三卷,浙江人民出版社。
⑩ 罗检秋《近代中国社会文化变迁录》第三卷,浙江人民出版社。

⑪　罗检秋《近代中国社会文化变迁录》第三卷，浙江人民出版社。

⑫　袁静雪《我的父亲袁世凯》，引自吴长翼编《八十三天皇帝梦》，文史资料出版社。

⑬　唐在礼《辛亥前后的袁世凯》，引自吴长翼编《八十三天皇帝梦》，文史资料出版社。

⑭　姜泣群编《民国野史》下，江苏广陵古籍刻印社。

⑮⑯⑰　白蕉《袁世凯与中华民国》，中华书局。

⑱　《黎黄陂轶事》，引自车吉心主编《民国轶事》第三卷，泰山出版社。

⑲　（台）丁中江《北洋军阀史话》（一），中国友谊出版公司。

⑳　白蕉《袁世凯与中华民国》，中华书局。

㉑　《世载堂杂记》，引自车吉心主编《民国轶事》第一卷，泰山出版社。

㉒　房德邻《共和与专制的较量》，河南人民出版社。

㉓　（台）丁中江《北洋军阀史话》（一），中国友谊出版公司。

㉔㉕㉖　罗检秋《近代中国社会文化变迁录》第三卷，浙江人民出版社。

㉗　鲁迅《上海文艺之一瞥》，引自《鲁迅全集》第四卷，人民文学出版社。

㉘　罗检秋《近代中国社会文化变迁录》第三卷，浙江人民出版社。

㉙㉚㉛㉜　魏宏运主编《民国史纪事本末》（一），辽宁人民出版社。

㉝　白蕉《袁世凯与中华民国》，中华书局。

㉞㉟　车吉心主编《民国轶事》第三卷，泰山出版社。

㊱　（台）丁中江《北洋军阀史话》（一），中国友谊出版公司。

㊲　车吉心主编《民国轶事》第三卷，泰山出版社。

㊳　车吉心主编《民国轶事》第三卷，泰山出版社。

㊴　李剑农《戊戌以后三十年中国政治史》，引自董四礼《晚清巨人传——梁启超》，哈尔滨出版社。

㊵　丁文江、赵丰田编《梁任公先生年谱长编》（初稿），中华书局。

㊶　丁文江、赵丰田编《梁任公先生年谱长编》（初稿），中华书局。

㊷　梁启超《吾今后所以报国者》，引自董四礼《晚清巨人传——梁启超》，哈尔滨出版社。

㊸㊹　丁文江、赵丰田编《梁任公先生年谱长编》（初稿），中华书局。

㊺　叶夏声《国父民初革命纪略》，引自陈锡祺主编《孙中山年谱长编》上册，中华书局。

㊻㊼㊽　魏宏运主编《民国史纪事本末》（一），辽宁人民出版社。

㊾　〔美〕薛君度《黄兴与中国革命》，杨慎之译，湖南人民出版社。

㊿　陈锡祺主编《孙中山年谱长编》上册，中华书局。

(51)(52)　魏宏运主编《民国史纪事本末》（一），辽宁人民出版社。

(53)　居正《中华革命党时代的回忆》，引自陈锡祺主编《孙中山年谱长编》上册，中华书局。

(54) 〔美〕薛君度《黄兴与中国革命》,杨慎之译,湖南人民出版社。

(55) 日本外务省档案《孙中山在日活动密录》,俞辛焞、王振锁译,南开大学出版社。

(56) 陈锡祺主编《孙中山年谱长编》上册,中华书局。

(57)(58)(59) 陈永森《告别臣民的尝试》,中国人民大学出版社。

(60)(61)(62) 陈锡祺主编《孙中山年谱长编》上册,中华书局。

(63) 陈锡祺主编《孙中山年谱长编》上册,中华书局。

(64) 〔澳〕骆惠敏编《清末民初政情内幕》下,刘桂梁译,知识出版社。

(65) 尚明轩主编《孙中山的历程》,解放军文艺出版社。

(66) 〔美〕斯宾塞《三姐妹——中国宋氏家族的故事》,引自尚明轩主编《孙中山的历程》,解放军文艺出版社。

(67) 尚明轩主编《孙中山的历程》,解放军文艺出版社。

(68) 〔法〕白吉尔《孙逸仙》,温洽溢译,时报出版社。

(69) 杨天石《从帝制走向共和》,社会科学文献出版社。

(70) 〔美〕斯宾塞《三姐妹——中国宋氏家族的故事》,引自尚明轩主编《孙中山的历程》,解放军文艺出版社。

(71) 〔美〕埃德加·斯诺《复始之旅》,引自尚明轩主编《孙中山的历程》,解放军文艺出版社。

(72) 〔美〕斯宾塞《三姐妹——中国宋氏家族的故事》,引自尚明轩主编《孙中山的历程》,解放军文艺出版社。

(73) 孙中山纪念馆、范方镇、韩建国编著《孙中山传奇》,江苏古籍出版社、江苏人民出版社。

(74) 尚明轩主编《孙中山的历程》,解放军文艺出版社。

(75) 劳乃宣《桐乡劳先生遗稿》,引自房德邻《共和与专制的较量》,河南人民出版社。

(76) (台)丁中江《北洋军阀史话》(一),中国友谊出版公司。

(77) 白蕉《袁世凯与中华民国》,中华书局。

(78)(79) 张国淦《洪宪遗闻》,引自《民国史纪事本末》(一),辽宁人民出版社。

(80) 白蕉《袁世凯与中华民国》,中华书局。

(81) 白蕉《袁世凯与中华民国》,中华书局。

(82) 王芸生《六十年来中国与日本》第六卷,生活·读书·新知三联书店。

(83) 王芸生《六十年来中国与日本》第六卷,生活·读书·新知三联书店。

(84) 王芸生《六十年来中国与日本》第六卷,生活·读书·新知三联书店。

(85) 曹汝霖《我与二十一条》,引自(台)丁中江《北洋军阀史话》(二),中国友谊出版公司。

(86)(87) 白蕉《袁世凯与中华民国》,中华书局。

(88)(89)(90) 〔美〕古德诺《共和与君主》,中国第二历史档案馆、云南省档案馆编《护国运动》,江苏古籍出版社。

⑨1 杨度《君宪救国论》,中国第二历史档案馆、云南省档案馆编《护国运动》,江苏古籍出版社。

⑨2⑨3⑨4 (台)丁中江《北洋军阀史话》(二),中国友谊出版公司。

⑨5 白蕉《袁世凯与中华民国》,中华书局。

⑨6 《全国请愿联合会宣言书》,引自白蕉《袁世凯与中华民国》,中华书局。

⑨7 (台)丁中江《北洋军阀史话》(二),中国友谊出版公司。

⑨8 许指严《新华秘记》,引自荣孟源、章伯锋主编《近代稗海》第三辑,四川人民出版社。

⑨9 白蕉《袁世凯与中华民国》,中华书局。

⑩0⑩1 梁启超《异哉所谓国体问题者》,引自白蕉《袁世凯与中华民国》,中华书局。

⑩2 《梁启超自述》,河南人民出版社。

⑩3 涂竹居《汤芗铭在湘筹备帝制》,引自吴长翼编《八十三天皇帝梦》,文史资料出版社。

⑩4 《朱启钤等致各省将军巡按使通电》,引自李希泌、曾业英、徐辉琪编《护国运动资料选编》上,中华书局。

⑩5 白蕉《袁世凯与中华民国》,中华书局。

⑩6 (台)丁中江《北洋军阀史话》(二),中国友谊出版公司。

⑩7 白蕉《袁世凯与中华民国》,中华书局。

⑩8 唐在礼《辛亥以后的袁世凯》,引自杜春和、林斌生、丘权政编《北洋军阀史料选辑》上,中国社会科学出版社。

⑩9 谭碧波《重九伸大义,功成庆开场——回忆朱总司令谈辛亥云南起义》,引自田伏隆等著《辛亥革命与二十世纪中国》,湖南人民出版社。

⑩ (台)丁中江《北洋军阀史话》(二),中国友谊出版公司。

⑪1 郭汉民《综述》,引自田伏隆主编《忆蔡锷》,岳麓书社。

⑪2 曹汝霖《一生之回忆》,引自李新、孙思白主编《民国人物传》第一卷,中华书局。

⑪3 梁启超《护国之役回顾谈》,引自田伏隆主编《忆蔡锷》,岳麓书社。

⑪4 李文汉《我对蔡锷的回忆》,引自田伏隆主编《忆蔡锷》,岳麓书社。

⑪5 车吉心主编《民国轶事》第二卷,泰山出版社。

⑪6⑪7 梁启超《护国之役回顾谈》,引自田伏隆主编《忆蔡锷》,岳麓书社。

⑪8 《蔡锷因病请续假赴津治疗呈并批令》,引自中国第二历史档案馆、云南省档案馆编《护国运动》,江苏古籍出版社。

⑪9 梁启超《护国之役回顾谈》,引自田伏隆主编《忆蔡锷》,岳麓书社。

⑫0⑫1 雷飙《蔡松坡先生事略》,引自中国人民政治协商会议全国委员会文史资料委员会编《辛亥革命回忆录》(三),文史资料出版社。

⑫ 车吉心主编《民国轶事》第七卷,泰山出版社。

⑫③⑫④⑫⑤ 许金城、许肇基《民国野史》,云南人民出版社。

⑫⑥ 《唐继尧等劝袁世凯取消帝制并限时答复密电稿》,引自中国第二历史档案馆、云南省档案馆编《护国运动》,江苏古籍出版社。

⑫⑦ 《蔡锷戴戡致袁世凯通电》,引自李希泌、曾业英、徐辉琪编《护国运动资料选编》上,中华书局。

⑫⑧ (台)丁中江《北洋军阀史话》(二),中国友谊出版公司。

⑫⑨ 《护国军政府讨袁檄文》,引自李希泌、曾业英、徐辉琪编《护国运动资料选编》上,中华书局。

⑬⓪ 中华新报馆《护国军纪事》,引自来新夏等著《北洋军阀史》上册,南开大学出版社。

⑬①⑬② 李希泌、曾业英、徐辉琪编《护国运动资料选编》下,中华书局。

⑬③ 白蕉《袁世凯与中华民国》,中华书局。

⑬④ 白蕉《袁世凯与中华民国》,中华书局。

⑬⑤ 丁文江、赵丰田编《梁任公先生年谱长编》(初稿),中华书局。

⑬⑥ 《蔡锷致各省通电》,引自李希泌、曾业英、徐辉琪编《护国运动资料选编》上,中华书局。

⑬⑦ 郭汉民《综述》,引自田伏隆主编《忆蔡锷》,岳麓书社。

⑬⑧ 《蔡锷致唐继尧电》,引自李希泌、曾业英、徐辉琪编《护国运动资料选编》上,中华书局。

⑬⑨ 梁启超《护国之役回顾谈》,引自田伏隆主编《忆蔡锷》,岳麓书社。

⑭⓪ 《梁启超自述》,河南人民出版社。

⑭① 白蕉《袁世凯与中华民国》,中华书局。

⑭②⑭③ 《蔡锷请补充兵员弹药密电》、《蔡锷关于前线敌我攻守情形密电》,引自中国第二历史档案馆、云南省档案馆编《护国运动》,江苏古籍出版社。

⑭④⑭⑤⑭⑥ 刘云峰《叙府作战与袁军谈判》,引自中国人民政治协商会议全国委员会文史资料研究委员会等编《护国讨袁亲历记》,文史资料出版社。

⑭⑦ 《蔡锷致潘蕙英函》,引自李希泌、曾业英、徐辉琪编《护国运动资料选编》上,中华书局。

⑭⑧ 《陆军部奉令废止洪宪年号公函》,引自李希泌、曾业英、徐辉琪编《护国运动资料选编》上,中华书局。

⑭⑨ 白蕉《袁世凯与中华民国》,中华书局。

⑮⓪ 史沫特莱《朱德谈蔡锷、辛亥起义和护国运动》,引自田伏隆主编《忆蔡锷》,岳麓书社。

⑮① 陈新宪《蔡锷之死》,引自田伏隆主编《忆蔡锷》,岳麓书社。

⑮②⑮③ (台)丁中江《北洋军阀史话》(二),中国友谊出版公司。

⑮④⑮⑤ 刘成禺《洪宪纪事诗本事笺注》,引自邓云乡《宣南秉烛谭》,河北教育出

版社。

⑯ 《梁启超祭辞》，引自田伏隆主编《忆蔡锷》，岳麓书社。

⑰ 梁启超《护国之役回顾谈》，引自田伏隆主编《忆蔡锷》，岳麓书社。

⑱⑲ 《华侨联合会请袁世凯退职电》，引自李希泌、曾业英、徐辉琪编《护国运动资料选编》下，中华书局。

⑳ 白蕉《袁世凯与中华民国》，中华书局。

㉑ 《唐绍仪忠告袁世凯退位电》，引自李希泌、曾业英、徐辉琪编《护国运动资料选编》下，中华书局。

㉒ 白蕉《袁世凯与中华民国》，中华书局。

㉓ 《龙济光张鸣岐独立通电》，引自李希泌、曾业英、徐辉琪编《护国运动资料选编》下，中华书局。

㉔ （台）丁中江《北洋军阀史话》（二），中国友谊出版公司。

㉕ （台）丁中江《北洋军阀史话》（二），中国友谊出版公司。

㉖ 《陈树藩宣布独立通电》，引自李希泌、曾业英、徐辉琪编《护国运动资料选编》下，中华书局。

㉗ 《独立布告》，引自李希泌、曾业英、徐辉琪编《护国运动资料选编》下，中华书局。

㉘ 袁静雪《我的父亲袁世凯》，引自吴长翼编《八十三天皇帝梦》，文史资料出版社。

㉙ 〔澳〕西里尔·珀尔《北京的莫理循》，檀东鍟、窦坤译，福建教育出版社。

㉚ 张国淦《袁世凯与黎元洪的斗争》，引自杜春和、林斌生、丘权政编《北洋军阀史料选辑》上，中国社会科学出版社。

㉛㉜ 陈锡祺主编《孙中山年谱长编》上册，中华书局。

㉝ （台）丁中江《北洋军阀史话》（二），中国友谊出版公司。

㉞ 《汤芗铭致袁世凯电》，引自李希泌、曾业英、徐辉琪编《护国运动资料选编》下，中华书局。

㉟ 车吉心主编《民国轶事》第二卷，泰山出版社。

㊱ 白蕉《袁世凯与中华民国》，中华书局。

㊲ 车吉心主编《民国轶事》第二卷，泰山出版社。

㊳ 袁克齐《回忆父亲二三事》，引自吴长翼编《八十三天皇帝梦》，文史资料出版社。

㊴ 白蕉《袁世凯与中华民国》，中华书局。

㊵ 〔澳〕西里尔·珀尔《北京的莫理循》，檀东鍟、窦坤译，福建教育出版社。

㊶ 魏宏运主编《民国史纪事本末》（一），上，辽宁人民出版社。

㊷ 白蕉《袁世凯与中华民国》，中华书局。

㊸ 白蕉《袁世凯与中华民国》，中华书局。

㊹ 陈锡祺主编《孙中山年谱长编》上册，中华书局。

1911 后记
完美的国家是个幻想

1911

"从前种种事，至一九一六年死；以后种种事，自一九一六年生。吾人首当一新其心血，以新人格，以新国家，以新社会，以新家庭，以新民族。"

一个名叫陈独秀的中国青年，痛惜志士流血捐躯而于事无补，认为过去的中国必须让其死去，因为它已有千般死去的理由：

> 外人之讽评吾族而实为吾人不能不俯首承认者，曰"好利无耻"，曰"老大病夫"，曰"不洁如豕"，曰"游民乞丐国"，曰"贿赂为华人通病"，曰"官吏国"，曰"豚尾客"，曰"黄金崇拜"，曰"工于诈伪"，曰"服权力不服公理"，曰"放纵卑劣"，凡此种种，无一而非亡国灭种之资格，又无一而为献身烈士一手一足所可救治。

怎样才是一个获得新生的青年？

就是不要与那些腐败堕落的旧国人一样总是追求做官发财："倘自认为二十世纪之新青年，头脑中必斩尽涤绝彼老者壮者及比诸老者壮者腐败堕落诸青年之做官发财思想，精神上别构真实新鲜之信仰，始得谓新青年而非旧青年，始得谓为真青年而非伪青年。"

陈独秀为"新青年"和"真青年"提出了人生的六条标准：

> 自主的而非奴隶的
> 进步的而非保守的

进取的而非退隐的

世界的而非锁国的

实利的而非虚文的

科学的而非想象的

一九一五年,在中国的上海,一本小小的刊物悄然出现,刊名为《青年杂志》,几个月后改名为《新青年》。当时,没有人知道,这本小小的刊物将对中国历史产生怎样的巨大影响。偶尔读到《新青年》里的文字的读者——只要他是中国人,无论他是否是青年——定会幻想丛生:我的中国呀,你真的可以官吏不再残暴贪婪而令民众安居乐业,你真的可以政幕不再黑暗重重而令社稷清明公正,你真的可以朱门不再穷奢极欲而令山河丰饶锦绣,你真的可以不再格杀勿论而令众生自由歌唱?我的父老乡亲呀,你真的可以膝盖不再用于跪叩,脊梁不再用于卑屈,神情不再张皇失措、日子不再阴霾满天么?

中国人自古向往大同世界。

中国人对大同世界梦幻了千百年。

人类历史上每个发展阶段都是必然的,辛亥革命的爆发也是同样。

中国文化中不断积累的大同思想,在专制统治愈加残暴的压力下,于历史的某一时刻到了爆发的临界点。在中国的社会演进中诞生的资产阶级,在世界文明发展脚步声的催促下,心驰神往,急不可耐,如同一个尚在少年的孩子仗剑出游去打天下,他不识路径,盘缠又不多,头上柔软的头发此前还没被风霜雨雪打湿过,天下谁人会在乎这个幼稚莽撞的孩童?中国的资产阶级远没有准备好承担大业,幻想中催生出的激情与斗志远大于他实际拥有的力量。所幸的是,国人长期的反抗以及列强自近代以来的步步进逼,已将大清王朝的元气消耗殆尽。柔弱的中国资产阶级、心怀不满的年轻军官和知识分子,以及那些与旧式政权运转不断冲撞的士绅们,仅仅是在不堪任何重负的清廷身上施加了最后一力,一个延续了二百六十八年的封建王朝轰然倒塌——革命的结局无可争议。

辛亥革命的巨大功绩是:它骤然变换了中国千年不变的沉闷空气,使得各种变革思想的种子获得了萌生、成长的机会。它加速了中国社会的变革进程,是自此往后中国历史中一切社会改革的发端。它促进了中国社会观念的更新,促进了中华民族的觉醒,近代思想启蒙的大门自那时开启后便再也难以闭合。它毫不妥协地推翻了封建帝制,斩断了中国社会任何后退的可能性,为中国民主革命留下了宝贵的政治遗产。

为辛亥革命流血捐躯的志士们,是标志着中国历史进步的永远的骄傲。

正如一位伟人所说:"如果对伟大的资产阶级革命者不抱至深的敬意,就不能成为马克思主义者。"

然而,人类历史上的每个发展阶段都不是完美的,辛亥革命同样不是完美的革命。

中国的封建制度沿续数千年,痼疾甚深,整个国家并不具备接轨世界近代政治文明的基础。所以封建帝制的覆灭,并没有使中国传统的社会结构发生根本性的改变。辛亥革命没有触及中国社会的根本问题,即农民问题和土地问题,因此中国最广大的社会阶层并没有参与到革命之中,这就使得辛亥革命无法获得最广泛的基础和最强劲的力量。革命如同给中国社会的病体做了一个割除溃疡的手术,因为内毒未消致使创口迟迟不能愈合。孙中山曾这样总结辛亥革命的不彻底性:"譬如我们要建筑一新屋,须先将旧有的结构拆卸干净,并且锹地底,才能建筑坚固的屋宇……八年以来的中华民国,政治不良到这个地位,实因单破坏地面,没有掘起地底陈土的缘故。"什么是"陈土"?官僚、武人和政客!孙中山认为"要建筑灿烂庄严的民国,须先搬去这三种陈土,才能立起坚固的基础来,这便是改造中国的第一步"。辛亥革命割断了君主制的纽带,却没能建立起一个真正的共和国,反而催生出新的特权阶层:官僚军阀、垄断资产阶级和大地主集团,中国社会因此进入了一个更加生民涂炭的历史时期。

我们要学会容忍历史的不完美。

尽管希图改变历史的仁人志士绝不容忍。

他们不能容忍的不是历史的缺陷而是人格的缺陷。

中国革命的思想先驱无不认为,这个国家的衰弱首先是人的衰落。中国人衰落的表现是:依赖圣君贤相而不讲独立自主,固守求安有余而创造思变不足,只有人治思想而无法治理念。总之,缺乏"人格自觉"的国民是不会获得真正的平等与自由的:

……中国人向来就没有争到过"人"的价格……到现在还如此……中国的百姓是中立的,战时连自己也不知道属于哪一面,但又属于无论哪一面。强盗来了,就属于官,当然该被杀掠;官兵既到,该是自家人了罢,但仍然要被杀掠,仿佛又属于强盗似的。这时候,百姓就希望有一个一定的主子,拿他们去做百姓——不敢,是拿他们去做牛马,情愿自己寻草吃,只求他决定他们怎样跑。

经历了辛亥革命的中国人需要重新启蒙。

一九一九年爆发的五四运动就是新一轮国人启蒙的开始。

民主与科学将在五四运动中并行走进仁人志士的梦境。

恩格斯说:

　　历史同认识一样,永远不会把人类的某种完美的理想状态看作尽善尽美的;完美的社会、完美的"国家"是只有在幻想中才能存在的东西;反之,历史上一次更替的一切社会制度,都只是人类社会由低级到高级的无穷发展进程中的一些暂时阶段。每一个阶段都是必然的,因此,对它所发展的时代和条件说来,都有它存在的理由;但是对它自己内部逐渐发展起来的新的、更高的条件来说,它就变成过时的和没有存在的理由了;它不是不让位于更高的阶段,而这个更高的阶段也同样是要走向衰落和灭亡的。

完美的社会是一个幻想。

完美是人格的完善,美学的纯粹,哲学的彼岸,是人类可望不可即的境界。

尽管身不能至,永远心向往之,这就是人类文明得以前行的动力。

志士们一旦拥有了幻想,奔走呼号,投身奋争,流血捐躯,人间因此英雄辈出,历史因此篇章辉煌。

对完美社会、完美国家永抱幻想的民族,才是一个有力量、有希望的民族。这就是百年之后我们蓦然回首并将往事托举心头的原因。

辛亥不朽。

2009—2011 年于北京